Robert Dugoni
Die stummen Schwestern

Das Buch

Nie wieder Russland, hat der ehemalige CIA-Agent Charles Jenkins sich geschworen. Doch nun sind zwei der »Sieben Schwestern«, die dort seit Jahren undercover für die USA spionieren, verstummt. Sind sie aufgeflogen oder haben sie die Seiten gewechselt?

Jenkins, der an der Geheimoperation beteiligt war, muss zurück in das Land, in dem sein Name ganz oben auf der Todesliste steht. Schnell gerät er ins Fadenkreuz seiner Gegner. Gejagt von Agenten, einem russischen Mafia-Boss und der Moskauer Polizei bleibt ihm zu wenig Zeit, die zwei Schwestern zu finden und sie aus dem Land zu schleusen …

Der Autor

Robert Dugoni ist der New-York-Times-Bestsellerautor der Tracy-Crosswhite-Serie, von der mehr als zwei Millionen Exemplare verkauft wurden und die es auf Platz 1 des Wall Street Journal und auf Platz 1 bei Amazon geschafft hat. »Das Grab meiner Schwester« wird derzeit für eine TV-Serie adaptiert. Dugoni ist auch Autor der David-Sloane-Serie und der Romane »The 7th Canon« und »The Cynide Canary«, das von der Washington Post zum besten Buch des Jahres gewählt wurde.

Er war mehrfach Finalist für den International Thriller Writers Award sowie für den Mystery Writers of America Award in der Kategorie Bester Roman. Seine David-Sloane-Reihe wurde zweimal für den Harper Lee Award nominiert. Dugonis Bücher sind in über 20 Sprachen übersetzt worden. Mehr über Robert Dugoni können Sie auf seiner Website unter www.robertdugoni.com oder unter www.facebook.com/AuthorRobertDugoni erfahren.

ROBERT DUGONI

DIE STUMMEN SCHWESTERN

EIN CHARLES-JENKINS-THRILLER

Aus dem Amerikanischen von Dorothee Danzmann

Die amerikanische Ausgabe erschien 2022 unter dem Titel
»The Silent Sisters« bei Thomas & Mercer, Seattle.

Deutsche Erstveröffentlichung bei
Edition M, Amazon Media EU S.à r.l.
38, avenue John F. Kennedy, L-1855 Luxembourg
April 2022

Die Übersetzung dieses Buches wurde durch Amazon Crossing ermöglicht.

Umschlaggestaltung: semper smile, München, www.sempersmile.de
Umschlagmotiv: © Victor Korchenko © Elisabeth Ansley / ArcAngel;
© Vsevolod Chuvanov / Alamy Stock Photo
Lektorat: Rainer Schöttle
Korrektorat: Manuela Tiller/DRSVS
Gedruckt durch:
Amazon Distribution GmbH, Amazonstraße 1, 04347 Leipzig /
Canon Deutschland Business Services GmbH, Ferdinand-Jühlke-Straße 7,
99095 Erfurt /
CPI books GmbH, Birkstraße 10, 25917 Leck

ISBN: 978-2-49670-502-7

www.edition-m-verlag.de

Für meinen lieben Freund, den echten Charles Jenkins. Du bist einmalig, Charlie: Nachdem Gott dich erschuf, hat er die Gussform zerbrochen. Als wir damals zusammen Jura studierten, habe ich dir immer wieder erzählt, ich würde dich irgendwann mal zur Legende machen. Dabei warst du das längst.

Prolog

Fleischmarkt von Irkutsk
Russland

Charles Jenkins versuchte den Kopf zu heben, was nicht einfach war, weil dieser Kopf immer wieder nach rechts oder links rollte, als trügen die Halsmuskeln sein Gewicht nicht mehr. Sehen konnte Jenkins noch, allerdings auch nicht ohne Probleme und nur mit dem linken Auge, das rechte war schon seit geraumer Zeit zugeschwollen. In seinem Mund herrschte der Metallgeschmack von Blut vor, und nach mehreren gezielten Schlägen auf die Nase war sie wohl gebrochen. Jedenfalls ließen die Nasenlöcher keine Luft mehr durch. Wenn er mit der Zunge im Mundraum herumtastete, stieß er auf einige scharfe Kanten an den Stellen, an denen Zähne abgebrochen waren. Dahin war die Dentalarbeit von Jahren, dahin waren die Früchte der Klammer, die er als Kind hatte tragen müssen.

Die Frau trat vor, bis sie mit den braunen Lederstiefeln in der Pfütze aus Schweiß und Blut stand, die sich unter Jenkins auf dem glatten Betonboden gesammelt hatte. Sie hatten ihm die Handgelenke zusammengebunden und ihn an einen großen Fleischerhaken gehängt, umgeben von ähnlichen Haken, an denen große, noch nicht halbierte Schlachttiere hingen.

Wirklich große Tiere, hatte er gedacht, bevor die Schläge erneut einsetzten und für Gedanken kein Raum mehr blieb. Zu groß für Kühe – konnten es Büffel sein? Jenkins spürte nicht mehr, wie das Seil in das Fleisch an seinen Handgelenken schnitt, spürte nicht mehr, wie sehr sein Gewicht die Schultergelenke überdehnt hatte. Ursprünglich hatte die bittere Kälte im Raum seine Schmerzen noch verstärkt, hatte ihn jeden Schlag noch deutlicher spüren lassen, den die ihn verhörenden Männer ihm gezielt versetzten. Inzwischen war er so gut wie betäubt.

Im Grunde spürte er kaum noch etwas.

»Wissen Sie, wo wir hier sind?« Die Frau sprach Englisch, wenn auch mit deutlichem Akzent, und in jedem ihrer Worte schwang ein Hauch Herablassung mit.

Wahrscheinlich hätte er die Antwort auf diese Frage erraten können, aber warum? Selbst wenn er sie gewusst hätte, wäre es ihm wohl kaum gelungen, sie auszusprechen. Was letztlich egal sein dürfte, da es eine rein rhetorische Frage gewesen war.

»Sie sind doch Amerikaner«, fuhr die Frau fort. »Da haben Sie doch bestimmt die Filme gesehen, in denen euer Rocky Balboa Rinderhälften als Sandsäcke benutzt. Nein? Ich habe mir die Filme nach dem vierten nicht mehr angeschaut, in dem Mr Balboa den Russen Iwan Drago besiegt. Die Geschichte fand ich dann doch ein bisschen zu weit hergeholt.« Auf den Lippen der Frau tauchte die Andeutung eines Lächelns auf und die beiden Männer, die vorher abwechselnd auf Jenkins eingedroschen hatten, lachten. Der dritte Mann, der, der das Verhör geführt hatte, saß mit regloser Miene auf seinem Klappstuhl.

Die Frau sah sich in der riesigen Halle um, als wolle sie sich die einzelnen Laderampen und den polierten Betonboden von der Größe eines halben Fußballfeldes genau ansehen. »Wir befinden uns hier in der größten Fleisch verarbeitenden Fabrik von Irkutsk«, sagte sie. »Wochentags treffen die ersten Kühltransporter schon früh am Morgen ein. Man spürt hier drin das Vibrieren der Motoren, wenn die Fahrer die Laster rückwärts an die Laderampen setzen und ihre Kühlcontainer füllen. Sie kommen mit Aufträgen aus ganz Russland. Aber bis sie kommen …« Sie sah sich noch einmal in der leeren Halle um, holte tief Luft und atmete eine Nebelwolke aus. »Bis dahin ist es hier herrlich ruhig. Richtig friedlich. Oder nicht?«

Jenkins versuchte, das Blut in seinem Mund auszuspucken, brachte aber selbst dafür nicht mehr die Kraft auf. Die blutige Spucke rann ihm am Kinn hinunter. »Friedlich« war nun nicht gerade der Ausdruck, der ihm zu der Situation hier in den Sinn gekommen wäre.

Als die Frau mit behandschuhter Hand Zigaretten aus der Manteltasche zog, sprang der Fahrer des neben ihr stehenden SUV sofort aus dem Wagen und ließ sein Feuerzeug aufflammen. Die Frau inhalierte tief und blies Rauch in die kalte Luft. »Wissen Sie, woher ich das alles weiß?«, fragte sie.

Jenkins sackte erneut das Kinn auf die Brust. Sofort war einer seiner Peiniger zur Stelle, packte ihn bei den Haaren und riss ihm den Kopf hoch. »Immer schön aufgepasst, Mr Jenkins«, mahnte von seinem Klappstuhl aus der Mann, der bisher das Verhör geführt hatte und der Älteste im Raum war. »Jetzt kommen wir zum wichtigsten Teil.«

»Diese Fabrik hat meinem Großvater gehört«, erklärte die Frau. »Nein, sein Name stand nicht vorn über dem Eingangstor, aber sie hat ihm trotzdem gehört. Er hat jeden Monat eine schöne Tüte Bargeld dafür erhalten, dass er den Betrieb vor den Mitbewerbern geschützt hat. Und meine Großmutter kam jede Woche hierher und holte Fleisch, bis bei uns zu Hause die Gefriertruhe voll war. Mein Großvater, Mr Jenkins, ging nach seiner Befreiung aus Stalins Gulags nach Irkutsk und baute sein Geschäft mit Männern auf, die wie er das Innere dieser Gulags kannten, Männer, die ihm treu ergeben waren und die das kommunistische Regime hassten. Mein Vater hat mir oft erzählt, wie er als Junge hierherkam und all dies Fleisch sah, all diese geschlachteten Tiere. ›Tausende!‹, sagte er immer. ›Und alle hingen sie am Haken.‹ Mein Vater liebte vor allem das Fließband, hat gern zugesehen, wie es summend und zitternd das Fleisch zu den Laderampen und Lastwagen brachte. Ihm gefiel, wie einfach und effizient dieser Transport vonstattenging. Das hat mein Vater mir über Geschäfte beigebracht. ›Maljenkaja Printsessa‹, erklärte er mir, ›kleine Prinzessin, Einfachheit, das bedeutet Effizienz. Je einfacher ein Vorgang, desto höher dein Profit und desto niedriger dein Blutdruck.‹« Da war es wieder, das dünne, kaum merkliche Lächeln. »Ich habe meinen Vater geliebt wie wohl alle kleinen Mädchen, wenn nicht noch mehr, und ich habe seinen Rat an meinen Sohn weitergegeben. Mein Sohn sollte ebenso weise sein, wie mein Vater es war, wenn für ihn die Zeit käme, die Familiengeschäfte zu übernehmen. Wissen Sie, was ich ihm sonst noch beigebracht habe?«

Jenkins versuchte noch einmal zu spucken, diesmal mit mehr Erfolg, und rollte den Kopf mühsam nach rechts, um sich die Frau genauer ansehen zu können. Attraktiv. Gut gebaut. Nicht groß, wie Jenkins' Frau Alex, vielleicht einen Meter fünfundsechzig, höchstens achtundsechzig. Die Figur einer Turnerin. Hellbraunes Haar, das ihr bis auf die Schultern fiel. Elegant, fand Jenkins, was aber auch am Kontrast zwischen ihrer Erscheinung und der Brutalität ihrer Umgebung liegen mochte. Feine Gesichtszüge, ein ovales Gesicht, die Augen blau – oder vielleicht doch eher grün. Was er von ihrer Haut sehen konnte, zeigte die Farbe von dünnem Tee, ihre Nase war schmal und gerade. Die Zähne sehr weiß und ebenfalls gerade. Wohlhabend. Das erkannte er nicht nur an ihrer Gesamterscheinung, sondern auch an dem Wagen, der sie gebracht hatte, ein russisches Auto, ein schwarzer GAZ Tigr, der Ähnlichkeiten mit dem amerikanischen Humvee hatte. Dürfte so um die zweihundertfünfzigtausend Dollar wert sein. Allradantrieb. Kugelsicheres Glas in den

Fenstern, unzerstörbare Reifen. Ein auf Sicherheit ausgelegtes Fahrzeug.

Nachdem Jenkins noch einmal gespuckt hatte, brachte er eine Antwort auf die eben gestellte Frage zustande: »Wie man mit Frauen umgeht?«

Schlagartig trat ein ärgerlicher Ausdruck in das Gesicht der Frau und ihr Blick glitt kurz zur Seite.

Der Schlag, schnell und hart, traf Jenkins' Rippen. Er spürte nur einen dumpfen Schmerz, dabei wussten seine Peiniger, wie man richtig zuschlug, wie man Hüften und Schultern einsetzte, um maximale Kraft zu entwickeln. Wahrscheinlich Boxer, alle beide.

Die Frau kam näher, starrte ihm in die Augen, zuckte beim Anblick seines geschundenen Gesichts nicht einmal mit den Wimpern. Sie verstand Gewalt, sie war vertraut damit. »Ich habe ihn gelehrt, wohlüberlegt zu handeln, ich habe ihn gelehrt, vorsichtig und umsichtig zu handeln, wie mein Vater es mir beigebracht hat. Ich habe ihn gelehrt, nie irgendwelche Beweise zurückzulassen.«

»Hätten ihm beibringen sollen, wie man Frauen behandelt. Dann wären wir jetzt nicht hier.«

Jenkins hatte sich schon auf den nächsten Hieb eingestellt, als die Frau den beiden Schlägern einen Blick zuwarf und den Kopf schüttelte. »Möglicherweise«, sagte sie in einem seltenen und seltsamen Moment der Ehrlichkeit. »Mein Sohn hatte zu viel von seinem Vater. Er hatte dessen Wutanfälle geerbt und seine Vorliebe für die falschen Frauen, aber er war mein Sohn. Haben Sie einen Sohn, Mr Jenkins?«

Jenkins dachte an Alex und ihren Sohn CJ, an ihre Tochter Lizzie. Diese Sache hatte nicht so enden sollen, wie sie es allem Anschein nach jetzt tun würde. Das war nicht vorgesehen gewesen. Er hatte Russland noch ein letztes Mal unbemerkt und anonym betreten und ebenso klammheimlich auch wieder verlassen wollen. Schnell rein und wieder raus, bevor der FSB, Nachfolger des KGB, seine Anwesenheit überhaupt mitbekam. So hatte sein Betreuer Matt Lemore die Operation geplant, aber Jenkins hatte sie in den Sand gesetzt.

Er hatte hingesehen, er hatte sich eingemischt, wo er hätte wegsehen sollen.

Er hätte einfach nur weggehen sollen. »Ich bin nicht verheiratet.«

Wieder ein Lächeln. »Sie sind ein guter Lügner, nur steht es in Ihrem FSB-Dossier leider anders. Geboren in New Jersey. Vietnamveteran. Vietnam, das ist Amerikas Afghanistan, richtig? Central Intelligence, stationiert in Mexiko-Stadt, wenn auch nicht besonders lange. Danach sind Sie verschwunden und erst Jahrzehnte später wieder aufgetaucht, und zwar in Moskau, wo Sie darum baten, Doppelagent werden zu dürfen. Ein Trick, den Sie irgendwie überlebt haben. Danach reisten Sie noch ein zweites Mal nach Russland und haben es bei der Gelegenheit geschafft, eine Frau aus dem Gefängnis Lefortowo zu befreien. Was, wie ich zugeben muss, eine ziemlich beeindruckende Leistung ist. Wer das Lefortowo betritt, verlässt es normalerweise nie wieder. Sie sind, zusammengefasst, ein Mann mit Mut, Prinzipien, Moral und ethischen Grundsätzen.«

Jenkins stöhnte. »Das nützt mir jetzt nicht gerade viel, oder?«

»Verheiratet mit Alex Hart, früher ebenfalls CIA«, fuhr die Frau fort. »Sie haben zwei Kinder. Einen Sohn, CJ, und eine Tochter, Elizabeth, die vor Kurzem erst zwei wurde.«

Als sie seine Frau und seine Kinder erwähnte, spürte Jenkins Adrenalin durch seine Adern schießen.

Die Frau ließ ihre Zigarette fallen und trat sie mit dem Absatz aus. »Also … Sie werden meinen Schmerz nachempfinden können.«

Jenkins schüttelte den Kopf. »Nein.«

Sie musterte ihn unter ihrem Pony heraus und fing den Blick seines einzigen noch erkennbaren Auges auf. »Nein?«

»Ihr Schmerz ist der einer Mutter. Ihr Verlust ist der einer Mutter. Ein Vater kennt solchen Schmerz nicht.«

Seine Antwort ließ sie einen Moment lang schweigen, und als sie wieder sprach, klang ihre Stimme belegt, emotional. Jedem Wort eilte ein kleiner, weißer Luftstoß voraus. »Das ist Ihnen also bewusst.«

»Ich habe Ihren Sohn nicht getötet«, versicherte Jenkins zum wiederholten Male. Er hätte nicht mehr sagen können, wie oft er das nun schon beteuert hatte.

»Aber Sie waren die Ursache für seinen Tod.«

Dem konnte Jenkins nicht widersprechen, zumal es gerade wohl kaum um solche Spitzfindigkeiten ging. »Und?«, erkundigte er sich. »Erteilen Sie jetzt Boris hier den Befehl, mich zu töten?«

»Sie haben mir keine andere Wahl gelassen.«

»Ich bin sicher, uns fiele schon noch die eine oder andere Alternative ein.«

»Mein Vater hat mir noch etwas beigebracht: nie Schwäche zu zeigen. Andere nutzen das aus. Dieser Rat hat mir immer gute Dienste geleistet.«

»Ich werde es nicht weitersagen«, versicherte Jenkins.

Sie lachte leise. »Richtig, Mr Jenkins, das werden Sie nicht.« Sie trat beiseite und warf einen Blick auf die mit Diamanten besetzte Uhr an ihrem Handgelenk. »Wissen Sie, was man hier mit den Fleischstücken und Rinderhälften macht, die man nicht verkaufen kann, Mr Jenkins?«

»Ich kann es mir vorstellen.«

»Bestimmt. Ich werde es Ihnen trotzdem erzählen. Alles, was nicht im Ganzen verkauft wird, kommt in den Fleischwolf. Man macht Hackfleisch und Würste daraus. Haben Sie je gesehen, wie ein großes Stück Fleisch durch den Fleischwolf gejagt wird, Mr Jenkins? Nein? Die Maschine zermalmt einfach alles, Knochen, Sehnen, Muskeln, Fett. Natürlich ist die Kuh schon tot, wenn es so weit ist. Sie spürt keinen Schmerz.« Sie musterte ihn kühl und er sah jetzt genau, dass ihre Augen so blau wie Eis waren. »In der Hinsicht haben Sie leider Pech.«

Jenkins rang sich ein müdes Lächeln ab. »Das teile ich dann ja wohl mit denen, die die aus mir gemachten Würstchen erwischen.«

Kapitel 1

Ungefähr drei Wochen zuvor
Lubjanka, Moskau

Maria Kulikowa zog eine braune Papierserviette aus dem Spender, der auf dem Kantinentresen stand, und tupfte sich den Schweiß von den Schläfen. Heute war ihr frühmorgendlicher Kurs im Studio Ai-Pilates besonders herausfordernd gewesen. Er hatte der Aktivierung der tiefer liegenden Bauchmuskeln, der schrägen Bauchmuskeln und der Pobacken gedient. Normalerweise reichte ihr der Fußweg vom Studio zu ihrem Arbeitsplatz in der Lubjanka, wo sie das Sekretariat des FSB leitete, um sich abzukühlen, aber in dieser Woche litt Moskau unter einer für September ungewöhnlichen Hitzewelle. Auch für diesen Tag hatte der Wetterbericht am Morgen Temperaturen von bis zu fünfunddreißig Grad vorhergesagt.

Es duftete verführerisch und ein wenig bitter nach frischem Kaffee, ein Duft, der sich mit dem von Rührei, Schinken und Würstchen mischte, aber leider waren dies alles Luxusartikel, die nicht auf Marias Speiseplan standen. Kaffee machte sie nervös und zittrig und beim Essen hielt sie im Interesse ihrer Figur streng Diät. Außer den dreimal die Woche stattfindenden

Pilates-Kursen stand ergänzend noch Yoga auf ihrem Programm, weil sie beweglich bleiben wollte. Laufen kam jetzt, wo sie dreiundsechzig Jahre alt war, leider nicht mehr infrage, obwohl sie früher einmal als Langstreckenläuferin im Olympiakader gewesen war und eine Zeit lang den sowjetischen Rekord über dreitausend Meter gehalten hatte. Das damalige Training hatte ihre Knie nachhaltig ruiniert.

Es hätte schlimmer kommen können, denn immerhin waren ihr die »Hilfsmittel« erspart geblieben, die die sowjetischen Trainer damals anderen Athleten aufgenötigt und die bei vielen von ihnen zu schweren Lungen- und Herzproblemen sowie diversen Krebsarten geführt hatten.

Maria hatte das Laufen und die Wettkämpfe geliebt, war aber nicht deswegen zum Sport gekommen, sondern weil sie als sowjetische Athletin einen gewissen Status genossen und Zugang zu Leuten erhalten hatte, denen sie sonst nie persönlich begegnet wäre. Aus ähnlichen Gründen achtete sie auch jetzt noch auf ihren Körper und trainierte eisern, denn ihre Figur und ihr ganzes Erscheinungsbild öffneten ihr Türen und boten ihr Chancen. Dmitri Sokalow, ihr Chef und stellvertretender Leiter der Abteilung für Spionageabwehr beim FSB, mochte durchtrainierte Frauen mit großen Brüsten. Im Sekretariat, der wohl gnadenlosesten Gerüchteküche der Lubjanka, machte der Witz die Runde, Sokalow liebe hier offenbar den Kontrast zu seiner eigenen eher schlampigen Erscheinung. Auch er hatte große Brüste, passend zu seinem noch größeren Bauch.

Kulikowas Aussehen und die Tatsache, dass sie nun schon einige Jahrzehnte lang Sokalows Geliebte war, verschafften ihr Zugang zu geheimen Informationen. Dafür musste sie Erniedrigungen in einem Ausmaß ertragen, wie sie sich nur die wenigsten vorstellen konnten oder mochten.

»Maria!«

Beim vertrauten Klang der Stimme ihrer Assistentin Anna drehte Kulikowa sich um. Die Ärmste wirkte überhitzt und völlig außer Atem, als sie nun über den Marmorboden der Kantine, die man »Gefängnis« nannte, auf Maria zueilte, die dort in der Schlange vor der Essensausgabe wartete. Dieser Saal war einer von zwei Speisesälen in der Lubjanka und verdankte seinen Namen der Tatsache, dass er im Keller des Gebäudes lag, in dem sich früher das berüchtigte Gefängnis des KGB befunden hatte.

»Gott sei Dank!« Anna atmete heftig, als sie endlich vor ihrer Chefin stand. »Er sucht nach Ihnen. Mal wieder. Irgendetwas mit einer Akte, die er nicht finden kann. Ich weiß nicht, wen er diesmal gefeuert hat oder wie viele.«

Mit zwanzig, dreißig Kilo weniger auf den Rippen wäre Sokalow vielleicht in der Lage gewesen, auch ohne fremde Hilfe etwas zu finden, die eigene Gürtelschnalle zum Beispiel. Ohne die Kulikowa hätte man den Mann schon vor Jahren gefeuert, mochte er nun ein Kindheitsfreund des Präsidenten sein oder nicht. Er trank zu viel, aß zu viel und war viel zu schlecht organisiert. Er hielt sich nur deswegen an der Macht, weil er gnadenlos war.

Maria warf einen Blick auf ihre Uhr. Offiziell begann ihr Arbeitstag erst in einer Viertelstunde, aber solche Überlegungen konnte sie sich abschminken. Sie konnte keine zehn Minuten lang von ihrem Arbeitsplatz entfernt sein, ohne dass jemand nach ihr suchte. Meistens war das Sokalow. Das ging auch nachts so, an den Wochenenden und wenn sie Urlaub hatte. Als Leiterin des Sekretariats lebte Maria praktisch ständig in Rufbereitschaft. Die Regierung bezahlte sie großzügig dafür und stellte ihr eine Luxuswohnung in der Nähe der Lubjanka zur Verfügung, die sie und ihr Mann Helge sich sonst nie hätten leisten können. In ihrer Stellung fungierte sie als Torhüterin zu allen Akten der Lubjanka, und ohne sie und ihre Leute funktionierte im FSB absolut niemand. Wie ein FSBler seinen Auftrag ausführte und beendete, hing in vielen Punkten entscheidend von den Frauen des Sekretariats ab, die jedes Dokument tippten und registrierten und für seine Weiterleitung sorgten. Sie verschickten und empfingen sämtliche Post, sie buchten Urlaube. Sollte das Sekretariat zusammenbrechen, dann würde die gesamte Abteilung Spionageabwehr laut knirschend zum Stehen kommen.

Marias Stellung verschaffte ihr Zugang zu sämtlichen Akten der Abteilung sowie zu Informationen über Geheimvorgänge. Geheimnisse enthüllte ihr Sokalow regelmäßig bei ihren Rollenspielchen, wenn er so tat, als wäre er ein FSB-Agent in geheimer Mission, und Maria ihn fesseln, peitschen, schlagen, mit spitzen Gegenständen malträtieren und ihm heißes Wachs auf den fetten Körper träufeln musste, um ihm Informationen zu entlocken. Meistens war er dabei so betrunken, dass er sich später nicht einmal mehr an die gemeinsam verbrachte Nacht erinnerte – von den Informationen, die er ihr enthüllt hatte, ganz zu schweigen.

Information war Macht. Sokalow berauschte sich daran. Und am liebsten berauschte er sich an Maria Kulikowa.

Die seufzte gerade. »Hat der Direktor denn gesagt, was er will?«

»Sie!«, sagte Anna. »Wenn ich Sie hier im Haus nicht finde, hat er gesagt, brauche ich gar nicht mehr zurückzukommen. Dem Himmel sei Dank, dass ich Ihre Gewohnheiten kenne. Es tut mir wirklich sehr leid, Sie beim Frühstück zu stören.«

Sokalow war nicht nur ein widerliches Schwein, sondern schikanierte zudem noch zu gern alle, über die er Macht hatte. Dazu gehörten leider auch die Frauen, deren Vorgesetzte die Kulikowa war.

»Machen Sie sich keine Sorgen, Anna. Aber tun Sie mir bitte einen Gefallen.« Maria blieb ruhig und reserviert, eine Haltung, die sie sich in langen Jahren antrainiert hatte. »Besorgen Sie mir eine Tasse Tee, ohne Sahne und Zucker, zwei hart gekochte Eier und Tworog. Stellen Sie mir einfach alles auf den Schreibtisch.« Sie gab Anna die erforderlichen Rubel und machte sich auf den Weg durch Dom 1, eins der beiden L-förmigen, mit einem neunstöckigen Turm verbundenen und um einen Innenhof gruppierten Gebäude, die der Lubjanka fälschlicherweise den Eindruck verliehen, es handele sich hier um eine geschlossene, quadratische Struktur. Bei einer Reihe von Fahrstühlen angekommen, zückte sie ihre Sicherheitskarte, um einen davon herbeizurufen. Beim Betreten des Hauses hatte sie Metalldetektoren passieren und ihre Aktentasche gründlich durchsuchen lassen müssen, eine Anordnung des Kreml. Der Präsident, ehemaliger KGB-Offizier und inzwischen Zar von eigenen Gnaden, war ganz besessen von allen Aspekten der Sicherheit und davon, jeden hart zu bestrafen, der Russland oder ihn verraten könnte.

Im siebten Stock stieg Maria aus und eilte durch fensterlose, nur schwach beleuchtete Flure, wobei sie bei jedem Schritt das weiche Parkett unter ihren Füßen spürte. Hier war mit minderwertigem Kiefernholz gearbeitet worden, das sich schnell verschliss, weswegen eigentlich ununterbrochen Arbeiter im Haus zugange waren, um defekte Abschnitte zu reparieren. Dabei wurde auf die defekte Holzschicht jeweils einfach eine neue Lage aufgetragen, und böse Zungen behaupteten, auf diese Weise wäre in der Lubjanka in den Fluren zwischen Fußboden und Decke bald kein Platz mehr.

Um ins Sekretariat zu gelangen, musste Maria vor einen auf Augenhöhe befindlichen Scanner treten. Ein grünes Licht tastete ihre Iris ab, dann sprang die Tür auf. Sie trat ein, woraufhin sämtliche an ihren Schreibtischen arbeitenden Frauen einen kollektiven Seufzer der Erleichterung ausstießen. Die Erfahrenen unter ihnen wirkten zwar aufgescheucht, aber nicht besonders besorgt, sie hatten schon viele von Sokalows Ausfällen miterlebt. Wer noch nicht so lange dabei war, zeigte sich aufgelöst und in Panik, was Sokalows Ego erfahrungsgemäß nur weiteren Auftrieb verlieh. Und dabei war dieses Ego auch so schon so groß wie seine Gier nach Essen und Sex. Maria Kulikowa brauchte nicht lange, um auszumachen, wen es diesmal am schwersten getroffen hatte: Tiana, eine relativ neue Mitarbeiterin, packte an ihrem Schreibtisch laut schluchzend die gerahmten Fotos ihrer Kinder ein.

»Stellen Sie die Fotografien zurück, Tiana«, sagte Kulikowa, als sie am Tisch der jungen Frau vorbeikam.

»Aber der Direktor …«, schluchzte Tiana.

»Hat einen schlechten Morgen. Machen Sie weiter mit dem, woran Sie gerade gearbeitet haben.«

Jetzt war auch Karine zur Stelle, Kulikowas Stellvertreterin. Sie ergriff ihre Chefin beim Arm und redete auf dem Weg zu Sokalows Büro leise auf sie ein. »Ihre Majestät ist mal wieder auf dem Kriegspfad.«

»Ich habe es gehört. Was ist es denn diesmal?«

»Irgendetwas über ein Treffen heute Morgen und eine Akte, die er braucht.«

Vor ihrer Bürotür blieb Kulikowa stehen. »Ich kümmere mich um den stellvertretenden Direktor. Sie sorgen dafür, dass sich alle beruhigen. Versichern Sie ihnen, dass sich niemand Sorgen machen muss.«

In ihrem Büro schloss Kulikowa die Tür hinter sich, stellte ihre Aktentasche neben ihren Schreibtisch, ging zur Anrichte und tauschte ihre Tennisschuhe gegen ein Paar schwarze Christian Louboutin Pumps, eins von sieben Paaren, die sie auf der Arbeit aufbewahrte. Sie tupfte sich je einen Tropfen Roja-Parfum – ein Geschenk von Sokalow zu ihrem sechzigsten Geburtstag – auf die Handgelenke, mit denen sie sich anschließend am Hals entlangfuhr. Einen weiteren Tropfen gab sie auf ihren Zeigefinger, fuhr sich mit dem Finger in den Ausschnitt und öffnete den obersten Blusenknopf. Sie entfernte den gelben magnetischen

Klebestreifen, mit dem sie jeden Abend ihren Safe versiegelte, gab das sich wöchentlich ändernde Passwort ein, tauschte ihre Alltagsuhr gegen die im Safe befindliche Rolex und streifte sich das mit Diamanten und Rubinen besetzte Armband über, das sie ebenfalls hier verwahrte. Sokalows Geschenke nahm sie nie mit nach Hause.

Die Akte, nach der Sokalow so lautstark suchte, befand sich in Marias Safe. Er selbst hatte ihr befohlen, sie dort für ihn zu hinterlegen. Sie nahm die Akte und ging durch die innere Verbindungstür in Sokalows Büro, seinen Rückzugsort, der perfekt widerspiegelte, was für ein Mann er war und an welchen Exzessen er Gefallen fand. Möbel, Bilder, Hartholzfußboden und Teppiche waren mehr wert als das Bruttosozialprodukt manch eines kleinen Landes und die Bar war so gut bestückt, dass sie es mit den beliebtesten Kneipen Moskaus hätte aufnehmen können. Maria trat ein, ohne anzuklopfen.

Sokalow tigerte vor den beiden großen, an beiden Seiten mit Vorhängen drapierten Fenstern mit Blick auf die Moskauer Innenstadt auf und ab und telefonierte mit seinem Privathandy. Er trug wie jeder andere FSB-Offizier auch immer zwei Handys bei sich, eins für persönliche Anrufe und ein verschlüsseltes, das nur zu FSB-Zwecken benutzt wurde. Kulikowa wartete geduldig beim antiken Schreibtisch, während sich ihr Chef am Telefon von seiner Frau die Leviten lesen ließ.

Olga Sokalowa hatte etwas, das mancher Frau fehlte, nämlich einen Vater, der seine Tochter und die Enkel anbetete und vor dem sein Schwiegersohn eine Heidenangst hatte.

Sokalow trug in Erwartung des gleich stattfindenden Treffens bereits sein Jackett. Er nickte Maria zu und verdrehte die blutunterlaufenen Augen. Das Ende seiner Krawatte ruhte auf dem hervorstehenden Bauch, der die Strapazierfähigkeit der Fäden, mit denen seine Hemdknöpfe angenäht waren, auf eine harte Probe stellte. Im Raum lag penetrant der künstliche

Geruch des Haaröls, mit dem Sokalow vergeblich versuchte, die wenigen ihm noch verbliebenen Haare vor dem Verfall zu retten.

»Ja, natürlich, das sagte ich doch schon, ich werde dort sein. Auf jeden Fall komme ich. Nein. Nein, es wird absolut nichts dazwischenkommen. Ja, ich verstehe, dass du deinen Vater an seinem Geburtstag nicht enttäuschen willst. Ja, natürlich.«

Olgas Vater war General Roman Portnow, ehemals Leiter des Auslandsgeheimdienstes der Russischen Föderation. »Ich muss jetzt Schluss machen, Olga, wirklich«, bettelte Sokalow. »Ich habe in wenigen Minuten eine Besprechung, ich muss mich noch vorbereiten. Nein, natürlich ist nichts wichtiger als der siebenundsiebzigste Geburtstag deines Vaters, und ich würde mir wirklich gern alle Details in Bezug auf die Vorbereitungen anhören, nur nicht gerade jetzt. Gut. Schön, heute Nachmittag dann also.« Er sprach die letzten Worte mit dem Handy schon nicht mehr am Ohr. »Ja, ja, okay. Okay! Auf Wiederhören. Auf …«

Er ließ die Hand sinken, einen erschöpften Seufzer auf den Lippen, sah die Kulikowa an und tappte hinüber zu seinem Schreibtisch, wobei er mit seinen schmalen Schultern, den dünnen Beinen und dem kaum vorhandenen Hinterteil irgendwie aussah wie ein schwangeres Eis am Stiel.

»Was könnte wichtiger sein als der dreiundsiebzigste, vierundsiebzigste, fünfundsiebzigste Geburtstag eines Mannes? Sein siebenundsiebzigster natürlich!« Erneut tief seufzend stützte er sich auf seinem Schreibtisch ab. »Sie macht mich fertig, die Frau! Ich habe …«

»In zehn Minuten eine Besprechung mit dem Vorsitzenden Petrow, dem stellvertretenden Direktor Lebedew und General Pasternak.« Kulikowa hielt den braunen Umschlag hoch, den Sokalow ihr am Vorabend zur sicheren Aufbewahrung anvertraut hatte, woran er sich allerdings nicht mehr erinnerte, da der Alkohol diesen Teil seines Tages ausradiert hatte. Maria hatte die Akte sorgfältig studiert und sich deren Inhalt eingeprägt, wobei ihr dieser unvollständig vorkam. »Die Papiere lagen auf deine Anordnung hin sicher in meinem Safe.«

Sokalow streckte die Hand nach dem Umschlag aus wie ein verdurstender Mann nach einem Glas Wasser. Er wischte sich mit dem Taschentuch den Schweiß ab, der sich trotz der Klimaanlage in seinem Büro auf seiner Stirn gesammelt hatte. »Wo wäre ich ohne dich, Maria?«

Sie zog die Brauen hoch. »Wahrscheinlich dabei, meine Leute fertigzumachen!«

»Dieses Treffen macht mich total nervös. Der Vorsitzende Petrow hat sich bewusst bedeckt gehalten, was Sinn und Zweck betrifft. Enthält die Akte all unsere jüngsten Operationen und Agenten?«

»Alles so, wie du es verlangt hattest. Was machst du dir solche Sorgen, Dmitri? Bald wirst du von Petrow den Posten des Vorsitzenden übernehmen.« Petrow hatte angekündigt, zum Ende des Jahres in den Ruhestand treten zu wollen.

»Lebedew bemüht sich mit Kräften um diesen Posten.«

»Für dich ist Lebedew doch nur der Stein, auf den du trittst, um schneller in den Kreml zu kommen.«

Sokalow lächelte, das Lob gefiel ihm. Er hatte fest vor, die Lubjanka zu verlassen und einen Platz am Tisch im Kreml zu ergattern – und Maria war sehr am Gelingen dieses Vorhabens interessiert. Sokalow würde darauf bestehen, dass sie ihn begleitete, wenn er befördert wurde, was ihr wie noch niemandem zuvor Zugang zum Präsidenten, seinem inneren Kreis und dessen geheimsten Geheimnissen verschaffen würde.

Wenn sie nicht durch die Operation Herodes vorher aufflog.

»Mit deiner Hilfe, daran kann kein Zweifel bestehen.« Sokalow rückte dicht an sie heran, um ihr in den Ausschnitt spähen und ihr Parfüm einatmen zu können. »Ach, wenn ich deinen Duft in Flaschen füllen und verkaufen könnte, ich müsste keinen einzigen Tag mehr arbeiten!«

»Bestimmt. Ein schöner Traum, aber jetzt musst du dich auf deinen Termin vorbereiten.«

»Ich hatte gehofft, wir könnten uns nach der Arbeit treffen.«

Er unterhielt eine Wohnung nicht weit von der Lubjanka entfernt im Varsonof'yevskiy Pereulok, wo die Kulikowa und er sich zu Rendezvous treffen konnten, wann immer Sokalow eine Ausrede dafür parat hatte, dass er nicht sofort nach Hause kam. Den meisten Menschen würde wohl schlecht werden, wenn sie sahen, was es in dieser Wohnung alles gab, war sie doch der beste Beweis für Sokalows Perversionen und seine Vorliebe für abartige Fetische.

Kulikowa lächelte dünn und fuhr sich mit der Zunge über die Lippen. »Musst du nicht heute Abend zum siebenundsiebzigsten Geburtstag deines Schwiegervaters?«

»Mist!« Er schnappte sich die Akte, ging einmal um den opulenten Schreibtisch herum und ließ sich mit einem Stöhnen auf den ledernen Schreibtischstuhl fallen, der dieses Stöhnen sofort auffing, und wiederholte: »Der Mann hat Geburtstag, und wenn es nach Olga ginge, müsste die Welt anhalten, um das Ereignis zu würdigen. Schlimmer, als noch ein Kind zu bekommen!«

»Ja, aber du willst doch den General nicht gegen dich aufbringen, indem du seine kleine Blume ärgerst.«

»Ich möchte, dass du gleich bei dem Treffen dabei bist«, sagte Sokalow. »Ich werde den anderen sagen, dass du mitstenografierst. Eine Tonbandaufzeichnung wird es nicht geben.«

Keine Aufnahme also? Interessant. »Natürlich, Direktor. Was immer Sie wünschen«, hauchte sie atemlos.

Sokalow stöhnte.

Kapitel 2

Island Café
Stanwood, Washington

Jenkins betrat das Island Café in Stanwood mit dem festen Entschluss, Matt Lemore möglichst bald davon zu überzeugen, dass es für ihn am Tag nur einmal sechs Uhr wurde, und das ganz bestimmt nicht früh am Morgen. Überrascht musterte er die Sitznischen in seinem Stammcafé, von denen die meisten doch wirklich schon besetzt waren, und musste feststellen, dass das Café selbst im Express-Modus funktionierte: Beide Kellnerinnen waren im Laufschritt unterwegs, servierten Essen, räumten Tische ab, schenkten Kaffee nach. Aus der Küche drangen die lauten Rufe der Köche, die sich anstrengen mussten, sich über die Kakophonie an Stimmen im Raum Gehör zu verschaffen, wenn sie ihre fertigen Bestellungen ankündigen wollten. Die Kasse klingelte, Besteck und Geschirr klapperten.

Schlief denn in dieser Stadt überhaupt niemand mehr?

»Achtung, ich komme!« Maureen, die hier schon ewig kellnerte, ging mit mehreren dampfenden, duftenden Tellern beladen geschickt um Jenkins herum. Der schnupperte. Da lohnte es sich doch fast schon, so früh aufgestanden zu sein. Es roch nach Schinken, Würstchen und den Omeletts, für die das

Island Café bekannt war, und prompt knurrte ihm der Magen. »Hey, Langer, warten Sie auf eine Extraeinladung?«, herrschte Maureen ihn an. »Wenn Sie nicht bald sitzen, essen Sie im Stehen.«

So charmant wie eh und je, und Jenkins war jetzt seit vierzig Jahren Stammgast hier. Vielleicht war Maureen ja auch kein Morgenmensch. Auf dem Weg zu einer leeren Nische nickte Jenkins kaum merklich Jalen Davis zu – zwei schwarze Männer, die sich zu verstehen gaben, dass einer vom anderen wusste. Er kannte Davis nicht gut, aber auf der Insel lebte nur eine Handvoll von ihnen.

Jenkins rutschte auf dem rissigen grünen Vinyl der Sitzbank bis zum Fenster und sah durch die Gardine hindurch hinaus in den erwachenden Morgenhimmel, an dem es hinter stahlgrauen Sturmwolken orangefarben und rot schimmerte. Am Abend zuvor hatte es wild und heftig geregnet, ein Sommergewitter, das Jenkins' Weiden höchstwahrscheinlich in Matsch verwandelt hatte. Weiter entfernt hingen die Überreste eines hölzernen Piers über das brackige Wasser des Stillaguamish River, der Stanwood von Camano Island trennte. Im Gegensatz zum geschäftigen Gedränge im Café strahlte das Bild draußen auf ländlich idyllische Weise Ruhe und Frieden aus.

Als Maureen eine in Plastik eingeschweißte Speisekarte auf den Tisch knallte, drehte sich Jenkins zu ihr um. »Wollen Sie Ihren Kaffee im Becher?«, herrschte die Kellnerin ihn an. »Oder soll ich ihn Ihnen einfach in den Schoß kippen?«

»Im Becher tut er weniger weh. Hoffentlich.« Jenkins warf ihr von unten her ein strahlendes Lächeln zu und drehte brav den auf dem Papierset vor ihm wartenden Becher um.

»Da wäre ich mir nicht so sicher. Noch haben Sie ihn nicht probiert.«

Als sie einschenkte, erschien Jenkins der Kaffee dunkler als sonst. Maureen hob die Stimme, um sich gegen den Lärm der

Gäste und der Klingeln vorn auf dem Tresen durchzusetzen, mit dem die Köche zusätzlich bekannt gaben, dass eine weitere Bestellung fertig war und serviert werden konnte. »Bruno glaubt, er kennt sich mit den Wünschen unserer Kunden besser aus als ich.« Bruno, einer der Köche hier, war schon so lange Maureens Freund, dass ihn mit Ausnahme von Maureen alle als ihren Ehemann bezeichneten. »Ich habe ihm gesagt, er kann es ja mal versuchen«, fuhr sie fort. »Der Schlamm da bei Ihnen im Becher ist das Resultat.«

Sie stellte die Kaffeekanne auf dem Tisch ab und musterte Jenkins herausfordernd über den Rand ihrer knallroten Lesebrille hinweg an, die fast mit dem Farbton ihrer Haare korrespondierte. Wenn Maureen aufhörte, sich zu bewegen, und sei es auch nur für einen Moment, dann musste man die Sache ernst nehmen. Vorsichtig nippte Jenkins an seinem Becher. Der Kaffee war stärker als sonst und schmeckte ein klein wenig nach Vanille. Roch auch danach, wie Jenkins jetzt feststellen konnte.

»Und?« Maureen hatte die Hände in die Hüften gestemmt.

Jenkins verzog das Gesicht. »Das nennt Bruno Kaffee? Schmeckt, als hätte er den Dreck vom Fußboden gekratzt und mit Wasser versetzt.«

Sie nickte befriedigt, nahm ihre Kanne und verschwand. Jenkins würde sich unter keinen Umständen mit der Frau anlegen, die ihm das Essen servierte.

Die Glöckchen über der Tür des Cafés klingelten und kündigten die Ankunft von Matt Lemore an, Jenkins' Betreuer seit seiner unerwarteten Rückkehr zur CIA – und vor einem Jahr auch nach Russland. Lemore trat sich die Stiefel auf der Fußmatte ab, während er den Reißverschluss seiner Regenjacke herunterzog, und sah sich um, erkannte Jenkins und winkte strahlend wie ein Kind, das im Einkaufszentrum endlich den Weihnachtsmann entdeckt hat. Er war ja auch praktisch noch ein Kind. Lemore mochte vierzig Jahre alt sein, wirkte allerdings um zehn Jahre jünger mit seinen blonden Haaren, die ihm über die Ohren reichten und die er sich immer wieder aus dem Gesicht streichen musste. Er zog sich auf dem Weg zu Jenkins' Nische die Jacke aus und zum Vorschein kam ein Pullover im Schottenmuster, unter dem er ein Hemd mit Kragen trug. Lemore warf die Jacke auf die zweite Sitzbank, schüttelte Jenkins die Hand und rutschte ihm gegenüber in die Nische.

Dann sah er sich um. »Ich freue mich schon den ganzen Morgen auf den Landmann Spezial.«

»Es ist sechs. Wann sind Sie denn aufgestanden?«

Lemore lief noch auf Ostküstenzeit. »Ich bin schon fünf Meilen gelaufen und habe im Anytime Fitness hier in der Stadt eine halbe Stunde trainiert. Die haben …«

Jenkins hob die Hand. »Lassen Sie mich raten! Rund um die Uhr geöffnet?«

»Sie sehen aus, als hätten Sie ein paar Pfunde abgenommen«, meinte Lemore.

Jenkins hatte wirklich weiter abgenommen, allerdings nicht im Fitnessstudio. Er hatte einen Sohn, der fast schon Teenager war, und eine beinahe zweijährige Tochter, die einen ganz schön auf Trab hielt, von den zehn Morgen Weideland, um die er sich kümmern musste, ganz zu schweigen. Wenn er trainieren wollte, brauchte er sein Heim nicht zu verlassen. Er wog siebenundneunzig Kilo, dank Alex, die seit einiger Zeit auf einer gesünderen Ernährung bestand, mit mehr Obst und Gemüse und weniger Keksen und Chips. »Ich trainiere bei der Arbeit«, erklärte er Lemore. »Ich arbeite im Garten und mit den Pferden, ich grabe Löcher für Zaunpfähle und spalte Holz. Ihnen ist nach einem richtig guten Konditionstraining zumute? Kommen Sie morgen bei mir auf der Farm vorbei. Spart jede Menge Geld im Fitnesscenter.«

Gut, das war jetzt ein bisschen angegeben, denn Jenkins lief nach wie vor viermal die Woche und hatte zu Hause einen Sportraum, in dem er Gewichte stemmte. Vor Kurzem hatte er seinem Trainingsplan noch zweimal wöchentlich einen Kurs in Krav Maga hinzugefügt, der Selbstverteidigung, die man bei den israelischen Streitkräften lehrte und die auf dem Prinzip basierte, dass Angriff die beste Verteidigung ist.

Lemore warf einen Blick aus dem Fenster. »Und was soll der Regen mitten im September?«

»So eine Frage hätte ich von einem Geheimdienstmitarbeiter nicht erwartet. Recherchiert ihr denn gar nicht mehr? In Seattle regnet es immer, der Monat spielt dabei keine Rolle.«

»Haben Sie nicht behauptet, es wäre hier im Sommer sehr schön?«

»Ist es auch. Gott macht hier im Sommer Urlaub, sagen wir gern, aber er sieht zu, dass er bis Anfang Oktober wieder verschwunden ist.«

Maureen knallte eine Speisekarte auf den Tisch und hielt ihre Kaffeekanne so, als wolle sie Lemore den Kaffee in den Schoß kippen. Brav und ohne dass man ihn hätte ermahnen müssen, drehte Lemore seinen Becher um. Er lächelte Maureen von unter her an. »Sehen Sie, ich weiß es noch!«

»Der reinste Schlauberger, was? Hat doch glatt was gelernt.« Sie schenkte ihm Kaffee ein.

Lemore hob den Becher an die Lippen. »Die Speisekarte brauche ich nicht«, sagte er. »Ich denke schon seit dem Aufwachen an das Frühstück hier.«

»Das geht den meisten so.« Sie wandte sich an Jenkins. »Langsam verstehe ich, warum er eigentlich lieber koffeinfreien hätte. Sie wollen das Spezial, nehme ich an?«

»Extra Bratensoße auf die Brötchen«, bat Jenkins.

Maureen sah Lemore an. »Und wovon haben Sie geträumt, Blondschopf?«

»Landmann Spezial mit extra viel Schinken.« Lemore nippte an seinem Kaffee und Jenkins hob warnend die Hand, aber es war schon zu spät. »Fantastischer Kaffee! Neue Sorte?«

Maureen kniff die Augen zusammen, schüttelte den Kopf und verschwand.

»Dabei machten Sie sich gerade so gut!«, seufzte Jenkins.

»Was habe ich denn gesagt?« Lemore wirkte verdattert.

»Wenn wir das nächste Mal hier essen, machen Sie den Mund erst auf, wenn das Essen da ist.«

Lemore stellte seinen Becher ab.

»Ich gehe mal davon aus, dass das hier kein freundschaftlicher Besuch ist.« Jenkins kam lieber gleich zur Sache. »Die restlichen Schwestern? Irgendwas Neues aus Russland?«

Nach Jenkins' Rückkehr aus Russland, wo er Paulina Ponomajowa aus dem Gefängnis Lefortowo befreit hatte, hatten Lemore und er auf der Farm ein längeres Gespräch geführt, in dem Lemore auf die Notwendigkeit verwiesen hatte, nun auch die vier noch verbliebenen der ursprünglich sieben Schwestern aus Russland herauszuholen, die dort alle jahrzehntelang im Auftrag der CIA für die USA spioniert hatten. Die CIA hatte die ursprüngliche Operation nach sieben monumentalen Gebäuden benannt, die nach dem Zweiten Weltkrieg im Auftrag Stalins zum Ruhm der Sowjetmacht in Moskau erbaut worden waren und die der Volksmund schon bald »Die sieben Schwestern« getauft hatte. Ein gewagtes Vorhaben, die Operation, die diese sieben Frauen betraf. Das Skript dafür hätte ebenso gut aus der Feder des KGB stammen können: Sieben russische Frauen waren von Kindheit an zu amerikanischen Spionen erzogen worden. Der KGB bezeichnete solche Agenten als »Illegale«, Menschen, die so tief im Zielland verankert waren, dass sie sich nahtlos anpassten und nicht von der Bevölkerung zu unterscheiden waren. Drei der Schwestern waren von Carl Emerson verraten worden, der früher einmal in

Mexiko-Stadt Jenkins' Vorgesetzter gewesen war, dann aber auf eigene Rechnung als Doppelagent gearbeitet hatte und inzwischen tot sein dürfte. Lemore hatte Jenkins im Verlauf der vergangenen Monate regelmäßig über die Fortschritte informiert, die die CIA bei ihren Versuchen, die verbliebenen Schwestern aus dem Land zu holen, hatte erzielen können. Einfach war dieses Vorhaben nicht, hatte der Kreml doch inzwischen der Bildung einer geheimen Spezialeinheit innerhalb der Abteilung für Spionageabwehr zugestimmt, deren Zweck es war, diese Frauen zu finden und auszuschalten.

Das Ganze nannte sich »Operation Herodes«, nach einem König des alten Israel, der, so steht es in der Bibel, aus Furcht vor der Geburt des Kindes Jesus seine Soldaten ausschickte, um sämtliche in der Stadt Bethlehem geborenen männlichen israelitischen Kinder umzubringen. Eine Operation nach dem Gießkannenprinzip sozusagen, ein Weg, den man notgedrungen wählt, wenn einem das genaue Ziel nicht bekannt ist. Im Fall der sieben Schwestern nahm sich die Spezialeinheit sämtliche Frauen vor, die sechzig Jahre und älter waren und an höherer Stelle für die russische Regierung arbeiteten. Sie alle wurden gründlich durchleuchtet, was nach einer Sisyphusarbeit klang, im Grunde aber gar nicht so schwer zu bewältigen war, da führende Regierungsposten in Russland immer noch mehrheitlich mit Männern besetzt wurden und der Kreis der über sechzigjährigen Frauen in solchen Positionen von daher durchaus überschaubar war.

Eine ähnliche, im Jahr 2008 gegründete Spezialgruppe hatte erfolgreich prominente Köpfe von Mafiafamilien identifizieren und eliminieren können und noch dazu mehrere mächtige Oligarchen liquidiert, in denen der Präsident eine Gefahr für seine Macht sah.

Maureen war zurück. Sie stellte Teller mit beachtlichen Portionen an Eiern, Schinken, Würstchen, Speck und hausgemachten Bratkartoffeln auf den Tisch, dazu Soße und warme Brötchen. »Sonst noch etwas?«

»Ich glaube, das reicht erst einmal«, sagte Jenkins.

»Noch Kaffee?«, erkundigte sich Maureen bei Lemore.

Jenkins schüttelte kaum merklich den Kopf.

»Der ist doch nicht so gut, wie ich zuerst dachte«, erklärte Lemore. »Hinterlässt einen schlechten Geschmack im Mund.«

Maureen nickte. »Ich glaube, ›bitter‹ ist das Wort, nach dem Sie suchen.« Sie legte die Rechnung auf den Tisch und ging.

Die beiden Männer machten sich über das Essen her. »Wie geht es den beiden Frauen, die ihr aus dem Land schleusen konntet?«, erkundigte sich Jenkins.

»Das NROC hilft ihnen beim Aufbau neuer Identitäten und besorgt Wohnungen in Gegenden, wo sie vor dem Zorn Russlands sicher sind.«

»NROC?«

»Entschuldigung. National Resettlement Operations Center. Sie kümmern sich darum, dass diese Leute hier Fuß fassen können.«

»Der Arm Russlands scheint länger geworden, seit sie sich Alexei Nawalny vorknöpfen konnten.« Jenkins bezog sich auf einen prominenten Oppositionellen und Kritiker Putins, der mit einer seltenen chemischen Substanz vergiftet worden war, als er in Sibirien auf seinen Flug wartete. Nawalny war in Berlin im Krankenhaus behandelt und gleich nach seiner Rückkehr nach Russland verhaftet worden.

»Einen Giftanschlag auf dem Boden der USA würden sie nicht wagen«, meinte Lemore. »Dazu steht zu viel auf dem Spiel.«

Jenkins schob sich eine Gabel voll Schinken, Ei und Bratkartoffeln in den Mund. »Ich nehme mal an, die zwei noch verbliebenen Schwestern sind der Grund, weswegen ich Ihnen zu dieser grausam frühen Morgenstunde gegenübersitze?«

»Sie sind seit Kurzem stumm.«

»Was genau heißt das?«

»Das heißt, sie reagieren weder auf Nachrichten in toten Briefkästen noch auf Anrufe.«

»Aber sie leben noch?«

»Sie leben noch. Wir gehen davon aus, dass eine der Schwestern verstummt ist, weil sie das mit der Operation Herodes weiß. Bei der zweiten Schwester sind wir unsicher. Vielleicht hat sie mitbekommen, dass sie überwacht wird, und von daher beschlossen, erst einmal zu schlafen.«

Es überraschte Jenkins nicht, wie wenig Lemore im Grunde wusste. Der persönliche Kontakt zwischen einem Spion in Russland und seinem Betreuer war begrenzt, denn der FSB durchleuchtete, wie schon sein Vorgänger KGB, jeden Amerikaner im Lande akribisch, besonders die, die für die Botschaft arbeiteten. Erfahrene Betreuer brachten einen Kontakt im Vorübergehen zustande, wo Betreuer und Spion aneinander vorbeigingen und der Betreuer wichtige Informationen geschickt per Hand weitergab. Ansonsten arbeiteten sie mit toten Briefkästen, bestimmte Stellen, die nur der Betreuer und sein Spion kannten und wo jeder von ihnen Päckchen oder Nachrichten hinterlassen konnte, ohne dass sie sich je persönlich begegnen mussten. Um solche Übergaben zu arrangieren, rief der Betreuer den Spion zu Hause an und bat, eine bestimmte Person sprechen zu dürfen, wobei die ausgedachten Namen für diese angebliche Person jeweils nach einem bestimmten Code ausgewählt waren, der für einen bestimmten Briefkasten stand. War es dem Spion möglich, an den betreffenden Ort zu kommen, dann sagte er: »Es tut mir leid, Sie haben sich verwählt.« Konnte er den Briefkasten nicht aufsuchen, so lautete die Antwort: »Hier wohnt niemand, der so heißt.« Treffpunkte konnten auch über Kleinanzeigen vereinbart werden und, nahm Jenkins jedenfalls an, ohne es genau zu wissen, mithilfe von Computern. Der Spion reagierte dann vielleicht mit einem Signal an einer bestimmten Bushaltestelle oder er öffnete ein bestimmtes Fenster seiner Wohnung, zog eine bestimmte Gardine vor oder stellte Blumen auf den Balkon.

»Besteht die Möglichkeit, dass eine der beiden Frauen umgedreht wurde?«, fragte Jenkins.

Lemore schaufelte sich Kartoffeln und Eier in den Mund, kaute und schluckte. »Bei der zweiten Schwester können wir nicht sicher sein. Die erste ist die, der wir die Informationen über die Operation Herodes verdanken.«

Jenkins, der gerade einen Schluck Kaffee trinken wollte, setzte seinen Becher ab. »An so hoher Stelle arbeitet sie?«

»Beide sind ganz oben eingebettet und ich glaube, genau deswegen schweigen sie jetzt auch. Die zweite sitzt an einer Stelle, wo sie von der Operation Herodes wissen oder doch zumindest den Verdacht hegen könnte, dass etwas Großes im Gange ist.« Lemore schüttelte den Kopf. »Wenn wir sie verlieren, verlieren wir damit die höchstrangigen Quellen für Geheiminformationen, zu denen wir in Moskau je Zugang hatten.«

»Ich male jetzt mal den Teufel an die Wand: Jede der beiden könnte uns haargenau das vorgegaukelt haben. Haben uns mit genügend Informationen gefüttert, damit wir glauben, sie säßen an höchster Stelle. Gibt es denn in Moskau niemanden, der rausbekommen kann, was los ist?«

»Das ist eine knifflige Angelegenheit.« Lemore beschrieb Jenkins das Minenfeld an Überwachung, mit dem sich US-Diplomaten und Mitarbeiter der CIA in Russland konfrontiert sahen. Niemand konnte die Botschaft verlassen und einfach nur nach der Arbeit nach Hause fahren, ohne damit gleich einen Rattenschwanz an Verfolgern auf sich zu ziehen, plus Satellitenüberwachung, von den überall in Moskau verteilten zweihunderttausend Überwachungskameras mit Gesichtserkennung ganz zu schweigen. Die Kameras lieferten ihre Bilder an eine Computerzentrale, wo die aufgezeichneten Gesichter mit denen von gesuchten Individuen abgeglichen wurden, zu denen auch Jenkins gehörte. Wenn man einen russischen Agenten einsetzte, riskierte man damit dessen Enttarnung und setzte sein Leben aufs Spiel.

»Und was ist mit Technologie?«, erkundigte sich Jenkins. »Kann man sie damit irgendwie erreichen und herausfinden, was los ist?«

Bei ihrem letzten Treffen hatte Lemore Jenkins von der Implosion des verdeckten Kommunikationssystems der CIA erzählt, das zwecks Kommunikation mit Agentinnen und Agenten überall auf der Welt eingesetzt gewesen waren. Laut Lemore hatte diese Implosion ihnen fast lehrbuchmäßig vorgeführt, was passiert, wenn man sich zu sehr auf Datensicherheit verlässt und dem System zu naiv vertraut. Das galt besonders in Ländern mit Spionagediensten, die sich im IT-Bereich bestens auskannten, wie Russland eins war. Inzwischen war man in der CIA von Technologie abgerückt, die gehackt werden konnte, und war zu den Methoden des Kalten Krieges zurückgekehrt, oft erprobt und nachweislich sicher, mit denen sich allerdings die jüngeren Mitarbeiter fast gar nicht mehr auskannten. Wodurch Jenkins, der einmal als Geheimdienstoffizier mit beiden Stiefeln fest auf dem Boden gestanden hatte, ein besonderer Wert zukam.

»Die Frauen sind ebenfalls noch von der alten Schule. Sie sind beide über sechzig.«

»Vorsichtig!«, mahnte Jenkins, der nicht zugeben mochte, dass sechzig alt sein könnte.

»Aufgrund ihrer Stellung in der Regierung werden die Telefone und Computer der beiden sowohl auf der Arbeit als auch zu Hause engmaschig überwacht«, fuhr Lemore fort. »Sie werden beide jeden Morgen gründlich durchsucht, wenn sie zur Arbeit kommen, und abends, wenn sie gehen, ebenfalls.«

Nachdem sie noch eine Weile über die beiden Frauen gesprochen hatten und weitere Details genannt worden waren, fragte Jenkins: »Was brauchen Sie also?«

»Jemanden, der die beiden beobachtet, feststellt, ob eine von ihnen beschattet wird, herausfindet, was genau das Problem ist, wenn es denn eins gibt, und warum sie beide stumm geworden sind. Sollten sie sauber sein, dann haben wir einen Plan, wie wir sie außer Landes schaffen können. Codename: Rotes Tor.«

»Und da drüben ist niemand, der sie außer Landes schleusen kann?«

»Wie ich schon sagte, das ist knifflig. Die beiden sind old school. Sie sind paranoid. Aufgrund ihrer Stellungen wissen sie von den drei Schwestern, die Emerson verraten hat, und sie wissen auch, wie Sie die Ponomajowa aus dem Lefortowo geholt haben. Sie werden Ihnen vertrauen.«

Jenkins erkannte am besorgten Ausdruck in Lemores Gesicht und an der Tatsache, dass er seine bisher als Schaufel fungierende Gabel aus der Hand gelegt hatte, dass ihm noch etwas zu schaffen machte. »Und was gibt es sonst noch?«

Lemore runzelte die Stirn. »Aufgrund von Informationen, die wir von der Schwester in der Lubjanka erhalten haben, stehen die vier noch lebenden Schwestern auf einer vom Präsidenten unterzeichneten Todesliste.«

»Das wussten wir doch, oder?«

»Das wussten wir.«

»Und?«, hakte Jenkins nach.

»Und jetzt haben wir herausgefunden, dass Sie auch auf dieser Liste stehen. Aber wie gesagt, ich habe einen Plan!«

»Einen Plan?«, seufzte Jenkins. »Dann bin ich ja vollständig beruhigt.«

Kapitel 3

Lubjanka
Moskau

Maria Kulikowa hielt sich ein wenig am Rand, während Dmitri Sokalow die drei Männer in seinem Büro willkommen hieß. Bogdan Petrow, Vorsitzender der nationalen Anti-Terror-Abteilung, war direkt Präsident Putin unterstellt. Gavriel Lebedew, stellvertretender Leiter der Sektion S, leitete die berüchtigte Abteilung für Auslandsspionage Russlands, und General Kliment Pasternak leitete Zaslon, Russlands Eliteeinheit innerhalb der Sektion S, deren Existenz die russischen Behörden vehement leugneten. Zaslon bestand aus etwa dreihundert extrem gut ausgebildeten Agenten, von denen jeder mehrere Sprachen akzentfrei beherrschte und über weitgefächerte Erfahrungen in anderen geheimen Einheiten des russischen Militärs verfügte.

Die vier zusammen, das war in der Tat eine interessante Konstellation, dachte Maria.

Zaslon zeichnete unter anderem für den Giftanschlag auf den russischen Regimekritiker Alexander Litwinenko verantwortlich, sechs Jahre nach der Flucht des ehemaligen FSB-Offiziers nach Großbritannien, für die Vergiftung von Sergei Skripal, ehemaliger Offizier der russischen Armee und als Doppelagent für den Geheimdienst des Vereinigten Königreichs tätig, und, in jüngster Zeit, für den Giftanschlag auf den Kremlkritiker Alexei Nawalny kurz vor den russischen Parlamentswahlen.

Sokalow begrüßte die drei Männer auf seinem Perserteppich unter dem mehrstöckigen Kronleuchter mit den Kristalllüstern. Hinter ihm ragten hohe Regale aus Mahagoni auf, die eine Sammlung alter, seltener Bücher beherbergten, aber keiner der Herren zeigte Interesse für diese von Menschen geschaffene Opulenz. Petrows Blick suchte und fand wie immer die Kulikowa, die er anstarrte wie eine Katze ihr Lieblingsspielzeug. Auf seinen Lippen machte sich ein anzügliches Lächeln breit.

»Frau Kulikowa!« Mit ausgestreckter Hand steuerte er um das dunkelbraune Chesterfieldsofa herum, wobei sich sein Blick unwillkürlich auf Marias Brüste konzentrierte. Maria beugte sich ein wenig vor, damit Petrow sie auf beide Wangen küssen und den Ausblick in ihren Ausschnitt genießen konnte. »Strahlend schön wie eh und je«, murmelte er mit leichter Alkoholfahne. »Welchem Umstand verdanke ich die große Freude Ihrer Anwesenheit?«

Maria wagte nicht zu antworten.

»Frau Kulikowa wird bei diesem Treffen stenografieren und das Protokoll sicher in ihrem Safe verwahren«, erklärte Sokalow, der näher trat wie ein fürsorglicher Vater, der seine Tochter beschützen möchte, weswegen Petrow Marias Hand noch lange nicht freigab, als wolle er seine überlegene Stellung demonstrieren.

»Kommt nicht infrage!« Der für seine beträchtliche Leibesfülle bekannte Lebedew befand sich nun ebenfalls auf dem Weg zu der Ledercouch mit den harten Knöpfen. »Der Präsident hat sich da ganz unzweideutig geäußert. Von diesem Treffen wird es keine Aufzeichnungen geben.«

»Und wir zeichnen ja auch nichts auf.« Wie immer, wenn er nervös war, zupfte Sokalow am Knoten seiner Krawatte. »Aber der Präsident wird informiert werden wollen und ich möchte sichergehen, dass *ich* das in aller Genauigkeit tun kann.« Damit warf Sokalow alles an Gewicht in den Raum, was er in dieser Gruppe hatte: seine langjährige persönliche Beziehung zum Präsidenten. Abgesehen davon standen die anderen in jeder Hinsicht über ihm, und gerade deswegen war es ihm so wichtig, dass die Kulikowa festhielt, was beim Treffen zur Sprache kam. *Scheiße fließt nun mal gern nach unten,* pflegte er oft zu sagen. Und in diesem Fall stand Sokalow mit Eimer und Schaufel bewaffnet ganz unten am Fuß der Leiter.

»Mir ist bei diesem Arrangement nicht wohl«, jammerte Lebedew, der sich schwerfällig zu Petrow umwandte, der wiederum die Kulikowa nicht aus den Augen lassen mochte. Was erwartete der alte Mann eigentlich von ihr?, fragte sich Maria erbost. Sollte sie sich einfach über den Schreibtisch beugen, damit er sie an Ort und Stelle von hinten nehmen konnte?

»Frau Kulikowa arbeitet seit mehr als dreißig Jahren für mich«, sagte Sokalow. »Sie werden ihre Loyalität doch bestimmt nicht infrage stellen wollen.«

»Ich bin mir Ihrer *professionellen* Beziehung zu Frau Kulikowa durchaus bewusst«, erwiderte Lebedew und ließ diese Bemerkung einen Moment lang im Raum stehen. »Ich versuche nur, den Anordnungen des Präsidenten zu folgen«, fuhr er schließlich fort. »Und die lauten, es darf keine Aufzeichnungen geben.«

Lebedew und Sokalow hatten eins gemeinsam. Jeder strebte Petrows Posten als Vorsitzender und einen Schreibtisch im Kreml an.

Nun wagte sich General Pasternak, ein für seine Sachlichkeit bekannter Militär, ins aufgewühlte Wasser. »Vielleicht ein Kompromiss, damit wir anfangen können?« Er sah Petrow an, der die Kulikowa daraufhin freigab, ohne sie jedoch aus den Augen zu lassen. Für einen Moment wagte es Maria, seinem Blick standzuhalten. Sie wollte weder ihn noch Sokalow verärgern. »Vielleicht kann Frau Kulikowa Notizen machen, aber diese Notizen gehen anschließend in den Besitz des Vorsitzenden über.«

»Ah, ich verstehe, was Ihnen Sorgen bereitet«, sagte Sokalow, der so schnell nicht aufgeben mochte. »Ein sehr guter Vorschlag, aber ich glaube nicht, dass sich der Vorsitzende diese Verpflichtung aufbürden möchte. Ich schlage als Alternative vor, dass die Aufzeichnungen von Frau Kulikowa in meinem Safe verwahrt werden und in der sicheren Obhut meines Büros bleiben. Nur für den Fall, dass etwas passiert.«

»Nichts wird passieren!«, empörte sich Pasternak.

Sokalow lächelte, aber in diesem Theaterstück ging es ihm nicht um die Zweitbesetzung Pasternak, er spielte für den Vorsitzenden Petrow. »Man kann hundertmal mit dem Zug fahren, ohne dass es Probleme gibt, und dann entgleist er doch. Natürlich ohne dass der Zugführer etwas dazukönnte. Ich meine das lediglich als Hypothese, sozusagen. Für den Fall, dass wirklich etwas schiefgehen sollte – und dabei habe ich ehrlich nicht Ihre Einheit im Blick, General –, würde ich dem Präsidenten am nächsten stehen. Auf mich wird er hören, wenn ich ihm versichere, dass dieses Treffen unter höchster Geheimhaltung stattgefunden hat.«

Petrow setzte sich Lebedew gegenüber auf das entgegengesetzte Ende der Couch. »Ich für meinen Teil empfinde Frau Kulikowa als eine ästhetisch angenehme Abwechslung zu den Pferdegesichtern, mit denen ich mich sonst bei diesen Treffen konfrontiert sehe, mein eigenes eingeschlossen.«

Pflichtschuldiges Lachen machte die Runde.

»Frau Kulikowa wird Notizen machen, Dmitri wird ihre Notizen sicher aufbewahren, in seinem Safe, in seinem Büro. Und jetzt lassen Sie uns weitermachen.«

Ende der Diskussion, dachte Maria Kulikowa mit ausdruckslosem Gesicht und ging, als sich nun alle setzten, zu dem Stuhl, den Sokalow für sie neben seinen Schreibtisch gestellt hatte. Sokalow selbst wählte einen der beiden Ledersessel im Raum. Hinter dem Schreibtisch Platz zu nehmen, hätte unhöflich gewirkt, denn immerhin waren die anderen Anwesenden im Raum mehr oder weniger seine Vorgesetzten. Maria nahm ihren Notizblock zur Hand und schlug das Deckblatt um, notierte das Datum des Treffens und die Namen der Teilnehmenden.

Sie schlug die Beine übereinander, was mit Ausnahme von Lebedew die Aufmerksamkeit aller erregte, und langte gleichzeitig an ihre rechte Brust, um ihren BH-Träger zu richten, eine Bewegung, die ebenfalls niemandem entging.

Petrow räusperte sich. »Ibragimow.«

Fjodor Ibragimow, einst zum inneren Kreis des Präsidenten im Kreml gehörig und gleichzeitig amerikanischer Geheimagent, war von der CIA nach Amerika geschleust worden, nachdem der Präsident der Vereinigten Staaten Geheiminformationen enthüllt hatte, die Ibragimow hätten bloßstellen können. Als höchster US-Agent in Russland, von dem man wusste, hatte er über zahlreiche Vorgänge im Kreml informiert, die strengster Geheimhaltung unterlagen, unter anderem über die Einmischung der Russen bei den Präsidentschaftswahlen der USA.

Ibragimows Verrat hatte Putin unglaublich aufgebracht. Der Verrat und die Tatsache, dass Ibragimow, seine Frau und die beiden Kinder des Ehepaares in die Vereinigten Staaten hatten flüchten können. Im Kreml waren Köpfe gerollt, eine Säuberung, die Zeugen gern mit denen unter Iwan dem Schrecklichen verglichen.

»Der Präsident ist der Meinung, dass inzwischen genug Zeit vergangen ist und wir aktiv werden können. Nicht aktiv zu werden, sendet die falsche Botschaft, man könne Russland ungestraft verraten«, sagte Petrow.

Kulikowa hielt den Kopf gesenkt und spitzte die Ohren. Der Präsident war seit Langem für die brutale Art bekannt, in der er gegen Amerikaner in Moskau vorging, die man der Spionage verdächtigte, und gegen russische Bürger, die ihr Land verrieten. Verräter sollten wissen, dass Putins Gedächtnis ebenso gut war wie sein Arm lang.

»Ibragimow befindet sich in den Vereinigten Staaten«, gab Sokalow zu bedenken.

»Ja, in einem wunderschönen weißen Haus in Virginia, mit einem Garten und einem weißen Lattenzaun drumherum«, spuckte Petrow. »Alles ganz zauberhaft und nicht weit von Langley entfernt. Er wollte nicht, dass die CIA ihn versteckt, und er lässt sich auch nicht von denen beschützen. Er fühlt sich sicher so als Symbol für den Kampf gegen russische Tyrannei und möchte ein Beispiel dafür abgeben, dass man als Verräter in den USA sicheren Unterschlupf finden kann.«

General Pasternak lehnte sich vor. »Er streckt uns allen die Zunge heraus! Er fordert uns heraus, will wissen, ob wir uns trauen, etwas gegen ihn zu unternehmen.«

»Bei allem Respekt, Vorsitzender Petrow«, meldete Sokalow, »es ist sicher unglücklich, dass wir hier eine Gelegenheit versäumt haben, aber …«

»Kein Aber«, unterbrach ihn Petrow ruhig, aber nachdrücklich. »Ich stimme dem General zu. Je länger Ibragimow straffrei ausgeht, desto stärker wird er zum Symbol dafür, dass Verräter reich belohnt werden können. Vielleicht gibt es ja schon andere, die sich durch seine Dreistigkeit jetzt auch noch ermutigt fühlen.«

»Was schlägt der Präsident denn vor?«, erkundigte sich Sokalow.

»Der Präsident?« Petrow schnaubte und durchbohrte mit dem Blick seiner dunklen Augen jeden einzelnen Anwesenden im Raum. »Der Präsident schlägt gar nichts vor. Er weiß von nichts.«

»Selbstverständlich. Ich muss mich entschuldigen«, versicherte Sokalow hastig.

»Er wünscht, dass wir verstehen, wie besorgt er ist, damit wir dann alles unternehmen, was unserer Meinung nach angemessen ist, um weiteren Hochverrat zu unterbinden.«

Und? Was kam jetzt? Was würde Petrow vorschlagen? Maria Kulikowas Herz schlug zum Zerspringen.

»Reist Ibragimow?«, wollte General Pasternak wissen.

»Das scheint mir unter den gegebenen Umständen wenig wahrscheinlich«, meinte Petrow. »Oder?«

»Ja, natürlich.«

»Er hat Verwandte hier in Russland. Wir könnten …«, setzte Lebedew an.

Petrow unterbrach ihn mit einer Handbewegung. »Wir haben diese Verwandten gründlich unter die Lupe genommen, wobei sich gezeigt hat, dass sie von Ibragimows Verrat nichts ahnten.«

Konkret bedeutete das, dass die Verwandten bedroht und gefoltert worden waren, bis sich die Befrager ihrer Unschuld sicher sein konnten. Maria Kulikowa wurde bei der Vorstellung ganz schlecht. Es kam ihr so vor, als hätte das, was unausgesprochen als Vorschlag im Raum stand, sämtliche Luft aus dem Zimmer gesogen.

»Das wäre bislang noch nie da gewesen«, sagte Lebedew mit einem Hauch Zweifel in der Stimme.

»Alles ist noch nie da gewesen, bis man es irgendwann einmal wagt«, sagte Petrow.

»Nur haben die Geheimdienste der USA seit Skripal und Nawalny ihre Überwachung verstärkt«, gab Lebedew zu bedenken. »Auch die Sanktionen sind erweitert worden.«

»Die Sanktionen waren und sind minimal. Ein Placebo zur Beruhigung der amerikanischen Öffentlichkeit.«

»Ja, aber mit einem Mord auf amerikanischem Boden zwingt man den amerikanischen Präsidenten doch zum Handeln«, sagte Sokalow. »Oder nicht?« Seit den jüngsten Giftanschlägen war es fast unmöglich geworden, glaubhaft so zu tun, als hätte man von nichts eine Ahnung.

»Deswegen führen wir diese Diskussion schließlich, oder?«, sagte Petrow und bestätigte damit, dass der Präsident mit Giftanschlägen einverstanden war, aber nur, wenn er auf keinen Fall damit in Verbindung gebracht werden konnte. »Was immer wir tun, es muss gezielt sein, um Kollateralschäden möglichst gering zu halten. Die Amerikaner werden sich aufregen, aber nicht allzu sehr, denn das Opfer ist ja nur ein weiterer Russe. Noch dazu ein Spion. Das werden die Amerikaner als einen unglücklichen Umstand ansehen, gleichzeitig aber auch vorbringen, dass Ibragimow von der Möglichkeit der Vergeltung wusste, als er sich entschied, sein Land zu verraten.«

»Wie begrenzen wir den Kollateralschaden?«, fragte Sokalow. »Bei einem radioaktiven Mittel geht das schlecht, da haben wir wenig Möglichkeiten zu bestimmen, wer damit oder mit dem Behälter in Kontakt kommt, in dem es geliefert wird. Einen russischen Spion umbringen, das ist eine Sache. Unschuldige amerikanische Bürger in ihrem eigenen Land, das ist eine ganz andere.«

»Oder auch nicht«, warf Pasternak ein.

Die anderen sahen ihn an. Das konnte er doch sicher nicht so gemeint haben, bestimmt hatte er sich versprochen. Leider hatte der General die ärgerliche Angewohnheit, bei einer Diskussion zwischen einzelnen Gedanken erst einmal eine kurze

Schweigepause einzulegen. Sokalow hatte sich schon oft gefragt, ob es der Mann auf einen dramatischen Effekt anlegte oder ob er zu hastig sprach und von daher öfter mal innehalten musste, um zu überlegen, was er gerade alles von sich gegeben hatte.

Der General schüttelte nachdenklich den Kopf. »Ibragimow ist davon überzeugt, dass er und seine Familie in Amerika vor Vergeltung sicher sind. Diese feste Überzeugung ist gleichzeitig seine größte Schwäche.«

Alle nickten.

»Der Vorsitzende hat uns erklärt, dass Ibragimow den Schutz durch die CIA ablehnt, weil seine Kinder nicht wie Gefangene leben sollen. Ein Giftmittel kommt nicht infrage, da stimme ich mit dem stellvertretenden Direktor überein. Gift ist inzwischen ein Markenzeichen, bei dem jeder sofort an Russland denkt. Wir riskieren Kollateralschäden und es wird uns hinterher schwerfallen, alles abzustreiten.«

»Was könnten wir denn Ihrer Meinung nach tun?«, wollte Petrow wissen.

»Was, wenn wir einen anderen Weg einschlagen? Einen, bei dem garantiert ist, dass kein Kollateralschaden entsteht?«

»Schwebt Ihnen da etwas Konkretes vor?«, fragte Petrow.

»Ein gezielter Schuss.«

Erst einmal reagierte niemand auf diesen Vorschlag Pasternaks, weil alle auf einen Kommentar von Petrow warteten. Als der nicht kam, wagte sich Sokalow vor. »Das ist ein gefährliches Spiel. Einen russischen Scharfschützen mit Mordbefehl loszuschicken, um jemanden auf amerikanischem Boden zu erschießen, das wäre …« Er schüttelte den Kopf. »Die Amerikaner würden sofort ihren Grenzschutz alarmieren. Wenn sie den oder die Schützen erwischen und feststellen, dass es sich um Russen handelt, läuft es im Endeffekt auf dasselbe hinaus wie bei einem Giftanschlag. Wir können es nicht glaubhaft abstreiten. In der amerikanischen Öffentlichkeit würde mit lautem Geschrei nach strengen ökonomischen Sanktionen verlangt werden und die Amerikaner würden ihre Verbündeten dazu bringen, sich ihnen hier anzuschließen.«

Pasternak zuckte die Achseln. »Nicht, wenn Ibragimow einem Unfall zum Opfer fiele oder einem kriminellen Element, wie sie in den USA so weit verbreitet sind. Es könnte vielleicht einen Raubüberfall geben.«

»Die Gefahr bleibt weiterhin bestehen – in dem Fall, dass die Schützen erwischt werden«, beharrte Petrow. »Bei einem Giftanschlag kann es Stunden dauern, bis beim Opfer Symptome auftreten. Eine Kugel lässt dem Schützen aber nur wenig Zeit zum Entkommen. Unsere Informanten melden, dass sich Ibragimow nur selten irgendwohin bewegt. Auch seine Frau verlässt das Haus eigentlich nur, um die Kinder zur Schule zu bringen und später wieder abzuholen. Die Schule erreicht man mit dem Auto in fünfzehn Minuten.«

»Was, wenn den Schützen für die Flucht mehr Zeit bliebe?«, fragte Pasternak.

»Wodurch?« Petrow zeigte endlich deutliches Interesse für den Gedankengang des Generals.

»Ich bin mir noch nicht ganz sicher, aber durch irgendetwas Gewöhnliches. Vielleicht hat die Frau auf dem Rückweg von der Schule, nachdem sie die Kinder hingebracht hat, einen Verkehrsunfall.«

Sokalow sah Pasternak an, als hätte der den Verstand verloren. »Einen Verkehrsunfall? Wir versuchen uns etwas einfallen zu lassen, bei dem sämtliche Verbindungen zu russischen Agenten quasi gekappt sind! Wir wollen keine neuen schaffen!«

»Es muss kein Russe beteiligt sein. Ich schlage vor, wir tun mit den Amerikanern das, was sie uns mit den sieben Schwestern angetan haben.«

Kulikowa musste sich anstrengen, um sich in keiner Weise anmerken zu lassen, dass sie diesen Codenamen kannte.

Jahrelang hatte sie sich für die einzige Schwester gehalten. Bis Sokalow ihr von einem umgedrehten CIA-Offizier berichtet hatte, der nun für Russland arbeitete und von sieben Schwestern sprach. Zu dem Zeitpunkt hatte dieser Offizier drei der Schwestern bereits verraten. Sie waren gefoltert und anschließend exekutiert worden.

»Wir aktivieren eine in der Nähe lebende Illegale und lassen uns einen plausiblen Grund einfallen, warum sie an dem Tag dort vor Ort ist. Sie überfährt zu einem festgelegten Zeitpunkt ein Stoppschild und kollidiert mit dem Fahrzeug von Ibragimows Frau. Sie müssen anhalten und Versicherungsinformationen austauschen. Die Polizei kommt, ein Bericht wird aufgenommen. Vielleicht muss auch noch ein Krankenwagen gerufen werden, damit die Verletzungen von Ibragimows Frau behandelt werden können, vielleicht wird sie ins Krankenhaus gebracht. So hätten meine Männer Zeit, Ibragimow zu töten, über die Grenze nach Kanada zu verschwinden und wieder nach Hause zu kommen.«

Pasternaks Vorschlag hatte etwas für sich, was jedoch niemand zugeben würde, bevor er nicht den Segen des Vorsitzenden hatte. Petrow sah Pasternak an. »Ich möchte, dass Sie weiter an der Idee arbeiten. Stellen Sie eine detaillierte Analyse zusammen, die ich mit in den Kreml nehmen kann.« Er wandte sich an Sokalow. »Ich würde mal sagen, jetzt wären ein paar Drinks angesagt.«

Alle erhoben sich und Sokalow ging hinüber zur Anrichte, auf der sich seine Bar befand.

Maria Kulikowa, der inzwischen ziemlich übel war, erkannte eine Gelegenheit, dem Regime weiteren Schaden zuzufügen, und bewegte sich in Richtung der Tür, die zurück in ihr Büro führte.

»Frau Kulikowa?«, hielt Lebedew sie auf.

Sie drehte sich um und sah ihn an. »Ja, stellvertretender Direktor?«

»Lassen Sie die Notizen bitte hier liegen.« Er richtete seinen Blick auf den Notizblock in ihrer Hand.

»Natürlich, stellvertretender Direktor.« Sie legte Block und Kugelschreiber an den Rand von Sokalows Schreibtisch.

»Darf ich fragen, wie alt Sie sind?«, fuhr Lebedew fort.

Sokalow richtete sich empört auf. »Man fragt eine Frau nicht nach ihrem Alter!«

»Ich meine das voller Bewunderung für Frau Kulikowa. Eine Frau, die doch, soweit ich weiß, schon über sechzig ist und in so ausgezeichneter körperlicher Verfassung, unglaublich. Sie sind doch über sechzig, oder? Ich habe Sie jetzt nicht etwa beleidigt?«

»Nein, wirklich nicht, stellvertretender Direktor. Sie haben recht, ich bin über sechzig.«

Lebedew warf Sokalow einen bedeutungsvollen Blick zu.

Kulikowa verließ den Raum und schloss die Tür hinter sich, hatte in ihrem Büro Mühe, wieder zu Atem zu kommen. Mit der kalten Luft der Klimaanlage auf ihrer Stirn verfluchte sie Lebedew, das fette Schwein. »Lassen Sie Ihre Notizen bitte hier!«, höhnte sie leise. »Aber gern doch!« Und sie langte in ihren BH, um das Aufnahmegerät auszuschalten.

An den Metalldetektoren fragte niemand mehr nach, wenn bei ihr der Alarm losging, wie er es brav jahrelang getan hatte, bis das eine ganz normale Sache geworden war, mit der die Wachen sogar rechneten. Sie glaubten die Geschichte von den Metallbügeln in Marias BH, die der Kulikowa zu dem gesegneten Dekolleté verhalfen, für das sie bekannt war. Niemand wäre auf die Idee gekommen, dass sie sich ein drahtloses Aufnahmegerät in den BH genäht hatte, das auf Stimmen reagierte. Es war nicht größer als eine Büroklammer.

Sie spielte dieses Spiel nun schon seit mehr als vierzig Jahren und es wurde immer gefährlicher. Seit die Spezialeinheit der Operation Herodes nach den Schwestern suchte, hatte sich

Maria in den Winterschlaf begeben, reagierte nicht auf Signale ihres Betreuers und sandte auch selbst keine aus, um ein Treffen zu vereinbaren. Jetzt allerdings blieb ihr keine andere Wahl, sie musste die Aufzeichnungen der heutigen Sitzung an ihren Betreuer weiterleiten. Hier ging es nicht nur darum, Ibragimow zu retten, wobei Maria durchaus großes Mitgefühl für dessen Frau und die beiden kleinen Kinder empfand. Nein, hier ging es auch um all die anderen Russen, denen das gegenwärtige autoritäre Regime zuwider war. Wenn diesem Regime die Ermordung Ibragimows gelang, würde das anderen so große Angst einjagen, dass sie schwiegen. Und Russland würde immer weiter in das dunkle Zeitalter des Autoritarismus zurückfallen.

Sie durfte nicht länger stumm bleiben, auch wenn sich jetzt zu melden ihr Todesurteil bedeuten konnte.

Kapitel 4

Camano Island
Washington

Jenkins saß am Kopf des Küchentisches und genoss das Zusammensein mit seiner Familie, auch wenn manches hier ihn sehr an die Szene mit der Essensschlacht aus dem Film *Ich glaub, mich tritt ein Pferd* erinnerte. Lizzie, die ein paar Monate früher als rein rechnerisch vorgesehen die Entwicklungsphase erreicht hatte, die man aus gutem Grund Trotzphase nennt und die eigentlich den Zweijährigen vorbehalten ist, fungierte momentan als Schrecken des Hauses. Gerade drosch sie abwechselnd mit der flachen Hand auf die Makkaroni auf ihrem Teller ein oder hob eins davon mit dicken Fingerchen auf, um es auf den Boden zu werfen. Direkt vor die Nase des Hundes. Max freute sich und gab begeistert den Staubsauger.

In der Kasserolle, in der sich die überbackenen Makkaroni befunden hatten, waren nur noch spärliche Überreste verblieben. Auch die Schüsseln mit dem Mais, den Kirschtomaten und Gurkenscheiben hatten sich geleert und vom Schokoladenkuchen, den es zum Nachtisch gegeben hatte, war nur noch ein dünnes Scheibchen übrig. Wie sehr CJs Appetit zugenommen hatte, war Jenkins erstmals bei einem

Familienausflug zu ihrer Lieblingspizzeria aufgefallen. Sie hatten wie immer das Spezialangebot für Familien bestellt, eine große Pizza Peperoni und einen Salat, ein Essen, von dem sie sonst immer noch ein paar Stück Pizza und ein bisschen Salat mit nach Hause hatten nehmen können. Damit war es nun vorbei und beim letzten Besuch im Restaurant hatte Jenkins auf CJs Teller die Ränder von vier großen Pizzastücken gezählt.

»Mom, krieg ich ein Handy?« Die Frage kam urplötzlich, während sich CJ mit der Serviette den Mund abwischte, um sie dann auf seinen blitzblank abgeräumten Teller zu legen.

»Ein Handy?«, erkundigte sich Jenkins alarmiert.

Alex warf ihm einen warnenden Blick zu und verpasste ihm unter dem Tisch einen leichten Tritt. »Warum möchtest du denn ein Handy haben?«, fragte sie ihren Sohn.

»Bei uns in der Klasse haben viele eins.«

»Und wozu benutzen deine Freunde ihre Handys?«, wollte Alex wissen.

»Die meisten nur für SMS. Aber sie können auch zu Hause anrufen«, fügte CJ hastig hinzu, bevor Jenkins reagieren konnte, ein Hinweis darauf, dass der Junge seine scheinbar spontane Rede gut einstudiert hatte. »Wie neulich, als es Anna Potts in der Pause so schlecht wurde und sie ihre Mutter angerufen hat. Und ich könnte dich anrufen, Dad, wenn du zum Beispiel wieder vergisst, mich vom Fußball abzuholen.«

»Ich habe es nicht vergessen«, protestierte Jenkins. »Ich habe nur nicht mitbekommen, wie spät es schon war.«

»Ich finde, deine Antwort zeugt von Verantwortungsbewusstsein«, sagte Alex zu CJ, ohne auf Jenkins zu achten. »Aber ich möchte nicht, dass du an deinem Handy Videospiele spielst oder deinen Freunden SMS schickst, wenn wir als Familie zusammensitzen oder wenn du eigentlich Hausaufgaben machen solltest. Vielleicht können wir uns darauf einigen, dass du das Handy für Notfälle benutzen darfst und zu Hause, als

Privileg, eine Stunde lang auch für andere Sachen. Könntest du mit einer solchen Vereinbarung leben?«

»Klar!« CJ strahlte. Er hatte eindeutig damit gerechnet, mit seinem Antrag zu scheitern, was sicher auch der Fall gewesen wäre, hätte Alex ihrem Mann Gelegenheit gegeben, sich zum Thema zu äußern. Jenkins war im Grunde seines Herzens technologiefeindlich. Seiner Meinung nach hatten Handys sämtliche unter Achtzehnjährige in Zombies verwandelt. Kids heutzutage wussten doch gar nicht mehr, wie man sich miteinander beschäftigt oder spielt, es sei denn, sie hätten die Finger auf den Handytasten! Von Cybermobbing ganz zu schweigen.

»Was hältst du davon, wenn dein Dad und ich das nach dem Essen besprechen?«, schlug Alex vor. »Wir treffen dann zusammen eine Entscheidung. Wenn du fertig bist, kannst du deinen Teller abräumen und dich an die Hausaufgaben setzen.«

CJ trug seinen Teller, Glas und Besteck zur Spüle und ging dann ins Wohnzimmer, wo der Computer der Familie stand.

»Warum hast du nach mir getreten?« Jenkins stand auf und räumte das restliche Geschirr zusammen, nachdem er die auf dem Küchentresen wartende Alexa um Countrymusik gebeten hatte, weil er nicht wollte, dass CJ das Gespräch seiner Eltern mitbekam. Jetzt füllte die Stimme von Keith Urban die Küche.

»Weil er größer wird«, sagte Alex mit leiser Stimme. »Er möchte mit uns reden, er möchte nicht, dass wir ihm Vorträge halten. Er hat auf eine vernünftige Art gefragt und wir können genauso vernünftig antworten, und vielleicht springt für alle etwas dabei heraus.«

»Du meinst eine vernünftige Art, Nein zu sagen.«

»Ich fände es auch gut und würde mich besser mit ihm verbunden fühlen, wenn er ein Handy bei sich hätte. Und neulich Nachmittag hast du wirklich vergessen, ihn abzuholen.«

»Da kommt man einmal zu spät und schon verkündet die Jury hier die Todesstrafe.« Jenkins konnte sich noch nicht damit anfreunden, dass sein Sohn ein Teenager geworden war. Er kam sich dann unweigerlich älter vor, als er war, aber es ließ sich nun einmal nicht aufhalten, dass CJ heranwuchs. Mit einer einen Meter achtundsiebzig großen Mutter und einem Vater, der einen Meter fünfundneunzig maß, war er in seiner Klasse der Größte und wog zweiundfünfzig Kilo. Er wuchs aus den Schuhen heraus, ohne dass die eine Chance hatten, Löcher zu bekommen, manchmal kippte ihm die Stimme und er litt unter den ersten Pickeln. Jenkins ahnte, welche Probleme sonst noch auf den Jungen zukommen würden, wenn er sie nicht bereits hatte: Er war schwarz in einer fast rein weißen Gemeinde. Mit dieser Tatsache war auch Jenkins nach seinem Umzug nach Camano Island zwangsläufig konfrontiert worden. Die Leute waren ihm zurückhaltend begegnet, einige mehr als andere. Es konnte passieren, dass CJ als Außenseiter wahrgenommen wurde und als Bedrohung. Nicht mehr lange, und Jenkins würde mit ihm darüber sprechen müssen, was für CJ keine einfache Unterhaltung werden dürfte. Aber sie musste geführt werden, genauso wie andere Unterhaltungen auch, die ein Mann mit seinem Sohn zu führen hatte, wenn der in die Pubertät kam. Wenn CJ jetzt nach dem Fußballtraining zu ihm ins Auto sprang, musste Jenkins sämtliche Fenster öffnen, um den Körpergeruch zu verscheuchen. Eines Abends hatte Jenkins sich bei Alex erkundigt, was sie in dieser Situation tun sollten.

»Halt mich da raus«, hatte Alex unumwunden verkündet. »Für die Sache mit den Blumen und den Bienen bist du zuständig.«

Jenkins, der das nicht allein bewältigen mochte, fand einen vom örtlichen Krankenhaus veranstalteten Aufklärungskurs, den er mit CJ besuchte. Danach nahm er seinen Sohn auf einen Hamburger mit in einen altmodischen Drive-in, weil er davon ausging, dass sein Sohn Fragen hatte, die er in Gegenwart Gleichaltriger nicht stellen mochte.

»Ich habe mich nur gefragt, wie lange es dauert«, wollte CJ dann auch wirklich wissen. »Diese Sache mit dem Geschlechtsverkehr.«

Jenkins hatte um eine angemessene Antwort gerungen und schließlich einen kurzen Vortrag gehalten, in dem es um Respekt vor Frauen ging und der mit der Auskunft endete, der durchschnittliche Akt dauere vielleicht zehn bis zwanzig Minuten.

CJ hatte erleichtert gewirkt. »Gott sei Dank. Ich dachte schon, das dauert vielleicht eine Woche oder so. Wie käme man denn da zum Essen?«

Um ein Haar wäre Jenkins da sein Erdbeershake zur Nase herausgekommen. »Wenn wir ihm weiterhin Pizza Peperoni kaufen«, hatte er später zu Hause zu Alex gesagt, »brauchen wir uns noch ein paar Jahre um Sex keine Gedanken zu machen.«

»Charlie?« Alex stand an der Spüle und musterte ihn mit einem merkwürdigen Ausdruck im Gesicht.

»Ja?«

»Ich hatte gefragt, ob du lieber hier sauber machen oder dich um Lizzie kümmern möchtest.«

Er warf einen Blick auf Lizzie, die in ihrem Kinderstuhl saß, von oben bis unten voll mit Makkaroni und Käse. Eines Tages würde er sich auch bei ihr fragen, wann sie eigentlich erwachsen geworden war. »Hier sauber machen oder sie sauber machen meintest du wohl. Ich stecke Lizzie in die Badewanne.«

»Kein Bad!«, protestierte Lizzie. »Keks!«

»Keks?« Jenkins kitzelte das aus dem klebrigen T-Shirt ragende Bäuchlein. »Du hast doch jetzt schon einen Bauch wie Buddha. Willst du einen noch dickeren Buddha-Bauch?«

Lizzie runzelte die Stirn und schlug mit ihrem Trinkbecher auf den Tisch ihres Kinderstuhls ein. »Kein Bad. Keks.«

»So wie die mit dem Becher auf den Tisch hämmert, wird sie bestimmt mal Richterin«, sagte Jenkins zu Alex, bevor er Lizzie vorsichtig, sie auf Armlänge haltend, aus dem Kindersitz befreite. Es regnete weitere Makkaroni, eifrig erwartet von Max, der alternden Pitbullhündin, die sie umgehend inhalierte.

Jenkins drehte Lizzie auf den Bauch und flog sie aus dem Raum, wobei er Flugzeuggeräusche von sich gab. Sobald das Bad eingelassen und Seifenblasen produziert worden waren, stellte Lizzie ihren Protest ein, planschte und strampelte und wollte gar nicht mehr aus dem Wasser. Jenkins schaffte es schließlich, sie in ein großes weißes Badelaken zu hüllen und abzutrocknen. Dann zog er ihr für die Nacht Windel und Pyjama an, las ihr drei Bilderbücher vor und legte sie zusammen mit einem Fläschchen Wasser in ihr Bettchen.

»Gute Nacht, mein kleines Mädchen«, sagte er leise.

»Buddha!« Lizzie lachte.

Jenkins kitzelte sie am Bauch. »Buddha-Bäuchlein, Buddha-Bäuchlein.«

Er schloss die Tür hinter sich und ging hinunter ins Wohnzimmer, wo CJ mit Kopfhörern auf den Ohren am Computer arbeitete. Jenkins winkte, bis Alex zu ihm herübersah, und deutete auf die zur Veranda führende Schiebetür. »Ich muss nach der Weide sehen, da ist ein Zaun umgekippt. Magst du mitkommen?«

»CJ?« Alex tippte ihrem Sohn auf die Schulter. Der nahm einen der Kopfhörer ab. »Dein Dad und ich machen einen Spaziergang. Wir bleiben nicht lange weg.«

»Das wäre noch so ein Grund für mich, ein Handy zu haben«, sagte CJ. »Dann wüsste ich immer, wo ihr seid.«

Der Junge legte sich ja ziemlich ins Zeug. Vielleicht würde er später einmal Strafverteidiger werden – oder Politiker.

Alex und Jenkins gingen die Weiden ab, sahen nach den Zäunen, sprachen über CJs Handywunsch und kamen schließlich überein, ihm den versuchsweise zu erfüllen und zu beobachten, wie sich der Junge benahm. Dann gingen sie einige Minuten lang schweigend nebeneinanderher und genossen den Abend. Im

Sommer blieb es hier im pazifischen Nordwesten abends lange hell, aber nun war es September geworden und die Dunkelheit setzte immer früher ein. Jenkins meinte zu spüren, wie die Herbstkälte näher kam. In den Blättern der Ahornbäume raschelte der Wind, die Kiefern glitzerten und der Regen der vergangenen Nacht hatte den Boden aufgeweicht. Während er einen von einem der Pferde umgeworfenen Zaunabschnitt wieder aufrichtete, berichtete Jenkins Alex von seinem Gespräch mit Matt Lemore.

»Könnte es sein, dass die Frauen schweigen, weil sie wissen, welche Operation der FSB gegen sie eingeleitet hat?«, erkundigte sich Alex.

»Ja, das dürfte meiner Meinung nach der Grund sein.« Jenkins nickte. »Zumindest bei der Frau, die in der Lubjanka arbeitet und die Operation aufgedeckt hat. Bei der zweiten Schwester bin ich mir noch nicht so sicher.«

»Hat irgendjemand eigentlich mal bedacht, dass diese Frauen vielleicht nach mehr als sechzig Jahren ihr Land gar nicht mehr verlassen wollen?«

»Ich«, sagte Jenkins. »Zu gehen ist eine schwerwiegende Entscheidung, erschwert noch dadurch, dass sie aufgrund ihrer jeweiligen beruflichen Stellung an einigen Luxus gewöhnt sind. Andererseits sind sie so weit oben im System, dass sie genau wissen, was mit Verrätern geschieht. Die andere Möglichkeit für das Schweigen jetzt wäre, dass sie umgedreht wurden. Womöglich schon vor Jahren.«

»Wie könntest du Kontakt herstellen, ohne irgendwo Aufmerksamkeit zu erregen? Wir sind das doch alles schon einmal durchgegangen. In Russland ist lediglich ein Prozent der Bevölkerung schwarz. Du gehst auf keinen Fall einfach so in der Menge unter, in Moskau schon gar nicht.«

»Lemore hat einen Plan und sagt, die CIA arbeite gerade an einer Reihe von Verkleidungen und Pässen. Und ich soll in Langley zusätzliches Training erhalten.«

Alex schwieg.

»Ich weiß, du machst dir Sorgen«, sagte Jenkins. »Aber Moskau ist eine riesige Stadt …«

»In der es überall Überwachungskameras mit Gesichtserkennung gibt.«

»Ich werde meine Verkleidung zu keinem Zeitpunkt ablegen. Ich fahre hin, stelle fest, in welcher Lage sich die beiden Frauen befinden, und hole sie raus oder komme selbst wieder zurück, auch ohne sie.«

»Gibt es noch etwas, was ich wissen sollte?«

Jenkins dachte an Lemores Information in Bezug auf die Todesliste, auf der auch sein Name stand. Eigentlich kam diese Information nicht überraschend, sie hatten schon lange mit so etwas gerechnet. Trotzdem war es extrem ernüchternd, die Vermutung jetzt bestätigt zu bekommen. Aber Jenkins hatte ja nicht vor, sich erwischen zu lassen. »Nein«, sagte er.

»Falls eine dieser Frauen umgedreht worden ist – und beleidige jetzt bitte nicht meine Intelligenz und behaupte, Lemore könnte mir bei beiden garantieren, dies sei nicht der Fall –, dann könnte es doch sein, dass diese Umgedrehte der CIA Informationen liefert, die dich nach Moskau locken sollen.«

»Ich werde das Element der Überraschung auf meiner Seite haben.«

»Und das wäre?«

»Nicht einmal die Russen halten mich doch für so dumm, noch ein drittes Mal in ihr Land zu fahren.«

Alex schüttelte den Kopf. »Mach keine Witze, das ist nicht komisch.«

Wieder gingen sie eine Weile schweigend nebeneinanderher, bis Jenkins sagte: »Wir haben darüber gesprochen, Lemore und ich. Diese Frauen haben ihr Leben gegeben. Sie haben geholfen, den Kalten Krieg zu beenden, und sie haben Putin im Auge behalten. Drei sind durch Carl Emersons Schuld bereits gestorben. Ich würde gern zu Ende bringen, was ich angefangen habe, und die noch verbliebenen zwei herausholen. Ja, es gibt Risiken, aber in diesem Fall sind sie beherrschbar.«

»Ach ja?«

»Sobald es irgendwie uncool wird, verlasse ich das Land.«

»Ich kenne dich, Charlie! Wenn du irgendwo Ungerechtigkeit witterst, wenn dir irgendetwas Grundfalsches unterkommt, dann kannst du es nicht lassen und steckst die Nase rein.«

»Ich kann immer noch gut auf mich aufpassen, Alex.«

Diese Bemerkung ließ seine Frau abrupt stehen bleiben. »Was soll das denn heißen? Du willst dir doch hoffentlich nicht irgendetwas beweisen? Dass du es noch draufhast? Dass Alter letztendlich eben doch nur eine Zahl ist?«

»So habe ich es nicht gemeint«, versicherte Jenkins, obwohl Alex natürlich auch ein wenig recht hatte. »Ich wollte damit auf die Ressourcen verweisen, mit denen Lemore mich unterstützen kann.«

Ihm war klar, dass Alex vermutete, er würde ihr nicht alles sagen und Informationen zurückhalten, damit sie sich keine Sorgen machte. Und er konnte auch nicht leugnen, dass er bei seiner zweiten Reise nach Russland, um Paulina Ponomajowa aus dem Gefängnis zu holen, einen Adrenalinrausch genossen hatte. Er war schlauer gewesen als die Leute, die versucht hatten, schlauer zu sein als er – das Hochgefühl war unglaublich. An genau diesem Gefühl hatte er sich vierzig Jahre zuvor in Mexiko-Stadt berauscht, und in Russland, dort, wo es für Spione am finstersten war, hatte er es noch viel stärker empfunden.

»Vergiss nur eins nicht«, sagte Alex.

»Was denn?«

»Nicht jeder hat dein Pflichtgefühl, dein Gefühl für Anstand und Gerechtigkeit. Bleib wachsam, glaub nicht, dass jemand dir irgendeinen Gefallen zurückzahlt. Die meisten Leute retten am

Ende doch lieber die eigene Haut, auch wenn du die deine für sie riskiert hast.«

»Das weiß ich«, versicherte ihr Jenkins.

»Du hast hier zu Hause Verantwortung. Denk dran.«

»Ich habe nicht vor, mich erwischen zu lassen, Alex.«

»Das hat man nie, Charlie.«

Alex war den Rest des Abends über sehr schweigsam und Jenkins spürte, wie sehr das Gespräch sie aufgewühlt hatte. Er ließ sie in Ruhe. Meistens war das gut, meistens beruhigten sich die Dinge so wieder. Diesmal würde das dauern. Sie schickten CJ ins Bett, der sich von seiner besten Seite zeigte. Dann verschwand Alex, und Jenkins sah allein fern, bis er den Apparat ausschaltete und nach oben ging. Auf dem Weg ins Bett warf er einen Blick in Lizzies Zimmer, wo er den Schaukelstuhl neben dem Bett seiner Tochter mehr hörte als sah, in dem Alex schon mit CJ gesessen hatte, um ihn, als er noch ein Kleinkind gewesen war, in den Schlaf zu wiegen. Auf Lizzies Nachttisch brannte ein kleines Nachtlicht. In dessen Schein erkannte Jenkins jetzt auch die Tränen, die auf den Wangen seiner Frau glitzerten.

Kapitel 5

Bezirk Jakimanka
Moskau

Ohne auf Besonderheiten oder den Preis zu achten, kaufte Maria Kulikowa bei ihrem angestammten Straßenhändler den erstbesten Blumenstrauß, der ihr ins Auge fiel, und eilte dann zur Metro, mit der sie innerhalb von fünfzehn Minuten im Bezirk Jakimanka war, wo sie wohnte. Marias Wohnbezirk war für den Gorki-Park bekannt, die Galerie Tretjakow und die vielen Kirchen, darunter auch die Erlöserkirche, deren goldene Kuppeln sie von ihrem Schlafzimmerfenster aus sehen konnte. So dicht bei der Lubjanka zu wohnen, war sowohl gut als auch schlecht. Gut, weil sie die Pendelei hasste, schlecht, weil Sokalow so auf einer Verfügbarkeit rund um die Uhr bestehen konnte.

Sie stieg an der Haltestelle Kropotkinskaja aus und blieb oben, an der geschäftigen Wolkhonka-Straße, direkt gegenüber der Erlöserkirche an einer Bushaltestelle stehen, um so zu tun, als bewundere sie die im abnehmenden Dämmerlicht glitzernden goldenen Zwiebeltürme der großen Kathedrale. Nach einer Weile zückte sie Lippenstift und Taschenspiegel und suchte mithilfe des Spiegels ihre Umgebung diskret nach möglichen Verfolgern ab. Beobachtete sie jemand? Stand jemand einfach nur so herum und heuchelte totales Desinteresse? Als sie sicher sein konnte, keine Begleitung zu haben, malte sie mit dem Lippenstift ein winziges Häkchen auf die Glaswand des Bushäuschens, steckte Lippenstift und Spiegel wieder ein und überquerte die Straße, ging weiter zum Prechistenskaja-Ufer der Moskwa.

Dort führten sie kopfsteingepflasterte, von antiken Straßenlaternen gesäumte Gehwege an dreieckigen, baumbestandenen Rasenflächen vorbei, auf denen es sich Moskauer Bürger gemütlich gemacht hatten. Noch brannten die Straßenlaternen nicht und die Menschen hatten sich Decken mitgebracht, lasen oder picknickten, alles, um nur nicht in die Wohnungen zurückzumüssen, die den ganzen Tag über die ungewöhnliche Sommerhitze gespeichert hatten. Väter spielten mit ihren Kindern Fangen und ein paar der jüngeren Männer hatten sich die Hemden ausgezogen und kickten einen Fußball über das Gras. Maria musste unwillkürlich an die Jahre denken, in denen sich auch Helge und sie an solchen Abenden oft ein Picknick außerhalb der eigenen vier Wände gegönnt hatten. Damals hatte Helge die jüngeren Männer gern zu einem Fußballspiel herausgefordert und dabei natürlich nicht durchblicken lassen, dass er in einem Verein der russischen Oberliga spielte.

Ja, es gab schöne Erinnerungen an Abende im Park, aber auch traurige. Maria erinnerte sich noch genau an den Abend, an dem sie Helge gesagt hatte, sie könne keine Kinder bekommen. Eine Lüge. Wie so viele andere, die ihr problemlos über die Lippen kamen, weil man ihr beigebracht hatte, um einer höheren Sache willen ohne Schuldgefühle und Reue zu lügen. Maria hatte durchaus Kinder bekommen können, sie war dazu nur nicht bereit gewesen. Sie hatte ihr Leben keinem Kind zumuten wollen, es wäre ihr unfair vorgekommen. Die Entscheidung hatte ihr wehgetan. Nicht sie, ihre Eltern hatten dieses Leben für sie gewählt, bei dem Maria nie wissen konnte, ob sie nicht irgendwann fliehen musste, ohne die ihr nahestehenden Menschen benachrichtigen zu können. Das hatte sie Kindern nicht antun mögen.

Ihre Eltern, inzwischen beide verstorben, hatten sie gewarnt. Ein kommunistisches Regime zu besiegen und sich gegen ein autoritäres zur Wehr zu setzen bedeutete, Opfer zu bringen. Maria Kulikowa hatte allerdings nicht geahnt, dass zu diesen Opfern auch gehören würde, sich bis ins Mark hinein korrumpieren lassen zu müssen.

In der marmorgetäfelten Eingangshalle ihres Wohnhauses begrüßte sie den Portier und sie plauderten ein wenig miteinander, während Maria auf den Fahrstuhl wartete. Sie fuhr bis hoch in den zwölften Stock, wo am Ende eines langen Flurs ihr Apartment lag, eine Wohnung von fast neunzig Quadratmetern mit zwei Schlafzimmern, zwei Bädern, einer Küche, einem Essbereich und einem abgetrennten Wohnbereich. Der Riegel an der Tür war nicht vorgeschoben, Helge war also zu Hause. Wo sollte er auch sonst sein? Seit seiner Pensionierung verließ er die Wohnung kaum mehr, im Grunde fast gar nicht. Er blieb daheim und trank Wodka, was an diesem Abend Marias Bestreben, noch einmal wegzukommen und das Tonband einem toten Briefkasten anzuvertrauen, in die Quere kommen könnte.

Hinter der geschlossenen Tür hörte sie Stanislaw bellen. Seine Nägel klackten aufgeregt, und sie konnte sich vorstellen, wie er auf dem Holzfußboden auf und ab trippelte. Sie stieß die Tür auf und versuchte, das kleine weiße Fellbündel zu beruhigen.

»Da, ja tosche rada tebja widet'. Day mne snjat' pal'to. Seytschas.« Ja ja, ich freue mich auch, dich zu sehen. Lass mich erst einmal den Mantel ausziehen. Einen Moment noch!

Kulikowa legte ihre Blumen auf der kleinen Bank hinter der Tür ab, zog ihren leichten Sommermantel aus, band den

Schal ab und hängte beides an einen Haken der Garderobe. Dann bückte sie sich und hob Stanislaw auf, der sich gar nicht beruhigen mochte und ihr heftig zitternd das Kinn leckte, um ihr seine bedingungslose Liebe zu zeigen.

»Warst du heute noch gar nicht draußen?«, fragte sie den Kleinen. »Steckst du deswegen so voller Energie?«

Sie hatte den Bolonka Franzuska nach Helges Pensionierung bei einem Züchter erworben, weil sie hoffte, der Hund würde ihrem Mann Gesellschaft leisten und ihn dazu bringen, auch einmal vor die Tür zu gehen. Denn Helge brauchte Bewegung ebenso wie der Hund. Sein Körper litt unter seinem Lebensstil. Aber wenn sie ihn darauf aufmerksam machte und ihm dringend riet, sich mehr zu bewegen, herrschte er sie in der Regel nur mürrisch an: »Für wen muss ich denn gut aussehen?«

Sie ging ins Wohnzimmer, wo bodentiefe Bogenfenster einen wunderbaren Blick auf die das Licht der untergehenden Sonne reflektierenden Kuppeln der umliegenden Kirchen und das glitzernde Wasser der Moskwa boten. Helge saß wie immer vor dem Fernseher und sah sich ein Fußballspiel an, in seinem Sessel mit den weißen Kissen ein hohes Glas Wodka in Reichweite auf dem Beistelltisch. Meistens schlief er abends in diesem Sessel ein und Maria musste ihm dann ins Bett helfen.

Helge war nie darüber hinweggekommen, dass es ihm nicht gelungen war, in die russische Fußball-Olympiamannschaft aufgenommen zu werden. Diese Niederlage hatte ihm den Lebensmut geraubt. Maria hatte ihm zu einer Stellung in der Moskauer Parkverwaltung verholfen, wo er fünfunddreißig Jahre lang angestellt gewesen war und eine Beförderung nach der anderen ausgeschlagen hatte, weil ein besserer Job auch längere Arbeitszeiten und mehr Verantwortung bedeutet hätte. Schon damals war er nach der Arbeit nach Hause gekommen, um Wodka zu trinken und Fußball zu gucken.

»Ty segodnya Stanislawa ne wywodil?« Warst du heute gar nicht mit Stanislaw draußen? Maria roch den Urin und hatte auch schon bald in einer Ecke die kleine Pfütze entdeckt.

»Ich habe nicht den ganzen Tag Zeit, mit dem verdammten Hund rumzuziehen.«

»Wenn du nicht mit ihm rausgehst, pinkelt er auf den Fußboden, und das zieht ins Holz ein.«

»Du hast ihn angeschafft, also machst du auch hinter ihm sauber.« Helge griff nach seinem Glas und genehmigte sich einen großen Schluck.

Maria setzte Stanislaw ab, trat hinter ihren Mann und legte ihm eine Hand auf die Schulter. »Ich habe ihn für dich gekauft, damit er dir nach der Pensionierung Gesellschaft leistet.«

Helge ignorierte die Hand. »Ja, wenigstens der Hund ist ja von Zeit zu Zeit mal zu Hause.«

Maria gab es auf, seufzte und ging in die Küche, wo sie sich mit Papierhandtüchern bewaffnete und auch gleich eine Vase aus dem Küchenschrank holte, die sie mit Wasser füllte. »Du weißt, dass ich bei meiner Arbeit oft lange im Büro bleiben muss, Helge. Natürlich ist das für uns beide manchmal nicht schön, aber so können wir uns diese Wohnung und auch noch ein paar andere Dinge leisten.«

»Ich bin mir der Tatsache voll bewusst, dass du uns diese Wohnung verschafft hast und auch diese anderen Dinge.« Er warf einen Blick in ihre Richtung, den sie ignorierte.

Maria arrangierte die Blumen in der Vase und ging durchs Wohnzimmer auf den Balkon, um sie dort auf einem kleinen Tisch abzustellen. Ebenso wie das Zeichen an der Bushaltestelle zeigten auch die Blumen, dass sie sich mit ihrem Betreuer treffen wollte.

Als sie sich umdrehte, sah sie, dass Helge sie beobachtete. »Du hast schon seit Monaten keine Blumen mehr gekauft. Was ist denn der Anlass? Oder hat sie dir jemand geschenkt?«

Maria kniete sich hin, um Stanislaws Pfütze aufzuwischen. »Ich habe mich einfach nach Blumen gefühlt, um mich aufzumuntern.«

»Bist du deprimiert? Willkommen im Club.«

Sie widerstand der Versuchung, sich zu streiten. »Ich hatte gehofft, wir könnten einen schönen Abend miteinander verbringen.« Hatte sie nicht, sie hatte gehofft, ihn halb ohnmächtig in seinem Sessel vorzufinden, um sich fortschleichen zu können. Dass Helge nicht mit dem Hund draußen gewesen war, erwies sich in dieser Hinsicht als hilfreich.

»Ein schöner Abend … ich kann mich an keinen erinnern. Hatten wir früher mal nette Abende zusammen?«

»Egal«, sagte sie. »Sieh dir deinen Fußball an. Ich werde mit Stanislaw Gassi gehen.«

Sie ging in die Küche und warf die Papierhandtücher in den überquellenden Mülleimer. Seufzend zog sie die Mülltüte heraus und verschloss sie mit einem Knoten. Im Wohnzimmer klingelte das Telefon, die Reaktion auf das Zeichen an der Bushaltestelle, den Blumenstrauß oder beides. Sie ging zurück ins Wohnzimmer, war aber nicht schnell genug. Helge war aufgestanden, um den Anruf entgegenzunehmen. Er lächelte ihr zu. Sie wandte sich der Küche zu, lauschte aber angestrengt.

»Allo?«, meldete sich Helge. *»Njet.* Hier wohnt niemand, der so heißt. Sie haben die falsche Nummer gewählt.«

Maria gab sich uninteressiert und beschäftigt.

»Da.« Sie hörte, wie Helge den Hörer auflegte.

»Wieder falsch verbunden?«, fragte sie. »Ich werde mit der Telefongesellschaft sprechen. Vielleicht überschneidet sich unsere Leitung mit der von jemand anderem. Oder wir haben deren Telefonnummer.«

»Vielleicht.« Helge lehnte sich gegen die Wand, die vom Esszimmer in die Küche führte. »Nur dass er nie nach derselben Person fragt.«

»Nach wem hat er denn diesmal gefragt?«

»Anna.«

»Anna?«

»Letztes Mal war es Tatjana. Davor Sascha.«

»Seltsam«, sagte sie.

»Ja«, sagte er. »Seltsam.«

»Ich bringe den Müll runter und gehe mit Stanislaw spazieren. Möchtest du mitkommen?« Sie hoffte sehr, der Ruf von Wodka und Fußball möge stärker sein.

»Nein, möchte ich nicht.«

»Soll ich bei Teremok vorbeigehen und irgendetwas zu essen mitbringen?«

»Ich habe gegessen.«

»Ich bleibe nicht lange.«

»Lass dir ruhig Zeit«, sagte er. »Es ist ja nun nicht so, als wärst du hier, selbst wenn du zu Hause bist.«

Wieder seufzte sie. »Was soll ich denn deiner Meinung nach tun, Helge? Kündigen? Wovon würden wir leben? Wie würden wir leben? Trink deinen Wodka. Sieh dir dein Fußballspiel an. Ich kümmere mich um Stanislaw.«

Helge hob salutierend sein Wodkaglas. *»Priyatnoy progulki.«*

Maria verließ kopfschüttelnd das Zimmer. An der Haustür zog sie sich den Mantel an und holte Stanislaws Leine. Der Hund war vor Freude ganz aus dem Häuschen und zitterte so heftig, dass Maria Mühe hatte, die Leine an seinem Halsband zu befestigen. »Komm, kleiner Kerl«, sagte sie. »Wir zwei machen jetzt einen schönen, langen Spaziergang.«

* * *

Als Helge hörte, wie die Wohnungstür hinter seiner Frau ins Schloss fiel, nahm er sein Glas vom Beistelltisch und eilte damit in die Küche. Er goss den Rest Wasser, der sich noch im Glas befunden hatte, in die Spüle, holte die Wodkaflasche aus dem Küchenschrank, spülte das Glas mit einem kleinen Schuss Alkohol aus und trug es zurück ins Wohnzimmer, wo er das Fenster neben dem kleinen Balkon öffnete und einen vorsichtigen Blick nach unten warf. Dort erschien im Licht der beiden Lampen an der Haustür gerade Maria, wie sie das Haus verließ, um sich, geführt von Stanislaw, nach Osten zu wenden.

Helge lief in den Flur, holte aus einer Plastiktüte im Schrank Jacke und Schiebermütze, die er am Nachmittag in einem Wohltätigkeitsladen gekauft hatte, warf beides über und stürzte aus der Tür, Richtung Fahrstuhl.

Unten angekommen, erwiderte er auf dem Weg durch die Eingangshalle kurz den Gruß des Portiers, der wissen wollte, ob er sich am Nachmittag das Fußballspiel angesehen hätte.

»Spartak hat total scheiße gespielt«, antwortete Helge. »Ich bleibe nicht lange weg, will mir nur schnell eine Packung Marlboro Gold holen.«

»Deine Frau ist auch gerade gegangen.«

»Ja, das weiß ich. Sie muss mit dem Hund Gassi gehen.«

Draußen schlug er dieselbe Richtung ein wie vorher Maria, die er im schwachen Dämmerlicht immer noch gut erkennen konnte. Gerade war sie stehen geblieben und wartete, bis Stanislaw sich erleichtert hatte. Helge zog sich die Schiebermütze tief in die Stirn, schob beide Hände in die Jackentaschen und tat so, als sähe er zwei älteren Männern an einem großen Schachbrett beim Schachspielen zu.

Als Maria weiterging, überquerte Helge die Straße.

Statt mit Stanislaw in den Park zu gehen, bog Maria in die Akademika Petrowskogo ein. Seltsam. Dort steuerte sie die Metrostation Schabolowskaja an, wo sie zielstrebig die Treppe hinunterstieg. Wirklich äußerst seltsam, fand Helge, gleichzeitig aber auch vielversprechend. Vielleicht ein Besuch beim Liebhaber? Helge ging schneller, um seine Frau in der Metro nicht aus den Augen zu verlieren. Er verdächtigte Maria schon seit geraumer Zeit des Fremdgehens und war sich seit seiner Pensionierung in dieser Frage ganz sicher geworden. All diese Anrufer, die sich verwählt hatten, das konnte kein Zufall mehr sein, und dann die vielen Abende, an denen Maria angeblich arbeiten musste. Außerdem hatten Bekannte ihm gesteckt, sie hätten seine Frau spätabends noch unterwegs gesehen, beim Betreten von Restaurants und Hotels. Helge hatte daraufhin die Wohnung durchsucht und kostbaren Schmuck gefunden, den Maria ganz hinten in ihrer Kommode versteckt hatte. Helge hatte ihr den ganz sicherlich nicht gekauft. Ein guter Freund, dessen Vater für den KGB gearbeitet hatte, hatte ihn gewarnt: Falls Maria eine Affäre hatte, wäre der FSB bestimmt nicht begeistert, davon zu erfahren, immerhin leitete sie das Sekretariat der Abteilung. Die Identität dieses Mannes wäre für den FSB von großer Bedeutung, schließlich mussten sie ihn überprüfen und sichergehen, dass Maria nichts ausgeplaudert hatte, was sie besser für sich behalten hätte. Sein Freund hatte angedeutet, für Helge könnte vielleicht sogar etwas herausspringen, wenn er seine Karten geschickt ausspielte und seine Frau anzeigte, bevor diese einen verhängnisvollen Fehler begehen konnte.

Er fuhr mit der Rolltreppe hinunter zu den Gleisen, schlängelte sich zwischen den wartenden Menschen hindurch und entdeckte seine Frau am Ende des Bahnsteigs, als gerade ein Zug eintraf. Maria wandte kurz den Kopf und warf einen Blick über ihre Schulter, bevor sie in den vor ihr haltenden Wagen stieg. Helge zog die Schultern hoch, senkte den Kopf und drängte sich in den Wagen hinter ihr. Dort suchte er sich eine liegen gebliebene Zeitung, um sich notfalls dahinter verstecken zu können, und ging zu den Schiebetüren zwischen den beiden Waggons. Maria schien weitergegangen zu sein, er konnte sie im angrenzenden Wagen jedenfalls nicht mehr entdecken. Also schob er die Türen auf und zwängte sich zwischen den dicht gedrängt sitzenden und stehenden Fahrgästen hindurch bis zum hinteren Wagenende, wo er auch diesmal erst einmal durch das Glas der Schiebetüren spähte. Im nächsten Wagen gab es freie Sitzplätze, aber Maria war stehen geblieben und hielt sich an einer der Schlaufen oben an der Decke fest, während Stanislaw vor ihren Füßen hockte. Helge gab vor, Zeitung zu lesen, konnte dabei aber im Wagenfenster Marias Spiegelbild beobachten.

An der Station Tyoply Stan im Bezirk Jassenenwo stieg sie aus. Helge folgte ihr mit gesenktem Kopf und hochgezogenen Schultern, wobei er versuchte, in der Menge der Fahrgäste unsichtbar zu werden, die ebenfalls hier ausgestiegen waren. Im Bahnhof betrat Maria einen Laden. Helge versteckte sich rasch hinter der Auslage des Schuhgeschäfts daneben und sah zu, wie seine Frau sich an einem Postkartenständer Postkarten ansah. Sie schien daran vorbeizuschauen. Hatte sie Verdacht geschöpft, hatte sie mitbekommen, dass er ihr folgte? Eigentlich unmöglich, sie vermutete ihn doch bestimmt halb weggetreten zu Hause vor dem Fernseher.

Inzwischen stand Maria vorn am Tresen, kaufte einige Dinge und verließ dann den Laden. Der kleine weiße Hund trabte neben ihr. Sie ging den Nowojasenewskiy Prospekt entlang, während es immer deutlicher Nacht wurde und weniger Menschen und Fahrzeuge unterwegs waren als vorher. Helge beschloss, sich ein wenig zurückfallen zu lassen, und blieb an einer Bushaltestelle stehen. Er sah zu, wie Maria die Straße überquerte, auch diesmal nicht, ohne vorher einen kurzen Blick über die Schulter zu werfen.

Sie ging in ein Schnellrestaurant der Kette Teremok. Sollte sie etwa den ganzen Weg hierhergekommen sein, um etwas zu essen zu holen? Ganz sicher war Helge sich nicht, aber er meinte zu wissen, dass es auch in der Nähe ihrer Wohnung ein Teremok gab.

Fünfzehn Minuten später kam Maria mit einer Tüte aus dem Restaurant, ging aber nicht zurück zur Metro, sondern bog in den Parkplatz eines einstöckigen, weiß gestrichenen Backsteingebäudes mit zwei kleinen Türmen ein, die Türme jeweils mit einem Kreuz an der Spitze. Eine Kirche also. Helge kannte sie nicht und hätte nicht sagen können, welche Bedeutung sie für seine Frau haben mochte, falls es denn eine Bedeutung gab. Vielleicht war sie hier zu ihrem Stelldichein verabredet? Maria überraschte ihn erneut, indem sie die grüne Tür öffnete und die Kirche betrat.

Helge lief über die Straße und stellte sich vor eins der Buntglasfenster des Gebäudes, wo er durch eine rotes Stück Glas hindurch zusehen konnte, wie Maria vor einer großen, frei stehenden Ikone niederkniete. Die Ikone stellte eine Frau dar, die in einer Hand ein Kreuz, in der anderen eine kleine Flasche hielt. Hatte Maria Helge nun doch entdeckt, oder vermutete sie zumindest, dass er ihr folgte? Versuchte sie hier, ihn auf eine falsche Fährte zu locken? In der Kirche befand sich sonst nur noch ein älteres Ehepaar, das sich nach einigen Minuten bekreuzigte und ging, ohne Maria zu beachten. Helge hatte ihnen kurz nachgeschaut und musste nun feststellen, dass seine Frau nicht mehr kniete. Zuerst entdeckte er sie gar nicht, nur Stanislaw an seiner Leine, der zu jemandem aufsah, der sich hinter der Ikone zu befinden schien.

Nach ein paar Sekunden tauchte Maria wieder auf und ging ohne zu zögern Richtung Tür. Helge gab seinen Posten am Fenster auf und verzog sich zum hintersten Ende der Kirchenwand, sah zu, wie Maria aus dem Gebäude kam und rasch die Straße überquerte, wo sie erst einmal stehen blieb und sich umsah. Helge drückte sich noch weiter in den Schatten und wartete, bis seine Frau den Rückweg zur Metro eingeschlagen hatte.

Sie benahm sich wirklich sehr seltsam.

Helge wollte gerade ebenfalls aufbrechen, als er die Scheinwerfer eines sich nähernden Autos bemerkte. Der Wagen hielt neben der Kirche, ein Mann stieg aus und ging zur Tür.

Marias Liebhaber? Hatte er das Rendezvous verpasst? Hatte es sich Maria anders überlegt? Oder handelte es sich hier um einen unschuldigen Kirchgänger? Wieder stellte Helge sich ans Fenster. Der Mann blieb vor der Ikone stehen, bei der Maria gekniet hatte, bekreuzigte sich und schlüpfte dann hinter das große Bild. Wenig später tauchte er wieder auf, verließ das Gotteshaus und fuhr mit seinem Wagen davon.

Helge hatte keine Ahnung, was er von dem eben Gesehenen halten sollte. Obwohl er es eigentlich eilig hatte und sowieso schon ein Taxi nehmen musste, um vor seiner Frau zu Hause sein und sicherheitshalber zur Untermauerung eines eventuell notwendigen Alibis noch Zigaretten kaufen zu können, ging er nun auch in die Kirche. Drinnen brannten flackernd Dutzende von Kerzen und es duftete nach geschmolzenem Wachs. Als er hinter sich ein Klicken hörte, drehte er sich hastig um, aber es war nur die Tür, die gerade zufiel. Tief durchatmend ging er zur Ikone, musterte den Sockel, auf den sie montiert war, und trat hinter das Bild.

»Sie da! Was machen Sie dort?«

»Nichts!« Helge kam hastig wieder nach vorn. In der Tür stand ein Wachmann in einer blauen Uniform und starrte ihn an. »Ich habe mein Handy fallen lassen und konnte es nicht finden.«

Der Mann warf ihm einen misstrauischen Blick zu, hakte aber nicht nach, weil er in diesen Räumen wahrscheinlich eigentlich auch nichts zu sagen hatte. »Die Kirche wird jetzt geschlossen«, sagte er nur. »Sie müssen gehen. Ich bin hier, um abzuschließen.«

Helge hielt sein Handy hoch. »Dann ist es ja gut, dass ich mein Handy gefunden habe.«

»Ganz bestimmt«, meinte der Wachmann.

Helge schob sich an ihm vorbei aus der Tür und lief zur Straße, wo er Ausschau nach einem Taxi hielt.

Kapitel 6

Flughafen Scheremetjewo
Moskau

Zwei Wochen nach Beginn seines Trainings in Langley war Jenkins bereits wieder unterwegs und drängte, zusammen mit einer ganzen Horde Reisender, zu den Glaskabinen der Passkontrolle am Flughafen Scheremetjewo, dem geschäftigsten der drei Moskauer Flughäfen.

Er hatte sich in den beiden Wochen im Hauptquartier der CIA in einer Reihe von Disziplinen schulen lassen, unter anderem im Umgang mit Audiogeräten, wie man Kameras und Abhörgeräte aufspürte und in der Kunst, zum Zwecke der direkten Kommunikation einen persönlichen Hotspot und einen gesicherten Chatroom zu schaffen, zu dem nur Lemore und er Zutritt haben würden. Er hatte die Informationen in den diversen Reisepässen und anderen Dokumenten auswendig gelernt, mit denen man ihn ausgestattet hatte und die ihn bei Bedarf als alles Mögliche auswiesen, vom weißen britischen Geschäftsmann bis hin zur greisen Babuschka. Und er hatte viel Zeit in der für Verkleidungen zuständigen Abteilung in Langley verbracht, wo man das, was sie dort mit ihm angestellt hatten, als »Personenfälschung« bezeichnete.

Die Mitarbeiter der Abteilung hatten ihn vermessen wie gute Schneider neue Kundschaft: Innensaum, Halsumfang, Ärmellänge, Taille und Brustumfang. Sie hatten ihn aus jedem Blickwinkel fotografiert und ihn mit einer Kamera in einer vollen 360-Grad-Runde umkreist, sie kannten seine Schuh-, Hut- und Handgröße. Sie zupften ihm Haare aus und stellten Perücken her, vom Kahlkopf bis hin zu vollem, üppigem Haar. Er lernte kunstvolle Masken aufzutragen und sein Gesicht in weniger als einer Minute zu verändern, er lernte, sich in nur sechsundvierzig Schritten vom Geschäftsmann mit Aktentasche in eine Großmutter zu verwandeln, die einen Einkaufswagen hinter sich herzog. Die Besten der Besten der CIA lehrten ihn, dass eine Verkleidung nicht nur aus Maske und Make-up besteht und dass man Illusionen schaffen musste, perfekte Täuschungen, damit später jeder Zeuge schwor, dass Jenkins auf keinen Fall ein fast zwei Meter großer schwarzer Mann gewesen war, sondern zum Beispiel ein wesentlich zierlicherer Asiat.

Es dauerte mehr als eine Stunde, bis Jenkins sich zum Schalter vorgearbeitet hatte und dem von allen Seiten belagerten Beamten hinter der Glasscheibe seinen Pass vorlegen konnte, den der hochhielt, um das Bild darin besser mit dem auf der anderen Seite der Trennwand vor ihm stehenden Reisenden vergleichen zu können. Dabei wirkte der noch junge Mann eher gelangweilt, als er das dunkelrote Büchlein nun auch noch mit einem Infrarotlicht durchleuchtete. Die CIA hatte das Dokument mit Nachweisen über Reisen in alle Welt versehen, unter anderem auch nach Russland.

»Und aus welchem Grund besuchen Sie die russische Föderation?«, wollte der Beamte nun in monoton klingendem Englisch wissen.

Die Grenzpolizei war eine Unterabteilung des FSB. Sollten Jenkins' Papiere oder seine Verkleidung jetzt versagen und er nicht unerkannt bleiben können, dann hätte er es von hier aus nicht weit bis zum Gefängnis Lefortowo. Jenkins kannte das Gefängnis, er war schon einmal dort gewesen und wollte den Besuch auf keinen Fall wiederholen.

»Geschäfte«, antwortete er mit britischem Akzent.

»Welcher Bereich?«

»Textilien. Meine Firma stellt Stoffe her, aus denen Uniformen gemacht werden. Ähnlich wie die, die Sie tragen. Ich möchte hier einige Hersteller von Maschinenteilen besuchen.«

»Sie haben diese Uniform hergestellt?« Der junge Mann klappte den Kragen seiner stahlgrauen Jacke hoch. Er klang alles andere als beeindruckt.

Jenkins lächelte. »Nicht die eigentliche Uniform. Wie produzieren die Stoffe. Baumwolle, Wolle oder Kunstfasern.«

»Polyester?«, erkundigte sich der Wachmann.

»Ja.«

»Tun Sie mir einen Gefallen? Sorgen Sie dafür, dass diese Uniformen aus Baumwolle gemacht werden. Aus irgendeinem Material, das atmet. In diesem Zeug schwitze ich im Sommer wie ein Schwein, besonders dort, wo es keine Klimaanlage gibt.«

»Ich werde sehen, was ich tun kann, junger Mann.«

»Welche Betriebe werden Sie genau besuchen?«

Jenkins zog die Brauen zusammen. »Das dürften mehr als ein Dutzend sein. Es geht um Maschinenteile, die in unseren Fabriken zum Einsatz kommen. Soll ich sie für Sie auflisten?«

»Legen Sie die rechte Hand auf die Maschine.«

Jenkins legte die Hand auf einen Scanner. Kurz wurden Handfläche und Finger illuminiert. Die Augen des Wachmanns glitten von der Maschine hinüber zum Computer. »Sie waren schon einmal in Moskau, Mr Wilson?«

»Mehrmals, um genau zu sein.«

Der Beamte drückte einen Stempel in Jenkins' Pass und reichte ihn durch das Loch in der Trennwand. Besonders interessiert wirkte er nicht mehr. »Angenehmen Aufenthalt.«

Vor dem Flughafen rief Jenkins ein Taxi herbei und gab auf Russisch Anweisungen, zum Gostinitsa Impersky im Bezirk Jakimanka zu fahren. Der Fahrer drehte sich zu ihm um.

»Adres dadite?« Haben Sie eine Adresse?

Jenkins nannte sie ihm. Anders als viele Hotels im historischen Zentrum von Moskau lag das Hotel Imperial ein wenig abseits der ausgetretenen Pfade und wurde nicht von amerikanischen oder europäischen Reisenden besucht. Es war von russischen CIA-Agenten gründlich unter die Lupe genommen worden, die alle bestätigt hatten, dass die Zimmer sauber und frei von Mikrofonen und Kameras waren. Die einzige Kamera, ein billiges Model, befand sich in der Lobby.

Maria Kulikowa wohnte im Bezirk Jakimanka und ihre Wohnung ließ sich vom Hotel aus zu Fuß bequem erreichen, was es einfacher machen würde, die Frau zu überwachen, bis er herausgefunden hatte, warum sie verstummt war. Zenaida Petrekowa, die zweite Schwester, arbeitete in der Duma und lebte dreißig Minuten mit der Bahn nördlich im Vorort Koroljow, wo ihr Mann bis zu seinem unerwarteten Tod durch einen schweren Herzinfarkt für die russische Raumfahrtbehörde tätig gewesen war.

Jenkins wollte zuerst die Kulikowa beobachten. Wenn er herausfand, dass sie überwacht wurde, würde sich die Kommunikation mit ihr und letztendlich das Verfahren, sie außer Landes zu schaffen, um einiges schwieriger gestalten. Anschließend wollte er sich der Petrekowa widmen.

Der Hotelangestellte in der kleinen, etwas heruntergekommenen Lobby war freundlich, aber zurückhaltend. Nachdem Jenkins seinen Pass und eine Kreditkarte vorgelegt hatte, bekam er die Schlüsselkarte für ein Zimmer im dritten Stock ausgehändigt und erkundigte sich mit britischem Akzent, ob ihm der Portier ein gutes Restaurant in der Nähe empfehlen könnte.

Als der Mann ihm eine Antwort schuldig blieb, deutete Jenkins auf seinen Mund und zog fragend die Schultern hoch, woraufhin ihm der Portier einen Zettel überreichte, den er unter dem Tresen hervorgezogen hatte. Dort standen die Namen einiger Restaurants mit Lieferdienst und die Telefonnummern einer chemischen Reinigung sowie verschiedener Reisebüros, die Führungen und Ähnliches anboten. Jenkins mochte nicht in seinem Zimmer essen, nachdem er, jedenfalls gefühlt, den halben Tag im Flugzeug eingesperrt gewesen war, aber er hatte auch keine Lust auf irgendein Restaurant, das es nur auf Touristen abgesehen hatte. Er wollte etwas wie dieses Hotel, abseits der ausgetretenen Pfade. Aber erst einmal nahm er den Fahrstuhl hoch in den dritten Stock, wobei er weder im Fahrstuhl noch dann auf dem Flur eine Kamera entdeckte.

In seinem Zimmer schloss er die Tür hinter sich, schaltete aber noch kein Licht ein, sondern suchte zuerst Wände und Decke nach winzigen grünen, roten oder weißen Lichtflecken ab, die auf eine verdeckte Kamera oder ein Abhörgerät hindeuten würden. Erst als er nichts dergleichen hatte entdecken können, machte er Licht und legte seinen Koffer aufs Bett. Er holte aus dem Beutel mit dem Rasierzeug ein Gerät, das aussah wie ein elektrischer Rasierapparat, schaltete es ein und ging damit durch das Zimmer. Das Gerät fing Radiowellen und magnetische Feldsignale auf, ebenso die Signale verdeckter Kameras, Handywanzen und GPS-Anzeiger. Sobald die Maschine ein solches Gerät entdeckte, leuchte ein LED-Lämpchen auf und das Gerät vibrierte.

Jenkins bemerkte keine Reaktion.

Er packte den Apparat wieder zu seinem Rasierzeug, zog Jackett und Hemd aus und legte den darunterliegenden Fettanzug ab, der ihn zwanzig Kilo schwerer aussehen ließ, im Wesentlichen um den Bauch herum. Er streifte die leichten, fast bis zu den Ellbogen reichenden synthetischen

Handschuhe ab, die ihm zu alternden weißen Händen mit sogar einigen Leberflecken darauf und zu den Fingerabdrücken eines Mr Wilson verhalfen, seines Zeichens Textilfabrikant. Es war ungewöhnlich warm in Moskau, seine Hände hatten in den Handschuhen geschwitzt. Da seine Augen durch die trockene Luft im Flugzeug stark gereizt waren, entfernte er auch die blauen Kontaktlinsen und spülte sie in der Toilette hinunter. Die prothetische Maske behielt er bei, denn in Moskau gab es überall Überwachungskameras mit Gesichtserkennung, die extensiv genutzt wurden. Sobald sich eine Gelegenheit ergab, würden die Kameras Jenkins' Gesicht scannen, und wenn er dann keine Gesichtsverkleidung trug, verzeichnete die Datenanalyse einen Treffer, sobald sein Bild mit denen in einer zentralen Datenbank gespeicherten abgeglichen worden war, und sofort wären die Moskauer Polizei und der FSB alarmiert. Mit solchen Kameras musste er überall in Moskau rechnen, sie würden ihm auf all seinen Wegen hinterherspionieren.

Fünfzehn Minuten nachdem er sein Hotel verlassen hatte, betrat Jenkins die in einer Seitenstraße gelegene *Jakimanka-Bar*. Originell war der Name dieser Bar nun nicht gerade, im Gegenteil. Auch mit der Ausstattung konnte sie nicht punkten, weder draußen noch drinnen, aber unter dem Strich war sie genau das, wonach Jenkins gesucht hatte, und dafür gebührte ihr ein dickes Lob. Bis auf zwei Männer, die an einem lächerlich großen Tisch russisches Billard spielten, war die nur schwach beleuchtete Kneipe leer. Die schlechte Beleuchtung war Jenkins nur recht, denn so brauchte er sich keine Gedanken darum zu machen, dass seine Hände dunkler waren als sein Gesicht. Es roch nach Zigaretten und fettigem Essen. Er wählte eine Sitznische, von der aus er durch ein Fenster die Straße im Auge behalten konnte.

Als einer der Billard spielenden Männer jetzt etwas rief, sah sich Jenkins die beiden genauer an. Der Mann, der mit einem

Ausruf seine Aufmerksamkeit erregt hatte, schien Anfang zwanzig zu sein und trug die Haare modisch geschnitten, an den Seiten kurz, dafür oben auf dem Kopf so lang, dass sie ihm jedes Mal, wenn er sich zu einem Stoß vorbeugte, auf den Tisch fielen. Wenn er nicht an der Reihe war, stolzierte er um den Tisch herum, trank aus einer der überall auf dem Rand deponierten Bierflaschen und erklärte seinem Mitspieler laut und wortreich, was der zu erwarten hatte, wenn er wieder zum Zug kam. Sein Begleiter war ein Hüne von einem Mann, dessen kahl rasierter Schädel fast die Decke des Raums berührte. Die große Klappe seines Freundes schien ihn eher zu belustigen, er wirkte jedenfalls in keiner Weise besorgt.

Auch der Junge mit dem schicken Haarschnitt zeigte jede Menge Muskeln. Um den Hals trug er eine dicke goldene Kette und Jenkins bemerkte an einer Art Garderobe neben dem Ständer für die Billardstöcke ein langärmliges Hemd und eine Anzugjacke. Im Ständer fehlten zwei Stöcke. Der schicke Junge trug eine zum Jackett in der Garderobe passende Anzughose und Halbschuhe, kam Jenkins aber insgesamt nicht wie der Typ Geschäftsmann vor. Ein farbenfrohes Tattoo zierte einem bunten Ärmel gleich seinen rechten Arm vom Handgelenk bis zu den Schultern.

»Ja by na twojem meste ich ignorirowal. Jesli ty ne glup, uhodi.« Ich würde sie einfach nicht beachten. Wenn du schlau bist, haust du ab.

Jenkins wandte seine Aufmerksamkeit dem Kneipier zu, der hinter seinem Tresen hervorgekommen war und nun vor seiner Nische stand. Er hatte dichtes, bereits grau werdendes Haar und einen buschigen Bart, hinter dem das Gesicht mit den vielen Falten kaum zu erkennen war.

»Lobotomie«, bat Jenkins, womit er eins der beliebtesten Biere Russlands bestellte.

Der Mann schüttelte resigniert den Kopf, stieß die Luft aus und verschwand.

»Suka!«, rief der junge, elegante Billardspieler. *Schlampe!* *»Prinesi nam jeschtsche piva.« Besorg uns noch ein Bier.*

Jenkins hatte die Frau gar nicht bemerkt, die in der Nähe des Billardtisches in einer dunklen Ecke auf einem Barhocker saß. Sie trug ein hauchdünnes weißes Kleid, das weder die langen Beine noch das Dekolleté auch nur halbwegs bedeckte. Als sie jetzt vom Barhocker kletterte, stolperte sie ein wenig und wäre um ein Haar auf den dicken Plateausohlen ihrer roten Schuhe umgeknickt. Der junge Billardspieler fand das komisch und versetzte der Frau mit seinem Stock einen Schlag auf den Po, woraufhin sie erneut stolperte, gegen den Tisch fiel und schließlich auf dem Boden landete.

Das war kein Bierrausch, sie stand eindeutig unter Drogen.

Der junge Mann stupste sie mit dem Billardstock an, schob ihr Kleid hoch und blickte seinen Freund Zustimmung heischend an. Die Frau hielt sich mit beiden Händen am Billardtisch fest, um sich dann, immer noch unsicher auf den Beinen, unbeholfen hochzuziehen. Dann steuerte sie schwankend den Tresen an, fiel aber auf dem Weg dorthin von der einen Stufe, die vom höher gelegenen Billardtisch in den Rest des Raums führte. Der Kneipier sah kurz auf, als sie hart auf den abgetretenen Fliesen landete, machte aber keine Anstalten, ihr aufzuhelfen. Jenkins wäre um ein Haar aufgesprungen, ließ es jedoch lieber sein. Bestimmt war es nicht gut, sich hier einzumischen. Die Frau rappelte sich auf, stolperte zum Tresen und sagte etwas zum Barkeeper. Dann drehte sie sich um und sah Jenkins an. Ihr schwarzer Lidstrich war zerlaufen, die Tusche rann ihr die Wangen hinab wie die Tränen eines Clowns.

Jenkins spürte, wie ihm das Herz in die Hose sackte. Er hatte eine Tochter, es kostete ihn große Mühe, den Zorn zu zügeln, der ihn beim Anblick dieser misshandelten jungen Frau überkam. Er sah hinüber zum Billardtisch. Dort lehnte dieser junge Dreckskerl auf seinem Billardstock und starrte ihn unverwandt mit hartem Blick an. Dann hob er die Hand und schob den Daumen zwischen Ringfinger und Mittelfinger, die russische Variante des amerikanischen Stinkefingers.

Jenkins zwang sich, wegzusehen. Scheißkerl.

Der Kneipier brachte ihm sein Lobotomie. Jenkins trank einen Schluck und strahlte den Mann an. Der wollte schon gehen. *»Wascha kukhnja jeschtsche otkryta?«*, erkundigte sich Jenkins rasch. *Ist Ihre Küche noch geöffnet?*

»Wot der'mo«, zischte der Barkeeper leise. *Scheiße.*

»Suka!«, fluchte der Billardspieler. Jenkins sah zu ihm hinüber.

Die junge Frau hatte eine der Bierflaschen fallen lassen. Der Hüne nahm ihr gerade die restlichen ab.

»Priberis!«, befahl der Rüpel. *Mach das sauber!* Er packte die Frau im Nacken und stieß sie auf den Boden. *»Oblischi ego kak sobaka!« Leck es auf wie ein Hund!*

Jenkins packte seine Bierflasche und sah den Barkeeper an, der offenbar immer noch nichts unternehmen wollte.

Inzwischen hatte sich der junge Scheißkerl hinter die Frau gehockt, imitierte mit dem Billardstock eine sexuelle Handlung, packte sie dann bei den Haaren und riss sie hoch. Er sagte etwas zu dem Hünen, woraufhin die beiden zusammen mit der Frau die Kneipe durch eine Hintertür verließen.

Jenkins hatte gar nicht mitbekommen, dass der Barkeeper noch immer neben ihm stand, so schockiert war er. Erst als der Mann ihn ansprach, sah er zu ihm hoch. *»Tol'ko rubli. Kreditnye karty ne prinimaem. Tschto wy khotite zakazat'?« Nur Rubel, wir nehmen keine Kreditkarten. Was möchten Sie?*

In Jenkins' Innerem tobte ein Sturm, aber es gelang ihm, gelassen zu bleiben und sich sogar noch ein Lächeln abzuringen. *»Ja dumaju ti prav. Dumaju, mne lutschsche uyti.« Ich glaube, Sie haben recht. Es ist wohl besser, wenn ich gehe.*

* * *

Jenkins verließ die Bar, jedoch nicht in Richtung Hotel. Er ging einmal um den Häuserblock herum, in dem sich die Bar befand, bis er eine enge Gasse voller Mülltonnen entdeckte, aus denen die Müllbeutel nur so quollen. Daneben türmten sich hölzerne Paletten und Zeitungsstapel. Und im Lichtkegel der Lampe über der Hintertür der Bar sah er den schicken Dreckskerl, der die junge Frau gegen die Wand des Hauses gedrückt hielt und sie würgte. Mit der anderen Hand öffnete er seine Gürtelschnalle. Der Hüne stand mit dem Rücken zu Jenkins und sah sich die Show an.

Jenkins war gerade ein paar Schritte näher gekommen, als der Widerling der Frau hart mit dem Handrücken ins Gesicht schlug.

»Du willst das Bier nicht auflecken, Hündin?« Er schlug sie noch einmal, ebenso hart. »Möchtest du vielleicht etwas anderes lecken?« Er packte sie bei den Haaren und zwang sie in die Knie. Blut tropfte ihr aus der Nase und aus einem Mundwinkel. Ihr Peiniger hatte seinen Reißverschluss schon geöffnet, musste aber fluchend feststellen, dass er Mühe hatte, seinen Penis hervorzuholen.

»Wosmoschno, wy ne moschete jego nayti, potomu schto on takoy malen'kiy«, sagte Jenkins. *Vielleicht ist er nicht so leicht zu finden, weil er so klein ist.*

Der Hüne bewegte sich blitzschnell, drehte sich um und hatte die Hand bereits an der Ausbuchtung unter seiner Lederjacke, als sein Freund ihn mit einer Handbewegung stoppte. Er schubste die Frau zu Boden, trat aus dem Lichtkegel heraus und kniff die Augen zusammen, um Jenkins besser sehen zu können.

»Schto ty skazal, starik?« Was hast du gesagt, alter Mann?

Jenkins ließ die Hände des Hünen nicht aus den Augen. »Ich sagte, wenn du deinen Pimmel nicht finden kannst, mag das daran liegen, dass er so klein ist.«

Der Widerling grinste, wirkte dabei jedoch leicht verunsichert. Wahrscheinlich fragte er sich gerade, ob der Alte, der ihn da beleidigte, nur geistig ein wenig minderbemittelt war oder aber gleich ganz den Verstand verloren hatte. Er warf seinem Freund einen fragenden Blick zu, der aber genauso verdattert wirkte. Dann lachte der Widerling und sein hünenhafter Kumpel lachte mit, aber das waren bei ihm rein die Nerven.

»Du hast ja ziemlich dicke Eier, alter Mann«, sagte der Widerling. »Der Alte muss doch ziemlich dicke Eier haben, meinst du nicht auch, Pawil?«

Der Hüne nickte.

Jenkins behielt weiterhin die Hände des Großen im Blick.

Der Widerling griff sich den Billardstock, der an der Hausmauer gelehnt hatte, und kam auf Jenkins zu. »Vielleicht möchtest du uns deine dicken Eier ja mal zeigen?« Er drehte sich um und deutete mit dem Kinn auf die Frau. »Vielleicht möchtest du ihr deine dicken Eier zeigen? Was sagst du, alter Mann? Möchtest du auch mal ran?«

Jenkins lächelte. »Ich sag jetzt mal, was ich möchte. Ich möchte, dass ihr zwei zurück in die Bar geht und euer Billardspiel fertig spielt und euer Bier austrinkt. Ich geb euch sogar noch eine Runde aus.«

Dem jungen Mann verging das Grinsen. »Du willst sie für dich allein, alter Mann?« Er bewegte anzüglich Hände und Hüften. »Der Alte mag nicht teilen, Pawil, wie egoistisch ist das denn?«

»Sehr egoistisch«, fand auch Pawil.

»Hier biete ich an, mit dir zu teilen, und du willst sie ganz für dich allein«, beschwerte sich der Widerling.

»Die Frau wird jetzt gehen«, sagte Jenkins. »Sie wird nach Hause gehen.«

»Ach ja?«

»Ihr hattet euren Spaß. Ich bitte euch noch einmal, geht zurück in die Bar, trinkt euer Bier aus und spielt das Spiel zu Ende.«

Der junge Mann legte nachdenklich den Kopf zur Seite. »Was, wenn ich …«, er hielt einen Finger hoch, »was, wenn wir nicht reingehen, sondern ich die Schlampe hier durchvögele, während Pawil dich verdrischt, dass dir Hören und Sehen vergeht? Was hältst du davon, alter Mann?«

»Weißt du, ich mag es wirklich nicht, wenn man mich alter Mann nennt«, sagte Jenkins.

»Nein?«

»Nein. Alter ist meiner Meinung nach nur eine Frage der Einstellung, musst du wissen, und wir sind nicht alt, wenn wir uns nicht selbst als alt betrachten.«

»Sie sind ein Philosoph«, lobte der Scheißkerl.

»Nein.« Jenkins schüttelte den Kopf. »Ich bin Pragmatiker, ich sehe die Dinge ganz nüchtern. Nehmen wir dich zum Beispiel. Wie alt magst du sein? Fünfundzwanzig? Sechsundzwanzig? Aber dein Kopf ist der eines vorpubertierenden Vierzehnjährigen, der sich daran aufgeilt, Frauen zu verprügeln.«

»Du beleidigst mich? Wer bist du?«

»Nur ein Typ, der in Ruhe und Frieden sein Bier trinken und eine Kleinigkeit essen wollte, bevor er zu Bett geht.«

»Dann bist du wohl zur falschen Zeit in die falsche Bar gekommen.«

»Noch können wir hier alle rausgehen, ohne dass sich einer was vergibt, Leute. Ich gehe irgendwo was essen. Die Frau geht nach Hause. Und du und der Riese da, ihr geht wieder rein und spielt eure Partie zu Ende.«

Der junge Mann zerbrach seinen Stock über dem Knie. »Das ist jetzt keine Option mehr«, sagte er und warf Pawil die Hälfte des Stocks zu. »Ich glaube, wir beenden das Spiel gleich hier und jetzt.«

Mit diesen Worten trat er einen Schritt vor und schwang seine Stockhälfte. Jenkins wich ihm nicht aus, sondern trat ebenfalls vor, wodurch seine Schulter den Schlag abfing. Dann packte er die Hand, die den Stock hielt, mit der Linken beim Handgelenk, wirbelte herum und schlug gegen seinen Ellbogen, hörte es knacken. Der junge Mann heulte laut auf und sank in die Knie. Jetzt stürmte Pawil herbei, viel größer als sein Freund, aber langsamer, den Stock wie eine Axt hoch erhoben. Wieder wich Jenkins nicht aus, sondern ging auf den Mann zu und schaffte es, einen raschen Stoß zu landen, der Pawil an der Luftröhre erwischte. Pawil ließ den Stock fallen und fasste sich an den Hals. Jenkins versetzte ihm einen Tritt in den Schritt und einen Stoß gegen die Brust, der den Riesen rückwärts kippen ließ, bis er das Gleichgewicht verlor und im Fallen eine Mülltonne mit sich riss.

Der junge Scheißkerl war wieder auf den Beinen und griff Jenkins an, ein Messer in der unverletzten Hand. Jenkins wich dem ersten Stoß aus, und als das Messer ein zweites Mal auf ihn zukam, packte er die Messerhand mit der Linken und brach dem Dreckskerl das Handgelenk. Der ließ das Messer fallen, Jenkins holte mit der rechten Hand aus und traf den Jungen im Gesicht, schleuderte ihn zu Boden. Mülltonnen klapperten. Er drehte sich um. Aus den Abfällen tauchte Pawil auf, eine Pistole in der Hand.

Im selben Moment war auch sein junger Freund wieder auf den Beinen. Die Augen glühend vor Hass machte er einen Satz auf Jenkins zu.

Es fiel ein Schuss.

Der junge Mann stolperte und fiel Jenkins in die Arme.

Die Hintertür der Bar ging auf. Der Barkeeper. Er warf einen Blick auf Jenkins, dann auf den Mann, der in dessen Armen zusammengesunken war, heftig blutend, das T-Shirt weinrot gefärbt. Der Kneipier riss die Augen weit auf, verzog sich in seine Bar und machte die Tür hinter sich zu. Pawil war bereits bis zum Ende der Gasse zurückgewichen, hielt die Waffe aber immer noch auf Jenkins gerichtet. Er stolperte über einen Müllbeutel, hatte Mühe, das Gleichgewicht zu wahren, machte auf dem Absatz kehrt und rannte davon.

Jenkins ließ den Jungen zu Boden sinken, dem die Kugel in Höhe des linken Schultergelenks den Rücken durchbohrt hatte. Er tastete nach einem Puls, fand keinen.

Die Frau kauerte verwirrt und verängstigt an der Wand.

»Seytschas wi dolschny uyti«, sagte Jenkins. *Sie sollten jetzt gehen.*

Sie starrte auf ihren Peiniger, der mit dem Gesicht nach unten auf dem Pflaster lag. Dann sah sie Jenkins an und ihr Blick war einen Moment lang ganz klar.

Klar und voller Angst.

»Tscho wy nadelali?«, flüsterte sie. *Was haben Sie getan?*

Kapitel 7

Jakimanka-Bar
Moskau

Als er noch verheiratet gewesen war, hatte Hauptkommissar Arkhip Mischkin seinen Job als Kriminalbeamter immer und in allen Facetten geliebt – nur nicht in den Nächten, in denen er an einen Tatort gerufen worden war und seine Frau Lada und das gemeinsame gemütliche Bett verlassen musste. Ladas Eltern hatten ihre Tochter nach der slawischen Göttin der Schönheit benannt, und sechsunddreißig Jahre lang war diese Schönheit Arkhips großer Schatz gewesen. Seit ihrem Tod – sie war vor zwei Jahren an Brustkrebs gestorben – fand Arkhip nur noch wenig Freude am Leben, hatte aber nichts mehr dagegen, mitten in der Nacht an einen Tatort gerufen zu werden. Sein Bett war jetzt kalt und an den meisten Abenden schlief er beim Lesen im Sessel ein.

An einen Tatort gerufen zu werden, gab ihm etwas zu tun.

Als er sich dem uniformierten Beamten näherte, der den Verkehr regelte, obwohl zu dieser Nachtzeit nur noch wenige Autos unterwegs waren, fuhr der Hauptkommissar langsamer. Ein Blick auf seine Uhr zeigte ihm, dass es eigentlich gar nicht mehr Nacht war, sondern bereits Morgen. Der Uniformierte winkte, Arkhip solle weiterfahren. Stattdessen ließ der Hauptkommissar sein Wagenfenster herunter.

Das trug ihm einen verärgerten Blick ein. »Was soll das? Fahren Sie gefälligst weiter! Oder soll ich Sie festnehmen lassen?«

Ah, welch jugendlicher Eifer! An seinem Ton würde der Junge allerdings noch arbeiten müssen. *Man fängt mit Honig mehr Bienen als mit Essig,* hatte Arkhips Lada gern gesagt. Arkhip lächelte dem Uniformierten zu und ließ seine Dienstmarke aufblitzen, die ihn als Hauptkommissar und leitenden Mitarbeiter der Kriminalabteilung des Innenministeriums auswies. Eine ziemlich bedeutende Anhäufung von Funktionen, das war schon mal klar.

Der junge Mann hob entsetzt beide Hände. »Ich bitte um Verzeihung, Hauptkommissar.«

»Keine Ursache.« Arkhip lächelte immer noch. »Wenn Sie nur eben diese Hütchen entfernen könnten?« Die orangen Kegel wurden hastig beiseitegeräumt und der junge Beamte winkte Arkhip durch.

Der parkte und stieg aus dem Auto. Er zog sich seinen leichten Sommermantel über und setzte seinen braunen Hut auf, eine sogenannte Kreissäge. »Danke«, sagte er zu dem Verkehrspolizisten, der näher kam, einen zerknirschten Ausdruck im Gesicht. »Darf ich Ihnen einen Rat geben?«

»Gern, Hauptkommissar!«

»Lächeln Sie öfter einmal. Mit Honig fängt man mehr Bienen.« Der Beamte versuchte sich an einem Lächeln, das allerdings ein wenig gequält wirkte. »Es wird leichter, je mehr Sie üben«, versprach Arkhip.

Er klopfte sich die Jackentaschen ab, spürte die vertrauten Umrisse von Notizblock und Bleistift und ging dann hinüber zu einer Gruppe von Polizisten, die ihm für eine bloße Kneipenschießerei ein bisschen zu groß vorkam. Man könnte ja fast glauben, der Präsident der Russischen Föderation sei erschossen worden. Jemand hatte den Fehler begangen, die Bar außen rot anzustreichen, was Arkhip an einen anderen Lieblingsspruch seiner Frau erinnerte, in dem es um Schweine in roten Kleidern ging. Die bereits abblätternde Farbe machte erst so richtig auf den heruntergekommenen Zustand der Kneipe aufmerksam, die bestimmt bald der Abrissbirne zum Opfer fallen würde. Diese Gegend von Moskau erlebte gerade einen Revitalisierungsboom, da dürfte sich das schwer vermeiden lassen.

Arkhip zeigte seinen Ausweis und wurde von einem Polizisten nach dem anderen weiter durchgereicht, bis er die Kneipentür erreicht hatte. Drinnen brachte man ihn zu einem Uniformierten, der sich gerade mit einem Mann mittleren Alters mit dichtem, schwarzgrauem Haar und passendem Bart unterhielt.

Der Uniformierte musste im Dämmerlicht der Bar die Augen zusammenkneifen, um Arkhips Ausweis lesen zu können. »Hauptkommissar!«, begrüßte er ihn.

Arkhip sah sich um in der Bar, in der es von uniformierten Beamten und Tatortermittlern nur so wimmelte. Hoffentlich führte jemand Buch, damit man hinterher wusste, wer hier alles seinen Tatort verunreinigt hatte. Das schien ihm allerdings wenig wahrscheinlich.

»Hauptkommissar?«, wiederholte der Beamte, diesmal fragend.

Arkhip drehte sich zu ihm um. »Ja?«

Der Beamte deutete auf den Mann mit dem wilden Haar. »Das ist der Besitzer der Bar.«

Beide Männer waren bestimmt gute zehn Zentimeter größer als der mit seinen einen Meter achtundsechzig eher zierliche Arkhip, aber daran war er gewöhnt. Gott habe ihn nicht mit körperlicher Größe gesegnet, pflegte seine Mutter immer zu sagen, dafür aber mit einem Intellekt, der an die höchsten Berge heranreichte. Nur machten sich weder Fußballtrainer noch Frauen viel aus Intellekt – mit Ausnahme seiner Lada natürlich. Die war sechs Zentimeter größer gewesen als er, trotzdem hatte sich Arkhip an ihrer Seite immer als der größte Mann im Zimmer gefühlt.

»Einen Moment bitte.« Arkhip wandte sich an die versammelten Polizisten. »Entschuldigen Sie mich bitte. Entschuldigung!« Die Männer ließen sich nicht stören und plauderten munter weiter.

»Hallo!«, rief der Uniformierte, der gerade Arkhips Ausweis überprüft hatte. Endlich sahen alle zu ihnen herüber und er nickte dem Hauptkommissar aufmunternd zu.

Arkhip lächelte. »Danke.« Er hob die Stimme. »Ich bin Arkhip Mischkin, Hauptkommissar und leitender Ermittler in der Kriminalabteilung des Innenministeriums. Sollten Sie weder Tatortermittler noch Zeuge sein, dann muss ich Sie bitten, diesen Ort sofort zu räumen. Bitte fassen Sie nichts an und hinterlassen Sie Ihren Namen und die Dienstnummer bei …« Er sah den jungen Beamten an, der ihn zur Tür gebracht hatte. »Wie heißen Sie? Ja, Sie!«

»Golubew.«

»Bitte nennen Sie Offizier Golubew Ihren Namen und Ihre Dienstnummer, damit ich später weiß, wo ich nach Ihren detaillierten Berichten über den Zeitraum suchen kann, den Sie an diesem Morgen an meinem Tatort verbracht haben.«

Das genügte, die Bar war im Handumdrehen von allen geräumt, die dort nichts zu suchen hatten. Polizisten, die nachts Dienst taten, hatten gern etwas zu tun, hassten es aber, sich mit Papierkram befassen zu müssen. Während einer nach dem anderen ging, sah Arkhip sich um, registrierte die in die Jahre gekommenen Sitzbänke in den Nischen, die niedrige Decke, die zerkratzten Tische und das abgetretene Linoleum auf dem Boden. Hinten in der Bar, eine Stufe höher liegend als der

Rest des Raums, fiel ihm ein Billardtisch mit Kugeln darauf ins Auge, auf dem wohl noch vor Kurzem ein Spiel im Gang gewesen war. Einer der Billardstöcke lag noch auf dem Tisch. Einen zweiten konnte Arkhip nicht entdecken, dabei fehlten in der Halterung an der Wand eindeutig zwei. An einem Haken neben dieser Halterung hingen ein weißes Hemd und eine Anzugjacke. Bierflaschen säumten den Rand des Billardtisches, eine weitere Flasche lag zerbrochen auf dem Boden, man hatte die Pfütze, die entstanden war, noch nicht aufgewischt.

Hierher kam man zum Trinken, dachte Arkhip, in der Nase den Biergeruch, mit dem die Luft im Raum geschwängert war. Genauer gesagt: Hierher kam, wer sich sinnlos betrinken, wer seine Probleme und vielleicht sogar sein Leben vergessen wollte. Arkhip hatte oft gesehen, wohin das führen konnte. Jemand ließ sein Bier fallen, jemand anderes fühlte sich dadurch angegriffen und sagte etwas. Ein Wort ergab das andere und bevor man richtig wusste, was geschah, war einer der beiden Betrunkenen tot. Meistens durch eine Stichwunde. Die einzige Frage war …

»Wo ist die Leiche?« Arkhip sah sich suchend um.

»Bitte?«, erwiderte der Beamte, an den die Frage gerichtet gewesen war. Er und der Kneipier wechselten einen Blick.

»Mir wurde eine Schießerei gemeldet, von daher hatte ich eine Leiche erwartet.« Arkhip lächelte den beiden Männern freundlich zu.

»Die Leiche liegt in der Gasse hinter dem Haus, Hauptkommissar Mischkin«, erklärte der Beamte.

»Ah, dann haben sie ihre Auseinandersetzung nach draußen getragen?«

»Wie bitte?«, wiederholte der Beamte.

»Die beiden Betrunkenen. Sie haben sich gestritten. Einer hat ein Bier fallen lassen. Der andere sah darin eine Tragödie von erheblichen Ausmaßen, es kam zu einer Auseinandersetzung, die sie nach draußen getragen haben. Dort ist die Sache dann eskaliert, ein Wort kam zum anderen … und jetzt haben wir eine Leiche.«

Wieder tauschten Polizeibeamter und Barbesitzer einen Blick.

Arkhip kratzte sich mit dem Radiergummi oben an seinem Bleistift diskret am Ekzem, das sich bei ihm am Hinterkopf entwickelt hatte und inzwischen bis in den Nacken reichte. Stressbedingt, meinte sein Arzt, wahrscheinlich durch den Tod seiner Frau. Arkhip sollte nicht zu lange duschen, eine Salbe auftragen, und wahrscheinlich würde das Ekzem von allein verschwinden, wenn Arkhip Ende des Monats in Rente ging. Nur rückte dieser Tag zwar immer näher, aber das Ekzem schien sich eher ausweiten als verabschieden zu wollen. Arkhip sah den Mann mit der üppigen Mähne an. »Ihnen gehört diese Bar?«

»Ja«, erwiderte der Mann.

Arkhip sah sich um. Angestellte schien es keine zu geben. »Und Sie sind auch der Barkeeper?«

»Ja.«

»Sie haben gesehen, was passiert ist? Vielleicht möchten Sie es mir erzählen?«

»Ja, sicher. Ich war …«

Arkhip hob die Hand, langte in seine Jackentasche, zog den Notizblock hervor und leckte die Spitze seines Bleistifts an.

»Soll ich die Unterhaltung aufzeichnen?«, erkundigte sich der uniformierte Beamte und hielt sein Handy hoch.

Arkhip sah ihn fragend an. »Warum?«

»Um … eine Aufzeichnung dessen zu haben, was gesagt wurde.«

»Ich habe meine Notizen«, sagte Arkhip. »Und Sie werden später in der Petrowka eine Aussage aufnehmen. Aber bitte, wenn Sie möchten.« Er wandte sich wieder dem Kneipier zu. »Und wenn Sie mir jetzt erzählen würden, was passiert ist …«

»Nun, zwei Männer kamen in die Bar.«

Arkhip lachte leise in sich hinein, was sowohl seinen uniformierten Kollegen als auch den Barbesitzer zu irritieren schien. »Entschuldigung!« Der Hauptkommissar musste noch einmal grinsen. »Was Sie eben sagten … Das gäbe einen guten Anfang für einen Witz.« Keiner der beiden Männer reagierte. »Bitte, fahren Sie fort.«

»Sie hatten eine Frau dabei und waren schon bei ihrem Eintreffen betrunken. Sie bestellten Bier und Schnaps.«

Wieder unterbrach ihn Arkhip mit einer Handbewegung. »Sie wussten, dass die beiden betrunken waren?«

»Wussten?«

»Haben sie es Ihnen gesagt?«

»Nein, natürlich nicht, aber ich bin jetzt schon seit vielen Jahren Barkeeper, ich konnte es an ihrem Verhalten ablesen, an ihren Augen erkennen. Es …«

»Ah, Sie haben es vermutet.«

»Was?«

»Sie haben aus dem Verhalten und dem Aussehen der Männer geschlossen, dass sie betrunken waren.«

»Ja, das habe ich wohl.«

»Fahren Sie fort.«

»Okay. Sie haben also Bier und Schnäpse bestellt und gingen nach hinten, um Billard zu spielen.«

»Nur die beiden Männer oder die Frau auch?«

»Nein, nur die Männer.«

»Was wurde aus der Frau?«

»Was aus ihr wurde?«

»Hat sie denn auch Billard gespielt?«

»Sie ist eine Prostituierte«, erklärte der Barkeeper sichtlich verdutzt.

»Das hat sie Ihnen gesagt.«

»Nun … nein, aber ich habe es geschlossen.«

»Geschlossen. Sie schlossen es aus ihrem Aussehen und ihrem Verhalten?«

»Mehr nach dem, was sie anhatte, und sie war schon mal hier gewesen.«

»Sie kennen sie?«

»Sie nennt sich Isabella. Ich glaube, das ist ein …«

»Ein Alias?«

»Ja.«

»Bitte, fahren Sie fort.«

»Ein weiterer Mann kam herein. Er setzte sich in die Nische dort und hat die Männer und die Frau beobachtet. Das habe ich ebenfalls geschlossen«, fügte er rasch hinzu. »Weil Eldar ihm den Finger zeigte.«

»Eldar?«

»Einer der Männer, die Billard spielten.«

»Sie kannten ihn dann also? Ebenso wie die Prostituierte?«

»Über ihn weiß ich mehr als über sie. Er kam manchmal in die Bar, um Billard zu spielen.«

Arkhip schwieg.

»Also ging ich zu dem Mann in der Nische«, fuhr der Kneipier fort. »Er bestellte ein Bier und ich sagte zu ihm, es sei wohl das Beste, er ginge gleich wieder.«

»Warum?«

»Ich spürte da ein Problem. Der Mann zeigte sich irgendwie zu interessiert an der Frau.« Bei diesen Worten glitt der Blick des Barkeepers ein wenig nach links oben.

Ah, eine Lüge! Der Barkeeper erzählte nicht die Wahrheit oder jedenfalls nicht die ganze Wahrheit. Bei einer ersten Befragung konfrontierte Arkhip seine Zeugen nicht mit solchen Beobachtungen, die waren sonst nur noch stärker auf der Hut. Er würde später auf die Frage zurückkommen. »Und was sagte Ihr Kunde, als Sie ihm rieten zu gehen?«

»Gar nichts. Als ich ihm sein Bier brachte, fragte er, ob die Küche noch geöffnet sei.«

»Hat er gegessen?«

»Was? Nein. Er hat es sich dann doch anders überlegt und gesagt, er würde meinen Rat beherzigen. Dann ging er. Vorn raus.«

»Was geschah als Nächstes?«

»Ich hörte einen Schuss, hinten in der Gasse. Ich meine … ich kam zu dem Schluss, dass es sich um einen Schuss handeln musste. Als ich die Tür aufmachte …« Er deutete auf das hintere Ende der Bar. »Die Hintertür zur Gasse, meine ich.«

»Fahren Sie fort.«

»Ich drückte die Tür zur Gasse auf und sah Eldar, der gegen den Mann lehnte, der vorher in der Nische gesessen hatte. Auf Eldar war geschossen worden.«

»Wann ging Eldar in die Gasse?«

»Kurz bevor der Mann aus der Nische die Bar verließ.«

»Was war mit dem anderen Mann und der Frau?«

»Sie gingen zusammen mit Eldar in die Gasse.«

»Wissen Sie, warum?«

»Nein.« Der Mann blickte zur Seite.

Noch eine Lüge. Arkhip würde es erst einmal auf sich beruhen lassen und auch auf diese Frage später noch einmal zurückkommen. »Sie haben weder ihr Billardspiel beendet noch ihr Bier ausgetrunken?«, fragte Arkhip.

»Richtig.«

»Also ist dieser Mann …« Arkhip warf einen Blick auf seinen Notizen. »Dieser Eldar ist zusammen mit dem anderen Mann und der Frau durch die Hintertür in die Gasse gegangen, warum, das wissen Sie nicht. Kurz darauf ging der Mann aus der Nische durch die Vordertür hinaus. Und wir können annehmen, dass er um das Haus herumging und dort, wie Sie glauben, Eldar erschoss?«

»Ich habe das angenommen«, sagte der Mann ein wenig zu nachdrücklich.

»Eine gute Schlussfolgerung.« Arkhip lächelte, denn es war wichtig, dafür zu sorgen, dass die Zeugen ruhig blieben. Seiner Erfahrung nach erinnerten sie sich dann besser. »Wo war die Frau?«

»Sie stand an der Wand, links von mir.«

»Und der andere Mann?«

»Welcher andere Mann?«

Arkhip blätterte in seinen Notizen. »Sie sagten, zwei Männer seien in die Bar gekommen, was sich meiner Meinung nach anhörte wie der Anfang von einem Witz. Sie sagten weiter, beide Männer seien Ihnen betrunken vorgekommen …«

»Jaja. Ich weiß nicht, wo er war. Ich habe ihn nicht gesehen.«

»Er war nicht in der Gasse?« Das schien seltsam.

»Ich sagte, ich habe ihn nicht gesehen.«

»Sie wissen es nicht.«

»Ich sah ihn nicht. Daraus habe ich geschlossen, dass er nicht da war.«

»Okay, ja. Was geschah dann?«

Der Mann wirkte zu Tode erschrocken. »Was glauben Sie denn, was als Nächstes passierte?«

»Ich habe nicht die geringste Ahnung, das kann ich Ihnen versichern.«

Der Barkeeper holte tief Luft. »Ich habe die Tür zugemacht, ich wollte nicht erschossen werden. Ich habe die Tür geschlossen und die Polizei angerufen.«

»Sehr gute Reaktion, sehr gut«, lobte Arkhip und sah den Uniformierten an. »Sie waren als Erster am Tatort?«

»Ja. Ich und mein Partner. Der ist draußen und spricht mit den Leuten, versucht herauszufinden, ob jemand etwas gesehen hat.«

»Hielt sich sonst noch jemand in der Bar auf?«, wandte sich Arkhip nun wieder an den Kneipier.

»Nein, alle waren gegangen.«

»Möchten Sie die Leiche sehen, Hauptkommissar Mischkin?« Der Uniformierte ging Arkhip voran die Stufe zum Billardraum hoch. »Ich glaube, das würde einiges erklären.«

»Ja, natürlich.« Arkhip folgte dem Mann, blieb dann aber noch einmal stehen und wandte sich an den Barkeeper. »Eine Frage noch. Sie sagten, der Verstorbene sei erschossen worden. Woher wussten Sie das?«

Der Barkeeper machte einen verzweifelten Eindruck. »Weil ich einen Schuss gehört habe.«

»Als Sie die Tür öffneten, hielt der Mann aus der Nische da eine Pistole in der Hand?«

»Nun … nein.«

»Sie sahen keine Pistole.«

»Aber … ich hörte den Schuss, und als ich die Tür öffnete, lehnte Eldar gegen den Mann. Kann ich das dann nicht annehmen? Dass er erschossen wurde, und zwar von diesem Mann?«

»Sicher.« Bis ein guter Anwalt ihn auf dem Zeugenstand auseinandernahm, durfte der Mann das gern annehmen. Arkhip klappte seinen Notizblock zu und steckte Block und Bleistift wieder in die Tasche. »Sie waren eine große Hilfe. Jemand wird Sie später in die Petrowka fahren, um Ihre Aussage aufzunehmen.« In der Petrowkagasse, im Haus Nummer achtunddreißig, befand sich die Abteilung für Kriminalermittlungen.

»Ich kann nicht nach Hause gehen?«, erkundigte sich der Barkeeper.

»Nein.« Arkhip sah den Uniformierten an. »Und jetzt die Leiche, bitte.«

Der Beamte stand schon an der Hintertür zur Gasse. Arkhip wollte ihm folgen, blieb aber noch kurz an der Nische stehen, in der laut Barkeeper der dritte Mann gesessen hatte.

Dort stand immer noch eine fast volle Bierflasche und ein Tatortermittler wartete auf Anweisungen. »Sorgen Sie dafür, dass diese Flasche sichergestellt wird«, bat Arkhip. »Man soll sie auf Fingerabdrücke und DNA-Spuren untersuchen.«

»Wird gemacht, Hauptkommissar.«

Draußen lag die Leiche unter einem weißen Tuch und zwei Männer aus der Abteilung für Rechtsmedizin beugten sich über sie. Bei der Hintertür waren einige Mülltonnen umgeworfen worden, der Müll lag weit verstreut. Auf dem Boden lag ein halber Billardstock. Arkhip suchte nach der anderen Hälfte und fand sie gute viereinhalb Meter entfernt ebenfalls auf dem Boden liegend. Es hatte hier also eine Auseinandersetzung gegeben.

»Der zweite Billardstock.«

»Wie bitte?«, fragte der Uniformierte.

»In der Halterung an der Wand fehlten zwei. Einer lag auf dem Tisch. Dies ist der zweite.«

»Okay. Die Leiche ...«

»Hier hat es eine Auseinandersetzung gegeben.«

»Offensichtlich.«

Arkhip wandte sich an den Partner des Uniformierten, der in der Gasse gewartet hatte. »Ich möchte Bilder, im Detail, von allem hier.« Er deutete auf die Fenster der Häuser zu beiden Seiten der Gasse. »Es sollen Leute von uns von Tür zu Tür gehen und in den Wohnungen nachfragen, ob irgendjemand etwas gehört oder gesehen hat. Sie sollen auch versuchen festzustellen, welche Prostituierten in dieser Gegend arbeiten. Ich möchte mit der Frau sprechen, die mit den beiden Männern hier war, mit Isabella.«

»Jawohl, Hauptkommissar Mischkin!«

Arkhip wandte sich um und musterte die Laternenpfähle und Strommasten in der Nähe. Hoch auf einem Strommast auf der anderen Straßenseite der Bar befand sich eine von Moskaus Gesichtserkennungskameras mit vier verschiedenen Linsen, von denen eine direkt auf die Gasse gerichtet war. »Und besorgen Sie mir die Nummer von diesem Lichtmast!«, rief Arkhip dem Uniformierten hinterher.

»Es scheint Ihnen sehr dringend damit zu sein, dass ich mir die Leiche ansehe«, wandte er sich anschließend an den Beamten, der als Erster am Tatort gewesen war.

»Genau!« Der Beamte trat neben die zugedeckte Leiche und einer der Rechtsmediziner reichte Arkhip ein Paar Latexhandschuhe. Er streifte sie sich über, wobei es wie immer einen leisen Knall gab, und hockte sich neben die Leiche. Der Rechtsmediziner zog das Tuch beiseite. Er hatte die Hände des Opfers bereits in Beweismitteltüten gesteckt, um Blut oder Hautfetzen zu bewahren, die sich von einem Kampf her unter den Fingernägeln befinden mochten. Arkhip zog das Tuch weiter herunter, bis er die Schussverletzung sehen konnte. Die Eintrittswunde befand sich gleich rechts neben dem linken Schulterblatt. Ohne Zweifel hatte die Kugel das Herz getroffen und der Tod war auf der Stelle eingetreten. Das Loch im Hemd war wirklich klein und zeigte eine minimale Blutung, es handelte sich zweifellos um eine Eintrittswunde, keine Austrittswunde. Der Barkeeper hatte angegeben, er habe den Verstorbenen an der Brust des dritten Mannes lehnen sehen, eine Pistole aber nicht bemerkt. Mit gutem Grund. Es schien unwahrscheinlich, dass dieser dritte Mann den Verstorbenen erschossen hatte.

»Drehen Sie ihn um«, bat Arkhip die beiden Männer aus dem Büro des Rechtsmediziners. Sie kamen seiner Bitte nach und Arkhip fand seine Vermutung bestätigt. Die Austrittswunde war wesentlich größer, auch nicht so sauber kreisförmig, und es gab eine Menge mehr Blut. »Hm.« Arkhip stand auf.

»Hauptkommissar Mischkin?«, meldete sich einer der Uniformierten. »Wir haben die Identität des Verstorbenen ermitteln können.«

»Ach ja?« Arkhip sah den Beamten erwartungsvoll an, und als der nicht weitersprach, drängte er sanft: »Dann wollen wir die nicht verschweigen.«

»Das hier ist Eldar Welikaja.«

»Welikaja. Wieso kommt mir der Name bekannt vor?«

»Er ist der Sohn von Jekatarina Welikaja. Der Enkel von Alexei Welikaja.«

»Dem Gangster!«

»Mafia«, meinte der Beamte.

»Warum haben Sie mir das nicht sofort gesagt?«, erkundigte sich Arkhip. »Das ändert alles.«

Kapitel 8

Bezirk Jakimanka
Moskau

Jenkins schlüpfte in die nächste schmale Gasse, wo es nach vor sich hin rottendem Müll und Urin stank, was ihn allerdings wenig interessierte, da ihm vor allem sein Erscheinungsbild im Magen lag. Und das, was da eben passiert war, natürlich. Der Kneipier hatte die Hintertür geöffnet, hatte den jungen Rüpel mit einer Schusswunde gegen Jenkins' Brust gelehnt stehen sehen und war, fälschlicherweise zwar, aber durchaus verständlich, zu dem Schluss gekommen, dass Jenkins nach hinten in die Gasse gegangen war und den Dreckskerl erschossen hatte. Den Begleiter des Widerlings hatte der Barkeeper von dort, wo er stand, nicht sehen können, da dieser Pawil hinter der geöffneten Tür gestanden hatte.

Jenkins zog die Lederjacke aus, riss sich das blutgetränkte Hemd vom Leib und warf es in die Mülltonne. Dann schlüpfte er wieder in die Jacke und zog den Reißverschluss bis zum Hals hoch. In seinem Kopf überschlugen sich die Gedanken. Er hätte einfach weggehen sollen. Sämtliche Instinkte in ihm waren der Meinung, er hätte die Situation von sich abwenden sollen, aber im entscheidenden Moment hatten diese Instinkte nicht so laut gesprochen wie sein Gewissen, das Tatenlosigkeit einfach nicht zuließ, wenn ein Mitmensch so brutal erniedrigt wurde. Er hatte nicht zusehen können, wie diese Frau geschlagen und missbraucht wurde. Dass sie als Prostituierte arbeitete, war ihm egal. Sie hatte nicht weniger als andere ein Anrecht darauf, mit einer gewissen Empathie behandelt zu werden. Und ganz sicher hatte sie es nicht verdient, dass irgendein dreckiger Mistkerl sie misshandelte.

Und dennoch …

Was könnte sie gemeint haben? Was bedeutete dieses: Was haben Sie getan?

Sie hatte mit solcher Furcht im Blick gesprochen und doch mit großer Klarheit, trotz der Drogen, die in ihrem Blut herumspukten. Die Angst hatte sie mit einem Schlag nüchtern werden lassen, wie bei einem Betrunkenen, dem man einen Eimer eiskaltes Wasser über den Kopf kippt. Sie hatte die Worte geflüstert, mehr noch, gehaucht, als könnte sie nicht glauben, was ihre Augen doch so eindeutig gesehen hatten, was ihr Verstand zumindest einen Moment lang registrieren musste.

Was haben Sie getan?

Jenkins hatte die Entschlossenheit der beiden Billardspieler unterschätzt. Seiner Erfahrung nach und auch nach allem, was er bei seinem Krav-Maga-Training gelernt hatte, hätten die meisten Männer umgehend die Flucht ergriffen, nachdem er sie so rasch hatte entwaffnen und einen Moment lang kampfunfähig machen können. Sie hätten ihre Beine in die Hand genommen und weiterleben dürfen, um auch am nächsten Tag noch kämpfen zu können. Die meisten Männer hätten der Frau nicht den Wert beigemessen, ihretwegen Schmerz und Leid zu ertragen.

Der Hüne hatte zu spät verstanden, worum es ging, der Rüpel gar nicht. Und der Rüpel war bei den beiden derjenige, der sagte, wo es langging. Dass der Mistkerl nicht eingeknickt war, deutete darauf hin, dass er Konfrontationen nicht gewohnt war, nicht damit umgehen konnte, dass ihm mal etwas verweigert wurde, und er mit einem entsprechenden Benehmen für gewöhnlich auch durchkam. Was die wichtigste aller Fragen aufwarf: Wer war dieser Mann?

Wenigstens hatte Jenkins noch seine Maske getragen. Er würde ins Hotel zurückkehren und Charles Wilson ein für alle Mal ad acta legen und …

Mist! Er blieb abrupt stehen und schaute auf seine Hände. Er trug die Latexhandschuhe nicht mehr! Was hatte er angefasst? Die Klinke der Kneipentür, die Oberfläche des Tisches in der Nische.

Die Bierflasche.

Er drehte sich um, blickte Richtung Bar. Reichte die Zeit, um noch einmal zurückzugehen? Auf keinen Fall. Er musste das Risiko eingehen, musste weitermachen, nach vorn schauen. Es gab noch andere Masken und andere Verkleidungen.

Jenkins, der nach dem Verlassen der verfluchten Gasse bei seiner Uhr die Stoppuhr eingeschaltet hatte, warf einen Blick darauf und ging zügig weiter, die Hände tief in den Jackentaschen vergraben. Bei den Straßenlaternen, auf denen er Kameras entdeckt hatte, wandte er den Kopf ab. Er rannte nicht, wollte nicht so aussehen, als hätte er sich in irgendeiner Weise etwas zuschulden kommen lassen. Viel Zeit blieb ihm allerdings nicht. Die Polizei würde sich die Aufzeichnungen der Überwachungskameras ansehen und somit die Auseinandersetzung in der Gasse zu Gesicht bekommen. Sie würden Charles Wilson anhand des Passfotos in der Datenbank des Flughafens identifizieren, und sobald feststand, wer er war, würden sie, ausgehend von der Bar, seinen Weg von dort zum Hotel nachverfolgen – so gut waren diese Überwachungskameras, hatte man ihm gesagt.

Und selbst wenn sie nicht perfekt wären, ein Polizist mit gesundem Menschenverstand fand mithilfe von ein paar logischen Schlussfolgerungen ebenfalls zum Hotel. Jenkins war zu Fuß zur Bar gelangt, was jeder gute Ermittler einfach aus der Überlegung schließen würde, dass man zu einer solchen Spelunke nicht extra mit U-Bahn oder Bus anreiste, schon gar nicht, wenn man kein Stammkunde, sondern zum ersten Mal dort war, wie der Barkeeper bestätigen konnte. Ein guter Ermittler würde also von der Theorie ausgehen, dass Jenkins zu Fuß aus einem nahe gelegenen Hotel oder Motel gekommen war, um schnell etwas zu essen und zu trinken. Der Barkeeper konnte bestätigen, dass er ein Bier bestellt und nach der Küche gefragt hatte. Früher oder später würde die Polizei im Hotel Imperial auftauchen, wo unten beim Portier eine Kopie von Jenkins' Pass lag. Der Portier würde der Polizei die Zimmernummer seines Gastes nennen.

Charles Wilsons Existenz stand ein rasches Ende bevor.

Der Portier begrüße Jenkins mit einem müden Lächeln und wünschte ihm eine gute Nacht.

Jenkins nahm sich einen Moment Zeit, um mit dem Mann zu reden, er wollte möglichst ruhig und gelassen erscheinen. Er habe gut gegessen, erzählte er und bat, am nächsten Morgen nicht gestört zu werden, da er ausschlafen wolle. Der Portier schlug vor, das Bitte-nicht-stören-Schild an die Tür zu hängen, und versprach, auf jeden Fall auch noch eine Nachricht für das Zimmermädchen zu hinterlassen.

In seinem Zimmer schaltete Jenkins auch diesmal zunächst keine Lampe ein und suchte nach stecknadelkopfgroßen Lichtquellen. Nichts. Dann zückte er sein Handy und verband es mit einem schwarzen Kästchen, das für ihn einen persönlichen Hotspot schuf. Er gab drei Wörter ein, die zusammen in dieser App seinen Benutzernamen ergaben, und das Kästchen fügte eine zufällig generierte Reihenfolge von Zahlen und Buchstaben als Passwort hinzu, das ihm den nur ihm selbst und Matt Lemore zugänglichen verschlüsselten Chatroom eröffnete.

Gerade wollte er anfangen, seine Nachricht zu schreiben, als er es sich noch einmal anders überlegte. Nein, das war zu schnell jetzt, er musste sich genau überlegen, was er weitermelden wollte. Er holte tief Luft. Okay, Charles Wilson und dieses Hotel musste er aufgeben, aber es blieben ihm noch diverse andere Verkleidungen. Warum also jetzt schon Alarm auslösen?

Bin angekommen, schrieb er.

Nach dem Abschicken musste er gut eine Minute lang warten, bis Lemore seine Nachricht erhalten hatte und reagieren konnte.

Ankunft bestätigt. Mögliche Planänderung.

Jenkins, der gerade etwas Ähnliches hatte schreiben wollen, beschloss, erst einmal Lemore zu Wort kommen zu lassen. *Okay*, tippte er.

Zuerst Rotes Tor 2.

Die zweite Schwester, Zenaida Petrekowa, sollte also zuerst außer Landes gebracht werden. Jenkins tippte. *Probleme?*

Wieder dauerte es eine Minute, bis er Lemores Antwort lesen konnte. *Rot 1 hat Kontakt hergestellt. Etwas ist im Gang. Weiter zu Rot 2.*

Etwas war im Gang? Jenkins dachte einen Moment lang nach. Maria Kulikowa hatte Kontakt aufgenommen. Es musste sich um etwas sehr Wichtiges handeln, wenn sie dafür ihr monatelanges Schweigen brach. Oder hatten die Russen irgendwie mitbekommen, dass Jenkins wieder in der Stadt war, und lockten ihn jetzt in eine Falle? Etwas war im Gang – Jenkins verstand das als Hinweis darauf, dass dieses »Etwas« gefährdet wäre, wollte man die Kulikowa jetzt außer Landes zu bringen versuchen. Das oder man brachte die Frau damit unter Umständen in Gefahr, aufzufliegen.

Bestätige Rotes Tor 2, schrieb er.

Er checkte die Stoppuhr: Eine halbe Stunde war vergangen, seit er die Gasse verlassen hatte. Er trennte das Handy vom Hotspot, ging ins Bad und zog sich die Maske aus Latex vom Gesicht, um sie zusammen mit Charles Wilsons Pass und anderen Papieren in einen Brennbehälter zu stecken, der aussah wie eine gewöhnliche metallene Trinkflasche. Er drückte eine oxidierende Tablette aus einer Packung, die ihren Inhalt als »Magentabletten« tarnte, zündete sie mit einem Streichholz an, ließ sie in die Flasche fallen und schraubte deren Verschluss zu. Das Feuer darin brannte ohne Sauerstoff und es kam zu keiner Rauchbildung.

Als Nächstes öffnete er den gut getarnten doppelten Boden seines Koffers, der mit einem Material ausgekleidet war, das Röntgenstrahlen in einem hohen Maß absorbierte und so verhinderte, dass dieses Fach bei Sicherheitsüberprüfungen auf Flughäfen durchleuchtet wurde. Er suchte sich eine zweite Verkleidung heraus, die er vor dem Badezimmerspiegel so sorgfältig anlegte, wie man es ihm beigebracht hatte. Bald starrte ihn aus dem Spiegel ein Mann mittleren Alters und baschkirischer Herkunft an, einer der in Russland am häufigsten vertretenen Ethnien. Dieser Zagir Togan zeigte nicht besonders stark ausgeprägte asiatische Gesichtszüge, war dunkelhaarig und trug einen Spitzbart. Jenkins schnappte sich den dazugehörenden Pass und prägte sich noch einmal die wichtigsten Informationen zu dem Mann ein, die er bereits in Langley auswendig gelernt hatte.

Dann packte er seine Sachen zusammen, leerte die Asche aus dem Brennbehälter in die Toilette und spülte sie hinunter. Ein Blick auf die Stoppuhr: fünfzig Minuten, seit er die Gasse verlassen hatte.

Es wurde Zeit, dass er wegkam.

Kapitel 9

Anwesen der Familie Welikaja
Noworischskoje, Moskau

Jekatarina Welikajas Büro war abgedunkelt, als sie es jetzt betrat, die Vorhänge vor den hohen, breiten Fenstern waren fest zugezogen. Nur die grüne Tiffany-Lampe auf ihrem Schreibtisch spendete Licht. Die Familie, also Eldars Blutsverwandte und dazu die Menschen, die schon für Jekatarinas Vater und Großvater gearbeitet hatten und jetzt für Jekatarina arbeiteten, hatte sich im vorderen Zimmer des vierzehnhundert Quadratmeter großen Herrenhauses versammelt, das Jekatarinas Vater auf einem fünf Morgen großen Grundstück im Moskauer Vorort Noworischskoje hatte bauen lassen. Jeder, der hier heute Abend eintraf, hatte nur eine Frage, aber niemand traute sich, sie Jekatarina zu stellen: Wer konnte Eldar umgebracht haben?

Sobald sich die Nachricht von Eldars Tod über den Kreis der Familie hinaus verbreitete, was sie fraglos tun würde, stand Jekatarina auf dem Prüfstand. Alles, was sie dann tat, würde genau beobachtet und kommentiert werden, und bestimmt kam auch ihr Geschlecht noch einmal als Problem zum Tragen, dabei war sie nun doch schon seit einigen Jahren das Oberhaupt der Familie. Erwies sie sich als zäh, als hart genug? Handelte sie wohlüberlegt, aber doch entschieden? Schaffte sie es, Gewalt mit Gewalt zu beantworten? Konnte sie ihre Gefühle, den Schmerz über den Verlust des einzigen Kindes, hintanstellen und sich so verhalten, wie es für den Schutz der Familiengeschäfte angemessen war?

Das alles würde sich zeigen, es hing ganz davon ab, was genau geschehen war. Immer eins nach dem anderen.

Nur trauern, das würde Jekatarina nicht, so viel stand fest.

Noch nicht.

Sie hatte Dinge zu erledigen. Sie brauchte Informationen.

Vor ihr, auf der anderen Seite des Schreibtisches, standen Pawil Ismailow und Mily Karlow, der Mann, der schon lange für Jekatarina Probleme löste. Michael Corleone aus dem Film *Der Pate* hätte Mily als *Consigliere* bezeichnet. Mily, zusammen mit Jekatarinas Vater in der Familie aufgestiegen, war für sie wie ein Großvater und einer der Hauptgründe dafür, dass das Familienimperium nach Alexeis Tod nicht in ein Dutzend rivalisierende Fraktionen zerfallen war, sondern Jekatarina als Alexeis einziges Kind das Ruder hatte übernehmen können. Ihr Vater war von den Filmen über den Paten ganz besessen gewesen und hatte seine eigene Familie nach dem Vorbild der italienischen Mafia aufgebaut. Das erforderte von allen, die für ihn gearbeitet hatten und jetzt für seine Tochter arbeiteten, absolute Loyalität und Treue.

Jekatarina forderte die beiden mit einem Nicken zum Sitzen auf, woraufhin sie sich auf zwei Stühle mit hohen Lehnen setzten, die sich am Rande des Lichtkreises der Tischlampe befanden. Ihre Gesichter lagen im Schatten. Pawil konnte die Beine nicht stillhalten, sie zuckten krampfhaft. Jekatarina nahm eine Zigarette aus dem Päckchen, das man ihr zusammen mit einem sauberen Aschenbecher auf den Schreibtisch gelegt hatte. Eigentlich hatte sie vor Jahren von einem Tag auf den anderen mit dem Rauchen aufgehört, alle Rauchwaren und

Aschenbecher aus dem Haus entfernen lassen und verboten, in ihrer Gegenwart zu rauchen, aber das galt heute nicht. Heute brauchte sie das Nikotin, sog es tief in ihre Lungen, weil es ihre Nerven beruhigte wie ein Glas Scotch.

»Erzähl mir, was passiert ist«, forderte sie Pawil mit ruhiger, entschiedener Stimme auf, während sich der Zigarettenqualm im halbdunklen Zimmer ausbreitete.

Der junge Mann nickte. »Wir waren …«, setzte er an, bevor es ihn übermannte und er weinte, bis er fast keine Luft mehr bekam. Waren das Tränen der Trauer oder der Furcht? Jekatarina wusste es nicht, hatte sie doch beides schon oft erlebt: Männer, die um ihr Leben flehten, weinten oft nicht, weil ihnen ihre Taten leidtaten. Es tat ihnen leid, erwischt worden zu sein.

Jekatarina nickte Mily zu, der aus einer Kristallkaraffe Brandy in ein großes Glas schenkte und Pawil an der Schulter berührte. Der nahm das Glas, trank einen kleinen Schluck und schaffte es, sich ein wenig zusammenzureißen.

Pawil war Eldars Leibwächter gewesen und gleichzeitig ein langjähriger Freund. Sie waren zusammen aufgewachsen und hatten gemeinsam in der von Jekatarinas Vater gegründeten Sportvereinigung trainiert. Eldar hatte ebenso wie Jekatarinas Vater Hockey gespielt, allerdings nie so gut wie sein Großvater. Alexei Welikaja war Profi gewesen, bevor er sich dem Ausbau des Familienunternehmens widmete. Seine erste Gefängnisstrafe hatte er antreten müssen, als ihn jemand fälschlicherweise der Erpressung beschuldigt hatte. Diesen Jemand aufzuspüren und umzubringen, hatte nach ihrem Aufstieg zur Patin ganz oben auf Jekatarinas Prioritätenliste gestanden. *Comare* nannte man sie in der Familie, das italienische Wort für Patin.

Eldar hatte nie dieselbe Disziplin besessen wie Jekatarinas Vaters, und alles, wobei man sich anstrengen musste, hatte ihn eigentlich kaum interessiert. Er gab zu schnell auf, wollte, dass man ihm die Dinge auf einem Silbertablett überreichte. Meistens bekam er seinen Willen.

Wie damals, als Pawil aufgrund einer Knieverletzung nicht mehr als Gewichtheber bei Wettkämpfen hatte antreten können und Eldar seine Mutter gebeten hatte, den Freund als seinen Leibwächter zu engagieren. Jekatarina war einverstanden gewesen. Eldar und Pawil waren Freunde geblieben, wobei Eldar ihre Beziehung missbraucht hatte, wie er es grundsätzlich mit allen Beziehungen tat.

»Ich weiß, wie schwierig das für dich ist«, sagte Jekatarina jetzt. »Ich weiß, wie eng du mit Eldar befreundet warst. Aber ich muss wissen, was passiert ist. Du wirst es mir erzählen.«

Pawil nickte. »Wir sind in die Bar gegangen, um Billard zu spielen.«

»Nur ihr beide, Eldar und du?«

»Ja.«

Bei dieser Antwort wanderte sein Blick hinunter zum Glas in seiner Hand. Damit hatte er sich verraten, das war die erste Lüge. Pawil hatte Anweisung, Eldar von Prostituierten fernzuhalten, nachdem zwei Frauen in Eldars Gesellschaft umgekommen waren, was einen Shitstorm verursacht hatte, bei dem Mily umgehend hatte gegensteuern müssen.

»Ein Mann kam in die Bar. Ein älterer Mann. Er war betrunken. Er forderte Eldar zu einer Partie Billard heraus und hatte auch Geld, war auf eine Wette aus. Ich sagte ihm, er solle sich verpissen und sich um seine eigenen Angelegenheiten kümmern.«

Wieder verrieten die Augen Pawil. Sie und sein Tonfall. Seine Sätze fielen zu perfekt aus, das Auf und Ab der Stimme klang zu ruhig, zu entschieden. So redete niemand, der sich ein traumatisches Ereignis ins Gedächtnis zurückrief. So berichtete man von einem Ereignis, das man sich selbst ausgedacht und das zu schildern man eingeübt hatte. Eine Lüge.

»Wie sah er aus, dieser Mann?«, wollte Jekatarina wissen.

»Älter. Fünfzig oder sechzig.«

»Beschreibe ihn mir.«

»Ich konnte ihn mir nicht genau ansehen, in der Bar war es dunkel.«

»Mach es, so gut du kannst.«

»Er war groß, gut beisammen für einen Mann seines Alters. Fit. Es tut mir leid …«

»Russe?«

»Er sprach Russisch, aber vielleicht war er Tschetschene. Er war ziemlich hartnäckig. Eldar wollte gegen ihn spielen, ihm sein Geld abnehmen und ihm eine Lektion erteilen, aber ich hab ihm davon abgeraten.«

»Warum?«

»Weil … dieser Mann hatte irgendetwas an sich. Er war mir zu selbstsicher, zu … ich weiß auch nicht, er gefiel mir nicht. Ich dachte, vielleicht ist das ja eine Falle, ein Hinterhalt, vielleicht versucht da jemand absichtlich, sich Eldar zu ködern.«

»Was geschah dann?«

»Ich sagte dem Mann noch einmal, wir hätten kein Interesse. Ich bot ihm sogar an, ihm einen auszugeben. Dann sagte ich zu Eldar, er solle ihn ignorieren, aber Sie wissen ja, wie Eldar ist. Wenn er etwas will, ist es schwer, ihm das auszureden.«

Ihr Sohn war dickköpfig und stur, auch in dieser Beziehung wie sein Großvater, aber er setzte sich selten einmal etwas in den Kopf. Er handelte impulsiv und oft gewalttätig. Er machte sich keine Gedanken über Konsequenzen, weil er nur selten welche hatte tragen müssen. Das war auch bei seinem Vater ein Problem gewesen, bei Jekatarinas Ehemann. Er hatte Jekatarina betrogen, weil er geglaubt hatte, damit durchzukommen. Er hatte sich geirrt. Jekatarina hatte dafür gesorgt, dass er verschwand.

»Warum war Eldar in dieser Gasse?«

Als Pawil diese Frage nicht sofort beantwortete, wusste sie, dass er sich die ausgedachte Geschichte erst einmal kurz durch den Kopf gehen lassen musste. »Warum?«, fragte er zurück, spielte auf Zeit.

»Ja.«

»Ich hatte den Wagen dort hinten geparkt. In der Gasse.«

»Warum?«

»Da erreichte man das Auto am schnellsten, wenn man gehen wollte. Durch die Hintertür. Und so brauchten wir nicht an diesem Mann vorbeizugehen, der in einer Nische in der Nähe der Tür nach vorn raus saß.«

»Du sagtest doch aber, er hätte Eldar zum Billardspiel herausgefordert.«

»Hatte er auch. Ich habe mich versprochen.«

»Eine weise Entscheidung von dir zu gehen.« Sie deutete mit dem Kinn auf das Glas in seiner Hand. Pawil trank noch einen Schluck. »Hattet ihr getrunken, Eldar und du?«

Pawil ließ das Glas in seinen Händen in seinen Schoß sinken. »Wir hatten dort in der Bar ein paar Bier und einige Schnäpse.«

»Und bevor ihr dort ankamt?«

»Einen Cocktail beim Abendessen. Ein bisschen Wein. Nichts Besonderes, auch nicht zu viel.«

Jekatarina bezweifelte das. »Was passierte dann?«

»Wir gingen in die Gasse. Der Mann muss die Bar vorn herum verlassen haben, jedenfalls kam er dann um die Ecke herum auf uns zu. Er hatte einen Billardstock in der Hand und wollte Eldar angreifen, aber ich konnte den Schlag abwehren. Ich habe ihn niedergeschlagen. Ich dachte, damit wäre die Sache beendet. Ich dachte, er würde gehen. Es tut mir leid. Ich war nicht vorbereitet, ich war nicht so auf der Hut, wie ich hätte sein müssen.«

»Nicht vorbereitet auf was?«

»Er hatte eine Pistole. Der Mann hatte eine Pistole. Das habe ich zu spät gesehen.« Erneut überkamen ihn die Tränen. »Es tut mir so leid! Ich war zu spät, ich konnte ihn nicht aufhalten.«

Als er endlich aufhörte zu schluchzen und Jekatarina ansah, deutete die wortlos mit dem Kinn auf sein Glas. Brav nippte er am Brandy. »Wo traf seine Kugel Eldar?«, wollte Jekatarina wissen.

»In den Unterleib.«

»Und wie hast du es geschafft, wegzukommen, ohne erschossen zu werden?«

»Der Barkeeper muss den Schuss gehört haben. Er öffnete die Tür zur Gasse, ich stand dahinter. Ich glaube nicht, dass der Barkeeper mich sehen konnte. Als der Mann den Barkeeper sah, ist er weggerannt.«

»Wo warst du?«, fragte sie.

»Wo? In der Nähe der Hauswand.«

»Die Tür ist an der Südseite.« Jekatarina hatte sich einen Plan des Gebäudes und Fotos von der Gasse besorgen lassen, die jetzt im Lichtkreis der Tischlampe vor ihr auf dem Schreibtisch lagen.

»Welche Himmelsrichtung das ist, weiß ich nicht.«

»Aber du sagtest, du warst hinter der Tür, als sie aufging.«

»Ja.«

»Also warst du in der Nähe des Zugangs zur Gasse.«

»Ja. Das war ich. Das stimmt. Ich erinnere mich jetzt. Da war ich.«

»Warum hast du den Mann nicht am Weglaufen gehindert?«

»Er … er hatte eine Pistole.«

»Hattest du deine Pistole?«

Pawil erkannte das Loch in seiner Geschichte und bemühte sich hastig, es zu stopfen, bevor die ganze Luft entwich. »Es ist alles so schnell passiert, Comare. Und dann … alles geschah so schnell. Der Barkeeper, der die Tür öffnete, der flüchtende Mann … Ich wusste nicht, was ich tun sollte.«

»Du hast meinen Sohn in einer Gasse liegen und sterben lassen.«

Pawils Augen wurden groß. »Ich … ich hielt es für das Beste, nicht dort zu sein.«

»Warum bist du nicht gleich hierhergekommen? Warum musste ich Mily schicken und nach dir suchen?«

»Ich konnte nicht klar denken, Comare. Eldar war mein Freund. Ich wusste nicht, was ich tun sollte.« Er schluchzte erneut.

Jekatarina sah Mily an und nickte. Mily streckte die Hand aus und nahm Pawil das Glas mit dem Brandy ab, bedeutete ihm, aufzustehen.

»Geh wieder ins vordere Zimmer«, sagte Jekatarina. »Bleib bei den anderen, für den Fall, dass ich noch Fragen habe.«

»Es tut mir leid …«

Sie hob die Hand. »Geh mir aus den Augen.«

Langsam ging Pawil über den dichten Teppich zur Tür, die Mily für ihn aufhielt. Er sah Mily an, dessen Miene nichts preisgab. Dann warf er noch einen letzten Blick Richtung Jekatarina. Die beachtete ihn gar nicht, Mily schloss die Tür hinter ihm.

Jekatarina zog an ihrer Zigarette und behielt den Rauch lange in der Lunge, bis sie ausatmete. Rauch drang ihr aus den Nasenlöchern, als sie zu Mily sagte: »Finde heraus, was wirklich passiert ist. Ruf deine Kontakte bei der Moskauer Polizei an und geh dieser Sache auf den Grund.« Sie kannte ihren Sohn, wusste, was er war, wusste, dass er höchstwahrscheinlich irgendetwas provoziert hatte. Wenn er getrunken hatte, dann auf jeden Fall viel, und höchstwahrscheinlich war auch eine Frau involviert. Eine Prostituierte. Auch Drogen.

Weil er ihr Sohn war.

Und weil auch ihr Vater so gewesen war – sein Großvater.

Sie hatten Alkohol gemocht, schicke Anzüge und Frauen. Sie hatten es gerngehabt, wenn man sie nicht nur sah, sondern Notiz von ihnen nahm. Sie waren Frauenfeinde gewesen und sie hatten betrogen. Sie hatten geglaubt, durch die Familie allmächtig zu sein, und sie hatten geglaubt, diese Allmacht gestatte ihnen, grausam zu sein. Besonders zu Frauen.

Aber Alexei war ihr Vater.

Und Eldar war ihr Sohn.

Und dies war ihre Familie.

Wenn eine andere Familie hier eine Möglichkeit gesehen und Eldar erschossen hatte, dann würde es Krieg geben und sie würde diesen Krieg gewinnen. Und wenn es die Regierung gewesen war, wenn sie Eldar getötet hatten wie wahrscheinlich damals auch Jekatarinas Vater beim Verlassen eines Moskauer Restaurants, dann würden sie sämtlichen Bauprojekten der Stadt Knüppel zwischen die Beine werfen, dann würde da alles nur noch mit solchen Verzögerungen laufen, dass es die Stadt Milliarden an Dollar kostete. Jemand würde zahlen, in Rubel oder mit Blut.

»Was machen wir mit Pawil?«, wollte Mily wissen.

»Erst einmal soll er mit den anderen trauern. Lass ihn nicht vom Grundstück und sorge dafür, dass er mit niemandem darüber redet, was passiert ist. Mein Sohn war im Leben kein guter Mensch, aber ich werde genau wie bei meinem Vater dafür sorgen, dass er als solcher in Erinnerung bleibt. Geh, besorge mir die Informationen, um die ich gebeten habe.«

Kapitel 10

Bahnstation Bolschewo
Koroljow, Verwaltungsbezirk Moskau

Gleich früh am folgenden Morgen stand der als Zagir Togan verkleidete Jenkins schwitzend auf dem Bahnsteig der Bahnstation Bolschewo. Die Meteorologen hatten einen weiteren drückend heißen Tag vorhergesagt. Jenkins hatte am Morgen ein paar Zeitungen durchgeblättert und auch Nachrichten gehört, aber seine Auseinandersetzung im Stadtteil Jakimanka war nirgendwo erwähnt worden. Das passte irgendwie nicht zum angstvollen Blick der Prostituierten, der ihm nicht aus dem Kopf gehen wollte.

Was haben Sie getan?

Jenkins zwang sich, diesen Gedanken abzuschütteln, um sich konzentrieren zu können. Während seines Aufenthalts in Langley hatte er sich eingehend mit den Gewohnheiten der beiden Frauen befasst, um die es hier ging, und er wusste auch, mit welchen Hinweisen sie im Alltag arbeiteten. Die Petrekowa legte werktags jeden Morgen den Weg von ihrem einzeln stehenden roten Backsteinhaus zur Bahnstation Bolschewo zu Fuß zurück, um die dreißigminütige Fahrt zum Kasaner Bahnhof am Komsomolskaja-Platz anzutreten. Dort stieg sie aus, überquerte die Straße und fuhr mit der Metro weiter bis zur Station Ochotny Rjad. Dann ging es erneut zu Fuß weiter, bis zum Sitz des russischen Unterhauses, der Duma.

Nachdem Jenkins am Abend zuvor in ein anderes Hotel umgezogen war, hatte er sich unter Verwendung eines neuen zufällig generierten Passworts in den verschlüsselten Chatroom eingeloggt und um neuere Informationen zur Petrekowa gebeten. Laut Lemore hatte die Frau am Abend zuvor bei sich zu Hause am Computer bei Google nach der Wettervorhersage für den kommenden Freitag gesucht. Dabei hatte sie »Freitag« absichtlich falsch geschrieben, ihr Code dafür, dass sie Kontakt wünschte und kommunizieren wollte. Die CIA unterhielt auf ihrer Wetterseite kommerzielle Werbeanzeigen. Die Petrekowa hatte eine Anzeige der Apotheke Anteka A5 angeklickt und war auf die Webseite dieser Apotheke gelangt, wo für diverse pharmazeutische Artikel geworben wurde. Sie hatte sich zwei dieser Angebote näher angesehen und die Seite dann wieder verlassen.

Minuten später hatte sie auf einem Foto auf ihrer Facebook-Seite stolz die Mahlzeit präsentiert, die sie an diesem Abend für sich gekocht hatte: Blini, Pelmeni und Boeuf Stroganoff. Auf diesem Foto war die Lampe über dem Herd eingeschaltet gewesen, was für Sonne stand und somit für Tag, und die Wanduhr hatte sieben Uhr achtundvierzig angezeigt. Um diese Zeit würde sie am nächsten Morgen in der Anteka A5 sein.

Jetzt war es Morgen und um genau sieben Uhr zwölf kam die Petrekowa zum Bahnsteig. Sie war für die Arbeit gekleidet, trug Rock, Bluse, Tennisschuhe und hielt den Blick unverwandt auf ihr Handy gerichtet. In der freien Hand glomm eine Zigarette, an der sie von Zeit zu Zeit zog. Jenkins erkannte sie sofort, er hatte sich unzählige Fotos von ihr angesehen. Sie war Mitte sechzig und reihte sich von ihrem Erscheinungsbild her nahtlos in die Masse der Pendler ein, auch wenn sie ein bisschen besser gekleidet war als die meisten, denn immerhin bekleidete sie in der Duma eine hohe Stellung. Zu den Hinweisen, mit denen die Petrekowa arbeitete, gehörten Schals. Sie trug entweder keinen Schal, was bedeutete, dass sie nichts zu kommunizieren hatte und keinen Kontakt zu ihrem Betreuer wünschte, oder sie trug einen Schal in einer bestimmten Farbe, dann wollte sie ein Treffen oder hatte Informationen weiterzugeben. Jeder Wochentag hatte seine eigene Farbe: Gelb am Montag, Rot am Dienstag, Blau am Mittwoch und so weiter. Trug sie einen Schal in einer anderen als der abgesprochenen Farbe, dann gab es ein Problem. An diesem Morgen, einem Freitag, trug sie einen hellblauen Schal.

Ein Problem also.

Jenkins' Aufgabe war es nun, herauszufinden, worin das Problem bestand, und der Petrekowa zu übermitteln, dass ihre Botschaft angekommen war und es einen Plan gab, sie aus Russland herauszuholen.

Gerade hob die Petrekowa den Blick vom Handy und begrüßte eine Frau, die aus der entgegengesetzten Richtung kommend zu ihr gestoßen war. Die beiden tauschten gehauchte Wangenküsse und die Petrekowa steckte ihr Handy weg.

Anders als Jenkins, der sein Telefon am Ohr behielt und so tat, als telefoniere er. Dabei suchte er unablässig die Gruppe der auf dem Bahnsteig versammelten Fahrgäste ab. Eine Minute oder zwei nach dem Eintreffen der Petrekowa ging eine junge Frau im Büro-Outfit über den Bahnsteig, die sich eine Aktentasche umgehängt hatte. Allerdings trug sie im Gegensatz zur Petrekowa und den anderen Frauen hier, die fürs Büro gekleidet waren, statt Tennisschuhen Schuhe mit hohen Absätzen, war also keine versierte Pendlerin. Ihr Blick huschte den Bahnsteig auf und ab, als hielte sie ungeduldig Ausschau nach dem Zug, aber Jenkins entging die kleine Pause nicht, die sich jedes Mal einstellte, wenn ihr Blick über die Petrekowa hinwegglitt. Jetzt zückte sie ihr Handy und warf einen Blick auf das Display. Sie hatte eine SMS erhalten. Sie tippte eine Antwort und ließ das Handy wieder sinken. Jenkins sah sich die anderen Reisenden an, suchte nach einer Reaktion. Nur wenige Sekunden nachdem er gesehen hatte, wie die Frau ihre SMS abschickte, drehte ein lässig in Jeans und schwarzes T-Shirt gekleideter junger Mann seine Hand, die das Handy hielt, und las sich eine SMS durch. Er steckte sich eine Zigarette an, blies Rauch in die Gegend und verfasste eine Antwort. Jenkins nahm erneut die Frau mit den Stöckelschuhen ins Visier, die auch ganz richtig ihre Hand ein Stück nach oben drehte, um die Nachricht auf dem Display ihres Handys lesen zu können. Ihr Partner war also auch eingetroffen.

Die Petrekowa hatte recht gehabt. Es gab ein Problem.

Als der Zug kam, stiegen die Petrekowa und ihre Freundin lebhaft miteinander plaudernd ein. Hut ab!, dachte Jenkins. Die Petrekowa war keinen Moment aus ihrer Rolle gefallen, hatte sich auf dem Bahnsteig nicht ein einziges Mal umgedreht oder sich ihre Besorgnis anmerken lassen. Und das, obwohl sie ja offenbar zu Recht den Verdacht hegte, observiert zu werden. Der Mann und die Frau stiegen durch verschiedene Türen in den Wagen, in den auch die Petrekowa gestiegen war, sie vorn, er hinten. Jenkins stieg ebenfalls dort ein und bemerkte sofort die Überwachungskameras an der Wagendecke. Big Brother ließ grüßen. Jenkins blieb stehen, da es keine freien Sitzplätze mehr gab.

An jeder Station stießen weitere Fahrgäste hinzu, alle unterwegs in die Innenstadt. Im Wagen machte sich zunehmend der Duft von Aftershave und schwitzenden Menschen breit. Die junge Frau in den High Heels stieg nach vier Haltestellen aus. Das hatte Jenkins nicht erwartet. Stellte sie Blickkontakt zu einem neu zugestiegenen Fahrgast her? Nein, das schien nicht der Fall zu sein. Er warf einen diskreten Blick nach hinten: Ihr Partner blieb im Wagen und beschäftigte sich mit seinem

Handy. Jenkins sah sich um, konnte jedoch nicht feststellen, ob einer der anderen Fahrgäste gerade eine SMS erhalten hatte.

Er fluchte leise in sich hinein. Das machte die Sache nun auch nicht einfacher!

Nach rund dreißig Minuten Fahrt trafen sie am Kasaner Bahnhof ein, einem der drei wichtigsten Verkehrsknotenpunkte am Komsomolskaja-Platz. Jenkins kannte diesen Platz gut, hatten er und Paulina Ponomajowa doch hier vom Leningrader Bahnhof aus den Zug nach St. Petersburg genommen, damals, als sie vom FSB verfolgt wurden.

Die Petrekowa stieg aus, ebenso der Mann im schwarzen T-Shirt und wahrscheinlich ein nicht identifizierter zweiter Verfolger. Auf dem Bahnsteig verabschiedete sich die Petrekowa von ihrer Pendlerfreundin und ging ins eigentliche Bahnhofsgebäude, eine opulente Angelegenheit mit Marmorböden, Wandgemälden und Kronleuchtern unter hohen, gewölbten Decken und vielen Geschäften, Coffee-Shops und Läden, in denen man alles Mögliche bekam. Jenkins warf einen Blick auf die Uhr: Um genau sieben Uhr achtundvierzig betrat die Petrekowa die Apotheke Anteka A5 und sah sich in den Gängen um. Länger als drei Minuten würde sie sich hier nicht aufhalten.

Auch Jenkins sah sich um. Der Mann im schwarzen T-Shirt stand vor der Apotheke und tat so, als würde er die erhöht angebrachte Anzeigetafel lesen, auf der die ankommenden und abfahrenden Züge aufgelistet waren. Einen zweiten Verfolger konnte Jenkins weder unter den Reisenden draußen noch unter den Kunden in der Apotheke ausmachen.

Als von der verabredeten Zeit nur noch eine Minute verblieben war, betrat auch Jenkins die Apotheke, wo er den Gang mit den Augenpflegeprodukten ansteuerte. Dort kam ihm die Petrekowa entgegen. Jenkins zwang sich dazu, sie nicht anzusehen, sondern blieb stehen, um das erste Produkt in die Hand zu nehmen, das die Petrekowa am Abend zuvor angeklickt hatte.

Visine Augentropfen.

Die kriegen das Rot raus.

Die Petrekowa blieb neben ihm stehen und griff nach Reinigungsflüssigkeit für Kontaktlinsen, um ihm zu zeigen, dass sie seine Bestätigung der Kontaktaufnahme gesehen hatte. Sie legte die Flüssigkeit in ihren Korb, wobei ihm auffiel, dass ihre Hand leicht zitterte, obwohl sie sich nach außen hin nach wie vor nichts anmerken ließ. Sie hatte Angst. Ein gutes Zeichen. Wäre dies hier eine Falle gewesen, dann hätte sie keine Angst zu haben brauchen.

Jenkins bezahlte an der Kasse seinen Einkauf und brach die Überwachung ab. Nun war bestätigt, dass die Petrekowa ein Problem hatte, und er hatte ihr vermitteln können, dass ihre Botschaft angekommen war. Damit war der einfache Teil erledigt. Schwieriger würde es für die Petrekowa werden, ihre Verfolger lange genug abzuschütteln, damit Jenkins und sie sich irgendwo treffen und ungestört miteinander reden konnten.

Er verließ die Apotheke und ging mehrmals in der Halle hin und her, betrat den einen oder anderen Laden und verließ ihn gleich wieder, um sicher sein zu können, dass man ihn nicht verfolgte.

Sobald er wusste, dass er sauber war, machte er sich auf die Suche nach einem sicheren Treffpunkt.

Kapitel 11

Dienststelle des Innenministeriums
Haus 38, Petrowka-Straße, Moskau

Nachdem sich Arkhip Mischkin fast den gesamten Morgen über vorgekommen war wie ein Hund, der den eigenen Schwanz jagt und dabei mehr und mehr an Boden verliert, langte er endlich wieder an seinem Schreibtisch in der Abteilung für Kriminalermittlungen an. In der Nähe der *Jakimanka-Bar* gingen Uniformierte von Haus zu Haus und suchten in den Bars, Geschäften und Wohnungen nach Zeugen, besonders natürlich dort, von wo aus man die Gasse im Blick hatte. Gesehen oder gehört hatte niemand etwas, denn genau wie im restlichen Moskau wollten sich auch hier die Menschen nicht unnötig das Leben schwer machen, indem sie sich in Polizeiangelegenheiten verwickeln ließen. Arkhip hatte seine Leute angewiesen, auf keinen Fall durchblicken zu lassen, dass es sich möglicherweise auch noch um eine Mafia-Angelegenheit handeln könnte, denn damit wären seine Probleme nur noch größer geworden.

Nachdem das Opfer identifiziert worden war, hatte Arkhip umgehend der Abteilung für Rechtsmedizin einen Knebel verpasst und angeordnet, deren vorläufiger Bericht habe ausschließlich an ihn zu gehen. Eine ähnliche Anordnung war ans Technikzentrum seiner Abteilung ergangen: Auch die Aufnahmen der Kamera draußen vor der Bar waren ausschließlich für Arkhips Augen bestimmt. Trotz dieser Vorsichtsmaßnahmen ging er davon aus, dass die Identität des Opfers früher oder später durchsickern würde.

Es war dann früher geschehen, nicht später.

Arkhip wischte sich mit seinem Taschentuch über die Stirn. So viele Anstrengungen in der schwülen Luft des Moskauer Morgens hatten ihn heftig schwitzen lassen.

»Sie sehen aus, als könnten Sie jetzt schon eine Dusche gebrauchen, Mischkin«, meinte sein Kollege Faddei, ebenfalls Ermittler in Arkhips Abteilung, als Arkhip an seinem Schreibtisch vorbeihastete.

Arkhip lächelte, ohne langsamer zu werden.

Faddei drehte sich um und lehnte sich in seinem Stuhl zurück. »Wie ich höre, haben Sie einen Mordfall erwischt. Und das so kurz vor Ihrer Pensionierung! Will Ihnen da einer Ihre perfekte Aufklärungsrate verderben?«

Arkhip hatte in all seinen fünfundzwanzig Jahren als Ermittler nicht einen Fall ungelöst zu den Akten gelegt. Bei manchen Ermittlungen hatte es länger gedauert als bei anderen, bis er zu einem Ergebnis gekommen war, aber Arkhip sah sich ohnehin eher als Igel und nicht als Hase. Beharrlichkeit und Entschlossenheit, das machte ihn aus. Auch ihm war schon der Gedanke gekommen, dieser Fall, sollte er nicht rasch aufgeklärt werden, könnte seine erzwungene Pensionierung hinauszögern.

»Irgendetwas Interessantes?«, erkundigte sich Faddei.

»Nur eine Schießerei in einer Bar.« Arkhip zog seinen Schreibtischstuhl vor und setzte sich.

»Sie müssen lernen, es ein bisschen langsamer angehen zu lassen, Mischkin. Sie rennen ja wie jemand, der die Peitsche des Viehtreibers im Rücken spürt. Wie soll das denn werden, wenn Sie pensioniert sind und keine Fälle mehr aufzuklären haben?«

Arkhip hatte nicht den blassesten Schimmer.

Er zog seinen Sportmantel aus, nahm den Hut ab und griff zum Telefon, in der Hoffnung, Faddei so von weiteren Fragen abzuhalten, auf die er, Arkhip, keine Antworten wusste. Er hatte keine Zeit, sich Gedanken um die Zukunft zu machen, er hinkte ja auch jetzt schon der Entwicklung hinterher. Erfahrene uniformierte Beamte aus dem Bezirk Jakimanka hatten die Prostituierte Bojana Chabon alias Isabella gefunden. Leider nur waren sie nicht die Ersten gewesen, obwohl man versucht hatte, es anders aussehen zu lassen. In einem Haus, das zum Abriss anstand, war Arkhip schwitzend drei Treppen zu dem heruntergekommenen Apartment hochgeklettert, in dem Chabon auf dem Bett lag, einen Venenstauer um den ausgemergelten Bizeps geschlungen, die Spritze noch in der Armbeuge steckend. Arkhip hatte in jungen Jahren beim Drogendezernat gearbeitet und aus der ganzen Situation geschlossen, dass es sich bei der Droge in der Spritze höchstwahrscheinlich um Heroin gehandelt hatte, wahrscheinlich mit einem tödlichen Gift wie Strychnin oder Fentanyl versetzt. Genaueres würde er wissen, sobald der Laborbericht vorlag. Seiner Ermittlung half der allerdings auch nicht weiter.

Noch in der Wohnung der Chabon hatte ihn ein weiterer Anruf erreicht: Man hatte die Adresse von Pawil Ismailow ausfindig machen können, dem Leibwächter von Eldar Welikaja. Ismailow wohnte in einem der eher besseren Apartmentkomplexe des Bezirks, ebenfalls in Jakimanka, aber Lichtjahre von Chabons Behausung entfernt, sowohl was die Ausstattung der Wohnungen als auch deren Kosten betraf.

Ismailow war auf das Klingeln der Beamten hin nicht an die Tür gekommen, dafür hatte sich der Nachbar aus der angrenzenden Wohnung gemeldet, ein Mann mittleren Alters mit einem kläffenden kleinen Hund auf dem Arm, der sich beschweren wollte, weil dieser Pawil zu jeder Tages- und Nachtzeit Heavy

Metal spielte. Arkhip hatte sich die Schimpftirade gute drei Minuten lang anhören müssen, bis er eine erste Frage loswurde und erfuhr, dass Ismailow nicht zu Hause war. Zumindest hatte der Mann keine Musik gehört und auch nicht Ismailows Schritte, weder spät am vergangenen Abend noch heute in der Früh. Er fand das überraschend, gab er an, weil Ismailows Wagen unten in der Tiefgarage stand, und: »Der Mann trampelt wie eine Herde Wildpferde.«

Arkhip fand Ismailows Wagen in der Tiefgarage, es war ein teurer, schwarzer Mercedes. Ismailow selbst fand er im Kofferraum, ein Einschlussloch hinten im Schädel. Hätte Arkhip zum Wetten geneigt, dann wäre er jetzt jede Wette eingegangen, dass Ismailow erschossen worden war, als er gerade den Kofferraum geöffnet hatte. Anschließend hatte man ihm einen kleinen Stoß versetzt und er war nach vorn in den Kofferraum gekippt, ohne überhaupt registrieren zu können, was ihn da getroffen hatte. Ein praktisches Vorgehen bei einem Mann seiner Größe und Statur. Arkhip hatte Wagen und Leiche abschleppen lassen und den Forensikern in der Petrowka-Straße anvertraut.

Entweder befand er sich hier mitten in einem Mafiakrieg oder jemand war damit beschäftigt, aufzuräumen. Was dieser jemand aufzuräumen versuchte, das wusste Arkhip noch nicht. Aber er würde es herausfinden.

Irgendwann wusste er es immer.

* * *

Zwanzig Minuten später wartete Arkhip in einem der winzigen, fensterlosen Verhörzimmer seiner Abteilung, die nur knapp Platz für den darin befindlichen Tisch mit den drei Stühlen boten. Tisch und Stühle wirkten zerkratzt und mitgenommen, die ehemals hellgrünen Wände verschmutzt, und lange Jahre der

Abnutzung hatten die Linoleumfliesen an einigen Stellen löchrig werden lassen. Über dem Tisch hing eine grelle Neonleuchte hell wie der lichte Tag, und wenn man einen Verdächtigen hier allein ließ, dann konnte er hören, wie es in den Röhren ununterbrochen summte, als wäre eine verärgerte Fliege im Raum. Alles hier war auf Einschüchterung ausgelegt, sollte die Beengtheit und Einsamkeit einer Gefängniszelle simulieren. Es roch nach Körperausdünstungen und Angst, nur mangelhaft überlagert von einem scharfen Desinfektionsmittel.

Arkhip hätte auch eine gemütlichere Umgebung wählen können, eins der Besprechungszimmer der Abteilung etwa oder einen Tisch in der Kantine, nur war leider allgemein bekannt, dass die Vory, die russische Mafia, im Innenministerium Informanten auf ihrer Lohnliste stehen hatte, und so würde die Kacke, wie man so schön sagt, auch so schon viel zu schnell zu dampfen beginnen. Je länger es Arkhip gelang, der Presse gewisse Erkenntnisse vorzuenthalten, desto größer waren seine Möglichkeiten, an Informationen heranzukommen, die nicht von Anfang an unter dem Druck von Bestechung und dem Austausch gegenseitiger Gefälligkeiten gegeben wurden. Zwei seiner drei Zeugen waren bereits zum Schweigen gebracht worden, jetzt ging es darum, möglichst rasch den unbekannten dritten Mann aufzutreiben. Zuerst einmal wollte Arkhip jedoch genauer verstehen, womit er es hier zu tun hatte. Das war der Grund für dieses Treffen.

Die Tür ging auf, ohne dass geklopft worden wäre, und ein Mann streckte den fast kahlen Kopf herein, den nur ein letzter Haarkranz in Form eines Hufeisens zierte. »Hauptkommissar Mischkin?«

»Bitte, nennen Sie mich Arkhip. Sie müssen Ermittler Gusew sein. Kommen Sie doch herein. Ich würde ja aufstehen, aber dann haben wir hier noch weniger Platz.«

Gusew musste zur Seite treten, um die Tür hinter sich schließen zu können. Die beiden Männer schüttelten sich die Hände und Gusew legte eine dicke braune Akte auf den Tisch, während er sich verstohlen im Raum umsah.

»Ah!«, freute sich Arkhip. »Sie haben die Akte Welikaja mitgebracht, wie schön!«

Gusew schenkte ihm ein leicht herablassendes Lächeln. »Um Ihnen sämtliche Akten zum Thema Welikaja zu bringen, müsste ich schon ein Zauberer sein. Sie würden hier auch gar nicht reinpassen. Nein, das hier ist meine persönliche Akte.«

»Natürlich.« Arkhip lächelte. »Setzen Sie sich doch bitte.« Das Linoleum quietschte, als er den Tisch näher zu sich heranzog, damit Gusew Platz zum Sitzen hatte. »Sie arbeiten seit Langem in der Abteilung organisierte Kriminalität?«

»Abteilung OCC.« Gusew nickte. »Ja, schon mehr als zwanzig Jahre.«

»Dann sind Sie mit den Welikajas ja bestens vertraut.«

Da war es wieder, dieses überhebliche Lächeln. »Mit den Welikajas sind wir alle vertraut. Es ist die größte Kriminellenfamilie in Moskau.« Er sagte das so, als müsste man hier eigentlich von einer Organisation sprechen und nicht von einer Familie, rückte seine bunt gemusterte Krawatte zurecht und presste sie an das dunkelblaue Hemd.

»Das kann ich mir vorstellen. Vielleicht geben Sie mir eine Zusammenfassung? Ich interessiere mich besonders für die hierarchischen Strukturen.«

Gusew lachte. »Wie viel Zeit haben Sie?«

Seit dem Tod seiner Frau … »Alle Zeit der Welt, Ermittler Gusew. Aber für heute vielleicht nur die kurze Version.«

Gusew atmete vernehmlich aus. »Okay. Darf ich fragen, worum es geht?«

»Beizeiten.« Mehr bot Arkhip nicht an.

Nach ein paar Sekunden Schweigen verstand Gusew den Hinweis, lachte leise und warf einen Blick auf seine Uhr. »Möchten Sie unser Gespräch aufzeichnen?«

»Natürlich!« Arkhip klopfte auf die Tasche seines Sportmantels und zog Notizblock und Bleistift heraus. »Danke, dass Sie mich daran erinnern.«

Gusew grinste. »Ich dachte eigentlich, ob Sie unsere Sitzung aufzeichnen wollen.« Er deutete mit dem Kinn zur Kamera, die an einer Ecke des Raums unter der Decke angebracht war. »Werden wir aufgenommen?«

»Nein.« Arkhip lächelte. »Werden wir nicht. Und meine Notizen dürften ausreichend sein.«

Arkhip hatte schon früh in seiner Laufbahn die Erfahrung gemacht, dass Aufnahmegeräte im Grunde Krücken waren. Statt den Zeugen genau zuzuhören, verließen sich die Ermittler auf die Aufzeichnungen, was immer ein Fehler war. Wer nicht zuhörte, bekam nichts mit und konnte nicht intelligent nachfragen. Nicht genutzte Gelegenheiten waren verspielte Gelegenheiten. Arkhip machte sich Notizen und konzentrierte sich auf seine Intuition. Nach all den Jahren im Dienst konnte er so später fast wörtlich aus dem Gedächtnis abrufen, was ein Zeuge gesagt hatte. »Bitte, fangen Sie an.«

Gusew sammelte sich kurz und begann seine Zusammenfassung mit der Information, die Vory habe es schon im Zarenreich gegeben. Vory, das bedeutete »Dieb« und war ein allgemeiner Begriff für alle, die sich im Gangstermilieu bewegten. Die Welikaja-Familie war im ehemaligen Moskauer Stadtteil Chitrowka entstanden, einem einstmals berüchtigten Slum, nur zehn Minuten Fußweg vom Kreml entfernt.

»Ich las davon«, sagte Arkhip.

»Ach ja?«

»Ich habe in den vergangenen zwei Jahren viele Bücher zur russischen Geschichte gelesen. Diese Slums bestanden aus hastig hochgezogenen, eng beieinanderstehenden Häusern, in denen es von Krankheitskeimen nur so wimmelte. Dort lebten die Ärmsten der Armen.«

»Kriminalisierte Enklaven voller Diebe und Mörder«, sagte Gusew mitleidslos.

»Kriminalität ist das Stiefkind der Armut, oder nicht?«

»Vielleicht, aber der moderne Vory, um den Sie sich die eigentlichen Sorgen machen müssten, ist alles andere als arm und wurde in Stalins Arbeitslagern geschmiedet.«

»Den Gulags.«

»Die dort gefangen gehalten wurden, hatten einen gemeinsamen Feind und schworen sich, nie und unter keinen Umständen die Regierung zu unterstützen. Sergej Welikaja hat Jahre in einem der sibirischen Gulags verbracht. Er war ein wagemutiger und ehrgeiziger Gangster mit einem guten Gespür für Zahlen und noch dazu der geborene Anführer.«

»Perfekte Eigenschaften für einen Bandenchef.«

Gusew schnaubte verächtlich. »Sein Führungsstil, das war brutale, rücksichtslose Gewalt. Sein Fehler lag darin, mit seinem Status anzugeben. Er flanierte im cremefarbenen Anzug mit Fliege durch Moskau, einen Strohhut auf dem Kopf, und versuchte, sich bei den Bürgern beliebt zu machen, indem er Straßenpartys schmiss, bei denen der Wodka in Strömen floss und es jede Menge zu essen gab. Sein Sohn, Alexei Welikaja, besuchte die besten Schulen Moskaus und übernahm die Geschäfte, als Sergej im Zuge eines Mafiakrieges ums Leben kam. Alexei ließ die traditionelle Vory seines Vaters weit hinter sich. Er war völlig fasziniert von dem amerikanischen Film *Der Pate* und da besonders von Corleones Versuch, ein legales Familienunternehmen aufzubauen. Er versuchte, sich der neuen Elite anzupassen und einen neuen Typen des Gangster-Geschäftsmanns zu schaffen, den *Awtoritet.*«

»Autorität. Klingt besser als Dieb, finden Sie nicht?«

»Ein Dieb ist ein Dieb, egal, was für ein Aufkleber ihm am Hintern klebt. In den Neunzehnhundertneunzigern, bei all dem Chaos damals, machte Alexei Welikaja ein Vermögen mit Währungsspekulationen und benutzte das Kapital, um in Moskau ein Immobilienimperium aufzubauen.«

»Teil seines Versuchs, legal zu werden?«

»Ach was, so leicht stirbt ein Gangster nicht. Er hat alte und invalide Menschen dazu überredet, ihm ihre Wohnungen zu verkaufen, und wer das nicht wollte, verschwand.«

»Oh!«, sagte Arkhip.

»Er hat Dutzende von Häusern für lächerlich wenig Geld gekauft, sie renoviert und mit exorbitantem Profit weiterverkauft. Dabei hat er dann politische Verbindungen geknüpft. Im Austausch dafür, dass die Stadt nicht hinsah, sorgte er dafür, dass städtische Bauvorhaben termingerecht fertig wurden und man die Arbeitskräfte dafür zu einem vernünftigen Preis bekam. Das führte in Moskau zu einem nie gekannten Aufschwung. Milliardenschwere Verbesserungen bei den Supertrains der Metro, überall Straßenbau, Reparaturen, Flughafenausbau. Alexei Welikaja war jedoch auch Sohn seines Vaters und seine Philanthropie ließ ihn rasch zur Berühmtheit werden. Er genoss die Aufmerksamkeit.«

»Ich ahne, wo das hinführt«, seufzte Arkhip.

»Genau. Als Präsident Putin an die Macht kam, verzogen sich die meisten anderen *Awtoritet* hinter die Kulissen. Nicht so Alexei Welikaja. Er glaubte, sein extensives Geschäftsmodell, sein Netzwerk an Informanten und die Tatsache, dass er in der Öffentlichkeit bekannt und beliebt war, würden ihn schützen.«

Hier legte Gusew eine Pause ein. Mehr wollte er angesichts der Kamera im Raum nicht sagen, auch wenn Arkhip ihm ja versichert hatte, dass diese Kamera nicht lief. Wie Alexei Welikaja gestorben war, war in Moskau wohlbekannt. Er war im Jahr 2008 erschossen worden, während einer Wahlkampagne für einen Sitz in der Duma. Erschossen, obwohl er eine kugelsichere Weste trug und von Leibwächtern umgeben war. Die Regierung hatte rivalisierende Gangsterbanden verantwortlich machen können, bis irgendwann ein Oligarch die Existenz einer geheimen Abteilung im FSB auffliegen ließ, die vom Präsidenten autorisiert worden war. Aufgabe dieser Abteilung innerhalb des Direktorats zur Terrorismusbekämpfung war es laut Aussage dieses Oligarchen, ihn und andere mächtige Männer zu töten, unter anderem auch die Köpfe von Mafia-Familien.

»Womit wir bei Jekatarina Welikaja wären«, fuhr Gusew fort. »Alexeis einziges Kind, seine kleine Prinzessin.«

»Die kleine Prinzessin?«

»Nicht mehr. Sie ist jetzt …«

»Katharina die Große«, sagte Arkhip, denn das bedeutete der Name Jekatarina Welikaja, wenn man ihn übersetzte. »Eine Frau. Das dürfte ziemlich einmalig sein.«

»Vorher nie da gewesen. Die Vory sexualisiert Frauen oder verehrt sie, aber sie respektiert sie nicht. Jekatarina hatte einen Onkel, der fand, sie hätte nicht die Eier, um das Geschäft ihres Vaters weiterzuführen. Ihn fand man später erhängt in einem Lagerhaus. Kastriert. Die Eier hatte man ihm in den Rachen gestopft.«

»Sie hatte etwas zu beweisen«, meinte Arkhip.

»Genau. Sie kommt ganz nach ihrem Vater und Großvater. Nach der Sache mit dem Onkel begegnete sie jeder Herausforderung mit rascher, entschiedener Gewalt. Außerdem ist sie intelligent, genau wie ihr Vater. Sie hat das Familienunternehmen legalisiert und den Kreml dabei immer mal wieder mit Anteilen vom Kuchen gefüttert.«

»Wie hat sie dem Schicksal ihres Vaters und Großvaters entgehen können?«

»Sie heuerte ehemalige KGB-Agenten an und gab FSB-Leuten eine Nebenbeschäftigung, die sie warnen, sobald der

Staat etwas gegen sie oder ihr Unternehmen plant. Und anders als ihr Vater meidet sie die Öffentlichkeit.«

»Hat sie Kinder?« Das wusste Arkhip natürlich, aber er wollte hören, welchen Eindruck Gusew von Eldar Welikaja hatte.

Gusew lachte kurz und trocken. »Einen Sohn. Eldar Welikaja. Er ähnelt weder seiner Mutter noch seinem Großvater, ist vom Intellekt her gesehen eher ein Zwerg, was ihn gefährlich macht. Er läuft in der Stadt herum und verprasst sein Geld mit Huren, Glücksspiel und ganz generell damit, Ärger zu machen. Gerüchten zufolge ist er für den Tod von mindestens zwei Prostituierten verantwortlich, man hat es ihm aber nicht nachweisen können. Und jetzt, Hauptkommissar Mischkin? Wollen Sie mir sagen, worum es hier geht?«

»Noch nicht, nein.«

»Wenn das hier etwas mit den Welikajas zu tun hat oder mit einer der anderen Mafia-Familien, dann sollte das OCC davon erfahren.«

»Das habe ich registriert und werde darüber nachdenken. Danke. Sie waren mir wirklich eine große Hilfe.« Arkhip schob den Tisch ein Stück weit von sich, was Gusew auf seinem Stuhl festnagelte und ihm selbst die Möglichkeit verschaffte, aufzustehen und den Raum zu verlassen. »Ich melde mich dann bei Ihnen.«

Kapitel 12

Manegenplatz
Moskau

Am späten Nachmittag saß der inzwischen als alter Mann verkleidete Jenkins auf einer Bank am Manegenplatz, gleich um die Ecke vom Duma-Gebäude an der Ochotny Rjad. Die erste Verfolgerin der Petrekowa hatte er bereits entdeckt, es war die Frau vom Bahnsteig, die auch im Pendlerzug mitgefahren war. Sie hatte ihr Aussehen verändert, wobei sie sich zu sehr bemüht hatte, viel jünger zu wirken als am Morgen, in Shorts, einem T-Shirt und Tennisschuhen. Die Haare hatte sie sich zum Pferdeschwanz zusammengebunden und sie trug eine sehr unkleidsame Brille mit schwarzem Rand.

Kurz nach achtzehn Uhr verließ die Petrekowa das Haus der Duma, schlängelte sich zwischen parkenden Autos hindurch und stieg wie jeden Abend über die Kette, die den Bürgersteig markierte. Wie sonst auch machte sie den Eindruck, als wolle sie hier die Straße überqueren und zur Metrostation gehen, um die Fahrt zum Kasaner Bahnhof anzutreten. Sie schien es weder eilig zu haben noch besorgt zu sein und sie sah sich auch nicht nach Verfolgern um. Dabei wusste sie doch genau, dass sie beobachtet wurde.

Gerade nutzte sie eine Lücke im Verkehr, eilte über die Straße und steuerte die Treppe des Metro-Bahnhofs an. Da kam auf der rechten Fahrspur der Straße ein Taxi angeschossen, hielt und spuckte ganz in der Nähe der Petrekowa eine Frau aus, die ähnlich gekleidet war wie sie und sich ebenfalls der Metro zuwandte. Bevor sich das Taxi wieder in den dichten Moskauer Nachmittagsverkehr einfädeln konnte, glitt die Petrekowa geschmeidig auf seinen Rücksitz.

Auf dem Bürgersteig beim Eingang zur Metro stand rauchend die Verfolgerin, hielt den Kopf gesenkt und las etwas auf ihrem Handy. Als sie in Erwartung der Petrekowa aufsah, entdeckte sie stattdessen die Frau aus dem Taxi, stutzte kurz und wäre ihr trotzdem fast die Treppe hinunter gefolgt. Dann stutzte sie noch einmal, entdeckte das Taxi, das sich gerade wieder in den Verkehrsfluss eingereiht hatte, ließ die Zigarette fallen, sprang auf die Straße und winkte hektisch, warf gleichzeitig immer mal wieder einen Blick über die Schulter, um den Wagen mit der Petrekowa darin nicht aus den Augen zu verlieren.

Ein Wagen fuhr um sie herum, der Fahrer hupte. Petrekowas Taxi bog gerade um die Ecke, als ein zweites Taxi neben der Verfolgerin hielt und sie hastig einstieg. Jenkins konnte nur hoffen, dass der Vorsprung reichte, wenigstens lange genug, um in Ruhe mit der Petrekowa reden zu können. Der Moskauer Verkehr würde dabei helfen. Was ihn selbst betraf, so hatte Jenkins eine etwas altmodische Art entdeckt, den nachmittäglichen Stau zu umgehen.

Er stieg auf ein Fahrrad und fuhr um den Block.

* * *

Über eine Innentreppe gelangte Arkhip ins Technologiezentrum seiner Abteilung, und an manchen Tagen blieb der Weg über diese Treppe die einzige sportliche Aktivität, deren er sich rühmen konnte. Ermittler, die dazu berechtigt waren, konnten sich hier unten sämtliche aktuellen und archivierten Aufzeichnungen der mehr als zweihunderttausend Überwachungskameras der Stadt ansehen. Die Aufzeichnungen wurden jeweils fünf Tage lang in einer zentralen Datenbank der Moskauer Abteilung für Informationstechnologie aufbewahrt.

Für Arkhip waren Computer im Großen und Ganzen das, was für den Teufel das Weihwasser ist. Er traute sich kaum, so ein Gerät anzufassen, schien es ihm doch, als würde er dabei jedes Mal etwas kaputt machen, und dann musste ein Techniker kommen und stundenlang an seinem, Arkhips, Schreibtisch arbeiten, um das Problem zu beheben. Er hatte Fortbildungen zum Thema besucht und Einzelunterricht genommen, was ein wenig geholfen hatte. Aber obwohl er inzwischen besser geworden war, blieb die Computertechnologie für ihn nach wie vor ein fremdes Terrain.

Er zog die Glastür auf und betrat das Zentrum, fröhlich begrüßt von dessen Leiter, Wily Stepanow. »Mischkin! Welchem Umstand verdiene ich dieses große Vergnügen?«

Arkhip lächelte. Stepanow war eine Schlange. Er würde seine Mutter verkaufen, um ein paar Groschen dazuzuverdienen. »Ich möchte mir ein paar Aufzeichnungen ansehen.«

Stepanow stieß einen Seufzer aus, der einem Wal beim Auftauchen alle Ehre gemacht hätte. »Wie oft muss ich Ihnen noch erklären, Hauptkommissar, dass Sie als Ermittler vom Computer auf Ihrem Schreibtisch aus Zugang zu diesen Informationen haben?«

»Dieses eine Mal wird es wohl noch nötig sein«, sagte Arkhip.

»Na dann. Was rege ich mich auf, Sie verschwenden hier schließlich Ihre Zeit, nicht meine. Die Formulare müssen Sie allerdings ausfüllen, wie immer. Haben Sie genaue Ortsangaben für die Aufnahmen, die Sie sich ansehen wollen?«

»Ja. Die Nummer des Mastes, auf dem die Kamera sitzt, und die Uhrzeit, um die es geht.«

»Also wie immer bestens vorbereitet. Füllen Sie die Formulare aus. Wir müssen die Übersicht bewahren, wer alles diese Sachen zu sehen bekommt. Das ist sehr wichtig.«

»Ja, natürlich!« Arkhip nickte entschieden. »Wir wollen doch nicht, dass irgendwelche Unbefugten sie sich ansehen.« Die Formulare dienten lediglich zur Beruhigung von Aktivisten, die in den Aktivitäten der Kameras einen Eingriff in ihre Privatsphäre sahen und behaupteten, die Regierung benutze die Technologie mehr dazu, die Arbeit von Oppositionellen zu verfolgen, als um Verbrecher zu fangen. Brav füllte Arkhip nun also die Papiere aus, ein aufwendiger Prozess, der ihn fast wünschen ließ, irgendwann doch noch zu verstehen, wie er auch von seinem Schreibtisch aus an diese Aufzeichnungen herankam. Er brauchte geschlagene zehn Minuten, dann konnte er Stepanow die gewünschten Unterlagen überreichen.

»Gut«, freute sich der. »Vielen Dank. Und nun können Sie den Computer benutzen, der gleich da drüben steht.« Er deutete auf einen von mehreren in einem geschlossenen Raum untergebrachten Computerarbeitsplätzen. »Sie müssen Ihre Identifikationsnummer und Ihr Passwort eingeben, um Zugang zur Datenbank zu erlangen. Dort geben Sie dann den Standort der Kamera, Datum und die entsprechende Uhrzeit ein.«

Stepanow war nicht nur eine Schlange, sondern darüber hinaus auch noch faul. »Warum fülle ich diese Formulare aus, wenn ich das alles hinterher auch noch in den Computer eingeben muss?«

»Warum sind Sie hier heruntergekommen, wenn Sie die erforderlichen Angaben auch gleich oben an Ihrem Computer hätten machen können?«, konterte Stepanow. »Wir sind angehalten, jede Anforderung von Material festzuhalten, um sicher sein zu können, dass kein Unberechtigter an unsere Informationen kommt und das System missbraucht.«

»Eine schreckliche Vorstellung!«, sagte Arkhip nicht ohne einen gewissen Sarkasmus. Auch er sah in diesen Kameras einen schweren Eingriff in die Privatsphäre des Bürgers, aber um seinen Vater zu zitieren: Das Lied kannst du den ganzen Tag singen, es hört dir doch niemand zu.

Arkhip setzte sich an den Computer und gab seinen Namen und das Passwort ein. Er folgte den Anweisungen, gelangte in die Datenbank und gab die geforderten Informationen ein. Es dauerte keine vier Sekunden, dann starrte er auf Aufnahmen aus vier verschiedenen Blickwinkeln. Sie zeigten die *Jakimanka-Bar*, die Gasse hinter der Bar und zwei Ansichten der Straße, in der sich die Bar befand, einmal den Blick nach Osten und dann den nach Westen.

Erstaunlich. Ein unglaubliches Eindringen in die Privatsphäre, aber erstaunlich war es doch.

Arkhip drückte »Play«, woraufhin sich der Bildschirm in vier Quadrate teilte, die alle zum Leben erwachten. Auf der dunklen Straße fuhren Autos, die schneller wurden, als Arkhip auf den Pfeil drückte, der die Aufzeichnungen vorspulte. Als Ismailows großer schwarzer Mercedes vor der Bar auftauchte, stoppte Arkhip den schnellen Vorlauf. Ismailow stellte seinen Wagen vor der Bar an der Bordsteinkante ab und stieg auf der Fahrerseite aus. Die Straße war nur schlecht beleuchtet, was die Kamera allerdings nicht störte, sie lieferte trotzdem gestochen scharfe Bilder. Arkhip zeichnete mithilfe seiner Tastatur ein Quadrat um Ismailows Gesicht, und Sekunden später tauchte auf dem Bildschirm ein vier mal vier Zentimeter großer Kasten auf. Ganz oben stand dort der Name des Mannes, darunter eine Liste kleinerer Vergehen: ordnungswidriges Verhalten aufgrund von Trunkenheit, Trunkenheit am Steuer und Kontaktaufnahme mit Prostituierten.

Die Kamera zeigte, wie Ismailow die hintere Wagentür öffnete und ein Mann ausstieg, gefolgt von einer Frau. Eldar Welikaja und Bojona Chabon. Welikaja trug einen hellen Anzug, hatte die Krawatte abgelegt und die Hemdknöpfe bis zur Taille geöffnet. Er nahm sich einen Moment Zeit, seine Hose zu richten, den Reißverschluss hochzuziehen und die Gürtelschnalle zu schließen. Chabom stolperte auf roten Plateausohlen aus dem Wagen und wäre um ein Haar hingefallen. Ihr weißes Kleid verbarg so gut wie nichts. Man brauchte kein Hauptkommissar zu sein, um aus der Situation schließen zu können, was Eldar und die Frau auf dem Rücksitz des Mercedes getan hatten.

Die Frau schwankte noch einmal, als es die Bordsteinkante zu überwinden galt, streckte die Hand aus und packte Eldar am Revers, um das Gleichgewicht zurückzugewinnen. Eldar wischte sich ihre Hand mit einem wütenden Ausdruck im Gesicht vom Anzug und schien sie anzuschreien. Arkhip hielt das Video an und konzentrierte sich auf das Gesicht der Frau. Innerhalb von Sekunden tauchte auch ihr Gesicht vergrößert auf, dazu ihr Name, eine Liste der von ihr bekannten Aliasse und eine Aufzählung diverser Verhaftungen wegen Prostitution, Drogenbesitz und Drogenhandel. Das Ganze wiederholte er noch einmal für Eldar Welikaja, aber hier nannte ihm die Datenbank keine früheren Vergehen oder Verhaftungen.

»Na, wer's glaubt …«, sagte Arkhip leise.

Er drückte auf »Play« und das Trio betrat die Bar.

Wieder wechselte er in den schnellen Vorlauf, bis ein Mann auf dem Bürgersteig auftauchte und in die Bar ging. Arkhip ließ zurücklaufen und drückte »Pause«, vergrößerte das Gesicht des Mannes und drückte »Eingabe.« Auch diesmal zauberte der Computer, konnte aber weder ein Foto noch einen Auszug aus einem Vorstrafenregister liefern. *»Net sovpadeniy.« Keine Übereinstimmung.*

Keine Vorstrafen, zumindest nicht in Moskau.

Arkhip kopierte das Foto und schickte es an seinen eigenen Computer, rief wieder die vier Kamerawinkel auf und konzentrierte sich nun auf die Gasse im Westen der Bar. Er ließ die Aufzeichnungen schnell durchlaufen, bis er sah, wie die Hintertür der Bar aufging. Zwei Männer und eine Frau traten nach draußen. Arkhip holte sich das Bild näher heran. Welikaja hatte die Frau hinten am Nacken gepackt. Er stieß sie mit dem Rücken gegen eine rau verputzte Wand, packte sie beim Hals und würgte sie. Pawil Ismailow stand mit dem Rücken zur Kamera und passte auf.

Arkhip holte tief Luft. Es fiel ihm schwer, diese Misshandlung mitanzusehen. Die Kamera, die auf den vorderen Eingang der Bar gerichtet war, zeigte jetzt, wie der unbekannte dritte Mann auf die Straße trat und den Bürgersteig hinunter bis zum Eingang der Gasse ging, und zwar ganz ruhig und zielstrebig. Bemerkenswert, wenn man bedachte, dass Welikaja kein Zwerg war und Ismailow auf jeden Fall ein Riese.

Als der Mann die Gasse betrat, lehnte Arkhip sich vor.

Und der Bildschirm wurde schwarz, als hätte jemand bei allen vier Kameras den Stecker gezogen.

Etwas Ähnliches war auf jeden Fall passiert, denn dies war kein Computer- oder Bedienungsfehler. Hier hatte sich jemand an den Aufzeichnungen zu schaffen gemacht, und dieser Jemand war höchstwahrscheinlich Stepanow.

Arkhip stand auf und ging nach vorn an den Tresen.

»Alles erledigt, Mischkin?«, erkundigte sich Stepanow mit einem gönnerhaften, selbstzufriedenen Lächeln auf den Lippen.

»Nein. Ich wüsste gern, wer sich vor mir diese Aufzeichnung angesehen hat.«

»Genau diese Aufzeichnungen? Niemand, würde ich meinen. Ich hielte es jedenfalls für sehr unwahrscheinlich.«

»Könnte man annehmen.« Arkhip nickte. »Höchst unwahrscheinlich. Bitte bestätigen Sie mir das.«

Stepanow bearbeitete seine Tastatur, schürzte die Lippen und schüttelte den Kopf. »Niemand.«

Arkhip lächelte. »Das ist doch sehr interessant, finden Sie nicht? Von allen Kameras in ganz Moskau werden ausgerechnet die Bilder der Kamera schwarz, die einen Mord aufgezeichnet hat. Für wie wahrscheinlich halten Sie das?«

»Ich weiß nicht, was ich Ihnen sagen soll.« Stepanow hatte immer noch dieses selbstzufriedene Lächeln auf den Lippen. »Da scheint mir eine unglückliche Fehlfunktion vorzuliegen. Allerdings ist ja bekannt, dass Sie oft Pech haben, wenn es um Computer geht, was die Chancen auf einen solchen Fehler erhöht.«

»Genau wie ein Geldbetrag. Ein Geldbetrag, der an jemanden in diesem Büro gezahlt wurde, und zwar von der Welikaja-Familie. Gleich heute früh. Ich sehe hier außer Ihnen niemanden, Stepanow.«

»Los, machen Sie ruhig so weiter«, sagte Stepanow, der einen Stapel Papiere auf seinem Tisch ordnete, dabei aber schon weniger selbstsicher wirkte als zuvor. Sein Gesicht war tiefrot geworden. »Legen Sie Beschwerde ein. Sehen Sie zu, wie weit Sie damit kommen, Mischkin.«

»Das werde ich tun. Wissen Sie, ich habe bereits mit der Abteilung zur Kontrolle des organisierten Verbrechens gesprochen, die haben ein starkes Interesse an allem, was die Welikajas betrifft. Ich wurde gebeten, sie auf dem Laufenden zu halten. Sie können sicher sein, dass ich dieser Bitte nachkommen werde.«

Stepanow sah aus, als würde er gleich an seinen Worten ersticken, sagte aber nichts. Er verzog sich in sein Büro und ließ den Tresen verwaist zurück.

Arkhip ging ebenfalls. Ihm war bewusst, dass Stepanow recht hatte: Eine Beschwerde würde wenig bringen, die verdeckte Drohung vielleicht schon. Angst war oft eine starke Motivation. Blieb zu hoffen, dass das auch für Stepanow galt.

Kapitel 13

Schönheitssalon Do or Dye
Moskau

Zwanzig Minuten nachdem die Petrekowa in ihr Taxi geschlüpft war, stieg der in der Moskauer Hitze unter seiner Verkleidung heftig schwitzende Jenkins vom Rad und trug es vier Stufen hinunter zur Tür, die ins Souterrain des Schönheitssalons *Do or Dye* führte. Dort versteckte er das Rad hinter Holzregalen voller Schönheitsbedarf und stieg die enge Innentreppe hoch, die das Souterrain mit dem hinteren Teil des Salons verband. Dort standen zwei tiefe Waschbecken mit beweglichen Brausen, an denen den Kundinnen die Haare gewaschen wurden. Eine Falttür trennte diesen Bereich vom Rest des Salons mit den beiden Frisierstühlen, dem schwarz-weiß gemusterten Fußboden, einem kleinen Wartebereich und einem Tresen, auf dem ein Computer stand. Es roch nach Chemikalien.

Suriew, der Stylist, schüttelte den Kopf, als er Jenkins sah – die Petrekowa war noch nicht eingetroffen. Vor einem der beiden Waschbecken hinten im Salon saß eine Frau von ungefähr derselben Größe und mit einer ähnlichen Figur wie die Petrekowa, die wohl auch dieselbe Haarfarbe gehabt haben dürfte, nur sah man das gerade nicht, denn Suriew hatte ihr einen braunen, am Hals fest zugebundenen Frisierumhang umgehängt und ihr ein großes, weißes Handtuch um den Kopf geschlungen. Ihre Tennisschuhe waren von derselben Marke und dasselbe Modell wie die, die die Petrekowa trug. Die Frau war ein Double, eine Vorsichtsmaßnahme für den Fall, dass es der Petrekowa nicht gelungen war, ihre Verfolger nachhaltig abzuschütteln. Zenaida Petrekowa ließ sich schon seit Jahren von Suriew die Haare schneiden und färben, aber absichtlich nie in einem regelmäßigen Abstand. Sie hatte auch nie mit dem Handy, dem Bürotelefon oder dem Festnetztelefon zu Hause hier angerufen, um einen Termin auszumachen. Der Salon gehörte zu den Orten, an denen sie sich mit ihrem Betreuer traf.

Jenkins hatte den Treffpunkt am Nachmittag mit einem Anruf bestätigt, bei dem er gebeten hatte, mit Dasha sprechen zu dürfen, was der Codename für den Salon war. Eine Dasha sei unter dieser Nummer nicht zu erreichen, hatte die Petrekowa geantwortet. Sie würde es also zum Treffen schaffen.

Suriew war schwul und hasste das Regime in Russland, das schwule Männer und Frauen unterdrückte und die Öffentlichkeit anstachelte, gegen sie vorzugehen, indem es sie als »Untermenschen und Teufel« bezeichnete. Suriew hoffte auf Veränderung, er arbeitete schon seit Jahren für die CIA.

Jenkins warf einen Blick hinaus auf die Straße, wo vor der schwarzen Markise des Salons gerade ein Taxi hielt, aus dem die Petrekowa stieg. Der Salon befand sich unten in einem vierstöckigen Wohnhaus, in einer Straße mit roten Backsteinhäusern, die sich trotz der Verjüngungskur, die dieses Viertel und auch viele andere Moskauer Bezirke gerade erlebten, ihren architektonischen Charme hatten bewahren können.

Jenkins blieb hinter der Trennwand und beobachtete in einem Spiegel, wie die Petrekowa von leisem Glöckchenklang begleitet die Tür öffnete. Sie begrüßte ihren langjährigen Stylisten mit einem Kuss auf beide Wangen.

»Es ist zu lange her«, meinte Suriew und führte sie zu einem der beiden Stühle.

»Ich hatte Probleme, mich von der Arbeit freizumachen«, sagte sie, eine unmissverständliche Botschaft.

»Und heute?«

»Heute wollte ich es unbedingt schaffen. Ich war fest entschlossen und ich glaube, es ist mir auch gelungen.«

»Ich verstehe.« Suriew spielte mit ihrem Haar.

»Können Sie mich retten, bevor es zu spät ist?«

»Natürlich.« Suriew lächelte. »Wir sollten die gespalteten Spitzen stutzen, das sieht schon richtig unordentlich aus.«

»Was immer Sie für richtig halten. Ich gehöre ganz Ihnen.«

Die Petrekowa wurde hinter die Falttür geführt, wo sie einen Blick auf Jenkins und die andere Frau am Waschbecken warf, bevor sie sich auf den freien Stuhl setzte, den Kopf zurücklehnte und sich von Suriew die Haare waschen ließ, der, für den Fall, dass der Salon abgehört wurde, ununterbrochen erzählte und lachte. Als er fertig war, bekam auch die Petrekowa ein weißes Handtuch um den Kopf geschlungen, dann widmete sich Suriew der Doppelgängerin, der er mit einem zweiten Handtuch das Gesicht verdeckte, während er sie nach vorn in den eigentlichen Salon brachte und ihren Frisierstuhl so drehte, dass ihr Hinterkopf zum Fenster zeigte.

* * *

Wäre es möglich gewesen, dann hätte sich Dmitri Sokalow wohl liebend gern in seinen Sessel am Konferenztisch verkrochen, so tief wie möglich, um dem Blick des Vorsitzenden Bogdan Petrow zu entgehen. Gawril Lebedew saß zwei Stühle links von General Pasternak an derselben Tischseite und sah ebenfalls so aus, als rücke er unauffällig immer weiter vom Vorsitzenden ab, der aufgestanden war, sich mit beiden Händen auf dem Tisch abstützte und die drei anderen Männer in der Runde unter buschigen grauen Brauen hervor grimmig musterte. Gerade bohrte sein Blick Löcher in General Pasternak.

»Verraten Sie mir, General, wie zwei Ihrer fähigsten Männer von einfachen Polizisten der Virginia State Police verhaftet werden konnten?« Petrow, Veteran unzähliger verdeckter Kriege, ließ sich seine Erregtheit nicht anmerken. Nur seine Augen verrieten, dass er keineswegs so gelassen war, wie er sich nach außen hin gab.

Pasternak atmete vernehmlich aus und schüttelte den Kopf. »Es ging alles nach Plan, Vorsitzender Petrow.«

»Das ja wohl kaum!«, unterbrach ihn Petrow und richtete sich auf, ohne Pasternak aus den Augen zu lassen. Die Antwort des Generals reichte ihm nicht.

Pasternak versuchte es noch einmal. »Die Frau hat ganz wie geplant mit den beiden Kindern das Haus verlassen. Meine Männer sollten auf die Bestätigung des geplanten Verkehrsunfalls warten. Diese Bestätigung kam nicht.«

»Warum haben sie die Aktion dann nicht sofort abgebrochen?«

»Der Verkehr ist da in Virginia genauso schlimm wie hier in Moskau. Sie dachten vielleicht …«

Petrow schlug auf den Tisch und sein Gesicht lief knallrot an. »Die werden nicht fürs Denken bezahlt, General. Sie werden dafür bezahlt, Befehle zu befolgen. Ihre Befehle. Anscheinend haben Sie Ihre Befehle nicht eindeutig genug formuliert. Beim ersten Anzeichen dafür, dass etwas nicht so lief wie vorhergesehen, hätten sie sofort abbrechen müssen.«

»Dazu hatten sie keine Zeit. Zehn Minuten nach ihrem Aufbruch kam die Frau wieder zurück und die Kinder saßen immer noch bei ihr im Auto.«

Inzwischen tigerte Petrow im Raum auf und ab. »Warum ist die Frau zurückgekommen?«

»Das weiß ich nicht. Vielleicht wurde einem der Kinder unterwegs schlecht oder es hatte etwas zu Hause vergessen. Hausaufgaben oder Pausenbrot. Ich weiß es nicht.«

»Warum sind Ihre Männer nicht sofort verschwunden, als sie sahen, dass die Frau zurückkam?«

»Das hatten sie ja vor, aber die Polizei tauchte auf, bevor sie die Chance dazu hatten.«

»Wer hat die Polizei gerufen?«, wollte Petrow wissen.

»Auch das wissen wir nicht. Alles, was ich in diesem Moment zu bieten habe, sind reine Vermutungen.«

»Und die lauten?«

»Dass die Frau beim Wegfahren den Wagen und meine Männer gesehen hat und seit den jüngsten Giftanschlägen auf Männer in ähnlicher Lage wie ihr Mann stärker auf der Hut war. Ich kann nur vermuten, dass sie die Polizei alarmierte und dass die sofort kam, weil sie natürlich über die Familie informiert war.«

»Wo sind Ihre Männer jetzt?«, wollte Petrow wissen.

»Das wissen wir zurzeit noch nicht. Wir versuchen, es herauszufinden, ohne dass eine Verbindung zum Kreml oder der Lubjanka deutlich wird. Das ist knifflig.«

Im Raum machte sich ein bedrohliches Schweigen breit. Es dauerte eine volle Minute, bis Lebedew sich mit einer Frage vorwagte: »Haben wir etwas von unseren Diplomaten gehört? Vielleicht kann der Botschafter …«

»Kann was?« Petrows Blick richtete sich nun auf Lebedew und hätte um ein Haar ein Loch in ihn gebohrt. Lebedew sah aus, als würde er am liebsten mit dem Stuhl verschmelzen, auf dem er saß. »Fragen, ob die Polizei von Virginia vielleicht zufällig zwei Männer der geheimsten Spezialtruppe Russlands verhaftet hat, die in einem Auto vor dem Haus eines russischen

Verräters hockten? In diesem Punkt hat General Pasternak recht. Die Amerikaner werden leugnen, dass sie überhaupt jemanden festhalten, und warten, bis wir uns nach diesen beiden Männern erkundigen. Damit gäben wir stillschweigend zu, dass Ihre Leute, General, von der russischen Regierung autorisiert wurden, Fjodor Ibragimow umzubringen.«

»Was sind denn dann unsere Optionen?«, erkundigte sich Sokalow mit leiser Stimme.

»Genau!«, sagte Petrow. »Mit welchen Vorschlägen kann ich zum Präsidenten gehen?«

»Meine Männer werden nichts preisgeben.« Pasternak versuchte, trotzig zu klingen.

»Allein, dass sie dort waren, verrät doch genug«, schoss Petrow zurück.

Sokalow wusste, worauf das hinauslief: Der Präsident musste um jeden Preis geschützt werden, ihn durfte kein Vorwurf treffen. Der Job der hier Versammelten war, sich irgendeine Geschichte auszudenken, damit der Kreml jegliche Beteiligung an irgendetwas glaubhaft leugnen konnte. Unter dem Strich hieß das: Irgendwer ganz weit oben, jemand, der zweifelsohne gerade hier an diesem Tisch saß, würde über die Klinge springen und zugeben müssen, dass sein Büro ohne Wissen und Zustimmung des Kreml diese Operation autorisiert hatte. Kurz gesagt: Jemand an diesem Tisch würde sich opfern und den Sündenbock geben müssen. Natürlich würde in den USA niemand glauben, was ihnen da vorgelogen wurde, aber sie würden mitspielen, wie beide Seiten es in der Vergangenheit mehrfach getan hatten, wenn etwas dabei für sie heraussprang. Zum Beispiel ein Austausch der beiden inhaftierten Männer gegen amerikanische Spione in russischer Gefangenschaft. Sollten die Amerikaner jedoch die Sache lieber auf die harte Tour regeln wollen, dann würden sie Russland vor ein internationales Gericht zitieren und damit öffentlich an den Pranger stellen und demütigen.

»Unser Job ist der Schutz des Präsidenten«, verkündete Petrow dann auch ganz richtig. »Unser Job ist es, eine für die Amerikaner zufriedenstellende Erklärung zu finden, unsere Männer zurückzuholen und dafür zu sorgen, dass unsere Regierung keine öffentliche Demütigung erlebt.«

Am Tisch herrschte Schweigen.

Erst nach einiger Zeit räusperte sich Lebedew. »Wenn ich vorschlagen dürfte ...«

Petrow funkelte ihn an. Diesen Blick kannte Sokalow. Was immer Lebedew vorschlagen wollte: Wehe, die Idee war nicht gut.

»Ich wollte feststellen, dass das, was passiert ist, unmöglich einfach ein Zufall gewesen sein kann.«

Diese Bemerkung ließ Sokalow und Pasternak aufhorchen. Beide wussten, was jetzt kommen würde.

»Und das heißt?«, fragte Petrow.

»Das heißt, die Frau ist nicht zufällig wieder nach Hause gekommen und die örtliche Polizei war nicht zufällig gerade in der Gegend und konnte eingreifen, bevor General Pasternaks Männer die Aktion abbrechen und sich entfernen konnten.«

Sokalow wusste, was Lebedew da andeutete und was diese ekelhafte Ratte damit bezweckte. Er versuchte, die Schuld allen anderen in die Schuhe zu schieben, nur nicht sich selbst. Wahrscheinlich wollte er sie Pasternak anhängen.

»Ich sage das mal so«, fuhr Lebedew fort. »Vielleicht haben die Amerikaner es so aussehen lassen, als läge hier ein Zufall vor, weil sie einen ihrer Maulwürfe schützen wollen, der hier in der Lubjanka auf höchster Ebene hockt und ihnen die Information über das Vorhaben zukommen ließ.« Lebedew rückte seinen Bauch zurecht und sah Sokalow direkt an.

Der war einen Moment lang zu überrascht, um gleich zu reagieren, aber dann schäumte er vor Wut: »Wenn Sie damit mich meinen, dann muss ich Sie daran erinnern, stellvertretender Direktor, dass der Präsident und ich uns schon sehr, sehr lange kennen. Seit unserer Kindheit nämlich. Wir sind seit mehr als sechzig Jahren Freunde. Sie brauchen also bitte gar nicht erst diskret zu sein. Gehen Sie mit Ihren Verdächtigungen ruhig gleich zum Präsidenten, dann werden Sie erleben, wie weit Sie damit kommen.«

Lebedew lächelte wie eine Katze, die sich ihrer Beute sicher weiß. »Sie verteidigen sich allzu schnell, Dmitri.« Er redete Sokalow absichtlich mit dem Vornamen an, ein Zeichen mangelnden Respekts, das am Tisch natürlich registriert wurde. »Ich hatte gar nicht vor, Sie irgendwie zu implizieren. Bei unserem letzten Treffen war ja noch jemand anderes aus Ihrem Büro anwesend. Jemand aus Ihrem Sekretariat, auf dessen Anwesenheit Sie trotz meiner Bedenken bestanden haben. Eine Frau, an hoher Stelle, älter als sechzig.«

Sokalow musste sich zusammenreißen, um nicht überzureagieren. »Ich sage Ihnen hiermit … Gawril, dass Maria Kulikowa seit nun schon fast vierzig Jahren für mich arbeitet. Ihre Eltern waren stolze und bekannte Parteimitglieder und sie wurde bei mehreren Gelegenheiten genauestens überprüft, ohne dass auch nur der Hauch einer Unregelmäßigkeit zutage gekommen wäre.«

»Vielleicht stehen Sie Frau Kulikowa … zu nahe, um objektiv zu sein? Ist es nicht die Aufgabe Ihrer Sondereinheit, jede russische Frau über sechzig, die in einer höheren Funktion tätig ist, genau unter die Lupe zu nehmen und zu befragen? Frau Kulikowa ist noch nicht befragt worden.«

Sokalow startete einen weiteren Versuch, von sich abzulenken und zurückzuschlagen: »Ihre Behauptungen sind nicht nur eine Beleidigung für Frau Kulikowa und für mich, sondern auch für meine Frau Olga und ihren Vater, General Portnow.« Sokalow konnte seinen Schwiegervater nicht leiden, hatte aber nichts dagegen, auch diese Karte auszuspielen, wenn es zu seinem Vorteil war.

»Wir alle kennen Ihren Schwiegervater.« Lebedew war ein wenig vorsichtiger geworden. »Trotzdem frage ich, warum Frau Kulikowa von Ihrer Spezialeinheit noch nicht befragt wurde.«

»Vielleicht möchten Sie meinem Schwiegervater etwas mitteilen, wenn Sie ihn doch so gut kennen?«

»Stecken Sie doch bitte die Messer wieder ein, Sie zwei, wenn Sie damit fertig sind, sich hinterrücks zu erdolchen«, knurrte Petrow. »Hier geht es um Wichtigeres. Ich möchte sofort und umfassend informiert werden, General, sobald Sie Neues erfahren. Dmitri, so charmant ich Frau Kulikowa auch finde, Sie werden eine interne Untersuchung einleiten, um sicherzustellen, dass von ihrer Seite aus nichts Unpassendes vorgefallen ist.« Er seufzte. »Mir bleibt die undankbare Aufgabe, den Präsidenten über die neueste Entwicklung zu informieren. Aber eins möchte ich klarstellen, meine Herren: Hier werden Köpfe rollen. Vielleicht auch nur einer, aber meiner wird es ganz bestimmt nicht sein. Wenn Sie Ihren Kopf behalten wollen, dann schlage ich vor, Sie benutzen ihn und lassen sich einfallen, wie wir aus dieser Geschichte herauskommen, ohne dass der Präsident sein Gesicht verliert.«

Kapitel 14

Schönheitssalon Do or Dye
Moskau

Jenkins führte die Petrekowa die enge Treppe hinunter in den Lagerraum im Souterrain, schaltete ein altmodisches Radio ein, das in einem der Regale stand, und drehte am Regler, bis weißes Rauschen zu hören war. Oben im Salon stellte Suriew die Musik lauter.

»Mir ist heute Nachmittag niemand aufgefallen, der mich verfolgte«, sagte Petrekowa auf Russisch.

»Eine junge Frau, die an der Treppe zur Metro wartete. Sie war auch heute Morgen auf dem Bahnsteig und im Zug, hatte sich aber für den Nachmittag umgezogen und ihr Aussehen verändert: Shorts, T-Shirt, Pferdeschwanz, hässliche schwarze Brille.«

»Die Frau heute Morgen im Zug habe ich mitbekommen, auch den Mann dazu«, sagte die Petrekowa. »Die Frau stieg zwei Stationen vor mir aus.« Sie schlang sich die Arme um die Taille. Hier im Keller musste sie sich nicht mehr beherrschen und hatte ihre Wachsamkeit aufgegeben. Sie sah verängstigt aus und hörte sich auch so an. »Ich bin alles durchgegangen, was ich in den vergangenen sechs Monaten getan habe. Mir will nicht einfallen, was solche Aufmerksamkeit rechtfertigen würde.«

»Wann haben Sie zum ersten Mal bemerkt, dass Sie beobachtet werden?«

»Vor vier Tagen, morgens auf dem Weg zur Arbeit. Ich war mir nicht ganz sicher, glaubte aber, ich hätte denselben Mann auch am Nachmittag wiedergesehen, als ich das Büro verließ. Er verständigte sich per Handy mit einer Frau, derselben wie der heute Morgen. Ich habe mir das ein paar Tage lang mitangesehen, bevor ich meinen Betreuer benachrichtigte.«

»Sie haben nichts falsch gemacht.« Jenkins erzählte ihr von der vom Präsidenten autorisierten Operation Herodes.

»Dann ist er also vom Gewehr zur Schrotflinte übergegangen«, meinte die Petrekowa.

»Ich fürchte, ja.«

»Aber ich bin gewähltes Mitglied der Duma, und das seit zwanzig Jahren.«

»Ihre Stellung wird Sie nicht schützen. Wahrscheinlich hat sie sogar dazu geführt, dass Sie auf der Liste ganz oben standen. Sie haben Zugang zu Informationen, an die andere nicht herankommen. Wahrscheinlich wird gerade überprüft, ob aufgrund von Ihnen zugänglichen Informationen russische Agenten oder Operationen aufgeflogen sind.«

»Dann ist es wohl vorbei, nehme ich an. Haben Sie einen Plan, wie Sie mich hier rausholen?«

Jenkins nickte. »Haben wir.«

»Wann?«

Einzelheiten mochte Jenkins ihr nicht verraten – es konnte ja immer noch sein, dass sie eine Doppelagentin war. »Halten Sie sich bereit! Es könnte sein, dass es kurzfristig losgeht.« Eigentlich hätte die Petrekowa wissen müssen, dass Nachfragen sich nicht lohnten und sie von ihm keine Antworten zu erwarten hatte. Dass sie trotzdem gefragt hatte, schrieb Jenkins erst einmal ihrer Nervosität zu. »Sie werden nichts mitnehmen können.« Auf keinen Fall sollte sie sich versucht fühlen, irgendetwas von sentimentalem Wert einzupacken, ein Fotoalbum, Schmuck oder andere Gegenstände, deren Fehlen auf ihre Flucht aufmerksam machen könnte.

Inzwischen ging die Petrekowa im vollgestellten Lagerraum auf und ab, soweit das möglich war.

»Ich weiß, Sie haben Angst«, sagte Jenkins. »Ich weiß, es ist hart zu gehen, aber tun Sie bitte, was ich sage und sobald ich es sage. Dann wird alles gut gehen.«

Nicht alle Spione entschieden sich zum Gehen. Manche von ihnen hatten Angst vor einer ungewissen Zukunft in einem ihnen unbekannten Land mit einer anderen Sprache und anderen Sitten, ohne Unterstützung durch Freunde oder Familie. Einige entschieden sich, zu bleiben und es darauf ankommen zu lassen. Sie gingen in Rente und traten nirgendwo mehr in Erscheinung. Das Problem bei dieser Lösung war allerdings dramatisch zutage getreten, als zwei amerikanische Verräter, Robert Hanssen und Aldrich Ames, Hunderte von CIA-Mitarbeitern innerhalb der russischen Verwaltung bloßgestellt hatten, die an Stellen mit höchster Geheimhaltung arbeiteten, darunter auch viele, die bereits in Rente gegangen waren. All diese Mitarbeiter waren umgehend verhaftet und gefoltert worden, um Informationen aus ihnen herauszubekommen. Anschließend hatte man sie exekutiert.

Petrekowa schüttelte den Kopf. »Ich habe mehr Angst davor, nicht zu gehen. Seit dem Tod meines Mannes komme ich jeden Abend nach Hause und sehe mich mit einem leeren Haus und einem leeren Bett konfrontiert. Ich koche wie ein Gourmet, nur für eine Person, damit die Zeit vergeht. An den Wochenenden arbeite ich im Garten, wenn das Wetter es zulässt, oder ich besuche Freunde. Keins meiner beiden Kinder wohnt noch in Moskau, sie haben das Regime und die Korruption satt. Mein Sohn lebt mit seiner deutschen Frau in Berlin, meine Tochter in Kanada, wo sie für eine Hightech-Firma arbeitet. Beide beschwören mich seit Langem, in Pension zu gehen und das Land zu verlassen. Es ist an der Zeit. Ich fühle mich ständig krank, kann nicht essen, kann nicht schlafen. Das ist kein Leben für mich – für niemanden. Ich bin bereit zu gehen.«

Jenkins sah zur Uhr, bei der er beim Betreten des Lagerraums die Stoppuhr aktiviert hatte. »Sie müssen zu Hause alles so lassen, wie es ist – Geschirr in der Spüle, das Bett nicht gemacht, Radio oder Fernseher eingeschaltet, damit kein Verdacht entsteht. Haben Sie irgendwelche Pläne für das Wochenende, irgendetwas, was Sie routinemäßig tun?«

»Nein.«

Damit hatten sie hoffentlich achtundvierzig Stunden, bis Verdacht aufkam, weil die Petrekowa nicht zur vorgesehenen Zeit auf dem Bahnsteig stand, um die Pendlerfahrt nach Moskau anzutreten.

»Steht Ihr Haus unter Beobachtung?«

»Das nehme ich an, aber ich weiß es nicht.«

Das würde Jenkins herausfinden müssen. »Haben Sie Fragen?«, erkundigte er sich. Die Petrekowa schüttelte den Kopf. »Es wird Zeit«, fuhr Jenkins fort. »Sie sollten lieber wieder hinaufgehen.«

Sie war schon halb auf der Treppe, als sie noch einmal stehen blieb und zu ihm heruntersah. »Sind Sie der Mann, der schon einmal hier in Moskau war? Um zu verhindern, dass der amerikanische Spion die Namen weiterer Schwestern verrät? Der, der die Frau aus dem Lefortowo geholt hat?«

Jenkins' Instinkte schlugen Alarm und er verspürte einen gewissen Schmerz im Magen. Er musste vorsichtig sein. »Von einer solchen Operation ist mir nichts bekannt. Auch nichts von einem solchen Mann.«

Petrekowa stieg noch eine Stufe höher, blieb aber erneut stehen, als oben die Ladenglocke klingelte. Sichtlich alarmiert warf sie Jenkins einen Blick zu.

Jenkins hob die Hand und bedeutete ihr mit einer Geste, wieder herunterzukommen. Dann schlich er selbst vorsichtig die Treppe hinauf, so weit, dass er in den Spiegel schauen konnte, der die Eingangstür im Blick hatte – und sah, wie die Frau von der Metrostation eben den Salon betrat.

Kapitel 15

Lubjanka
Moskau

Sokalow kehrte in sein Büro zurück, wo er sich erst einmal einen ordentlichen Schluck Wodka genehmigte, den er in einem Zug hinunterkippte. Dann goss er sich gleich noch einen zweiten ein und tigerte damit vor dem Fenster auf und ab, von dem aus man so schön die roten Mauern und Türmchen des Kreml bewundern konnte. Langsam schlug sein Herz wieder einigermaßen normal und er konnte mit ein paar tiefen Atemzügen die Wut auf Lebedew loswerden. Hatte diese Kanalratte doch echt versucht, ihn vor einen fahrenden Bus zu stoßen! Dabei hatte Sokalow seinem Land den weitaus größten Teil seines Lebens gewidmet und die Geschicke Russlands immer über die eigenen gestellt. Ja, er hatte eine Geliebte! Welcher Mann von Macht denn nicht? Seit dem Fall des Kommunismus und spätestens mit dem Konsumrausch der neuen Ära, der ja scheinbar kein Ende nahm, war es in Moskau immer normaler geworden, eine Affäre zu haben. Endlich konnte man auch als Russe sexuellen Vorlieben nachgehen und seine geheimsten Sehnsüchte befriedigen. Sokalow kannte jede Menge Männer, die sich auf alles einließen, vom One-Night-Stand mit einer Prostituierten bis zu richtigen Zweitfamilien, oft mit Zustimmung beider Ehefrauen. Was blieb den Frauen in so einer Situation auch anderes übrig? Scheidung? Sozialer Abstieg? Das Schicksal einer Alleinerziehenden? Nicht, dass Olga sich in der Hinsicht Sorgen zu machen brauchte – sie und ihr Vater würden ein solches Arrangement auch gar nicht dulden. Aber wenn Lebedew mit Steinen werfen wollte, bitte. Von denen hatte Sokalow selbst eine Menge gesammelt und konnte zurückwerfen. Er besaß eine Akte über Lebedews Zweitfrau und die beiden Kinder, die er in einer Wohnung im Stadtteil Wojkowski untergebracht hatte. Lebedew war dort zweimal in der Woche zu Besuch und unterstützte die Familie auch finanziell.

Eben summte die Gegensprechanlage auf seinem Schreibtisch. »Stellvertretender Direktor?« Seine Sekretärin.

»Was ist?«

»Hier ist jemand, der Sie sprechen möchte.«

Er trat hinter seinen Schreibtisch und warf einen Blick auf den Kalender mit den farbig gekennzeichneten Terminen, den er auf einem der Bildschirme laufen hatte. Eigentlich wusste er auch so, dass für diesen Tag dort kein Eintrag stand, hatte er doch gebeten, sämtliche Termine zu verschieben, nachdem Petrow zu dem Treffen eben gerufen hatte. »Sie wollten meine Verabredungen für heute doch absagen!«

»Der Mann hat keinen Termin, aber man sagte mir, er sei sehr hartnäckig.«

Das könnte Pasternak sein, dachte Sokalow. Vielleicht wollte sich der General einen Verbündeten sichern, zu zweit war man nun einmal weniger allein. Aber nein, das war unwahrscheinlich, denn momentan hatte Lebedew in der Gruppe die Oberhand, und wenn Pasternak schlau war, hängte er sich an das fette Schwein und half ihm, Sokalow den Wölfen zum Fraß vorzuwerfen.

»Wer ist es denn?« Eigentlich hatte Sokalow fest vor, sich jetzt nicht stören zu lassen.

»Helge Kulikow.«

Bitte? Sokalow erstarrte. Was wollte der denn von ihm? Sicher, er kannte Helge, er hatte ihn bei verschiedenen Gelegenheiten getroffen und fand ihn unerträglich, einen Mann, der nur über Fußball reden konnte und sich dabei unglaubliche Mengen Wodka hinter die Binde goss, wenn der umsonst war. Natürlich gingen sie herzlich miteinander um, Helge und er, wenn sie sich trafen. Sokalow fand ein perverses Vergnügen daran, freundlich mit dem Mann zu plaudern, dessen Frau er seit Jahren vögelte.

Wot der'mo. Scheiße.

Hatte der Trunkenbold etwa herausgefunden, dass Sokalow mit seiner Frau schlief? Nach all den Jahren und ausgerechnet jetzt, zum denkbar ungünstigsten Zeitpunkt? Helge sei kürzlich pensioniert worden, hatte Maria erzählt, und hocke ständig zu Hause herum. Das machte es ihr schwerer, einfach so wegzukommen. War Helge gekommen, um ihn zur Rede zu stellen? Eine Waffe würde er ja nicht dabeihaben, dafür sorgten die Sicherheitskräfte unten am Eingang schon … aber trotzdem …

Der'mo.

Okay. Wahrscheinlich, dachte Sokalow, war es besser, sich dem Mann zu stellen und herauszufinden, was er wusste und ob Sokalow das glaubwürdig abstreiten konnte. Was sprach denn besser für seine Unschuld, falls dieser Trottel ihn wirklich im Verdacht hatte, als die Tatsache, dass er sich hier mit ihm traf, wo seine Frau gleich nebenan saß? Würde er das riskieren, wenn er wirklich etwas zu verbergen hatte?

Und falls dieser Helge doch wusste, was Sache war – bitte! Groß unternehmen konnte er wohl aus seiner Position heraus kaum etwas.

Er könnte es Olga sagen.

Der'mo. Der'mo. Der'mo.

Ob er das fertigbrächte? Sokalow schoss ein furchtbarer Gedanke durch den Kopf.

Hatte er es vielleicht bereits getan?

Dann war es auf jeden Fall besser, das gleich jetzt herauszufinden. Information war Macht. Sokalow musste wissen, was Sache war, und sich überlegen, wie er, wenn nötig, mit den Forderungen des Mannes umgehen sollte.

»Stellvertretender Direktor?«

»Schicken Sie ihn herein.«

Sokalow zog die oberste rechte Schublade seines Schreibtischs auf, entsicherte die Makarow-Pistole, die dort lag, und schob die Schublade anschließend nicht ganz wieder zu, um leichten Zugang zu der Waffe zu haben.

Die Tür zu seinem Büro wurde aufgedrückt und seine persönliche Assistentin führte Helge Kulikow über den langen Teppichläufer zu den beiden Stühlen, die gegenüber von Sokalows Schreibtisch standen. Kulikow trug einen eng sitzenden Anzug, der ihm bestimmt eine Nummer zu klein war. Und eine Krawatte, deren Knoten sich bereits gelockert hatte, weil Helge den obersten Hemdknopf hatte öffnen müssen, um Platz für den dicken Hals zu schaffen. Er sah blass und aufgequollen aus, wirkte nervös, aber nicht wütend.

»Das ist ja eine unerwartete Überraschung, Helge.« Sokalow reichte dem Mann die Hand, die dieser ergriff, was doch bestimmt ein weiteres gutes Zeichen sein musste. Das Leben als Kettenraucher hatte Kulikows Fingernägel gelblich verfärbt und sein Anzug roch nach billigen Zigaretten, Alkohol und Mottenkugeln.

»Danke, dass Sie mich empfangen, stellvertretender Direktor.«

»Ich bitte Sie, stellvertretender Direktor! Das gilt doch nur für Leute, die hier arbeiten. Sagen Sie Dmitri zu mir!« Sokalow lächelte. »Wir beide sind doch Männer, oder nicht?« Er begleitete seine Sekretärin hinaus. »Bei diesem Treffen soll mich niemand stören, hören Sie?«, sagte er leise zu ihr. »Niemand.«

»Jawohl, stellvertretender Direktor.«

»Kann ich Ihnen etwas zu trinken anbieten?«, wandte sich Sokalow nun wieder an Kulikow.

»Ja«, antwortete der ein wenig zu schnell. »Ich meine gern, vielen Dank.«

Sokalow ging hinüber zur Bar. Bisher war von einer Konfrontation noch nichts zu spüren gewesen. Kulikow hatte beide Hände in die Anzugtaschen geschoben. Sokalow sah ihn an. »Sie sind doch ein Stoli-Mann, richtig?« Er hatte nicht die geringste Ahnung, was dieser Helge trank.

»Ja, mit einem Eiswürfel.«

Sokalow goss drei Finger breit Wodka ein, gab einen Eiswürfel dazu und reichte das Glas an Helge weiter. »Ich bedauere sehr, Sie allein trinken lassen zu müssen, Helge, aber leider habe ich später noch einige Termine.«

»Es ist mir ein bisschen unangenehm, so einfach Ihre Zeit in Anspruch zu nehmen.«

Sokalow winkte ab. »Bitte, setzen Sie sich.« Er deutete auf die beiden Stühle vor seinem Schreibtisch. »Ich würde Ihnen die Couch anbieten, wo Sie es gemütlicher hätten, aber mir tut heute der Rücken weh und ich brauche ganz einfach meinen eigenen Stuhl.« Während er um den Schreibtisch herumging, warf er einen verstohlenen Blick auf die Makarow und zog die Schreibtischschublade sicherheitshalber noch einen Zentimeter weiter auf. »Sagen Sie mir, was ich für Sie tun kann.«

Kulikow trank einen großzügigen Schluck aus seinem Glas und betrachtete sehnsüchtig den Eiswürfel, als würde er gern gleich um Nachschub bitten. »Was ich sagen muss, fällt mir nicht leicht, Dmitri. Es würde wohl jedem Mann schwerfallen.«

Sokalow ließ seine Hand beiläufig auf dem Rand der Schreibtischschublade ruhen. »Mein Vater sagte immer, wenn es einem schwerfällt, etwas zu sagen oder zu tun, soll man es nicht hinausschieben. Damit macht man die Sache nur noch schlimmer.«

»Ja.« Kulikow nickte. »Es geht um meine Frau, Maria.«

»Was ist mit ihr?« Sokalow langte in die Schublade und legte die Hand auf die Waffe.

Seufzend leerte Kulikow sein Glas. »Ich erinnere mich noch genau, wie Maria anfing, hier in der Lubjanka zu arbeiten. Ich war neugierig auf das, was sie hier erleben würde, wer wäre das nicht? Hier ist so viel Geschichte geschrieben worden. Aber Maria erklärte mir von Anfang an, sie könne nicht über ihren Arbeitstag sprechen. Das sei nicht gestattet. Wie leicht könnte es passieren, dass sich ein Ehepartner verplappert und, ohne es zu wollen, geheime Informationen verrät, eine Operation gefährdet, vielleicht sogar Leben.«

»Das ist richtig, Helge, wir betonen diesen Grundsatz allen Beschäftigten gegenüber immer wieder. Geheime Information weiterzugeben, und sei es an einen Ehepartner, ist ein Kündigungsgrund.«

Helge setzte sich zurück und holte tief Luft. Seine Schultern zuckten und er senkte den Kopf. Dann fing er an zu weinen. »Ich glaube, Maria hat eine Affäre.«

Der'mo.

Sokalow gab sich überrascht, aber seine rechte Hand ruhte auf der Pistole, der Finger am Abzug. »Und warum glauben Sie, dass Maria eine Affäre hat?«

Helge atmete noch einmal tief durch und schien sich ein wenig zu fangen. »Ich bin dieses Jahr in Rente gegangen, ich hatte in der Parkverwaltung gearbeitet.«

»Ich hörte von Ihrer Pensionierung. Herzlichen Glückwunsch.«

Helge setzte erneut sein Glas an die Lippen, nur war es inzwischen bis auf das leise klirrende Eisstück leer. »Danke. Ich bin also abends zu Hause. Ich kriege mit, wenn Anrufe kommen.«

»Anrufe? Von ihrem Geliebten?«

»Nein …« Helge schüttelte den Kopf. »Ich meine, ich weiß es nicht. Ich bin mir nicht sicher. Ein Mann, aber er möchte immer jemand anderen sprechen.«

»Falsch verbunden also.« Sokalow nahm diskret die Hand aus der Schublade. Er hatte Maria nie zu Hause angerufen. Sie kommunizierten ausschließlich auf der Arbeit miteinander, was Orte und Zeiten für ihre Treffen betraf. Musste eine Verabredung abgesagt werden oder war eine Planänderung nötig, verständigten sie sich per SMS über Wegwerfhandys.

»So soll es wohl aussehen.«

So soll es aussehen? Was für eine merkwürdige Einschätzung, dachte Sokalow. »Wen wollen die Anrufer denn sprechen?«

»Er. Es ist immer derselbe Mann. Stimmen kann ich gut auseinanderhalten.«

»Wen möchte er sprechen?«

»Es ist jedes Mal ein anderer Name, Dmitri. Niemals derselbe. Neulich Abend hat er Anna sprechen wollen.«

»Fragen sie … fragt er immer nach einer Frau?«

»Nein, manchmal auch nach einem Mann.«

»Verstehe.« Sokalow spürte heftige Eifersucht in sich aufkommen. Könnte es sein, dass Maria noch eine Affäre hatte? »Was sagen Sie zu diesem Anrufer?«

»Ich sage, er hat sich verwählt, und er legt wieder auf.«

Sokalow fand das seltsam, war aber jetzt aus einem ganz anderen Grund an diesen Telefonaten interessiert. »Haben Sie Maria nach den Anrufen gefragt?«

»Sie behauptet, nicht zu wissen, wer der Mann ist. Sie sagt, vielleicht überschneiden sich unsere Leitungen mit denen eines anderen Haushalts, aber wenn das stimmte, dann würde der Anrufer doch jedes Mal nach derselben Person fragen und nicht immer einen anderen Namen nennen, oder?«

»Das sollte man annehmen.« Es war eine logische Schlussfolgerung, eine richtig gute sogar. Vielleicht hatte Sokalow das Denkvermögen von Marias Mann ja doch unterschätzt. Andererseits ging ja auch eine defekte Wanduhr zweimal am Tag richtig … »Gibt Ihnen denn noch etwas anderes Anlass zur Besorgnis?«

Kulikow zog eine Uhr und ein Armband aus der Jackentasche und reichte sie Sokalow über den Tisch hinweg. Der erkannte beide Stücke sofort. Das waren seine Geschenke, wie er sie Maria im Laufe der Jahre von Zeit zu Zeit gemacht hatte, meistens, wenn es auf der Arbeit wieder einmal zu einem seiner berühmten Wutausbrüche gekommen war und er ihre Mitarbeiter gleich haufenweise zum Gehen aufgefordert hatte. Eigentlich bewahrte Maria diesen Schmuck in ihrem Safe im Büro auf.

»Der Schmuck ist echt, stellvertretender Direktor, ich war damit bei einem Juwelier. Er schätzt beides zusammen auf siebenhundertfünfzigtausend Rubel, wahrscheinlich noch mehr. Solchen Luxus könnte ich mir nie erlauben.«

Sokalow nahm die Stücke in die Hand. »Hm …«, sagte er nachdenklich. »Wo haben Sie sie gefunden?«

»Hinten in ihrer Kommode. In einem Paar Strümpfe versteckt.«

»Haben Sie Ihre Frau mit dem Fund konfrontiert?«

»Nein.«

»Sie haben sie nicht gefragt, woher dieser Schmuck kommt?«

»Ich hielt es für das Beste, wenn sie nicht weiß, dass ich ihn gefunden habe. Ich wollte erst noch mehr herausfinden und versuchen, sie mit ihrem Liebhaber zu erwischen. Da sollte sie vorher nicht wissen, dass ich Verdacht geschöpft habe.«

Sokalow zuckte innerlich zusammen. »Haben Sie denn schon versucht, die beiden zu erwischen?«

»Neulich Abend …« Er ließ den Kopf sinken, dachte nach. »Vielleicht vor zwei Wochen. Es gab wieder einen Anruf, wieder eine falsche Nummer. Diesmal fragte der Anrufer nach Anna. Als ich auflegte, schien meine Frau an diesem Anruf interessiert zu sein.«

»Was hat sie gesagt?«

»Sie sagte, sie würde mit Stanislaw spazieren gehen.«

»Ihr Hund, glaube ich? Ein Geschenk zur Pensionierung?«

»Ja. Ich dachte, der Anrufer wäre ihr Liebhaber und Maria würde sich davonstehlen, um sich mit ihm zu treffen. Da bin ich ihr gefolgt. Verkleidet natürlich.« Er sah Sokalow Zustimmung heischend an.

»Natürlich.« Sokalow nickte.

»Sie hat die U-Bahn genommen.«

»Um mit dem Hund spazieren zu gehen?« Auch das schien ein merkwürdiges Verhalten.

Kulikow beugte sich vor und stellte sein Glas auf Sokalows Schreibtisch. Seine Augen waren riesig und seine Stimme flehte um Zustimmung. »Genau, das habe ich mich auch gefragt. Seltsam, nicht? Ich meine, wir leben in Jakimanka, da gibt es viele Parks, um den Hund spazieren zu führen. Wir sind nicht weit weg vom Gorki-Park. Also fragte ich mich: Warum nimmt sie die U-Bahn?«

Sokalow stellte Helges Glas auf einen Untersetzer, damit es auf dem Holz keinen Ring hinterließ. »Und Sie sind ihr gefolgt? Wohin ging sie?«

»Zuerst? Zuerst ging sie in ein Teremok.«

Noch so eine Überraschung.

»Sie hatte schon angekündigt, dass sie etwas zu essen mitbringen würde. Danach ging sie in eine Kirche, die der Märtyrerin Anastasia. Die Kirche ist klein, und als ich ankam, war außer ihr noch ein älteres Paar drinnen. Also blieb ich draußen.«

»Ein Gotteshaus? Das ist nun wirklich seltsam.« Sokalow spürte, wie er wütend wurde. »Aber wenn Sie ihr nicht in die Kirche gefolgt sind, woher wissen Sie dann, dass sie dort einen Liebhaber getroffen hat?«

»Ich habe sie durch ein Fenster beobachtet. Maria kniete vor einer Ikone. Sie wartete, bis das andere Paar ging.«

»Und dann tat sie was?«

Kulikow hob den Finger. »Jetzt wird es richtig seltsam. Sie ging um die Ikone herum, zur Rückseite.« Helge setzte sich zurück und zog die Brauen hoch, als hätte er gerade den Nuklearcode verraten.

»Um was zu tun?«, fragte Sokalow.

»Das weiß ich nicht. Ich konnte es nicht sehen. Nicht lange, und sie kam wieder nach vorn und dann ging sie.«

Sokalow lehnte sich zurück, versuchte, seinen Zorn zu kaschieren. Warum nur hatte er so viel Zeit mit diesem Trottel verplempert? »Sie hat etwas zu essen besorgt, ist in die Kirche gegangen und hat dort vor einer Ikone gekniet. Dann ging sie hinter die Ikone. Dann verließ sie die Kirche?«

»Ja. Ich wollte gerade gehen, als ein Mann eintraf.«

»Ihr Liebhaber?« Nun war Sokalow wieder ganz Ohr.

»Das glaubte ich, ja.«

»Dann haben Sie ihn sich vorgeknöpft?«, fragte Sokalow.

»Nein.«

»Nein?« Dieser Mann war nicht nur ein Dummkopf, er war auch noch feige!

»Wie sollte ich mir denn sicher sein? Maria war ja nicht mehr da! Aber ich habe ihn beobachtet. Auch er ging in die Kirche und dort hinter die Ikone.«

Sokalow musste zugeben, dass es für dieses Verhalten keine halbwegs greifbare Erklärung gab. »Und dann?«

»Ging er.«

»Und da haben Sie ihn zur Rede gestellt.«

»Nein.«

»Sie sind nicht auf den Mann losgegangen, von dem Sie annehmen, dass er eine Affäre mit Ihrer Frau hat? Um Himmels willen, warum denn das nicht?« Sokalow holte tief Luft und riss sich zusammen. »Es tut mir leid. Ich hatte einfach nur erwartet, dass Sie es tun.«

»Wie konnte ich ihn mit der Affäre konfrontieren, oder auch Maria, ohne die beiden zusammen gesehen zu haben? Der Mann hätte doch alles abgestritten und Maria anschließend gewarnt. Falls es denn ihr Liebhaber war.«

»Was taten Sie also?«

»Ich ging in die Kirche, um nachzusehen, was sich hinter der Ikone befand.«

»Und …?«

»Ein Wachmann tauchte auf und schmiss mich raus, weil er das Gotteshaus abschließen wollte.«

»Dann … haben Sie also nichts gefunden?«

»Nein, aber finden Sie dieses Verhalten nicht auch seltsam? Auch bei einer Person schon, und dann erst bei zweien, so dicht hintereinander?«

»Ja. Auf jeden Fall ist das seltsam.« Sokalow drückte verstohlen auf einen Knopf unter seinem Schreibtisch. Wenig später summte sein Telefon, er nahm ab und tat so, als höre er jemandem zu. »Es tut mir leid«, sagte er, nachdem er den Hörer aufgelegt hatte. »Ich muss unsere Unterhaltung an dieser Stelle abbrechen, Helge. Wie vorhin bereits erwähnt, habe ich noch Termine. Lassen Sie uns also zur Sache kommen. Was soll ich tun, was wünschen Sie von mir?«

»Maria respektiert Sie, Dmitri. Sie hat Achtung vor diesem Büro und der Arbeit, die hier geleistet wird. Soweit ich es verstanden habe, sind den Mitarbeitern Affären verboten, um die Weitergabe von geheimen Informationen an Unbefugte zu vermeiden.«

»Richtig, wir sehen so etwas nicht gern.«

»Ich hatte gehofft, Sie könnten mit ihr reden. Privat. Sie an ihre Verpflichtungen erinnern und an die Verantwortung, die sie trägt, und das potenzielle Risiko, das sie eingeht. Um so etwas zu bitten, fällt keinem Mann leicht. Ich war einmal Fußballprofi, habe ich Ihnen das schon einmal erzählt?«

Sokalow gab sich große Mühe, ernst zu bleiben und sich sein innerliches Grinsen nicht anmerken zu lassen. Bat dieser Mann ihn doch echt, Zeit mit seiner Frau zu verbringen! Den Gefallen tat ihm Sokalow selbstverständlich gern. Natürlich würde er Zeit mit Maria verbringen, auf ihr und unter ihr. »Ja, Helge, und ich weiß, dass Sie ein stolzer Mann sind, ein stolzer russischer Mann. Ich verspreche Ihnen, die Angelegenheit unter jedem nur denkbaren Blickwinkel zu betrachten. Sie brauchen sich keine Sorgen mehr zu machen und müssen auch nichts weiter unternehmen. Sobald ich etwas erfahre, ganz gleich, was es ist, werde ich Sie umgehend in Kenntnis setzen.« Er musterte den immer noch auf seinem Schreibtisch liegenden Schmuck. »Lassen Sie mir diese Schmuckstücke für die Unterhaltung mit Maria hier«, schlug er vor. »Sie verleihen meinen Fragen eine gewisse Berechtigung, finden Sie nicht auch?«

»Ja, selbstverständlich.« Kulikow stieß einen erleichterten Seufzer aus.

Sokalow begleitete Helge zur Tür und verabschiedete sich von ihm. Auf dem Weg zurück zu seinem Schreibtisch hätte er um ein Haar schallend gelacht. Er nahm Marias Schmuck in die Hand und betrachtete ihn nachdenklich. Wie gern hätte er Maria sofort zu sich gerufen, ihr den Hintern versohlt und sie anschließend gleich hier auf dem Schreibtisch genommen … am besten noch in Gegenwart ihres Mannes. Dann hätte der Trottel vielleicht endlich kapiert, was Sache war!

So ging das natürlich nicht und Sokalow atmete tief durch, um seine Fantasie zu bändigen. Er durfte erleichtert sein, wusste gleichzeitig jedoch, dass er gerade nur um Haaresbreite einer Kugel entgangen war. Wie nachlässig von Maria, den Schmuck bei sich zu Hause zu verstecken! Wie schnell hätte das schiefgehen können? Wenn sie entlarvt wurden, hatte das für Sokalow viel schwerwiegendere Folgen als für seine Geliebte.

Sicher, das mit den seltsamen Telefonanrufen ließ sich nicht so einfach ignorieren, ebenso wenig der abendliche Ausflug zu einem Gotteshaus. Hatte Maria vielleicht wirklich eine Affäre mit einem anderen Mann? War es vorstellbar, dass sie für einen anderen all das tat, was sie für Sokalow tat? Blieb ihr dafür überhaupt Zeit?

Sokalow griff zum Telefon und drückte auf den Knopf für die Leitung, die ihn direkt mit Maria verband. »Kommst du bitte in mein Büro?«

Einen Moment später stand sie vor ihm. »Ja bitte? Brauchen Sie irgendetwas, stellvertretender Direktor?«

Er drückte auf einen Schalter, sorgte für weißes Rauschen im Raum. Jetzt konnte ihnen niemand mehr zuhören. »Dich brauche ich. Du hast mir gefehlt.«

»Du warst beschäftigt und dann musst du natürlich auch immer dafür sorgen, dass Olga zufrieden ist.«

»Erinnere mich bloß nicht daran! Wäre ihr Vater nicht, dann könnten wir beide zusammen sein.« So weit würde es nie kommen, er erwähnte die Möglichkeit nur gern von Zeit zu Zeit, um Maria bei der Stange zu halten. Sie sollte auch weiterhin bereitwillig für ihn die Beine breit machen.

»Ich verstehe die Situation doch, Dmitri. Ich verstehe sie schon seit einiger Zeit.«

»Würde es dir denn gefallen, mit mir zusammen zu sein?«

»Bitte, spiele nicht mit meinen Gefühlen.«

Das mit dem Spielen würde er ihr überlassen. »Ich hatte heute Nachmittag einen Besucher. Kannst du dir vorstellen, wer das war?«

Maria schüttelte den Kopf.

»Dein Ehemann.«

»Helge?« Maria blieb der Mund offen stehen. Sie wurde blass.

Sokalow schob die Uhr und das Armband über seinen Schreibtisch. Maria sah den Schmuck und ihre Schultern sackten in sich zusammen. »Er glaubt, du hast eine Affäre.«

Sie schloss die Augen. Holte tief Luft. »Oh, Dmitri«, stieß sie nach einer ganzen Weile leise hervor. »Das tut mir so leid.«

»Er sagte, er hätte die Sachen bei deinen Nylonstrümpfen versteckt gefunden.«

Sie seufzte. »Es war nachlässig von mir, sie mit nach Hause zu nehmen. Ich trug sie neulich, um für dich gut auszusehen, und hatte danach erst einmal keine Gelegenheit, sie in den Safe zurückzulegen. Also habe ich sie in einer Schublade versteckt und einfach vergessen.«

»Du musst vorsichtiger sein. Helge spioniert dir nach.«

»Er spioniert mir nach? Warum?«

»Er sagte, ihr bekämt öfter Anrufe, bei denen sich jemand verwählt hat.«

»Himmel!« Das klang schon nicht mehr ganz so kleinlaut. Maria verdrehte die Augen. »Er ist völlig besessen von diesen verdammten Anrufen, aber bei der Telefongesellschaft nachfragen, warum die sich bei uns häufen, das will er dann doch nicht! Lass mich raten! Er hat dir erzählt, der Anrufer wäre mein Liebhaber, der sich mit mir verabreden will?«

»Genau das hat er gesagt. Er ist dir neulich Abend sogar nachgegangen, als so ein Anruf gekommen war und du anschließend mit dem Hund spazieren warst.«

Maria schüttelte ungläubig den Kopf. »Ich gehe abends immer mit dem Hund raus! Helge sitzt ja nur rum und trinkt Wodka!«

»Er ist dir zu einem Teremok gefolgt.«

Sie seufzte. »Ich habe etwas zum Abendessen besorgt, weil ich keine Lust hatte, wieder bei ihm zu Hause zu sitzen und ihm beim Trinken zuzusehen.« Sie schüttelte noch einmal den Kopf. »Und ich war kurz in der Kirche der Märtyrerin Anastasia.«

»Warum?«

Inzwischen standen ihr Tränen in den Augen. »Ich wollte nicht gleich nach Hause. Also …«

»Ach, *Zaytschik*, es tut mir leid. Komm her.« Er streckte ihr die Hand hin und Maria ging zu ihm und legte ihre Hand hinein. Wie warm und weich ihre Haut war, wie gern er jetzt den glatten Umrissen ihres Körpers nachgespürt hätte. Er roch ihr Parfüm und diesen ganz bestimmten Duft, der nur von ihr ausging. Wie verletzlich sie war und wie zuverlässig er auf diese Verletzlichkeit reagierte, der reine Pawlow'sche Reflex. Er spürte seine wachsende Erregung deutlich.

Maria rannen die Tränen inzwischen offen die Wangen hinunter. Sie entzog Sokalow ihre Hand, um sie sich abzuwischen und ihr Make-up zu retten.

»Ich überlege mir immer wieder neue Ausreden, um nicht nach Hause zu müssen, aber jetzt ist Helge in Rente und hat nichts anderes zu tun, als sich alberne Verdächtigungen auszudenken.«

»So albern nun auch wieder nicht, schließlich hast du ja einen Liebhaber.« Sokalow lächelte.

Ein weiterer Seufzer. »Er hält sich für Porfiri Petrowitsch.« Das war der Name des leitenden Ermittlers im Roman Schuld und Sühne.

»Er sagt, du wärst dort in der Kirche kurz hinter einer der großen Ikonen verschwunden, und nachdem du die Kirche verlassen hattest, wäre ein Mann gekommen und hätte dasselbe getan.«

Sie lachte kurz auf. »Natürlich. Hinter dem Bild werden zusätzliche Kerzen aufbewahrt. Wer gegen eine Spende ein Licht anzünden will, findet die entsprechenden Kerzen dort.«

Sokalow lachte. »Vielleicht doch kein Petrowitsch, sondern eher ein Inspektor Clouseau.«

»Dmitri, es tut mir so leid, dass er dich mit diesem Unsinn behelligt hat. Wie soll ich damit umgehen?«

»Sag ihm, ich hätte dir hundert Schläge auf den Hosenboden verpasst. Das hättest du doch gern, nicht wahr? Zumindest würde ich es gern tun.« Er zog sich seine Hose über dem Schritt so zurecht, dass sie seine Erregung sehen konnte.

»Es ist mir ernst, Dmitri. Was sage ich ihm, damit er die Sache auf sich beruhen lässt? Denn wenn ich nichts tue, kann es gut sein, dass er uns beide irgendwann einmal erwischt und damit zu Olga geht. Und dann? Was wäre dann?«

Sokalow war beim Namen seiner Frau ein Kälteschock in die Glieder gefahren und hatte ihm die schöne Erregung geraubt. Er dachte nach. »Sag ihm, ich hätte dir den Schmuck gezeigt, dich getadelt und dich an deine Pflichten und die Verantwortung für die Arbeit hier erinnert, und damit sei die Sache nun vorbei.«

»Danke, Dmitri. Was täte ich nur ohne dich?«

Er spreizte seine Beine und zog Maria näher zu sich heran. Sie stützte sich mit einer Hand auf dem Schreibtisch ab, beugte ihr Bein und drückte ihm das Knie in den Schritt. Er zuckte zusammen, als sie jetzt auch noch einen Teil ihres Gewichts in diese Richtung verlagerte. »Warum hast du mit mir gespielt?«, zischte sie. »Vertraust du mir etwa nicht, Dmitri?« Noch einmal drückte ihr Knie voll in seinen Schritt.

Sokalow stöhnte lustvoll, er liebte diesen Schmerz. »Das war albern von mir. Ich wollte einfach nur ein bisschen Spaß haben.«

Sie verstärkte den Druck so sehr, dass er sich aufrecht hinsetzen musste. »Als hätte ich Zeit für einen anderen Mann.« Sie beugte sich dichter zu ihm, ihr Duft brachte ihn schier um den Verstand. Er schluckte, sein Adamsapfel hüpfte hektisch. »Bist du denn Manns genug für mich, Dmitri?« Sie legte ihm die Arme um den Hals, bis er ihr Dekolleté direkt vor sich hatte, das goldene Kreuz zwischen den wunderschönen Brüsten. Als sie an seinem Ohr knabberte, wurden ihm die Knie weich. »Hast du jetzt Zeit, es mir zu beweisen?«

Er stöhnte. »Bosh! Ich kann nicht! Es hat sich ein Problem ergeben. Ich muss mich darum kümmern, bevor mir Vorsitzender Petrow den Kopf abreißt.«

»Schade!«, gurrte sie, fuhr ihm mit der Zunge ins Ohr und zog seinen Kopf dicht an ihren Ausschnitt. »Sag, dass es dir leidtut. Sag es mir.« Als er nicht sofort antwortete, rammte sie ihm noch einmal das Knie in den Schritt. Er schnappte nach Luft – dann spürte er, wie alle Anspannung des Tages, nein, der ganzen Woche, von ihm abfiel.

»Es tut mir leid!«, stöhnte er.

Kapitel 16

Schönheitssalon Do or Dye
Moskau

Charles Jenkins schlich die Treppe in den Lagerraum leise wieder hinunter, aber nur so weit, dass er sich im Schatten verbergen und doch noch im Spiegel beobachten konnte, was an der Ladentür vor sich ging. Die Glöckchen klingelten, dann kam die junge Frau im T-Shirt herein, die Jenkins vor dem Eingang zur Metro gesehen hatte. Jenkins sah zu Suriew hinüber, der gerade verzweifelt die Augen schloss, weil ihm zu spät eingefallen war, dass er vergessen hatte, nach dem Eintreffen der Petrekowa die Tür zu schließen und das Ladenschild auf »Geschlossen« zu drehen.

Jetzt öffnete er die Augen, warf einen kurzen Blick über die Schulter und meinte beiläufig: *»Ja wernus' k vam tscherez minutu.« Ich bin sofort bei Ihnen.*

Die Frau im T-Shirt machte einen Schritt nach rechts, um besser sehen zu können, wer im Frisierstuhl saß und ob es sich wirklich um die Petrekowa handelte. Aber Suriew war schneller, rückte ebenfalls nach rechts und verstellte ihr die Sicht. Als sie sich noch weiter zur Seite schob, nahm er ein Töpfchen von seinem Tablett mit den Arbeitsutensilien, schraubte den Deckel ab und verteilte großzügig eine dicke grüne Paste auf dem Gesicht des Doubles. Dann wandte er sich dem Tresen am Eingang zu.

»Tschem ja mogu pomotsch' wam?« Wie kann ich Ihnen helfen?

»Ich würde mir gern die Haare ein wenig schneiden lassen«, sagte die Frau, immer noch mit Blick auf den Stuhl des Doubles. »Ich dachte auch an ein paar helle Strähnchen.«

»Nehmen Sie doch mal das Band aus Ihrem Haar«, bat Suriew. Die Frau gehorchte und Suriew trat näher zu ihr. »Und nun drehen Sie sich bitte um.« Die Frau wandte sich brav mit dem Gesicht zur Straße und Suriew spielte mit ihrem Haar. »Die Haare kann ich Ihnen schneiden«, sagte er nach einer kleinen Weile, »aber Strähnchen bekommen Sie von mir nicht. Ihr Haar zeigt von Natur aus wunderschöne helle Lichter.«

Ein Alarm summte. »Suriew!«, rief die Frau im Stuhl.

»Ich bin gleich bei Ihnen, Zenaida.« Er ging zum Tresen, um den Terminkalender auf seinem Computer zu konsultieren. »Nächste Woche könnte ich Sie dazwischenschieben. Sagen wir Dienstagabend, halb sechs?«

»Ich habe am Wochenende etwas vor. Ginge es nicht gleich heute Abend?«, bat die Frau.

»Ich fürchte, nein. Zenaida ist meine letzte Kundin.«

»Dann muss ich woanders hingehen.« An der Tür warf die Frau noch einen letzten Blick zurück, dann ging sie. Diesmal verriegelte Suriew die Tür hinter ihr und drehte das Ladenschild um, wobei er einen tiefen Seufzer ausstieß.

Kapitel 17

Innenministerium
Haus 38, Petrowka-Straße, Moskau

Nach einem Treffen mit seinen Vorgesetzten, das mehr als eine Stunde gedauert hatte, kehrte Arkhip an seinen Schreibtisch zurück. Die Nachricht vom Tode Eldar Welikajas war in der Abteilung durchgesickert, es wurde bereits im staatlichen Fernsehen darüber berichtet. Wen immer man jetzt befragte, der würde sich vorsehen mit dem, was er sagte, wenn er denn überhaupt den Mund aufmachte. Sein Vorgesetzter hatte wissen wollen, wie weit Arkhip mit seinen Ermittlungen schon gekommen war, ob Eldar Welikaja einem Mafia-Anschlag zum Opfer gefallen war und ob sich das Ministerium auf einen Krieg auf den Straßen Moskaus einrichten musste.

Für solche Schlussfolgerungen sei es noch zu früh, hatte Arkhip versichert, sie würden auch nicht von den bisher vorliegenden Hinweisen gestützt, wobei die allerdings denkbar mager waren. Obwohl der Vorgesetzte, ein Mann vom Rang eines Captains, zwanzig Jahre jünger war als Arkhip und ihm in puncto Erfahrung um Lichtjahre hinterherhinkte, hinderte ihn das nicht daran, dem Hauptkommissar sagen zu wollen, wie er an seine Arbeit heranzugehen hatte. Er hatte sogar vorgeschlagen, den Fall an andere Ermittler abzugeben, Arkhip stünde doch so kurz vor der Pensionierung und andere hätten vielleicht ein stärkeres Eigeninteresse am Ausgang der Sache als er. Arkhip hatte ihn an seine makellose Aufklärungsquote erinnern und ihm versichern müssen, dass er schon allein deswegen ein starkes Eigeninteresse an der Aufklärung dieses Mordfalls hatte. Er würde sich von diesem Fall bestimmt nicht alles verderben lassen, wofür er so hart gearbeitet hatte. Und hatte fest vor, die Ermittlung bis zu ihrem Ende zu leiten. Ohnehin war es ihm lieber, hatte er erklärt, bis zum letzten Tag im Job aktiv tätig zu bleiben. Und sollte sich die Aufklärung des Falles länger hinziehen, hatte er hinzugefügt, dann war er gern bereit, den Beginn seines Rückzugs ins Privatleben nach hinten zu verschieben.

Sein Computer kündigte mit leisem »Ping« die E-Mail aus der Rechtsmedizin mit dem nur für seine Augen bestimmten Anhang an, den vorläufigen Bericht über die Autopsie von Eldar Welikaja. Arkhip öffnete den Anhang, klemmte sich seine Lesebrille auf die Nasenspitze und überflog die einführenden Aussagen, in denen es um den Fundort der Leiche, ihre genaue Lage und andere im Moment unwichtige Fragen ging.

Das, wonach er gesucht hatte, stand fast ganz am Ende.

Todesursache: Trauma aufgrund eines einzelnen Pistolenschusses in den Unterleib.

Arkhip las den Satz ein zweites und gleich auch noch ein drittes Mal durch, mochte die Worte auf seinem Bildschirm nicht glauben. Er hatte die Leiche doch gesehen! Er hatte die Eintrittswunde auf dem Rücken des Mannes gesehen und die Austrittswunde vorn, mit ihren ungleichmäßigen Rändern. Er hatte das blutgetränkte Hemd gesehen, die Blutlache, die sich auf dem Boden gesammelt hatte. Eldar Welikaja war eindeutig in den Rücken geschossen worden. Was jeder Idiot feststellen konnte, der auch nur über ein Minimum an Training und Erfahrung verfügte. Das allerdings ließ nur eine Schlussfolgerung zu: Was da im Bericht stand, war kein Irrtum, hier lag eine ganz bewusste Täuschung vor.

Er wollte gerade in der Rechtsmedizin anrufen, als sein Telefon klingelte. Das zentrale Register kannte den Anrufer nicht, auf dem Display tauchte kein Name auf und es schien auch kein Anruf von innerhalb der Petrowka 38 zu sein.

»Mischkin«, meldete sich Arkhip knapp.

»Hier ist Aaron.«

»Wer?«

»Aaron von der Autowerkstatt. Wir haben die Arbeiten an dem Wagen abgeschlossen, den Sie uns gebracht haben.«

Arkhip, der immer noch in Gedanken beim Bericht des Rechtsmediziners war, verstand nicht gleich, was der Anrufer wollte.

»Ich fürchte, es ist ein bisschen komplizierter, als wir dachten«, fuhr Aaron fort. »Könnten Sie vielleicht in fünfzehn Minuten hier in der Werkstatt sein?«

Endlich war bei Arkhip der Groschen gefallen. »Ja, das geht«, sagte er.

Und sofort war die Verbindung wieder tot.

* * *

Zehn Minuten später verließ Arkhip das Haus in der Petrowka-Straße und trat hinaus in den warmen, trockenen Abend. Auf den Straßen und Bürgersteigen herrschte reger Verkehr, die Moskauer genossen den Feierabend draußen, saßen an Tischen unter Markisen und Sonnenschirmen, tranken Kaffee oder Bier und freuten sich auf das Wochenende. »Aaron«, das war das Pseudonym von Adrian Zima, seines Zeichens Experte für Fingerabdrücke in der Abteilung für Kriminalermittlungen. Immer wenn Aaron Informationen für Arkhip hatte, die er nicht gleich an die große Glocke hängen mochte, schlug er vor, sich in der »Autowerkstatt« zu treffen, sein Codename für das Pit Stop Café, das wirklich einmal eine Autowerkstatt gewesen war, bis es den rabiat durchgeführten Renovierungsarbeiten im Vorfeld der Fußballweltmeisterschaft von 2018 zum Opfer fiel. Seinem Besitzer war eindringlich nahegelegt worden, eine Abfindung zu akzeptieren und mit seinem seit vierzig Jahren existierenden Betrieb in eine Gegend zu ziehen, die für Werkstätten dieser Art geeigneter war. Er hatte das Geld genommen und sich wie die meisten, die sich auf solche Abfindungen eingelassen hatten, gleich ganz von seiner Werkstatt verabschiedet.

Der Pit Stop ließ sich vom Ministerium aus zu Fuß in zehn Minuten erreichen, er lag an der Ecke Petrowka und Strastnoj Boulevard. Die Umwidmung und Renovierung der Geschäfte und Betriebe entlang der beiden Straßen schien über Nacht vonstattengegangen zu sein. So traurig es sein mochte, dass so viele Läden und Werkstätten verloren gegangen waren, die Revitalisierung hatte das von der Regierung anvisierte Ziel erreicht, eine jüngere, aktivere Klientel in die neuen Cafés, Bars und Restaurants hergelockt zu haben und der Welt somit das moderne Gesicht Russlands zeigen zu können.

Das Alte raus, das Neue rein, hätte seine Lada dazu gesagt. Bald würde es Arkhip sein, den man unsanft aus der Tür drängte. Mit einem Fuß stand er ja bereits auf der Schwelle. Und was kam danach?

Was soll ich ohne dich zu Hause anfangen, liebste Lada?

Vielleicht bekam er ja Lust zu reisen. Vielleicht schloss er sich einer dieser Gruppen von Singles an, die sich zusammentaten und um die Welt fuhren. Er würde in Shorts, weißen Leinenschuhen und schwarzen Socken an Deck eines Kreuzfahrtschiffes stehen, ordentlich zunehmen und allen erzählen, er hätte schon vor Jahren in Rente gehen sollen.

Was Lada wohl zu einer solch albernen Vorstellung sagen würde? Arkhip lachte leise in sich hinein.

Du an Deck eines Schiffs? Tagelang? Du kannst doch keine Minute lang stillstehen, du würdest den Verstand verlieren!

Das Pit Stop Café hatte die aus vielen verschiedenen Kassetten bestehende Rolltür der alten Autowerkstatt beibehalten und sie hochgerollt, damit die Kundschaft auch draußen sitzen konnte, wenn ja auch offensichtlich nicht, um sich miteinander zu unterhalten. Die meisten Gäste saßen mit gesenkten Köpfen an ihren Tischen und bewegten die Finger im Eiltempo auf den Tastaturen ihrer Laptops oder Handys. Solches Verhalten hatte Arkhip noch nie verstanden. Warum traf man sich mit Freunden, um dann am Telefon mit jemand anderem zu kommunizieren?

Die jungen Leute hatten noch nicht begriffen, wie kostbar Zeit war. Sie hielten sie für unbegrenzt und sich selbst für unsterblich. Arkhip hatte das auch getan, bis sich herausstellte, wie falsch er damit lag. Bis es seine Lada nicht mehr gegeben hatte.

An die Jugend ist die Liebe verschwendet.

Adrian saß an einem Tisch hinten in der Ecke. Arkhip hätte sein Geld lieber gespart und nichts bestellt, es war ihm aber peinlich, am Tresen vorbeizugehen, ohne etwas mitzunehmen. Es duftete nach Kaffee, verschiedenen Teesorten, Zitrone und Pfefferminze. Die junge Frau hinter dem Tresen hob den Kopf, als er näher kam, grüßte ihn allerdings nicht und lächelte noch nicht einmal.

Er schenkte ihr trotzdem ein Lächeln und bestellte einen Kamillentee. Wenn er um diese Uhrzeit koffeinhaltigen Kaffee oder Tee trank, würde er die ganze Nacht wach liegen, was er auch so oft genug tat.

»Hier oder mitnehmen?«

»Ich bin hier. Oder etwa nicht?«, antwortete Arkhip, woraufhin die junge Frau verwirrt wirkte. »Ich setze mich dort drüben an den Tisch, zu dem Herrn mit der Brille.«

Sie verdrehte die Augen und deutete auf ein über dem Tresen hängendes Schild. Arkhip blickte auf und las: *Selbstbedienung*. »Wir servieren nicht am Tisch«, erklärte die junge Frau.

»Dann werde ich wohl warten.« Sie berechnete ihm viel zu viel für den Tee und reichte ihm einen überdimensionierten Porzellanbecher. Arkhip trug ihn vorsichtig dorthin, wo Adrian saß. Der dramatisierte zwar gern, hatte aber im Grunde einen guten Riecher, und Arkhip hatte gelernt, ihm als einem der nach wie vor ehrlichen Mitarbeiter der Moskauer Polizei zu vertrauen.

Der Hauptkommissar stellte seinen Becher auf dem Tisch ab und setzte sich vorsichtig hin, um den Inhalt nicht zu verschütten. »Wie ist es Ihnen ergangen?«, erkundigte er sich bei Adrian.

»Es ging mir schon mal besser.«

»Sie hatten viel zu tun?«

»Wir haben immer viel zu tun, Arkhip. Mit den DNA-Analysen sind wir immer im Hintertreffen.«

»Welchem Umstand verdanke ich also dieses Vergnügen?«

Adrian beugte sich vor. »Den Fingerabdrücken in dem Fall, den Sie übernommen haben. Sie wissen, dass es sich bei dem Opfer um Eldar Welikaja handelt?«

»Das ist mir durchaus bewusst.« Hoffentlich war diese Information nicht der Grund, weshalb Adrian um dieses Treffen gebeten hatte.

Adrian setzte sich zurück. Er wirkte verletzt, und wenn Arkhip ihn nicht so gut gekannt hätte, hätte er jetzt annehmen müssen, dass eine Entschuldigung angebracht war. So aber wusste er, Adrian gab seine Informationen nur stückweise preis, um seine Rolle als genialer Ermittler voll auskosten zu können, selbst wenn er sie nur vor einem einzigen Zuschauer spielte. Es ging nichts über eine gute Show, war das Publikum auch noch so klein.

»Ich weiß jedoch bestimmt nicht alles«, ergänzte Arkhip nun. »Einige Dinge haben sich seltsam entwickelt.«

»Und gleich wird es noch seltsamer.« Obwohl an den Tischen um sie herum niemand saß, sah Adrian sich diskret um. »Ich habe mir den Polizeibericht geben lassen. Da steht etwas von Fingerabdrücken, die von einer Bierflasche stammen und wahrscheinlich die eines Mannes sind, der in die Kneipe kam und sich ziemlich weit von der Tür entfernt in eine Nische setzte. Die Gesichtserkennungssoftware der Überwachungskameras hat den Mann als Charles Wilson identifiziert, einen britischen Industriellen.«

»Den Namen hatte ich noch nicht mitbekommen, aber die Details stimmen.«

»Dann liegt irgendwer ganz schlimm daneben. Vielleicht mit Absicht.«

»Wie meinen Sie das?«, fragte Arkhip. Ganz schlimm daneben, das traf allerdings auch auf einige der zurzeit vorliegenden Beweise zu.

Adrian drehte sich um und zog aus der neben ihm stehenden Aktentasche ein Blatt Papier. Er legte es mit der bedruckten Seite nach unten auf den Tisch und schob es zu Arkhip hinüber, wobei er die anderen Gäste im Café mit Misstrauen beäugte. »Diskret bleiben!«, flüsterte er.

Diesmal übertrieb er es wirklich. »Wird gemacht, versprochen.«

Arkhip nahm das Blatt, drehte es um, so diskret, wie das möglich war, und blickte in das Gesicht eines Schwarzen. Die Angaben unter dem Bild lauteten: Charles William Jenkins, ein Meter sechsundneunzig, einhundertvier Kilo.

Amerikaner.

Mitarbeiter der CIA.

»Das ist der Mann, zu dem die Fingerabdrücke gehören?«, fragte Arkhip.

Adrian nickte.

»Sind Sie sicher?«

»Mehr als sechzehn verschiedene Identifikationspunkte«, sagte Adrian. »Ohne jeden Zweifel.«

Arkhip setzte sich zurück. Normalerweise hätte er jetzt an irgendeinen Fehler geglaubt, aber langsam häufte sich das Seltsame. Da waren das fehlende Video mit der Gesichtserkennung, der manipulierte Bericht des Rechtsmediziners, die beiden toten Augenzeugen – all das deutete darauf hin, dass bei diesen Fingerabdrücken kein Fehler vorlag. Und damit wurde die Sache nun wirklich interessant. Arkhip hatte sich die ganze Zeit schon gefragt, warum jemand, der noch nie in der *Jakimanka-Bar* gewesen war, sich ausgerechnet diesen Abend ausgesucht hatte, um dort ein Bier zu trinken. Jetzt fragte er sich, ob der Besuch wirklich so zufällig gewesen war.

Aber was konnte ein CIA-Agent von Eldar Welikaja gewollt haben?

»Arbeitet er hier in Moskau an der amerikanischen Botschaft?«

Adrian schüttelte den Kopf. »Ich habe das nachgeprüft. Die Botschaft kennt den Mann angeblich nicht und es ist auch niemand unter diesem Namen dort angemeldet.«

»Ein Mitarbeiter der CIA«, sagte Arkhip nachdenklich, wie zu sich selbst.

»Sagen die aus der Lubjanka, wohlgemerkt, nicht die Amerikaner. Die wissen, wie gesagt, von gar nichts.«

Das glaubte Arkhip nun allerdings nicht. Es gab viel zu viele Filme, in denen Spionage und Spione glorifiziert wurden. Die meisten Spione hatten jedoch mit den verwegenen Hollywood-Gestalten vom Kaliber eines James Bond oder Jason Bourne wenig gemeinsam.

»Wieso war er in der *Jakimanka-Bar*?«, fragte Arkhip.

»Das scheint doch offensichtlich, oder?«

»Was scheint offensichtlich?«

»Stellen Sie sich bloß nicht so dumm, Arkhip. Er war dort, um Eldar Welikaja umzubringen. Welche andere Erklärung sollte es sonst geben?«

»Welches Interesse hätte ein CIA-Mann daran, Eldar Welikaja zu töten?«

»Ich weiß es nicht, aber wenn ich wetten sollte, dann würde ich auf Drogen tippen. Auf den Drogenhandel.«

Arkhip dachte an seine Unterhaltung mit Inspektor Gusew vom OCC und dessen Aussage, die Welikajas seien dabei, ihre Geschäftszweige zu legalisieren. Drogenhandel stünde einer solchen Entwicklung diametral entgegen.

»Aber das hier wird in der Lubjanka alle möglichen Alarmsignale losgehen lassen, da bin ich mir ganz sicher«, fuhr Adrian fort und tippte auf das Foto von Charles Jenkins. »Der Mann wird gesucht. Ich habe mit meinem Freund gesprochen …«

»Was?« Arkhip sah abrupt auf. »Sie haben mit einem Außenstehenden über eine laufende Mordermittlung gesprochen?«

»Da sollten Sie mich wirklich besser kennen! Nein. Natürlich nicht. Von Ihren Ermittlungen war an keiner Stelle die Rede. Ich habe ihn einfach nur gebeten, mir alle Informationen aufzurufen, die das FSB über diesen Mann hat.« Wieder tippte Adrian mit dem Zeigefinger auf das Foto, diesmal so vehement, dass der Tisch ins Wackeln geriet. »Ich dachte genau wie Sie, mein Freund erzählt mir bestimmt, dass dieser Jenkins in der amerikanischen Botschaft arbeitet.«

»Und? Was erzählte er stattdessen?«

Adrian beugte sich vor und legte mit gewichtiger Geste die Hand auf das Foto. »Er sagt, dieser Mann sei ein Spion, der sich schon zweimal der Verfolgung durch den FSB entziehen konnte.

Das Direktorat Spionageabwehr hat eine eigene Akte über ihn, er steht ganz oben auf allen möglichen Prioritätenlisten.« Adrian lehnte sich zurück, ließ einen Arm auf der Lehne des Stuhls am Nebentisch ruhen und warf Arkhip einen bedeutungsvollen Blick zu. »Das ist ein großer Fisch, Arkhip. Ein ganz großer Fisch. Wenn er Eldar Welikaja getötet hat, können Sie ihn nicht allein an Land ziehen.«

Und hierin lag genau das Problem: Arkhip glaubte nicht, dass dieser Mann Eldar Welikaja getötet hatte. Gut, es bestand eine vage Möglichkeit, dass er es getan haben könnte, aber die war sehr weit hergeholt, wenn man den Aussagen des Barbesitzers Glauben schenkte und nach Arkhips eigener Inaugenscheinnahme der Leiche. Arkhip wusste außerdem aus ziemlich guter Quelle, dass CIA-Leute keine Waffen bei sich trugen, jedenfalls normalerweise nicht. Nur brachten einen all diese Überlegungen nicht weiter, man zäumte das Pferd nur von hinten auf. Arkhip war egal, wer der Mann war oder was er in seiner Vergangenheit getan hatte. Charles Jenkins interessierte ihn lediglich als wichtiger Zeuge in einem Mordfall, mit dessen Aufklärung man Arkhip betraut hatte. Dass es sich beim Mordopfer nicht um einen gewöhnlichen Betrunkenen handelte, dem eine Auseinandersetzung in einer Kneipe zum Verhängnis geworden war, verkomplizierte die Angelegenheit, und noch komplizierter wurde die Sache natürlich auch durch die neuen Informationen in Bezug auf den wichtigsten noch lebenden Zeugen, aber an Arkhips Job änderte das alles nichts. Sein Job war es, den Mord aufzuklären, wie er es immer getan hatte.

Trotzdem fragte er sich natürlich, was dieser Mann wohl in der heruntergekommenen Kaschemme gesucht haben könnte, noch dazu in Verkleidung. Hatte die CIA irgendein Interesse an Eldar Welikaja?

Vielleicht hatte sie das ja. Vielleicht lag Adrian richtig und Arkhip hatte endlich einen ganz großen Fisch an der Angel.

»Warum lächeln Sie?«, erkundigte sich Adrian.

Arkhip war das gar nicht aufgefallen. »Einfach so, ohne Grund.«

»Zum Lachen sollte Ihnen auch wirklich nicht sein.« Adrian schüttelte den Kopf. »Sie müssen sehen, dass Sie diese Sache abgeben, Arkhip. Gehen Sie weg, und zwar so weit Sie können. Gehen Sie in Rente. So etwas wie das hier könnte sich monatelang hinziehen, vielleicht sogar Jahre.«

Genau deswegen hatte Arkhip gelächelt. Er liebte nichts mehr als eine solide Herausforderung. Wenn diese Herausforderung es erforderlich machte, sein Beschäftigungsverhältnis als leitender Ermittler noch ein Weilchen beizubehalten, dann sollte es eben so sein.

Kreuzfahrten waren wirklich nichts für ihn und er mochte auch keine weißen Leinenschuhe.

Was er mochte, besonders seit Ladas Tod, das war, etwas um die Ohren zu haben, beschäftigt zu sein, aktiv. Wenn er schon zur Pensionierung gezwungen wurde, obwohl er die noch gar nicht anstrebte, dann wollte er auf seine eigene Art gehen, mit einer perfekten Aufklärungsquote. Damit ihm das gelang, musste er diesen Charles Jenkins aufspüren und herausfinden, was da in der Gasse wirklich geschehen war.

Genau das würde er tun.

Vielleicht nicht so schnell wie einige andere, aber er sah sich selbst auch gar nicht als Hasen. Er war der Igel, langsam und zielstrebig. Er würde diesen Fall aufklären.

Wie er es immer tat.

Kapitel 18

Anwesen der Familie Welikaja
Noworischskoje

Mily Karlow stand in Jekatarina Welikajas Garten und wartete geduldig, einen Laptop in der Hand. Der Vater seiner Comare hatte nie Interesse an den Blumen und Pflanzen auf diesem Anwesen gezeigt und die Pflege der Gartenanlagen wie bei so vielen anderen Dingen auch gegen Bezahlung anderen überlassen. Die Liebe zur Gartenwelt verdankte Jekatarina ihrer Mutter, die Stunden damit zugebracht hatte, zu pflanzen, zu beschneiden und sich mit einigen der prominentesten Gartenbaumeistern Moskaus auszutauschen. Ihre Gärten waren in unzähligen Zeitschriften und Zeitungsartikeln vorgestellt worden und hatten mehrere Preise gewonnen.

All dem hatte Jekatarina ein Ende bereitet.

Ihre Gärten würden in keiner Zeitschrift auftauchen und auch nie Thema eines Zeitungsartikels sein. Sie gärtnerte nicht aus Prestigegründen oder damit man ihr zujubelte. Sie gärtnerte, weil sie den Frieden hier draußen bei den Pflanzen liebte und weil sie hier allein sein konnte. Jekatarina war ungern so bekannt, wie sie war, hatte nie einfach nur Jekatarina sein dürfen. Seit sie denken konnte, war sie Alexei Welikajas Tochter gewesen, von Leibwächtern umgeben, sobald sie das Anwesen der Familie verließ. Egal, was sie vorhatte, sei es der Besuch einer Freundin, eine Geburtstagsfeier oder einfach nur der Weg zur Schule, immer war sie bewacht worden. Das richtige Leben, wie andere es führten, hatte sie als Kind gar nicht gekannt. Jetzt, als Erwachsene, ging sie nur selten einmal in ein Restaurant und besuchte noch seltener irgendwelche Veranstaltungen, noch nicht einmal die der Wohltätigkeitsverbände, für die sie mehr als großzügig spendete. Außerhalb ihres Hauses war der Garten der einzige Ort, den sie allein aufsuchen konnte und in dem sie unter ihren Lieblingen, der Fliedersorte Die Schöne aus Moskau, den Chrysanthemen und Orchideen, die ersehnte Einsamkeit fand.

Mily respektierte ihren Wunsch nach Alleinsein, gerade auch im Bewusstsein dessen, was ihrem Vater und Großvater und nun vielleicht ihrem Sohn widerfahren war. Sollte auch Eldar durch eine Kugel der Regierung ums Leben gekommen sein? Ein Mord in der Familie, zum dritten Mal? Eine nicht gerade subtile Botschaft, um Jekatarina an ihren Platz zu verweisen? Sie war das Oberhaupt der mächtigsten Mafia-Familie in Moskau und hatte mit ihrem brillanten Geschäftssinn dafür gesorgt, dass sich ihr Reichtum und ihre Macht Jahr für Jahr noch vermehrten. Sollte das ein Warnschuss gewesen sein – oder doch etwas ganz anderes?

Eins war klar: Jekatarina würde es herausfinden. Daran zweifelte Mily nicht eine Sekunde lang.

Mit seiner Hilfe.

Wie immer hatte Mily getan, worum Jekatarina ihn gebeten hatte. Er hatte Informationen gesammelt und diese so aufbereitet, dass sie den Interessen der Familie dienten. Mit Pistolen und Kugeln ließ sich töten, aber Informationen konnten vernichten. Es gab zwei Wege, Informationen zu kontrollieren. Der eine bestand darin zu zahlen, der andere war weitaus billiger, dafür aber auch aufwendiger. Der Besitzer der *Jakimanka-Bar* hatte sich für die erste Option entschieden, ganz wie es Mily angesichts des Zustands seiner Kneipe erwartet hatte. Sollte der Mann in den Zeugenstand gerufen werden, dann würde er sich nur noch daran erinnern, dass Pawil und Eldar in seine Bar gekommen waren, um Billard zu spielen. Die Prostituierte würde nicht zur Sprache kommen. Natürlich musste Hauptkommissar Arkhip Mischkin dieser Aussage widersprechen, aber auf welche Beweise konnte er sich dabei stützen? Die Aufzeichnungen der Überwachungskamera, die die Bar und die Gasse zur fraglichen Zeit im Blick gehabt hatte, hätten seine Behauptungen untermauern können, aber diese Aufzeichnungen gab es nicht mehr. Der Bericht des Rechtsmediziners passte zu der Geschichte, die Jekatarina verbreitet sehen wollte, und weder Pawil noch die Prostituierte konnten dem Ermittler mit ihren Aussagen helfen.

Der einzige unsichere Kantonist blieb der dritte Mann, und die Frage, wer ihn als Erster fand, war entscheidend.

Mily drehte sich um, als er auf dem roten Kies des Gartenwegs Schritte hörte. Jekatarina kam langsam näher, ließ ihre Blick über die makellos gepflegten Beete wandern. Es dunkelte bereits, aber die Gartenanlage war gut ausgeleuchtet, und so hatte sich Jekatarina Arbeit mitgebracht. Sie trug einen Eimer mit Gartengeräten und einige flache Pflanzschalen mit Setzlingen, die in einem ihrer Gewächshäuser vorgezogen worden waren, und ihr Ziel war ein Beet mit Pflanzen, die ausgeblüht hatten. Dort kniete sie sich hin und streifte Gartenhandschuhe über.

»Was hast du herausgefunden?« Sie zog einige abgestorbene Pflanzen heraus und schüttelte die Erde von den Wurzeln.

Mily erstattete Bericht: die Prostituierte, Pawil Ismailow, die Aufzeichnungen der Überwachungskamera, der Bericht des Rechtsmediziners, das Erinnerungsvermögen des Kneipiers. Während sie ihm zuhörte, hob Jekatarina Pflanzlöcher aus, löste Setzlinge aus den flachen Schalen, brach die Wurzelballen auf und setzte die Pflanzen in den Boden. Mily reichte ihr eine Gießkanne.

»Die einzige Unklarheit bleibt der dritte Mann«, schloss Mily seinen Bericht.

»Was wissen wir über ihn?«

»Der Barkeeper beschreibt ihn als groß und kräftig. Fast zwei Meter groß und gute hundert Kilo schwer. Er trug eine dicke Lederjacke, der Barkeeper meinte aber, trotzdem erkannt zu haben, dass er gut gebaut war. Graues Haar, faltige Haut. Anfang bis Mitte sechzig.«

Sie hob den Kopf und warf ihm einen Blick zu, mit dem Mily schon gerechnet hatte. »Und er hat Pawil und Eldar niederschlagen können? Zeig mir die Aufnahmen.« Sie hockte sich auf die Fersen, zog die Handschuhe aus und streckte Mily die Hand hin. Er half ihr auf.

»Soll ich Ihnen nicht doch lieber einfach erzählen, was passiert ist, Comare?«

Jekatarina schüttelte den Kopf. »Lass die Aufnahmen laufen.«

Mily klappte den Laptop auf und drückte die entsprechenden Tasten. Dann reichte er den Computer weiter.

Jekatarina benutzte weder Computer noch Laptop, besaß kein iPad und auch kein Handy. Sie kam generell ohne Technologie aus. Diese Dinger ließen sich viel zu schnell hacken, besonders von der Regierung. Sie hatte von ihrem Vater gelernt, sämtliche Geschäfte mündlich zu tätigen und mit einem festen Handschlag zu besiegeln. Die Unterlagen für ihre legalen Unternehmungen lagerten in einem gesicherten, feuerfesten Kellerraum ihres Hauses und im Haus sorgten Störsender dafür, dass Richtmikrofone nichts als verzerrte Töne und weißes Rauschen übermitteln konnten. Dasselbe galt auch für ihre Fahrzeuge. Jekatarinas Geschäfte waren allein ihre Angelegenheit, sie gingen niemand anderen etwas an.

Mily trat ein Stück beiseite, damit sie sich nicht beobachtet fühlte, während die Bilder abliefen.

»Hat der Barkeeper gesagt, ob Pawil oder Eldar in der Bar der Frau gegenüber gewalttätig wurden?«

Mily nahm kein Blatt vor den Mund. »Er sagte, Eldar habe die Frau ziemlich hart rangenommen, als sie eine Bierflasche fallen ließ. Er hat sie zu Boden geworfen und verlangt, sie solle das Bier vom Fußboden lecken wie ein Hund.«

Sie gab ihm den Laptop zurück. »Zeig mir die Aufzeichnungen aus der Gasse.«

Mily drückte die entsprechenden Tasten und reichte den Laptop weiter.

»Hast du den Mann identifizieren können?«, erkundigte sich Jekatarina nach einer kleinen Weile.

»Er ist nicht im Polizeisystem erfasst und auch nicht in der Datenbank der Moskauer Abteilung für Informationstechnologie.«

Jekatarina warf ihm über den Bildschirm des Laptops hinweg einen fragenden Blick zu. Sich in keiner der beiden Datenbanken zu befinden, war im neuen Russland so gut wie unmöglich.

»Russe?«, fragte sie.

»Laut Barkeeper hat er Russisch gesprochen, war aber wohl kein Russe. Dazu formulierte er seine Sätze zu korrekt und formal.«

»Tschetschene?«

»Eher nicht. Wahrscheinlich Amerikaner oder Brite.«

»Aber kein Tourist?«

»Wohl kaum. Wie wäre er sonst in dieser Bar gelandet?«

»Wusste der Barkeeper, was der Mann bei ihm wollte?«

Mily zuckte die Achseln. »Ein Bier und etwas zu essen. Er hat auf einer Bierflasche einen Fingerabdruck hinterlassen. Ich warte auf einen Telefonanruf, ob der uns weitere Informationen liefert.«

Die Aufzeichnungen liefen weiter. Jekatarina schien nachzudenken.

»Der Barkeeper sagte, er hätte Interesse an Eldar gezeigt«, sagte Mily.

»Inwiefern?«

»Er schien an Eldars Verhalten der Frau gegenüber Anstoß zu nehmen. Der Barkeeper schlug ihm vor zu gehen, aber das lehnte der Mann anfangs ab. Als Eldar dann zusammen mit der Frau nach hinten raus in der Gasse verschwand, hat er seine Meinung geändert.«

Milys Handy klingelte. »Das ist mein Kontaktmann«, sagte er nach einem Blick auf das Display. »Vielleicht kann er uns ja aufklären.«

* * *

Jekatarina sah zu, wie Pawil und Eldar durch die Seitentür in die Gasse traten. Eldar schleppte die Frau mit sich und schubste sie gegen eine Wand. Einen Augenblick später stieß der Fremde hinzu. Er schien etwas gesagt zu haben, jedenfalls drehten sich sowohl Pawil als auch Eldar zu ihm um. Nach einigen Momenten, in denen wohl noch weitere Worte fielen, griffen Eldar und Pawil den Mann an, beide mit jeweils einem halben Billardstock bewaffnet. Der Mann entwaffnete Eldar, wobei er ihm wahrscheinlich den Ellbogen auskugelte oder brach, und entwaffnete gleich auch noch Pawil, den er zu Boden warf, bis er rückwärts gegen eine Mülltonne krachte, die er im Fallen mit sich riss. Nicht lange, dann hatte sich Pawil aufgerappelt und tauchte mit einer Pistole in der Hand aus dem Müll auf, zielte auf den Mann, der ihn zu Boden geworfen hatte. Genau in diesem Moment tat Jekatarinas Sohn, der ebenfalls wieder auf den Beinen war, einen Satz nach vorn, auf den Unbekannten zu – und sackte dem Mann in die Arme.

Mily hatte seinen Anruf beendet.

»Gibt es von diesen Aufzeichnungen Kopien?«, wollte Jekatarina von ihm wissen.

»Nein. So wurde es mir jedenfalls versichert.«

»Dieser Mann ist ausgebildeter Nahkämpfer.«

»Ja.« Mily nickte. »Ich würde sagen, er hat taktisches Training absolviert.«

»Militär?«

»Vielleicht.« Mily hielt sein Handy hoch. »Wir haben eine positive Identifizierung. Der Fingerabdruck gehört einem Charles William Jenkins.«

»Amerikaner?«

»CIA.«

»CIA?«

»Und dringend gesucht vom Kreml. Er steht bei denen auf der Todesliste.«

Fast eine Minute lang ging Jekatarina schweigend auf dem roten Kies zwischen ihren gepflegten Blumenrabatten auf und ab. »Ein CIA-Mann«, sagte sie dann. »Im Nahkampf ausgebildet, gerät zufällig spät am Abend in eine heruntergekommene Moskauer Bar, in der Eldar verkehrt?« Sie sah Mily an. »Ich will wissen, wer dieser Mann wirklich ist und wer ihn geschickt hat. Ich will wissen, warum er meinen Sohn getötet hat.«

»Sie haben das Video gesehen, Comare. Pawil hat Eldar erschossen.«

»Vielleicht, aber dieser Mann war die Ursache. Ich will wissen, warum. Und ich glaube nicht eine Sekunde lang, dass es um eine heroinsüchtige Prostituierte ging, die er unbedingt schützen wollte. Ich habe viele Feinde, Mily, und nicht wenige unter ihnen haben ein Interesse daran, meinen Sohn tot zu sehen. Finde diesen Mann. Bring ihn mir. Ich möchte selbst herausfinden, warum er meinen Sohn getötet hat, welchem Zweck das dienen sollte.«

Kapitel 19

Koroljow
Verwaltungsbezirk Moskau

Sarafina Chernoff saß vorn im Lada Vesta, der am Ende der Straße unter einem Baum parkte, und nippte an einem Becher mit Kaffee, während sie das nicht weit entfernte rote Backsteinhaus im Auge behielt. Normalerweise war hier ein langer, ereignisloser Freitagabend angesagt, aber das, was am Nachmittag geschehen war, ließ ihr keine Ruhe.

Die Petrekowa war doch allem Anschein nach auf dem Weg zur Metrostation gewesen, um wie immer zum Bahnhof zu fahren, als sie plötzlich in ein Taxi gestiegen war. So rasch, so ohne jedes Zögern – und die Frau, die vorher in diesem Taxi gesessen hatte, hatte ihr so ähnlich gesehen, nicht nur von der Größe und Statur her, auch was die Haarfarbe und Kleidung betraf. Niemand hatte Chernoff gesagt, dass die Petrekowa einen Termin hatte, um sich die Haare färben und schneiden zu lassen. Auch das kam ihr seltsam vor. In Moskau waren bekannte Stylisten schon auf Monate im Voraus ausgebucht, wenn auch vielleicht nicht unbedingt für ein Mitglied der Duma. Ein solches Verhalten war trotzdem eigentlich nichts, weswegen man sich Sorgen machen müsste, nur sah es in diesem

Fall verdächtig nach einem Zielobjekt aus, das versucht, seine Beschatter abzuschütteln.

»Bei dir wäre es heute Nachmittag ja fast schiefgelaufen«, meinte ihr Partner, Dima Wintschenko, zwischen zwei Schlucken Kaffee. So, wie es im Wagen roch, trank der Mann seinen Kaffee nicht pur, sondern mit Rum versetzt.

»Ich musste doch sicher sein können, dass sie es war«, verteidigte sich Sarafina. »Ich wollte auf keinen Fall einen Fehler machen.«

»Dazu würde ich auch nicht raten, Fehler sieht der stellvertretende Direktor momentan gar nicht gern.« Wintschenko sagte das nicht ohne einen gewissen Sarkasmus, verzog allerdings keine Miene.

»Glaubst du, sie ist eine von ihnen?«, fragte Sarafina.

»Was? Eine von den Schwestern?« Wintschenko zuckte die Achseln. »Ich für meinen Teil halte die Nummer mit den Schwestern für eine Show der Amerikaner, damit wir unserem eigenen Schwanz nachjagen und uns dabei die Hacken ablaufen. Genau wie dieses Star-Wars-Programm zur Verteidigung gegen einen Nuklearangriff. Meiner Meinung nach hat es nie und nimmer sieben Frauen gegeben, die von Geburt an dazu ausgebildet wurden, die Sowjetunion auszuspionieren. Denk mal darüber nach. Für wie wahrscheinlich hältst du so ein Szenario?«

»Für genauso wahrscheinlich wie die Vorstellung von russischen Illegalen, die in den Vereinigten Staaten von Geburt an zu Spionen ausgebildet wurden.«

Wintschenko schüttelte den Kopf. »Da vergleichst du Äpfel mit Birnen. Russische Illegale gibt es schon seit Langem und Geduld gehört zur russischen Wesensart, zu unserer Art zu leben. Amerikaner kennen solche Stärke nicht. Sie sind von der Konsumgesellschaft geprägt, in der sie leben. Sie wollen alles, und zwar sofort, am besten schon gestern.«

»Aber diese Frauen sind keine Amerikanerinnen. Sie sind Russinnen.«

Wintschenko wollte schon antworten, schloss den Mund dann aber doch wieder, denn in diesem Punkt musste er seiner Partnerin recht geben. »Vielleicht«, sagte er nach einer Weile. »Aber die Amerikaner wählen alle vier Jahre eine neue Regierung. Sie verlieren die Konzentration und das Interesse. Hier bleiben dieselben Leute manchmal Jahrzehnte an der Macht, das erlaubt Kontinuität und langfristige strategische Planung.«

Als Wintschenkos Handy klingelte, nahm er den Anruf entgegen, hörte kurz zu, grunzte eine Antwort und beendete das Gespräch. »Sie kommt, keine besonderen Vorkommnisse. Sie haben die Beschattung abgebrochen. Heute Abend sind wir nur zu zweit.«

»Da.« Sarafina deutete nach vorn und hob ihr Fernglas an die Augen und sah zu, wie sich die Petrekowa auf der Staubstraße ihrem Haus näherte, das Metalltor aufschloss, durch das man mit einem Auto auf ihr Grundstück fahren konnte, und ihren Garten betrat.

»Was würde ich nicht für ein so frei stehendes Haus geben!«, sagte Wintschenko und ließ seinen Sitz zurückrutschen. »Mach es dir gemütlich, bereite dich auf eine lange Nacht vor, in der absolut gar nichts passiert.«

* * *

In der bescheidenen Küche von Zenaida Petrekowa wartete Jenkins und hörte jedes Ticken der Wanduhr. Immer noch als alter Mann verkleidet, saß er am gegen die Wand geschobenen Küchentisch unter einem eher melancholischen Bild, das eine Schale mit Früchten vor einem abgedunkelten Hintergrund zeigte. Beides, der Tisch für eine Person und das Bild, schienen ihm traurige Beweise dafür, wie einsam die Petrekowa lebte. Wie anders ging es da in seinem Haus auf Camano Island zu, wo der Esstisch mitten in der Küche stand und bei den Mahlzeiten viel geredet und gelacht wurde, meistens über den Unsinn, den Lizzie anstellte. Jenkins' Tochter war inzwischen alt genug, sich vom Gelächter der Familie ermutigt zu fühlen.

Von einem Fenster über der Spüle, vor das Jenkins allerdings zum Schutz vor neugierigen Blicken die Gardine gezogen hatte, sah man in einen kleinen, gepflegten Garten, dem man ansah, dass sich jemand liebevoll um ihn kümmerte. Er war durch eine Backsteinmauer geschützt, in der sich ein Metalltor befand. In dieser Straße, die man in den USA wohl eher als Gasse bezeichnet hätte, lag jedes Haus hinter einer Mauer oder einem Zaun. Die Materialien reichten vom Backstein über Schmiedeeisen bis hin zu Stacheldraht. Jenkins fühlte sich an die Häuser in Wischnewka am Schwarzen Meer erinnert, von wo aus er damals, bei seinem ersten Aufenthalt hier, Russland verlassen hatte.

Er hatte Matt Lemore im dafür vorgesehenen Chatroom ein Update zukommen lassen und darauf aufmerksam gemacht, dass alles vom richtigen Timing abhing. Entwickelten sich die Dinge wie geplant, dann würde Zenaida Petrekowa heute Nacht Russland verlassen und Montagmorgen schon weit über alle Berge sein.

Lief etwas nicht nach Plan, könnte es für sie und Jenkins fatal werden.

Als die Haustür aufging, stand Jenkins auf und schlich zur Wand, in die der zur Küche führende Türbogen eingelassen war. Er konnte hören, wie auf der anderen Seite dieser Wand Dinge auf einem Tisch abgelegt wurden, dann kam die Petrekowa in die Küche. Sie entdeckte den ihr unbekannten Koffer neben ihrem Küchentisch, blieb kurz wie angewurzelt stehen und wagte sich dann vorsichtig einen Schritt näher. Als Jenkins ihr von hinten die Hand auf den Mund legte, damit sie nicht schrie, tat sie vor Schreck einen Satz, gab jedoch keinen Laut von sich. Lediglich ihre Augen wurden ganz groß, wie bei einem Menschen, dem mit einem Schlag alle Luft aus den Lungen gewichen ist. Langsam zog Jenkins seine Hand zurück. Er hatte sie nicht erschrecken wollen, schon gar nicht nach allem, was sie in den vergangenen Tagen an Angst hatte durchmachen müssen, aber es war leider nicht anders möglich gewesen. Er wartete, bis sie sich wieder beruhigt hatte und gleichmäßig atmete.

Dann wies er sie mit Handsignalen an, den Fernseher einzuschalten, der im größten Zimmer des Hauses stand, in dem es auch zwei bequeme Stühle und ein Sofa gab. Als der Apparat lief, musste die Petrekowa bei allen Fenstern unten im Haus die Jalousien herunterlassen. Dann bat Jenkins sie, sich am Küchentisch unter die Lampe zu setzen.

Weil sie nach wie vor nervös, unsicher und besorgt wirkte, lächelte Jenkins ihr beruhigend zu, als er nun den mitgebrachten Koffer aufklappte, den doppelten Boden öffnete und die von den Spezialisten in Langley vorbereitete Maske, die dazu passende Kleidung und Make-up herausnahm. Sowohl das Team in den USA als auch die Moskauer Betreuer der Petrekowa hatten ausgezeichnete Arbeit geleistet, damit alles für diesen Moment bereit war. Jenkins konnte nur hoffen, dass er hier nichts verdarb.

Er hatte der Petrekowa gerade das Schwämmchen mit dem Make-up präsentiert und sich von ihr mit einem stummen Nicken versichern lassen, dass er sich ruhig an ihrem Gesicht zu schaffen machen durfte, als im Fernsehen ein Satz fiel, der ihn aufhorchen ließ. Er schob seinen Stuhl zurück und ging ins Wohnzimmer. Im Fernsehen sprach ein Reporter gerade über die Schießerei in der *Jakimanka-Bar* und es wurde ein Bild des jungen Rüpels gezeigt. Er hieß Eldar Welikaja.

»Welikaja ist das einzige Kind von Jekatarina Welikaja, die seit Langem als Oberhaupt der mächtigsten Mafia-Familie Moskaus gilt«, ergänzte der Reporter.

Jenkins spürte seinen Magen in die Kniekehlen rutschen. Er meinte, den angstvollen Blick der Prostituierten vor sich zu sehen, ihre Stimme zu hören: »Was haben Sie getan?«

»Die Polizei sucht jetzt nach diesem Mann«, fuhr der Reporter fort und auf dem Bildschirm tauchte das Passbild von Charles Wilson auf, dazu sein Name und Angaben zu seiner Größe und seinem Gewicht. »Charles Wilson, ein britischer Industrieller, reiste gestern über den Flughafen Scheremetjewo ein. Laut Polizeiangaben haben Kameras mit Gesichtserkennung den Mann am Flughafen identifiziert und auch später, beim Betreten der *Jakimanka-Bar*. Kurz nach der Schießerei zog Wilson aus dem Hotel Imperial aus, in dem er abgestiegen war und das sich ebenso wie die Bar im Bezirk Jakimanka befindet. Sein derzeitiger Aufenthaltsort ist unbekannt. Wilson wird im Zusammenhang mit der Schießerei gesucht und gilt als einer der Verdächtigen. Wer Informationen über diesen Mann hat oder weiß, wo er sich aufhält, möchte sich unter der Nummer melden, die gerade unten auf dem Bildschirm eingeblendet wird.«

Dann wandte sich der Reporter seinem nächsten Bericht zu.

Was haben Sie getan?

Jetzt verstand Jenkins die Angst der Prostituierten. Was er getan hatte, würde unter Garantie alles nur noch komplizierter werden lassen, wenn er auch im Moment noch nicht genau wusste, wie. Charles Wilson existierte nicht mehr und es würde ihn auch nie wieder geben. Für Jenkins galt im Moment, die Dinge immer hübsch eins nach dem anderen anzugehen.

Also wandte er sich wieder der Küche zu, wo die Petrekowa im Türrahmen stand und ihn fragend ansah. Für Erklärungen fehlte die Zeit und es gab ja auch keinen Grund, warum er sie über die Vorkommnisse in der Bar informieren sollte. Er bat sie zurück an den Tisch und setzte sich neben sie, um das Make-up aufzutragen, wie er es in Langley gelernt hatte. Dabei sah die Petrekowa starr an ihm vorbei, im Gesicht denselben verängstigten Ausdruck wie die Prostituierte in der Gasse hinter der Bar.

Was haben Sie getan?

Kapitel 20

Lubjanka
Moskau

Seit fast einer Stunde nun schon starrte Ilia Egorow auf den Bildschirm seines Computers.

»Sie sagen, davon kann man blind werden«, hatte ihm ein Kollege auf dem Weg zur Tür gerade zugerufen. »Unter anderem.«

Egorow lächelte, wobei ihm gar nicht nach scherzen zumute war. Er sah sich mit einem Dilemma konfrontiert. Adrian Zima war seit zwanzig Jahren sein Freund, schon seit ihrer Studienzeit an der Universität von Moskau, wo sie beide Kriminologie und Naturwissenschaften studiert hatten, mit dem Ziel, irgendwann im Bereich der Strafverfolgung zu arbeiten. Zima hatte seine Erfüllung im Wirken hinter den Kulissen gefunden, suchte und fand auch in den verborgensten Winkeln eines Tatorts die Beweise, die Licht in einen Fall brachten. Zima verglich seine Arbeit gern mit einem Puzzle.

Egorow mochte die Kriminalwissenschaften, hatte jedoch nie das Bedürfnis verspürt, zum Labormuffel zu mutieren. Er wollte nicht mit dem Mikroskop oder Spektrogramm Jagd auf Kriminelle machen, er wollte sie in schnellen Autos verfolgen.

Während also Zima in der Abteilung für Kriminalermittlungen geblieben war, war aus Egorow ein FSB-Offizier geworden. Bei der Regierung angestellt zu sein, hatte sicher seine Vorteile, aber Egorow begriff schnell, dass die Tage, in denen man in schnellen Autos Kriminelle jagte, sich einem raschen Ende näherten. Inzwischen wurde das meiste mithilfe von Computern erledigt. Und mit Kameras. FSB-Offiziere waren auf dem besten Weg, zu Nerds zu werden, etwas, was Egorow immer hatte vermeiden wollen.

Im Moment hockte er jedoch auf einer tickenden Zeitbombe und es war Zima gewesen, der das Feuer an die Lunte gelegt hatte. Er hatte Egorow angerufen und um einen Gefallen gebeten. Egorow sollte für ihn einen Namen durch die Datenbank des FSB laufen lassen, einen Namen, der zu einem Fingerabdruck passte, den man bei einem Tatort im Bezirk Jakimanka gefunden hatte und für den das Innenministerium keine Übereinstimmung hatte finden können. Egorow und Zima hatten einander in der Vergangenheit immer mal wieder Gefallen getan und Zima hatte durchblicken lassen, der Abdruck könnte etwas mit der Ermordung von Eldar Welikaja zu tun haben. Der Tod des Sohnes von Moskaus mächtigster Mafia-Familie war natürlich die Nachricht schlechthin.

Wie sich herausstellte, war die Sache mit dem Fingerabdruck eine noch viel größere Sensation.

Schließlich bekam man nicht jeden Tag mit, dass sich einer der meistgesuchten Männer in der Geschichte des FSB wieder in Moskau aufhielt. Charles Jenkins war ein international gesuchter Krimineller. Der Kreml hatte einen Interpol-Haftbefehl für ihn ausgeschrieben und Scotland Yard darüber informiert, dass der Mann in Russland wegen verschiedener Vergehen vor Gericht gestellt werden sollte. Seinen Fingerabdruck zu finden war, als hätte man in einem Bergbach ein Goldstück entdeckt. Extrem selten und extrem wertvoll – wenn Egorow seine Karten korrekt ausspielte. Mit Informationen dieser Art konnte es ihm gelingen, aus der Menge herauszuragen, und ihm dabei helfen, die Karriereleiter hinaufzuklettern, vielleicht sogar bis ganz hoch, in die Abteilung Spionageabwehr.

Gut, es mochte sein, dass er dabei eine lebenslange Freundschaft aufs Spiel setzte, aber Zima brauchte ja nicht zu erfahren, dass er sein Vertrauen missbraucht hatte. Und wenn er es doch herausfand? Dann würde Egorow einfach behaupten, nur seine Pflicht erfüllt zu haben. Dem Kreml und natürlich Russland gegenüber.

Wenn dabei eine Kleinigkeit für ihn abfiel? Würde Zima seinem guten Freund so ein Bröckchen wirklich missgönnen? Oder ein Goldstück?

Er griff zum Telefonhörer, fest entschlossen, nicht einfach nur mit irgendjemandem zu sprechen. Wie schnell war man so ein Goldstück wieder los! Er wusste genau, was es jetzt zu sagen galt. Seine Informationen waren nur für das Ohr der Behördenleitung bestimmt. Sollte er auf dem Weg dorthin auf Widerstand stoßen, hatte er vor, der betreffenden Person zu sagen, sie möge Sokalow ausrichten, es handele sich um Informationen in Bezug auf einen Mann, für den das Direktorat bei Scotland Yard einen internationalen Haftbefehl angefordert hatte. Das grenzte den Rahmen der infrage kommenden Personen erheblich ein. Den Traum von schnellen Autos, scharfen Frauen und riskanten Schießereien erneut vor Augen, griff er zum Telefon und wählte eine Nummer.

* * *

Kurz nach achtzehn Uhr verließ Maria Kulikowa ihr Büro. Sie achtete sorgsam darauf, nicht eilig oder gar schuldbewusst zu wirken.

Was hast du getan, Helge?

Sokalow hatte zu tun, es gab ein Treffen auf allerhöchster Ebene. Dafür musste Maria dankbar sein. Das Treffen und das kurze Stelldichein vorhin in seinem Büro würden ihn hoffentlich am allzu gründlichen Grübeln über seine Unterhaltung mit Helge hindern. Maria hatte in den vergangenen zwanzig Jahren gelernt, welche Knöpfe es zu drücken galt, welche Fetische der elende Lustmolch begehrte und wie man ihm zu seinem Vergnügen Schmerzen zufügte. Sie hatte gelernt, dass ein erregter Sokalow einem Elchbullen in der Brunft glich, mit nichts anderem als Sex vor Augen und nichts als Sex im Gedächtnis. Er erzählte ihr seit Jahrzehnten alles und erinnerte sich an nichts.

An all diese Informationen heranzukommen, hatte ihr allerdings einen stolzen Preis abverlangt.

Sie hatte sich in einen Abgrund der Verderbtheit und Erniedrigung gestürzt, dessen Bilder sie bei Tage verfolgten und ihr nachts den Schlaf raubten. Sie fürchtete, ihren moralischen Kompass verloren zu haben, das, was sie im Innersten als guten, ehrbaren Menschen ausmachte. Als Menschen, auf den sie stolz sein konnte.

Kurz dachte sie daran, ein Taxi zu nehmen, nur brauchte sie um diese Uhrzeit an einem Freitagabend mit dem Taxi für die Heimfahrt bestimmt länger als mit der Metro. Ein kritischer Blick auf den langsam kriechenden Verkehr vor der Lubjanka bestätigte diese Vermutung.

Sie musste so schnell wie möglich nach Hause.

Was hast du getan, Helge?

Der Versuch, Fjodor Ibragimow ermorden zu lassen, war abgeschmettert worden. Und auch wenn die CIA versuchte, es wie einen reinen Zufall aussehen zu lassen – eine Mutter, die auf dem Weg zur Schule mit ihren Kindern noch einmal umkehrte, bei sich zu Hause zwei in einem Auto wartende Männer vorfand und die Polizei verständigte –, war sich Maria überhaupt nicht sicher, dass es auch wirklich ein Zufall gewesen war.

Dem Vorsitzenden Petrow und dem stellvertretenden Direktor Lebedew ging es da ähnlich. Und die beiden ließen sich von Marias erotischer Ausstrahlung nicht blenden. Gut, Petrow vielleicht schon, aber Lebedew ganz sicherlich nicht.

Nur fünf Personen hatten sich an jenem Nachmittag in Sokalows Büro aufgehalten. Und wer hatte sonst noch von der geplanten Operation gewusst? Man würde Maria peinlich genau auf die Finger schauen, wenn man das nicht ohnehin bereits tat.

Und nun hatten sie dank Helge noch etwas zu berücksichtigen.

Er hatte Sokalow von den Anrufen in ihrer Wohnung erzählt, bei denen sich angeblich ständig jemand verwählt hatte, und er hatte ihm erzählt, wie er hinter ihr hergegangen war und sie bis zur Kirche verfolgt hatte. War Sokalow aufgefallen, an welchem Abend das alles geschehen war? Nach dem Treffen nämlich, bei dem es um die Operation gegen Ibragimow ging. Wusste Sokalow durch Helge von dem Anruf, bei dem nach einer Anna gefragt worden war? Und war er in der Lage, seine ekelhaften Gelüste lange genug zu unterdrücken, um die Verbindung zwischen den beiden Hinweisen zu erkennen?

Die Sache mit den Kerzen hatte sie sich an Ort und Stelle einfallen lassen, eine sowohl brillante als auch riskante Ausrede. Brillant, weil sie ebenso für Marias Verhalten wie auch für das ihres Betreuers eine glaubhafte Erklärung lieferte, und riskant, weil es sich so einfach nachweisen ließ, dass ihre Behauptung nicht stimmte. Wenn Sokalow jemanden in die Kirche schickte, um das nachzuprüfen, stand schnell fest, dass es dort hinter der Ikone keine Kerzen gab. Nur einen losen Stein im Sockel, auf dem das große Bild stand. Einen Stein, den man bewegen und hinter dem man Dinge verstecken konnte. Ein toter Briefkasten, um Dinge wie Mikrochips und Kassetten weiterzugeben.

Maria stieg in ihren Zug und suchte sich einen Platz dicht bei der Tür. Sie beobachtete die Gesichter der anderen Fahrgäste.

Folgte ihr jemand? Sollte das der Fall sein, dann könnte es für sie bereits zu spät sein. Sie konnte fliehen, Russland verlassen, aber Helge würde dafür keinen Grund sehen. Und Sokalow würde sie und Helge nicht am Leben lassen, wenn er herausfand, dass Maria eine der sieben Schwestern war und Jahrzehnte lang direkt unter seiner Nase spioniert hatte. Er konnte nicht riskieren, dass sich diese Information herumsprach.

Sein Schwiegervater würde ihn umbringen.

Und der Präsident auch.

Was hast du getan, Helge?

* * *

Sokalow saß an einem Tisch ganz hinten in der Bar *Achter mit Steuermann* und spielte mit einer Serviette. Die Bar lag nicht weit von seinem Zuhause im Vorort Rubljowka entfernt, wo zahlreiche hohe Beamte und reiche Geschäftsleute lebten und die Häuser bis zu achtzig Millionen Dollar kosten konnten. Das mehr als sechstausend Quadratmeter große Grundstück mit dem prächtigen, neunhundert Quadratmeter großen Haus darauf, in dem Sokalow lebte, hatte er seinem Schwiegervater zu verdanken. Hier gab es alles: Pool, Tennisplatz, privates Kino und Fitnessraum. Der General hatte das Haus nach dem Fall des Kommunismus erhalten, als der Kapitalismus im Land Einzug hielt und jeder sich bereicherte, so gut es ging. Mit Häusern wie diesem hier bezahlte man damals Leute, die der Sowjetunion ihr Leben gewidmet hatten. Sokalow hatte das Anwesen jedoch nicht umsonst bekommen.

Seine Schwiegereltern lebten hier ebenfalls, in einem Gästehaus.

Der Achter mit Steuermann hatte herzlich wenig mit den teuren Anwesen der Gegend zu tun, wo sich die Bar befand, und genau deswegen hatte sich Sokalow hier verabredet. Der

Name der Bar war ein Tribut an die Goldmedaille, die ein sowjetischer Achter aus dem Sportverband Krylatskoye einst bei Weltmeisterschaften im Rudern gewonnen hatte. Das dunkle Innere der Bar, wo die Tische meistens in Ecken oder Nischen standen, machte sie zum perfekten Treffpunkt, wenn man unerkannt und unter sich bleiben wollte.

Sokalows Hand zitterte mit jedem Schluck Brandy, den er trank und der die Magenschmerzen nur noch verstärkte, denen auch vier Tabletten bislang nichts hatten anhaben können. Der Alkohol half zwar nicht, er brauchte ihn aber trotzdem, seit man Ilia Egorow mit der Nachricht in sein Büro geführt hatte, Charles Jenkins halte sich wieder in Moskau auf.

Als Alexander Schomow die Bar betrat, konnte man den Eindruck gewinnen, er wolle sie ausrauben. Schomow, ein Hüne von einem Mann, war früher beim FSB gewesen und immer noch in allerbester körperlicher Verfassung. Er stemmte Gewichte, ruderte und spielte Golf, meistens mit wohlhabenden Klienten. Schomows Karriere begann in Afghanistan, wo er sich als Scharfschütze einen Namen gemacht hatte. Und seine Beziehung zu Sokalow stammte aus ihrer gemeinsamen Zeit beim FSB, als sie beide eifrig bestrebt gewesen waren, möglichst schnell die Leiter der Bürokratie hinaufzuklettern. Irgendwann hatte Schomow für Sokalow gearbeitet und sich zum hochdekorierten und gefeierten Maulwurfjäger entwickelt, der sich durch das Ergreifen und Foltern von Spionen auszeichnete. Einmal war es ihm sogar gelungen, die CIA davon zu überzeugen, er wünsche in die USA zu flüchten, und er hatte in diesem Zusammenhang mitbekommen können, wie die USA ihre Leute über die Fährverbindungen nach Finnland außer Landes schafften. Er hasste Amerika mit der Inbrunst eines wahren Gläubigen, hasste den Kapitalismus der USA und ihre unablässige Einmischung in alle Aspekte der Weltpolitik, die seiner Meinung nach zum Zusammenbruch der stolzen

Sowjetunion geführt hatte. Gegen die Vergnügungen, die man sich im Kapitalismus erkaufen konnte, einen teuren Mercedes zum Beispiel, hatte er allerdings nichts einzuwenden.

Seit Schomow in Rente war, hatte ihn Sokalow öfter mal als Troubleshooter und Torpedo engagiert; man hätte auch Auftragsmörder dazu sagen können. So hatte Schomow in Sokalows Auftrag im Jahr 2008 die Köpfe mehrerer Mafia-Familien und einen Oligarchen ausgeschaltet, als der Präsident in diesen Männern eine Bedrohung seiner Macht sah.

Schomow setzte sich Sokalow gegenüber an den Tisch und schickte die sofort herbeieilende Kellnerin mit einer Handbewegung wieder fort. Er trank generell nicht.

Sokalow griff zum Brandy, setzte das Glas aber gleich wieder ab und lehnte sich zurück.

»Das Gotteshaus gibt es.« Schomows Stimme klang tief und beruhigend wie die des Diskjockeys bei einem Klassiksender. »Die Ikone gibt es und auch die Bank, an der man vor ihr kniet.« Seine Lippen formten die Andeutung eines Lächelns. »Die Kerzen … gibt es nicht.«

Sokalow spürte das Feuer in seinem Magen explodieren. Er holte ein paarmal rasch Luft und wischte sich mit einer Serviette Schweiß von der Stirn. Die Kellnerin kam und stellte ein Glas Wasser auf den Tisch.

»Servietten«, bat Schomow.

Die Kellnerin zog ein paar dunkelgrüne Papierservietten aus der Tasche ihrer Schürze, legte sie neben das Wasserglas und verschwand wieder. Schomow schob Sokalow eine der Servietten zu. »Noch etwas. Im Sockel, auf dem die Ikone steht, befindet sich hinten ein loser Stein, darunter ein ausgehöhlter Bereich zum Austausch von Nachrichten, Kassetten und Ähnlichem. Ein toter Briefkasten also. Daran kann kein Zweifel bestehen. Ich habe genug davon zu sehen bekommen.«

Sokalow schloss die Augen, rasende Wut im Bauch. Hatte dieser elende Stümper Helge Kulikow doch echt eine von Moskaus langlebigsten und schwerwiegendsten Sicherheitslücken aufgedeckt. Maria Kulikowa hatte jahrzehntelang direkt vor seinen, Sokalows, Augen spioniert, hatte ihn mit Alkohol und Sex an der Nase herumgeführt.

Nach seinem Treffen mit Egorow hatte Sokalow, langsam und widerstrebend, die Einzelteile zusammengefügt. Der Abend, an dem Helge Kulikow seiner Frau gefolgt war, war der Abend des Tages gewesen, an dem Sokalow mit dem Vorsitzenden Petrow, Gawril Lebedew und General Kliment Pasternak in seinem Büro zusammengekommen war. Ein Treffen, bei dem er darauf bestanden hatte, dass auch Maria anwesend war und sich Notizen machte. Sie war an dem Abend nicht mit dem Hund spazieren gegangen. Sie hatte auch nicht schnell etwas zum Abendessen besorgen und ein bisschen Zeit für sich allein, weit weg von ihrem Mann, verbringen wollen. Sie hatte die Wohnung verlassen, um Informationen weiterzugeben, Informationen, die sie an diesem Nachmittag erhalten hatte, Informationen über den Plan zur Ermordung von Fjodor Ibragimow. Die Anrufe bei ihr in der Wohnung, da hatte sich niemand verwählt. Das waren alles verschlüsselte Nachrichten von einem Betreuer gewesen, der Maria darüber informiert hatte, welche der über ganz Moskau verteilten toten Briefkästen sie aufsuchen sollte. Anna, der Name, nach dem der Anrufer an jenem Abend gefragte hatte, stand für die Kirche der Märtyrerin Anastasia.

Was noch übler war: Lebedew, dieses anzüglich grinsende Stück Scheiße, hatte recht gehabt.

Ibragimows Frau war nicht rein zufällig nach Hause zurückgekehrt. Die Amerikaner wollten es nur so aussehen lassen. Es war genau so, wie Lebedew vermutet und worauf er so hartnäckig bestanden hatte: Die Amerikaner gaben sich alle Mühe, eine Agentin auf höchster Ebene zu schützen, die ihnen den Plan zur Ermordung Ibragimows enthüllt hatte. Eine Agentin auf höchster Ebene mit Zugang zu Informationen, die nur einem sehr kleinen Kreis bekannt gewesen waren.

Maria Kulikowa.

Lebedew, der Blut gerochen hatte, Sokalows Blut, würde mit gutem Grund nach einer Ermittlung verlangen. Ermittlungen, bei denen zweifellos auch zur Sprache kam, welche anderen Informationen Sokalow in den vergangenen Jahrzehnten an Maria verraten hatte. Wobei das noch nicht einmal das Schlimmste sein dürfte. Weit davon entfernt. Lebedew würde behaupten, in Anbetracht des enormen Ausmaßes der zu erwartenden Enthüllungen – und wenn man sich ansah, wie viele Jahre der Verrat gedauert hatte – müsse man davon ausgehen, dass Sokalow selbst daran beteiligt war. Auch er war ein amerikanischer Spion.

Wie ließe sich eine solch eklatante Sicherheitslücke sonst erklären?

Was könnte Sokalow zu seiner Verteidigung vorbringen? Dass er süchtig nach Sex war, davon abhängig? Wie sollte er das beweisen?

Er wusste ja nicht einmal, was er alles weitergegeben hatte. Er konnte sich nicht mehr daran erinnern.

Und was war mit den Polaroid-Fotos, um die er Maria während einiger ihrer Treffen gebeten hatte? Die, die ihn in verschiedensten Stadien der Fesselung zeigten? Die Bilder legten beredtes Zeugnis davon ab, wie verwirrt sein Denken in diesem Zusammenhang sein konnte, wie fehlgeleitet. Er hatte die Fotos haben wollen, um sie immer ansehen zu können, wenn Maria und er es nicht schafften, sich zu treffen. Und auch, um seine Erregung während des Zusammenseins noch zu steigern.

Vorhin, nachdem Sokalow Egorow unter der strengen Auflage fortgeschickt hatte, niemandem von Charles Jenkins'

Rückkehr nach Moskau zu erzählen, war er in Marias Büro geeilt. Er kannte ihre Passwörter; er hatte Zugang zu den Passwörtern sämtlicher Mitarbeiter des Direktorats. In ihrem Safe hatte er nur Akten gefunden. Der Schmuck, den er Maria im Laufe der Jahre geschenkt hatte, fehlte, ebenso die Fotos.

Ganz sicher würde man ihn exekutieren, nachdem man ihn vorher im Lefortowo gefoltert hatte. Der Präsident würde seinen Verrat als ungeheuerlichen Schlag ins Gesicht empfinden, aber das war um Längen besser als das, was sein Schwiegervater tun würde, um seine Tochter und den Ruf der Familie zu schützen.

Wütend, verzweifelt und panisch vor Angst vor dem, was ihn erwartete, war Sokalow in sein Büro zurückgekehrt. Dort hatte er sich langsam wieder beruhigt und erkennen können, dass die Rückkehr von Charles Jenkins unmöglich Zufall sein konnte, gerade jetzt, wo der FSB eben erst eine klandestine Operation ins Leben gerufen hatte, um die restlichen der sieben Schwestern aufzuspüren und auszuschalten. Auch zu dieser Information hatte Maria Zugang gehabt und sie wohl umgehend an den amerikanischen Geheimdienst weitergeleitet. Jenkins' Rückkehr nach Moskau konnte nur einen Grund haben: Er sollte die verbliebenen Schwestern außer Landes schaffen, ehe sie enttarnt und exekutiert werden konnten. Er sollte Maria Kulikowa nach Hause bringen und auch die anderen, die noch für die CIA arbeiteten.

Maria passte ins Profil. Ihr Alter. Ihre berufliche Stellung. Ihr Zugang zu vertraulichen Informationen. Sie hatte ihre Beziehung zu Sokalow kultiviert, hatte seine sexuellen Begierden ausgenutzt, bis er nach ihr als Person genauso verlangte wie nach der Befriedigung seiner Gelüste. Bis er abhängig geworden war von der Wonne und dem Schmerz, den sie ihm so kunstvoll zuzufügen verstand. Jetzt litt er wie ein Hund, aber inmitten all der Seelenqualen, all der Verzweiflung flackerte eine Idee auf. Es gab vielleicht eine Möglichkeit – eine einzige –, um zu überleben.

Gut möglich, dass er sich noch retten konnte. Selbst jetzt. Er hatte sich immer retten können.

Der FSB arbeitete, wie früher der KGB, aus Sicherheitsgründen in streng voneinander getrennten Abteilungen. Außerhalb Sokalows Abteilung wusste niemand, was sich dort abspielte. Nichts wurde mit nach Hause genommen, keine Tonaufzeichnung, kein Fetzen Papier. Jeder Agent schloss das, woran er arbeitete, am Abend in einen Safe in seinem Büro ein, den er mit seinem persönlichen Siegel versah, das am nächsten Morgen von ihm selbst wieder gebrochen wurde. Der Server, an dem die Computer der Abteilung hingen, stellte ein internes Netzwerk dar, über das nur Mitarbeiter der Abteilung Spionageabwehr kommunizieren konnten.

Die Operation Herodes war auf einen noch kleineren Kreis beschränkt. Der Präsident hatte Sokalow die Sache unter dem Siegel strengster Verschwiegenheit übergeben und Sokalow hatte ein handverlesenes Dutzend seiner Mitarbeiter zu einem Operationsteam zusammengefasst und allen mit Kündigung gedroht, wenn sie sich nicht genauestens an die Geheimhaltung hielten.

Sokalow ließ sich noch einmal durch den Kopf gehen, was Bogdan Petrow als Letztes zu ihm gesagt hatte. Zu ihm, Lebedew und Pasternak, im Konferenzzimmer.

Aber eins möchte ich klarstellen, meine Herren: Hier werden Köpfe rollen. Vielleicht auch nur einer, aber meiner wird es ganz bestimmt nicht sein. Wenn Sie Ihren Kopf behalten wollen, dann schlage ich vor, Sie benutzen ihn und lassen sich einfallen, wie wir aus dieser Geschichte herauskommen, ohne dass der Präsident sein Gesicht verliert.

Und an dem Punkt hatte Sokalow seine Idee gehabt, hatte plötzlich gewusst, wie er, wie sie alle es schaffen konnten, einen Ausweg aus der Misere zu finden. Die Verhaftung von Pasternaks Männern konnte sich durchaus als glücklicher Zufall erweisen, ein Glücksfall, der Sokalow das Leben rettete. Wenn Schomow es schaffte, Maria zu töten, dann konnte ihr Verrat unentdeckt bleiben. Und wenn Sokalow es schaffte, Charles Jenkins zu verhaften, dann hatte der Kreml ein Druckmittel bei Verhandlungen über einen Austausch von Pasternaks Männern. Sokalow würde nicht als sexsüchtiger Narr dastehen, sondern als Held. Er würde eine der sieben Schwestern eliminieren, ohne dass jemand mitbekam, dass Maria zu dieser Gruppe gehört hatte, und gleichzeitig, ganz im Sinne einer anderen Geschichte um den König Herodes, dem Präsidenten den Kopf von Charles Jenkins bringen, allerdings nicht auf einem Tablett, sondern noch hübsch lebendig mit seinem Körper verbunden.

Schomow saß da und wartete geduldig. Er spielte mit dem silbernen Kruzifix um seinen Hals, eine Angewohnheit, die sich vor allem dann zeigte, wenn er tief in Gedanken war oder jemanden verhörte, den man der Spionage verdächtigte. »Sag mir einfach, was du brauchst, Dmitri.«

»Zuerst muss ich ein paar Sachen zu Ende bringen.« Damit nie jemand über das, was unter Sokalows Augen geschehen war, reden konnte. Mit Schomows Hilfe würde er schon dafür sorgen. »Dann möchte ich, dass du für mich tust, was du am besten kannst: einen amerikanischen Spion aufspüren und mir bringen.«

Kapitel 21

Koroljow
Verwaltungsbezirk Moskau

Während Jenkins der Petrekowa die Maske anlegte und das Make-up auftrug, wurde er den Gedanken nicht los, dass jederzeit FSB-Leute an die Tür donnern und ihn verhaften konnten. Immer wieder stand ihm die Gefängniszelle von Paulina Ponomajowa vor Augen. Würde er bald in einer ähnlichen sitzen?

Da gab plötzlich die Wanduhr, die bisher so beharrlich getickt hatte, ein ärgerliches Summen von sich.

»Sie bleibt manchmal hängen«, erklärte die Petrekowa flüsternd, als Jenkins sich umsah, als suche er eine lästige Fliege, die es zu erschlagen galt. Sie zuckte lächelnd die Achseln, nur hatte ihr Lächeln etwas unendlich Trauriges. »Man gewöhnt sich daran. Geräusche können tröstend sein, wenn man allein lebt.«

Ihr rechtes Bein zuckte nervös, sodass es nicht so einfach war, das Make-up weiter gut aufzutragen. Dabei schwitzte sie auch noch, obwohl Jenkins ihren kleinen Tischventilator auf den Küchentresen gestellt hatte, damit der die Luft bewegte und zusammen mit dem Fernseher etwaige Lauscher frustrierte. Dass die Petrekowa nervös war und sich wehmütig in ihrem Zuhause umsah, beruhigte Jenkins ein wenig. Sie hatte ihm ein paar Details aus ihrem Leben erzählt, ihn auf die Fotos auf einem Sims im Wohnzimmer hingewiesen, die ihren verstorbenen Mann, ihren Sohn und die Tochter zeigten. Jenkins wusste, das tat sie, weil sie die Fotos gern mitgenommen hätte, ein weiterer Hinweis darauf, dass sie wirklich gehen wollte und nicht vorhatte, ihn zu täuschen. Entweder das, oder an ihr wäre eine Bühnenkünstlerin des russischen Theaters verloren gegangen.

Er tupfte ihr mit dem Schwamm noch etwas Make-up auf und setzte sich dann zurück, um die Wirkung dessen zu bewundern, was die Spezialisten in Langley entwickelt hatten. Als er der Petrekowa einen Spiegel hinhielt, tippte sie vorsichtig gegen die Maske und lächelte.

»Ziehen Sie die Kleider an«, sagte er mit Blick auf die Uhr. »Ich rufe den Lieferservice an.«

Die Petrekowa zog sich um und ging dann nervös in der Küche auf und ab, während Jenkins das Make-up wegräumte. Kaum war er fertig, da klopfte es auch schon an der Haustür. Die Petrekowa fuhr zusammen, hatte sich aber nach ein paar tiefen Atemzügen auch schon wieder gefasst. Jenkins versuchte, sie mit einem aufmunternden Nicken zu beruhigen, war aber tief im Innern selbst ziemlich nervös. Er richtete sich auf das Schlimmste ein.

Die Petrekowa ging zur Haustür, warf einen Blick durch den Türspion und nickte Jenkins zu. Der zog sich in eine der dunklen Ecken des Wohnzimmers zurück und sie öffnete die Tür.

* * *

Knapp eine Stunde nachdem Zenaida Petrekowa nach Hause gekommen war, fuhr ein Wagen die dunkle Straße hinunter und am Wagen von Chernoff und Wintschenko vorbei. Es war das Fahrzeug eines Lieferservice: *Domino's Pizza* stand auf dem Leuchtschild oben auf dem Autodach. Straßenlaternen gab es hier keine; für ein wenig Licht sorgten lediglich hie und da mal eine an einem Zaun befestigte Lampe und die Sterne oben am wolkenlosen Himmel. Wintschenko hatte es sich hinter dem Steuer gemütlich gemacht, seinen Sitz zurückgeklappt und die Augen geschlossen.

»Lieferdienst. Pizza«, sagte Chernoff.

Wintschenko grunzte.

»Hast du die schon mal probiert?«

»Was probiert?«, fragte er, ohne die Augen zu öffnen.

Sie sah ihn an. »Domino's.«

»Nein.«

Der Wagen hielt vor dem Tor zum Grundstück der Petrekowa. Chernoff setzte sich auf. Sie richtete das Fernglas auf die Gestalt hinter dem Steuer, deren Gesicht unter dem Schatten, den der Schirm ihrer Baseballkappe warf, kaum zu erkennen war. »Das ist für die Petrekowa!«

»Dann mag sie wohl heute nicht kochen.«

»Ich glaube, es ist eine Frau.« Chernoff hatte ihr Fernglas schärfer gestellt.

»Wer?«

»Am Steuer des Pizzaservice.« Chernoff dachte kurz nach. »Kommt dir das seltsam vor?«

»Lieferdienstfahrer kommen in allen Größen und Formen«, brummte er, immer noch mit geschlossenen Augen.

»Das habe ich nicht gemeint. Gestern Abend hat sie auf Facebook ein Foto von dem Gourmet-Essen gepostet, das sie sich gekocht hatte, und heute lässt sie sich solchen Mist kommen. Das kommt mir komisch vor.«

»Sie ist nach ihrem Termin erst spät nach Hause gekommen, ist müde und möchte nicht kochen. Was soll daran komisch sein?«

»Es gefällt mir nicht. Und bei der Mauer ums Haus können wir nicht sehen, was drinnen passiert!«

»Was gibt es da schon zu sehen?«

»Irgendwas kommt mir komisch vor.«

»Schlagen deine Spinnensinne Alarm?«

»Was?«

»Du hast Kinder, du wirst doch wohl Spiderman gesehen haben.«

»Warum dauert es so lange, eine Pizza abzugeben?«

Wintschenko setzte sich auf und besah sich die Straße. »Ich glaube, langsam geht deine Fantasie mit dir durch.« Jetzt ging das Tor auf und die Fahrerin kam heraus, ging zurück zum Wagen. »Da, siehst du? Keine große Sache.«

»Mir gefällt das nicht, Dima. Ich finde, wir sollten es nachprüfen.«

»Wie willst du das machen? Wir sollen keinen Kontakt herstellen, es sei denn, wir sind total sicher. Und ich bin alles andere als sicher.«

Chernoff richtete ihr Fernglas auf die Fahrerin des Pizza-Dienstes, die in ihr Auto gestiegen war. Da tippte etwas an die Fensterscheibe der Beifahrertür. Chernoff zuckte zusammen. Neben dem Auto stand eine alte Frau, die ihr vorher schon aufgefallen war. Sie ging wohl jeden Abend mit ihrem Hund spazieren.

»Sie ist heute spät dran«, bemerkte Wintschenko. »Wir sollten gegeneinander wetten, wer zuerst stirbt, sie oder der Hund.« Er streckte die Hand aus und ließ von seiner Seite aus das Beifahrerfenster herunter.

»Was machen Sie hier?«, wollte die Frau wissen.

»Wir warten auf jemanden«, antwortete Chernoff, ohne die Pizza-Lieferantin aus den Augen zu lasen.

»Auf wen? Auf wen warten Sie?« Die alte Frau ließ nicht locker.

»Auf einen Freund«, erklärte Chernoff.

»Gehen Sie weiter, führen Sie Ihren Hund aus«, mischte sich Wintschenko ein. »Machen Sie schon, gehen Sie weiter.«

»Ich werde die Polizei rufen«, sagte die alte Dame.

»Meinetwegen gern. Sagen Sie denen, sie sollen Kaffee mitbringen, wenn sie kommen.«

Die Frau schnaubte und ging weiter.

Vorn leuchteten rote Rücklichter auf: Der Lieferwagen fuhr los. »Ich finde, wir sollten hinterherfahren. Mir gefällt das nicht, Dima«, drängte Chernoff.

»Was hat dich denn so nervös gemacht? Die alte Ziege gerade?«

»Der ganze Nachmittag heute. Dass die Petrekowa von ihrer Routine abgewichen ist.«

»Sie ging in einen Schönheitssalon.«

»Nein. Sie war auf dem Weg zur Metro, ich habe eine Sekunde lang nicht hingesehen und schon saß sie hinten in einem Taxi! Ich glaube, sie weiß, dass sie überwacht wird. Ich finde, wir sollten dieser Fahrerin folgen. Wenn wir uns irren, kommen wir zurück und machen hier weiter mit dem, was wir tun.«

»Mit nichts also«, stellte Wintschenko fest.

»Die Fahrerin haut uns ab!«, sagte Chernoff.

»Okay, okay.« Ihr Partner setzte sich auf und nahm sich einen Moment Zeit, seinen Sitz zurechtzurücken.

»Mach schon!«, drängte sie. »Beeil dich!«

Er startete den Wagen und bog am Ende der dunklen Straße wie auch das Auto vor ihm links ab. »Du lernst auch noch, dass neunzig Prozent unserer Arbeit auf nichts hinauslaufen«, sagte er. »Das kriegst du schon noch mit. Man beschattet jemanden wochenlang, nur um schließlich herauszufinden, dass alles lediglich falscher Alarm war. Das lernst du noch. Im Moment …«

»Da. Da vorn nach links!« Chernoff hatte die Rücklichter des Pizzalieferers nicht aus den Augen gelassen.

»Wie lange sollen wir ihr folgen?«, wollte Wintschenko wissen.

»Halt sie vor der nächsten Kreuzung an.« Chernoff setzte das blaue Warnlicht auf ihr Wagendach.

»Und was sollen wir sagen? Weswegen halten wir sie an?«

»Wir brauchen keinen Grund.«

Das Blaulicht blitzte und Wintschenko fuhr dichter an den Wagen vor ihnen heran, der langsamer wurde, als würde die Fahrerin sie vorbeilassen wollen. Als Wintschenko nicht überholte, fuhr die Fahrerin rechts ran und hielt am Bordstein. Chernoff holte ihre Taschenlampe aus dem Handschuhfach und stieg aus, eine Hand auf ihrer Pistole. Beim Lieferauto angekommen, blieb sie am Rückfenster stehen und klopfte mit der Taschenlampe ans Fahrerfenster. Das ging sofort auf.

»Habe ich etwas falsch gemacht?«, wollte die junge Fahrerin wissen und fügte mit einem genaueren Blick auf Chernoff hinzu: »Sind Sie Polizistin?«

»Es tut mir leid«, sagte Chernoff. »Wir suchen nach einem Wagen, der genauso aussieht wie dieser hier. Hätten Sie etwas dagegen, kurz auszusteigen?«

»Sie suchen nach einem Wagen von Domino's Pizza?«

»Bitte, steigen Sie aus dem Fahrzeug.«

»Ich würde gerne irgendeine Art von Ausweis sehen. Warum tragen Sie keine Uniform? Und das ist doch nicht einmal ein Polizeifahrzeug.«

»Steigen Sie aus«, sagte Chernoff. Unter keinen Umständen würde sie der Frau ihren FSB-Ausweis zeigen. Wenn sich die Nachricht herumsprach, dass sich der FSB in der Gegend aufhielt, bekam die Petrekowa das auf jeden Fall mit, auch wenn sie bisher noch nichts geahnt haben sollte.

Wintschenko war nun ebenfalls aus dem Auto gestiegen. »Wir arbeiten verdeckt«, erklärte er der Fahrerin. »Bitte tun Sie, was meine Kollegin sagt. Dann geht alles ganz schnell und Sie können bald wieder Pizzas ausliefern und Trinkgelder kassieren.«

Die Fahrerin stieg aus und Chernoff richtete den Strahl ihrer Taschenlampe auf ihr Gesicht, bis die junge Frau die Augen zusammenkniff und sich abwandte. »Sie blenden mich!«

Chernoff ließ die Taschenlampe sinken und leuchtete das leere Wageninnere aus. »Öffnen Sie bitte den Kofferraum.«

Der war leer.

»Können Sie sich ausweisen?«, fragte Chernoff.

Sie bekamen einen Führerschein vorgelegt, den sich Chernoff im Licht der Taschenlampe ansah, bevor sie ihn mit ihrem Handy fotografierte und zurückgab. »Es war ein Irrtum. Sie können gehen.«

Auf dem Weg zurück zu ihrem Wagen blieb Chernoff noch einmal kurz stehen, um das Nummernschild des Lieferfahrzeugs zu fotografieren. Dann stieg sie ein.

Wintschenko rutschte leise lachend auf den Fahrersitz.

»Ich möchte wirklich auf Nummer sicher gehen.« Chernoff wählte eine Nummer.

»Wen rufst du an, die Pizza-Polizei?«

»Domino's. Ich will sicher sein, dass die Fahrerin für sie arbeitet«

Wintschenko legte mitten auf der Straße einen U-Turn hin und die beiden fuhren schweigend zurück in die dunkle Gasse. Minuten später standen sie wieder unter ihrem Baum. Hinter der Küchengardine der Petrekowa ging das Licht aus, um Sekunden später hinter den ebenfalls verhängten Wohnzimmerfenstern wieder anzugehen. Von außen erkannte man vage einen flackernden Fernseher.

»Sie wird fernsehen und dabei essen«, seufzte Wintschenko und nippte an seinem Kaffee. »Ich wünschte, das könnte ich auch von mir sagen.«

* * *

Zwei Blocks von dem roten Backsteinhaus entfernt schlurfte die alte Frau mit dem gehorsamen alten Hund an ihrer Seite zu einem anderen wartenden Auto. Diesmal klopfte sie nicht vorn an die Scheibe, um die Aufmerksamkeit des Fahrers auf sich zu lenken, diesmal zog sie einfach die hintere Wagentür auf und verfrachtete den Hund auf den Rücksitz, wo er sich zufrieden zusammenrollte, offenbar glücklich, nicht länger auf den Beinen sein zu müssen. Im Wagen ging kein Licht an, als sie jetzt die Beifahrertür öffnete und einstieg. Charles Jenkins, immer noch als alter Mann verkleidet, startete den Motor und fuhr langsam an, ein altes Ehepaar auf einem kleinen Abendausflug.

Es war ein kühner Schachzug gewesen, die Petrekowa direkt mit den Leuten sprechen zu lassen, die sie überwachten. Kühn, aber perfekt, denn so verhält sich niemand, der versucht, etwaigen Verfolgern aus dem Weg zu gehen. Jetzt sah Jenkins, wie sehr diese Begegnung die Petrekowa mitgenommen hatte.

»Ist alles gut gegangen?«, erkundigte er sich.

»Was, wenn nun meine Nachbarin mit ihrem Hund auftaucht?«

»Sie hat ihren Hund schon spazieren geführt. Auch deswegen sollten Sie heute später nach Hause kommen als sonst.«

»Und wenn meine Beschatter Verdacht schöpfen?«

»Das hätten wir jetzt schon mitbekommen. Die beiden scheinen nichts weitergemeldet zu haben, also wird man Sie hoffentlich bis Montagmorgen nicht vermissen. Je nachdem, wie alles läuft, können Sie Montag im Büro anrufen und noch mehr Zeit gewinnen, indem Sie sich krankmelden.« Er suchte im Rückspiegel nach Scheinwerfern, konnte aber keine entdecken. »Haben Sie Hunger?

»Bitte?« Sie warf ihm einen fragenden Blick zu.

Er deutete mit dem Kinn auf die Pizzaschachtel auf dem Rücksitz. »Falls Sie Hunger haben.«

Nervös lachend schüttelte sie den Kopf. »Ich glaube nicht. Ich glaube, Hunger habe ich erst wieder, wenn ich aus Russland raus bin. Wie geht es weiter?«

»Das erfahren Sie immer scheibchenweise, sobald es erforderlich wird. Ich habe bei Ihnen zu Hause die Lichter mit Zeitschaltuhren versehen, damit sie in den nächsten Stunden in den verschiedenen Zimmern an- und wieder ausgehen. Irgendwann ist alles dunkel. Je nachdem, wie es läuft, haben Sie Russland verlassen, noch bevor in Ihrem Schlafzimmer das Licht ausgeht.«

Petrekowa nickte. Sie legte die Hände in den Schoß und Jenkins sah, wie sehr sie zitterte. Da zog er das Foto von ihr und ihrer Familie aus der Jackentasche und gab es ihr.

Sie nahm es, verzog das Gesicht und drückte den Rahmen unter Freudentränen an die Brust. »Danke!«, sagte sie leise.

Es mochte ein Risiko sein, dass er das Bild mitgenommen hatte, aber die Nerven der Petrekowa waren genauso wichtig wie alles andere und Jenkins hoffte, der Gedanke an ihre Familie könnte helfen, sie zu beruhigen. Noch schien sie ihm das reinste Nervenbündel, wozu sie natürlich jedes Recht hatte. Jenkins hatte vor ungefähr einem Jahr seinen Stammbaum aufgezeichnet. Nicht nur für sich selbst, auch für CJ und Lizzie, wenn sie älter wurden und wissen wollten, wer sie waren und woher sie kamen. Die Geschichte der Familie seiner Frau war gut belegt, Alex besaß einen ganzen Aktenordner mit Dokumenten über ihre Vorfahren in Mexiko-Stadt. Bei Jenkins hatten die Nachforschungen ergeben, dass seine Vorfahren in Louisiana Sklaven gewesen waren, bis seine Ururgroßmutter über die Underground Railroad hatte fliehen können, über die es inzwischen einige Bücher und Filme gab. Seine Vorfahrin hatte den Mut und die Charakterstärke aufgebracht, für ihre Freiheit zu bezahlen, und Organisationen Geld zukommen lassen, die anderen bei der Flucht halfen, indem sie Papiere fälschten und Bahnfahrkarten besorgten. Seit er von ihrem Heldenmut wusste, fragte sich Jenkins manchmal, ob der Wunsch, anderen auf ihrem Weg in die Freiheit zu helfen, in seinen Genen steckte. Ob das ein Erbe war, das er nicht ignorieren konnte.

Denkbar war es. Trotzdem ging er nicht so weit, Parallelen zwischen der Hilfe, die seine Vorfahrin anderen bei ihrer Flucht aus der Sklaverei geleistet hatte, und seiner Hilfe bei der Flucht der Petrekowa aus Russland zu ziehen. Er erzählte seinem Schützling natürlich nichts von seiner Familiengeschichte.

Ein anderer seiner Vorfahren hatte ebenfalls versucht zu entkommen. Ein junger Mann.

Er war gefasst und aufgehängt worden.

Jenkins fuhr, bis er wie abgesprochen einen festgelegten Übergabepunkt erreicht hatte, einen toten Briefkasten für sein ziemlich lebendiges Paket. Wohin die weitere Reise der Petrekowa ging, wusste er nicht, und auch der Fahrer des nächsten Wagens wusste nur, wo er sie an die nächste Person weiterreichen sollte. So war sichergestellt, dass niemand die Petrekowa verraten konnte. Erst nach seiner Rückkehr in die USA würde Jenkins wissen, ob sein Schützling hatte entkommen können.

Er hatte sich gerade verabschiedet und war zu seinem Wagen zurückgegangen, als sein Handy klingelte.

Lemore.

Er rief einfach so an, ohne verschlüsselte Nummern oder einen gesicherten Chatroom. Irgendetwas war geschehen und er hatte es so eilig, dass er auf Sicherheitsmaßnahmen verzichtete.

Jenkins beschlich ein ganz mulmiges Gefühl. Als er dann hörte, was Lemore ihm zu sagen hatte, wurde ihm noch schlechter.

Kapitel 22

Bezirk Jakimanka
Verwaltungsbereich Moskau

Die computerisierte Frauenstimme teilte den Fahrgästen des Metrowaggons mit, dass ihr Zug sich dem Bahnhof Kropotkinskaja näherte. Maria stieg aus, inmitten einer Menge, über der eine Duftwolke aus Körpergeruch, Rasierwasser, Parfüm und Zigaretten hing. Es waren zu viele Menschen, als dass sich ungeduldiges Drängeln gelohnt hätte, also blieb ihr nichts anderes übrig, als dem allgemeinen Strom zu folgen. Dabei behielt sie so viele Personen um sich herum im Auge wie möglich. Folgte ihr jemand? Wartete schon jemand auf sie, um sie zu verhaften?

Nach vierzig Jahren spürte sie, dass ihre Tage als Spionin sich einem abrupten Ende näherten, und sie war froh, dass sie zu Ende waren.

Aber sie hatte auch Angst.

Sie würden nach ihr suchen, mit aller Macht und Entschlossenheit. Sokalow hatte durchblicken lassen, was mit den Schwestern geschehen war, die man verhaftet hatte, hatte angedeutet, welch brutale Folter sie bei den Verhören hatten erleiden müssen. Der Tod musste ihnen vorgekommen sein wie ein Segen.

Sokalow hatte viel zu verlieren, wenn das gesamte Ausmaß von Marias Verrat zutage trat, und wenn der Präsident ihn nicht umbrachte, dann würde es sein Schwiegervater ganz bestimmt tun. Marias einzige Chance bestand darin, dass sie den Mann so umfassend kannte. Sie wusste, wie er dachte, sie kannte seine Überlebensinstinkte. Sie wusste, Sokalow zog bei der Eingreiftruppe zur Festnahme der Schwestern die Fäden, während sämtliche Informationen in dieser Angelegenheit allen anderen Beteiligten nur stückweise bekannt waren. Alle anfallenden Tätigkeiten unterstanden einer strengen Kontrolle und generell wussten nur wenige von der Sondereinheit. Sokalow würde einen Teufel tun und diese Truppe anweisen, die Kulikowa zu verhaften und zu verhören. Er wusste doch, wie vernichtend ihre Aussagen für ihn selbst sein würden. Er musste sie zum Schweigen bringen, bevor sie reden konnte, eine andere Möglichkeit gab es für ihn nicht. Er musste sie umbringen. Und um ganz sicherzugehen, dass niemand weitersagen könnte, was sie vielleicht ausgeplaudert hatte, würde er auch all diejenigen umbringen, von denen er annehmen musste, sie könnten von ihrem Verrat und ihrer Untreue wissen.

Auf jeden Fall Helge.

Wenn ihr Leben hier ein Ende fand, dachte Maria, dann war es eben so. Sie hätte nie damit gerechnet, überhaupt so lange zu überleben, und hatte schon vor langer Zeit für sich beschlossen, den Machthabern, wenn es denn hart auf hart kam, nicht die Genugtuung zu gönnen, sie zu verhaften. Seit dreißig Jahren befand sich eine Kapsel mit Zyankali hinten in dem Kugelschreiber, den sie in ihrer Handtasche bei sich trug. Wenn die Zeit gekommen war, würde sie nicht zögern und zubeißen. Sie würde ihr Leben beenden, das ganze Ausmaß ihres Verrats mit ins Grab nehmen. Ihr Tod wäre ihr größter Triumph und sie würde nur eins bedauern: dass sie nicht mehr am Leben sein würde, um Sokalows Bestrafung mitanzusehen.

Eine Bestrafung, bei deren Anblick endlich einmal sie Freude empfinden würde, nicht er.

Helge jedoch war unschuldig, und zwar in einem solchen Maß, dass er noch nicht einmal ahnte, was er Sokalow da anvertraut hatte. Er ahnte ja nicht, dass er damit sein eigenes Todesurteil unterzeichnet hatte. Vielleicht hatte Maria unterschätzt, wie sehr sie ihren Mann verletzt hatte, wie sehr Helges Stolz unter ihrem Verhalten gelitten hatte, wie sehr seine Ehre als russischer Mann beleidigt worden war. Vielleicht war Helge zu Sokalow gegangen, um sein Gesicht zu wahren. Hatte gehofft, ihr Chef könnte Maria irgendwie zurechtweisen, weil sie gegen eine der Grundregeln ihres Berufs verstoßen hatte. Vielleicht hatte er sie einfach nur so leiden sehen wollen, wie er all die Jahre gelitten hatte.

Maria tauchte gegenüber der Erlöserkirche aus den Tiefen der Metro auf, wo sie auch diesmal an der Bushaltestelle stehen blieb, um das Ritual mit Handspiegel und Lippenstift zu wiederholen. Sie überprüfte, ob sie auch wirklich unbeobachtet war, und hinterließ das vereinbarte Lippenstiftzeichen auf dem Glas des Bushäuschens. Aber diesmal war es ein anderes Signal als sonst, diesmal zeigte sie mit einem ergänzenden Strich an, dass sie fertig war und außer Landes gebracht werden musste. Dann steckte sie ihre Kosmetiksachen wieder ein und eilte nach Hause.

Es war ein Risiko gewesen, ihren Betreuern den Plan zur Ermordung von Ibragimow mitzuteilen. Als Maria von der Operation Herodes erfahren hatte, hatte sie sich erst einmal so verhalten, wie man es ihr für den Fall befohlen hatte, dass ihr der Kreml zu nahe kam. Sie hatte den Kontakt zu ihren Betreuern abgebrochen, keinen der toten Briefkästen mehr beliefert und nicht reagiert, als man versucht hatte, ihr im Vorübergehen etwas zuzustecken. Sie ging abends nicht mehr ans Telefon, nicht einmal, um *Hier wohnt niemand, der so heißt* zu sagen, das Signal dafür, dass sie kein Treffen wünschte. Sie ignorierte die

Moskauer Tageszeitungen mit den gut getarnten Anzeigen, die Orte und Termine für mögliche Treffen anzeigten.

Aber als sie von dem Plan erfuhr, Fjodor Ibragimow ganz frech auf amerikanischem Boden ermorden zu lassen, hatte sie sich nicht mehr zurückhalten können. Es war ihr nicht nur um Ibragimow gegangen, auch nicht um seine Frau und die Kinder, die mit dem Verlust des Vaters und Ehemannes würden leben müssen. Wenn man Ibragimow umbrachte, starb damit die letzte Hoffnung auf eine Zuflucht für diejenigen, die für ein besseres Russland eintraten. Damit wäre erreicht, was der Präsident schon so lange anstrebte: eine unmissverständliche Botschaft an alle, dass niemand in Sicherheit leben konnte, der Putins Russland verraten hatte. Die Auswirkungen wären verheerend, würden dadurch doch effektiv alle Dissidenten und jegliche Opposition zum Schweigen gebracht. Alle würden sich verkriechen und das Land wäre zu einem Rückfall in die Verhältnisse zu Sowjetzeiten verdammt.

Seit sie vom Plan zur Ermordung Ibragimows wusste, hatte Maria wieder ein Ziel vor Augen gehabt. Und wenn sie das ihr Leben kosten sollte, dann war es eben so.

Aber Helges Leben durfte es nicht kosten.

Was hast du getan, Helge?

In der marmorgetäfelten Eingangshalle ihres Hauses angekommen, begrüßte sie den Portier.

»Wieder so ein heißer Tag heute, nicht?«, meinte der. »Ich bin froh über die Klimaanlage hier in der Lobby.«

Maria ging lächelnd an ihm vorbei zum gerade eingetroffenen Fahrstuhl, wo sie mehrmals auf den Knopf drückte, damit sich die Tür umgehend schloss. Im zwölften Stock stieg sie aus und eilte mit wild klopfendem Herzen zu ihrer Wohnung, wo sie tief Luft holte, bevor sie den Schlüssel ins Schloss steckte. Es war nicht abgeschlossen und Stanislaw wollte sich schier umbringen, als sie die Wohnung betrat. In der Garderobe fehlte

Helges leichte Sommerjacke. »Helge?« Maria stieg über den Hund hinweg und rief laut nach ihrem Mann. »Helge?«

Helge saß nicht in seinem angestammten Sessel und das Glas auf dem Beistelltisch war halb leer. Eigentlich hatte Maria ihm vorschlagen wollen, seinen Bruder in Polen zu besuchen. Die beiden waren eng befreundet und gingen manchmal zusammen auf die Jagd. Helge sollte verschwinden. Das war der Plan gewesen.

Jetzt drehte sie sich hilflos einmal im Kreis, wusste nicht, wohin sie sich wenden sollte. Da klingelte das Telefon. Maria ging an den Apparat.

»Kann ich Adriana sprechen?«, fragte eine Stimme.

»Ich fürchte, da haben Sie sich verwählt«, antwortete sie, und dann fügte sie, wie vorhin an der Bushaltestelle, den ergänzenden, alles verändernden Strich, noch den Satz hinzu, von dem sie gehofft hatte, ihn nie sagen zu müssen. »Welche Nummer haben Sie denn gewählt?« Auch dieser Satz signalisierte, dass sie unbedingt außer Landes gebracht werden musste.

»Entschuldigen Sie bitte die Störung«, verabschiedete sich der Anrufer.

Sie hatte nicht viel Zeit. Sie würde sofort aufbrechen müssen. Bis auf die Kleider, die sie am Leibe trug, konnte sie nichts mitnehmen. Stanislaw würde sie zu dem Ehepaar in der Wohnung am Ende des Flurs bringen.

Helge … Ihr Gewissen erlaubte es ihr einfach nicht, ihn so zurückzulassen, ihn seinem sicheren Tod zu überantworten. Sie hatte sich im Laufe der langen Jahre so verändert, dass sie sich selbst im Grunde nicht mehr für einen guten Menschen hielt. Helge dem Tod zu überlassen, würde sie noch tiefer in die Verdammnis reißen, vielleicht zu tief, um je wieder freizukommen. Maria rechnete damit, für ihre Verderbtheit zahlen zu müssen. Wenn nicht in diesem Leben, dann später an der Himmelspforte. Aber vielleicht, ganz vielleicht, ließ Gott ja Gnade walten, wenn sie ihr eigenes Leben riskierte, um das ihres Mannes zu retten.

Sie griff nach dem Notizblock, der immer auf dem Tresen lag, und wollte Helge eine Nachricht hinterlassen, er möge sie sofort anrufen, wenn er nach Hause kam. Der Block lag jedoch nicht an seinem Platz, auch nicht der dazugehörende Kugelschreiber. In der Küche war beides nicht zu finden, also ging sie ins Wohnzimmer, wo sie Block und Kuli neben Helges Wodkaglas entdeckte.

Hastig nahm sie den Block und hielt ihn in einem bestimmten Winkel unter die Lampe, begutachtete die schwachen Abdrücke eines Kugelschreibers, auch wenn sie die Worte, die auf das abgerissene Blatt geschrieben worden waren, nicht entziffern konnte. Mit so etwas kannte sie sich aus. Sie kramte in einer der Küchenschubladen nach einem Bleistift, mit dem sie leicht über die eingedrückten Buchstaben fuhr, bis sie schwach, aber lesbar Form annahmen.

V…

Vr…

Vratar' – der Torwart.

Sie gab den Namen in ihr Handy ein und bekam die Adresse für eine Bar in der Nähe der Universität genannt, von der sie noch nie gehört hatte. Helge wahrscheinlich auch nicht, er hatte sie jedenfalls nie erwähnt. Für ihn gab es hier in der Gegend Kneipen genug. Bereits auf dem Weg zur Wohnungstür öffnete sie die Metro-App auf ihrem Handy, stellte fest, dass sie zweimal umsteigen und insgesamt fünf Stationen weit fahren musste, nahm den Kuli mit dem Zyankali aus der Handtasche und eilte mit Stanislaw zu den Nachbarn. Dann rannte sie zurück zum Fahrstuhl.

Sie würde nicht beim vereinbarten toten Briefkasten auftauchen. Sie würde ihre Chance auf Freiheit verpassen.

Dann sollte es eben so sein. Besser, auf diese Art zu sterben, als in alle Ewigkeiten in der Hölle zu schmoren.

Kapitel 23

Bezirk Ramenki
Verwaltungsbereich Moskau

Helge Kulikow fand es sehr großzügig von Dmitri Sokalow, dass er ihn angerufen und ein Treffen unter vier Augen vorgeschlagen hatte, um über Marias Untreue zu sprechen. Es gab wohl neue Informationen und Sokalow hatte gemeint, darüber würde er sich ungern am Telefon äußern, da das Thema doch etwas zu delikat sei. Hatte Helge sofort Zeit für ein Treffen?

Natürlich hatte er das, er wünschte nur, er hätte nicht so viel getrunken und etwas gegessen. Der Fußweg zur Metrostation hatte ihn ein bisschen munterer werden lassen, aber dann war es in der Metro selbst wieder mindestens so heiß und stickig gewesen wie schon in den letzten Tagen in Moskau, und Helge hatte sich nur mit Mühe wach gehalten. Sokalow hatte ein Treffen in der Bar *Der Torwart* vorgeschlagen, und die frische Luft auf dem kurzen Weg von der Metro dorthin brachte Helge dann doch wieder ein wenig in Schwung.

Beim Anblick der Bar blieb er stehen, wischte sich den Schweiß von der Stirn und zog verwundert die Brauen zusammen. Er hatte etwas Besseres erwartet, etwas, das eher dem Status eines stellvertretenden Direktors gerecht wurde, aber

Der Torwart schien eher eine *rjumotschnaja*, eine der kleinen Kellerbars Moskaus, wo der Alkohol billig war und das Essen noch billiger. So eine Kaschemme lag nun weit unter dem Niveau des Mannes, mit dem Helge sich treffen wollte, auch wenn der stellvertretende Direktor ja betont hatte, auf Diskretion Wert zu legen. Diskret war *Der Torwart* auf jeden Fall, halb versteckt in einer bewaldeten Enklave am Ende einer Sackgasse.

»Dort sind einige Fußballandenken ausgestellt, die einen Mann mit Ihrem außergewöhnlichen Lebenslauf bestimmt interessieren«, hatte Sokalow am Telefon gesagt. Hoffentlich gab es wenigstens den Wodka, den Helge im Büro des stellvertretenden Direktors hatte genießen dürfen. Stoli trank er sonst höchst selten. In der Bar dauerte es einen Moment, bis sich Helges Augen an das Dämmerlicht gewöhnt hatten, doch dann erwies sich die Kneipe leider auch drinnen als Enttäuschung. Sie wurde wohl überwiegend von jungen Menschen besucht, die sich im Eingangsbereich an Stehtischen von viel zu lauter Musik berieseln ließen. Es roch nach Alkohol und Gebratenem.

Selbst als Helges Augen sich angepasst hatten, konnte er Sokalow nicht entdecken, und so ging er weiter in den eigentlichen Kneipenraum hinein, wo man ganz normal an Tischen sitzen konnte. Sokalow hatte einen Platz ganz hinten in einer Ecke erwischt und schien es mit der Diskretion offenbar sehr ernst zu nehmen, trug statt Anzug eine unauffällige dunkle Jacke und eine Baseballkappe, die er sich tief ins Gesicht gezogen hatte. Er hatte kaum noch etwas von dem jovialen, etwas aufgeblasenen Mann, den Helge in seinem Büro in der Lubjanka getroffen hatte.

Sokalow sah auf und die beiden Männer begrüßten sich mit einem Nicken, bevor Helge sich setzte, nachdem er seine Jacke ausgezogen und über die Rückenlehne seines Stuhls gehängt hatte.

»Danke, dass Sie gekommen sind, Helge«, sagte Sokalow.

»Danke, dass Sie sich so viel Mühe geben, Dmitri.«

»Nun ja, wie ich schon am Telefon erwähnte, gibt es Informationen, über die ich lieber persönlich mit Ihnen sprechen wollte. Sie sind doch etwas peinlich.«

»Ich bin Ihnen für Ihre Diskretion sehr dankbar. Wie haben Sie diese Informationen denn so schnell bekommen können?«

Sokalow lächelte. »Informationen zu sammeln ist mein Beruf, Helge.«

»Ja, natürlich.«

Eine Kellnerin tauchte auf.

»Ich möchte Sie gern einladen«, meinte Sokalow.

»Herzlichen Dank. Ich hätte gern den Wodka, den ich in Ihrem Büro getrunken habe.«

»Natürlich, Stoli. Mit Eis.« Die Kellnerin verschwand und Sokalow fuhr fort: »Leider muss ein Mann in meiner Position manchmal auch schlechte Nachrichten überbringen.«

»Ihre Arbeit ist bestimmt nicht immer einfach«, sagte Helge.

»Ein Mann von Ihrem Kaliber, ein ehemaliger Fußballprofi, redet doch bestimmt nicht gern um den heißen Brei herum. Ich komme also gleich zur Sache.«

Helge seufzte. »Ja, bitte.«

»Ich fürchte, Maria hat eine Affäre mit einem Mitarbeiter des FSB. Meiner Quelle zufolge geht das schon seit einiger Zeit so. Um genau zu sein, seit Jahren.«

Helge setzte sich zurück. »Dann hatte ich mit meinem Verdacht also recht. All die Überstunden, die Wochenenden, an denen sie nicht bei mir sein konnte, das hatte unmöglich alles nur mit ihrer Arbeit zu tun.«

»Nein, ich fürchte nicht.«

Als die Kellnerin mit seinem Wodka kam, griff Helge gierig nach dem Glas und bemühte sich, seine heftig zitternde Hand unter Kontrolle zu bringen. Am liebsten hätte er das Glas in einem Zug geleert, aber es war wohl besser, wenn er sich ein wenig beherrschte.

»Das sind die schlechten Nachrichten«, sagte Sokalow. »Aber es gibt auch gute.«

»Gute?«

»Ja. Weil dieser Mann ein Mitarbeiter des FSB ist, fällt er in meinen Zuständigkeitsbereich. Ich kann ihn feuern. Immerhin hat er Ehebruch begangen und damit gegen eine der Grundregeln für unsere Mitarbeiter verstoßen.«

»Dann ist er verheiratet?«

»Mit drei kleinen Kindern.«

Drei kleine Kinder. Helge hatte nicht daran gedacht, dass der Mann Familie haben könnte. Er hatte doch nur Maria bestrafen wollen. »Und was ist mit Maria? Was soll ihre Strafe sein?«

»Das bleibt ganz Ihnen überlassen. Ich kann schlecht den Mann feuern und Maria nicht, sosehr es mich auch schmerzen würde, sie zu verlieren. Aber auch sie hat ja gegen eine unserer Grundregeln verstoßen.«

Helge dachte nach. Seine Rente als ehemaliger Angestellter der Parkverwaltung war kaum mehr als ein Almosen. Ohne Marias Einkommen und ihre Stellung würden sie die Wohnung aufgeben müssen. Wo sollten sie dann wohnen? Wie sollten sie ohne ihr Einkommen leben?

»Ich glaube nicht, dass wir so weit gehen müssen, Dmitri.«

»Nein?«

»Vielleicht könnten Sie mit ihnen reden – mit den beiden. Sie warnen. Genau. Ermahnen Sie sie. Eine Verwarnung von Ihrer Seite müsste doch reichen, um dem Ganzen ein Ende zu bereiten.«

»Ich muss schon sagen, Helge, das ist sehr großzügig von Ihnen. Ich wüsste nicht, wie viele Männer es fertigbrächten, sich nach solch einer Nachricht nicht von ihrer Wut und ihrer

Eifersucht blenden zu lassen. Natürlich kann ich tun, worum Sie mich gebeten haben, und ich kann Ihnen versichern, dass der betreffende Mitarbeiter sich ehrlich und von Herzen kommend entschuldigt hat.«

»Na ja, ich bin sicher, es tut ihm leid«, sagte Helge spontan, wollte dann aber doch nicht ganz und gar wie ein Weichei klingen und fügte hinzu: »Aber tut ihm wirklich leid, was er getan hat, oder bedauert er nur, dass er erwischt wurde? Wie können wir da sicher sein?«

»Gut gedacht, Helge. Genau das ging mir nämlich auch durch den Kopf und von daher fand ich es wichtig, dass Sie Gelegenheit bekommen, dem Mann gegenüberzutreten. Dann können Sie sehen, ob es ihm mit der Entschuldigung ernst ist oder nicht.«

»Ihm gegenüberzutreten?«

Sokalow ballte die erhobene Rechte zur Faust. »Ich wusste, das wäre Ihnen ein Anliegen, Helge. Ein Mann von Ihrem Format, mit Ihrer Geschichte, ein Profifußballer! Hat der andere Sie erst einmal gesehen und begriffen, mit wem er es zu tun hat, überlegt er es sich auf jeden Fall zweimal, bevor er so etwas noch einmal macht.«

Helge drückte das Kreuz durch, saß aufrechter. Ja, der stellvertretende Direktor verstand, was Helge geleistet hatte, manch anderer kapierte das einfach nicht! »Ja, natürlich möchte ich eine Konfrontation. Wenn Sie mir den Namen und die Telefonnummer des Mannes …«

»Er ist hier!«, unterbrach ihn Sokalow. »Ich habe darauf bestanden, dass er kommt, damit Sie die Chance haben, ihn hier an Ort und Stelle zur Rede zu stellen.«

»Gleich jetzt?« Helge sah sich suchend um.

»Er wartet in der Gasse hinter der Bar in meinem Wagen, weil ich auch hier lieber diskret bleiben und Ihnen Gelegenheit geben wollte, das Ganze möglichst unbemerkt durchzuziehen.

Außerdem wollen Sie sich nach dieser Nachricht doch bestimmt gern ein bisschen abreagieren, habe ich recht? Mir ginge es jedenfalls ganz bestimmt so.«

»Ich weiß das zu schätzen, Dmitri, aber …«

»Kommen Sie! Es ist wirklich das Beste, Sie gehen die Sache gleich an, dann haben Sie sie aus dem Kopf und können sich auf das gemeinsame Leben mit Maria konzentrieren. Nach vorn schauen. Ich werde natürlich auch mit ihr reden, aber eine strenge Standpauke von Ihnen dürfte eine ungleich stärkere Wirkung haben, glauben Sie nicht?« Sokalow stand auf.

Nein, Helge wollte diesem Mann nicht gegenübertreten. Was sollte er denn zu ihm sagen, wie sich verhalten? Der Mann war beim FSB, wahrscheinlich für körperliche Auseinandersetzungen ausgebildet! Nur, wie konnte er sich dieser Konfrontation entziehen, wenn doch der stellvertretende Direktor sie für ihn arrangiert hatte? Unmöglich. Vermeiden ließ sich das Treffen jetzt nicht mehr, wenn Helge sein Gesicht wahren wollte. Er war ja auch nicht allein, er hatte Sokalow dabei und dessen Drohung, den Mann notfalls sogar zu feuern. Das verlieh ihm eine gewisse Macht. Ohne Helges Nachsicht würde dieser FSB-Mann leiden, und das nicht zu knapp. Im Grunde hatte Helge ihn in der Hand, ihn und seine Familie. Er konnte dafür sorgen, dass ihnen die Lebensgrundlage entzogen wurde. Das sollte doch eigentlich reichen, ihn zu beschämen.

»Wissen Sie, Dmitri, Sie haben recht. Ich möchte diesem Mann wirklich entgegentreten und ein Wörtchen mit ihm reden. Natürlich werde ich versuchen, mich zu beherrschen, aber garantieren kann ich für nichts.« Helge schob seinen Stuhl zurück und stand ebenfalls auf.

»Das verstehe ich nun wirklich voll und ganz! Und wenn es Sie überkommt, und Sie werden ein bisschen grob, um Ihren Standpunkt zu untermauern …« Sokalow zwinkerte Helge verschwörerisch zu. »Ich sag es auf keinen Fall weiter!« Er drückte die metallene Hintertür der Bar auf und die beiden Männer gingen zur Rückseite des Hauses, wo ein schwarzer Mercedes wartete.

* * *

Charles Jenkins fuhr auf der dritten Ringstraße, die um die Moskauer Innenstadt führte. Auch wenn er es eilig hatte, hielt er sich streng an die Verkehrsvorschriften, denn er wollte auf keinen Fall von der Polizei herausgewinkt werden. Laut Lemore hatte Maria Kulikowas Betreuer eine dringende Nachricht von ihr erhalten mit der Bitte, sie umgehend außer Landes zu schaffen. Aber dann war die Kulikowa zur vereinbarten Zeit nicht am vereinbarten Treffpunkt erschienen. Lemore hatte weiterhin berichtet, dass beim Festnetzanschluss der Kulikowa, der von der CIA abgehört wurde, ein Anruf von Dmitri Sokalow eingegangen war, bei dem Sokalow sich mit Marias Mann Helge in einer Bar in der Nähe der Universität verabredet hatte, um ein »delikates Thema« zu besprechen.

Lemore hatte nicht sagen können, inwieweit dieser Helge seine Frau möglicherweise enttarnt haben könnte. Der Mann arbeitete nicht für den FSB und auch für keinen anderen Geheimdienst. Er war bei der Moskauer Parkverwaltung angestellt gewesen und seit einiger Zeit in Rente. Mit anderen Worten: Es gab für Sokalow keinen beruflichen Grund, um ein solches Treffen zu bitten.

Kurz nachdem Jenkins von der Ringstraße abgebogen war, setzte er sich noch einmal mit Lemore in Verbindung. »Warum trifft sich der stellvertretende Direktor der Abteilung für Spionageabwehr mit einem ehemaligen Angestellten der Parkverwaltung?«, erkundigte er sich.

»Ich weiß es nicht«, gestand Lemore. »Für mich riecht das verdächtig nach einer Falle.«

»Und Sie meinen, die Kulikowa ist aus irgendeinem Grund nicht zum Treffpunkt gekommen, weil sie vom Termin ihres Mannes erfahren hat?«

»Auch das wissen wir im Moment nicht. Wir wissen nur, dass weitere Versuche, mit ihr zu kommunizieren, erfolglos blieben. Wie weit haben Sie es noch bis zur Bar?«

»Ich bin in drei Minuten da.«

»Mischen Sie sich nicht ein, es sei denn, es ist absolut notwendig«, warnte Lemore. »Es könnte eine perfekt ausgeklügelte Falle sein.«

»Verstehe.« Jenkins war immer noch als alter Mann verkleidet, sollte es also zumindest schaffen, sich unauffällig in der Bar umzusehen und die Lage dort einzuschätzen. »Und wenn Maria dort ist? Was dann?«

»Schaffen Sie sie raus, egal wie.«

»Ich werde Hilfe brauchen.«

»Wir sehen uns gerade alle verfügbaren Möglichkeiten an.«

Was immer das heißen mag, dachte Jenkins. Er beendete den Anruf und warf einen Blick auf den Stadtplan auf seinem Handy. Er war eine Minute entfernt von … ja, wovon eigentlich? Er hatte keine Ahnung.

* * *

Maria Kulikowa verließ die Metrostation im Laufschritt. All die Pilates- und Yogakurse, die sie absolviert hatte, um fit zu bleiben und ihrer Aufgabe gerecht werden zu können, halfen jetzt vielleicht, Helge das Leben zu retten. Wenn sie schnell genug war, wenn sie es schaffte, bei ihm zu sein, bevor er die Bar betrat. Sie hielt ihr Handy in der Hand und ließ sich von einer App darauf zeigen, welchen Weg sie nehmen musste. Verschiedene Versuche, Helge zu erreichen, waren sofort an seinen Anrufbeantworter weitergeleitet worden.

An einer Kreuzung blieb sie stehen und betrachtete den Stadtplan auf ihrem Handy, schwer atmend, aber nicht völlig außer Atem. Was sie tun, was sie sagen würde, wenn sie bei der Bar ankam, wusste sie nicht. Sie hatte keinen Plan und auch keine Waffe.

Der Stadtplan zeigte ihr, dass sie einen ganzen Block weit in die falsche Richtung gelaufen war. Leise fluchend wandte sie sich nach links, beobachtete, wie sich der blaue Pfeil auf dem Display neu einstellte, und lief weiter.

Noch ein Block und sie erkannte den Namen der Bar in großen, roten, leuchtenden Neonbuchstaben auf dem Dach eines einstöckigen Gebäudes. *Der Torwart.* Rasch überquerte sie die Straße und eilte über einen fast leeren, nicht asphaltierten Parkplatz. Bei jedem Schritt knirschte Schotter unter ihren Füßen. Unter den Fahrzeugen hier war nicht ein Dienstwagen der Regierung, jedenfalls keiner mit einem entsprechenden Nummernschild. Allerdings wäre Sokalow an einem solchen Tag bestimmt schlau genug, auf ein solches Fahrzeug zu verzichten. Vielleicht war Helge auch schon längst hier angekommen, hatte Sokalow getroffen und die beiden waren zusammen fortgegangen.

Maria holte tief Luft und betrat die Kneipe, wo eine Frau gerade Bierflaschen und Gläser von den Stehtischen räumte. *»Zakriwvayemsja tschcherez desjat' minut«*, sagte sie. *Wir schließen in fünf Minuten.*

Maria beachtete sie nicht, sah sich um. An den Tischen hier vorn stand niemand, also ging sie weiter durch, in die eigentliche Bar, aber auch dort fand sie nur leere Tische und Stühle. Sie wollte gerade wieder gehen, als sie auf der Rücklehne eines Stuhls eine Jacke entdeckte.

Helges Jacke.

Marias Herz klopfte zum Zerspringen.

Sie rief nach der Frau, die die Bierflaschen einsammelte, deutete auf die Jacke. »Haben Sie den Mann gesehen, der diese Jacke trug?«

»Der ist gerade gegangen«, erklärte die Frau. »Nach hinten raus.«

»Allein?«

»Nein, mit einem anderen Mann. Vor einer knappen Minute.«

Maria rannte zur Hintertür, streckte die Hand aus und zog sie wieder zurück, noch bevor sie die Klinke berührt hatte. Sie hatte keine Ahnung, was sie da draußen erwartete, aber eins war klar: Wenn sie diese Klinke herunterdrückte, gab es kein Zurück mehr.

Beherzt öffnete sie die Tür.

Draußen stand Helge zwischen zwei Männern, die Maria nicht kannte. Einer von ihnen sah allerdings aus wie Alexander Schomow, der gnadenloseste unter den Torpedos, die Sokalow und der Kreml einsetzten.

* * *

Dmitri Sokalow legte Helge die Hand auf den Rücken und schob ihn hinaus in eine nur schwach beleuchtete Gasse. Dort stand neben einem blauen Müllcontainer ein schwarzer Mercedes aus der Flotte der Dienstwagen der Lubjanka, aus der sich Mitarbeiter des FSB bei Bedarf bedienen konnten. An diesem Abend hatte ein gewisser Ilia Egorow das Formular ausgefüllt, mit dem der Wagen angefordert worden war.

Beim Mercedes angekommen, klopfte Sokalow mit seinem Ehering ans Fahrerfenster. Der Fahrer sah auf und Sokalow deutete auf Helge, woraufhin der Mann den Sicherheitsgurt ablegte und ausstieg.

»Beamter Egorow«, sagte Sokalow. »Das hier ist Helge Kulikow.«

Egorow nickte und streckte die Hand aus. »Herr Kulikow, es ist ein Vergnügen, Sie kennenzulernen. Ich freue mich auf die Unterhaltung mit Ihnen.«

»Wie bitte?« Helge sah sich nervös nach Sokalow um, der sich ein paar Schritte zurückgezogen hatte.

In diesem Moment trat der mit schwarzen Jeans, einem schwarzen T-Shirt und schwarzen Lederhandschuhen bekleidete Schomow aus dem kleinen Wäldchen hinter der Bar, in der Hand eine mit einem Schalldämpfer ausgerüstete Pistole. Er hob die Hand, zielte, bis auf Egorows Brust ein roter Punkt auftauchte, und drückte zweimal ab. Egorow sackte in sich zusammen wie eine Marionette, bei der man die Fäden durchtrennt hat.

Jetzt zielte die Pistole auf Helge.

»Helge!«

Sokalows Kopf fuhr herum, als er die vertraute Stimme hörte. Maria. Sie stand in der Tür der Kneipe. »Dmitri! Nein!«

Schomow feuerte noch einmal. Die Kugel traf Helge in die Schläfe, ließ Blut und Hirnmasse spritzen. Helge sank zu Boden.

Schomow zögerte nicht eine Sekunde, sah nicht erst nach, ob sein Schuss auch getötet hatte.

Er wandte sich um und nahm Maria Kulikowa ins Visier.

Kapitel 24

Bezirk Ramenki
Verwaltungsbereich Moskau

Mit quietschenden Reifen hielt Jenkins auf dem verlassenen Parkplatz vor dem einstöckigen, rau verputzten Gebäude. Eine einzelne Straßenlaterne zog einen Kreis aus Licht um sich, wie ein matt gewordenes Spotlight in einem verlassenen Stadion. Jenkins sah sich um. War er zu spät gekommen? War das die falsche Bar? Die Neonbuchstaben vor ihm auf dem Dach sprachen eine eindeutige Sprache: *Der Torwart.* Der Name, den Lemore ihm genannt hatte.

Er hatte sich das Schild gerade ansehen können, als es erlosch.

Er ließ den Motor laufen, stieg aus und wartete kurz, ob sich irgendwo etwas regte, jemand kam. Vielleicht aus dem kleinen Wäldchen hinter der Bar?

Es kam niemand.

Er ging zur Kneipentür und zog sie auf, wobei er fast mit einer Frau zusammengestoßen wäre, die mit einem Schlüsselbund in der Hand auf der anderen Seite stand.

»My zakryty«, sagte sie. *Wir haben geschlossen.*

Jenkins warf über ihre Schulter hinweg einen Blick in die Bar, suchte die leeren Tische ab. Sein Blick blieb an der Silhouette einer Frau hängen, die mit dem Rücken zu ihm in einer weiteren Türöffnung stand, und vor ihr, im schwachen Licht, das durch die geöffnete Tür fiel, hielt ein Mann zwei andere mit einer Pistole in Schach. Noch ehe Jenkins das Ganze verarbeiten konnte, spuckte die Pistole zweimal und das erste Opfer, ein Mann in einem dunklen Anzug, sackte zu Boden.

»Helge!«, rief die Frau in der Tür. Dann: »Dmitri, nein!«

Jenkins drängte sich an der Bedienung mit dem Schlüsselbund vorbei, schrie ihr zu: *»Ukhodite! Bystro!« Hauen Sie ab! Schnell!*

Während Jenkins zur Hintertür lief, in der die Frau stand, zielte der Schütze erneut, diesmal auf den zweiten Mann, der sich gerade zur Frau in der Tür umgedreht hatte. Er feuerte, traf sein Opfer in die Schläfe. Auch dieser Mann ging zu Boden und der Schütze nahm die Frau in der Türöffnung ins Visier. Aber jetzt war Jenkins so nah bei ihr, dass er an ihr vorbeilangen und ihr die Tür vor der Nase zuschlagen konnte. Keine Sekunde zu spät: Mit lautem Pling trafen zwei Kugeln auf das Metall.

Hastig sah Jenkins sich um, fand gleich links von sich hinter einem schwarzen Vorhang eine Besenkammer, griff sich einen Besen und rammte dessen Stiel unter den Türgriff. Die Frau starrte mit glasigen Augen zu ihm hoch. Sie stand unter Schock.

Jenkins packte sie bei den Schultern. *»Poidem so mnoi, yesli khotschesch' zhit'.« Wenn Sie leben wollen, kommen Sie jetzt mit mir.*

Er zog sie hinter sich her durch die Bar, hörte die Bedienung mit der Polizei telefonieren, sah sie aber nicht. Hinten an der Tür klapperte der Besenstiel.

Mehr als ein paar Sekunden blieben ihnen nicht.

Mit der Kulikowa im Schlepptau rannte Jenkins nach draußen zu seinem Wagen, riss die Beifahrertür auf, warf die Frau hinein, rannte ums Auto und schob sich hinter das Steuer. Schotter spritzte auf, als er Gas gab und anfuhr. In diesem Moment explodierte seine Heckscheibe. Die Frau schrie auf. Jenkins griff nach ihr und drückte sie tiefer in den Sitz, hörte Kugeln pfeifen, dann einen lauten Knall. Kurz geriet sein Wagen ins Schleudern, dann hatte er ihn wieder im Griff.

Allerdings hatte er einen Hinterreifen eingebüßt.

Und nur auf drei Rädern konnten sie niemandem entkommen.

* * *

Alexander Schomow zielte auf die Kulikowa, feuerte, aber da hatte der alte Mann, der plötzlich aufgetaucht war, die Tür schon zugeknallt. Schomow stieg über Helge Kulikow, rüttelte am Türgriff. Vergeblich.

Er eilte zurück zu den beiden Leichen, schlang Helges Finger um die Pistole, ein billiges Ding, das sich jeder problemlos auf dem Moskauer Schwarzmarkt besorgen konnte. Die Fingerabdrücke stützten die Story, Helge Kulikow hätte den Geliebten seiner Frau erschossen und sich danach selbst gerichtet. Die Aufzeichnungen des Sicherheitsdienstes in der Lubjanka belegten Helges Besuch bei Sokalow, Sokalow selbst konnte aussagen, bei diesem Besuch sei es um das außereheliche Verhältnis von Maria Kulikowa zu einem Mitarbeiter des FSB gegangen, und auch Helges Wunsch nach Vergeltung sei zur Sprache gekommen.

Schomow zog seine eigene Waffe aus dem Holster am Hosenbund in seinem Rücken, eine MP-433 Grach, und ging vorsichtig um das Haus herum nach vorne. Er wusste nicht, was von dem alten Mann zu halten war, der ihm so unerwartet die Kulikowa entzogen hatte. Vielleicht war er bewaffnet. Er war gerade so weit, dass er um die Ecke des Gebäudes spähen konnte, als das einzige Fahrzeug auf dem Parkplatz davor davonraste, wobei der Schotter aufspritzte. Er hob die Waffe, feuerte auf die Heckscheibe des Wagens, hörte sie explodieren, zielte auf die Reifen und den Benzintank, leerte ein ganzes Magazin in Richtung des davonfahrenden Autos.

Dann rannte er zum Mercedes zurück, brüllte Sokalow an, er solle einsteigen. »Kanntest du den alten Mann da eben in der Bar?«

»Nein!« Sokalow sprang auf den Beifahrersitz, während Schomow hinter das Steuer rutschte.

»Egal, wir werden bald genug erfahren, wer das ist. Ich habe ihnen einen Hinterreifen zerschossen, weit kommen sie nicht.«

Er legte den Gang ein und raste los, auf die zweispurige Straße zu.

* * *

Kulikowa auf dem Beifahrersitz setzte sich auf und drehte sich um. Durch das defekte Rückfenster pfiff der Wind und es roch nach verbranntem Gummi. Der Wagen holperte lautstark über den Asphalt. *»Schto s maschinoj?«*, fragte sie. *Was ist mit dem Auto?*

»On prostrelil sadneje koleso«, sagte Jenkins. *Er hat uns den Reifen zerschossen. »Ty govorisch' po-anglijski?« Sprechen Sie Englisch?*

»Ja«, sagte sie.

Jenkins zog sich die Maske vom Gesicht und warf sie auf die Rückbank.

»Charles Jenkins!«, rief die Kulikowa überrascht. Jenkins hatte keine Zeit, irgendetwas zu erklären.

»So kommen wir nicht weit«, erklärte er. »Bald fällt der Reifen ganz ab, dann fahren wir auf der Felge. Wir können ihnen nicht entkommen. Ich suche nach einer Stelle, wo ich den Wagen loswerden und uns ein bisschen Zeit verschaffen kann. Es bleibt uns wohl nichts anderes übrig, als uns in diesem Wäldchen zu verstecken.«

Sie warf einen Blick durch die Windschutzscheibe. »Biegen Sie ab!«, befahl sie. »Mr Jenkins, biegen Sie ab!«

Jenkins folgte ihrer Anweisung, bog scharf ab, vorbei an Schildern, die auf die Moskauer Universität verwiesen.

»Sie sind beim FSB gut bekannt, Mr Jenkins, besonders in der Abteilung Spionageabwehr. Sie stehen auf der Todesliste.«

»Ich hörte davon.«

»Dann wissen Sie ja auch, dass der Präsident eine unbarmherzige Kampagne begonnen hat, um uns zu finden. Eine spezielle Unterabteilung mit dem einzigen Zweck, die verbliebenen Schwestern aufzuspüren. Sie hätten nicht zurückkommen dürfen.«

»Dafür ist es zu spät.« Jenkins rang um die Kontrolle über das Lenkrad. Es roch immer stärker nach verbranntem Gummi. »Wer ist da eben erschossen worden?«

»Ein Mann, der für den FSB gearbeitet hat. Der andere war mein Mann, Helge.«

»Das tut mir leid«, sagte Jenkins. Die Frau neben ihm starrte nach vorn durch die Windschutzscheibe, unglaublich konzentriert, wenn man die Umstände betrachtete.

»Biegen Sie hier ab«, sagte sie. Jenkins steuerte sein rumpelndes, klapperndes Auto auf das Campusgelände, vorbei an großen Gebäuden und fast leeren Parkplätzen.

»Der Mann, gehört der zu der Gruppe, die die sieben Schwestern aufspüren soll? Zur Operation Herodes?«

»Nein. Der Mann, das ist Alexander Schomow, einer der am höchsten dekorierten Torpedos in der Geschichte des Kreml.«

Torpedos waren Auftragsmörder, das hatte Jenkins gelernt. »Was für eine Rolle spielt er in dieser Sache?« Der Wagen tat einen Satz, als wäre er über eine Fahrbahnschwelle gefahren, dann sackte er ab. Funken regneten auf die Straße. »Wir haben den Reifen verloren. Wir müssen das Auto jetzt loswerden.«

»Der Parkplatz.« Sie zeigte auf einen Parkplatz vor einem Mehrzweckgebäude und sie rollten langsam hinein. »Fahren Sie nach hinten, an die Rückseite.« Jenkins folgte ihren Angaben und parkte neben einem blauen Müllcontainer. »Beeilen Sie sich!«, drängte Maria und sprang aus dem Wagen.

»Wohin?«, wollte Jenkins wissen.

»Für Fragen ist keine Zeit. Ich sage, wo es langgeht, und wenn Sie am Leben bleiben wollen, folgen Sie mir.«

Jenkins hastete zum Kofferraum des Wagens, öffnete ihn und wäre dabei fast am Gestank nach verbranntem Gummi erstickt. Die Felge strahlte eine unglaubliche Hitze aus.

»Was tun Sie da?«, drängte die Kulikowa. »Wir haben keine Zeit!«

Ohne zu antworten, nahm Jenkins den fest verschließbaren Plastikbeutel aus dem Koffer, in dem er ein paar leichte Medikamente wie Aspirin oder Ibuprofen aufbewahrte, leerte ihn aus und öffnete den doppelten Kofferboden.

»Mr Jenkins, wir müssen los. Sofort!«

Jenkins raffte Pässe, die dazugehörigen Kreditkarten, Rubel und amerikanische Dollar zusammen, stopfte sie in den Plastikbeutel, verschloss ihn und schob ihn in die Innentasche seiner Jacke.

»Fertig«, sagte er. »Gehen wir.«

Maria eilte ihm voraus hinter die Gebäude, bei denen es sich wohl um Wohnheime und Vorlesungsräume handelte. Jenkins warf einen Blick hinter sich, hielt Ausschau nach Scheinwerferlicht. Hier auf dem Campus säumten Bäume die Straßen, da konnten sie sich unter Umständen leichter verstecken. Allerdings nicht lange, denn die Bürgersteige waren menschenleer.

Maria überquerte gerade einen Innenhof und lief zielstrebig weiter, als hätte sie ein konkretes Ziel vor Augen.

Jenkins holte auf, bis er neben ihr ging. »Wir müssen da rüber, zwischen die Bäume«, drängte er. »Irgendwohin, wo uns niemand sieht.«

»Ich kenne den Campus, ich habe hier studiert und hatte allen Grund, ihn mir genauestens anzusehen.«

»Was für einen Grund?«

»Nicht jetzt. Folgen Sie mir einfach.«

Erneut kam Jenkins nicht umhin, die Frau in gewisser Weise zu bewundern, die selbst in dieser Situation einen klaren Kopf behielt und wusste, was zu tun war. Außerdem war sie körperlich in ausgezeichneter Verfassung und klang kein bisschen außer Atem, obwohl sie doch fast so alt sein musste wie er, der froh über seine morgendlichen Laufrunden war. Er hatte seinen Rhythmus gefunden und atmete gleichmäßig.

Inzwischen waren sie beim Haupteingang der Universität angelangt, einem weitläufigen Areal aus Rasenflächen und kleinen Innenhöfen, dominiert von einem massiven Gebäude, das Jenkins von Fotos her wiedererkannte.

»Eine der sieben Schwestern«, bemerkte er ein wenig außer Atem, denn er erinnerte sich noch gut an Bilder des auffallenden, vielschichtigen neoklassizistischen Gebäudes, eins von sieben, die in der Stalinzeit erbaut worden waren. Hier war der zentrale Turm fast vierzig Stockwerke hoch und wurde von vier langen Flügeln flankiert.

»Nicht ohne eine gewissen Ironie, nicht wahr?« Maria Kulikowa interessierte sich kaum für das pompöse Bauwerk. Sie konzentrierte sich auf die Innenhöfe mit ihrem roten Backsteinpflaster und dem Saum aus Blumenbeeten und hohen Bäumen, zwischen denen sie sich vielleicht kurzfristig verstecken konnten. Dort, im südwestlichen Quadranten eines Hofes, steuerte sie einen allem Anschein nach stillgelegten

Springbrunnen an, der an eine aus mehreren Schichten bestehende Hochzeitstorte erinnerte und oben mit einem Metallteller gekrönt war. Aus dem runden Bassin ragten Wasserspeier, die früher sicher Wasser gespien hatten, nur war der Brunnen inzwischen wie viele andere Dinge in Moskau offenbar dem Verfall anheimgefallen. Bei einigen der Wasserspeier fehlten bereits die Köpfe, dort ragten Rohre aus dem brüchigen Beton. Für die Pflege öffentlicher Wahrzeichen schien kein Geld vorhanden zu sein.

Die Kulikowa ging um den Brunnen herum und zog an den Metallgittern unten im Brunnensockel.

»Was tun wir hier?« Jenkins wischte sich den Schweiß aus dem Gesicht und hielt zwischen den Bäumen und Büschen nach Scheinwerferlicht Ausschau.

»Unter dem Brunnen gibt es einen Belüftungsschacht. Ich kann das im Moment nicht weiter erklären, aber da müssen wir rein und dazu müssen wir eins der Gitter hier entfernen.«

Jenkins beugte sich vor, um sich die Sache genauer anzusehen. Die Gitter bestanden aus einem Geflecht dekorativer Metallstangen, die oben an Scharnieren hingen, während sie unten mit einem in den Betonsockel des Brunnens eingelassenen Riegel gesichert waren. Der Beton war aufgebohrt worden, um den Riegel zu verankern, aber inzwischen hatte der Rost dafür gesorgt, dass sich die ganze Vorrichtung gelockert hatte. Als Jenkins an einem der Gitter rüttelte, bewegte sich unten der Bolzen. Er rüttelte noch einmal – der Lärm hallte durch den ganzen Innenhof.

»Vielleicht kriege ich den Riegel auf.« Er packte den Bolzen oben am Kopf und versuchte, ihn mit aller Kraft hochzuziehen. Das ging bis zu einem gewissen Punkt, aber nicht weit genug. »Ich brauche irgendeine Art Hebel.«

Er sah sich um und entdeckte in einem der Blumenbeete einen kleinen Steinhaufen. Zwei der Steine schienen ihm geeignet. Mit denen kniete er sich hin und schob den längeren der beiden so zurecht, dass er mit seiner flachen Seite wie das Ende eines Meißels unter den Bolzenkopf passte. Den zweiten Stein benutzte er als Hammer. Schon hob sich der Bolzenkopf leicht und Jenkins hämmerte weiter, wobei sich der Bolzen mit jedem Schlag einen Millimeter nach oben bewegte. Maria hielt Wache. Inzwischen hatte er den Bolzen so weit hochgetrieben, dass er den Kopf besser zu fassen bekam. Er rüttelte daran, aber noch hatte sich das Ganze nicht weit genug gelockert und er fuhr fort zu hämmern. Jenkins wusste weder, wie lang dieser Bolzen genau war, noch wusste er, wie lange es dauern würde, bis er sich herausziehen ließ. Eigentlich wusste er nur eins: Viel Zeit blieb ihnen nicht mehr.

* * *

Schomow fuhr langsam, suchte rechts und links der Straße zwischen den Bäumen.

»Sie könnten das Auto irgendwo versteckt haben, wo wir es nie finden«, gab Sokalow zu bedenken.

»Nein.« Schomow schüttelte den Kopf. »Können sie nicht. Wir würden Reifenspuren sehen und das Unterholz wäre niedergedrückt. Sie sind auf der Straße geblieben und haben versucht, so weit wie möglich zu kommen, bis der Reifen bis auf die Felge heruntergefahren war.«

Sie kamen an eine Straßenkreuzung, wo die Hauptstraße sie zurück nach Moskau führte, während es auf der anderen Seite zur Moskauer Uni ging. »Nach Moskau sind sie mit dem Auto nicht, das ist viel zu riskant. Wahrscheinlich wollen sie es irgendwo auf dem Campus verstecken«, war Schomows Einschätzung.

Also fuhr auch er in Richtung Universität, weiterhin langsam, den Kopf ständig in Bewegung, mit Blick auf die umliegenden Parkplätze. Irgendwann war er so langsam geworden, dass sie fast standen.

»Was?«, wollte Sokalow wissen.

Schomow deutete auf die Straße vor ihnen, wo man im Licht der Scheinwerfer eine Spur im Asphalt erkannte, die aussah wie mit einem spitzen Gegenstand dort eingebrannt. »Hier hat er endgültig das Gummi vom Reifen verloren. Da!« Er zeigte auf zerfetzte Gummireste am Straßenrand. »Weit können sie nicht sein.« Er folgte der Spur der Felge bis zu einem Parkplatz bei einem der Wohnheime, wo sie, halb hinter einem Müllcontainer versteckt, auch wirklich den Wagen mit der zerschossenen Heckscheibe entdeckten. »Ab hier sind sie zu Fuß weiter.«

»Sie könnten sich in einem der Gebäude verstecken«, meinte Sokalow.

Auch diesmal war Schomow anderer Ansicht. »Die sind verschlossen. Ruf beim Technologiezentrum an, mach ein bisschen Druck und poch auf deine Stellung. Sag denen, du brauchst die Live-Aufzeichnungen vom Campus hier, du suchst nach einer Frau und einem Mann, die zu Fuß unterwegs sind und wahrscheinlich rennen. Sag ihnen, das Computersystem soll nach Maria Kulikowa suchen.«

Sokalow zückte sein Handy, rief in der Lubjanka an und ließ sich mit dem Moskauer Zentrum für Informationstechnologie verbinden. Dort nannte er seinen Zugangscode und erklärte, was er wollte. Minuten später hatte der Beamte, mit dem er sprach, die Live-Übertragung aufgerufen und vor sich.

»Wir haben sie gefunden«, erklärte er. »Sie sind noch auf dem Campus, in der Nähe des Hauptgebäudes. Eine Frau und ein Mann, ein Schwarzer.«

»Schwarz?«, fragte Sokalow.

»Ein alter Mann?«, rief Schomow dazwischen.

»Das kann ich nicht sehen.«

»Aber er ist schwarz, da sind Sie sicher?«, hakte Sokalow nach.

»Es ist dunkel, aber der Mann scheint schwarz zu sein, ja.«

»Lässt sich seine Größe schätzen?«

»Wenn wir bei der Frau von einer durchschnittlichen Größe ausgehen, dann dürfte er fast zwei Meter groß sein. Er wirkt kräftig, muskulös.«

»Charles Jenkins«, sagte Sokalow.

»Soll ich versuchen, sein Gesicht genauer einzufangen, und ihn dann durch das System laufen lassen?«

»Nein, nicht nötig.«

Der Beamte schickte ein Standbild der Aufzeichnungen und Sokalow erkannte Jenkins aufgrund der Fotos in dessen Akte. »Es darf nicht publik werden, dass die beiden zusammen sind«, wandte er sich an Schomow.

»Dann schlage ich vor, wir finden sie schnell.«

Inzwischen hatte Sokalow die Aufzeichnungen auch auf seinem Display und sah, wie die Kulikowa um das Hauptgebäude herum in einen großen Innenhof hastete, wo sie zwischen Bäumen verschwand.

»Die Übertragung erreicht nicht jeden Winkel, ich bekomme gerade nicht mit, was sie tun«, sagte er.

»Sie verstecken sich und warten darauf, abgeholt zu werden.« Schomow hatte Ohrhörer aus seiner Tasche gezogen, steckte sich einen ins Ohr und verband ihn mit seinem Handy. »Allein komme ich schneller weiter. Du bleibst hier und beobachtest die Aufzeichnungen. Sag Bescheid, wenn du sie wieder siehst oder ein Wagen eintrifft.«

Er machte kehrt und lief los, auf den großen Turm des Gebäudes am Eingang des Campus zu.

Kapitel 25

Universität Moskau
Bezirk Ramenki, Verwaltungsbereich Moskau

Jenkins versetzte dem Bolzen, der sich inzwischen gute sechs Zentimeter weit angehoben hatte, einen weiteren Schlag, legte den Stein ab und rüttelte so lange mit der Hand, bis der Bolzen herauskam. Dann packte er mit beiden Händen das Gitter und zog. Der untere Teil hob sich vom Boden, jedoch lediglich etwa zwölf Zentimeter weit.

»Die Scharniere sind verrostet!« Jenkins keuchte, mühte sich ab, das Gitter vor- und zurückzubewegen, was dieses auch mitmachte, allerdings unter heftigem Kreischen der Scharniere. Schwitzend arbeitete er weiter, bis es endlich so aussah, als könnte man unter dem Gitter hindurchkriechen.

»Folgen Sie mir«, befahl die Kulikowa, die bereits auf dem Bauch lag und sich vorsichtig nach vorn schob, wobei sie sich erst einmal so drehte, dass sie sich mit den Füßen am Betonsockel des Brunnens abstützen konnte, um nicht in den Schacht zu fallen. Sobald das Gitter bewältigt war, drehte sie sich um, sodass sie die oberste Stufe einer in der Wand des Schachts verankerten Leiter aus Metall zu fassen bekam, und machte sich an den Abstieg.

Der erheblich größere und umfangreichere Jenkins hatte mehr Mühe, sich unter dem Gitter hindurchzuschlängeln und sich anschließend im engen Raum unter dem Sockel zu bewegen. Er musste sich mit Händen und Füßen abstützen, um sich so drehen zu können, dass die verrostete Leiter in Reichweite kam. Sie führte ins Dunkel, aber wohin? Jenkins warf einen Blick zurück zum Gitter, wollte gerade danach greifen, um es hinter sich zuzuziehen, als er einen Mann den Pfad zum Brunnen hinunterlaufen sah.

Schomow hatte Maria ihn genannt.

Es blieb keine Zeit, das Gitter zu schließen. Das ging nicht ohne Lärm, womit er die Aufmerksamkeit dieses Schomow sofort auf sich ziehen würde. Außerdem lag Jenkins hier unten praktisch auf dem Präsentierteller.

Also kletterte er, so schnell er es wagte, die Leiter hinunter. Je tiefer er hinabstieg, desto finsterer wurde es und er musste immer erst sicher sein können, dass sein Fuß Halt gefunden hatte, bevor er losließ, um die nächste Sprosse zu packen. Ein bisschen kam er sich vor wie ein Bergsteiger. Von daher versuchte er, beim Abstieg immer drei Kontaktpunkte zur Leiter aufrechtzuerhalten, wie man es ihm am Berg beigebracht hatte.

Wenn er jetzt ausrutschte und stürzte – wusste er denn, wie weit er fiel und ob die Kulikowa nicht immer noch direkt unter ihm war?

* * *

Schomow hatte den Innenhof erreicht, auf dem die beiden Flüchtenden gesehen worden waren. Er wurde langsamer. Wahrscheinlich war dieser Charles Jenkins nicht unbewaffnet gekommen, um die Kulikowa abzuholen. Er kannte den Mann natürlich nicht persönlich, hatte aber durch Sokalow von ihm gehört. Jenkins war bereits zwei Mal in Russland aufgetaucht und hatte beide Male wieder entkommen können. Bei seinem zweiten Besuch hatte er Adam Efimow getötet, den »Ziegel«, einen der besten Torpedos der Lubjanka. Der Präsident hatte Jenkins auf eine Todesliste gesetzt und Schomow hätte nichts lieber getan, als dem Präsidenten eine Freude zu bereiten. Sokalow jedoch bestand nun einmal darauf, dass Jenkins lebend gefasst werden sollte, was eine weit schwierigere Aufgabe war.

Schomow zog seine Pistole aus dem Holster hinten am Rücken und hielt sie mit dem Lauf nach unten gerichtet, während er langsam und mit gespitzten Ohren weiterlief. Manchmal blieb er stehen, suchte die kleinen Ansammlungen von Bäumen und Büschen der Umgebung nach natürlichen Verstecken ab, hielt Ausschau nach Farbflecken, die hier nicht hingehörten. Und er lauschte, hörte auf Geräusche, die von Menschen gemacht wurden.

Er tippte sich an den Kopfhörer. »Gibt es irgendwas?«

»Nein. Sie scheinen sich seit Betreten dieses Innenhofs nicht mehr bewegt zu haben. Siehst du sie?«

»Njet.«

»Dann müssen sie ganz in der Nähe sein.«

»Ja, müssten sie eigentlich.«

Schomow ging einen Schritt weiter, blieb stehen, als er ein metallenes Klicken hörte. Er versuchte, es zu orten, ging weiter, leise, vorsichtig, auf das Geräusch zu.

»Und dennoch …«, setzte Sokalow an.

»Ruhe«, flüsterte Schomow. Konnte das Geräusch aus einem der Gebäude kommen, mechanisch sein? Nein, dazu kam es zu unregelmäßig, ohne gleichmäßiges Muster. Es wurde von einem Menschen gemacht. Jetzt war es verstummt, ersetzt durch ein knarrendes, kreischendes Geräusch, ebenfalls nicht das einer Maschine. Wieder bewegte er sich auf das Geräusch zu.

Vorsichtig ging er weiter, um eine Reihe großer Büsche herum, und stand im südwestlichen Teil des Innenhofes, der von einem großen, nicht mehr arbeitenden Brunnen dominiert wurde. Wieder sah er sich nach Verstecken um, wieder entdeckte er niemanden.

»Hast du etwas?«, flüsterte er.

»Nichts«, antwortete Sokalow.

Sie mussten hier sein. Irgendwo. Er ging den Pfad hinunter zum Brunnen, umrundete ihn im Uhrzeigersinn, sah sich um. Rechts, links. Nichts.

Schomow blieb stehen. Lauschte. Er hörte nichts. Aber unten, an einem der Gitter im Sockel des Brunnens, erregte etwas seine Aufmerksamkeit. Er trat näher heran. Das Gitter war aufgezogen worden, daneben lag ein zehn Zentimeter langer Bolzen mit Schlagspuren auf dem quadratischen Kopf. Das erklärte die Geräusche eben: Jemand hatte den Bolzen bearbeitet, um das Gitter aufzubekommen. Vorsichtig beugte er sich vor, leuchtete mit der Taschenlampe ins Dunkle, erkannte die rostige Leiter, die in einen Schacht hineinführte. Das Licht war nicht stark genug, um bis ganz auf den Grund zu leuchten.

Er richtete sich auf. »Sie sind im Untergrund verschwunden, aber noch nicht weit gekommen. Ich folge ihnen. Das Zentrum soll die Kameras in den Tunneln aktivieren.«

»In den Tunneln gibt es keine Kameras. Ich kann das so schnell jetzt nicht erklären, aber es ist so.«

»Dann nimm das Auto, fahr zurück in die Lubjanka und such nach einer Karte, auf der verzeichnet ist, wo man in die Tunnel rein- und wieder rauskommt. Finde heraus, wohin der Tunnel führt, in den man durch den Springbrunnen im südwestlichen Teil des Innenhofs beim Uni-Hauptgebäude kommt. Irgendwann müssen sie oben wieder auftauchen. Alarmiere die Moskauer Polizei.«

»Denk dran, Jenkins brauche ich lebend«, mahnte Sokalow. »Erschieß die Kulikowa und lass sie irgendwo unter Moskaus

Straßen liegen, damit ich jedes Mal auf dem Weg in die Lubjanka liebevoll an sie denken kann.«

»Lass mich mit deinen Fantasien in Ruhe, Dmitri! Mach einfach, was ich dir gesagt habe, und zwar jetzt gleich, wenn du willst, dass ich hier erfolgreich bin!«

* * *

Jenkins hatte die letzte Sprosse der Leiter hinter sich gelassen und bewunderte nun im Licht der Taschenlampe seines Handys den riesigen unterirdischen Bunker mit einem wahren Labyrinth an Tunneln und Räumen, in dem er gelandet war. Er erinnerte ihn an die Tunnel unter Oslo, durch die er und die Ponomajowa hatten entkommen können. In Oslo waren die Tunnel in der Hauptsache während der Besatzung durch die Nazis entstanden, damit sich die Führung der Stadt weiterhin unerkannt bewegen konnte. Dieses Tunnelsystem hier schien ungleich größer als das in Oslo.

»Was ist das hier?«, fragte er leise.

»Die Stadt im Untergrund«, erklärte die Kulikowa. »Ramenki 43. Erbaut in den Sechziger- und Siebzigerjahren, um einen Atomangriff überstehen zu können. Hier ist Raum für mehr als fünfzigtausend Menschen, von denen einige bis zu dreißig Jahre lang hier überleben könnten.«

Jenkins fluchte leise. »Ihr seid wirklich paranoid.«

»Sie machen sich keinen Begriff. Wir müssen weiter.«

Jenkins eilte ihr nach. »Woher kennen Sie diesen Ort? Wissen auch andere davon?«

»Ein paar.« Maria führte ihn durch einen Tunnel mit gewölbter Decke, wobei ihr Handy jeweils nur die paar Meter direkt vor ihren Füßen beleuchtete. »Ein Freund von mir hat den Schacht unter dem Brunnen entdeckt, als wir noch auf der Uni waren. Er ist nachts mit mir und anderen hier runter, um die Tunnel zu erkunden. Nach dem Zusammenbruch der Sowjetunion hat dieser Freund eine Organisation mit dem Namen *Diggers of the Underground Planet* gegründet und unterirdische Touren veranstaltet. Damit war es nach der Machtübernahme Putins vorbei.«

Der Boden war feucht, glatt und uneben. Jenkins spürte, dass er vorsichtig auftreten musste, um nicht auszurutschen. »Das alles in Vorbereitung auf einen Atomkrieg?«

»Sie sollten nicht so überrascht sein, Mr Jenkins. Auch die USA und Großbritannien haben während des Kalten Krieges unterirdische Bunker zum Schutz der jeweiligen Führung gebaut. Gut, das System hier geht weit über das hinaus, was in anderen Ländern entstand, aber wie Sie schon sagten: Wir neigen nun einmal zur Paranoia. Sie finden hier unten einzelne Bunker, ganze Untergrundfabriken und sogar Tunnel, durch die Panzer fahren können.«

»Wie groß ist das alles?«

»Ich weiß es nicht. Ich habe aber die Pläne gesehen. Unter Moskau verlaufen zwölf verschiedene Ebenen. Ein paar der Durchgänge reichen zurück bis ins vierzehnte Jahrhundert. Im sechzehnten Jahrhundert hat Iwan der Schreckliche die Tunnel ausgebaut, weil er fürchtete, eines Tages aus dem Kreml flüchten zu müssen. Das größte Tunnelsystem ist eine unterirdische U-Bahn, inoffiziell unter dem Namen Metro 2 bekannt. Offiziell heißt das System D-6. Es wird immer noch weiter ausgebaut und seit den Neunzehnhundertvierzigern nur von hochrangigen Regierungsmitgliedern genutzt, von denen jedes einzelne dessen Existenz kategorisch leugnet. Eine Karte oder ein Dokument, das das Vorhandensein dieser U-Bahn bestätigt, finden Sie nur in der Lubjanka oder, dank meiner Arbeit, in Langley.«

Jenkins rutschte aus und er musste sich kurz an der Wand abstützen. Auch die war nass und die Luft hier unten war, anders als oben in den Straßen der Stadt, feucht und kühl. Sie roch ein wenig abgestanden. Jenkins spürte, wie ihm unter dem klammen Hemd eine gewisse Kälte den Arm hochkroch. Wenn er ausatmete, hatte er eine kleine Wolke vor dem Mund.

»Wieso wissen Sie so viel über diese Tunnel?«, wollte er wissen.

»Weil irgendwann das Problem auftauchte, wer denn nun für dieses System zuständig sein sollte. In der Sowjetunion unterstanden die Tunnel dem fünften Direktorat. Das wurde nach dem Zusammenbruch in erstes Direktorat umbenannt, auch GUSP genannt, zuständig für spezielle Programme des Präsidenten. Einziger Sinn und Zweck des GUSP ist die Pflege und Erweiterung der Tunnel und Sorge dafür zu tragen, dass sie absolut geheim bleiben. Eine Zeit lang war Sokalow Leiter des GUSP, doch der Mann ist faul. Er ließ mich die Karte studieren, um ihn mit Details zu versorgen. Ich war froh, ihm diese Arbeit abnehmen zu können.«

»Besitzen Sie ein fotografisches Gedächtnis? Woher wissen Sie, wohin wir gehen?«, fragte Jenkins, als Maria mehrere seitlich abzweigende Tunnel ignoriert hatte.

»Ich folge der Hauptleitung.« Sie hielt ihr Handy so, dass er eine Reihe von Kabeln erkennen konnte, die wie Baumwurzeln in der Backsteinmauer verankert waren. »Die führt uns nach Moskau zurück. Von da aus, nehme ich doch an, haben Sie einen Plan, wie wir außer Landes kommen.«

»Ich hatte einen Plan«, seufzte Jenkins. »Im Moment improvisiere ich eher.« Ein Blick auf sein Handy bestätigte die Vermutung, dass es hier unten keinen Empfang gab. »Gibt es hier unten Überwachungskameras oder Bewegungsmelder, über die wir uns Gedanken machen müssten?«

»Die Regierung hat so etwas versucht, aber der Untergrund gehört den Diggers und unterirdischen Entdeckern und die können die Regierung nicht leiden. Sie sind in der Frage des Zugangs zu den Tunneln aneinandergeraten. Kameras und

Bewegungsmelder halten sich hier unten nicht lange, weshalb es die Regierung aufgegeben hat, hier Geld zu verschwenden. Bleiben Sie hinter mir, es wird enger.«

Jenkins trat hinter sie und beide gingen langsamer. Auf den glatten gewölbten Ziegelsteinen zu gehen war, als würde man in einem Rohr laufen. »Ich hatte Sie vorhin gefragt, was Schomow mit dieser Angelegenheit zu tun hat.«

Maria wandte im Gehen den Kopf. »Sokalow hat Schomow hinzugezogen, weil er hofft, dadurch alles unter den Teppich kehren zu können«, erklärte sie über ihre Schulter hinweg. »Schomow und er haben eine gemeinsame Geschichte.«

»Was will er unter den Teppich kehren?«

»Unsere Affäre, seine und meine. Sokalow hat eine Heidenangst vor seinem Schwiegervater. Der bringt ihn um, wenn sich herumspricht, dass er fremdgegangen ist. Und der Präsident bringt ihn um, wenn sie herausfinden, dass ich eine der sieben Schwestern bin. So oder so ist er ein toter Mann.«

»Wer ist Sokalows Schwiegervater?«

»General Roman Portnow.« Sie lieferte Jenkins eine kurze Zusammenfassung der Biografie dieses Mannes. »Er brächte es ohne Weiteres fertig, Sokalow umzubringen, denn Mittel und Möglichkeiten dazu hat er genug. Außerdem ist Sokalows und meine Affäre nicht irgendeine. Ich habe sie unter erheblichen Mühen so gestaltet, dass es extrem peinlich wäre, wenn Details in die Öffentlichkeit gelangten. Wirklich peinlich. Weder der Präsident noch der General würden irgendetwas davon nach außen dringen lassen wollen.«

»Schafft Sokalow das? Kann er die Affäre geheim halten?«

»Ja, das kann er, wenn Schomow uns findet.« Sie erklärte Jenkins die abgeschottete Arbeitsweise des Direktorats für Spionageabwehr, die Sokalow ein Überleben ermöglichen würde, sobald es Maria nicht mehr gab. Inzwischen war der

Tunnel wieder breiter geworden und Maria wechselte das Thema. »Sie haben vorhin Verkleidung getragen.«

»Um die Überwachungskameras in Moskau auszutricksen.«

»Woher wissen die dann trotzdem, dass Sie in Moskau sind?«

Jenkins berichtete ihr von der Konfrontation in der Bar.

Sie blieb stehen und sah ihn an. »Eldar Welikaja?«

»Sie kennen ihn?«

»In Moskau weiß jeder, wer Eldar Welikaja ist und was mit ihm passiert ist. Dann waren Sie das? Sie haben ihn getötet? Warum?«

»Ich habe ihn nicht getötet, aber ich war dort, als er getötet wurde. Das ist eine lange Geschichte. Um es kurz zu machen: Wahrscheinlich habe ich auf einem der Tische der Bar oder an einer Bierflasche einen Fingerabdruck hinterlassen.«

Ein paar Minuten lang folgten sie schweigend dem Kegel aus weißem Licht, den Marias Handy ihnen spendete. »So langsam verstehe ich die Logik hinter der ganzen Sache«, sagte Maria schließlich.

»Logik?«

»Wie Sokalow erfahren hat, dass ich für die CIA arbeite. Mein Mann ist mir auf dem Weg zu einem toten Briefkasten gefolgt, wo ich Informationen über einen geplanten Mordversuch an Fjodor Ibragimow hinterlegte, der in Ihrem Land stattfinden sollte, in Virginia.«

»Moment! Wollen Sie damit sagen, die Lubjanka hat versucht, Ibragimow auf amerikanischem Boden zu ermorden?«

»Ich war bei dem entsprechenden Treffen von Sokalow mit anderen anwesend und habe ganz offiziell Notizen gemacht. Als der Anschlag dann fehlschlug, haben sie wohl nach einem Leck gesucht. Da wäre ich als Erste verdächtig.«

Das also hatte Lemore gemeint, als er Jenkins gleich an dessen erstem Abend in Moskau mitteilte, es sei etwas »im Gange«

und er solle sich zuerst um die Petrekowa kümmern. Die CIA hatte Maria Kulikowa nicht herausholen wollen, bevor sie nicht die beiden potenziellen Attentäter verhaftet hatten.

»Sokalow hat mich damit konfrontiert«, erklärte die Kulikowa. »Aber ich verstehe mich sehr gut darauf, ihn abzulenken, und so schien zunächst alles noch ruhig zu sein. Er muss später erfahren haben, dass Sie wieder in Moskau sind, was er wohl für einen zu großen Zufall hielt.«

»Wir müssen also davon ausgehen, dass Sokalow von meiner Anwesenheit hier weiß.«

»Und wenn er Kenntnis davon hat, dann weiß es die Welikaja auch, das kann ich Ihnen versichern. Sie hat bei der Moskauer Polizei viele Augen und Ohren und in der Lubjanka ebenfalls. Jekatarina Welikaja wird Sie mit derselben Entschlossenheit, denselben Rachegelüsten jagen, die Sokalow für mich aufbringt. Scheint mir, wir haben beide ein Problem.«

»Mit der Welikaja befassen wir uns, wenn es so weit ist«, meinte Jenkins. »Jetzt müssen wir uns erst einmal auf diesen Schomow konzentrieren. Sie sagten, er wäre möglicherweise der Einzige im FSB, um den wir uns Sorgen machen müssen?«

»Sie sagen das so, als wäre es etwas Gutes. Lassen Sie mich Ihnen versichern, Mr Jenkins, Schomow ist grausamer und rücksichtsloser als ein Dutzend Einsatzgruppen des FSB und tödlicher noch dazu. Er hat sich seinen Ruf als Scharfschütze in Afghanistan mit mehr als einhundertfünfzig tödlichen Treffern erworben. Seitdem dient er dem Kreml und ist in dieser Funktion inzwischen für den Tod von zweimal so vielen Menschen verantwortlich.«

Jenkins dachte an Viktor Federow und Adam Efimow, die ihn bei seinen beiden ersten Aufenthalten in Russland gejagt hatten. »Kommt mir so vor, als hätte der FSB ein ganzes Lager mit solchen Leuten«, sagte er.

In diesem Moment hörte er ein Geräusch, tippte der Kulikowa auf die Schulter und bat sie mit einer Handbewegung, stehen zu bleiben. Er legte den Finger auf die Lippen und bedeutete ihr, ihr Handy dicht am Körper zu halten, sodass sie, bis auf die paar blassen Lichtstrahlen von der Straße über ihnen, in völlige Dunkelheit gehüllt standen. Angestrengt spähte er in den finsteren Tunnel hinter ihnen, hörte Wasser von der gewölbten Decke tropfen. So dunkel, wie es hier war, konnte ihnen Schomow ohne Licht nicht folgen, es sei denn, er trug eine Nachtsichtbrille, was Jenkins bezweifelte. Jenkins zählte im Kopf zwei volle Minuten aus und wollte gerade das Signal zum Weitergehen geben, als an einer der Tunnelwände ein Licht auftauchte. Er brauchte einen Moment, bis er sicher sein konnte, es sich nicht eingebildet zu haben.

»*Wot der'mo!*«, sagte die Kulikowa.

Kapitel 26

Im Moskauer Untergrund

Schomow fand keinen gleichmäßigen Rhythmus. Er musste seine Schritte vorsichtig setzen, eine andere Wahl ließ ihm der glatte, gewölbte Boden nicht, der zur Mitte hin abschüssig war, um den Wasserabfluss zu ermöglichen. Es war stockfinster hier unten, bis auf ein paar Lichtkegel, die durch die bis hoch zur über ihnen liegenden Straße reichenden Schächte fielen. Die Taschenlampe seines Handys hielt er nach unten gerichtet, um wenigstens halbwegs zu sehen, wohin er trat, ohne dabei seine Position zu verraten. Im Dunkeln würde er auch leichter erkennen, wenn vor ihm im Tunnel künstliches Licht auftauchte. Rein theoretisch jedenfalls, denn eigentlich verliefen die vielen Tunnel hier in so zahlreichen Kurven und Windungen, dass er das Licht der beiden Flüchtenden vielleicht ja erst sah, wenn er direkt vor ihnen stand. Falls er denn überhaupt in der richtigen Richtung unterwegs war. Er folgte dem an der Wand entlanglaufenden Bündel zentraler Kabel, weil er davon ausging, dass jeder, der sich hier unten nicht bestens auskannte, sich daran orientieren würde.

Schomow selbst wusste zwar vom Labyrinth aus Tunneln unterhalb von Moskau, war aber keineswegs mit dem gesamten

System vertraut. Er hatte im Jahr 2002 der Spezialeinheit angehört, der die Befreiung der 850 von tschetschenischen Rebellen im Dubrowka-Theater festgehaltenen Geiseln gelungen war. Damals hatten sie bei ihrer Planung vor der Frage gestanden, wie sie unbemerkt ins Theater gelangen konnten, ohne die mit dem Tod bedrohten Geiseln zu gefährden. Die Lösung des Problems war schließlich aus unerwarteter Quelle gekommen, nämlich durch den Leiter der Diggers of the Underground Planet, der Schomow eine detaillierte Karte der Tunnel zur Verfügung gestellt hatte, auf der auch ein Zugang zum Theater verzeichnet gewesen war. Schomow und seine Leute hatten die Untergrundpassagen genutzt, um das Theater zu stürmen, wobei sie die vierzig völlig überraschten Tschetschenen allesamt getötet hatten.

Schomow hatte sich bei der Aktion aufs Äußerste konzentrieren müssen und war jetzt wie damals erstaunt über das Ausmaß des Tunnelsystems, über die Vielzahl der von den zentralen Tunneln abgehenden und sie kreuzenden kleineren Gänge. Bei jeder Kreuzung blieb er stehen, lauschte und suchte in den abbiegenden Tunneln nach künstlichem Licht. Wenn er keins sah, folgte er weiter dem Strang des Hauptkabels.

Langsam hatten sich seine Augen an die Dunkelheit gewöhnt, seine Füße an den glatten, unebenen Boden, und er wurde schneller, wenn auch weiterhin in Bezug auf Informationen von oben abgeschnitten, denn Handyempfang gab es keinen. Entweder fand er Jenkins und die Kulikowa hier unten, oder er musste davon ausgehen, dass sie das Tunnelsystem verlassen hatten. Dann würde er zur Lubjanka fahren und herausfinden, an welcher Stelle sie dies getan hatten.

Gerade war er um eine Kurve gebogen und hatte einen Moment lang gemeint, vor sich im Tunnel künstliches Licht flackern zu sehen, aber das war rasch wieder erloschen. Schomow schaltete die eigene Taschenlampe aus und tastete sich an der

Wand entlang. Vorn ging das Licht erneut an und erlaubte ihm diesmal mehr als einen kurzen Blick, bevor es wieder verschwand.

Um schießen zu können, musste er dichter heran, so einfach drauflosballern ging hier nicht. Er wusste nicht, welche Windungen der Tunnel noch machte, und hätte so keine Chance, Jenkins und die Kulikowa zu treffen, die daraufhin gewarnt wären. Er beschloss, sein eigenes Licht nicht wieder einzuschalten und sich an der Wand entlangzutasten, in der Hoffnung, dicht genug an die beiden heranzukommen, um einen gezielten Schuss wagen zu können.

* * *

»Was ist?«, flüsterte die Kulikowa.

Jenkins schüttelte den Kopf. Er sah hinter sich. »Ich dachte, ich hätte ein Licht gesehen.«

»Ich sehe nichts. Sind Sie sicher?«

»Nein. Sicher bin ich mir nicht.«

»Ich glaube kaum, dass Schomow von diesen Tunneln weiß, und dass er den Eingang beim Brunnen gefunden hat, halte ich für noch unwahrscheinlicher.«

Jenkins verriet ihr nicht, dass er Schomow in der Nähe des Brunnens gesehen hatte, bevor er das Gitter wieder hatte zuziehen können.

»Mr Jenkins?«

Jenkins behielt die Tunnelwände hinter ihnen im Auge. »Okay, gehen wir weiter.« In diesem Moment tauchte im von oben kommenden Licht ganz kurz, wie in einem Schwarz-Weiß-Film, die flackernde Silhouette eines Mannes auf. »Scheiße!«, stieß Jenkins hervor. Gleich darauf fiel ein Schuss.

Die Kugel prallte von den Backsteinen ab, wirbelte Staub auf und hätte Jenkins um ein Haar getroffen. Sie rannten los, wobei die Kulikowa geschickt durch alle möglichen Abbiegungen manövrierte, sich manchmal nach rechts wandte und dann wieder nach links. Als sie in einem Seitentunnel bei einer nach oben führenden Leiter ankamen, drängte Jenkins die Kulikowa, sie möge dort hochsteigen. Er selbst wollte unten bleiben, bis er sicher sein konnte, dass sie heil oben angekommen war. Hier hatte er zumindest eine kleine Chance, Schomow zu überraschen.

Schwere Schritte dröhnten über den Boden.

Dann lief ein Schattenumriss an dem Seitentunnel vorbei, in den sie sich geflüchtet hatten.

Kulikowa kletterte schnell und war schon etwa zehn Meter weit gekommen, als einer ihrer Füße von der Sprosse rutschte und sie fast gestürzt wäre, hätte sie sich nicht mit beiden Händen festklammern können, bis sie wieder gut Fuß gefasst hatte. Ihr Handy jedoch, das sie sich unter den Hosenbund geschoben hatte, löste sich bei dieser Aktion, prallte mit leisem Pling erst von einer Sprosse ab, dann von einer zweiten, um dann schließlich auf dem Boden zu zerschellen.

Die Schritte draußen vor dem Tunnel stoppten, starteten erneut. Schomow kam zurück. Jenkins sah hoch, wo die Kulikowa gerade durch ein Loch verschwand, zunächst einmal also in Sicherheit war. Rasch stieg er ihr nach, musste allerdings feststellen, dass die Leiter stärker verrostet und von daher weniger stabil war als die, über die sie in den Brunnenschacht gestiegen waren. Er versuchte krampfhaft, sich nicht vorzustellen, wie Schomow gerade auf ihn zielte, und kletterte, so schnell er konnte. Wenn Schomow schoss, hoffte Jenkins tot zu sein, bevor er auf dem Boden landete.

* * *

Die Dunkelheit erschwerte es Schomow, Entfernungen einzuschätzen, und so wusste er nicht, ob er sich zehn oder hundert Meter hinter Jenkins und der Kulikowa befand.

Andererseits war nicht klar, ob er in dieser Situation überhaupt je einen gezielten Schuss würde abgeben können. Also entschied er sich für einen Verstoß gegen die eigene Maxime, sprintete ein paar Schritte vor, ließ sich auf ein Knie fallen, stützte die Waffe ab und feuerte zweimal dorthin, wo er das Licht gesehen hatte. Die Kugeln prallten an den Backsteinen ab.

Das Licht, auf das er zielte, schwang wild von einer Seite auf die andere. Da rannte jemand mit dem Handy in der Hand.

Er stand auf und sprintete ebenfalls los, verlor das Licht aus den Augen, drehte sich zur Seite und sah es wieder. Jenkins und die Kulikowa bogen nach rechts und links ab, hofften, ihn zu verwirren, abzuhängen. Er hörte Schritte auf den Steinen, hörte es spritzen, wenn sie durch eine Pfütze liefen. Er blieb stehen. Lauschte. Folgte den Geräuschen. Stoppte wieder. Lauschte. Rannte.

Und dann hörte er nichts mehr, als er stehen blieb. Er wollte gerade weitergehen, als von irgendwoher ein helles, metallenes Geräusch zu hören war. Und dann noch eins. Das war hinter ihm. Er war ganz dicht bei ihnen.

Er lief zurück in die Richtung, aus der er gekommen war. Kam an eine Kreuzung. Blieb stehen, lauschte. Nichts. Er wandte sich nach links und hörte plötzlich Metall dröhnen. Jemand kletterte eine Leiter hinauf. Sie versuchten, den Tunnel zu verlassen. Er rannte auf das Geräusch zu, entdeckte in einem der von oben kommenden Lichtkegel Jenkins auf einer Leiter, fast schon oben.

Schomow kniete, zielte und feuerte.

* * *

Jenkins befand sich vielleicht noch zweieinhalb Meter von der letzten Sprosse entfernt und kletterte so schnell, wie er es nur wagen konnte. Gerade, als er seine Aufmerksamkeit kurz von der Leiter abwandte, um einen Blick nach unten zu werfen, hielt die Sprosse, auf die er eben einen Fuß gesetzt hatte, seinem Gewicht nicht stand und er rutschte, stürzte mehrere Sprossen weit, bevor er wieder zupacken und Halt finden konnte. Zuvor war er allerdings noch mit dem Kinn hart auf eine der verrosteten Sprossen geknallt, musste nach Luft schnappen, sah kurz Sterne und spürte, wie ihm das Blut vom Kinn tropfte. Mit schmerzenden Händen machte er sich erneut an den Aufstieg, achtete darauf, die zerbrochene Sprosse zu meiden. Oben hatte die Kulikowa den Kopf in die Öffnung geschoben, hielt den Tunnel unter ihm im Blick und spornte ihn an.

»Nicht nach unten schauen. Einfach nur klettern. Klettern!«, mahnte sie.

Als er zu ihr hochschaute, weiteten sich ihre Augen gerade. Schomow!

»Klettern!«, drängte die Kulikowa. »Klettern!«

Jenkins langte nach der obersten Sprosse und die Kulikowa konnte ihn gerade noch von der Leiter ziehen, als Schüsse die Metallstrebe trafen. Jenkins warf sich auf die Kulikowa, für den Fall, dass es ein Querschläger durch die Leiteröffnung schaffte.

Ohne von einer Kugel getroffen zu sein und trotzdem mit blutenden Händen, rappelte er sich wieder auf und zog auch die Kulikowa hoch. »Los, weiter!« Er schob sie vorwärts. Jetzt hatte er keine Ziegel mehr unter den Füßen, sondern Schotter. In diesem Tunnel verlief eine Bahnstrecke mit Schwellen, was das Vorwärtskommen erschwerte, denn immer wieder mussten sie die Füße heben, wie damals beim Fußballtraining in der Schule.

Das war dann wohl die Metro 2, von der die Kulikowa vorhin gesprochen hatte. Die, in denen nur fuhr, wer wirklich das Sagen hatte. Hoffentlich verkehrten deren Züge nicht allzu häufig.

Der Tunnel war deutlich schmaler als die des großzügig angelegten Metrosystems, das weiter oben Tag für Tag Millionen von Reisenden beförderte. Jenkins hielt Ausschau nach einem Weg nach draußen, einer Tür oder einer Leiter. Schomow und seine Waffe waren ihnen direkt auf den Fersen und sie konnten nirgendwohin als immer weiter voran. Da war es nur eine Frage der Zeit, bis eine Kugel traf oder sie in einer Sackgasse landeten, weil ein Tunnel zugemauert worden war.

Jetzt lag eine Gabelung vor ihnen, an der sie sich nach links wandten. In diesem Teil des Systems schienen die Schwellen und Schienen schon länger zu liegen, die Wände wirkten schmutzig und es war dunkler. Jenkins ließ die Kulikowa vorangehen und musste der Haltung, mit der sie unbeirrt weiterlief, erneut Respekt zollen.

Er blickte sich um. Auch Schomow war an der Gabelung angekommen und lief ein paar Schritte weit in den rechten Tunnel. Vielleicht war ihnen eine kleine Verschnaufpause gegönnt? Nachdem sie noch gut eine Minute weitergeeilt waren, griff Jenkins nach der Schulter der Kulikowa. Sie blieb stehen. Er keuchte inzwischen, musste sich auf den Knien abstützen. Kondenswasser rann ihnen beiden bei jedem Atemzug über das Gesicht.

»Ich glaube, wir haben ihn abgehängt«, stieß er zwischen zwei Atemzügen hervor. Da entdeckte er hinter der Kulikowa an der Tunnelwand ein helles Licht, spürte gleich darauf einen raschen Windstoß. Die Kulikowa wandte sich mit weit aufgerissenen Augen zu ihm um.

Ein herannahender Zug.

Wieder suchte Jenkins die Tunnelwände nach einer Tür oder doch wenigstens einer Nische ab. Irgendetwas, um ihnen wenigstens ein bisschen Schutz zu bieten, wenn sie sich mit den Körpern hineinzwängten.

Er fand nichts.

Ohne Zeit zum Überlegen zu haben, ohne irgendeine andere Möglichkeit zu sehen, packte er die Kulikowa und rannte mit ihr zurück, auf die Gabelung zu. Auf halbem Weg dorthin stoppte er, denn Schomow war aufgetaucht, sah sich suchend um. Da bemerkte Jenkins zwei Schritte vor sich einen Gullydeckel mit Löchern darin. Der Wind hinter ihnen wurde stärker. Die Lichter an der Tunnelwand wurden heller. Jenkins ließ sich auf ein Knie fallen. Schomow tat das Gleiche. Jenkins schubste die Kulikowa hinunter zwischen die Schienen und langte in die Löcher des Gullydeckels, packte den Deckel, eine Metallscheibe, die sich anheben ließ, aber gleich wieder zurückrutschte. Jenkins konnte sich nicht ducken, um Schomows Kugeln zu entgehen. Er musste aufrecht bleiben, um eine gewisse Hebelwirkung zu erzielen. Die erste Kugel zischte über seinen Kopf hinweg. Egal, wie gut Schomow normalerweise schoss, hier feuerte er über eine erhebliche Distanz hinweg. Doch würde er sich bestimmt bald eingeschossen haben.

Jenkins zog noch einmal, spürte, wie die Scheibe nachgab, riss sie ein Stück zur Seite, damit sie nicht zurück an ihren ursprünglichen Platz gleiten konnte.

Eine Kugel streifte die Schulter seiner Lederjacke. Schomow war aufgestanden und rannte auf sie zu. Mit jedem Schritt, den er näher kam, musste er zielsicherer werden.

Jenkins schob die Finger in den schmalen Spalt, der rechts in der Gullyöffnung entstanden war, und schob den Deckel ganz zur Seite, bis man ein rundes Loch von etwa sechzig Zentimetern Durchmesser sah, spannte die Muskeln an, versuchte, den Deckel als Schutzschild einzusetzen. Hinter der Kulikowa wurden die Lichter des Zugs heller. Der Wind nahm zu. Eine weitere Kugel traf die Metallscheibe.

Jenkins starrte in das Loch, in die Dunkelheit. Er hatte keine Ahnung, wie tief man da fiel.

Der Zug bog um die Ecke. Scheinwerfer kamen direkt auf sie zu.

Der Wind blies der Kulikowa die Haare aus dem Gesicht.

Schomow dürfte zurück zur Gabelung gerannt sein, dachte Jenkins. Zeit, dies nachzuprüfen, blieb ihm nicht.

Die Kulikowa zögerte nicht, trat an das Loch, ließ sich hindurchfallen. Der Luftzug war nun so stark, dass Jenkins sie nicht landen hörte. Er fühlte sich wie in einem Vakuum.

Als sich die Zuglichter nun direkt auf ihn richteten, steckte auch Jenkins die Beine in die Gullyöffnung und ließ sich in letzter Sekunde fallen, unmittelbar bevor der erste Wagen der Metro über ihn hinweggefahren wäre. Der Fall in die Tiefe kam ihm unendlich lang vor, dauerte aber wahrscheinlich nur Sekunden, und der harte Aufprall, auf den er sich eingestellt hatte, blieb aus. Mit lautem Platschen landete er auf einer Wasseroberfläche, sank nach unten in eisige Kälte, schnappte unwillkürlich nach Luft, bekam jedoch Wasser in die Lungen.

Ab diesem Punkt übernahmen seine Instinkte und er fing an zu strampeln, tauchte keuchend und spuckend auf, wurde von einer Strömung hin- und hergerissen, kam sich vor wie in einer Stromschnelle. Hektisch nach Luft ringend hob er den Kopf und versuchte, die Füße so auszurichten, dass sie in Richtung der Strömung zeigten.

Vor ihm ertönte ein schriller, durchdringender Schrei. Die Kulikowa.

Eine Sekunde später fand sich Jenkins, wie von einer Kanone geschossen, in freiem Fall. Wieder geriet er mit dem Kopf unter Wasser, aber als er diesmal auftauchte, spürte er keine Strömung mehr. Um ihn herum erhellten die Lichter von Moskau den Himmel und spiegelten sich im Wasser der Moskwa. Der Kreml, die Basiliuskathedrale und andere Wahrzeichen der

Stadt erlaubten eine gewisse Orientierung. Jenkins senkte den Kopf und schwamm auf die Kulikowa zu, die inzwischen eine in den Beton der Ufermauer eingelassene Leiter erreicht hatte.

Immer noch ein wenig benommen stolperten die beiden die Uferböschung hinauf in ein Parkgelände, wo sie sich keuchend und Wasser spuckend auf die Knie fallen ließen. Nach einer Weile reichte bei Jenkins die Luft für eine erste Frage. »Was zum Teufel war das denn?«

»Die Neglinnaja.« Der Kulikowa bereitete das Atmen noch Mühe.

»Ein Fluss unter der Stadt?«

»Vor vielen Jahren überbaut«, keuchte sie. »Er verläuft unterhalb von Moskau, unter dem Roten Platz, und mündet in die Moskwa.«

»Na, dafür sei dem Himmel Dank!«

»Und Schomow?«

Jenkins schüttelte den Kopf. »Keine Ahnung, was mit dem ist. Aber hier sollten wir nicht bleiben, ist für meinen Geschmack ein bisschen zu dicht beim Kreml und der Lubjanka.«

»Ich weiß, wo wir hinkönnen«, sagte die Kulikowa. »Es ist allerdings etwas riskant, weil Sokalow und ich dort immer waren. Und Sie wären noch dichter bei der Lubjanka als hier.«

»Solange ich nicht reinmuss.« Jenkins seufzte. »Dann wollen wir mal. Sie gehen voran.«

Kapitel 27

Abteilung für Informationstechnik, Kontrollzentrum Moskau

Am frühen Morgen tigerte Sokalow unruhig auf dem Teppichboden in einem verdunkelten Raum des Kontrollzentrums der Moskauer Abteilung für Informationstechnologie auf und ab. Er telefonierte mit seiner Frau, die er zu beruhigen versuchte, während er gleichzeitig aus einem Styroporbecher Kaffee trank.

»Ich kann dir nicht alles erzählen, Olga, das weißt du doch! Es handelt sich um einen Notfall und ich tue wirklich mein Bestes, um die Sache in den Griff zu bekommen.«

Schweigend hörte er zu, wie sie am anderen Ende tobte, ihn beschuldigte, die Nacht bei einer anderen Frau zu verbringen. Zwischendurch warf er immer mal wieder Blicke durch die Trennwand aus Glas in die eigentliche Kommandozentrale des Zentrums, einen Raum, der sehr an das Cockpit des Raumschiffs in einem Science-Fiction-Film erinnerte, mit zahlreichen Computerterminals, Monitoren und blinkenden farbigen Lichtern.

Während Olga immer noch zeterte, drehte er den Kopf erst nach rechts, dann nach links, dehnte so gut es ging die

Nackenmuskeln, die immer dann besonders stark schmerzten, wenn der Stress zunahm. Koffein half da gar nicht, aber Sokalow brauchte den Kick, um wach zu bleiben und sich weiter konzentrieren zu können. Er hatte in dieser Nacht nicht eine Sekunde geschlafen und sein Hirn fühlte sich an, als wäre es aus Watte. Die Schimpftirade seiner Frau konnte er jetzt wirklich nicht gebrauchen.

Sokalow hatte den Leiter des Technologiezentrums, Maxim Ugolow, aus dem Bett geholt: Eine dringende Staatsangelegenheit mache umgehend seine Anwesenheit im Zentrum erforderlich. Nach seinem Eintreffen schwor er den Mann erst einmal auf vollständige Geheimhaltung ein und legte ihm dann die Bilder von Jenkins und Maria Kulikowa vor. »Der Mann ist ein amerikanischer Spion. Wir wollen aber auf keinen Fall die Medien darauf aufmerksam machen, dass wir ihn jagen, und sie sollen es auch nicht mitbekommen, wenn wir ihn gefangen nehmen. Die Amerikaner sollen nicht wissen, dass wir ihn haben. Wir brauchen eine gewisse Zeit ohne Einmischung, um ihn in aller Ruhe zu verhören. Von daher zähle ich auf Ihre Diskretion und auch auf die des Technikers, den Sie hinzuziehen, um Ihnen in dieser Sache behilflich zu sein. Wenn etwas schiefgeht, werde ich Sie beide persönlich verantwortlich machen.«

Ugolow war von der Regierung auf seinen Posten gehoben worden und verstand nur zu gut, dass Dmitri Sokalows Zufriedenheit beziehungsweise Unzufriedenheit einen erheblichen Einfluss auf seine, Ugolows, Weiterbeschäftigung haben würde. Er erklärte, alles verstanden zu haben. Er würde seinen erfahrensten und vertrauenswürdigsten Techniker herbeizitieren.

»Ja, ich melde mich wieder, sobald das möglich ist, Olga. Das weiß ich nicht. Vielleicht heute Abend. Im Moment kann ich das einfach nicht beurteilen, aber ich versichere dir, ein

Kinderspiel ist das hier nicht. Dein Vater? Warum sollte ich? Nein! Olga?« Seufzend sah Sokalow zur Tür, durch die gerade Alexander Schomow trat, hoch konzentriert, mit funkelnden Augen. »Guten Morgen, Roman«, begrüßte Sokalow seinen Schwiegervater am Telefon. »Ja, es war eine lange Nacht. Ich habe mich gerade bei Olga dafür entschuldigt, dass ich sie nicht angerufen habe. Es handelt sich um einen Notfall. Ich bin nicht befugt, darüber zu sprechen. Du verstehst doch bestimmt … Heute Abend? Ich werde mich bemühen, Roman.«

Sokalow nahm das Handy vom Ohr und starrte es an. Sein Schwiegervater hatte den Anruf beendet, aber nicht, ohne vorher klarzustellen, was er erwartete: Sokalow hatte möglichst bald nach Hause zurückzukehren und Bericht darüber zu erstatten, was er in der vergangenen Nacht getrieben hatte.

»Hast du die Karte?«, wollte Schomow wissen. »Dmitri?«

Sokalow sah ihn an.

»Hast du die Karte?«

»Ja.« Sokalow deutete auf eine zusammengerollte Karte, die auf einem der Tische im Raum lag. Schomow rollte sie auf und betrachtete die Skizzen des Moskauer Untergrunds, einschließlich der Tunnel, in denen die Metro 2 untergebracht war.

»Wie ist es gelaufen?«, fragte Sokalow.

»Lange Geschichte, dafür haben wir jetzt keine Zeit.« Schomow trug die Karte hinüber in den anderen Raum, zu dem Techniker, der an einem der Terminals hockte und mit flinken Fingern die Tastatur seines Computers bearbeitete. In der oberen rechten Ecke seines Bildschirms sah man ein Foto von Charles Jenkins, auf dem Rest tausende verschiedener Bilder aus Überwachungskameras, durch die sich der Computer in rapidem Tempo schaltete.

»Hören Sie auf zu tippen«, befahl Schomow, der hinter den Mann getreten war.

Sofort ruhten die Hände des Technikers und er saß kerzengerade da, den Blick auf den Bildschirm geheftet, die Finger über den Tasten schwebend, bereit, augenblicklich weiterzuarbeiten.

Schomow studierte die Karte und erklärte den anderen, was sein Ziel war: die Stelle zu finden, an der seiner Einschätzung nach die beiden Flüchtenden am ehesten das Tunnelsystem verlassen haben konnten, und von da aus die Aufzeichnungen der umliegenden Überwachungskameras durchzugehen, bis sie sie gefunden hatten. »Laden Sie einen Plan der Innenstadt hoch«, ordnete er an. »Und nun verkleinern Sie den.« Sobald der Plan auf dem Bildschirm zu sehen war, beugte sich Schomow über die Schulter des Technikers und deutete auf den Campus der Moskauer Staatsuniversität. »Jetzt die Live-Aufzeichnungen von dort.« Die Tasten klapperten und bald sah man groß im Bild den Innenhof vor dem Hauptgebäude der Uni. »Zeigen Sie uns die Aufzeichnungen von dort, die vor etwa …«, Schomow sah auf seine Uhr, »… vor etwa vier Stunden gemacht worden sind.«

Der Mann tat, was Schomow verlangte. Es ging ein paar Mal vor und zurück, dann konnte sich die Kamera auf zwei Personen konzentrieren und man sah Jenkins und Maria Kulikowa über einen Platz auf einen Springbrunnen zulaufen, hinter dem sie verschwanden, sodass man sie nicht weiter beobachten konnte. »Durch den Schacht unter diesem Brunnen sind sie ins Tunnelsystem gestiegen.«

»Ramenki«, stellte Sokalow fest. Der Stadtteil im Untergrund, unter der Moskauer Universität.

»Haben Sie dort unten Kameras?«, wollte Schomow von Ugolow wissen.

»Nein.« Ugolow schüttelte den Kopf. »Wir haben es mehrfach versucht, aber die Digger zerstören sämtliche Kameras und Bewegungssensoren. Wir arbeiten gerade …«

Schomow brachte ihn mit einer Handbewegung zum Schweigen und studierte seine Karte. Ugolow sah ihm schweigend zu, während der Techniker sich bereithielt. Sokalow ging davon aus, dass dieser Techniker, wie die meisten Menschen in Moskau, zwar wusste, dass es diesen ominösen Untergrund unter ihrer Stadt gab, sich dort aber keinesfalls auskannte oder auch nur ahnte, wie umfangreich das Tunnelsystem war. Für die meisten Moskauer war der Untergrund eher Gerücht als Wirklichkeit.

Es dauerte knapp eine Minute, bis Schomow die Karte sinken ließ und über die Schulter des Technikers hinweg auf dessen Bildschirm deutete. »Wir haben uns etwa eine Stunde lang in nordöstlicher Richtung bewegt. Gehen wir von einer durchschnittlichen Geschwindigkeit von fünf bis sechs Kilometern in der Stunde aus …« Er runzelte die Stirn, stellte im Kopf Berechnungen an. »Zeichnen Sie grob vier Kilometer nordöstlich des Brunnens eine Linie.« Mithilfe von Maus und Tastatur zog der Techniker auf dem Stadtplan eine gerade Linie, die den Gorki-Park schnitt. Schomows Blick wanderte zwischen seiner Karte und den Aufzeichnungen auf dem Bildschirm hin und her. »Ich brauche eine zweite Linie grob drei Kilometer nordöstlich.« Wieder zeichnete der Techniker, dann nannte Schomow weitere Möglichkeiten, entsprechende Linien folgten, bis Schomow die Hand nach dem Bildschirm ausstreckte und den Finger auf den Sarjadje-Park legte.

»Ich brauche die Aufzeichnungen der Kameras aus dieser Gegend und von den umliegenden Straßen«, sagte er und malte mit dem Finger einen Kreis auf den Bildschirm. »Und zwar die von vor einer Stunde. Die Kameras sollen nach den Leuten auf den Fotos suchen, die Sie bekommen haben. Um diese Zeit ist dort kaum jemand unterwegs, wenn ich richtigliege, müssten wir die beiden bald gefunden haben.«

Schomow trat zurück und der Techniker machte sich an die Arbeit. Schomow bat Sokalow mit einer Handbewegung hinüber zu einem der Tische, auf denen er seine Karte ausbreitete. »Sie sind zur Ebene der Metro zwei hochgestiegen«, sagte er leise und fuhr mit dem Zeigefinger die Strecke des Undergrounds auf der Karte ab. »Ich war nah dran, aber dann kam ein Zug und sie konnten durch einen Gully entkommen.« Er deutete auf einen sich windenden Fluss, der auf der Karte verzeichnet war.

»Die Neglinnaja«, sagte Sokalow. »Könnten sie ertrunken sein?«

»Möglich wäre es«, meinte Schomow. »Der Fluss hat hier, dort und dort Zufluss zur Moskwa. Denkbar wäre auch, dass sie überlebt haben und sich dort in der Gegend aufhalten. Öffentliche Verkehrsmittel werden sie der Kameras wegen nicht benutzen, also gehen sie zu Fuß oder haben sich ein Taxi genommen. Die Kulikowa wird kaum nach Hause gehen wollen, weil das viel zu riskant ist. Ein Hotel kommt auch nicht infrage, dazu sind sie zu nass und zu dreckig. Das würde Aufmerksamkeit erregen. Sie brauchen einen Ort, an dem sie allein sein können und wo es keine Kameras gibt.«

Sokalow verspürte bei Schomows Worten ein immer stärker werdendes Brennen im Magen. Die Wohnung, die er für sich und die Kulikowa unterhielt, befand sich in der Warsonof'jewskiy, vom Park aus zu Fuß leicht zu erreichen. Maria wusste auch, dass er, Sokalow, in dieser Straße die Kameras hatte entfernen lassen, damit Diskretion gewährleistet war. Um die Wohnung sorgte er sich allerdings nicht. Er sorgte sich um ihren Inhalt, darum, was Schomow finden würde, wenn er sie betrat.

Schomow starrte ihn an, las ihm die Gedanken wohl aus dem Gesicht ab. »Du weißt, wohin sie gegangen sind?«

Sokalow nickte. »Wenn sie im Park aus dem Wasser gestiegen sind, dann ja. Aber Alexander, da sind Sachen in der Wohnung …«

»Was ihr dadrin getrieben habt, interessiert mich kein Stück, Dmitri. Auch nicht deine dekadenten Vorlieben. Das ist allein deine Sache. Du bezahlst mich für einen bestimmten Job, alles andere ist mir egal. Also? Wohin sind sie gegangen?«

»Eine Wohnung in der Warsonof'jewskiy.«

»Gib mir die Adresse. Und du bleibst hier. Ruf mich an, wenn sie bei einer der Kameras auftauchen.«

Kapitel 28

Warsonof'jewskiy -Straße
Moskau

Maria Kulikowa gab den Zugangscode in das Keypad rechts der massiven Haustür aus Holz unter der kleinen, schmiedeeisernen Pergola ein. Hier in der Gegend waren die Häuser alle vor dem Sieg des Kommunismus und seiner schlichten, kastenförmigen Architektur entstanden und nicht billig. Jedes hatte eine mit Ornamenten verzierte Steinfassade, kleine Balkone mit schmiedeeisernen Geländern und moderne weiße Plastikfenster. Unterwegs war hier zu dieser frühen Morgenstunde noch niemand und auch auf der Straße fuhr kaum ein Auto. Nur ein einsamer Mann führte in dem von einem zwei Meter hohen Zaun umgebenen kleinen Park seinen Hund spazieren, in den man tagsüber mit den Kindern ging, damit sie an die frische Luft kamen.

Durch die Eingangstür gelangten die Kulikowa und Jenkins in ein zentrales Treppenhaus, das an französische Apartmenthäuser erinnerte, und stiegen die Treppe hinauf in den dritten Stock. Dort gab Maria einen weiteren Code in ein Keypad, öffnete eine dunkle Holztür und betrat eine Wohnung, wo sie im Eingangsbereich stehen blieb. Sie wirkte verunsichert.

»Alles in Ordnung?«, wollte Jenkins wissen.

»Was Sie jetzt gleich sehen werden, Mr Jenkins, das ist nicht wirklich Maria Kulikowa. Sie werden etwas von der Persönlichkeit sehen, zu der ich geworden bin, um zu tun, was ich zu tun hatte.« Sie sah zu ihm auf, das Kinn energisch erhoben, aber mit Tränen in den Augen. »Verstehen Sie?«

»Ich bin nicht hier, um über Sie zu urteilen. Ich bin hier, um Sie herauszuholen.«

Jenkins folgte Maria aus dem kleinen Flur in ein geschmackvoll eingerichtetes vorderes Zimmer, das in eine eher kleine, aber perfekt ausgerüstete Küche überging. »Warten Sie hier«, sagte sie und verschwand einen dunklen Flur hinunter.

Die Wohnung roch seltsam, gleichzeitig aber auch unbewohnt, nicht eine Spur von Kochdüften in der Luft, auch nicht von Zigaretten oder Parfüm. Es roch leicht stickig, wie in einem Sommerhaus, das nach langen Wintermonaten erst einmal gründlich gelüftet werden muss. Auf dem Couchtisch lagen mehrere Pornomagazine, Hochglanz, meistens Sadomasochismus. Ob der seltsame Geruch, den er anfangs wahrgenommen hatte, menschlicher Schweiß sein konnte? Oder irgendwelche Lotionen?

Jenkins sah auf, als Maria Kulikowa in einen weichen Bademantel gehüllt zurückkam. Sie hatte einen weiteren Bademantel dabei und wirkte verlegen, was Jenkins ansteckte, der sich nun, quasi stellvertretend für sie, ebenfalls verlegen fühlte. Sie reichte ihm den Bademantel. »Geben Sie mir Ihre Sachen, ich stecke sie in den Trockner.« Jenkins nahm den Bademantel und zog seine Sachen aus.

Die Überprüfung des Plastikbeutels ergab, dass die Pässe, Kreditkarten, Rubel und Dollar darin trocken geblieben waren. Sein Handy jedoch, das in seiner Manteltasche gesteckt hatte, als er in den Fluss gefallen war, hatte sich ausgeschaltet. Wahrscheinlich für immer.

Die Kulikowa kam zurück, wobei sie sich mit einem Handtuch die Haare abtrocknete. Von weiter unten im Flur konnte Jenkins hören, wie ihre Kleider in einem Trockner bewegt wurden. Zum ersten Mal hatte er nun Gelegenheit, sich die Frau genauer anzusehen. Sie war attraktiv, mit braunen Haaren, feinen Gesichtszügen und schönen Kurven, noch dazu in ausgezeichneter Form, wenn man bedachte, wie tapfer sie sich bei den vergangenen Strapazen geschlagen hatte.

»Mein Handy ist tot«, musste Jenkins berichten.

Die Kulikowa ging an ihm vorbei in die Küche. Sie zog eine Schublade auf und reichte ihm ein etwas altmodisch wirkendes Telefon. »Wegwerfhandy«, erklärte sie. »Mit einer App, die die Kontaktinformationen zu einer zufällig ausgewählten Telefonnummer in Moskau umleitet, damit man Anrufe nicht zurückverfolgen kann. Sokalow bestand darauf, dass wir solche Telefone benutzten, wenn einer von uns aufgehalten wurde und nicht zur vereinbarten Verabredung erscheinen konnte.«

Gut! Da für ihn wirklich allerhand auf dem Spiel stand, würde sich dieser Sokalow ziemlich angestrengt haben, um für die Sicherheit dieses Wegwerfhandys zu sorgen, vermutete Jenkins. Außerdem hatten sie wohl nicht wirklich eine Wahl, denn wenn sie hier wegkommen wollten, brauchten sie Hilfe. Also klappte er das Handy auf und rief die Nummer an, die er auswendig kannte. Sie lief über eine interne Vermittlungszentrale in Langley, wo sie verzerrt und mehrfach umgeleitet wurde, bis man, wenn man sie zurückzuverfolgen versuchte, bei irgendeiner zufälligen Nummer in den Vereinigten Staaten landete.

Bei internen Anrufen meldete sich Lemore mit seinem Namen. Bei allem, was von außen kam, sagte er: »Hallo.«

»Ich rufe wegen der beiden Sessel an«, sagte Jenkins. »Ich werde beim Transport Hilfe benötigen.«

Lemore brauchte nur einen Herzschlag lang, um zu reagieren. »Okay. Was ist mit den Sesseln?«

»Der Stoff, den wir ausgewählt haben, gefällt mir nicht mehr. Ich möchte etwas, das den momentanen Zustand besser verbirgt. Könnten Sie mir zwei Stoffe liefern, damit ich mir einen aussuchen kann?«

»Sicher.«

»Ich habe mich auch im Hinblick auf den Transport umentschieden. Lassen Sie doch bitte die beiden Sessel abholen. Aber sagen Sie dem Fahrer, er möge diskret sein. Ich möchte meine Frau überraschen.«

»Ihre Adresse?«

Jenkins nannte sie ihm. »Sagen Sie dem Fahrer, er soll nach Nicholas fragen, dem Hausmeister in 3C. Wenn meine Frau nicht da ist, antworte ich: *spasibo*. Wenn sie zu Hause ist, sage ich: *njet*. Können Sie mir sagen, wie lange es wohl dauern wird? Meine Frau meinte, sie würde nicht länger als eine halbe Stunde wegbleiben.«

»Wir tun unser Bestes, um dort zu sein, bevor sie nach Hause kommt.«

Jenkins beendete den Anruf und wollte das Handy schon einstecken, als er es sich noch einmal anders überlegte. Wenn Sokalow auf die Idee kam, Maria könne sich in der Wohnung hier aufhalten, fiel ihm vielleicht auch das Handy ein und er fand doch noch eine Möglichkeit, dessen Standort nachzuverfolgen. Also legte er das Telefon in die Schublade zurück. »Verkleidung und Transport sind auf dem Weg«, informierte er die Kulikowa. »Nur wird alles, fürchte ich, nicht so perfekt durchdacht sein, wie ursprünglich geplant und wie ich einmal ausgestattet war. Wahrscheinlich kriegen wir Kleidung, irgendetwas, um unsere Haare zu verstecken, und vielleicht Perücken und Bärte.« Er ging zum Fenster, zog den Vorhang ein wenig zurück und warf einen Blick auf die Straße, die unten langsam aus dem Dämmerlicht auftauchte. »Ich gehe davon aus, einer von uns wird früher oder später von einer dieser Überwachungskameras identifiziert und sie können uns dann bis in dieses Haus zurückverfolgen.«

»Sokalow hat die Kamera in diesem Block entfernt, um unsere Treffen besser geheim halten zu können. Dadurch gewinnen wir vielleicht ein paar zusätzliche Minuten«, erwiderte die Kulikowa. »Viele allerdings nicht. Wenn er mitkriegt, dass wir hier in der Gegend sind, kann er sich ausrechnen, dass wir hierherkommen. Aus genau den Gründen, die ich eben erklärt habe.«

Bis es so weit war, hoffte Jenkins, würden sie längst verschwunden sein.

Kapitel 29

Anwesen der Familie Welikaja
Noworischskoje

Mily Karlow beendete das Telefonat, das er an seinem Schreibtisch geführt hatte, verließ sein Büro und ging hinüber in den Flügel des Hauses, in dem Jekatarina Welikaja ihr Büro hatte. Dort klopfte er dreimal leise an die Tür.

»*Woydite.*«

Mily trat ein und wartete an der Tür, bis Jekatarina, die gerade im Licht der Schreibtischlampe telefonierte, ihr Gespräch beendet hatte. Draußen vor den hohen Bogenfenstern brach gerade die Morgendämmerung durch den dunklen Himmel, hüllte alles in ein gedämpftes, blaues Licht. Vor Jekatarina stand eine Tasse frisch aufgebrühten Kaffees, aus der noch Dampf aufstieg, daneben ein Teller mit einer Scheibe Toast. Beides wirkte unberührt. Wahrscheinlich befasste sie sich gerade mit den Anordnungen für die Beisetzung, dachte Mily. Nachdem Jekatarina den Hörer aus der Hand gelegt hatte, starrte sie einen Moment lang einfach so in den Raum, ohne dabei etwas zu sehen. »Eldar wird bei seinem Großvater in Jekaterinburg beigesetzt werden«, sagte sie schließlich mit leiser Stimme. »Ich kümmere mich gerade darum, dass dort ihm zu Ehren eine ähnliche Marmorstatue errichtet wird.«

Mily hatte nie verstanden, warum man Gräber mit grandiosen Statuen oder Steinen schmückte, die den dort beigesetzten Verstorbenen abbildeten oder an dessen Leben erinnern sollten. Gerade in Jekaterinburg wetteiferten die Mafia-Familien förmlich um die besten Darstellungen und versuchten, sich gegenseitig zu übertrumpfen. Verstorbene wurden mit dicken Ringen an den Fingern zur Schau gestellt oder ihre Statuen standen neben den Nachbildungen von teuren Autos und schicken Häusern. Klar, damit sollte symbolisiert werden, dass der Verstorbene auch nach seinem Tod den gewohnten großartigen Lebensstil pflegen würde, aber Mily fand das alles trotzdem ziemlich geschmacklos und hielt es für reine Geldverschwendung. Ihn erinnerten die meisten so geschmückten Gräber nur daran, dass die Männer, die dort lagen, zu jung gestorben waren.

Er glaubte nicht an das Leben nach dem Tode. Falls es doch eins gab, würde er noch früh genug davon erfahren. Bis dahin genoss er das Leben hier, so gut es eben ging.

»Ich bin sicher, es wird wunderschön, Comare«, sagte er.

Sie sah ihn an. »Du hast Informationen?«

»Ich sprach gerade mit Maxim Ugolow vom Informations- und Technologiezentrum. Mr Jenkins ist in Moskau aufgetaucht und wir sind anscheinend nicht die Einzigen mit einem Interesse an ihm.«

»Die Polizei dürfte sicherlich auch nach ihm fahnden.«

»Und der FSB«, ergänzte Mily. »Heute früh war Dmitri Sokalow zusammen mit einem anderen Mann bei Ugolow im Büro und sie beide waren auf der Suche nach Mr Jenkins. Sie sehen sich gerade Aufzeichnungen diverser Überwachungskameras an, um ihn aufzuspüren.«

Jekatarinas Blick wurde hart, als der Name Sokalow fiel. Das war der Mann, den sie zusammen mit dem Präsidenten für den Tod ihres Vaters verantwortlich machte. Sie stand auf und ging in der Nähe der Fenster auf und ab, wobei ihr Gesicht größtenteils im Schatten lag.

Mily wusste, seine Comare hatte bei mehr als einer Gelegenheit daran gedacht, Sokalow umbringen zu lassen, auch in dieser Sache für einen Ausgleich zu sorgen, genauso wie sie es bei den anderen Angelegenheiten getan hatte, bei denen jemand ihrem Vater in die Quere gekommen war. Letztlich hatte sie sich dagegen entschieden. Einen Mann von Sokalows Kaliber zu eliminieren, bedeutete offenen Krieg mit der Regierung und unter Umständen auch mit Sokalows Schwiegervater, dem ehemaligen Leiter des Direktorats S. Ein solcher Krieg war für Jekatarina nicht zu gewinnen.

»Du hast Ugolow gesagt, wie wichtig diese Information für mich ist?«, fragte sie nun, ohne sich ihre Gefühle anmerken zu lassen.

»Bei einem Treffer für Mr Jenkins wird er zuerst mich informieren und dann erst den stellvertretenden Direktor. Das hat er mir fest zugesagt.«

»Weiß Ugolow, wer der andere Mann bei Sokalow ist?« Jekatarina ging erregt auf und ab, drehte sich um, sah aus dem Fenster.

»Nein, er meinte jedoch, offensichtlich habe er das Sagen. Sokalow hat sich nach ihm gerichtet.«

Jekatarina warf Mily einen fragenden Blick zu. Auch er fand das seltsam. »Wusste Ugolow, wie dieser Mann heißt, oder konnte er dir sagen, was er dort zu suchen hat?«

»Er hat nur erzählt, Mr Jenkins und die Frau, die bei ihm ist, hätten sich einer Verhaftung entzogen, indem sie im Untergrund verschwanden, und dieser Mann leite nun oben auf den Straßen, auf denen sie wieder an die Oberfläche gelangt sein könnten, die Suche nach den beiden. Allerdings hat Ugolow noch etwas anderes gesagt, das für uns von Interesse ist.«

Jekatarina wartete.

»Sokalow hat ihm eingeschärft, alles, was mit Mr Jenkins zu tun habe, sei streng geheim und dürfe an niemanden weitergegeben werden. Er fragte sogar, ob der Techniker, den Ugolow hinzugezogen hat, um die Kameraaufzeichnungen durchzusehen, vertrauenswürdig sei. Ugolow beteuert, sie hätten weder die Moskauer Polizei alarmiert noch andere FSB-Mitarbeiter.«

Jekatarina dachte nach. »Wenn dieser Mr Jenkins auf einer der Todeslisten des Kreml steht, wie wir wissen, müsste da nicht der gesamte FSB aufmarschiert und auf der Suche nach ihm sein?«

»Ja, das könnte man meinen, aber dem ist nicht so. Ich habe mit mehreren Leuten dort telefoniert, die für uns arbeiten.« Damit meinte Mily die Mitarbeiter des FSB, die regelmäßig von Jekatarina geschmiert wurden. »Ugolow hat recht. Keiner von ihnen hat Kenntnis von der angeblichen Rückkehr des Mr Jenkins nach Moskau und genauso wenig sind sie sich eines allgemeinen Suchbefehls bewusst, den Sokalow in Bezug auf den Mann gegeben haben könnte.«

»Er hält die Sache also unter Verschluss. Warum?« Wieder wanderte Jekatarina vor den Fenstern von einem Schatten zum anderen. »Wer ist die Frau bei Jenkins?«

»Sie heißt Maria Kulikowa.«

Jekatarina blieb stehen und sah ihn an. »Leiterin des Sekretariats des FSB. Sokalows langjährige Geliebte.«

Die Welikaja-Familie unterhielt seit Jahren Dossiers über Regierungsbeamte in Schlüsselpositionen, Informationen, die benutzt werden konnten, um die betreffende Person zu erpressen. Sokalow hatte hierbei auf der Prioritätenliste immer ganz oben gestanden, und so besaßen Mily und seine Männer Fotos von Sokalow und der Kulikowa, die allerdings alle in der Öffentlichkeit geschossen worden waren, wo sich Sokalow stets um Diskretion bemüht hatte. Er und die Kulikowa fuhren auf diesen Fotos nie zusammen in einem Auto, schlenderten nie zusammen durch die Moskauer Straßen, hielten nicht Händchen, demonstrierten generell nie Zuneigung, selbst wenn sie sich in einem Restaurant gegenübersaßen. Bei jedem der von Mily und seinen Leuten archivierten Fotos würde Sokalow überzeugend versichern können, es sei bei einem Arbeitstreffen aufgenommen worden.

Jekatarina lächelte. »Die kleine Schlampe!«, sagte sie.

»Comare?«

»Wenn die Kulikowa zusammen mit Mr Jenkins flüchtet und nicht vor ihm davonläuft, was müssen wir daraus schließen? Sie ist eine Spionin!«

Mily sackte der Unterkiefer herunter. Wie hatte ihm das entgehen können? Diese Information hätte Jekatarina von ihm bekommen müssen, nicht umgekehrt.

»Und wenn die Kulikowa eine Spionin ist, dann hat sie jahrelang direkt unter Sokalows Nase spioniert.« Jekatarina lachte, ein Lachen, das in diesem abgedunkelten Zimmer und eingedenk all dessen, was in den vergangenen Tagen zutage getreten war, befremdlich fehl am Platz wirkte. »Sokalow geht es nicht wegen dieses Mr Jenkins um Geheimhaltung, Mily!«

»Das wäre ja auch nicht besonders logisch«, stimmte er ihr zu.

»Der FSB würde eine riesige Fahndung veranstalten, um Mr Jenkins zu verhaften«, fuhr Jekatarina fort. »Eine Menschenjagd. Das fette Schwein hält den Mann geheim, weil die kleine Schlampe ihn im Bett zwischen den Laken ausspioniert hat, und wenn das in der Öffentlichkeit bekannt wird, ist Sokalow ein toter Mann. Sie werden sich darum prügeln, wer ihn als Erster umbringen darf, der Präsident und sein Schwiegervater. Wenn wir ihnen entsprechende Beweise liefern können, überlassen sie die Ehre vielleicht sogar uns.«

Milys Handy klingelte. Er zog es aus der Tasche, warf einen Blick auf das Display und strahlte Jekatarina an. »Ugolow.«

»Sokalow wird die Kulikowa töten, um sein Geheimnis zu wahren. Das dürfen wir nicht zulassen, Mily. Du musst die beiden finden und mir bringen, lebend. Ich wünsche von Mr Jenkins zu erfahren, was er mit Eldar zu schaffen hatte. Was die Kulikowa betrifft, mit der habe ich etwas ganz anderes im Sinn.«

Kapitel 30

Innenministerium
Haus 38, Petrowka-Straße, Moskau

Arkhip Mischkin kratzte sich mit dem Ende seines Bleistifts am Hinterkopf. Der Ausschlag dort juckte mit jeder verstreichenden Minute stärker, und wie es aussah, rückte ebenfalls mit jeder Minute, die verstrich, eine Aufklärung der Sache mit Charles Jenkins in immer weitere Ferne. Zweifellos hing das eine mit dem anderen zusammen. Arkhip gingen langsam die Optionen aus. Er hatte mehrmals um ein Gespräch mit Jekatarina Welikaja gebeten, aber die Mutter seines Mordopfers verharrte nach Auskunft ihrer Mitarbeiter in tiefer Trauer und würde weder mit ihm noch mit irgendjemand anderem sprechen. Das war eine höfliche Art, Arkhip wissen zu lassen, er möge bleiben, wo der Pfeffer wächst. Es gab nicht viel, was er da tun konnte.

Er war noch einmal in die *Jakimanka-Bar* gegangen, um dort mit dem Barkeeper zu reden, aber der Mann hatte sich über Nacht in eine Ein-Mann-Version der drei berühmten Affen verwandelt, sah nichts, hörte nichts und konnte auch nicht sprechen, jedenfalls nicht über die Schießerei hinter seiner Kneipe. Ein wahres Wunder, dass er sich überhaupt noch daran erinnerte, dass Eldar Welikaja und Pawil Ismailow an jenem Abend dort gewesen waren. Arkhip hatte es mit Charme versucht, aber damit kam man nicht weit, wenn die Gegenseite, wie er vermuten musste, mit Angst und einer prall gefüllten Brieftasche operierte.

Er hatte auch mit dem Gerichtsmediziner gesprochen, der ihm höflich erklärt hatte, Arkhip sei mit seiner ersten, nur dem Augenschein nach vorgenommenen Begutachtung der Leiche zu einem Fehlschluss gelangt. Eldar Welikaja war, wie im Bericht des Rechtsmediziners ausführlich dargestellt, in den Bauch geschossen worden und durch eine massive Blutung ums Leben gekommen. Arkhip drohte damit, eine zweite Autopsie vornehmen zu lassen und den Rechtsmediziner anzuzeigen, sollten dessen Schlussfolgerungen anders lauten als seine, aber leider war das eine ziemlich leere Drohung. Eine zweite Autopsie würde die Abteilung nie zahlen, was der Rechtsmediziner genau wusste. Arkhip solle ruhig tun, wonach ihm der Sinn stand, meinte der Mann, und was er für das Richtige hielt. Ach ja, und falls es Arkhip wirklich so brennend interessiere, könne er gern versuchen, Eldars Leiche oder doch wenigstens seine Asche in einem gewissen Moskauer Krematorium aufzutreiben.

Und zu allem Übel hatte dann mittendrin auch noch Adrian Zima um ein weiteres Treffen in der Autowerkstatt gebeten, weil die Quelle beim FSB, der er seine Kenntnis über die Rückkehr von Charles Jenkins verdankte, verschwunden war. Zima hatte mit der Frau seines Freundes telefoniert und erfahren, dass der am Nachmittag des Vortages zu Hause angerufen hatte, um zu sagen, es könne später werden. Er habe ein wichtiges Treffen mit dem stellvertretenden Direktor der Abteilung Spionageabwehr und hoffe, dieses Treffen werde zu einer Beförderung führen. Seitdem hatte die Frau nichts mehr von ihm gehört.

Kurz gesagt war Arkhip auf mehr Arten gefickt worden als noch zu Ladas Lebzeiten.

Bei diesem Gedanken warf er dem Bild seiner Frau auf seinem Schreibtisch einen Blick zu. *Entschuldigung!*

Er lehnte sich zurück und starrte auf seinen Notizblock. Der Tee im Becher daneben war lange kalt. Arkhip war hundemüde, er hätte nicht sagen können, wie lange er in den vergangenen Tagen geschlafen hatte. Klar, er hatte sich von Zeit zu Zeit in einem der Verhörräume aufs Ohr gelegt, aber immer nur kurz. Gegessen hatte er auch irgendetwas, mehr Junkfood als irgendwelche gesunden Sachen, eben das, was man in der Kantine so bekam. Wäre Lada noch am Leben, dann hätte sie ihn längst ermahnt, seine Kerze nicht an beiden Enden gleichzeitig abbrennen zu lassen und seinen Hunger nicht mit Junkfood zu stillen, denn mit beidem ließe sich das Leben ebenso leicht verkürzen wie mit den Zigaretten, die er auf ihr Drängen hin aufgegeben hatte.

Dabei – eigentlich konnte es ihm auch egal sein, oder? Das mit dem Rauchen. Vielleicht würde er die hässliche Angewohnheit nach seiner Pensionierung ja wieder aufnehmen. Was hatte er schließlich zu verlieren? Besser gefragt: Wofür wollte er noch leben, wenn sie ihn in Rente geschickt hatten?

Er blätterte sich durch die Seiten seines Notizblocks, strich einen Stichpunkt nach dem anderen als erledigt durch, bis das nächste Blatt ihm nichts als hübsche, gerade, leere Linien präsentierte. Es gab nichts mehr, was er noch nachprüfen konnte. Er stellte sich vor, er sei Arzt, hielte die Schockgeber dieses elektronischen Gerätes in der Hand, dessen Namen er sich nicht merken konnte, und starre hinunter auf den Patienten, den er hatte wiederbeleben wollen, während das Gerät nichts als einen dünnen, blauen Strich anzeigte.

Schwester? Tragen Sie ein: Todeszeitpunkt …

Er stieß die Luft aus und trommelte mit den Fingern auf den Tisch. Dann richtete er sich auf und streckte resigniert die Hand aus, um seinen Bildschirm auszuschalten, was dem laut Auskunft der Techniker zu einem längeren Leben verhalf und außerdem Energie sparte. Wer immer Arkhips Tisch und Computer übernahm, scherte sich wahrscheinlich einen Dreck um solche Überlegungen, aber Arkhip schonte sein Gerät trotzdem, weil … einfach nur, weil es das Richtige war. Er holte die Jacke, die er sich über die Rücklehne seines Stuhls gehängt hatte, und versuchte, sich im Geist Mut zuzusprechen. Es gab solche Nächte, in denen man nicht weiterkam, er hatte sie auch früher schon erlebt. Nur hatte er da immer nach Hause gehen können, zu Lada, die stets einen Weg gefunden hatte, ihn aufzumuntern. Wie oft hatte sie ihm versichert, es werde bestimmt bald eine Wendung geben, etwas, mit dem sich der Fall knacken ließ, irgendein Zeuge, der dem Druck seines Gewissens nicht mehr standhalten konnte und mit genau der Information zu Arkhip kam, die ihm zum Weiterkommen gefehlt hatte. *»Pass auf!«*, pflegte Lada zu sagen. *»Es wird passieren.«*

Und es war immer passiert.

Arkhip lächelte. Dazu brachte ihn seine Frau selbst noch im Tode.

Da klingelte das Telefon auf seinem Schreibtisch.

Er nahm den Hörer auf. »Mischkin.«

»Lesen Sie jetzt nicht mal mehr Ihre E-Mails, Mischkin? Was haben Sie bloß gegen die moderne Technik?«

»Wer spricht denn da?«

»Kommen Sie runter in die Technologieabteilung. Ich glaube, ich habe da etwas, das Sie interessieren könnte.«

Stepanow – denn der musste es ja sein – legte auf. Arkhip saß da, starrte erst auf den Hörer und dann auf Ladas Foto. »Ach nee«, brummte er, »wahrscheinlich ist das nichts.«

»Wer ein Glas immer als halb leer ansieht, wird selbst immer nur halb voll sein«, sagte Lada.

* * *

Unten in der Technologieabteilung wollte Arkhip gerade die Klingel auf dem Tresen bedienen, als Stepanow, auch ohne gerufen worden zu sein, aus seinem Büro kam. »Folgen Sie mir!« Er machte den Eindruck eines Mannes mit Geheimnissen, die es zu wahren galt.

»Wohin?«, wollte Arkhip wissen.

»Keine Widerworte! Tun Sie einfach, was ich Ihnen sage, Mischkin.«

Arkhip folgte Stepanow in einen der Computerräume, wo Stepanow die Tür verschloss, verriegelte und die Jalousien herunterließ. Er setzte sich an einen der Computer und gab etwas ein.

»Was machen Sie da, Stepanow?«

»Erhalte mir meine Rente. Der ich, anders als Sie, freudig entgegensehe und die ich nach Kräften genießen werde.« Stepanow hackte auf den Tasten herum und ließ sich dann zufrieden zurücksinken. »Da!«

»Da, was?«

»Stellen Sie sich nicht dümmer, als Sie sind, Mischkin. Werfen Sie einen Blick auf den Bildschirm. Was sehen Sie?«

»Ich sehe einen Mann und eine Frau,«

Stepanow schloss gequält die Augen und schüttelte den Kopf. »Mischkin, Sie sind echt so dämlich wie ungeschlagene Butter. Wie Sie überhaupt je einen Ihrer Fälle aufklären konnten, ist mir wirklich ein Rätsel. Nach wem suchten Sie gestern, als Sie in mein Büro kamen?«

»Ich suchte nach Charles …«

Stepanow hob mahnend die Hand. »Das reicht, keine weiteren Namen.« Er rückte vom Tisch ab. »Ich weiß von nichts. Sie kennen sich ein bisschen aus? Wissen, wie man die Aufzeichnungen vorlaufen lässt, wie man einzelne Bilder heranholt und wieder verkleinert?«

»Ja, natürlich. Aber wer ist die Frau?«

»Die Akte, Mischkin, die Akte!« Stepanow deutete mit dem Kinn auf einen Schreibtisch, auf dem ein Ordner lag. Dann seufzte er noch einmal und ging zur Tür, hatte die Hand schon auf dem Türgriff.

»Stepanow?«

Der drehte sich nicht noch einmal um. »Bedanken Sie sich nicht bei mir, Mischkin. Das war jetzt keine Heldentat, auch kein Akt der Pflichterfüllung. Es war ein Akt der Selbsterhaltung. Um irgendwelche Anzeigen Ihrerseits zerbreche ich mir nicht den Kopf, aber wenn es sich bis zu den Welikajas herumspricht, dass ich irgendwo geplaudert habe … dann brauche ich mir um meine Rente wirklich keine Sorgen mehr zu machen. Ich hoffe, das hier reicht.«

Er schloss die Tür auf und ging.

Arkhip wusste nicht, was er davon halten sollte. Konnte es sein, dass seine Lada einen Weg gefunden hatte, Stepanow zum Justieren seines moralischen Kompasses zu bringen und das Richtige zu tun? Oder hatte Stepanow nicht gelogen, als er abstritt, ein Gewissen zu haben? Handelte er auch diesmal aus reiner Selbstsucht? Das würde Arkhip wohl nie herausfinden, aber irgendwie fühlte es sich besser an zu glauben, dass Lada hier irgendwie involviert gewesen war.

»Du solltest das Motiv für die Handlung nicht hinterfragen, Arkhip. Nimm die Handlung einfach als eine, die von einem Motiv angestoßen wurde.«

Ja, Lada.

Er schlug den Ordner auf dem Tisch auf und fand ein offiziell aussehendes Foto von Charles Jenkins, zusammen mit seinen Daten und den verschiedenen Verbrechen, die er angeblich in Russland begangen hatte und mit denen Russland seinen Antrag auf einen internationalen Haftbefehl begründete. Seine Ergreifung war angeblich von höchster Wichtigkeit. Das mochte ja alles sehr interessant sein, nur vielleicht nicht so interessant wie Adrian Zimas Aussage, der Freund, der ihn über Charles Jenkins' Rückkehr nach Russland informiert habe, sei verschwunden.

Es konnte kein einfacher Zufall sein. Aber wer brachte denn einen FSB-Mitarbeiter um – und warum?

Arkhip legte das Foto beiseite und fand ein weiteres, diesmal das einer Frau, die er spontan sehr anziehend fand, was ihn stutzen ließ. Eine solche Reaktion hatte zuletzt Lada bei ihm hervorgerufen. Die Frau auf dem Foto hatte eine wunderbare Figur und ein Gesicht, das praktisch über dem Papier zu schweben schien, mit feinen Gesichtszügen, einladend blickenden grünen Augen unter dichten Wimpern, geraden, weißen Zähnen. Den braunen, ihr fast bis auf die Schultern fallenden Haaren sah man an, dass ein Experte sie geschnitten und gestylt hatte. Arkhip suchte nach den Angaben zur Person, wobei für ihn die Größe zentral war. Die Frau maß einen Meter siebzig.

Maria Kulikowa. Dreiundsechzig Jahre alt.

»Hm«, brummte er nachdenklich.

Dann las er weiter, wobei sein Verstand auf Hochtouren arbeitete. Kulikowa leitete das Sekretariat der Abteilung für Spionageabwehr. Noch so ein Zufall? Wohl eher nicht. Arkhip, der sich in der Lubjanka und beim FSB ein wenig auskannte, wusste, dass Dmitri Sokalow für die Abteilung Spionageabwehr zuständig war. Sokalow war einer von vielen höheren Regierungsbeamten, die ihren Job der Tatsache verdankten, dass sie wie der Präsident aus St. Petersburg stammten und mit ihm zusammen aufgewachsen waren.

Arkhip drückte auf »Play« und sah Jenkins und der Kulikowa zu, wie sie sich auf Moskaus Straßen bewegten. Beide sahen aus, als wären sie gerade von einem heftigen Regenschauer überrascht worden, die Kleidung zerknittert und nass, der Kulikowa klebte das hübsche Haar platt am Kopf. Nichts wies darauf hin, dass Jenkins die Frau in seiner Gewalt hatte und sie nicht freiwillig mit ihm unterwegs war. Was konnte das bedeuten?

Arkhip wollte natürlich noch einmal nachschauen, war sich aber ziemlich sicher, dass er weder für Jenkins noch für die Kulikowa einen Haft- oder Fahndungsbefehl gesehen hatte. Warum nicht? Konnte ihre Verhaftung etwa für Sokalow und die Lubjanka peinlich werden? Wollte Sokalow versuchen, die Sache unter Verschluss zu halten und die Bestrafung intern zu regeln?

Das roch doch sehr nach dem Versuch, sich abzusichern. Vielleicht hegte Arkhip diesen Verdacht allerdings nur, weil sich Personen in politischen Positionen seiner Erfahrung nach immer gern absicherten und bei dieser speziellen Ermittlung generell jeder auf Absicherung bedacht zu sein schien.

Jenkins und die Kulikowa verschwanden um eine Ecke und die Aufzeichnungen waren zu Ende. Auch das war sonderbar, passte allerdings gut in diesen Fall, bei dem es von seltsamen Dingen nur so wimmelte.

Ja, es war sonderbar, gleichzeitig war es immerhin endlich einmal etwas.

Und damit auf jeden Fall besser als das, was Arkhip vorher gehabt hatte, nämlich nichts.

Er stand auf und ging zur Tür, um zu tun, was er immer getan hatte: Er würde diesem Hinweis nachgehen und zusehen, wohin er ihn führte.

Kapitel 31

Warsonof'jewskiy -Straße
Moskau

Charles Jenkins lehnte an der Wand neben dem Fenster und spähte durch die Gardine auf die Straße vor dem Haus, wo gerade ein weißer Van vorgefahren war. Ein Mann in einem weißen Overall stieg aus, auf dem Kopf eine schwarze Baseballkappe, die er sich tief ins Gesicht gezogen hatte. Er war groß – Jenkins schätzte ihn auf über einen Meter fünfundachtzig – und dunkelhäutig. Er ging um den Wagen herum, öffnete dessen Heckklappe und zog eine Sackkarre heraus, auf die er einen großen Karton verfrachtete, den er zum Hauseingang unter der Pergola rollte.

In der Wohnung summte die Gegensprechanlage. Jenkins ging an die Tür und drückte auf den entsprechenden Knopf. »Hallo.«

»Mogu ja uwidet' Nikolaja?« Ist Nicolas da?

»Spasibo.« Jenkins drückte den Knopf zum Öffnen der Haustür unten.

Als er sich zur Kulikowa umdrehte, weil er sie bitten wollte, sich im hinteren Zimmer zu verstecken, bis er sicher sein konnte, dass auch wirklich der richtige Mann gekommen war, sah er sie im Türrahmen zwischen Flur und Wohnzimmer stehen, in der Hand eine Pistole, mit der sie auf ihn zielte.

Jenkins erstarrte.

»Nur zur Sicherheit«, erklärte sie hastig.

»Wo haben Sie die her?«

»Ich habe sie vor vielen Jahren hier in der Wohnung versteckt und kann Ihnen gar nicht sagen, wie oft ich Sokalow damit erschießen wollte.«

Jenkins stieß die Luft aus, die er unbemerkt angehalten hatte. »Verstecken Sie sich hinten im Schlafzimmer. Wenn Sie mich ›Kreml‹ sagen hören, kommen Sie raus. Erwähne ich die Basilius-Kathedrale, dann bleiben Sie, wo Sie sind.«

Die Kulikowa trat zurück, verschwand im Schatten.

Gerade klopfte es drei Mal an der Tür. Jenkins öffnete sie einen Spalt breit, stellte zur Sicherheit den Fuß davor.

»Nicholas?«, fragte der Mann im weißen Overall.

»Spasibo«, wiederholte Jenkins und warf einen Blick in den Flur, um sicher sein zu können, dass dort wirklich nur eine Person stand. Erst dann öffnete er die Tür und ließ den Mann in die Wohnung.

Der rollte die Sackkarre ins Wohnzimmer und stellte den mitgebrachten Karton neben dem Couchtisch ab. »In der Gasse, die direkt gegenüber vom Haus abgeht, sitzt ein Mann in einem schwarzen Mercedes«, erklärte er auf schwer akzentuiertem Englisch. »Ich habe meinen Wagen so hingestellt, dass ihm die Sicht auf die Haustür verstellt ist. Vielleicht schaffen Sie es von der Haustür bis zum Van.«

Während Jenkins ihm zuhörte, ging er erneut zum Fenster, spähte vorsichtig durch die Gardine und entdeckte sofort Kühler und Motorhaube eines Mercedes. Als er die Straße absuchte, zu beiden Seiten hin jeweils einen Block weit, blieb sein Blick an einem zweiten teuren Wagen hängen. Diesmal handelte es sich um einen Range Rover, der direkt auf ihrer Straßenseite parkte. Hinter den getönten Scheiben des Fahrzeugs bewegte sich etwas und vorn an der Fahrerseite kräuselte sich Rauch aus einem schmalen Fensterschlitz.

»Kreml«, sagte Jenkins, woraufhin die Kulikowa aus dem rückwärtigen Schlafzimmer auftauchte.

Inzwischen hatte der Lieferant den großen Karton geöffnet und verschiedene Kleidungsstücke herausgeholt. »Sie haben uns nicht viel Zeit gelassen. Wir haben zusammengestellt, was wir konnten.«

Er reichte der Kulikowa einen langen Rock und einen schwarzen Strickpullover. Als Nächstes kamen ein paar Plastiktüten mit Perücken zum Vorschein, darunter auch eine, in der sich Gesichtsbehaarung befand. Nichts annähernd so Perfektes wie die Masken und Verkleidungen, die ursprünglich in Langley zusammengestellt worden waren, und keiner der Pässe und keines der Fotos, die Jenkins noch bei sich hatte, passte zu den neuen Sachen, aber damit würde er sich später befassen.

Die Kulikowa zog sich um und ging mit ihren Plastiktüten zum großen Spiegel im Flur, wo sie verschiedene Perücken ausprobierte, um sich schließlich für eine graue zu entscheiden, die sie, zusammen mit der Kleidung, in eine ältere Babuschka verwandelte.

Für Jenkins hatte der Mann einen weißen Overall in einer versiegelten Originalverpackung, dazu die Mütze, die er sich selbst vom Kopf nahm. »Extra Large, ich hoffe, es passt.« Er gab Jenkins den Schlüssel des Lieferwagens und einen Briefumschlag mit Geld und vier Fahrkarten für die Transsibirische Eisenbahn. Was von ihm erwartet wurde, war Jenkins bereits klar: Er sollte mit dem Fahrer die Rollen tauschen und die Kulikowa im großen Karton aus dem Haus in den Van schaffen. Nur würde das wohl kaum gehen, solange der Mann im schwarzen Mercedes das Haus im Blick hatte.

»Hier verabschiede ich mich von Ihnen«, sagte der Fahrer und wandte sich noch einmal an die Kulikowa. »Gehen Sie zum Jaroslawler Bahnhof. Der liegt knapp drei Kilometer von hier, direkt …«

»Ich weiß, wo er ist«, unterbrach ihn die Kulikowa.

»Den Van lassen Sie einfach stehen. Sie sollten den Zug Nummer 322 nehmen, der fährt direkt bis Wladiwostok. Wir haben erste Klasse für Sie gebucht, eine vierköpfige Familie. Sie brauchen also nicht an den Fahrkartenschalter zu gehen. Steigen Sie in letzter Sekunde ein, dann hat der Zugbegleiter keine Zeit, sich Ihre Pässe zu genau anzusehen. Und je weniger Sie bis dahin gesehen werden, desto besser.« Der Fahrer ging Richtung Wohnungstür, ließ Karton und Sackkarre stehen. »Aus dem Haus kommt man nur vorn durch die Haustür, einen anderen Weg gibt es nicht. Ich werfe meinen Overall in die Mülltonne und warte, bis Sie weg sind. Viel Glück.«

»Moment!«, sagte Jenkins. So, wie der Mercedes geparkt hatte, kamen sie unmöglich unbemerkt durch die Haustür und in den Van, wodurch das Fahrzeug für sie nutzlos wurde, es sei denn als Teil ihrer Tarnung. Jenkins gab dem Mann Schlüssel und Mütze zurück und legte den verpackten Overall wieder in den Karton. Dort fand er auch noch ein paar ausgebeulte Jeans, ein Hemd und einen Pullover. Dazu kamen eine graue Perücke und ein Schnurrbart.

»Packen Sie den Stuhl da in Ihren Karton«, bat er den Fahrer und deutete auf einen Polsterstuhl. »Dann schaffen Sie ihn mit der Sackkarre in den Van und tun dabei so, als würden Sie eine schwere Last befördern.«

»Aber wie wollen Sie …«

»Tun Sie es einfach«, bat Jenkins. »Unten im Erdgeschoss warten Sie erst noch fünf Minuten, bis Sie durch die Tür gehen.«

Der Fahrer sah Jenkins an, als wäre der verrückt geworden. »Wie Sie wollen. Dann also noch einmal: Viel Glück!« Er verpackte den Stuhl im Karton, lud diesen auf die Sackkarre und verschwand.

Jenkins stellte sich ans Fenster. »Holen Sie das Wegwerfhandy«, forderte er die Kulikowa auf. »Sie müssen jemanden anrufen.« Und dann, während er sich umzog und die Perücke aufsetzte, erklärte er ihr seinen Plan.

Kapitel 32

Warsonof'jewkskiy-Straße
Moskau

Schomow fuhr die Warsonof'jewskiy-Straße hinunter, eine schmale, nur einspurig befahrbare Straße, die an beiden Seiten mit Autos zugeparkt war, wodurch sie noch enger wurde. Hier standen die Wohnhäuser dicht an dicht und nur ein kleiner Grünstreifen mit einem schmiedeeisernen Zaun darum bot Erholung von all dem Stein und Stuck. Gleich beim Park entdeckte Schomow eine Seitengasse, von der er den Eingang zum gelben Sandsteingebäude im Auge haben konnte, zu dem Sokalow ihn geschickt hatte.

Er hatte jedoch kaum geparkt, als drüben ein weißer Lieferwagen vorfuhr und sich so hinstellte, dass Schomow der Blick auf die Haustür versperrt war. Ein großer Mann von dunkler Hautfarbe, in weißem Overall und schwarzer Baseballkappe stieg aus, holte eine Sackkarre aus dem Van, lud einen großen Karton darauf und verschwand im Haus. Schomow, der nichts mehr sehen konnte, stieg aus dem Auto und stellte sich an die Hausecke. Beinahe wäre er hinter dem Mann ins Haus gestürzt, solange sich die Tür noch nicht richtig geschlossen hatte. In letzter Sekunde beschloss er jedoch, lieber zu warten.

Es vergingen fünfzehn Minuten, dann kehrte der Mann zurück und rollte den Karton auf der Sackkarre zum Van. Allerdings konnte Schomow sein Gesicht nicht sehen. Vielleicht war es ja gar nicht dieselbe Person.

Schomow ging auf den Van zu, wobei er verstohlen die Pistole aus dem Holster hinten am Rücken zog und schussbereit hinter sich verborgen hielt. *»Proschu proschtschenja«,* sagte er, sobald er auf zwei Meter herangekommen war. *Entschuldigen Sie bitte.*

Der Mann ignorierte ihn und Schomow konnte sein Gesicht immer noch nicht erkennen. Also ging er näher heran, hielt die Pistole inzwischen mit gesenktem Arm hinter dem rechten Bein verborgen. *»Proschu proschtschenja!«*

Diesmal sah der Mann ihn an. »Meinten Sie mich?«

»Nehmen Sie die Mütze ab.«

»Wieso?«

Schomow zeigte ihm die Pistole. »Los, machen Sie.«

Der Mann hob beide Hände. »Ich liefere Möbel aus, ich habe nichts von Wert bei mir!«

Schomow riss ihm die Mütze vom Kopf. Das war nicht Charles Jenkins. »Was ist in diesem Karton?«

»Ein Stuhl, der neu gepolstert werden soll.«

»Aufmachen.«

Der Mann öffnete den Karton. Ein Stuhl kam zum Vorschein.

»Keine Bewegung!«, schrie in diesem Moment eine laute Stimme. »Lassen Sie die Waffe fallen. Lassen Sie sofort die Waffe fallen!«

Schomows Blick huschte hinüber zu einem kleinen Mann in Sportmantel und braunem Hut, der mit einer Pistole auf ihn zielte, während er mit der anderen einen Ausweis und eine Dienstmarke in die Höhe hielt. »Keine Bewegung, es sei denn, ich fordere Sie dazu auf. Mein Name ist Arkhip Mischkin,

Hauptkommissar der Abteilung Kriminalermittlungen im Innenministerium. Lassen Sie sofort die Waffe fallen!«

Schomows Blick wanderte zurück zum Lieferwagen, dann hoch zu den Fenstern einer bestimmten Wohnung.

Resigniert legte er seine Pistole auf den Boden.

* * *

Mily Karlow und zwei seiner Mitarbeiter beobachteten die Apartmenthäuser der Straße, bis zu der die Überwachungskameras – laut Aussage von Ugolow – Jenkins und die Kulikowa hatten verfolgen können. In welchem Haus genau die beiden verschwunden waren, hatte Ugolow nicht sagen können, da ein Teil dieser Straße aus ihm unerklärlichen Gründen nicht von Kameras überwacht wurde. Aber irgendwo hier mussten sie sein, denn Ugolow hatte sie am Ende der unbewachten Zone nicht wieder herauskommen sehen und auch nicht aus der Gasse, die den Block durchschnitt. Blieben ein Dutzend Apartmenthäuser und Dutzende von Apartments, in denen sich Jenkins und die Kulikowa aufhalten konnten.

Milys Fahrer zog an seiner Zigarette und blies Rauch aus dem Fenster. »Wie ist der Plan?«

»Sei geduldig«, mahnte Mily. »Sieh dir an, was sich entwickelt.«

Ein weißer Lieferwagen kam die Straße herunter auf sie zu und parkte vor einem Hauseingang. Mily sah sich den Fahrer genau an.

»Wir haben Besuch«, meinte er vergnügt. Ein gutes Zeichen dafür, dass sie am richtigen Ort waren.

Der Fahrer verschwand mit einer Sackkarre und einem Karton darauf im Haus und tauchte nicht viel später mit derselben Sackkarre und demselben Karton wieder auf. Gleichzeitig tauchte auch der Fahrer eines schwarzen Mercedes auf, der unweit des Hauses in einer Gasse geparkt hatte, und Mily konnte sehen, wie er aus einem Holster hinten am Rücken eine Handfeuerwaffe zog.

Mily blieb beim Anblick dieses Mannes ganz kurz das Herz stehen. »Schomow«, murmelte er. Der Mann, den man in Verdacht hatte, beim tödlichen Komplott gegen Milys Boss Alexei Welikaja die Hand am Abzug gehabt zu haben.

Mily spürte kalten Zorn in sich lodern, sah seine Chance auf Vergeltung gekommen. Schon hatte er die Hand an der Pistole im Holster unter der linken Armbeuge, schon hatte er sich bereit gemacht, aus dem Auto zu steigen.

Da langte sein Fahrer über den Sitz und hielt ihn am Arm fest. »Polizei!«

Mily sah sich um. Ein kleiner Mann in Sommermantel, braunem Hut, Pistole in der einen, Dienstausweis und Dienstmarke in der anderen Hand hatte sich von der Seite her Schomow genähert und ihn dabei ganz offensichtlich überrumpelt.

»Eine Falle«, sagte der Fahrer.

»Wir müssen los«, rief Mily. »Sofort.«

Der Fahrer hatte eben den Motor angelassen, als mit lautem Sirenengeheul und blitzenden Warnlichtern blau-weiße Streifenwagen der Polizei am hinteren Ende des Blocks um die Ecke bogen.

»Setz zurück.« Mily wandte den Kopf – in dem Moment tauchten auch am anderen Ende des Blocks Streifenwagen auf und setzten sich hinter seinen Range Rover. Die Wagentüren gingen auf und Polizisten in Kampfhaltung sprangen auf die Straße, gedeckt von Kollegen in den Wagen, die ihre Maschinenpistolen aus den Fenstern geschoben hatten.

Mily sah sich um. Schomow hatte seine Pistole auf den Boden gelegt und schob sie mit einem Fußtritt beiseite. Dann kniete er sich hin, die Hände hinter dem Kopf, den Blick starr zu einem der Fenster des Hauses erhoben, vor dem er überrascht worden war. Ein paar der Polizisten rückten näher, legten ihm Handschellen an, drückten ihn mit dem Gesicht auf den Bürgersteig und durchsuchten seine Taschen.

Mily und seine Leute wurden angeschrien, sie sollten mit erhobenen Händen aus dem Wagen steigen, und Mily wies seine Männer mit einer Kopfbewegung an, dem Befehl nachzukommen. Als er aus dem Auto stieg, sah er, dass Schomow, inzwischen wieder auf den Beinen, zu ihm herübersah. Zum ersten Mal begegneten sich ihre Blicke.

Da tauchten in der Tür des Wohnhauses, vor dem sich alles abspielte, ein älterer Mann und eine Frau auf. Mily hatte Zeit, sich ihre Gesichter anzuschauen. Jenkins und die Kulikowa, nahm er an. Wenn auch in Verkleidung.

Der alte Mann sah ihn kurz an, als er an ihm vorbeikam.

Mily lächelte und nickte ihm zu. Er würde sie wiedersehen, diese beiden.

Kapitel 33

Warsonofjewkskiy-Straße
Moskau

Polizeisirenen. Der Mann, der noch gezögert hatte, Arkhips Befehl nachzukommen, hörte sie auch und der Anblick der mit quietschenden Reifen von beiden Seiten heranrasenden Streifenwagen schien ihn zu überzeugen. Er legte seine Pistole vorsichtig auf den Boden, trat sie mit dem Fuß beiseite und kniete sich hin, die Hände hinter dem Kopf.

Das tat er nicht zum ersten Mal, dachte Arkhip. Oder er hatte schon oft anderen befohlen, sich so zu verhalten.

Aus den Streifenwagen stiegen Uniformierte und nahmen Kampfhaltung ein, gedeckt von Kollegen in den Wagen, die mit Maschinenpistolen aus den Fenstern zielten. Arkhip hielt seine Dienstmarke hoch, sodass alle sie sehen konnten, soweit das im Licht der frühen Morgensonne möglich war.

»Ich bin Arkhip Mischkin«, sagte er. »Hauptkommissar der Abteilung Kriminalermittlungen beim Innenministerium.«

Einige der Polizisten legten dem Mann am Boden Handschellen an, während andere weiter unten in der Straße ein paar Männer aus einem Range Rover holten.

Einer der Uniformierten kam zu Arkhip. »Was liegt hier vor, Hauptkommissar?«

Die Frage überraschte Arkhip. Er hatte keine Idee, wie und warum die Streifenwagen eingetroffen waren. »Wie meinen Sie das? Was liegt denn bei Ihnen vor?«

»Wir erhielten einen Notruf in Bezug auf einen bewaffneten Überfall auf einen Lieferwagen. Es ging um einen Mann in einem schwarzen Mercedes und drei Männer in einem Range Rover.«

»Wer hat angerufen?«

»Eine Frau.«

»Wie hieß sie?« Konnte es die Kulikowa gewesen sein?

»Sie wollte anonym bleiben. Warum sind Sie hier? Und wie sind Sie so schnell hierhergekommen?«

Ja, warum war er hier? Arkhip war sich nicht sicher, bis die Tür des Apartmenthauses aufging und eine Frau in Begleitung eines großen Mannes herauskam. Sie warfen einen kurzen Blick auf die chaotische Szene und eilten dann die Straße hinunter, weg von allem. Sie sahen älter aus als die beiden Menschen, die Arkhip auf den Überwachungsbändern gesehen hatte, aber der Kommissar hatte ein gutes Gedächtnis und sehr viel Erfahrung. Er hätte schwören können, dass es die beiden waren, nur jetzt verkleidet. Er ging einen Schritt auf Jenkins und die Kulikowa zu, überlegte es sich dann aber noch einmal und betrachtete den Mann, den er gerade verhaftet hatte. Auch der hatte den Blick auf die beiden älteren Leute gerichtet. Das Gleiche, stellte Arkhip fest, galt für die drei Männer am anderen Ende des Blocks, die den Mann und die Frau mit Blicken durchbohrten, als die an ihnen vorbeieilten.

Die drei im Range Rover, das waren höchstwahrscheinlich Jekatarina Welikajas Männer. Der Mann im Mercedes war FSB oder früher einmal FSB gewesen, wofür sprach, dass er wusste, wie man sich bei einer Verhaftung verhielt. Das warf dann allerdings ein paar Fragen auf.

Hatte der FSB zur Verhaftung eines Mannes und einer Frau, die so dringend gesucht wurden, nur einen Mann geschickt?

Das ließe nur eine logische Schlussfolgerung zu: Arkhip hatte recht gehabt und jemand legte in dieser Sache Wert auf Stillschweigen. Wenn das stimmte, und Arkhip verhaftete Jenkins und brachte ihn in die Petrowka-Straße 38, dann ließen sie ihm wohl kaum eine Chance, den Mann nach dem Vorfall in der Gasse hinter der Bar zu befragen, der zum Tod von Eldar Welikaja geführt hatte. Und das war das Einzige, worum es Arkhip ging. Der FSB würde sich Jenkins und die Kulikowa schnappen, noch bevor Arkhip eine einzige Frage stellen konnte, da war er sich sicher. Was die Anwesenheit der drei Welikaja-Männer im Range Rover betraf: Sie bewies wieder einmal, dass es in der Petrowka 38 mehr Löcher gab als in einem Stück Schweizer Käse.

Von diesen drei Männern und auch von dem, den er selbst verhaftet hatte, konnte Arkhip keine Antworten erwarten. Sie waren schlau und erfahren genug, um zu wissen, dass sie seine Fragen nicht zu beantworten brauchten. Für den Mercedesfahrer würde der FSB Kaution stellen und für die drei Männer die Welikaja.

Damit wäre Arkhips Ermittlung wieder einmal zum Stillstand verdammt. Dabei war er an diesem Tag schon mehr als einmal verarscht worden, langsam reichte es ihm. Gut möglich, dass er nie wieder eine Chance auf ein Gespräch mit Charles Jenkins bekam, wenn der FSB den Mann zuerst erwischte.

Was er jetzt brauchte, war genau das, was auch Jenkins und die Kulikowa brauchten, weshalb sie dieses ganze Szenario höchstwahrscheinlich auch veranstaltet hatten. Arkhip brauchte Zeit.

»Hauptkommissar?«

Arkhip zog eine seiner Visitenkarten aus seiner Manteltasche und reichte sie dem Beamten. Dann zog er seinen Hut und die Sportjacke aus und übergab auch diese beiden Sachen. »Tun Sie mir einen Gefallen«, bat er. »Legen Sie meinen Hut und die Jacke auf meinen Schreibtisch in der Petrowka 38.« Er versorgte den Mann mit detaillierten Instruktionen. »Das können Sie doch für mich tun, nicht wahr?«

»Ich werde mich darum kümmern, aber …«

»Bringen Sie diese vier Männer in die Petrowka. Inhaftieren Sie sie wegen des Verdachts eines bewaffneten Raubüberfalls und illegalen Waffenbesitzes. Halten Sie den hier von den drei anderen getrennt.«

»Und was haben Sie vor?«, fragte der Offizier.

»Ich bin leitender Ermittler«, erwiderte Arkhip. »Ich werde ermitteln, das ist mein Job.«

Kapitel 34

Jaroslawler Bahnhof
Moskau

Jenkins und die Kulikowa hielten sich an Seitenstraßen und, wo immer es möglich war, kleine Gassen. Sie gingen, so schnell sie konnten, ohne gleich verdächtig zu wirken. Von Zeit zu Zeit warf Jenkins einen Blick auf die Uhr. Ihnen blieben fünfundvierzig Minuten für den Weg zum Bahnhof und durch die Sicherheitskontrollen und Jenkins hatte sich erklären lassen, dass es wohl auf dem Bahnhof Überwachungskameras gab, jedoch nicht in den Zügen der Transsibirischen Eisenbahn selbst. Natürlich würden sie trotzdem, soweit es ging, in ihrer Kabine bleiben müssen, sie durften sich so wenig wie möglich sehen lassen. Sie hatten Tickets für eine vierköpfige Familie, ganz bis nach Wladiwostok, dem Endbahnhof der Strecke. Die Fahrt dorthin dauerte sieben Tage, wobei Jenkins nicht damit rechnete, dass sie wirklich in Wladiwostok ankommen würden. Bestimmt ließ ihm Lemore irgendwo auf der Strecke irgendwie die Nachricht zukommen, sie sollten an einer bestimmten Haltestelle aussteigen, von wo aus weitere Reisevorbereitungen für sie getroffen worden waren. Jenkins hatte keine Ahnung, wie Lemore ihm seine Anweisungen über ein Handy mit

Wasserschaden vermitteln sollte, wollte sich Problemen aber nach wie vor erst dann stellen, wenn sie akut wurden.

»Wie weit ist es noch?«, erkundigte er sich bei der Kulikowa, dankbar dafür, dass nun wenigstens Moskau erwacht war und es auf den Bürgersteigen langsam Menschenmengen gab, in denen sie ein bisschen untertauchen konnten. Auf den Straßen nahm die Zahl der Autos und Busse stetig zu. Es roch nach Dieselabgasen.

»Nicht weit«, versicherte die Kulikowa.

»Sobald wir dort sind, trennen wir uns, bleiben aber in Sichtweite voneinander«, erklärte Jenkins. »Wir treffen uns dann an Bord des Zuges wieder. Jetzt im Bahnhof, würde ich vorschlagen …«

»Mr Jenkins«, unterbrach ihn die Kulikowa, »ich verstecke mich nun schon mein Leben lang, sei es in der Realität, sei es in meiner Fantasie. Der Jaroslawler Bahnhof ist der geschäftigste von ganz Moskau, mit vielen Läden und Cafés, in denen wir uns bis zur Abfahrt des Zuges verbergen können. Machen Sie sich um mich keine Sorgen, kümmern Sie sich lieber um sich selbst. Männer Ihrer Größe und Hautfarbe sind in Moskau eher selten und ich bin wirklich überrascht, dass Sie sich so lange gehalten haben. Sie beherrschen Ihr Handwerk anscheinend extrem gut.«

Glück hatte ich auch, dachte Jenkins. »Der Mann im Mercedes war dann wohl Schomow?«

»Ja. Und die drei im Range Rover dürften Jekatarina Welikajas Leute gewesen sein. Die Polizei wird alle vier festhalten, aber nicht lange. Hoffentlich so lange, bis wir im Zug sitzen.«

»Wie kommen Welikajas Männer an ihre Informationen?«, wollte Jenkins wissen.

»Normalerweise würde ich sagen, von Leuten aus dem FSB. Sie hat eine Menge Leute auf ihrer Gehaltsliste und sie zahlt mehr, als man als Angestellter der Regierung verdienen kann. Aber wenn Sokalow mein Verschwinden und Ihr Wiederauftauchen unter Verschluss hält, muss die Information von der Moskauer Polizei kommen. Die hat Zugang zum Informations- und Technologiezentrum.«

»Ist das die Regierungsstelle, die die Überwachungskameras betreibt?«

»Und die gesammelten Informationen speichert, ja.«

»Haben Sie den Zivilbeamten erkannt, der an Schomow herangetreten ist?«

»Ich habe ihn nicht richtig sehen können. Ich nehme an, er ist Polizist, wahrscheinlich ein Kriminalbeamter.«

»Warum taucht ein Kriminalbeamter auf, wenn Bürger einen bewaffneten Raubüberfall melden?«

»Das kann ich Ihnen wirklich nicht sagen.«

Vor ihnen kam der Komsomolskaja-Platz in Sicht, geschäftig wie eh und je, mit seinen vier Bahnhöfen, den Zügen und Bussen in viele Richtungen, den Menschen, die von allen Seiten kamen und gingen. Jenkins und Paulina Ponomajowa hatten ihre Reise nach St. Petersburg damals vom Leningrader Bahnhof auf der anderen Seite des Platzes aus gestartet. Jenkins behielt die umliegenden Bürgersteige so gut es ging im Blick, konnte jedoch niemanden entdecken, der ihnen zu folgen schien, hatte allerdings auch nicht viel Zeit, genauer darauf zu achten. Beim Jaroslawler Bahnhof, aus weißem Stein erbaut, mit dicken Säulen, schmalen Fenstern, einem hohen Glockenturm und deutlicher Ähnlichkeit mit einer Kathedrale, ging es wirklich noch geschäftiger zu als bei den anderen Bahnhöfen am Platz. Jenkins hoffte, in der Masse unsichtbar werden zu können.

Er hielt vor einem Gully am Straßenrand, bückte sich und tat so, als müsse er sich die Schuhe neu zubinden, während er in Wirklichkeit verstohlen die Pistole aus dem Mantel zog, die die Kulikowa ihm gegeben hatte, und erst das Magazin, dann die

Waffe selbst in den Gully fallen ließ. Lieber hätte er sie behalten, nur war das definitiv nicht ratsam, wenn man beim Betreten eines Bahnhofs Sicherheitskontrollen zu passieren hatte, bei denen jede Person und jedes Gepäckstück mit Metalldetektoren untersucht wurden.

Sie gingen mit gesenkten Köpfen vor bis zum Haupteingang des Bahnhofs, wo sich Jenkins rechts in der Schlange vor einem Metalldetektor einreihte und die Kulikowa links. Es war laut hier. In das Stimmengewirr der Reisenden mischten sich die computerisierten Ansagen, mit denen Ankunft und Abfahrt der Züge angekündigt wurden. Jenkins konzentrierte sich auf die Menschen um sie herum, auf die Männer und Frauen, die sich hinter ihnen in die Warteschlangen einreihten, auf die Polizeibeamten, die von der anderen Seite der Sicherheitssperre aus die Menge beobachteten. Niemand schien besonders an ihm oder der Kulikowa interessiert zu sein, und anders als bei seiner Reise mit der Ponomajowa konsultierten die Polizisten hier nicht laufend ihre Handys und verglichen die Bilder darauf mit den Gesichtern der Reisenden, die an die Schranke traten. Die Kulikowa und er hatten kein Gepäck, also waren sie schnell durchsucht und konnten sich auf der anderen Seite wiedertreffen, wobei sie allerdings wie verabredet nach außen hin nicht voneinander Kenntnis nahmen.

Jenkins steuerte umgehend die Läden im Bahnhof an, betrachtete die Auslagen und hatte bald gefunden, wonach er gesucht hatte. Er kaufte zwei Mützen, eine Kappe im Baseballstil mit einem Logo darauf und eine blaue Baskenmütze, dazu zwei Sweatshirts mit Kapuze, Größe XXL, das eine leuchtend rot, das andere grau. Dazu fand er noch einen dunkelblauen Schal und einen Rucksack, bezahlte mit seinen Rubeln und ließ sich alles in eine große Plastiktüte packen.

In einer Kabine der Herrentoilette legte er die graue Perücke und den Schnurrbart ab und streifte sich das rote

Sweatshirt über. Dazu setzte er die Baseballkappe auf, tief in die Stirn gezogen, sodass sein Gesicht im Schatten des Schirms lag. Zum Abschluss zog er noch die Kapuze über die Kappe, steckte die Perücke, den Schnurrbart und die anderen neu gekauften Kleidungsstücke in den Rucksack und rief sich beim Verlassen der Toilette noch einmal die Anweisungen ins Gedächtnis, mit denen seine Ausbilder in der für Verkleidung zuständigen Abteilung in Langley ihn in die Welt hinausgeschickt hatten: Wollte man eine andere Person verkörpern, dann ging es nicht nur um Verkleidung und Maske, dann musste man ein ganzes Trugbild schaffen, eine bestimmte Rolle spielen. Dann ging es auch darum, wie man sich bewegte und wie man stand, wie man sprach und wie man gestikulierte, man musste ganz in die Rolle eines anderen schlüpfen.

Also verließ Jenkins die Toilette im raschen, selbstbewussten Schritt eines viel jüngeren Mannes, der es eilig hat, weil er seinen Zug nicht verpassen will. Er steuerte eine der Glastüren an, durch die man zu dem außen gelegenen Bahnsteig gelangte, ohne jedoch sofort hindurchzugehen. Er trat zur Seite, ließ andere an sich vorbeigehen, zog sein Ticket aus der Tasche und tat so, als müsse er nachprüfen, von welchem Bahnsteig sein Zug ging und ob er hier richtig war. Gleichzeitig achtete er auf jeden, der die Tür im Auge haben könnte, suchte nach Überwachungskameras. Die waren schnell entdeckt: Eine Kamera mit vier Linsen hockte oben auf einem hohen Beleuchtungsmast und hatte den Bahnsteig im Blick. Dort befand sich eine kleine Ladenzeile, verschiedene Kioske, die so aussahen, als könnte man hier ähnliche Dinge kaufen wie drinnen im Bahnhof. Auf der anderen Seite dieser Zeile befanden sich weitere Beleuchtungsmasten, auf denen Jenkins auf den ersten Blick keine Kamera entdecken konnte. Was allerdings nicht unbedingt hieß, dass es dort keine gab.

Jenkins sah auf die Uhr. Noch dreizehn Minuten bis zur Abfahrt des Zuges.

Er ging durch die Tür, überquerte den Bahnsteig und ging auf die andere Seite der kleinen Läden. Aus den Augenwinkeln verfolgte er die Kulikowa, die den schwarzen Pullover gegen einen farbigen Schal eingetauscht und es irgendwie geschafft hatte, ihren Rock so hochzuziehen, dass er über den Knien endete. Außerdem war sie die Wanderschuhe der Babuschka losgeworden, trug Stöckelschuhe und ihre eigenen Haare, die sie unter einem modischen Hut hochgesteckt hatte, der ungefähr so aussah wie die Kopfbedeckung, die Zeitungsjungen in den USA in den Fünfzigerjahren getragen hatten, wenn sie an den Straßenecken ihre Zeitungen verkauften. Der perfekteste und gleichzeitig schwierigste Teil ihrer Verwandlung betraf allerdings gar nicht ihre Kleidung, sondern die Gesellschaft, in der sie sich befand. Sie schlenderte nämlich ganz vertraut neben einem Mann mit seinen zwei Kindern her und hielt beim Überqueren des Bahnsteigs munter plaudernd das Gesicht von der Kamera auf dem Lichtmast abgewandt. Jenkins sah sich nach der Mutter der Kinder um, konnte sie aber nirgends entdecken. Die jung aussehende Kulikowa ergänzte das Bild der kleinen Familie perfekt, konnte die Mutter der Kinder sein, wahrscheinlicher jedoch die Großmutter.

Kapitel 35

Warsonof'jewskiy-Straße
Jaroslawler Bahnhof, Moskau

Arkhip beeilte sich, ohne dabei jedoch in irgendeiner Weise hektisch zu werden. Es sollte nicht so aussehen, als verfolge er jemanden. Als er am Range Rover vorbeikam, sah er sich die Gesichter der Männer darin genau an, um sie sich zu merken. Einer der drei, dem Aussehen nach der Älteste, trug einen maßgeschneiderten Anzug und Halbschuhe, die wahrscheinlich so viel gekostet hatten, wie Arkhip im Jahr verdiente. Er sah auf, als Arkhip an ihrem Wagen vorbeiging, schenkte dem Ermittler mit schmalen Lippen ein extrem dünnes Lächeln und neigte den Kopf, als wolle er andeuten, dass man sich wiedersehen würde.

Arkhip erwiderte die Geste nicht.

Er schlug die Richtung ein, die Jenkins und die Kulikowa genommen hatten, bog um die nächste Ecke und wurde Teil der Menge, die sich auf den Bürgersteigen drängte und vor den Cafés und an den Tischen der Kaffeeläden sammelte. Das Gedränge war nicht so dicht wie an einem Werktag, aber für den zierlichen Arkhip reichte es, um nicht aufzufallen.

Er entdeckte Jenkins und die Kulikowa, bevor sie um die nächste Ecke bogen. Er musste dichter an ihnen dranbleiben, doch auch nicht zu dicht. Was den beiden wohl jetzt am dringendsten auf den Nägeln brannte? Natürlich wollten sie das Land verlassen, aber wie? Mit einem Transportmittel? Bestimmt. Doch mit welchem und wie?

Er dachte nach. Wo waren sie hier genau? Unterwegs zu einem vorher verabredeten Treffpunkt, wo ein Wagen die beiden Flüchtenden aufsammeln sollte? Möglich – nur für alle Beteiligten auch ziemlich riskant, besonders für denjenigen, der hier Hilfe leistete. Immerhin wurden Jenkins und seine Begleiterin von mehreren amtlichen Stellen zugleich gesucht.

Arkhips Handy summte. Er zog es aus der Tasche, warf einen Blick auf das Display und erkannte eine Nummer der Moskauer Polizei.

»Hauptkommissar Arkhip Mischkin«, meldete er sich.

»Hauptkommissar, hier spricht Orlow, wir sprachen eben am Tatort miteinander.«

»Genau. Was haben Sie für mich?«

»Nichts, fürchte ich.«

»Nichts?«

»Der Mann heißt Schomow. Alexander Schomow. Aber als ich seinen Namen durch die üblichen Datenbanken laufen ließ, kam dabei absolut nichts heraus. Die Akte ist versiegelt.«

Oh, nichts war das keineswegs! Im Gegenteil, das war eine ganze Menge. »Auf wessen Anweisung hin war die Akte versiegelt?« Arkhip stellte die Frage, auch wenn er die Antwort bereits ahnte.

»Die Lubjanka. Bei meiner Datenabfrage tauchte lediglich eine Telefonnummer auf, die sofort kontaktiert werden soll.«

»Haben Sie dort schon angerufen?«

»Ich wollte mich zuerst bei Ihnen melden. Sie hatten ja darum gebeten.«

»Ich werde diesen Anruf tätigen, Orlow. Wenn hier ein Kopf rollt, wäre es mir lieber, es wäre meiner. Ich stehe sowieso schon kurz vor der Pensionierung.«

»Danke, Hauptkommissar.« Dem Streifenbeamten war die Erleichterung anzuhören.

»Bringen Sie Mr Schomow in die Petrowka und halten Sie ihn dort fest, wie ich angeordnet habe. So lange, bis ich mich wieder melde. Lassen Sie ihn bis dahin nicht telefonieren.«

Arkhip beendete den Anruf, steckte das Handy wieder ein und lächelte. Was würden sie mit ihm machen, wenn er nicht anrief? Ihn feuern?

Er schloss ein wenig zu Jenkins und der Kulikowa auf, achtete aber weiterhin auf ausreichenden Abstand. Immer mehr Autos und Busse fuhren, es roch nach Diesel, überall hörte er die Geräusche der erwachenden Stadt. Sie näherten sich dem Komsomolskaja-Platz. Die Züge, natürlich! Moskau besaß mehr als neun Bahnhöfe mit einer Unmenge an Bahnsteigen und Reisemöglichkeiten. Sollten es Jenkins und die Kulikowa schaffen, von Kameras unbemerkt einen Zug zu besteigen, hatten sie eine reelle Chance, irgendwohin zu kommen, wo es wesentlich weniger Kameras gab als in Moskau, vielleicht sogar überhaupt keine. Als die beiden stehen blieben, hielt auch Arkhip an. Jenkins bückte sich, aber leider stand Arkhip zu ungünstig, um sehen zu können, warum. Er richtete sich wenig später wieder auf und die Kulikowa und er betraten den Jaroslawler Bahnhof. Jetzt durfte sich Arkhip nicht mehr zurückhalten, denn wenn er sie hier auf dem Bahnhof verlor, hätte er keine Chance mehr, herauszufinden, in welchen Zug sie gestiegen waren. Stepanow würde ihm bestimmt nicht noch einmal so großzügig unter die Arme greifen, und es war keineswegs klar, ob in den kleineren Städten, die Jenkins und die Kulikowa ansteuern mochten, überhaupt Kameras arbeiteten.

Er zeigte seinen Ausweis, um an den Schlangen vor der Sicherheitskontrolle vorbeizukommen, und betrat den Bahnhof, wo er auf den ersten Blick weder Jenkins noch die Kulikowa wiederfand. Dann sah er den alten Mann, den er für Jenkins hielt, durch eine der Sperren gehen, kurz darauf die Kulikowa durch eine andere. Sie hatten sich also aufgeteilt, ein schlauer Schachzug. Er beschloss, Jenkins zu folgen, immerhin war der sein Verdächtiger. Jenkins ging hinüber zu den Läden im Bahnhof. Arkhip setzte sich auf eine Bank in der Nähe der Schließfächer und wartete, bis er sich wieder zeigte. Fünf Minuten später tauchte Jenkins mit einer großen Plastiktüte und einem Rucksack bewaffnet wieder auf und machte sich zur Herrentoilette am anderen Ende des Bahnhofs auf.

Arkhip behielt deren Tür im Auge. Jede Menge Männer kamen und gingen, aber nicht der alte Mann, der Jenkins war. Denk nach, sagte sich Arkhip. Warum sucht jemand eine Toilette auf? Natürlich aus naheliegenden Gründen, ja, aber warum sich dafür extra einen Rucksack kaufen? In dem man Dinge aufbewahren konnte. Neue Verkleidungen zum Beispiel?

Er sah sich auf dem Bahnhof um und bemerkte in der Nähe der zu den Bahnsteigen führenden Türen einen Mann, der ausgiebig sein Ticket studierte. Er trug ein rotes Kapuzenshirt, dessen Kapuze er sich über die Baseballkappe gezogen hatte, die einen großen Teil seines Gesichts verdeckte. Dieser Mann trug einen Rucksack und er hatte sich gemessen am vorigen Jenkins sehr verändert, nicht nur durch die Kleidung, sondern in seiner ganzen Art. Als hätte Jenkins es geschafft, seine Persönlichkeit zu ändern, die Art, wie er stand und wie er jetzt ging, nachdem er die Tür aufgestoßen hatte und über den Bahnsteig eilte, schnell, mit gebeugten Schultern und vorgeneigtem Kopf. Ein viel jüngerer Mann, der seinen Zug nicht verpassen will.

Arkhip folgte Jenkins, der zu der kleinen Ladenzeile in der Mitte des Bahnsteigs ging und dann weiter um diese herum. Der Kommissar warf einen Blick zurück und sah die Überwachungskameras auf dem Strommast. Jenkins suchte Deckung. Jetzt blieb er stehen und achtete auf die zum Bahnsteig führende Tür, suchte wohl nach der Kulikowa. Falls sie schon auf den Bahnsteig gekommen war, hatte Arkhip sie bisher noch nicht entdeckt.

Wenige Minuten später stand Jenkins in einer Schlange, um einen Zug zu besteigen, während die *Prowodnitsas,* weibliche Zugbegleiter in roten Mützen und dunkelblauen Uniformen, Tickets und Pässe überprüften.

Arkhip ging zum nächsten Fahrkartenschalter und zeigte seine Dienstmarke. »Wohin fährt der Zug auf Bahnsteig achtzehn?«

»Endhaltestelle ist Wladiwostok.«

»Ich brauche eine Einzelkabine.« Arkhip war noch nie mit der Transsibirischen Eisenbahn gefahren, hatte allerdings einiges darüber gelesen. Wie bei vielen anderen Moskauern hatte eine Reise mit der Transsib auch bei Lada und ihm auf der Liste der Dinge gestanden, zu denen sie letztendlich nicht mehr gekommen waren. Jetzt würde er dieses Erlebnis nachholen. Finanziert von seinem Spesenkonto, solange er noch eins hatte.

Warum seinen Pensionsfond anknabbern? Noch lag das nicht an.

Kapitel 36

Lubjanka
Moskau

Dmitri Sokalow stand in seinem Büro am Fenster und sah hinaus auf Moskau, auf den Kreml. Als sein Handy klingelte, ignorierte er das, nippte weiter an seinem Wodka und drehte sich erst um, als er hörte, wie seine Tür geöffnet und wieder geschlossen wurde. Schomow trat ein. Er hatte einen großen Teil des Morgens auf einer Moskauer Polizeiwache verbracht. Der Polizeibeamte, der ihn verhaftet hatte, weigerte sich, ihn telefonieren zu lassen oder seinen Namen in den Computer einzugeben. Denn sonst hätte dieser Beamte prompt bei einer bestimmten Nummer angerufen und Schomow wäre auf freien Fuß gesetzt worden. Irgendwie hatte Schomow dann aber doch so viele Hinweise fallen lassen können, dass jemand an höherer Stelle in der Abteilung für Kriminalermittlung es mitbekommen hatte. Dieser hatte sich dann dazu bequemt, bei Schomow einen Hintergrundcheck laufen zu lassen. Danach war er umgehend freigelassen worden. »Es gibt ein Problem«, verkündete er jetzt.

»Nur eins?«, erkundigte sich Sokalow sarkastisch.

»Die drei Männer, die verhaftet wurden, arbeiten für Jekatarina Welikaja. Was für ein Interesse hat die denn an der Sache?«

»Das versuche ich seit einigen Stunden herauszufinden.«

»Und dabei scheinst du zu trinken«, bemerkte Schomow.

»Das auch.«

»So … was hast du herausgefunden?«

Sokalow erzählte Schomow, wie der Fingerabdruck von Charles Jenkins auf einer Bierflasche in der Bar aufgetaucht war, hinter der Eldar Welikaja ermordet worden war, etwas, das Sokalow nicht als Zufall ansehen mochte.

»Anscheinend hat Jekatarina ihren Einfluss genutzt, um die Aufzeichnungen der Überwachungskameras vor der Bar in die Finger zu bekommen, und hat veranlasst, dass die Prostituierte und der Bodyguard getötet wurden.«

»Der Barkeeper?«

»Redet nicht mehr.«

»Wer ist der Ermittler, der mich verhaftet hat?«

»Arkhip Mischkin«, antwortete Sokalow. Er öffnete einen braunen Umschlag auf seinem Schreibtisch und warf ein Foto über den Tisch.

Schomow nickte. »Woher wusste er, dass Jenkins in der Wohnung war?«

»Das weiß ich nicht. Ich kann nur annehmen, dass jemand ihm Bescheid gesagt hat, als Jenkins auf den Aufzeichnungen der Kameras entdeckt wurde.«

»Du hast ein Leck.«

»Darum kümmere ich mich, wenn du Jenkins und die Kulikowa gefunden hast.«

Schomow lächelte. »Also sind die Moskauer Polizei und die Welikaja hinter Jenkins her, und noch dazu der FSB. Einer von denen könnte unser Problem für uns lösen.«

»Nein. Sie machen es nur schlimmer. Wenn die Moskauer Polizei die beiden verhaftet, wird sich schneller, als wir es verhindern können, herumsprechen, dass die Kulikowa eine Spionin ist. Und Jekatarina Welikajas Interesse steht in direktem Gegensatz zu meinem. Sie hegt einen Groll wegen der Ermordung ihres Vaters, und die Kulikowa besitzt Informationen, die mich vernichten können. Jekatarina wird Jenkins töten, wegen der Rolle, die er beim Tod ihres Sohnes gespielt hat, und wir … ich … werde die Gelegenheit verlieren, Jenkins so einzusetzen, wie ich es tun muss. Ich brauche eine tote Kulikowa und einen lebenden Jenkins. Du musst sie einfach als Erster finden.«

Wenn Schomow das beides leisten konnte, wenn er für eine tote Kulikowa sorgen und ihm den lebenden Jenkins bringen konnte, dann erwarteten Sokalow der Job als Vorsitzender und eine Position im Kreml. Damit bekam er gute Waffen für den Kampf mit seinem Schwiegervater in die Hand, sollte der General je von seiner Affäre mit der Kulikowa erfahren. Denn war Sokalow erst einmal Vorsitzender des nationalen Antiterror- Komitees, dann würde sein Schwiegervater der Tochter befehlen, zu vergeben und zu vergessen. Vorgeblich der Kinder wegen, aber eigentlich im Interesse des Generals selbst. Ein Familienmitglied so hoch oben in der Regierung zu haben bedeutete, weit umfassender und großzügiger mit Gefallen dealen zu können als jetzt, und sosehr Sokalows Schwiegervater seine Tochter auch liebte, er liebte doch auch den Luxus, den seine Stellung ihm zu verschaffen vermochte.

»Wissen wir, wohin Jenkins und die Kulikowa verschwunden sind?«, fragte Schomow.

»Im Informations- und Technologiezentrum arbeiten sie daran, sagen sie. Alles, was sie herausfinden, dürfte auch an die Welikaja gehen, vielleicht sogar eher als an uns. Davon müssen wir wohl ausgehen.«

»Was soll ich also deiner Meinung nach tun?«

»Halte dich bereit«, sagte Sokalow. »Ich lasse die Welikajas überwachen, vielleicht bringt uns das weiter. Ihre Leute werden hinter Jenkins her sein. Ich werde dich benachrichtigen, wenn sich etwas ergibt.«

Kapitel 37

Jaroslawler Bahnhof
Moskau

Der Zug nach Wladiwostok unterschied sich sehr von den weißen, glatten, Spitzengeschwindigkeiten fahrenden Schnellzügen, wie sie etwa zwischen Moskau und St. Petersburg verkehrten. Hier hatten die Waggons alle schon ein paar Jahre auf dem Buckel, in ihnen fuhr man geruhsamer. Es ging bei einer Fahrt mit der Transsibirischen Eisenbahn auch gar nicht darum, möglichst schnell von einem Ort zum anderen zu kommen, sondern um die Erfahrung des Reisens selbst. Die Wagen der Transsib leuchteten in lebhaften Farben, waren dunkelblau, knallrot, quietschend gelb und grün wie Erbsensuppe, und Jenkins hoffte sehr, die Leute, die nach ihm und der Kulikowa fahndeten, kämen gar nicht erst auf die Idee, sie könnten sich für ein so relativ langsames Transportmittel entschieden haben. Deren Suche konzentrierte sich hoffentlich auf schnellere Reisemöglichkeiten, weil sie nicht glauben mochten, dass Leute, die es eilig hatten, tagelang in einem Zug ausharren mochten.

Jenkins verzog sich hinter einen der Kioske, wo er das rote Sweatshirt und die Baseballkappe gegen die blaue Baskenmütze, das blaue Sweatshirt und den Schal tauschte, stopfte die

Kleidungsstücke, die er ausgezogen hatte, in den Rucksack, den Rucksack in die große Plastiktüte, die er beim Einkauf der Kleidungsstücke erhalten hatte, und sah sich auf dem Bahnsteig um. Die Kulikowa hatte ihr Aussehen nicht noch einmal verändert, ihre Verkleidung war komplizierter als Jenkins' und sie setzte für den Erfolg ganz auf den Mann mit den beiden kleinen Kindern. Die ließen sich ihre Begleitung gefallen oder genossen sie sogar, jedenfalls sah die Gruppe ganz aus wie eine glückliche kleine Familie, die gleich eine Reise in einem historischen Zug antreten will. Gerade hatte sich die Kulikowa an eine der beiden Prowodnitsas gewandt, die vor dem Einsteigen die Tickets der Reisenden überprüften. Die Prowodnitsa ließ sich keinen Pass zeigen, was Jenkins als gutes Zeichen wertete.

Er selbst mischte sich am anderen Ende des Waggons, in dem sich ihr Abteil befand, unter eine Gruppe Passagiere, wobei er das Gesicht so gut es ging von den Kameras abgewandt hielt. Hier überprüfte ein männlicher Zugbegleiter die Tickets, der nicht so locker war wie die beiden Frauen an der anderen Tür. Er wollte Ausweise sehen, was ziemlich aufhielt. Jenkins zog einen der in Langley vorbereiteten Pässe aus der Tasche, den eines schwarzen Deutschen mit deutlicher Gesichtsbehaarung.

Der Prowodnik sah sich Pass und Ticket genau an, hielt den Pass sogar in die Höhe, um das Foto darin durch seine Brille hindurch mit Jenkins vergleichen zu können.

»Wy pobrilis'.« Sie haben sich rasiert.

Jenkins kniff die Augen zusammen, als verstünde er kein Russisch.

»Ich sagte ›Sie haben sich rasiert‹«, wiederholte der Mann seine Bemerkung in schwer akzentuiertem Englisch.

»Meine Frau mochte den Bart nicht. Ich habe ihn ihretwegen abgenommen.« Jenkins' Englisch hatte einen deutschen Akzent bekommen.

»Wo sind die anderen aus Ihrer Gruppe?« Der Prowodnik warf einen Blick über Jenkins' Schulter, suchte wohl nach dessen Frau und den mitreisenden Kindern oder Enkeln.

»Dort!« Jenkins zeigte hinüber zur Kulikowa, die gerade hinter zwei kleinen Kindern den Zug bestieg. »Ich habe noch rasch ein paar Souvenirs gekauft.«

Der Mann besah sich Jenkins' Outfit und gab ihm Pass und Ticket zurück. »Gute Reise. Wenn wir Ihnen den Aufenthalt an Bord irgendwie noch angenehmer gestalten können, zögern Sie nicht, es uns zu sagen.«

»Danke … ich meine … *spasibo.*«

»Poschaluista«, sagte der Prowodnik.

An Bord des Zuges nahm die Schlafwagenschaffnerin Jenkins' Ticket, zeigte ihm Toilette und Waschraum hinten im Wagen und führte ihn durch einen schmalen Flur. Die Zugfenster lagen links von ihm, die Türen der Kabinen rechts. Sie gingen an vier Kabinen vorbei und blieben endlich vor einer Tür in der Mitte des Wagens stehen. Jenkins erfuhr, dass die Kabinen sich von innen verschließen ließen und dann von außen nur von ihr selbst oder einem Zugbegleiter oder einer Zugbegleiterin geöffnet werden konnten. Jenkins bedankte sich bei der Dame, drückte ihr zehn Rubel in die Hand und musste den Kopf einziehen, damit er durch die Kabinentür passte. Er warf die Tüte mit dem Rucksack in die Gepäckablage über den beiden Liegen, zwängte sich seitwärts zwischen diesen Liegen hindurch und ging zum Fenster, um durch den Vorhang zu sehen. Lief auf dem Bahnsteig jemand herum, der ihm bekannt vorkam?

Wenig später ging die Tür auf und der Rücken der Kulikowa tauchte auf. Sie verabschiedete sich gerade lachend von einem Mann, wahrscheinlich dem Vater der Kinder, mit denen zusammen sie in den Zug gestiegen war. Nachdem sie die Tür geschlossen und verriegelt hatte, drehte sie sich um und ließ ihre Fassade fallen, wirkte erschöpft, blass, ausgelaugt. Sie setzte sich auf eine der beiden Liegen, die nicht breiter waren als eine Sitzbank, und sah Jenkins aus müden Augen an. Sie hatten beide mehr als vierundzwanzig Stunden nicht geschlafen.

»Alles in Ordnung?«, fragte er.

Sie nickte. »Man hat mich zum Abendessen und einem kleinen Umtrunk eingeladen.«

»Das war schlau, es so aussehen zu lassen, als wärt ihr zusammen.«

Sie zuckte die Achseln. »Männer zu verführen, fällt mir leicht, Mr Jenkins, es ist für mich eine ganz natürliche Sache. Wissen Sie, wie viele Männer mir im Laufe meines Lebens angeboten haben, mir einen auszugeben? Ich auch nicht. Aber ich weiß, bei wie vielen ich das Angebot angenommen habe, weil ich die Männer gern näher kennenlernen wollte. Bei keinem.« Seufzend wechselte sie das Thema. »Glauben Sie, man hat uns entdeckt?«

»Ich weiß es nicht. Sie wissen sicher besser als ich, wozu diese Überwachungskameras in der Lage sind. Wir hören da so einiges. Das reicht von der Behauptung, das System stecke voller Fehler, bis zur Aussage, es arbeite so akkurat, dass es eine Person auch identifizieren kann, wenn sie eine Maske trägt.«

»Die Kameras sind sehr gut. Sie messen den Abstand zwischen Augen, Nase und Mund und zeichnen unter anderem die Form des Kinns auf. Die Regierung möchte uns gern glauben lassen, dass die Kameras uns auch erkennen können, wenn wir unser Gesicht teilweise verdecken, aber diese Technologie existiert noch nicht, jedenfalls nicht bei den Kameras, von denen ich weiß. Die Modelle, mit denen ich vertraut bin, stellen ihre Berechnungen an und vergleichen die Algorithmen dann mit denen von Millionen Gesichtern, für die Angaben in den Datenbanken der Polizei und anderer Regierungsstellen gespeichert sind.«

»Wir werden wohl bald herausfinden, wie gut sie sind«, befand Jenkins. »Wann haben Sie das letzte Mal geschlafen?«

Die Kulikowa zuckte die Achseln. »Ich schlafe schon seit Jahren keine Nacht mehr richtig durch.«

»Warum legen Sie sich nicht hin? Haben Sie Hunger?«

Sie schüttelte den Kopf. »Nein.«

»Wahrscheinlich ist es besser, wenn wir uns erst einmal nicht blicken lassen. Bis wir sicher sein können, wie der Hase läuft.«

»Was für ein Hase?«

»Das ist so ein Ausdruck. Ich meine damit, bis wir mehr wissen. Ich besorge uns etwas zu essen und zu trinken, wenn der Rollwagen vorbeikommt.« Jenkins hielt sein Handy hoch, schaltete es ein, hoffte, es hätte inzwischen ein wenig trocknen können. Der Apparat fuhr auch brav hoch, man konnte aber sofort sehen, dass er störanfällig geworden war. »Immerhin funktioniert es.«

»Ja, aber WLAN und Internet nicht.« Sie hatte recht, es gab keinen Empfang. »Im Moment sind wir also auf uns allein gestellt.«

Jenkins öffnete eine innere Tür zum danebenliegenden Bereich, der noch zu ihrem Abteil gehörte. »Sind Sie verheiratet, Mr Jenkins?«, fragte die Kulikowa.

Er drehte sich um. »Charlie, bitte. Und ja, ich bin verheiratet.«

»Kinder?«

»Zwei. Einen zwölfjährigen Jungen und eine Tochter. Sie ist fast zwei.«

Die Kulikowa kniff die Augen zusammen, als hätte sie ihn nicht richtig verstanden. Diese Reaktion erlebte er öfter. »So jung!«

»Ich habe erst spät geheiratet. Meine Frau ist vierundzwanzig Jahre jünger.«

»Lieben Sie sie?«, fragte die Kulikowa mit leiser Stimme.

»Ja.« Jenkins nickte. »Mehr als alles auf der Welt.«

Ihr Lächeln wirkte verzagt. »Liebe habe ich nie kennengelernt.«

Sie klang so schicksalsergeben wie Paulina Ponomajowa damals im Strandhaus an der Schwarzmeerküste, wie Zenaida Petrekowa an dem Abend, als Jenkins sie in ihrem Haus darauf vorbereitet hatte, außer Landes gebracht zu werden, was gerade erst einen Tag her war, sich aber anfühlte, als sei seitdem eine ganze Woche vergangen. »Ich weiß, dass es für Sie ein sehr hartes Leben gewesen sein muss.«

Sie lächelte noch einmal, wehmütig. »Sie haben keine Ahnung.«

»Das ist mir bewusst. Sie waren verheiratet.«

Sie nickte. »Helge. Um den Schein zu wahren. Nicht aus Liebe. Meine Eltern haben gesagt, so sei es besser – wenn ich ihn nicht liebte. Sie hatten wohl recht, nehme ich an, aber Helge hätte etwas Besseres verdient. Er hat gespürt, dass ich einen Liebhaber hatte. Es gab einfach zu viele Abende, an denen ich spät nach Hause gekommen bin. Zu viele Reisen. Er war in seiner Männlichkeit zutiefst verletzt. Er hatte es nicht verdient zu sterben.« Sie wischte sich eine Träne aus dem Auge.

»Das Leben in den Vereinigten Staaten wird für Sie besser sein«, versuchte Jenkins sie aufzumuntern. »Sie bekommen eine neue Identität und die Möglichkeit, ganz neu anzufangen. Vielleicht finden Sie ja auch noch Ihre große Liebe.«

»Das hört sich wunderbar an, aber – Entschuldigung – ich mag Ihnen da nicht recht glauben. Wenn es um Spione geht, hat der Kreml Arme wie ein Oktopus. Viele Arme, lange Arme. Einer solchen Gefahr könnte ich niemanden aussetzen. Schon gar nicht jemanden, den ich liebe.«

»Versuchen Sie zu schlafen«, sagte er. »Wir haben noch einen langen Weg vor uns.«

Auch ohne Details aus ihrem Leben zu kennen, wusste er, was die Kulikowa durchmachte, wusste um die Schuldgefühle, die Scham. Als sie sich jetzt hinlegte und mit einer blauen Decke zudeckte, dachte er an die vielen Jahre, in denen er auf Camano Island als Einsiedler gelebt hatte, unfähig, sich die Rolle zu verzeihen, die er als junger CIA-Agent in Mexiko-Stadt gespielt hatte. Aufgrund der Arbeit, zu der er seinen Teil beigetragen hatte, waren Menschen gestorben. Er hatte sich nicht vorstellen können, dass man ihm je verzeihen konnte. Dann war ganz unerwartet Alex aufgetaucht und sein Leben hatte sich um hundertachtzig Grad zum Besseren gewandt. Seine Frau hatte Jenkins geholfen, sich selbst zu verzeihen und wieder zu lieben.

Er hoffte sehr, dass jemand dasselbe für die Kulikowa tun würde.

Kapitel 38

Jaroslawler Bahnhof
Moskau

Arkhip fand seinen Wagen und sein Abteil. Zwei Schlafwagenplätze. Er musste an Lada denken, während er die Reisetasche mit den zwei Hemden darin auf eine der Liegen legte, sich ans Fenster setzte und zusah, wie die letzten Passagiere mit ihren Rucksäcken und Koffern einstiegen. Einige waren schon älter, wie er, strichen vielleicht einen Posten auf der Liste der Dinge aus, die sie vor ihrem Tod noch erleben wollten. Andere waren jung, trugen große Rucksäcke auf dem Rücken, waren unterwegs in ein Abenteuer, bevor das Erwachsenenleben und der Alltag sie ganz für sich beanspruchen konnten. Keiner war allein. Sie alle hatten jemanden, mit dem sie dieses Erlebnis teilen konnten.

Sein Handy klingelte. Das war sein Vorgesetzter.

Arkhip nahm den Anruf entgegen. »Hauptkommissar Mischkin.«

»Was genau treiben Sie eigentlich?«, wollte sein Chef wissen.

»Wie meinen Sie das?«, fragte Mischkin zurück. »Können Sie bitte etwas deutlicher werden?«

»Haben Sie auch nur die geringste Ahnung, wen Sie da heute Morgen verhaften ließen?«

»Nicht die geringste«, log Arkhip.

»Einen ehemaligen Mitarbeiter sowohl von KGB als auch FSB, der jetzt für den Kreml an speziellen Projekten arbeitet.«

»Und was genau ist ein spezielles Projekt? Malen?«

»Werden Sie bloß nicht unverschämt, Mischkin. Ich habe gerade mit der Lubjanka telefoniert und mir wurde gesagt, Sie hätten sich in eine FSB-Operation eingemischt, bei der es um die Verhaftung eines extrem wichtigen Mannes ging.«

»Wie hätte ich das denn ahnen können? Mit wem haben Sie gesprochen?«

»Mit dem stellvertretenden Direktor für Spionageabwehr. Er hat mich beauftragt, Ihnen zu sagen, dass Sie Ihren Fall abschließen müssen und sich nie wieder in diese Operation einmischen dürfen.«

»Welche Operation?«

Sein Chef stöhnte. »Die Operation, bei der es darum geht, einen amerikanischen Spion zu verhaften! Charles Jenkins.«

»Als amerikanischer Spion interessiert mich Charles Jenkins nicht. Der Charles Jenkins, für den ich mich interessiere, ist der einzige Mensch, der mir sagen kann, was an dem Abend, als Eldar Welikaja starb, wirklich geschah. Ohne mit ihm gesprochen zu haben, kann ich meinen Fall nicht abschließen.«

Sein Chef wurde lauter und Arkhip konnte ihm die Verärgerung deutlich anhören. »Charles Jenkins hat Eldar Welikaja erschossen, Mischkin. Wir haben den Bericht des Rechtsmediziners.«

»Der Bericht des Rechtsmediziners ist reine Erfindung. Ich habe die Leiche gesehen. Welikaja wurde in den Rücken geschossen, nicht von vorne in den Unterleib. Deshalb kann Charles Jenkins gar nicht der Schütze sein.«

»Das ist nicht mehr Ihr Problem, Mischkin. Es ist ein Problem der Lubjanka.«

»Wie soll ich denn dann meinen Fall abschließen?«

»Betrachten Sie ihn einfach als abgeschlossen. Mischen Sie sich nicht weiter ein, Mischkin. Lassen Sie die Lubjanka diese Angelegenheit regeln und gehen Sie in Frieden in Rente. Sonst denke ich ernsthaft daran, Sie zu feuern. Das wollen Sie doch bestimmt nicht, oder?«

Nein, das wollte Arkhip nicht. Aber er konnte auch nicht in Rente gehen, jedenfalls nicht, ohne vorher mit Charles Jenkins gesprochen zu haben. »Was ist mit den drei anderen Männern, die verhaftet worden sind?«

»Eine Verwechslung. Sie warteten auf einen Freund aus einer der Wohnungen.«

»Mit Waffen?«

»Von irgendwelchen Waffen ist mir nichts bekannt, Mischkin.«

»Wo befinden die drei sich im Moment?«

»Woher soll ich das wissen? Ich sagte Ihnen doch, sie wurden entlassen.«

Wie praktisch, dachte Arkhip.

Die Bremsen des Zuges zischten und Arkhip spürte, wie ein Ruck durch die Wagen ging, als der Zug kurz rückwärtsfuhr, um sich dann langsam vorwärts in Bewegung zu setzen. »Wo sind Sie gerade?«, wollte sein Chef wissen.

»Zu Hause natürlich.«

»Was ist das für ein Lärm da im Hintergrund?«

»Der Kessel, ich mache mir einen Tee.«

»Hören Sie, Mischkin, nicht mehr lange, und Sie sind pensioniert. Sie haben es sich verdient. Entspannen Sie sich. Machen Sie halblang, bis der Tag gekommen ist.«

Machen Sie halblang, dachte Arkhip. Und was genau soll ich da tun? »Danke. Ich glaube, ich werde die nächsten

Tage freinehmen. Ich habe doch bestimmt noch genügend Urlaubstage, oder?«

»Bestens! Sehen Sie, Sie lernen ja schon, sich zu entspannen. Denken Sie nicht an die Arbeit. Denken Sie an all die Dinge, die Sie als Rentner tun können. Vielleicht gehen Sie ja auf eine Reise, die Sie schon immer einmal machen wollten.«

Arkhip sah aus dem Fenster. Der Zug fuhr gerade aus dem Bahnhof. »Die Reise trete ich vielleicht früher an, als wir beide ahnen«, sagte er. Er beendete den Anruf und setzte den Pelzhut ab, den er im Kiosk auf dem Bahnsteig gekauft hatte, setzte ihn wieder auf und betrachtete sich im Spiegel in der Abteiltür. Der Hut machte ihn gute vier, fünf Zentimeter größer. Kaum hatte er das gedacht, da meinte er auch schon, Ladas leises Lachen zu hören. *Ein Mann, der einen Hut trägt, um größer zu wirken, verbirgt damit ein gewisses Manko in einem anderen Bereich.*

Sofort nahm er den Hut wieder ab.

Kapitel 39

Transsibirische Eisenbahn

Maria Kulikowa erwachte schlagartig. Rasch setzte sie sich auf, sah sich um, wusste einen Moment lang nicht, wo sie war. Ihr Herz raste, ihr Hemd war durchnässt, so sehr hatte sie geschwitzt. Sie wollte einen Blick auf ihre Nachttischuhr werfen, aber da war kein Nachttisch.

Sie lag nicht zu Hause in ihrem Bett.

Das sanfte Schaukeln des Wagens und das ungleichmäßige Rattern des auf den Schienen dahinrollenden Zuges holten sie zurück in die Gegenwart. Sie atmete tief durch und sah aus dem Fenster. Draußen war finstere Nacht.

Sie warf einen Blick Richtung Tür. Jenkins hatte den Riegel vorgeschoben. Die innere Tür zu ihrem anderen Abteil stand offen, dort schlief Jenkins auf einer der Liegen, das Gesicht der Wand zugekehrt, was aussah, als versuche Swatogor, der riesige mythische Krieger aus der russischen Folklore, im Bett eines Kindes zu schlafen. Sie hörte schwere, rhythmische Atemzüge und wurde fast neidisch. Es geschah nur noch selten, dass Maria so tief schlafen oder zumindest einfach durchschlafen konnte bis in den Morgen. In guten Nächten schlief sie stückweise, immer mal wieder durch ihre Gedanken geweckt, die sie allerdings meistens gut unter Kontrolle hatte. Lesen half manchmal, Gymnastik auch.

In schlechten Nächten wie dieser erwachte sie voller Panik in schweißnassem Hemd und mit rasendem Herzschlag, gar nicht mehr Herrin ihrer Gedanken, die ihr einzureden versuchten, sie sei entdeckt worden und die Männer, die sie holen sollten, seien bereits unterwegs. Sie schlief mit ihrem Kuli in Reichweite und hatte schon bei mehr als einer Gelegenheit daran gedacht, auf die Kapsel darin zu beißen.

Ihr Kugelschreiber lag jetzt in der Neglinnaja. Sie hatte ihn verloren und fühlte sich nackt ohne ihn.

Sie sah sich um. In diesem winzigen Abteil turnen zu wollen, kam ihr mühsam vor, außerdem würde sie damit sicherlich Jenkins wecken. Kamillentee half und der Samowar stand nur ein paar Türen weiter in einem separaten kleinen Raum weiter vorn im Wagen. Sie warf noch einen Blick auf Jenkins und dachte an das, was er über das bessere Leben gesagt hatte, das sie in Amerika erwartete. Sie wollte ihm so gern glauben. Sie wollte glauben, dass sie die wiederfinden würde, die sie eigentlich war, sobald sie sich von der Person befreit hatte, zu der zu werden sie sich erlaubt hatte, weil es nicht anders ging. Ihr kamen die Tränen. Sie unterdrückte sie sofort. Maria Kulikowa, sagte sie sich, war eine gute, eine ehrbare Person, und sie würde sie wiederfinden.

Wenn es ihr gelang, Russland lebend zu verlassen.

Sie dachte an ihre letzte Unterhaltung mit Jenkins, daran, wie sein Gesicht aufgeleuchtet hatte, als er von seiner Frau und den Kindern sprach. Zu erfahren, dass er nicht nur verheiratet war, sondern auch zwei noch sehr junge Kinder hatte, war sehr überraschend für sie. Auch er brachte ja Opfer, wenn auch vermutlich nicht schon so lange wie sie oder die anderen der sieben Schwestern, aber doch Opfer, die ebenso schwer wogen wie ihre, wenn nicht noch schwerer. Maria hatte nie etwas zu verlieren gehabt, bis auf ihr Gefühl für sich selbst. Wenn die Zeit kam, ihr Leben zu beenden, würde niemand sie vermissen, was immer ein tröstlicher Gedanke gewesen war. Ihre Eltern waren tot, Geschwister hatte sie keine, Kinder auch nicht. Helge würde nur den Luxus vermisst haben, für den sie sorgte, die Wohnung, die schönen Sachen. Sie selbst hätte er nicht vermisst.

Sie selbst hatte keine Familie, Jenkins schon. Und obwohl er seine Frau und die beiden kleinen Kinder offensichtlich vergötterte, war er jetzt hier, in einem Land, wo er auf der Todesliste des Präsidenten stand, um eine Frau zu retten, die er gar nicht kannte. Er ging also vielleicht ein höheres Risiko ein, fand Maria, für ihn war es so viel dringlicher, erfolgreich zu sein und wieder nach Hause zu kommen. Er hatte Menschen, für die er lebte. Dieser Jenkins, dachte sie weiter, musste ein Mensch mit hohen moralischen Prinzipien sein. Einen Job gut machen, das war eine Sache. Sein Leben zu riskieren für das eines anderen, wenn man so viel zu verlieren hatte, das war etwas ganz anderes.

Maria schlüpfte in die billigen Hausschuhe, die unter ihrer Liege standen, schloss die Abteiltür auf und trat hinaus in den Gang. Der Zug tuckerte friedlich auf den Schienen entlang, der Wagen schwankte leicht von einer Seite auf die andere, eine geruhsame, unaufgeregte Fahrt. Im Raum mit den Getränken hielt gerade ein Mann einen Becher unter den Hahn am Samowar. Er stand mit dem Rücken zu Maria, drehte sich aber um, als er sie näher kommen hörte.

»Schön, dass ich nicht der Einzige bin, der nicht schlafen kann«, begrüßte er sie. Maria schätzte ihn auf Mitte sechzig, ihr Alter. Klein, mit schütter werdendem Haar, einer runden Brille und einem Gesicht, das Marias Mutter als fein, als vornehm bezeichnet hätte. Seine hellen blauen Augen luden zu einer Unterhaltung ein.

Maria lächelte, ohne zu antworten.

»Darf ich Ihnen ein Getränk spendieren?«, erkundigte er sich.

Maria schloss die Augen, schüttelte den Kopf. »Ich trinke nicht«, sagte sie. »Nicht mit Fremden.«

»Ich muss mich entschuldigen!« Er klang ehrlich bestürzt. »Das sollte ein Witz sein, ein schlechter Witz. Eigentlich wollte ich nur wissen, ob ich Ihnen einen Kaffee zubereiten kann oder vielleicht einen Tee.«

Sie sah sich sein Gesicht noch einmal genau an. Der Mann machte einen ehrlichen Eindruck und klang auch so. »Ein Tee wäre schön. Kamille.«

»Eine weise Entscheidung«, lobte er. »Manchmal kann ich nach einer Tasse Kamillentee wieder einschlafen, manchmal allerdings auch nicht.« Er nahm einen der Pappbecher und füllte ihn mit heißem Wasser.

»Dann schlafen Sie also auch schlecht?«, fragte Maria. »Was hält Sie denn wach?«

»Vieles. Ganz normale Sorgen, würde ich sagen.« Er reichte ihr den Becher und trat zur Seite, damit sie sich aus der Schachtel neben dem Samowar einen Teebeutel aussuchen konnte. »Minze ist auch gut, sie beruhigt den Magen.«

Maria sah sich das Angebot durch und entschied sich wirklich für einen Pfefferminztee.

»Ich heiße Arkhip.« Der Mann streckte ihr die Hand hin. »Damit wir nicht Fremde zu bleiben brauchen.«

»Maria«, antwortete sie, immer noch nicht sicher, was sie von ihm halten sollte.

»Der Speisewagen ist geschlossen, aber ich glaube, der Salonwagen ist offen.« Arkhip deutete auf den Gang hinter sich. »Damit Sie Ihren Tee nicht allein in Ihrem Abteil trinken müssen. Man sollte nicht allein trinken, wenn es sich vermeiden lässt, das ist eine ganz schlechte Angewohnheit. Ich spreche aus Erfahrung.« Er lächelte kurz. »Das war jetzt noch so ein schlechter Versuch, witzig zu sein.«

Maria lachte zaghaft.

»Ein Lächeln! Vielleicht doch kein so schlechter Versuch.«

»Gern«, sagte sie.

Er runzelte verwirrt die Stirn.

»Der Salonwagen.« Was sollte ihr hier im Zug schon groß zustoßen, dachte Maria, die nur ungern allein im Abteil hocken und über all die Dinge grübeln mochte, die schiefgehen konnten. »Gehen Sie voran.«

Arkhip führte sie in einen farbenfroh dekorierten Salonwagen mit Polstersitzen, feiner Holzarbeit und Buntglasfenstern. »An Farbe mangelt es hier nicht, was?«

»Nein.« Maria schüttelte den Kopf. »Wirklich nicht.«

Arkhip zog einen Stuhl zurecht, wartete, bis Maria sich gesetzt hatte, und drehte einen zweiten Stuhl so, dass er ihr gegenübersaß. »Ich hoffe, Sie halten mich nicht für aufdringlich«, sagte er.

»Nein. Ich hatte Sie vorhin nur missverstanden.«

Arkhip nippte an seinem Tee. »Wohin fahren Sie, Maria? Ganz bis zur Endstation? Wladiwostok?«

»Man weiß ja nie.« Maria blieb absichtlich vage. »Und Sie?« Es fiel ihr leicht zu lügen, sie tat es ohne Reue. Und sie kannte sich mit Menschen aus, konnte meistens schnell einschätzen, was jemand von ihr wollte, besonders Männer. Bei Arkhip hatte sie nicht das Gefühl, als ginge es ihm um etwas anderes als ihre Gesellschaft. Falls er FSB war, was sie für sehr unwahrscheinlich hielt, oder für die Welikaja arbeitete, noch unwahrscheinlicher, so vermittelte er ihr das nicht. Sie fühlte sich in seiner Gegenwart nicht in Gefahr.

»Ich fahre natürlich ganz bis zur Endstation«, antwortete er. »Meine erste Reise mit der Transsibirischen Eisenbahn und vielleicht ja auch meine letzte. Schließlich bin ich kein Jüngling mehr.«

»Wie alt sind Sie denn, Arkhip?«

»Vierundsechzig. Ich gehe bald in Rente.«

»Und was arbeiten Sie?«

»Ich bin im Sicherheitsdienst einer Moskauer Firma. Und Sie?«

»Ich bin Hausfrau.«

»Verheiratet, wie ich sehe.« Er deutete auf ihre Hand.

»Sie ebenfalls.« Maria zeigte auf seinen Ringfinger.

»Nein.« Arkhip drehte an seinem Ring. »Ich bin verwitwet.«

»Das tut mir leid. Ist es vor Kurzem passiert?«

Darüber schien er nachdenken zu müssen. »Für mich ja. Zwei Jahre.«

»Sie müssen Ihre Frau sehr geliebt haben.«

»Mehr als mein Leben«, sagte er leise, lächelte und nippte an seinem Tee.

»Das ist schön«, meinte Maria. »Ein schönes Gefühl, jemanden so sehr zu lieben.«

»Ja, auch wenn der Verlust dann wohl umso schwerer wiegt.«

»Sie tragen immer noch Ihren Ring?«

»Ja.« Arkhip räusperte sich. »Ihr Mann hat wohl keine Schlafprobleme?«

Dann wollte er also das Thema wechseln. »Nein, hat er nicht. Er schnarcht wie ein Bulle.« Ohne einander weitere Details aus ihrem Leben anzuvertrauen, plauderten die beiden über eine ganze Reihe Themen: russische Politik, Reisen, Hobbys, die Welt im Allgemeinen. Maria entspannte sich mehr und mehr, stellte fest, dass sie das Gespräch genoss, auch wenn sie wachsam blieb. Arkhip hörte sich so an, als sei bei ihm die Arbeit zum Leben geworden, besonders seit dem Tod seiner Frau, die an Brustkrebs gestorben war. Er wiederholte mehrmals, ein Narr gewesen zu sein, als er Dinge auf später verschob, die sie gleich hätten tun sollen.

Sie unterhielten sich, bis der in Marias Becher verbliebene Tee kalt geworden war. »Ich sollte wohl lieber zurückgehen, sonst wacht mein Mann noch auf und fragt sich, was aus mir geworden ist.«

Arkhip stand auf und verbeugte sich leicht. »Danke, dass Sie es so lange mit mir und meinem schlechten Humor ausgehalten haben.«

Maria lächelte. »Danke, dass Sie mir meine erste Reaktion nicht übel genommen haben.«

»Wie sollte ich denn! Sie bekommen solche Angebote wohl öfter.«

»Von wesentlich weniger netten Männern, als Sie es sind.« Maria verabschiedete sich und machte sich auf den Weg zurück zu ihrem Abteil.

»Ich würde mich freuen, Ihren Mann kennenzulernen«, rief Arkhip ihr leise nach.

Maria antwortete nicht. Sie lächelte nur.

* * *

Er erwachte von einem Klicken: Die Tür zum angrenzenden Abteil ging auf. Jenkins setzte sich ruckartig auf, schlug sich den Kopf an der Gepäckablage an und sackte zurück auf die Liege. Vor seinen Augen tauchten Sterne auf, verschwanden wieder, kehrten zurück. Er versuchte, sie mit Kopfschütteln loszuwerden. Als Maria ins Abteil trat, stieß er einen vernehmlichen Seufzer aus, wobei er vor Schmerz zusammenzuckte.

»Wo waren Sie?«, wollte er wissen.

»Tee.« Sie hielt ihren Pappbecher hoch. »Ich konnte nicht schlafen.«

»Haben Sie jemanden gesehen?«

»Nur einen einsamen Witwer, der auch nicht schlafen konnte.«

Jenkins rieb sich den Kopf. Unter den gegebenen Umständen mitten in der Nacht das Abteil zu verlassen, mochte eventuell noch angehen. Besser jedenfalls als zu jeder anderen Zeit.

»Tut Ihnen etwas weh?«, fragte die Kulikowa.

»Nur mein Stolz.« Jenkins nahm den Zugfahrplan vom unbenutzten Bett und sah ihn sich an. »Morgen treffen wir in Perm ein und dann kommt Jekaterinburg. Ich werde jedes Mal aussteigen, für den Fall, dass jemand versucht, uns eine Nachricht zukommen zu lassen. Außerdem prüfe ich, ob ich auf dem Bahnsteig eine Internetverbindung bekommen kann. Ich hoffe sehr auf weitere Informationen, damit wir wissen, was auf uns zukommt. So blind unterwegs zu sein, gefällt mir gar nicht.«

»Aber wenigstens sind wir unterwegs, Charlie. Es könnte viel schlimmer sein.«

Kapitel 40

Anwesen der Familie Welikaja
Noworischskoje, Moskau

Es war zwei Tage her, seit sie Jenkins und die Kulikowa aus den Augen verloren hatten, und als Mily nun Jekatarinas immer noch abgedunkeltes Büro betrat, roch er den Zigarettenqualm sofort. Auf dem Aschenbecher, in dem schon mehrere heruntergebrannte Kippen lagen, balancierte eine brennende Zigarette, deren Rauch sich träge hoch zur Decke kringelte. Jekatarina saß im Licht der Schreibtischlampe und telefonierte mit einem Wegwerfhandy, von denen sie einige besaß und die regelmäßig entsorgt wurden. Die Vorhänge vor den hohen Bogenfenstern waren wieder einmal zugezogen und im Raum war es, abgesehen von Jekatarinas leiser Stimme am Telefon, so still, dass Mily das Rauschen in seinen Ohren zu hören meinte.

Jekatarina griff nach der Zigarette und inhalierte so tief, als umarme sie einen alten, lang vermissten Freund. Dabei hatte sie von einem Tag auf den anderen das Rauchen aufgegeben, als sich die Zusammenhänge zwischen Nikotin und Krebs nicht länger von der Hand weisen ließen, und in ihrer Gegenwart hatte nicht mehr geraucht werden dürfen. Sämtliche Zigaretten waren aus dem Haus entfernt, alle Räume gelüftet und mit duftendem Raumspray von Rauchspuren befreit worden. Auch Mily hatte damals das Rauchen eingestellt, weil er so viel Zeit in Jekatarinas Gegenwart verbrachte, aber es war ihm nicht leichtgefallen und zu Hause rauchte er ab und zu immer noch.

Als Jekatarina die Tür zugehen hörte, wandte sie den Kopf. Wie verändert sie aussah, dachte Mily, als sei sie in den vergangenen drei Tagen um zehn Jahre gealtert. Ihr Haar schien grauer geworden und die Falten, die Milys Mutter »Sorgenfalten« zu nennen pflegte, hatten sich tiefer in die Haut eingegraben, als seien sie mit scharfer Papierkante dort eingeritzt worden. Nur waren das hier keine Sorgenfalten. Jekatarina trauerte. Wenn ein Kind vor den Eltern starb – es konnte wohl kaum etwas Unnatürlicheres und Schmerzlicheres geben.

Jekatarina hatte ihren Anruf beendet und legte das Handy leise auf den Schreibtisch. Ihre Brust hob und senkte sich, als täte jeder Atemzug weh, als schmerze es, weiterzuleben. Eldar war ein Arschloch gewesen, verwöhnt, selbstsüchtig, von Macht und Geld berauscht, ohne selbst jemals etwas geleistet zu haben. Aber so war er nicht immer gewesen und so würde seine Mutter ihn auch nicht in Erinnerung behalten. Mily wusste, sie erinnerte sich an den kleinen Jungen, den sie zur Welt gebracht, an das unschuldige Kind, um das sie sich gekümmert und das sie geliebt hatte, an den jungen Mann, der so vielversprechend ins Leben hinausgetreten war, bevor Alkohol und Drogen etwas in ihm freisetzten, das ihn ihr fremd werden ließ, ihn grausam, bitter, wütend und rachsüchtig machte.

»Du hast Neuigkeiten?«, fragte sie leise und ohne Emotionen.

»Ugolow hat Jenkins und die Kulikowa gefunden.« Ugolow, das war der Leiter der Moskauer Abteilung für Informationstechnologie.

»Wo?«

»Beim Jaroslawler Bahnhof. Sie haben vor zwei Tagen den Zug 322 der Transsibirischen Eisenbahn bestiegen.«

»Sie könnten inzwischen sonst wo sein.«

»Nein.« Mily schüttelte den Kopf. »Ugolow und seine Techniker haben rund um die Uhr gearbeitet und für die Zeiten der Durchfahrt des 322 die Aufzeichnungen von den Bahnsteigen und Schienen zwischen Moskau und Nowosibirsk begutachtet. Die beiden haben den Zug nicht verlassen.«

»Wo ist der Zug jetzt?«

»Er wird heute Abend um zwanzig Uhr vierundzwanzig in Krasnojarsk eintreffen und um einundzwanzig Uhr zwei weiterfahren. Der Flug dorthin dauert vier Stunden, dazu kommt die Zeit, die wir brauchen, um hier zum Flughafen und in Krasnojarsk vom Flughafen zum Bahnhof zu kommen. Der nächste Halt ist dann Irkutsk um drei Uhr siebenunddreißig. Das können wir schaffen und den Zug dort in Empfang nehmen.«

»Und wenn Mr Jenkins und die Kulikowa auch in Irkutsk nicht aussteigen?«

Mily lächelte. »Ich habe einen Plan, Comare, aber wenn wir handeln wollen, dann muss ich mich jetzt beeilen. Es dauert seine Zeit, bis alles organisiert ist. Ich rufe Sie an, sobald Mr Jenkins und Frau Kulikowa mit uns im Flugzeug nach Moskau sitzen.«

Auf Jekatarinas Lippen zeigte sich ein kaum merkliches Lächeln, das erste seit Tagen, soweit Mily es mitbekommen hatte. »Nein, Mily. Ich habe nicht vor, hier herumzusitzen.«

Mily schüttelte den Kopf. »Da muss ich Ihnen widersprechen. Lassen Sie uns die beiden im Flugzeug hierherbringen. Es ist hier auf dem Anwesen sicherer für Sie, wo wir Sie beschützen können und keine der vielen Kameras Sie einfängt.«

»Mein Vater hat nach der Entlassung seines Vaters aus Stalins Gulag Jahre in Irkutsk verbracht, Mily. Ich kenne die

Stadt gut und weiß den perfekten Ort, wo wir die beiden hinbringen können. Außerdem – je weiter weg von Moskau, desto weiter sind die beiden auch von Sokalow entfernt. Das ist ein kluger Schachzug. Geh, bereite alles vor. Ich werde mich umziehen. Wir treffen uns am Auto.«

Kapitel 41

Transsibirische Eisenbahn
Nowosibirsk

Jenkins und die Kulikowa verbrachten zwei Tage und zwei Nächte mehr oder weniger in ihrem Abteil, während der Zug nach Osten zockelte, durch meilenweit dichte Wälder, durch Dörfer mit schlammigen Staubstraßen, durch Jaroslawl, Perm und Jekaterinburg und endlich durch den Ural hinein nach Sibirien, wobei die Berge, die sie sahen, kaum mehr als Ausläufer des riesigen Gebirges waren. Die Städte schienen zu kommen und zu gehen, kaum voneinander zu unterscheiden, grau und düster. Dazwischen ein riesiges Nichts aus Viehweiden und Marschland. Jenkins und die Kulikowa ließen sich außerhalb ihres Abteils nur blicken, wenn sie die Toilette oder den Waschraum am anderen Wagenende benutzen mussten. Sie besorgten sich Essen und Trinken und einen Satz Spielkarten am durchrollenden Servicewagen, aßen in ihrem Abteil und spielten Karten, um sich die Zeit zu vertreiben.

»Wenn ich noch einen Topf Fertignudeln essen soll, muss ich mich übergeben«, seufzte Jenkins irgendwann.

An jeder Station, an der der Zug hielt, verbrachte Jenkins einen Teil des den Reisenden zugestandenen Aufenthalts damit, aus dem Fenster zu schauen und das Geschehen auf dem jeweiligen Bahnsteig zu beobachten. Lungerte irgendjemand unter einem Vordach herum? Stand jemand in der Nähe einer der Straßenlaternen im elisabethanischen Stil und schien nicht richtig zu wissen, was er da sollte? Bei jedem Halt warteten Dutzende von Reisenden darauf, den Zug besteigen zu können, und noch mehr verließen ihn, um sich während des Aufenthalts etwas zu essen zu besorgen oder in einem der Läden oder an den Verkaufsständen einzukaufen, die Leute aus der Gegend unter dem Bahnhofsdach aufgebaut hatten. Wer nach Nikotin hungerte, eilte aus dem Zug, um zu rauchen, denn das war dort nicht gestattet und man zahlte eine deftige Strafe, wenn man dennoch dabei erwischt wurde.

Natürlich konnte irgendjemand aus der Mannschaft von Sokalow oder der Welikaja inzwischen zugestiegen sein, aber Jenkins bezweifelte das. Die Kulikowa ebenso. Die beste Möglichkeit, sie ohne großes Aufsehen zu schnappen, da waren sich beide einig, ergab sich für ihre Verfolger, wenn Jenkins und die Kulikowa den Zug verließen. Wo und wann dies auch sein mochte.

Das wusste Jenkins immer noch nicht und es fiel ihm zusehends schwer, derart im Dunkeln zu tappen. Er musste irgendwie eine Möglichkeit finden, Kontakt zu Lemore aufzunehmen.

Hatte Jenkins erst einmal einen großen Teil des jeweiligen Aufenthalts mit der Beobachtung des Bahnsteigs verbracht, zog er sich jeweils fünf Minuten vor der geplanten Weiterfahrt des Zuges ein Sweatshirt an, versteckte sein Gesicht so gut wie möglich unter der Kapuze und seiner Baseballkappe und stieg aus, bewaffnet mit einer Zigarette aus der Packung, die er sich bei einem der Aufenthalte besorgt hatte. Er zündete die Zigarette an und widmete sich dann seinem Handy. Im Zug selbst hatte er keinen Zugang zum Internet, wohl aber auf den Bahnhöfen.

Nur blieb sein Handy nach dem Bad im Fluss nach wie vor störanfällig und er bekam entweder gar kein Signal oder eins, das ständig schwankte, wobei es öfter verschwand, als dass es auftauchte. Anderen Passagieren ging es auf den Bahnsteigen nicht so, sie hielten ihren Blick fest auf ihre Handys gerichtet und schienen erledigen zu können, weswegen sie ausgestiegen waren. Es lag also nicht generell am schwachen Signal, sondern an seinem Handy.

Wenn er dann frustriert in ihr Abteil zurückkehrte, hatte die Kulikowa immer denselben nicht gerade ermutigenden Spruch für ihn parat: »Was können wir tun? Es ist, wie es ist, Charlie. Besser, wir sitzen hier als im Lefortowo.« Er war sich nicht sicher, ob das nun pragmatisch oder fatalistisch gedacht war. Wahrscheinlich beides.

Am zweiten Tag, als wieder einmal ein Versuch fehlgeschlagen war, erkundigte er sich bei ihrem Zugbegleiter, ob man in irgendeinem der Läden am nächsten Bahnhof Handys bekam. Der Prowotnik konnte das nicht mit Sicherheit sagen, meinte aber, in Krasnojarsk hätte Jenkins wohl die besten Chancen. Die Regierung hatte im Zuge der Vorbereitungen auf die Winteruniversiade 2019, einen Sportwettkampf für junge Menschen mit Teilnehmern aus mehr als sechzig Nationen, Milliarden in den Ausbau und die Verschönerung von Bahnhof und Stadt gesteckt. Wenn er in Krasnojarsk nicht fündig wurde, dann schlug der Prowodnik als nächste Möglichkeit den Bahnhof von Irkutsk vor, einer Stadt, die früher einmal den Namen Paris Sibiriens getragen hatte.

»Wenn Sie im Bahnhof keinen entsprechenden Laden finden, können Sie es auch in einem der nahe gelegenen Einkaufszentren versuchen. Aber Sie müssen stets daran denken, dass der Zug auf beiden Bahnhöfen jeweils nur eine halbe Stunde lang hält und Sie ja auch noch durch die Sicherheitskontrollen müssen, wenn Sie wieder in den Bahnhof zurückwollen. Wenn dort eine Schlange steht, schaffen Sie es nicht. Der Zug fährt auf jeden Fall fahrplanmäßig weiter.«

Die Kulikowa hatte die Warnung des Prowodniks noch bekräftigt. »Russische Züge waren früher für Verspätungen berühmt, aber das hat sich in den letzten Jahren drastisch geändert. Jetzt sind sie absolut pünktlich. Der Zug wird abfahren, mit oder ohne Sie, und wir beide können es uns nicht leisten, dass er ohne Sie weiterfährt.«

Jenkins fand, er müsse es am Bahnhof von Krasnojarsk zumindest einmal versuchen, eine andere Chance sah er nicht. Und wenn die Zeit reichte und es dort nicht zu geschäftig zuging, würde er auch einen Besuch bei den Läden außerhalb des Bahnhofsgeländes riskieren. Die Kulikowa plädierte dafür, das Risiko zu splitten, indem sie sich die Läden im Bahnhof vornahm, während Jenkins es außerhalb versuchte, aber diesen Vorschlag lehnte Jenkins kategorisch ab. Er wollte sie auf keinen Fall irgendeiner Gefahr aussetzen.

Es war fast halb neun Uhr, als der Zug abends in Krasnojarsk hielt. Jenkins hatte sich seine Perücke aufgesetzt und den Schnurrbart angeheftet, sodass er wieder einmal als alter Mann aus dem Zug stieg und mit den anderen Fahrgästen die Treppe hinauf dem Bahnhofsgebäude zustrebte. So gut es ging auf etwaige Verfolger achtend, suchte er die Läden ab, erst die auf der einen, dann die auf der anderen Bahnhofsseite, und erkundigte sich in mehreren nach Prepaidhandys. Ohne fündig zu werden, wurde er von hilfsbereiten Verkäufern von einem Geschäft an das nächste verwiesen, und als er im letzten der ihm empfohlenen Läden nachgefragt hatte, war es bereits zwanzig Uhr zweiundfünfzig. Durch ein Fenster entdeckte er draußen am Vorplatz eine Apotheke und gleich daneben ein Geschäft der Kette Svyaznoy, einer der bekanntesten Handyläden Russlands.

Noch zehn Minuten bis zur Abfahrt seines Zuges. Draußen vor den Metalldetektoren am Bahnhofseingang reichte die

Schlange die Treppe hinunter. Jenkins hatte die Warnung der Kulikowa noch deutlich im Kopf.

Der Zug fährt pünktlich ab, ob Sie nun drinsitzen oder nicht.

* * *

Maria Kulikowa tigerte aufgeregt im Abteil auf und ab, vier Schritte bis zur Tür, vier Schritte zurück. Am Fenster sah sie jedes Mal nach draußen, suchte unter den hastig rauchenden Fahrgästen nach Charles Jenkins, der vorhin die Treppe hinauf verschwunden und noch nicht wieder aufgetaucht war. Sie hatte ja angeboten, mit ihm zu gehen und sich bei der Suche nach einem Handy aufzuteilen, aber diesen Vorschlag hatte er entschieden abgelehnt. Sie verstand seine Hingabe an seinen Job, sie lebend außer Landes zu schaffen und in die USA zu bringen, aber sie persönlich fühlte sich ungern so hilflos. Ihr Wunsch zu helfen, hatte von daher auch einen ganz praktischen Hintergrund gehabt: Was sollte sie tun, wohin sollte sie sich wenden, wenn Jenkins nicht zurückkam?

Sie atmete tief durch. Jetzt nur keine Panik! Sie würde genau das tun, was sie die ganzen letzten vierzig Jahre getan hatte. Sie würde einen Weg finden zu überleben.

Erneut sah sie hinüber zum Bahnhof, dann auf ihre Armbanduhr: 20:59 Uhr.

Als nun jemand an die Tür klopfte, schrak sie auf und ihr Herz setzte einen Schlag lang aus. Das Klopfen folgte nicht dem Code, den Jenkins und sie verabredet hatten, bevor er ging. Draußen im Gang quietschten die Räder des Servicewagens. Jetzt klopfte es zum zweiten Mal. Vielleicht die Schlafwagenschaffnerin? Die hatte einen Schlüssel zu diesem Abteil, die Zugbegleiter ebenfalls. Maria presste ein Ohr an die Tür, hörte nun ein anderes, sehr leises Geräusch. Jemand schob einen Zettel unter der Tür hindurch.

Sie trat einen Schritt zurück. Der Türriegel bewegte sich nicht, niemand rüttelte am Türknauf, draußen quietschten erneut die Räder des Servicewagens. Maria bückte sich und hob den Zettel auf.

Steigen Sie in Irkutsk aus.

Halten Sie Ausschau nach einem Freund.

Sie starrte auf die Nachricht, wusste nicht, was sie davon halten sollte. Konnte das eine Falle sein? Allerdings wussten Jenkins' Kontaktleute ja, in welchem Zug sie saßen und in welchem Waggon, denn die Tickets waren ihnen in die Wohnung gebracht worden, nachdem Jenkins um Unterstützung gebeten hatte. Andererseits konnte man sich solche Informationen auch kaufen, wenn man so viel Geld hatte wie die Welikaja oder wenn man mit der Macht eines Amtes Druck ausüben konnte. Zum Beispiel mit dem des stellvertretenden Leiters der Abteilung Spionageabwehr. Mehr Macht hatten in Russland nur wenige.

Während sie noch nachdachte, sich fragte, ob die Nachricht echt war und was sie eigentlich besagen sollte, spürte sie einen Ruck durch den Wagen gehen. Der Zug setzte sich langsam in Bewegung und fuhr aus dem Bahnhof. *Charlie!*

Sie brauchten kein Handy mehr.

Sie sah auf die Uhr: 9:03 Uhr. Sie eilte zurück ans Fenster, suchte hektisch den Bahnsteig und die Treppe ab, die zum Bahnhofsgebäude hochführte.

Nirgendwo ein Charles Jenkins.

Als es diesmal klopfte, war es der vereinbarte Code: zweimal klopfen, Pause, viermal klopfen, Pause, dann einmal klopfen. Maria schloss die Tür auf.

»Gleich gegenüber vom Bahnhof war ein Svyaznoy.« Charles Jenkins duckte sich ins Abteil. »Ich hatte keine …«

Weiter kam er nicht. Maria umarmte ihn stürmisch, trat einen Schritt zurück und zeigte ihm den Zettel. Jenkins las sich die Nachricht durch. »Wo kommt der her?«

»Die Dame mit dem Servicewagen hat den Zettel unter der Tür durchgeschoben.«

»Sind Sie sicher?«

»Nein, aber ich hörte den Wagen im Gang. Es wurde zweimal geklopft, dann wurde der Zettel unter der Tür durchgeschoben. Was halten Sie von dieser Nachricht?«

Jenkins lächelte. »Mein Betreuer riet mir, wieder einfach zu denken, wenn das mit der Hochtechnologie nicht funktioniert oder sie manipuliert werden könnte. Das hier passt genau in so ein Szenario. Allerdings müssen wir wachsam bleiben. Wir steigen in Irkutsk wieder getrennt aus, wie wir auch eingestiegen sind. Und wir halten uns separat voneinander, bis wir ganz sicher sein können, dass alles in Ordnung ist.«

»Wer ist ›Ein Freund‹?«, fragte Maria.

»Das weiß ich nicht. Aber es muss jemand sein, den ich erkenne oder der sich mir so vorstellt.«

Kapitel 42

Transsibirische Eisenbahn
Vor Irkutsk

Als Maria Kulikowa das nächste Mal auf die Uhr sah, war es zweiundvierzig Minuten nach Mitternacht. Wieder einmal hatte sie sich schlaflos auf ihrer Liege gewälzt, hatte nicht mehr als zwei Stunden am Stück schlafen können. Um 3.47 Uhr würde ihr Zug in Irkutsk eintreffen. Vielleicht sollten sie auch deswegen an diesem Bahnhof aussteigen, weil ihnen zu dieser frühen Stunde die Dunkelheit beim Verschwinden helfen konnte. Jenkins hatte ihr geraten, sich auszuruhen, und sie hatte es ja auch versucht, würde allerdings wohl kaum wieder einschlafen können. Sie setzte sich auf, warf einen Blick hinüber ins angrenzende Abteil, wo Jenkins wieder einmal tief und fest schlief.

Entschlossen stand sie auf, schlüpfte in ihre Hausschuhe, entriegelte die Abteiltür und trat in den Gang. Hinten beim Samowar stand niemand, der leise schaukelnde Gang lag leer vor ihr. Sie füllte einen Becher mit heißem Wasser, entschied sich auch diesmal für Pfefferminztee, nahm sich ein paar Papierservietten und ging weiter in den Salonwagen, wo Arkhip ganz allein am Fenster saß und hinausstarrte. So hatte sie ihn auch in den vergangenen Nächten vorgefunden, den Blick starr auf die Fensterscheibe gerichtet, in Gedanken anscheinend weit weg von dem, was in diesem Zug vor sich ging. Ob er an seine Frau dachte? War ihr Tod der Grund für seine Schlaflosigkeit? Sie wünschte sich, seinen Schmerz teilen zu können, wünschte, sie hätte für Helge das empfunden, was dieser Arkhip anscheinend immer noch für seine Frau empfand. Vielleicht würde so ein Schmerz die schwere Schuld lindern, die Maria seit Helges Tod auf sich lasten fühlte, vielleicht hätte es generell geholfen, wenn sie Helge so geliebt hätte wie Arkhip seine Lada. Arkhip, dem man den Kummer anhörte, der feuchte Augen bekam, wenn von seiner Frau die Rede war, der auch zwei Jahre nach ihrem Tod seinen Ehering nicht ablegen mochte. Maria wollte ja um Helge trauern, nur fiel ihr das schwer, denn so geschickt sie auch andere belog, sich selbst belügen, das konnte sie nicht.

In ihrem Schmerz schwangen mehr Schuldgefühle mit als echte Trauer.

Sie hatte Helge nicht geliebt.

Sie betrat den Salonwagen und ging zu Arkhip hinüber, der weiterhin ungerührt aus dem Fenster sah. »Das muss ja …«, setzte sie an.

Da schreckte er auf und kippte seinen Becher um. Auf dem kleinen Tisch bildete sich eine Pfütze, schon rannen die ersten Tropfen hinunter auf den Teppich.

»Oh, das tut mir leid!« Maria reichte ihm einige der Servietten, die sie beim Samowar mitgenommen hatte, und kniete sich mit dem Rest hin, um den Teppich abzutupfen, roch Pfefferminze und Honig.

»Nicht weiter schlimm!«, versicherte Arkhip ihr hastig. »Wie ungeschickt von mir. Es war ohnehin nicht mehr viel übrig und der Tee war auch schon kalt.« Er wischte die Pfütze vom Tisch, richtete den Becher wieder auf und deutete auf den zweiten Stuhl. »Bitte!«

»Ich wollte sagen, es muss ein sehr komplexes Problem sein, das Sie gerade zu lösen versuchen. Oder eine Erinnerung, die Ihnen noch sehr lebhaft im Gedächtnis ist.«

»Wir scheinen wieder einmal als Einzige hier im Zug noch wach zu sein. Ich hatte mich schon gefragt, ob Sie vielleicht kommen.«

Sie nippte schweigend an ihrem Tee, zögerte ihre Antwort hinaus, dachte über seine Bemerkung nach. Der Zug schaukelte sacht vor sich hin und von Zeit zu Zeit, wenn es um eine Biegung ging, fuhr ein Ruck durch den Wagen, aber eigentlich war es eine sehr angenehme Fahrt mit friedlichen Geräuschen. Hatte Arkhip an sie gedacht? Nein, diese Vorstellung sollte sie lieber gleich wieder verwerfen. Sie würde diesen Zug und ihr Land in wenigen Stunden verlassen und den Mann danach nie wiedersehen. »Also? Was war es?«

»Was war was?«

»Ein kompliziertes Problem, das Sie zu lösen versuchten, oder eine Erinnerung, die Ihnen sehr lebhaft im Kopf ist?«

Er lächelte schweigend, antwortete ihr lediglich mit einem Blick. Maria hatte gelernt, in den Augen eines Mannes zu lesen: Arkhip hatte an seine verstorbene Frau gedacht. »Und was bringt Sie her?«, fragte er, um das Thema zu wechseln.

»Dasselbe wie Sie. Ich kann nicht schlafen und mag nicht im Bett liegen, wenn meine Gedanken mehr Schaden als Nutzen anrichten.«

»Tagsüber bekommt man Sie ja gar nicht zu Gesicht. Genießen Sie die Reise, Ihr Mann und Sie?«

»Es war sehr entspannend, danke. Und Sie? Ist die Fahrt so, wie Sie es sich erträumt haben?«

Er überlegte. Bald fingen seine blauen Augen an zu funkeln und er lächelte. »Ich brauchte die Zeit zum Nachdenken«, sagte er. »Dafür nehmen wir uns doch nie richtig Zeit, oder?«

»Über Ihre Frau?«, fragte sie.

»Ja. Und meine Arbeit. Wie es nach der Pensionierung sein wird.«

»Es hat mich überrascht, dass Sie schon in Rente gehen wollen. Sie sind doch noch jung.«

Diesmal fiel sein Lächeln nachdenklich aus. »Das sehen manche anders, fürchte ich. Ich habe die Entscheidung nicht selbst gefällt, sie wurde für mich getroffen. Die, die bei uns das Sagen haben, sehen in mir einen alten Hund, der keine neuen Tricks mehr lernen will oder dazu nicht in der Lage ist. Sie wollen Leute, die sich mit Computern auskennen.«

»Was werden Sie mit sich anfangen?« Maria nippte an ihrem Tee.

Arkhip warf einen kurzen Blick aus dem Fenster, bevor er sich wieder ihr zuwandte. »Ich weiß es nicht. Das ist das Problem. Ich habe nicht das Bedürfnis, allein in einer leeren Wohnung zu sitzen. Vielleicht werde ich öfter reisen, wenn sich herausstellt, dass mir diese Reise gefällt.«

»Dann war die Fahrt jetzt eine Art Probelauf? In Vorbereitung auf die Pensionierung?«

»Das könnte man so sehen.«

»Verstehe. Ich gehe auch in Rente«, sagte Maria.

»Ach ja?«

»Und auch bei mir war es nicht gerade meine Idee.«

»Dann können Sie nachvollziehen, wie ich mich fühle. Wissen Sie denn schon, was Sie tun werden?«

Nein, das wusste Maria nicht, wie ihr in diesem Moment klar wurde. Nicht eine Idee kam ihr in den Sinn. »Ich weiß es nicht. Das kann einem Angst machen, nicht wahr? Es nicht zu wissen?«

»Ja. Manche würden es wohl als großes Abenteuer bezeichnen. Zu denen gehöre ich nicht.«

»Ich auch nicht. Wahrscheinlich werde ich an meine Jahre als Rentnerin so herangehen wie auch bisher an mein Leben: immer einen Tag nach dem anderen.«

»Ein vernünftiger Plan.« Arkhip nickte. »Sehr weise.«

Sie unterhielten sich noch eine halbe Stunde lang und entdeckten immer mehr Gemeinsamkeiten. Beide hatten keine Kinder. Arkhips Frau hatte keine bekommen können. Sie hatten über eine Adoption gesprochen, am Ende aber beschlossen, als Paar ohne Kinder zu leben, nur sie beide, was sich als überraschend angenehm und auch erfüllend herausgestellt hatte. Maria ging es da anders, sie hatte sich immer Kinder gewünscht. Auch Arkhip hatte keine Geschwister und seine Eltern waren beide verstorben. »Ein Team aus einer Person«, so beschrieb Maria sich selbst.

»Nicht gerade fantastische Teams, wir beide«, meinte Arkhip. »Oder?«

»Nein.« Maria sah auf die Uhr. Irkutsk rückte immer näher. »Ich muss zurück ins Abteil.« Als sie aufstand, machte Arkhip Anstalten, sich ebenfalls zu erheben. »Nein, bleiben Sie sitzen«, bat sie ihn. »Es tut mir leid, Sie aus Ihren Gedanken gerissen zu haben.«

Er stand trotzdem auf. »Sie haben meine Gedanken nicht gestört, Sie haben sie eher erhellt, würde ich sagen.« Er verneigte sich leicht. »Ein Mann, der nicht aufsteht, wenn eine schöne Frau den Raum betritt oder ihn verlässt, wird immer allein sitzen.«

Sie erkannte Zuneigung in seinem Blick, hörte sie im sanften Ton seiner Stimme. Wann hatte sie zuletzt ein so schönes Kompliment erhalten, eins, an das keine Begehrlichkeiten geknüpft waren? Am liebsten hätte sie geweint. »Das ist ein wunderschöner Gedanke, Arkhip. Wer hat das gesagt?«

Er lächelte. »Werde ich Sie morgen Abend sehen?«

Nein, das würde er nicht. Ein Teil von ihr war darüber enttäuscht. »Das hoffe ich«, antwortete sie.

Kapitel 43

Transsibirische Eisenbahn
Vor Irkutsk

Wieder verspannte sich Jenkins unwillkürlich, als er die Abteiltür klicken hörte. Vorhin, als er aufgewacht war, weil er zur Toilette musste, war die Kulikowa nicht in ihrem Abteil gewesen, was seinen Blutdruck kurzfristig in die Höhe gejagt hatte. Jetzt wollte er gerade losstürzen und nach ihr suchen, als sie durch die Tür kam.

»Wo waren Sie?«, fragte er.

»Es tut mir leid!« Ihr war wohl aufgefallen, wie besorgt er wirkte. »Ich habe mir nur schnell einen Tee geholt und wollte eine Weile irgendwo anders sitzen als in diesem Abteil, in dem ich langsam einen Budenkoller bekomme.«

»Haben Sie jemanden gesehen? Ist Ihnen etwas Verdächtiges aufgefallen?«

»Nein. Mir ist nichts aufgefallen und ich habe niemanden gesehen.«

Jenkins stieß einen leisen Seufzer der Erleichterung aus. Sie hätten ein Zeichen verabreden sollen, damit er nicht das Schlimmste annahm, wenn sie nur kurz einen Tee trinken ging, einen Klebezettel an der Tür oder so, aber das war ja nun hinfällig. In weniger als einer Stunde würde der Zug in Irkutsk eintreffen und sie konnten ihn verlassen. »Wir müssen besprechen, wie wir vorgehen wollen, wenn der Zug angehalten hat.«

Maria setzte sich auf ihre Liege, Jenkins auf die gegenüberliegende, ein wenig versetzt, um Platz für die Knie zu haben. »Ich steige vorn im Wagen aus«, schlug er vor, »und halte Ausschau nach diesem Freund, wer immer das sein mag. Sollte ich diese Person auf dem Bahnsteig entdecken und alles läuft gut, dann lasse ich meinen Rucksack fallen. Das ist Ihr Zeichen, dann steigen auch Sie aus, allerdings am anderen Ende des Wagens. Wenn ich den Rucksack nicht fallen lasse, steigen Sie nicht aus. Dann bleiben Sie hier im Abteil und verriegeln die Tür.«

»Verstehe.« Maria nickte. »Aber dieser Freund wird kaum auf dem Bahnsteig sein, wenn er sich kein Ticket gekauft hat. Er wird eher auf der anderen Seite des Bahnhofs auf dem Parkplatz warten.«

Sie hatte recht, diese Möglichkeit war Jenkins nicht in den Sinn gekommen. Er dachte einen Moment lang nach. »Wenn ich auf dem Bahnsteig niemanden sehe, gehe ich weiter in den Bahnhof hinein. Sie werden mir folgen müssen, aber versuchen Sie, in der Menge unterzutauchen, wie Sie es auch beim Einsteigen getan haben. Wenn ich diesen Freund beim Verlassen des Bahnhofs erkenne und alles ist gut, dann lasse ich meinen Rucksack fallen. Wenn nicht, dann steigen Sie gleich wieder in den Zug. Das Ticket gilt bis Wladiwostok.«

Die Kulikowa nickte stoisch, bot ein Bild der Stärke und nur das leise Zittern ihrer Hände verriet ihre Nervosität. Wahrscheinlich hielt sie die Fassade schon seit Langem aufrecht, all die Jahre, in denen sie, wie sie Jenkins erzählt hatte, zur Arbeit gegangen war und sich gedacht hatte, dies könnte der Tag sein, an dem sie auf die Kapsel in ihrem Kugelschreiber biss, sich das Leben nahm. Jenkins zweifelte nicht eine Sekunde lang an der Stärke seiner Begleiterin, doch selbst dem stärksten

Menschen wurden wohl die Knie weich, wenn die Zielgerade auftauchte, die Freiheit einem zum Greifen nah vor Augen stand. In genau so einem Moment konnte Panik einsetzen, hatte Jenkins gelernt, und man vergaß leicht Training und Plan. Seine Aufgabe war es nun, Vertrauen und Zuversicht auszustrahlen und alles zusammenzuhalten. Für sie beide.

»Was immer auch geschieht«, mahnte er, »Sie halten sich an den Plan! Sollte etwas schiefgehen, dann steigen Sie wieder ein. Wenn unsere Leute uns schon einmal eine Nachricht zukommen lassen konnten, dann wird ihnen das auch wieder möglich sein. Wir müssen einfach weiterhin positiv denken.«

»Ich werde es versuchen.« Maria sah zu Boden, als würde sie überlegen, und warf ihm dann von unten her einen Blick zu. »Erzählen Sie mir von meinem Leben in den Vereinigten Staaten.«

Sie wollte wohl das Thema wechseln, um sich zu beruhigen, dachte Jenkins. »Zuerst werden Sie von der CIA befragt werden, das nimmt einige Zeit in Anspruch. Danach wird man Ihnen ein neues Leben basteln, mit einem neuen Namen, einer neuen Geschichte, einer neuen Identität. Man wird Sie gut behandeln, Sie werden in einer angenehmen Gegend leben, in einem schönen Haus.«

»Und dann was?«, fragte sie.

»Sie werden frei sein.«

»Um was zu tun?« Das schien eine simple Frage zu sein, war aber alles andere als das, wie Jenkins wusste. Maria war noch nie frei gewesen, hatte von Anfang an in den Grenzen ihrer Spionagetätigkeit gelebt. Diese Arbeit hatte jeden ihrer wachen Momente, all ihre Gedanken bestimmt.

»Sie werden tun können, was immer Sie wollen«, sagte er.

»Wenn ich nur wüsste, was ich will, Mr Jenkins. So lange waren alle meine Tage durchgeplant, vorbestimmt, und viele meiner Nächte auch. Wenn ich nicht arbeitete, dachte ich an die Arbeit, dachte an die Dinge, die ich getan hatte und die ich noch würde tun müssen. Ich bereitete mich auf die Möglichkeit vor, dass jeder Tag mein letzter sein könnte. Ich fürchte, ohne die Last, die so lange mein Leben für sich in Anspruch genommen und jede meiner wachen Stunden erfüllt hat, werde ich nicht wissen, was ich tun soll.«

Jenkins hätte ihr gern von den vielen Jahren erzählt, die er ähnlich wie sie verbracht hatte, allein mit seinen Schuldgefühlen. Er hätte ihr gern erzählt, wie Alex in sein Leben geplatzt war und alles verändert hatte. Er wollte ihr sagen, dass ihr Alter nur eine Zahl war, dass auch alte Hunde noch neue Tricks lernen konnten. Aber letztendlich wären das alles nur Worte, sie musste es selbst herausfinden.

»Versuchen Sie, nicht zu viel an das zu denken, was kommen könnte«, riet er. »Meine Mutter verglich das Leben gern mit einem Buch. Auch da weiß man beim Lesen nicht, was als Nächstes kommt, bis man umgeblättert und weitergelesen hat. Das ist das Schöne am Lesen: die Reise.«

»Ich hoffe, Ihre Mutter hat ein gutes Buch gelesen, Charlie. Eins mit einem Happy End. Das fände ich schön.«

»Ich auch, Maria.« Er sah auf die Uhr. »Es ist fast so weit.« Er versuchte zu lächeln, Zuversicht auszustrahlen.

Sie streckte die Hand über den Gang zwischen ihrer Liege und seiner und drückte seine Hand. »Alles wird gut. Lassen Sie uns zusammen umblättern, herausfinden, was als Nächstes geschieht.«

* * *

Jenkins starrte angestrengt aus dem Fenster, als sich der Zug nun endlich Irkutsk näherte, doch blieb dort draußen um vier Uhr morgens alles pechschwarz, am Horizont war nicht die Spur von Helligkeit auszumachen. Laut Reisebroschüre fuhr der

Zug gerade an der aus dem Baikalsee kommenden Angara entlang, die quer durch die Stadt floss. Von all den Hunderten von Flüssen, die in diesen tiefsten Süßwassersee der Welt mündeten, war die Angara der einzige, der auch wieder aus ihm herausfloss. Jenkins hätte das gern als Metapher genommen, als Zeichen dafür, dass auch er und die Kulikowa aus dieser Situation heil herauskommen würden. Der Bahnhof von Irkutsk war am Fluss erbaut worden, meilenweit vom See entfernt.

Jenkins streifte das graue Sweatshirt über, zog die Baseballkappe tief ins Gesicht, die Kapuze über die Mütze. Er setzte sich den Rucksack auf und trat erneut ans Fenster, als der Zug nun in den von Straßenlaternen hell beleuchteten Bahnhof einrollte. Dort hatte sich auf dem Bahnsteig trotz der frühen Stunde bereits eine erhebliche Anzahl müde wirkender Menschen eingefunden, die hier die Transsibirische Eisenbahn besteigen wollten. Der Zug kam mit einem Ruck zum Stehen. Jenkins zwängte sich zwischen den Liegen im Abteil hindurch und drehte sich an der Tür noch einmal zu Maria um. »Nicht vergessen: Wenn ich den Rucksack ablege, ist alles in Ordnung. Wenn nicht …«

»Verschwinde ich aus dem Bahnhof, so schnell ich kann.« Sie lächelte ihm beruhigend zu.

Er zog die Tür auf und fand sich im Gang zwischen einer ganzen Reihe weiterer, noch halb schlafender Fahrgäste wieder, die Koffer hinter sich herzogen und den Ausgängen zustrebten. Er hörte, wie Maria hinter ihm die Abteiltür verriegelte, und schlurfte mit den anderen langsam auf die Wagentür zu, während die Zugbegleiter sie alle ermahnten, beim Aussteigen vorsichtig zu sein. Auf dem Bahnsteig sah er sich um, konnte jedoch kein vertrautes Gesicht erkennen. Die Morgenluft war empfindlich kalt hier draußen, vom Fluss her wehte eine starke Brise. Er schloss sich den anderen Reisenden an, die zu einer überdachten Treppe hinübergingen, suchte weiterhin nach einem bekannten Gesicht, wartete darauf, dass ihn jemand ansprach und sich als »Freund« vorstellte.

Könnte es Lemore sein? Nein, das wäre dann doch ein viel zu gefährliches Szenario. Wahrscheinlich war dieser Freund einer der Agenten hier in Russland, der lieber anonym bleiben wollte. Hoffentlich war die ganze Sache nicht doch eine Falle, auch das war durchaus möglich.

Rechts von ihm, auf der anderen Seite der Schienen, lag das eigentliche Bahnhofsgebäude, ein zweistöckiger, um die vorletzte Jahrhundertwende errichteter Palast, leuchtend grün mit weißen Akzenten, um die Bogenfenster und kunstvollen Zierleisten besser zur Geltung zu bringen. Die überdachte Treppe führte zu einem Tunnel unter den Gleisen, in dem das von den Rädern der Rollkoffer erzeugte Geräusch von den gekachelten Wänden widerhallte, bis ein Summen wie von vielen Jet-Motoren in der Luft lag. Kaum jemand sprach, alle waren noch etwas verschlafen. Auf der anderen Seite angelangt, stieg Jenkins die Treppe dort hoch und blieb kurz stehen, um nach dem »Freund« zu suchen und jedem, der ihn ansprechen oder wenigstens Blickkontakt herstellen wollte, Gelegenheit dazu zu geben. Er sah niemanden und es geschah auch nichts, also betrat er den Bahnhof, den Kopf nach vorn gerichtet, während sein Blick von links nach rechts wanderte. Er suchte nach Personen mit einem verstärkten Interesse an den Reisenden, die vielleicht verdeckte Kopfhörer trugen, achtete auf Gesichter, auf Münder, auf Lippen, die sich bewegten. Denn wenn das hier eine Falle war, dann warteten sie mit mehr als einem Mann auf die Kulikowa und ihn, dann mussten sie miteinander kommunizieren.

Wieder machte er niemanden ausfindig.

Niemand trat an ihn heran.

Er näherte sich dem Ausgang, blieb einen Moment lang stehen, band seinen Schnürsenkel neu, nahm sich Zeit, um sich nach Maria umzusehen. Er konnte sie nicht entdecken.

Draußen vor dem Bahnhof hielt er oben an der Treppe noch einmal kurz inne und warf einen Blick hinüber zum Parkplatz. Straßenlaternen beleuchteten einen an der Bushaltestelle wartenden Bus und die geparkten Autos. Immer mehr Reisende kamen aus dem Bahnhof und gingen über den Parkplatz.

Und Jenkins hielt immer noch Ausschau.

Da blitzten vorn auf dem Parkplatz bei einem schwarzen Citroën die Scheinwerfer auf. Wenig später stieg ein Mann aus und präsentierte sich im aufkommenden Dämmerlicht des frühen Morgens deutlich erkennbar.

Jenkins mochte seinen Augen nicht trauen, konnte ein breites Grinsen nicht unterdrücken. Keine Ahnung, wie Lemore das nun wieder organisiert hatte, aber das würde er schon früh genug herausfinden, und zwar im Detail! Er trat einen Schritt vor und wollte gerade den Rucksack von der Schulter gleiten lassen.

* * *

Maria Kulikowa hatte wie vereinbart mehrere Minuten gewartet und stand nun an der Abteiltür, in der Hand eine Reisetasche mit ein wenig Kleidung, im Nacken einen Adrenalinschub, aber nach außen hin ruhig und beherrscht. Ohne ihren Kugelschreiber mit der Zyankalikapsel fühlte sie sich allerdings nackt und bloß. Noch nie zuvor hatte sie sich so unmittelbar mit der Möglichkeit einer Verhaftung durch russische Sicherheitskräfte konfrontiert gesehen und der Gedanke jagte ihr höllische Angst ein. Sie wusste, was den Schwestern widerfahren war, die der Informant Carl Emerson verraten hatte, wusste von den Monaten psychischer und physischer Folter, die sie hatten erdulden müssen, bevor man sie exekutierte.

Draußen im Gang steuerte sie eine andere Wagentür an als die, durch die Jenkins ausgestiegen war. Dieser Tür näherte sich, aus dem angrenzenden Wagen kommend, jetzt auch der Vater mit den beiden Kindern, die gemeinsam mit ihr in Moskau eingestiegen waren. Der Mann winkte ihr hocherfreut zu, wahrscheinlich hatte er die ganze Fahrt über im Zug nach ihr Ausschau gehalten. Die beiden Kinder trotteten im Halbschlaf vor ihm her und sahen so aus, als wären sie eben erst aus dem Bett geholt worden, beide in Pyjamahosen unter den Jacken. Ihre kleinen Rollköfferchen zogen sie hinter sich her wie Gefangene in einem Steinbruch eine Ladung Felsbrocken. Der Koffer des Jungen prallte mehrmals gegen die Gangwand.

»Ja dumal, wy yedete do konetschnoy stantsii, wo Wladiwostok«, rief ihr der Mann zu. *Ich dachte, Sie würden ganz bis nach Wladiwostok mitfahren.*

»Weiß man denn immer so genau, was man will?«, fragte Maria. »Eine Frau darf doch auch ihre Meinung ändern.«

Die beiden Kinder kletterten das Treppchen hinunter auf den Bahnsteig, ließen ihre Koffer auf jeder Stufe aufprallen und dann noch einmal unten auf dem Beton. Der Mann ließ ihr mit einer Handbewegung den Vortritt. »Ich habe Sie im Zug gar nicht gesehen. Wir haben im Speisewagen nach Ihnen Ausschau gehalten.«

»Die ewige Zeitumstellung hat meinen Schlafrhythmus total durcheinandergebracht.« Sechs Zeitzonen zwischen Moskau und Wladiwostok waren hoffentlich eine gute Ausrede für ihre Unsichtbarkeit. »Jetzt ist es mitten in der Nacht und ich bin hellwach. Was man von Ihren Kindern nicht gerade behaupten kann.«

»Die aus dem Bett zu holen, war wie Tote wiederzuerwecken.« Inzwischen bewegten sich die vier wie schon in Moskau als kleine Gruppe. »Was haben Sie vor? Wollen Sie ein bisschen die Stadt besichtigen?«

Maria sah sich nach Jenkins um, dessen Kapuze über den Köpfen der Umstehenden schwebte, auch wenn er sich ziemlich erfolgreich Mühe gegeben hatte, kleiner zu wirken, als er in Wirklichkeit war. »Vielleicht, ja. Ich war noch nie im Paris Sibiriens.« Ihr Blick huschte zwischen den Gesichtern der Menschen hin und her, die auf dem Bahnsteig darauf warteten, einsteigen zu dürfen.

»Ich würde Ihnen die Stadt gern zeigen«, bot ihr der Mann an.

»Das wäre sehr nett«, sagte sie, während sich ihre Augen weiterhin unablässig bewegten. »Nur sollten Sie wohl lieber die beiden da schnell wieder ins Bett bringen, bevor sie auf ihren Rollkoffern einschlafen!« Die beiden Kinder rieben sich grinsend die Augen. »Hier, lass mich deinen Koffer ziehen!«, schlug Maria dem kleinen Mädchen vor, das ihr nur zu gern den Griff ihres Koffers überließ.

Maria hielt sich auf dem Weg die Treppe hinunter und durch den Tunnel unter den Gleisen dicht an der Seite des Mannes und der Kinder. Weiter vorn sah sie Jenkins zum Bahnhof hochsteigen und wenig später tauchten auch sie und die kleine Familie dort auf, gingen durch den Bahnhof und steuerten den Parkplatz an. »Holt jemand Sie ab?«, erkundigte sich der Familienvater bei Maria.

»Ja, ein Freund.«

»Vielleicht darf ich Sie während Ihres Aufenthalts hier anrufen, Ihnen etwas von Irkutsk zeigen?«

»Das wäre sehr freundlich«, erwiderte Maria. »Schreiben Sie mir doch einfach Ihre Handynummer auf, dann sieht es nicht so aus, als wäre ich eine von den Frauen, die jedem attraktiven Mann ihre Telefonnummer geben.«

Er notierte seine Nummer für sie.

Maria verabschiedete sich und blieb am Bahnhofsausgang noch einmal stehen, bevor sie sich dem Parkplatz zuwandte. Rechts von ihr stand oben an einem zweiten Ausgang Jenkins, der mit seinem Handy zu spielen schien, während er in Wirklichkeit wohl den Parkplatz inspizierte. Maria verschwand hinter einer der Säulen des Bahnhofsvorbaus und wartete. Jetzt blitzten auf dem Parkplatz die Scheinwerfer eines Wagens auf und ein Mann stieg aus. Jenkins ging einen Schritt nach vorn und machte Anstalten, sich den Rucksack von der Schulter zu schieben.

Er hatte den »Freund« gefunden.

* * *

Jenkins hatte sich gerade auf den Freund im Citroën zubewegt, als er das tiefe Dröhnen eines Motors hörte. Den rasch näher kommenden Wagen sah er erst, als der ihm schon den Weg abgeschnitten hatte und dicht neben ihm abstoppte. Vor ihm und hinter ihm flog je eine Wagentür auf, zwei bewaffnete Männer sprangen heraus, die Läufe ihrer Waffen auf Jenkins gerichtet. Der dachte kurz daran, zu fliehen, überlegte, ob er kämpfen könnte, aber zog sich dann doch nur den Rucksack hoch, bis er ihm fest auf der Schulter saß. Einen Sekundenbruchteil später spürte er, wie ihm der Mann hinter ihm mit dem Knauf seiner Waffe einen Schlag auf den Hinterkopf versetzte, spürte, wie sie ihn, als er stürzte, ins Auto schoben, bis er vor dem Rücksitz auf dem Boden lag.

Die Türen gingen zu und der Wagen tat einen Satz nach vorn.

»Sie sind ein heiß begehrter Mann, Mr Jenkins«, meldete sich kurz darauf der Mann, der vorn auf dem Beifahrersitz saß.

Jenkins sah Sterne, versuchte, das Dröhnen in seinem Kopf abzuschütteln. Kabelbinder schnitten sich erst ins eine

Handgelenk, dann ins andere. Seine Knöchel wurden ähnlich verschnürt.

»Sagen Sie mir, wo ist Frau Kulikowa?«, erkundigte sich die Stimme vom Beifahrersitz.

»Wer?«, fragte Jenkins.

Das war wohl die falsche Antwort und trug ihm eine Reihe von Tritten gegen die Rippen ein. Der, der ihn trat, trug Schuhe mit harten Sohlen. Einer seiner Tritte traf Jenkins mitten im Gesicht.

»Spielen Sie keine Spielchen, Mr Jenkins. Das wäre nicht klug. Wo ist Frau Kulikowa?« Der Mann auf dem Beifahrersitz ließ nicht locker.

Jenkins schmeckte Blut, sein rechtes Auge fühlte sich an, als würde es gerade zuschwellen. »Ich sagte doch schon, ich weiß nicht, von wem Sie reden. Ich bin allein gereist.«

Auch nach dieser Antwort hagelte es Tritte und Schläge. Jenkins spürte die Wucht jedes einzelnen Angriffs.

»Dann müssen wir es wohl auf die harte Tour machen«, kam es vom Mann auf dem Beifahrersitz. »Wir werden Frau Kulikowa finden, egal, ob Sie mithelfen oder nicht.«

Einer der beiden Männer streifte Jenkins einen schwarzen Sack über den Kopf. Ihre Füße sorgten dafür, dass er sich nicht rührte, und ein Tritt ab und an stellte sicher, dass er sich weiterhin erledigt fühlte und außerstande war, klar zu denken. Hoffentlich hatte der »Freund« Maria Kulikowa gefunden, bevor andere die Jagd auf sie eröffneten. Jenkins ahnte inzwischen, was ihn erwartete: jeder Tritt eine Konfrontation. Aber Maria hatte ungleich Schlimmeres zu befürchten, sollte Sokalow sie in die Hände bekommen.

Kapitel 44

Bahnhof
Irkutsk

Maria sah das Auto mit Höchstgeschwindigkeit auf Jenkins zurasen und neben ihm abbremsen. Der »Freund« war das nicht. Jenkins hatte sich den Rucksack soeben wieder auf der Schulter zurechtgerückt, als die Türen des Wagens neben ihm aufflogen und zwei Männer ihn hinten in den Wagen verfrachteten, nachdem einer von ihnen ihm einen Schlag auf den Kopf versetzt hatte. Maria wehrte sich gegen die Panik, die in ihr aufstieg, trotzdem fühlten sich ihre Beine wie taub an, schienen im Beton verwurzelt. Ein Gedanke schoss ihr durch den Kopf und sie sah sich hastig nach dem Vater mit seinen Kindern um. Sie entdeckte ihn auf der anderen Seite des Parkplatzes, wo er die Kinder bereits auf den Rücksitz eines Autos verfrachtet hatte. Gerade verstaute er den letzten Koffer, schlug die Kofferraumklappe zu und ging zur Beifahrertür.

»Warten Sie!« Maria hatte Mühe, ihre zu Blei gewordenen Beine zu bewegen. »Warten Sie, bitte!«

Vergebens. Die Tür fiel zu, der Wagen der kleinen Familie fuhr vom Parkplatz.

Was nun?

Halte dich an den Plan. Geh zurück zum Zug.

Sie wandte sich dem Bahnhof zu, sah einen großen Mann mit kahl rasiertem Kopf zwischen den parkenden Autos hindurch rasch auf sich zukommen, entdeckte links von sich einen zweiten, kleineren. Weder der eine noch der andere war ein »Freund«, das war klar. Eindeutig auch nicht Schomow.

Welikajas Männer.

Eine starke Hand packte sie beim Oberarm und zog sie in die einzige Richtung, die ihr noch offenstand. »Da sind Sie ja, ich habe schon überall nach Ihnen gesucht.« Arkhip war aufgetaucht wie aus dem Nichts. »Der Bus fährt in knapp einer Minute, wir müssen uns beeilen.«

Sie schlängelten sich durch weitere Reihen geparkter Fahrzeuge. Überall wurden Wagen angelassen, leuchteten Scheinwerfer auf, lärmten Motoren. Es roch nach Diesel. Maria ließ sich von Arkhip führen, fragte sich, ob er der »Freund« sein könnte, ob die Nachricht von ihm stammte.

Jetzt schnitt ihnen eine Limousine den Weg ab und verhinderte ein Weiterkommen Richtung Bushaltestelle. Durch die Windschutzscheibe erkannte Maria das Gesicht des Fahrers: Schomow. Als er seine Wagentür öffnete, ging drinnen im Auto das Licht an. Sie konnte sehen, wie er sich mit gezogener Waffe vom Sitz schob, wie er zielte.

»Runter!« Arkhip drückte Maria zwischen die geparkten Autos. Gleich darauf fiel ein Schuss, der einen Seitenspiegel abriss. Schomow feuerte noch einmal, traf ein weiteres Auto, durchlöcherte dessen Reifen.

Einen Augenblick wagte niemand auf dem Parkplatz, sich zu rühren. Sämtliche Reisenden waren erstarrt, verängstigt, verwirrt. Sie versuchten, die ungewohnten Geräusche zu orten. Konnten es Fehlzündungen gewesen sein? Arkhip kauerte zwischen den Autoreihen, nach einem Ausweg suchend. Die beiden Welikajas näherten sich von hinten und von der Seite, vorn blockierte Schomow ein Weiterkommen. So oder so: Arkhip und Maria hockten hier wie auf dem Präsentierteller.

In der einen Sekunde, die Maria gebraucht hatte, um die Lage einzuschätzen, fingen automatische Waffen an zu bellen. Ein Kugelhagel durchlöcherte Metall, ließ Glas zerbersten. Tumult brach aus. Jetzt wusste jeder, was den Lärm verursachte. Menschen flohen, andere konnten sich vor Angst nicht mehr rühren, kauerten wie erstarrt hinter Autos. Einige waren zurück in den Bahnhof gelaufen.

Schomow erwiderte das Feuer und einer von Welikajas Männern fiel. Der andere belegte Schomows Wagen mit einem weiteren Kugelhagel aus seiner Maschinenpistole, um den verwundeten Kameraden zu decken, robbte hinüber zu ihm und fand Schutz hinter einem Auto. Schomow blieb nichts weiter übrig, als sich hinter seiner Wagentür zu verschanzen.

Arkhip nutzte diese kurze Sekunde, um Maria Richtung Bahnhof zu ziehen. Noch boten die umstehenden Autos einen gewissen Schutz. Bei der letzten Fahrzeugreihe angekommen, kurz bevor sie die gefährlichen paar Meter bis zum Bahnhofseingang zurücklegen mussten, langte er in seinen Mantel und zog eine Pistole heraus. Erneut fragte sich Maria, ob er der »Freund« sein könnte. Hatte er sie deswegen im Zug angesprochen?

»Wenn ich ›los‹ rufe, rennen Sie in Richtung Bahnhof.« Er warf einen Blick hinter sich. Schomow hob den Kopf über seine Wagentür. Arkhip feuerte einen Schuss ab und Schomow verschwand wieder.

»Los«, befahl Arkhip.

Maria sprintete los, in den ungeschützten Raum hinein. Da kam wie aus dem Nichts ein weiterer Wagen angeschossen, bremste mit quietschenden Reifen und schnitt ihr den Weg zum Bahnhof ab. Die Beifahrertür flog auf. Der Mann hinter dem

Steuer hielt ihr über den Sitz hinweg die Hand hin. »Steigen Sie ein, Frau Kulikowa.«

Maria zögerte verwirrt. Sie kannte diesen Mann, kannte ihn aus den vielen Jahren, die sie in der Lubjanka gearbeitet hatte. Nur sein Name wollte ihr nicht gleich einfallen, doch dann fiel der Groschen. »Viktor Federow!«

»Steigen Sie ein, Frau Kulikowa!«, wiederholte der Mann. »Ich bin ein Freund.«

Maria spürte Arkhips Hand in ihrem Kreuz, ließ sich anschieben, und sie stürzten auf das Auto zu. Dort richtete Federow seine Pistole auf Arkhip. »Sie nicht!«

»Nein«, sagte Maria. »Es ist in Ordnung.«

Zum Diskutieren war keine Zeit, also ließ Federow mit einem leisen Fluch die Waffe sinken, während sich Arkhip hinter Maria ins Auto zwängte und die Tür zuschlug. Maria warf einen Blick über ihre Schulter, sah Schomow in seinen Wagen springen. Federow drückte aufs Gaspedal, schlingerte zwischen Autos und Fußgängern hindurch zur Hauptstraße, wo er mit quietschenden Reifen nach rechts abbog.

Maria klammerte sich an Arkhip, der sich am Türgriff festhielt, um nicht nach vorn zu kippen.

Federow streckte die Hand aus und richtete über Maria hinweg erneut die Waffe auf Arkhip. »Wer sind Sie?«

Maria wollte seinen Arm herunterdrücken. Unmöglich. »Er ist ein Freund, den ich im Zug kennengelernt habe!«

»Das glaube ich nicht.« Federows Blick hüpfte zwischen dem Rückspiegel, der Windschutzscheibe und Arkhip hin und her. »Schon mal deswegen nicht, weil er eine Pistole hat. Sagen Sie mir, wer Sie sind, Freund, oder ich erschieße Sie und lasse Ihre Leiche im Straßengraben liegen.«

»Ich bin Arkhip Mischkin, Hauptkommissar der Moskauer Polizei, Abteilung Kriminalermittlungen im Innenministerium.«

»Sie sind Polizist?«, fragte Maria entgeistert. Sie fühlte sich seltsam betrogen.

Arkhip warf einen Blick in den Seitenspiegel. »Schomow kommt«, stellte er fest. »Wenn Sie ihn abschütteln wollen, schlage ich vor, Sie biegen hier ab.«

Federow zog Arm und Pistole zurück und checkte heftig fluchend Seiten- und Rückspiegel. Dann machte er sich an die Arbeit, bog mehrmals ab, raste durch kleine Gassen und große Straßen, ohne auch nur einen Moment lang zu zögern. Es dauerte keine Minute und Maria konnte Schomows Wagen nicht mehr im Rückspiegel erkennen.

Gerade donnerten sie durch eine schmale Gasse, sorgten dafür, dass rechts und links Mülltonnen umkippten und durch die Gegend flogen. Kurz bevor sie das Ende der Gasse erreicht hatten, lenkte Federow den Wagen in die Haltebucht einer kleinen Werkstatt in einem Wohnblock aus Beton. Zwei Autos passten hier in die Buchten, wobei in der zweiten ein Auto stand, das schon halb auseinandergenommen war. Federow stieg aus und rollte das Tor herunter.

»Ihr zwei!« Er ging zurück zum Auto, winkte mit der Pistole. »Aussteigen!«

Arkhip und Maria stiegen aus, sahen sich zwischen den Betonwänden um. Das Licht hier stammte von fluoreszierenden Leuchtröhren in Halterungen, die an langen Ketten von der Decke hingen. Auf einer Werkbank aus Holz lagen Autoteile und Werkzeug, es roch nach Benzin und Öl.

Federow ließ Arkhip nicht aus den Augen, zielte weiterhin mit der Pistole auf ihn. »Nehmen Sie Ihre Waffe aus der Tasche, ganz langsam, und geben Sie sie mir.« Arkhip kam der Aufforderung nach.

»Sie sind Polizist? Sie haben mich verfolgt?« Maria mochte es immer noch nicht glauben.

»Kein Polizist, Ermittler. Leitender Ermittler. Und ich folgte nicht Ihnen, Frau Kulikowa, sondern Mr Jenkins. Es tut mir leid, dass ich Ihnen im Zug nicht die Wahrheit gesagt habe. Ich hoffe, Sie werden verstehen, warum.«

»Woher wussten Sie überhaupt, dass wir in dem Zug saßen?«

»Ich bin Ihnen von der Wohnung in Moskau zum Jaroslawler Bahnhof gefolgt. Als Sie in den Zug der Transsibirischen Eisenbahn stiegen, blieb mir keine andere Wahl, als mitzukommen.«

»Was haben Sie mit dieser Sache zu tun?«, wollte Federow wissen.

»Mein Job ist die Aufklärung des Mordes an Eldar Welikaja«, erklärte Arkhip. »In diesem Zusammenhang muss ich mit Mr Jenkins sprechen.«

Federow lachte. »Nun, diesmal haben Sie es ja wohl mit ein bisschen mehr als nur einem Mord zu tun, Kommissar Mischkin.«

Arkhip sah Maria an. »Das scheint in der Tat der Fall zu sein«, räumte er mit ernster Miene ein.

»Im Zug …« Maria zuckte die Achseln. »Ich verstehe das nicht. Warum haben Sie Mr Jenkins nicht einfach verhaftet? Warum sind Sie die ganze Strecke bis Irkutsk mitgefahren?«

Arkhip antwortete nicht sofort, aber sein Blick verriet einiges. Er war Maria nicht gefolgt, hatte ihre Treffen aber erwartet. »Meine Situation ist ebenso kompliziert wie Ihre, Frau Kulikowa. Wie ich Ihnen neulich Abend schon sagte, will man mich in Rente schicken. Vielleicht haben sie das in meiner Abwesenheit bereits getan. Ein Schlag auf die Schulter, der mich aus der Tür befördert, das ist der Dank für dreißig Jahre Dienst. Ich versuche ja, mich mit dem Gedanken an ein erzwungenes Rentnerdasein anzufreunden, aber zuerst will ich diesen Fall lösen. Nicht für meine Vorgesetzten, die haben mich bereits von der Sache abgezogen. Für mich.«

Maria sah Federow an, bevor alle drei unisono einen kollektiven Seufzer ausstießen. »Und was machen wir jetzt?«

»Erst einmal bleibt er bei uns«, entschied Federow. »Laufen lassen können wir ihn schlecht und einen Moskauer Polizisten zu erschießen erregt nur zusätzliches Aufsehen, davon haben wir auch so schon genügend.«

»Ich möchte Mr Jenkins lediglich befragen, andere Interessen verfolge ich nicht, das kann ich Ihnen versichern«, sagte Arkhip. »Ich möchte mit einer perfekten Aufklärungsquote in den Ruhestand gehen, wenn ich schon nicht zu meinen eigenen Bedingungen gehen kann und dann, wann ich es will. Das mag nach nicht viel klingen, ist es für mich aber.«

»Und Sie, Viktor?«, fragte Maria. »Welches Interesse haben Sie an dieser Angelegenheit? Sind Sie CIA-Agent?«

Federow lachte leise. »Nein, CIA bin ich nicht. FSB auch nicht mehr. Ich gehöre zu keiner Regierungsbehörde und ich wünsche es mir auch nicht.«

»Warum sind Sie denn dann hier?«

»Geld«, erklärte Federow. »Als freier Mitarbeiter verdient man mehr.«

»Sie sind an die CIA herangetreten und haben denen Ihre Dienste angeboten?«

»Nein. Die CIA, genauer gesagt Mr Jenkins, hat mich vor einigen Monaten kontaktiert und mich gebeten, ihn in einer besonderen Angelegenheit zu unterstützen.«

»Sie haben ihm geholfen, Paulina Ponomajowa aus dem Lefortowo-Gefängnis zu befreien und das Land zu verlassen, nicht wahr?«, erinnerte sich Maria.

»Ja. Wofür ich sehr gut bezahlt wurde.«

»Was machen Sie dann jetzt hier? Mehr Geld werden Sie ja wohl kaum brauchen.«

»Man kann immer noch mehr Geld gebrauchen, Frau Kulikowa.« Federow schüttelte den Kopf. »Aber nein, es war nicht das Geld. Mr Jenkins' Betreuer hat mich in Paris aufgespürt. Wie sich herausstellte, hatte die CIA mich schon eine ganze Weile im Auge. Genauer gesagt den Mann, als der ich jetzt unterwegs bin. Sie wollen mich umdrehen.« Er sah Arkhip an. »Aber da geht es mir wie Ihnen, Herr Hauptkommissar. Ich agiere lieber zu meinen eigenen Bedingungen als zu denen anderer. Mr Jenkins' Betreuer schilderte mir die Lage hier, bat um meine Hilfe und ich sagte, das alles ginge mich nichts an. Er bot mir Geld, ich lehnte ab. Dann bot er mir etwas an, was mir bisher noch nicht vergönnt war.«

»Und das wäre?«

»Man bekommt wohl nur einmal im Leben die Möglichkeit, Dmitri Sokalow ins Gesicht zu spucken.«

»Der Mann, der Sie gefeuert hat.«

»Ja. Außerdem erzählte mir Mr Jenkins' Betreuer, wie und wo er Sie außer Landes schaffen will, und ich stamme aus Irkutsk, bin hier geboren und aufgewachsen. Ich habe viele Freunde hier und kenne die Stadt wie meine Westentasche.«

»Dann war die Nachricht von einem Freund von Ihnen?«

»Ja. Es sollte alles ganz einfach vonstattengehen, aber das funktioniert bei Mr Jenkins ja nie, nicht wahr? Wissen Sie, wer die Männer sind, die ihn sich geschnappt haben?«

»Sie arbeiten für Jekatarina Welikaja«, erklärte Arkhip.

»*Wot der'mo*«, fluchte Federow. »Wenn Jenkins schon mal in der Tinte sitzt, dann aber gleich richtig. Und der andere Mann?«

»Alexander Schomow«, antwortete Maria. »Er …«

»*Wot der'mo*«, wiederholte Federow heftig und verzweifelt. Er holte tief Luft, stieß sie vernehmlich wieder aus und fuhr sich durch die Haarstoppeln auf seinem Kopf. »Ich weiß von Alexander Schomow und kenne seinen Ruf.«

»Wer ist das denn?«, wollte Arkhip wissen.

Maria erklärte es ihm.

»Das wird ja immer interessanter!« Federow zerwühlte sich inzwischen mit beiden Händen die kurzen Haare und ging aufgebracht hin und her.

Maria berichtete von ihrer Diskussion mit Jenkins, von den Schlussfolgerungen, zu denen sie gemeinsam gekommen waren, und wie es ihrer Meinung nach angehen konnte, dass Sokalow ihre Verhaftung nicht an die große Glocke hängen wollte und deswegen auch nicht mit einem riesigen Aufgebot nach ihnen suchte.

»Klingt logisch«, fand Federow. »Dann kann ich also davon ausgehen, dass an den Gerüchten etwas dran ist, denen zufolge Ihre Beziehung zu Sokalow keine rein dienstliche war?«

Marias Blick glitt kurz zu Arkhip hinüber. »Ja, das können Sie.«

Federow lachte leise. »Sie brauchen gar nicht so überrascht zu gucken, Frau Kulikowa. In der Lubjanka kursierten immer eine Menge Gerüchte.«

»Wenn Sokalow Mr Jenkins verhaften kann, dann zieht er damit einen ganz großen Fisch an Land«, fuhr Maria fort. »Er wollte schon immer Vorsitzender werden und im Kreml arbeiten.«

»Richtig.« Federow nickte. »Nur steht Jenkins auf einer Todesliste.«

»Das schon. Aber Sokalow hat etwas anderes mit ihm vor.«

»Und das wäre?«

»Den Kreml mit jemandem zu versorgen, der gegen zwei Leute von Zaslon ausgetauscht werden kann, die kürzlich in den USA bei einem fehlgeschlagenen Mordanschlag auf Fjodor Ibragimow verhaftet wurden.«

Federows Augen wurden groß. *»Twoju mat'!«,* stieß er hervor. *Ach du Scheiße!* »Wann ist das denn passiert?«

»Gerade erst. Die Amerikaner sind noch nicht damit an die Öffentlichkeit gegangen. Auch nicht mit der Verhaftung der beiden Soldaten.«

»Sie warten darauf, dass der Kreml zuerst etwas unternimmt«, meinte Federow. »Wenn von dort aus zugegeben wird, dass sie für das versuchte Attentat verantwortlich sind, wird das Ganze ziemlich peinlich. Besonders, wenn die Amerikaner beweisen können, dass der Präsident von der Operation wusste.«

»Nicht nur peinlich, es würde auch einen Rattenschwanz an Maßnahmen nach sich ziehen«, ergänzte Maria. »Unter anderem Sanktionen gegen Russland, die auch andere NATO-Mitglieder übernehmen dürften. Wenn Sokalow allerdings dem Kreml Mr Jenkins liefern kann, dann haben sie damit ein Unterpfand in der Hand und können erreichen, dass die beiden Männer stillschweigend zurückgeschickt werden.«

»Wie es aussieht, sind Sie und die Welikajas nicht die Einzigen, die sich mit Mr Jenkins unterhalten wollen, Hauptkommissar Mischkin.« Federow sah Arkhip an.

»Sieht ganz danach aus«, antwortete der.

»Wie ich schon sagte, wenn sich Mr Jenkins mal in die Scheiße reitet, dann gründlich. Erzählen Sie mir vom Tod von Eldar Welikaja, Mischkin, und warum Sie Mr Jenkins unbedingt sprechen wollen. Vielleicht können wir das zu unseren Gunsten nutzen. Aber machen Sie rasch, ich glaube nicht, dass Mr Jenkins noch viel Zeit hat.«

Kapitel 45

Schlachthof
Irkutsk

Jenkins hatte auf eine lange Fahrt gehofft. Er hatte darauf gehofft, aus dem Auto gezerrt, in ein Flugzeug gesteckt und nach Moskau zurückgeflogen zu werden, hatte sogar auf eine Zelle im Lefortowo gehofft, denn all das hätte bedeutet, dass der FSB ihn aufgegabelt hatte. Dann hätte er eine ganz geringe Chance gehabt, am Leben zu bleiben. Ja, laut Matt Lemore und der Kulikowa stand er auf der Todesliste des FSB, aber selbst Todeslisten bedeuteten noch nicht den sicheren Tod. Sie würden ihn foltern, verhören und in Einzelhaft schmoren lassen, solange sie glaubten, er würde ihnen irgendwann doch noch etwas von Wert geben können. Kostbare Zeit für Matt Lemore, sich für Jenkins einzusetzen. Falls Maria es schaffte, ihm die Nachricht zukommen zu lassen, dass er noch lebte. Zwischen verfeindeten Nationen gab es einen ungeschriebenen Code: Ihr schmeißt unsere Diplomaten raus? Dann schmeißen wir eure Diplomaten raus. Ihr schnappt einen von uns und beschuldigt ihn der Spionage? Dann machen wir dasselbe mit einem von euren Leuten. Egal, ob die betreffende Person wirklich ein Spion ist. Dann tauschen wir sie aus. Laut Maria hielt die CIA zurzeit zwei Mitglieder von Zaslon gefangen, einer Elite-Spezialeinheit, die Moskau nicht einmal öffentlich anerkannte. Lemore hatte also etwas, womit er feilschen konnte.

All diese Überlegungen erwiesen sich als hinfällig, als der Wagen, in den man ihn geworfen hatte, nur wenige Minuten nach Verlassen des Bahnhofsparkplatzes schon wieder anhielt und Jenkins aus dem Auto gezerrt wurde. Er landete unsanft auf hartem Boden. Diese Männer waren nicht vom FSB. Diese Männer arbeiteten für Jekatarina Welikaja, waren Mafia. Sie hatten kein Interesse an Verhandlungen oder Tauschgeschäften, wahrscheinlich nicht einmal an riesigen Geldsummen.

Sie hatten nur ein Interesse. Rache.

Die Männer packten ihn unter den Armen und schleppten ihn fort, offenbar in ein Gebäude, jedenfalls änderte sich die Temperatur. Er wurde aufgehoben, spürte bald darauf ein verstärktes Ziehen in den Schultern und musste feststellen, dass sie ihn aufgehängt hatten. Er baumelte über dem Boden. Das war nicht gut! Sie würden ihn verhören, aber kaum besonders lange. Denn sie hatten nur eine einzige Frage: Warum hatte er Jekatarina Welikajas Sohn umgebracht?

Damit veränderte sich das Spiel grundlegend.

Jenkins hoffte, dass Federow, der »Freund«, der ihn in Irkutsk erwartet hatte, Maria erreichen konnte und sie in Sicherheit gebracht hatte. Maria musste Lemore wissen lassen, dass sich Jenkins in den Händen der Welikajas befand. Und Lemore wiederum musste irgendwie zu den Welikajas durchdringen und ihnen klarmachen, warum ein toter Jenkins zum Anlass für einen offenen Krieg der CIA gegen sämtliche Geschäftsinteressen der Welikaja werden musste.

Auch hier basierte allerhand auf Hoffnung und brauchte Zeit, wahrscheinlich viel Zeit. Wenn Jenkins bedachte, wie brutal er bis jetzt schon getreten und geprügelt worden war, hatten sie ihn wahrscheinlich bereits totgeschlagen, bevor Lemore sich einmischen konnte.

Trotzdem änderte sich nichts an seinem Ziel: so lange wie möglich am Leben zu bleiben. Solange er lebte, gab es noch eine Chance, ganz gleich, wie winzig, gab es ein Fitzelchen Hoffnung, alles würde sich regeln lassen und er könnte es schaffen, aus dieser Situation herauszukommen, nach Hause zu Alex und den beiden Kindern.

Eins musste Jenkins Lemore lassen: Das mit Federow war schlau gewesen. Und logisch. Er wusste nicht, wie sich Lemore mit Federow in Verbindung gesetzt hatte, nur dass Lemore und die CIA eine dicke Akte über den ehemaligen FSB-Agenten besaßen und auch wussten, unter welchem Pseudonym er mittlerweile lebte: Sergej Wladimirowitsch Wasiljew. Wahrscheinlich hatte Lemore ihn mithilfe von Federows beträchtlichen Bankkonten aufspüren können. Federow stammte aus Irkutsk, was Lemore natürlich auch wusste. Er war hier zur Welt gekommen und aufgewachsen, hatte seine Kindheit und Jugend im Paris Sibiriens verbracht. Wahrscheinlich ging Lemore davon aus, dass Federow als ehemaliger FSB-Agent die Kontakte von früher nicht hatte einschlafen lassen.

Jenkins hoffte das ebenfalls.

Es war kalt im Raum, bestimmt mehr als vier Grad kälter als draußen, und die Kälte ergriff rasch von Jenkins Besitz. Sie führte dazu, dass die Schläge und Tritte noch stärker schmerzten, wenn die Männer ihn bearbeiteten. Der Schmerz drang in seine Haut wie Splitter von zerbrochenem Glas, bohrte sich in seinen Leib. Seine Glieder wurden taub, nicht nur, weil er sie nicht mehr bewegen konnte. Hatte man ihn in einen Kühlraum gebracht?

Es lag ein Geruch in der Luft, mit dem er leider im Laufe vieler Jahre vertraut geworden war: Es roch nach warmem Blut und leicht nach Eisen. Darüber ein schwacher Hauch von Bleichmitteln.

Er hing an einer Kette, die sich bewegte. In einem Kühlraum. Warmes Blut und Bleichmittel: ein Schlachthof!

Eine andere Art von Kälte kroch ihm in die Glieder, eine, die nichts mit kalter Luft und Durchblutungsstörungen zu tun hatte: Furcht.

Langsam konnte er sich vorstellen, was die Welikaja für ihn plante.

Kapitel 46

Anwesen der Familie Wasin
Irkutsk

Fasziniert betrachtete Maria Kulikowa das reich verzierte schmiedeeiserne Tor, vor dem Viktor Federow gehalten hatte. In jeden der beiden Torflügel war die Nachbildung eines Insekts eingearbeitet, das Tor selbst hing zwischen zwei dicken, gemauerten Säulen und spannte sich über die breite Zufahrt zu einer langen, gepflasterten Straße. Aus einem steinernen Wachhäuschen neben dem Tor trat mit Schäferhund an der Leine und Schnellfeuergewehr über der Schulter ein Wachmann und kam auf sie zu, während sein Kollege im Häuschen Federow über Lautsprecher aufforderte, sich auszuweisen und zu sagen, was sein Anliegen sei.

Federow befolgte die Anweisung. Nach knapp einer Minute öffnete sich das Tor und er konnte hindurchfahren, wonach das Tor sofort wieder zufiel. Während der Schäferhund Federows Auto schnüffelnd und hechelnd umkreiste, fuhr der Wachmann mit einem an einer langen Teleskopstange befestigten Spiegel unter dem Wagen entlang. Dann winkte er sie weiter.

Hatte der Eingang noch ein wenig an ein Gefängnis erinnert, so änderte sich dieser Eindruck schon bald. Die Straße schlängelte sich zwischen gepflegten Rasenflächen hindurch, vorbei an leuchtenden Blumenbeeten und sorgsam zurechtgestutzten Birken und Fichten, die die Sonne filterten wie durch ein weiches Tuch.

»Das Anwesen gehört Plato Wasin«, erklärte Federow. »Ein alter Freund von mir, noch aus Kindertagen.«

»Was macht er beruflich?«, wollte Arkhip wissen.

»Die Wasins sind für Sibirien das, was die Welikajas für Moskau sind. Zwischen den beiden Familien herrscht allerdings alles andere als brüderliche Liebe. Alexei Welikajas Karriere nahm ihren Anfang hier in Irkutsk. Nachdem er reich und erfolgreich geworden war, verließ er die Stadt und versuchte, von Moskau aus einen lukrativen Heroinhandel zu betreiben, was den Wasins überhaupt nicht recht war. Am Ende kam es zu einem blutigen Waffenstillstand. Die Wasins kontrollieren einen Großteil des Heroinhandels, der durch Sibirien geht.«

»Was bedeutet das Design am Tor?«, fragte Maria. »Es sieht aus wie ein Insekt.«

»Ist es auch. Eine Fliege. Als junger Mann war Plato auf Einbrüche in kleine Läden und Lagerhäuser spezialisiert und ein sibirischer Mafiaboss verglich ihn einmal verächtlich mit einer lästigen Fliege, die er schon bald zerquetschen würde. Bevor Plato den Mann umbrachte, zwang er ihn, eine Schale toter Fliegen zu essen.«

»Himmel!«, meinte Maria entsetzt.

»Er lässt sich seitdem Fliege nennen. Damit niemand vergisst, was jeden erwartet, der ihm in die Quere kommt.«

»Und so nennen Sie ihn?«, fragte Arkhip. »Fliege?«

»Nur seine Freunde nennen ihn so. Er hat sich den Namen allerdings sehr zu eigen gemacht, wie Sie bald sehen werden. Wollte sich sogar mal eine Fliege vorn auf den Penis tätowieren lassen, musste das aber abbrechen, weil es einfach zu wehtat. So gibt er sich mit den Fliegen zufrieden, die man überall in seinem Haus finden kann. Unter anderem auf den Kacheln in seiner Dusche und am Kopfteil seines Betts.«

»Seine Frau dürfte begeistert sein«, sagte Maria.

Federow grinste. »Seinen ersten beiden Frauen gefiel es wohl nicht so gut. Seine dritte hat sich damit abgefunden. Laut Plato lassen sich Ehefrauen leichter austauschen als in Stahl gegossene oder in Stein gemeißelte Fliegen.«

Maria hätte nicht sagen können, ob es weise war, den Klauen einer Mafia-Familie zu entwischen, um sich in die Hände einer anderen zu begeben, aber es blieb ihr keine andere Wahl, sie musste Viktor Federow vertrauen. Sie wusste, er war ein gründlicher, ein ausgezeichneter FSB-Offizier gewesen, den man zum Sündenbock gemacht hatte, nachdem es Jenkins gelungen war, sich einer Verhaftung zu entziehen, die Federow hatte vornehmen sollen. Sokalow hatte der Leitung Federows Kopf auf einem Silbertablett präsentiert, wofür sich Federow gern revanchieren würde. Vielleicht reichte das ja, ihn zu motivieren. Allerdings fürchtete Maria sehr, sie könnten nicht schnell genug sein, um Charlie zu retten.

»Was immer wir tun wollen, wir müssen es rasch tun«, drängte sie, »bevor die Welikaja Mr Jenkins ermorden lässt.«

»Ich mache, so schnell ich kann«, versprach Federow. »Aber man drängt Plato Wasin nicht, wenn man einen Gefallen von ihm braucht.«

Die Straße mündete schließlich in der runden Auffahrt zu einem riesigen, auf einem kleinen Hügel thronenden Haus. Mit seinem hellgelben Putz, dem Säulengang und den Balkonen sah es aus wie ein teures Hotel. Oben an der Treppe erwarteten weitere bewaffnete Wachleute die Besucher.

Bevor er ausstieg, wandte sich Federow noch kurz an Arkhip. »Ich an Ihrer Stelle würde mich ein bisschen bedeckt halten, was den Beruf angeht, Hauptkommissar Mischkin. Sonst sitzen Sie bald vor einer Schale mit toten Fliegen. Bitte gestatten Sie mir, das Reden zu übernehmen.«

»Selbstverständlich!«, versicherte Arkhip.

Kapitel 47

Schlachthof
Irkutsk

Jenkins spürte jeden Schlag wie ein Stück kaltes Eisen, das sich durch seine Haut bohrte, in seinen Körper drang, um dann in Millionen winziger Scherben zu zerfallen, die sich in seinem Oberkörper breitmachten und durch sämtliche Gliedmaßen rannen. Seine Peiniger hatten sich vorerst seinen Körper vorgenommen und hielten sich mit Schlägen im Kopfbereich zurück, wahrscheinlich um zu vermeiden, dass er in Ohnmacht fiel oder anderweitig nichts mehr spürte. Denn spüren sollte er ihre Schläge, jeden einzelnen davon, und auch sehen. Deswegen hatten sie ihm den schwarzen Sack abgenommen.

Seine Einschätzung war korrekt gewesen. Sie hatten ihn in ein Schlachthaus gebracht. Er hing in einem langen Raum von etwa der Größe eines halben Fußballfeldes an einem Haken, der an einem Laufband befestigt war. Überall um ihn herum baumelten an ähnlichen Haken die Schlachtkörper von Tieren, das, was von Rindern, Schafen, Ziegen, Schweinen und Büffeln übrig bleibt, wenn man ihnen das Fell abgezogen hat. Die beiden Männer, die im Wagen auf dem Rücksitz gesessen hatten, waren nun für Jenkins' Bestrafung zuständig und schienen ihr Metier zu verstehen. Sie erinnerten Jenkins an Boxer oder Ringkämpfer im Training, in ihren Trainingsanzügen und T-Shirts, mit den bandagierten Fäusten, damit sie sich nicht die Knöchel brachen, wenn sie mit maximaler Kraft zuschlugen. Der Mann auf dem Beifahrersitz, älter als die beiden anderen, saß behaglich in einen langen Wollmantel gehüllt auf einem Klappstuhl, die Beine übereinandergeschlagen, Handschuhe an den Händen und eine Ushanka auf dem Kopf. Er sah aus wie ein wohlhabender Großvater.

»Ich versichere Ihnen, Mr Jenkins«, sagte er gerade, »wir wären hier viel schneller fertig, wenn Sie mir einfach sagten, wo ich Frau Kulikowa finden kann.« Jedes seiner Worte wurde von einer kleinen weißen Wolke untermalt.

Jenkins hatte keine Ahnung, was die Welikajas von Maria wollten, aber wenn ihm die Fragen Zeit verschafften, waren sie ihm recht. Jede Minute, jede Sekunde, die er am Leben blieb, zählte. Dass er nicht wusste, wohin Maria vom Bahnhof aus gegangen war und ob sie überhaupt noch lebte, würde er den Männern hier ganz sicher nicht verraten. »Ich kenne keine Frau Kulikowa, das habe ich Ihnen doch schon gesagt.«

Der ältere Herr nickte, woraufhin die beiden Schläger ihre Fäuste schwangen, immer hübsch abwechselnd, wie Eisenbahnarbeiter beim Verlegen neuer Schienen die Vorschlaghämmer. Die Schläge kamen so schnell, dass Jenkins zwischendurch kaum einmal Luft holen konnte, und wenn es ihm doch gelang, setzte in seiner Brust ein heftiges Brennen ein. Nach einem guten Dutzend Schlägen hob der Mann auf dem Klappstuhl die Hand und sie hörten auf. »Wollen Sie wirklich, dass das so weitergeht?«

»Warum interessieren Sie sich für Frau Kulikowa und warum glauben Sie, ich weiß, wo sie ist? Ich dachte, Sie interessieren sich für Eldar Welikaja.«

»Zu dem kommen wir noch früh genug«, sagte der ältere Herr. »Dazu möchte meine Auftraggeberin Sie persönlich befragen. Wir wissen genau, dass Sie Frau Kulikowa bei der Flucht aus Moskau geholfen haben. Wir interessieren uns für sie als Druckmittel. Wir haben einen gemeinsamen Feind, müssen Sie wissen: Dmitri Sokalow. Frau Kulikowa kann ihn uns liefern.«

Das war dann also die Antwort. »Welches Hühnchen haben Sie denn mit Dmitri Sokalow zu rupfen?«

»Unerledigte Angelegenheiten.«

»Da müssen Sie schon ein bisschen genauer sein, wenn ich Ihnen glauben soll.«

»Herr Sokalow hat die Ermordung meines Bosses angeordnet. Ich arbeite jetzt für dessen Tochter.«

»Er tat es doch zweifellos auf Anweisung des Präsidenten?«

»Zweifellos. Aber der Präsident ist kein realistisches Zielobjekt. Jedenfalls nicht, solange er noch im Amt ist. Meine Chefin hat viele Jahre auf eine Gelegenheit wie diese gewartet und nicht vor, sie sich entgehen zu lassen. Also sagen Sie mir, wo wir Frau Kulikowa finden können, und wir dürfen mit dem Unsinn hier aufhören.«

Jenkins lachte leise. »Soll ich etwa glauben, dass Sie mich dann gehen lassen?«

»Natürlich nicht, das wäre dumm. Aber ich könnte für einen schnelleren Tod sorgen.«

»Sie sind ein wahrer Freund und ich wünschte, ich könnte Ihnen helfen. Ich habe wirklich keine Ahnung, wo sich Frau Kulikowa aufhält. Ziemlich weit weg von hier, nehme ich mal an. Jedenfalls hat sie den Zug verlassen, bevor wir in Irkutsk waren. Ich bot mich meiner Größe wegen als Zielobjekt für etwaige Verfolger an und war von daher ein Köder, was ja auch funktioniert hat.«

Der Mann auf dem Klappstuhl nickte und die beiden anderen nahmen die Arbeit mit den Fäusten wieder auf.

Nach einem halben Dutzend Schlägen stoppte er sie mit einer Handbewegung. »Das war eine Lüge. Frau Kulikowa wurde von zwei unserer Männer in Irkutsk auf dem Bahnhofsparkplatz gesehen. Erzählen Sie mir, wie Sie sie aus dem Land schaffen wollen.«

»Den Plan kenne ich logischerweise nicht, ganz einfach schon deshalb, damit Sie ihn nicht aus mir herausprügeln können. Ich bin in dieser Frage ebenso schlecht informiert wie Sie.«

»Ihr Pech.«

Die Fäuste schlugen erneut zu, arbeiteten sich diesmal seinen Körper hinauf, ließen Rippen krachen und Bänder reißen. Jeder Schlag trieb Jenkins die Luft aus den Lungen, er musste darum ringen, die Atemnot nicht in Panik umschlagen zu lassen. So verkrampfte er sich bei jedem Schlag mehr, hatte immer mehr Mühe, nach Luft zu schnappen.

Als die Schläge nach einer Weile aufhörten, sagte er: »Ich dachte, ihr Russen wärt so sportbegeistert. Warum lassen Sie mich nicht einfach runter und wir tragen die Sache auf dem Boden aus? Oder habt ihr Angst, ein Amerikaner könnte zwei von euch schlagen?«

Der Mann auf dem Stuhl lächelte. »Ich weiß, wie gut Sie kämpfen, Mr Jenkins. Ich habe Sie auf den Videoaufzeichnungen mit Eldar und Pawil in Aktion gesehen und war beeindruckt. Sie sind durchtrainiert und gut ausgebildet. Haben Sie die Technik bei der CIA gelernt?«

Jenkins schüttelte den Kopf. »Ich bin nicht von der CIA. Ich bin unabhängiger Geschäftsmann, Söldner.«

»Dann gibt es also niemanden, der verhandeln würde, um Sie zurückzubekommen. Und wenn Sie sterben, macht das niemandem etwas aus. Schade.«

Mist. Diese logische Schlussfolgerung hatte Jenkins nicht bedacht. »Sie würden sich wundern. Wenn Sie Krieg wollen, dann können Sie den gern haben.«

»Was war das für eine Kampftechnik, mit der Sie Eldar und Pawil ausgeschaltet haben?«

»Krav Maga.«

»Die Selbstverteidigung der israelischen Streitkräfte. Die sind echt krass, habe ich mir sagen lassen.«

»Wenn Ihre Jungs mich runterlassen, können Sie persönlich erleben, wie krass.«

»Warum hat die CIA Sie geschickt, um Eldar zu ermorden?«

»Ich sagte doch schon, ich bin nicht von der CIA. Und wenn Sie sich die Videoaufnahmen angesehen haben, dann wissen Sie auch, dass ich niemanden umgebracht habe.«

Diesen Einwand wischte der Mann mit einer Handbewegung beiseite. »Ich werde Ihnen sagen, was ich gesehen habe und was ich weiß. Ein Mann in einer perfekten, komplizierten Maske kommt in eine … wie nennt ihr Amerikaner das? Spelunke? Warum? Doch nur, weil er darin etwas zu erledigen hat.«

»Oder er trägt die Verkleidung, um nicht aufzufallen, und hat sich aus genau dem Grund auch für die Spelunke entschieden.«

»In dem Fall war es die falsche Entscheidung, Eldar zu töten.«

»Ich sagte doch schon, ich habe ihn nicht getötet. Und ja, es war eine schlechte Entscheidung, sich einzumischen.«

»Sie haben ihn beobachtet. Sie haben Interesse an ihm gezeigt …«

»Nein. Ich hatte ein Interesse an der Frau, die er gnadenlos verprügelte und schlechter behandelte als einen Hund.«

Der Mann zuckte die Achseln. »Sie war eine Prostituierte. Was geht Sie das an?«

»Dass Sie mir diese Frage stellen, sagt mir alles, was ich über Sie wissen muss.«

»Ach ja? Dann erzählen Sie mir, was Sie über mich wissen, Mr Jenkins. Wollen doch mal sehen, ob Ihre Auffassungsgabe wirklich so gut ist, wie Sie glauben.«

»Sie sind ein Jasager. Sie nicken alles ab, was Ihre Chefin von sich gibt, egal, ob Sie mit ihr übereinstimmen oder nicht. Sie sind außerdem entweder ein Psychopath wie Eldar Welikaja und haben Freude an den Schmerzen anderer und keine Empathie für menschliches Leiden, oder Sie stecken mit dem Kopf so tief im Arsch Ihrer Chefin, dass Sie Ihr eigenes Moralempfinden gar nicht mehr mitkriegen. In dem Fall kann man Sie nur als traurige Figur bezeichnen.«

Einer der Schläger hob die Faust, holte aus und schlug zu, ein heftiger Schlag, der mit dumpfem Aufprall auf Jenkins' Körper landete, aber bevor sein Kollege mithalten konnte, hatte der ältere Herr die Hand gehoben. »Stopp!« Er stand auf, ging zu Jenkins und starrte ihn mit ausdrucksloser Miene an, die Lippen zusammengepresst, als hätte er gern etwas gesagt. Er holte tief Luft, durch die Nase, und atmete lautstark wieder aus. In der kalten Luft verwandelte sich sein Atem sofort in Nebel.

»Bevor ich Sie töte, sollen Sie wissen, dass ich die Aufzeichnungen aus der Gasse hinter der Bar gesehen habe. Sie sollen wissen, dass ich gesehen habe, wie Pawil Eldar in den Rücken schoss, als der Sie angriff. Sie sollen wissen, dass Eldar Welikaja ein kleiner Scheißer war, der die Familiengeschäfte nie hätte übernehmen können. Seine Mutter wusste das, natürlich wusste sie es …« Hier legte er eine Pause ein, schien seine Worte sorgsam abzuwägen. »Aber sie ist seine Mutter. Und ja, sie ist meine Chefin. Sehen Sie, wenn Sie sich nicht eingemischt hätten, wäre nicht geschossen worden und Eldar würde heute noch leben. Pawil hat vielleicht abgedrückt, aber Ihre Einmischung hat dazu geführt, dass die Pistole gezogen wurde. Erklären Sie mir, warum?«

»Das habe ich schon«, sagte Jenkins. »Diese Fragen bringen uns nirgendwohin.«

»Der gute Samariter?«

»Haben Sie Kinder?«

»Ob ich Kinder …«

»Haben Sie eine Tochter? Beantworten Sie mir meine Frage. Wovor haben Sie Angst? Dass ich hier rauskomme und Ihre Familie umbringe?«

»Das wird nicht geschehen, so viel kann ich Ihnen versichern.«

»Haben Sie eine Tochter?« Der Mann antwortete nicht, aber Jenkins konnte an seinen Augen erkennen, dass er eine hatte und dass er verstand, warum Jenkins so gehandelt hatte, wie er gehandelt hatte. Nicht, dass es Jenkins jetzt irgendwie nützen würde. »Dann wissen Sie Bescheid. Sie wollen es sich nicht eingestehen, aber Sie wissen es. Was bedeutet, dass ich mit meiner Einschätzung richtiglag. Sie sind kein Psychopath, Sie sind einfach nur eine traurige Figur.«

»Leider, Mr Jenkins, hat Jekatarina Welikaja keine Töchter. Sie hatte nur einen Sohn. Also würde ich vorschlagen, wenn Sie keinen guten Grund hatten, diesen Sohn umzubringen, lassen Sie sich lieber einen einfallen.«

»Wird mir das das Leben retten?«

»Nein. Ganz sicher nicht. Aber es könnte Ihre Bestrafung verkürzen.« Er lächelte. »Sehen Sie, ich bin durchaus zu Empathie fähig.«

Kapitel 48

Anwesen der Familie Wasin
Irkutsk

Federow stieg aus dem Auto und ging auf die verschnörkelte V-förmige Treppe zu. Er zog ein Taschentuch aus seiner Hosentasche und wischte sich den Schweiß von der Stirn, denn auch in Irkutsk war es aufgrund der Hitzewelle, die ganz Russland erfasst hatte, für die Jahreszeit viel zu warm. Oben auf der Treppe hatte man einen wunderbaren Blick über gepflegte Rasenflächen mit Gartenpavillons aus Holz und verschiedenen Gästehäusern bis hinunter zum Fluss, der Angara. In weiterer Ferne erkannte er sogar das Ufer des Baikalsees, ein Bild, an das er sich noch aus seiner Kindheit erinnerte, als er mit den Wasin-Brüdern zusammen zur Schule gegangen war. Platos jüngerer Bruder war sein bester Freund gewesen. Schon ihre Väter kannten und mochten sich seit Kindheitstagen, wobei Federows Vater, ein Maschinenschlosser, sich nie zu den Geschäften der Wasin-Familie hingezogen gefühlt hatte und auch nicht gewollt hatte, dass sich sein Sohn dafür begeisterte. Er hatte seinen Sohn nach Moskau aufs Internat geschickt und ihm als guten Rat noch mitgegeben: »Geld ist wie eine attraktive Frau. Jeder will es haben, weswegen es sehr schwer ist, daran festzuhalten.«

Odja Wasin, Platos Vater, war durch eine Autobombe ums Leben gekommen. Manche machten den Krieg mit den Welikajas dafür verantwortlich, andere stellten einen Zusammenhang zwischen dieser im Jahr 2008 detonierten Bombe und der Ermordung von Alexei Welikaja her, der nur einen Monat zuvor erschossen worden war, und sahen sie als Teil des Plans des Präsidenten, alle zu töten, die sein Streben nach absoluter Macht infrage stellten.

In dem Haus, vor dem Federow jetzt stand, hatte er als Kind gespielt, was jedoch vor vielen Jahren und vor allem lange vor den Renovierungen gewesen war. Jetzt zeigte sich eine Fliege im Buntglasfenster der Haustür und ein Wachmann tastete die drei Besucher ab, Maria Kulikowa gründlicher als die beiden Männer, was Federow durchaus nachvollziehen konnte. Danach klopfte der Mann drei Mal an die Tür, die daraufhin aufgerissen wurde. Dahinter erwartete sie Platos kleiner Bruder, Peanut genannt, weil er ungefähr so groß war wie ein afrikanischer Elefant und mit Vorliebe Erdnüsse aß, die man noch aus der Schale pellen musste. Er empfing die Besucher in Shorts und Flip-Flops, ohne Hemd. Das schwarze Haar auf seiner Brust war so dicht wie ein Wollpullover und schien mit dem ebenso dichten Bart und der Mähne auf seinem Kopf eine Einheit zu bilden.

»Viktor!« Federow wurde stürmisch umarmt und vom Boden gehoben. Er fühlte sich in den Armen des Freundes wie ein Kind, obwohl er doch selbst nicht der Kleinste war und auch keine Elfe.

»Hallo, Peanut!«

»Wie lange ist das jetzt her?« Peanut setzte Federow wieder ab und musterte ihn mit großen Augen.

»Viel zu lange!«

»Nie kommst du deine alten Freunde in Irkutsk besuchen!«, jammerte Peanut und versetzte Federow eine leichte Ohrfeige.

»Was, bist du zu gut für uns? Oder glaubst du, wir fürchten uns vor dir? Hilfe!« Er hob beide Hände. »Ein FSB-Offizier! Aus Moskau! Ich habe Angst!« Es folgte lautes Lachen, als wäre Federow sein kleiner Bruder.

Das Lachen verstummte, als Peanut Maria Kulikowa entdeckte. »Ist das die Fracht, die nach Wladiwostok gehen soll?« Er musterte Maria von oben bis unten, zeichnete mit den Augen all ihre Kurven nach. »Du hast nicht gesagt, wie exquisit sie ist.«

Als er ihr beide Hände hinstreckte, bot Maria ihm ihre Rechte. Peanut ergriff sie, drückte einen sanften Handkuss auf den Handrücken und küsste Maria anschließend auf beide Wangen. »Und das wäre …?«, erkundigte er sich mit einem Blick Richtung Arkhip.

»Einer meiner Mitarbeiter«, warf Federow rasch ein, ehe es ungemütlich werden konnte. »Ich fürchte, es gibt ein Problem. Ist die Fliege zu Hause?«

»Plato ist mit seinen Kindern hinten am Pool.«

»Noch mehr Kinder? Wie viele hat er inzwischen?«

»Mit dieser Frau? Drei. Alles in allem sieben. Komm, ich bring dich hin. Kann ich dir etwas zu trinken holen?«

»Im Moment nicht, Peanut, danke.«

»Und die schöne Frau?« Er sah Maria an. »Möchten Sie etwas trinken?«

»Nichts für mich, Peanut«, antwortete Maria.

Peanut täuschte eine Ohnmacht vor, sank gegen Federows Schulter und hauchte, als übe er sich im Bühnengeflüster: »Bist du sicher, dass sie gehen muss? In die hier könnte ich mich verlieben.«

Sie machten sich auf den Weg durch Platos grotesk eingerichtetes Haus, in dem in der Tat ein Fliegenmotiv dominierte. Die Insekten waren überall. Aus den unterschiedlichsten Materialien geformt schmückten sie Kaminsimse und Regale, waren eingebettet in die Marmorböden, fanden sich als Motiv in den teuren Teppichen wieder und schmückten die Bilder, die an der Wand hingen.

Federow wusste, dass Plato aus dem Tod seines Vaters gelernt hatte. Er lebte sehr zurückgezogen, für die Öffentlichkeit unzugänglich, für seine Freunde jedoch jederzeit erreichbar. Sein Ruf in kriminellen Kreisen war fast mythisch geworden. Wäre er nicht der älteste Sohn eines Mafiabosses gewesen, er hätte eine mächtige Figur des öffentlichen Lebens abgeben können, vielleicht als Oligarch. So wie es war, hatte seine Kindheit ihn ebenso gut auf das Überleben auf der Straße vorbereitet wie eine Universität jemanden, der einmal im Apparat eine führende Rolle übernehmen wollte – so oder so ging es um Autorität. Die Fliege verkörperte einen Widerspruch, war einerseits durch und durch verderbt und bösartig, gleichzeitig jedoch für seine Integrität und Fairness bekannt. Für alle, die für ihn arbeiteten, war er eher gottgleich. Er hatte es sich verdient, dass man ihn verehrte, und erwartete diese Verehrung widerspruchslos. Wer für ihn arbeitete, lebte nach strengen Regeln, nach dem Code der Vory.

Federow war mit dem Wissen um diesen Code groß geworden, wusste von dem System, das aus Gefallen, Verpflichtungen und Bestrafung bestand. Ohne sich je an den kriminellen Aktivitäten seiner Freunde beteiligt zu haben, hatte er in seinen frühen Jahren zu ihnen und an ihrer Seite gestanden. Die Fliege war zum König von Irkutsk avanciert, und nachdem Viktor zum FSB gegangen war, erwiesen sie einander bei Gelegenheit auch schon einmal den einen oder anderen Gefallen. Viktor konnte der Fliege Verbindungen und Informationen liefern, wenn das FSB-Büro in Irkutsk eine Razzia plante oder wenn eine andere kriminelle Gruppe versuchte, in das Territorium der Wasins einzudringen.

Der Gefallen, um den Federow jetzt bitten wollte, sprengte jedoch den Rahmen dessen, was bisher gewesen war, und würde die Grenzen ihrer Freundschaft aufzeigen beziehungsweise sie auf eine harte Probe stellen. Anders als Peanut, der Federow bedingungslos liebte, liebte die Fliege überhaupt nicht. Er sah andere Menschen als Figuren auf einem Schachbrett, die er nach seinem Belieben und zu seinem Vorteil bewegen und manipulieren konnte.

Inzwischen hatte Peanut Federow und die anderen in einen Teil des Gartens geführt, der sehr an Disney World erinnerte. Der Pool hier erstreckte sich über drei Ebenen, mit Wasserrutschen und Wasserfällen von einer Ebene zur anderen und einem träge dahinfließenden Fluss, der sich zwischen Blumenbeeten hindurchschlängelte. Zum Poolgelände gehörten mehrere gut bestückte Bars. Und natürlich fand sich auch hier, im Mosaik auf dem Grund des Schwimmbeckens, eine überdimensionale Fliege. An die Anlage grenzte ein im satten Grün leuchtendes Fußballfeld und vom pompösen Grill neben einer Sitzgruppe, auf der man mühelos eine königliche Hochzeitsgesellschaft hätte unterbringen können, stieg feiner Rauch auf.

Obwohl es erst Morgen war, hatte es sich die Fliege auf einer großen Luftmatratze im Pool gemütlich gemacht. Das grau melierte Haar auf seiner Brust schien ebenso dicht wie das seines Bruders, hatte jedoch nicht verhindern können, dass die Sonne seiner Haut zu einem unbehaglich wirkenden Rot-Ton verholfen hatte. Sein ganzer Körper glänzte vor Öl, er trug eine Sonnenbrille und telefonierte mit einem Handy. Auf einem schwimmenden Tablett, das neben ihm auf dem Wasser hüpfte, standen mehrere halb geleerte Gläser mit Energydrinks, für die er eine Vorliebe hatte. Daneben lagen zwei weitere Handys. Als Junge war die Fliege immer unterwegs gewesen, immer mit irgendeinem Deal beschäftigt, egal welcher Art. Er liebte die Kunst des Verhandelns, der Manipulation, ohne dass die anderen mitbekamen, was er da eigentlich trieb. Federow hatte nie erlebt, dass er sich mehr als ein paar Minuten lang nicht bewegt hatte.

Seine dritte Frau, zwanzig Jahre jünger als er, hatte den langen, muskulösen Körper auf einer Sonnenliege neben dem Pool ausgestreckt, das Gesicht unter einem großen Sonnenhut und einer breiten Sonnenbrille verborgen. Als Peanut sie den Besuchern vorstellte, winkte sie Federow lässig zu.

Die Fliege klappte ihr Handy zu, warf es zu den anderen auf das schwimmende Tablett und schenkte den geduldig am Beckenrand Wartenden ein Lächeln. Nachdem sich alle freundlich begrüßt hatten, meinte Plato: »Ich hatte deinen Besuch bei mir zu Hause nicht erwartet, Viktor, heiße dich aber trotzdem willkommen und lade dich ein zu bleiben.«

»Danke, Plato. Ich entschuldige mich für mein unangemeldetes Auftauchen und auch dafür, dass ich in deine Zeit mit der Familie geplatzt bin.«

»Für einen alten Freund, einen Freund von Peanut, bin ich immer verfügbar.«

»Danke.«

»Sag mir, warum du hier bist.«

Der ursprüngliche Plan hatte vorgesehen, dass Federow Jenkins und die Kulikowa abholte und sie an die Männer der Fliege weiterreichte. Ein direktes Treffen mit der Fliege war nicht beabsichtigt gewesen. Die Fliege, größter Heroinlieferant Sibiriens, verschiffte seine Ware per Bahn, Flugzeug und Schiff an Partner in der Mongolei und Kasachstan, die die weltweite Verteilung übernahmen. Jenkins und die Kulikowa hatten in einen Eisenbahnwagen geladen und an einen Verteiler in der Mongolei geschickt werden sollen, von dem aus sie an die Küste des ostchinesischen Meeres gebracht worden wären, von wo aus dann die Weiterfahrt auf einem Frachtschiff in die USA geplant war. Die Fliege sollte für das ganze Arrangement eine exorbitant hohe Summe erhalten.

»Ich habe nur einen Teil der Fracht.«

»Ich sehe hier aber zwei Personen, Viktor.«

»Der Mann ist Arkhip, ein Geschäftsfreund von mir.«

»Dann nimmst du dir neuerdings Partner, Viktor? Die Geschäfte müssen ja gut laufen. Ich höre, du hast den FSB verlassen und arbeitest jetzt auf eigene Rechnung. Was ist mit mir? Warum bin ich nicht dein Partner?«

»Wir haben einen Teil unserer Ladung verloren«, gestand Federow.

»Wir?« Die Fliege ließ sich vom Floß ins bis zur Taille reichende Wasser fallen und stieg aus dem Pool. Hier bekam er von einem Bediensteten einen großen, weißen Bademantel und einen weiteren grünen Energydrink gereicht. »Ich habe gar nichts verloren, Viktor. Dein Job war es, die Ladung abzuliefern, meiner, sie zu transportieren. So war es abgemacht, oder irre ich mich?«

»So war es abgemacht, Plato, und ich möchte aus unserer Freundschaft auch wirklich keinen Vorteil ziehen.«

Plato lachte leise. »Aber du wirst dich trotzdem darauf berufen, nicht wahr?«

»Ich fürchte, ja. Wie es scheint, haben die Welikajas ein Interesse an einem Teil unserer Fracht entwickelt und sich den Mann in Irkutsk auf dem Bahnhof geschnappt.«

Die Fliege ließ die Sonnenbrille auf die Nasenspitze rutschen und sah Viktor über deren Rand hinweg an. »Die Welikajas?«

»Ja.«

»Du warst schon immer ein guter Schachspieler, Viktor«, stellte die Fliege nach einer kurzen Pause fest. Er führte seine Gäste in den Schatten einer Markise und lud sie ein, auf den Gartenmöbeln dort Platz zu nehmen. Ein weiterer Bediensteter kam mit einem Teller Riesengarnelen und einer Schale Cocktailsoße und stellte beides auf einen niedrigen Tisch. Die Fliege griff zu, tunkte eine Garnele in Soße und verzehrte sie bis auf den Schwanz. »Bluffst du, Viktor, damit ich dir einen Gefallen tue?«

»Ich würde nie mit dir spielen, Plato, es sei denn in aller Offenheit.«

»Richtig. Die Welikajas sind also in mein Revier eingedrungen, ohne mich um Erlaubnis zu bitten. Wer genau?«

»Ich weiß es nicht mit Sicherheit, aber mir wurde gesagt, Jekatarina habe ein besonderes Interesse an der Gefangennahme dieses Mannes.«

Die Augen der Fliege wurden groß und er vergaß, die Garnele in den Mund zu stecken, die er schon so weit in die Soße getunkt hatte, dass nur noch ihr Schwanz herausragte. »Wer ist das, Viktor? Du hast mir gesagt, er wäre CIA.«

»Das ist er auch, Plato. Er steht jedenfalls im Dienst der CIA.«

Die Fliege nippte nachdenklich an seinem Energydrink, bevor er ihn auf einem Silbertablett abstellte. »Der Mann muss sehr wichtig sein, wenn Jekatarina seinetwegen nach so langen Jahren ohne Einladung nach Sibirien kommt. Was will sie mit ihm?«

»Sie glaubt, allerdings fälschlicherweise, der Mann habe ihren Sohn Eldar ermordet.«

Das war Plato nichts Neues, was man seiner ausdruckslosen Miene auch ansah. »Und? Hat er ihn umgebracht?«

»Nein«, kam es von Mischkin. Federow drehte sich zu ihm um, nicht glücklich darüber, dass der Polizist sich einmischte.

»Und wer sind Sie noch gleich?«, fragte die Fliege.

»Arkhip Mischkin, ein Geschäftspartner von Herrn Federow.«

»Was wissen Sie vom Tod von Eldar Welikaja?«

Mischkin fasste die Ergebnisse seiner Ermittlung zusammen, wobei er geschickt darauf achtete, den Begriff »Ermittlung«

nicht zu verwenden und nichts darauf hindeuten zu lassen, dass auch die Polizei involviert war.

»Und wieso kennen Sie sich in dieser Angelegenheit so detailliert aus, Herr Mischkin?«

Federow wollte schon eingreifen, damit Arkhip nicht doch noch in einen Haufen Hundescheiße trat und unversehens vor einer großen Schüssel toter Fliegen hockte, aber Mischkin kam ihm zuvor. »Bitte nennen Sie mich Arkhip, Herr Fliege.«

Die Fliege warf Federow aus den Augenwinkeln einen Blick zu, während Arkhip fortfuhr: »Herr Federow hatte mich darum gebeten, ihn umfassend zu informieren. Diese Verantwortung habe ich sehr ernst genommen und all unsere Kontakte aktiviert. So kam ich an die Details, die ich eben für Sie zusammengefasst habe.«

Der kleine Kommissar hatte die Situation erstaunlich gut gehandhabt, fand Federow. Und dabei noch nicht einmal gelogen.

»Warum hast du mir nichts von dieser möglichen Komplikation erzählt, Viktor?«, wollte die Fliege wissen.

»Ich erfuhr alle Details selbst erst vor Kurzem und hätte nie gedacht, dass die Welikaja so unverschämt ist, nach Sibirien zu kommen, ohne dich vorher zu fragen.«

»Versuche nicht, mich zu besänftigen, Viktor, das steht dir nicht.« Die Fliege dachte einen Augenblick lang nach. »Dieser Mann und das, was man ihm vorwirft, geht mich nichts an. Ich habe nicht das Bedürfnis, mich da in irgendetwas reinziehen zu lassen. Schaff ihn her, dann verfrachten wir ihn weiter, das war der Deal. Ansonsten fährt die Frau allein.« Er rettete seine zweite Garnele aus der Soße und steckte sie sich in den Mund.

»Ich verstehe«, sagte Federow. »Es ist nur, dass …«

Die Fliege beugte sich vor, um nach einer dritten Garnele zu greifen, stoppte jedoch und betrachtete Federow erneut über den Rand seiner Sonnenbrille hinweg. »Es ist nur was, Viktor?«

»Ich frage mich, was die anderen Familien in Sibirien davon halten, wenn sie erfahren, dass die Welikajas ohne deine Erlaubnis nach Sibirien kamen und das einfach so hingenommen wurde.«

Die Fliege ließ sich in seinen Stuhl fallen und musterte Federow lange. Es fühlte sich an wie eine geschlagene Minute.

»Man könnte das als Schwäche deuten, Plato«, warf Peanut ein, der ein wenig abseits gewartet hatte.

Platos Blick wanderte zwischen seinem Bruder und Federow hin und her. »Wie ich schon sagte, Viktor: immer ein ehrgeiziger Schachspieler.« Er starrte Federow mit harter Miene an, lächelte dann plötzlich und brach in schallendes Gelächter aus. »Als Schwäche deuten? Ich glaube kaum. Was willst du wirklich, Viktor? Warum ist dieser Mann so wichtig für dich?«

»Er ist ein Freund von mir, Plato. Er hat mir im Laufe meines Lebens schon mehrmals einen Gefallen erwiesen und er ist, wie mein Partner dir gerade ausführlich erklärt hat, unschuldig. Ich möchte ihn zurückbringen zu seiner Frau und seinen Kindern.«

»Seit wann bist du so sentimental, Viktor? Es steht dir nicht.«

»Gut, aber möglicherweise ist es für dich ja lukrativ.«

»Wirklich? Das musst du mir erklären.« Die Fliege klang nicht sehr überzeugt.

»Ich werde die CIA wissen lassen, dass Mr Jenkins' Rettung nur dank deiner Liebenswürdigkeit möglich war.«

Federow konnte förmlich sehen, wie die Rädchen im Kopf der Fliege ihre Arbeit aufnahmen. Die CIA hatte überall ihre Finger im Heroinhandel und es wäre nicht schlecht, wenn sie Plato einen Gefallen schuldete.

»Was ich tun werde, geschieht aus Respekt für unsere Freundschaft und die Freundschaft unserer Väter, nicht aufgrund irgendwelcher Erwartungen, ist das klar?«

»Absolut.«

»Was brauchst du?«

»Erst einmal deine Ressourcen, um herauszufinden, wohin man ihn gebracht hat.«

»Warum glaubst du, dass er hier ist und nicht in Moskau?«

»Sokalow will diesen Mann ebenfalls. Warum ihn also zurück nach Moskau bringen und Sokalow damit die Chance geben, ihn wieder in die Hand zu bekommen? Die Welikajas werden ihre Beute hier verstecken. Sobald wir wissen, wo, brauche ich einige deiner Leute, um ihn zurückzuholen.«

»Um möglicherweise einen Krieg mit den Welikajas anzuzetteln? Da wird nichts draus, Viktor, das ist schlecht fürs Geschäft.«

»Nein. Die Welikajas werden uns Mr Jenkins freiwillig zurückgeben, ohne Blutvergießen.«

»Ist das ein Versprechen? Ich warne dich: Versprich nichts, was du nicht halten kannst.«

»Es ist ein Versprechen, Plato.« Ohne mit der Wimper zu zucken, begegnete Federow dem harten Blick der Fliege. »Ich schwöre es.«

Nach einem Moment sagte Plato: »Die Kosten für den Transport haben sich verdoppelt. Ruf deinen Kontaktmann an und hol dir seine Zustimmung. Das nehme ich dann als Zeichen deines guten Willens und du kriegst, was du brauchst.« Er sah seinen Bruder an. »Und du telefonierst in der Zwischenzeit mal ein bisschen herum. Finde heraus, wohin die Welikajas den Mann verfrachtet haben.«

»Danke, Plato«, sagte Federow.

»Bedank dich nicht, Viktor, häng dich ans Telefon und besorg mir das Geld. Dann kannst du dich bedanken. Sonst jedoch könnte es sein, dass ich dir etwas anderes anbiete als Garnelen.« Mit diesen Worten stand er auf, schlang sich den Bademantel eng um den Körper und verschwand im Haus.

Federow wandte sich an Mischkin. »Wenn Peanut Mr Jenkins gefunden hat, dann verfügen Sie doch bestimmt über Kontakte, die diese Information zum FSB durchsickern lassen können?«

»So einen Kontakt habe ich wirklich.« Mischkin nickte. »Wenn der Preis stimmt, verkauft Wily Stepanow die eigene Mutter.«

»Nutzen Sie diesen Kontakt. Sagen Sie dem Mann, wenn er das nicht schon weiß, dass Mr Jenkins auf der Todesliste des Präsidenten steht, was ihn um einiges wertvoller macht. Lassen Sie außerdem durchsickern, dass Leute der Welikaja auch Maria Kulikowa in ihrer Gewalt haben.«

Federow pokerte ein bisschen, setzte auf die Richtigkeit bestimmter Vermutungen. Alexander Schomow hätte auf dem Bahnhof von Irkutsk jede Gelegenheit gehabt, Charles Jenkins zu erschießen. Federow wusste, dass Schomow in Afghanistan als Scharfschütze gedient hatte und in dieser Funktion immer noch von der Regierung für Spezialaufträge engagiert wurde. In Irkutsk hätte er sich im Bahnhof oder auf dem Parkplatz positionieren können, auch auf einem der Hügel in der Umgebung, aber das hatte er nicht getan. Federow schloss daraus, dass Schomow Jenkins gar nicht töten wollte. Er sollte ihn lebend nach Moskau zurückbringen, wahrscheinlich aus genau dem Grund, den Maria Kulikowa vorhin genannt hatte: Lebend war Jenkins für Sokalow mehr wert als tot. Er war Sokalows potenzielles Ticket in den Kreml und, sollte der Verrat der Kulikowa je ans Tageslicht kommen, das Unterpfand, das für Sokalows Überleben sorgen könnte, auch wenn er ja streng geheime Informationen weitergegeben hatte.

Das alles war wirklich nicht ohne Ironie, denn Federow hatte vor, Sokalow aus dessen Streben nach Selbsterhaltung einen Strick zu drehen, an dem sich der Mann wahrscheinlich erhängen würde. Wenn es Federow gelang, die Sache konsequent durchzuziehen.

»Würde man damit nicht Sokalow genau dorthin locken, wo Mr Jenkins gefangen gehalten wird?«, gab die Kulikowa zu bedenken.

»Das wollen wir hoffen!«, meinte Federow.

Kapitel 49

Lubjanka
Moskau

Sokalow saß am Konferenztisch wie die Katze, die den Kanarienvogel schon erwischt hat, ihn aber noch gut durchkauen und ihm jeden einzelnen Knochen im Leib brechen will, bevor sie ihn verschluckt. Lebedew und Pasternak nahmen ihm gegenüber Platz, Petrow stand am Kopfende. Kurz bevor er hierhergekommen war, hatte Sokalow noch mit Alexander Schomow telefoniert, der wiederum Kontakt zu ihrem Informanten im Innenministerium gehabt hatte. Von daher wusste er aus zuverlässiger Quelle, dass Jenkins am Bahnhof von Irkutsk von mehreren Männern der Welikaja entführt und zu einem am Ufer der Angara gelegenen Schlachthof verschleppt worden war. Zwei weitere Männer, ebenfalls Welikajas, hatten Maria Kulikowa entführen können. Schomow war jetzt auf dem Weg zu diesem Schlachthof, wo er die Welikajas und, falls anwesend, auch die Kulikowa zu erschießen beabsichtigte. Anschließend hatte er vor, den lebenden Jenkins nach Moskau zurückzubringen.

Unter dem Strich bedeutete das, es lief noch besser, als Sokalow gehofft hatte. In wenigen Stunden würde er der mächtigsten Mafia-Familie Moskaus einen empfindlichen Schlag versetzt haben, die Frau, die ihn ruinieren könnte, wäre tot, und er könnte dem Präsidenten versprechen, dass sich dessen drängendstes Problem bald in Luft aufgelöst haben würde: die Frage, wie er die beiden von ihm ausgesandten erfolglosen Mörder zurückholen konnte, ohne auf dem internationalen Parkett das Gesicht zu verlieren. Zum Dank würde der Präsident Petrow anweisen, Sokalow zu seinem Nachfolger als Vorsitzender des nationalen Antiterrorkomitees zu ernennen, woraufhin Sokalow in einer ersten Amtshandlung Gawril Lebedew zu entlassen gedachte.

Bei dem Treffen hier sollte jeder der Anwesenden sagen, welche Idee er inzwischen entwickelt hatte, um Pasternaks glückloses Mörderduo wieder herbeizuschaffen. Unmittelbar mit dieser Diskussion verbunden war die Frage, wessen Kopf rollen würde. Die amerikanischen Geheimdienste stritten immer noch jede Kenntnis über Pasternaks Männer ab, was hoffen ließ, dass die CIA offen für Verhandlungen war, sobald sie erfuhren, dass die Russen Mr Jenkins hatten.

»Mir wurde gesagt, diese Sache wird inzwischen an ziemlich hoher Stelle im Kreml bearbeitet«, eröffnete Petrow in ernstem Ton die Debatte. »Unsere Diplomaten waren wenig hilfreich. Sie sind wie junge unerfahrene Männer, die noch nie eine Frau hatten und sich erst einmal vorsichtig herantasten, um zu sehen, wie die Reaktionen ausfallen. Bis jetzt zeigten sich die Amerikaner kalt und uninteressiert.«

»Warum haben die Amerikaner nicht reagiert?«, fragte Lebedew automatisch. »Immerhin könnten sie den Kreml mit den Informationen über diese Männer erheblich diskreditieren, und eine solche Gelegenheit ergibt sich nicht oft.«

»Das machen sie in der Hoffnung, die Männer bei Verhandlungen in einer wichtigen Sache als Druckmittel einsetzen zu können, wobei sie allerdings noch nicht wissen, wobei nun genau«, erklärte Sokalow. »Wir sollten daher alles tun, um den Amerikanern diese Möglichkeit zu nehmen, indem wir das Potenzial eliminieren, das sie haben, um uns auf der internationalen Bühne zu demütigen.«

»Das ist so hintenrum!«, wandte Pasternak ein, typisch der alte General. »Ich finde, wir sollten einen anderen Weg einschlagen, einen offensiven Weg.«

»Und der wäre?«, wollte Petrow wissen.

»Der Kreml kann die Amerikaner öffentlich beschuldigen, zwei unschuldige russische Staatsbürger festzuhalten. Wir könnten sagen, die angeblich bei den Männern gefundenen Waffen seien ihnen untergeschoben worden, und verlangen, dass die Amerikaner meine Männer entweder sofort freilassen oder solide Beweise für ihre Anschuldigungen liefern.« Pasternak warf den Männern am Tisch der Reihe nach einen Blick zu. »Wenn wir tapfer den ersten Schritt tun und eine solche Stellungnahme abgeben, haben wir die Möglichkeit, den Fluss der Informationen zu steuern und anzudeuten, dass hier wieder einmal die typische scheinheilige amerikanische Strategie am Werk ist, den Kreml erneut in Misskredit zu bringen. Wir können alles, was die Amerikaner uns vorwerfen, als falsch oder irreführend abtun und behaupten, ihr Interesse sei lediglich, die Meinung der Welt zu ihren Gunsten zu beeinflussen.«

»Ein kühner Plan, General«, meinte Petrow. »Sie schlagen vor, mit dem Stock in einem Hornissennest herumzustochern und zu hoffen, dass keine sticht. So naiv dürfen wir aber nicht sein, Kliment! Die Amerikaner haben Beweise genug, um Russlands Ruf erheblichen Schaden zuzufügen.«

»Hat jemand das Leck finden können, durch das es zur Verhaftung der beiden Männer kam?« Lebedew sah den ihm gegenübersitzenden Sokalow direkt an.

Sokalow lächelte. »Können Sie beweisen, dass in meinem Direktorat derart Ungehöriges passierte, Gawril?«

»Ich habe gehört, Frau Kulikowa war seit mehreren Tagen nicht mehr in ihrem Büro.« Lebedew ließ nicht locker.

»Ja, das stimmt, aber es ist sicherlich kein Geheimnis.« Sokalow überging Lebedew, indem er sich direkt an Petrow wandte. »Frau Kulikowa hat Frauenprobleme. Ich habe, rein aus Fürsorge, jemanden zu ihr nach Hause geschickt, um sicher sein zu können, dass es ihr gut geht. Sie denkt wohl über eine Hysterektomie nach.«

»Dann wollen wir hoffen, sie möge sich rasch erholen und in die Lubjanka zurückkehren.« Lebedews Stimme triefte vor Sarkasmus. »Wie könnten Sie denn je ohne Sie fertigwerden?«

»Vielleicht wäre Ihre Zeit besser genutzt, wenn Sie Ihre Abteilung nach Lösungen für unsere Probleme suchen ließen, statt Anschuldigungen zu verbreiten«, konterte Sokalow. »Immerhin hat uns der Vorsitzende genau um solche konstruktiven Lösungen gebeten.«

»Und haben Sie denn etwas?«, fragte Lebedew, womit er genau in Sokalows Falle tappte.

»In der Tat!« Sokalow richtete sich auf und strahlte Petrow an. »Mein Büro überwacht zurzeit verdeckte Kommunikationen, die darauf hindeuten, wir könnten bald etwas in Händen haben, das sich gegen die beiden Männer des Generals tauschen lässt und womit wir die ganze Angelegenheit streng geheim halten könnten.«

»Und was ist das?«, fragte Petrow.

»Nicht was, sondern wer!«, verkündete Sokalow. »Charles Jenkins.«

Auf diese Ankündigung folgte einen Moment lang Schweigen. Lebedew sah aus, als wäre ihm sämtliche Luft entwichen.

»Er ist zurück?«, fragte Petrow.

»Allem Anschein nach.« Sokalow durfte das so sagen, er hatte entsprechende Informationen. »Genau wie Sie gebeten haben, Vorsitzender Petrow, hat mein Büro unablässig und akkurat nach einer Lösung gesucht, mit der der Kreml arbeiten kann. So konnte die von mir gebildete Einsatztruppe zur Identifizierung der restlichen der sogenannten sieben Schwestern Unterhaltungen in einem verschlüsselten Chatroom abfangen, die darauf schließen lassen, dass sich Mr Jenkins in Russland befindet.«

»Warum wurde mein Büro nicht über diese Entwicklung informiert?«, fragte Petrow.

»Bei allem Respekt, Direktor, ich hielt es für weiser, das Wissen um diese Entwicklung auf einige wenige Personen in meiner Abteilung zu beschränken, damit der richtige Umgang mit diesen sensiblen Informationen gewährleistet bleibt. Ich wollte Sie natürlich sofort umfassend informieren, sobald wir Mr Jenkins gefasst haben.«

»Mr Jenkins hat sich schon zwei Mal in Russland aufgehalten, soweit wir wissen.« Lebedew hatte sich wieder berappelt, saß aufrecht und blickte Petrow Unterstützung heischend an. »Und er konnte beide Male entkommen. Russland ist ein großes Land. Zu wissen, dass er hier ist, und ihn zu verhaften, das sind zwei verschiedene Paar Schuhe.«

»Da haben Sie vollkommen recht, Gawril.« Sokalow nickte. »Nur weiß ich diesmal aus einer absolut guten und zuverlässigen Quelle, dass Mr Jenkins bis nach Irkutsk verfolgt werden konnte, wo wir ihn im Auge haben, und dass seine Verhaftung unmittelbar bevorsteht.«

»Möchten Sie uns die spezifischen Einzelheiten der Operation nennen?« Lebedew klang nicht besonders überzeugt.

»Würde ich gerne. Aber Sie sagten ja selbst, Gawril, wir haben hier irgendwo ein Leck, und ich mache mir Sorgen, Mr Jenkins könnte informiert werden und doch noch wieder entkommen, gerade in dieser kritischen Zeit. Also habe ich, um die Interessen des Präsidenten und des Kreml und auch die des Vorsitzenden Petrow zu schützen, entschieden, diese Sache intern zu handhaben.«

Lebedew sah aus, als müsse er auf einem bitteren Stück Leder herumkauen.

»Wann rechnen Sie mit der Verhaftung von Mr Jenkins?«, wollte Petrow wissen.

Sokalow machte eine große Show daraus, auf seine Uhr zu schauen. »Innerhalb der nächsten Stunde, würde ich sagen. Ich werde die Situation engmaschig überwachen und Ihnen Bescheid geben, sobald die Verhaftung erfolgt ist.«

»Tun Sie das«, sagte Petrow.

Alle erhoben sich und strebten der Tür zu. »Eins müssen Sie allerdings verstehen, Dmitri«, fügte Petrow seinen letzten Worten hinzu, womit er noch einmal die Aufmerksamkeit aller auf sich zog. Ein schmales, bösartiges Lächeln spielte um seine Lippen. »Allein zu handeln bedeutet in diesem Fall, dass Lob und Dankbarkeit des Kreml allein Ihnen zuteilwerden, vielleicht sogar mein Posten als Vorsitzender.«

Sokalow winkte bescheiden ab. »Ich möchte doch gar nicht …«

Petrow ließ ihn nicht ausreden. »Und nur Sie, Sie ganz allein, wird der volle Zorn des Kreml treffen, wenn Sie versagen.«

Kapitel 50

Schlachthof
Irkutsk

Alexander Schomow entdeckte den Schlachthof von Irkutsk in einem der Industriegebiete gegenüber der eigentlichen Stadt am anderen Ufer des Flusses. Es war ein u-förmiges Gebäude mit senkrecht zum Wasser verlaufenden Verladerampen auf der einen und einem zur Straße liegenden Laden, in dem sich die Öffentlichkeit mit Frischfleisch versorgen konnte. Im Laden würden die Welikajas Jenkins und die Kulikowa wohl kaum gefangen halten, also konzentrierte sich Schomow auf die beiden Flügel, in denen sich das eigentliche Schlachthaus befand. Eine schnelle Überprüfung des Geländes zeigte vor einer der Ladebuchten den schwarzen Wagen, in den Charles Jenkins mit Gewalt verfrachtet worden war, daneben das Fahrzeug, in dem man die Kulikowa vom Bahnhof weggebracht hatte.

Schomow saß in seinem Wagen, vor sich auf dem Laptop einen dreidimensionalen Plan der Außenansicht des Schlachthofs, den er sich heruntergeladen hatte. Im Osten der Anlage befand sich ein Einkaufszentrum, im Westen ein unbebautes Grundstück, auf dem Kühe und Schafe weideten. Ein Viehhof also. Auf diesem Viehhof standen Strommasten, deren

Leitungen sich bis zum Schlachthof hin erstreckten, und an der Rückseite des Gebäudes gab es über zwei Stockwerke reichende Fenster mit Blick auf den Viehhof, von denen einige mit Brettern vernagelt waren. Ganz hinten führte eine Außentreppe aus Metall zu Türen im zweiten Stock. Nichts, was er hier sah, bot Schomow eine reale Ausgangsposition, die ihm Deckung geboten hätte.

Den Plan von der Innenansicht des Schlachthofs hatte sich Schomow telefonisch von Sokalow erbeten. Er studierte ihn jetzt sorgfältig, um festzustellen, wo er sich am besten positionierte, um maximale, effektive Feuerkraft zu haben. Richtig positioniert hätte er keine Probleme damit, rasch hintereinander die vier Männer zu erschießen, die er im jetzt vor der Tür parkenden Range Rover und vorher auf dem Bahnhof in Irkutsk registriert hatte – die zwei, die aus dem Wagen gestiegen waren, um sich Jenkins zu schnappen, den Fahrer und Mily Karlow. Falls auch Jekatarina Welikaja persönlich gekommen war, um dem Mörder ihres Sohnes gegenüberzutreten, würde er auch sie eliminieren. Im Grunde konnte er auch gleich von ihrer Anwesenheit ausgehen, was nicht nur ihrem Temperament und ihrer Arbeitsweise entsprechen, sondern auch begründen würde, warum ihre Männer Jenkins nicht zurück nach Moskau verfrachtet hatten. Wenn es Jekatarina Welikaja nicht mehr gab, dann stand die mächtigste Mafia-Familie Moskaus ohne Kopf da und hatte erst einmal niemanden, der das Erbe übernehmen konnte.

Aber immer eins nach dem anderen.

Schomow sah sich den Lageplan des Schlachthauses an, während er gleichzeitig registrierte, was sich draußen vor den Türen abspielte. Selbst aus der Entfernung konnte er den Viehhof und das Schlachthaus riechen, eine Mischung aus Dung, Blut und Chemikalien.

Obwohl Samstag war, sah er von Zeit zu Zeit Männer in blutbespritzten weißen Kitteln, mit Haarnetzen, Sicherheitsbrillen und weißen Helmen auf eine der Verladerampen treten, eine Zigarette rauchen und wieder verschwinden. Zwar wunderte ihn, dass hier auch am Wochenende gearbeitet wurde, aber wenn er es recht bedachte, konnte er sich über die Ablenkung freuen, die die Anwesenheit der Arbeiter bedeutete. Jetzt kam es darauf an, so auszusehen, als gehöre er hierher, wobei der Lageplan ins Spiel kam. Vom Viehhof aus gelangte man zu den Stallungen, in denen die Rinder und Schafe nach dem Transport ruhten, denn ein gestresstes Tier sollte man nicht schlachten, wie Schomow wusste, die Stresshormone verdarben das Fleisch. Aus den Stallungen führte ein Korridor zu den verschiedenen Räumen, in denen die Tiere betäubt, getötet, an Haken gehängt und ausgenommen wurden, wonach man sie ausbluten ließ. Hier zogen ihnen die Arbeiter das Fell ab und nahmen die Tierkörper auseinander. Köpfe und Hufe wurden auf Fließbändern in spezielle Räume geschafft, die an Haken hängenden Leiber wurden dorthin transportiert, wo man das Fleisch erst einmal beschaute.

Schomow fand, wonach er suchte, gleich hinter den Diensträumen: die Männerumkleideräume mit Spinden und Desinfektionsstationen. Er würde sich zielstrebig geben, so tun, als gehöre er hierher. Die am Laufband hängenden Tierkörper waren unterwegs in eine lange Schlachthalle, von der aus es zu den Kühlräumen ging, wo die Knochen entfernt wurden, und dann weiter zum eigentlichen Kühlhaus.

Inzwischen hatte sich Schomow den Lageplan eingeprägt, ohne bisher einen perfekten Platz gefunden zu haben, wo er sich verstecken und seine Zielpersonen aus dem Hinterhalt heraus eliminieren konnte. Ein weiteres Problem stellte sein Gewehr dar, das sich auch nicht so ohne Weiteres ins Schlachthaus schmuggeln ließ, selbst wenn man es vorher auseinandernahm und erst im Gebäude wieder zusammensetzte. Schomow wollte sich von daher auf seine Makarow-Pistole verlassen, deren

Treffsicherheit ebenfalls tödlich genau war und deren Magazin zwölf Schuss enthielt. Zusätzliche Magazine konnte er in einem Rucksack bei sich tragen, auch wenn er nicht damit rechnete, sie zu brauchen.

So weit hatte er die Planung beendet. Er fuhr zum Schlachthof vor und stellte seinen Wagen auf dem Parkplatz für Beschäftigte ab, nahm den Rucksack vom Rücksitz, zog sich seine Mütze tief ins Gesicht und steuerte den Eingang für Beschäftigte an, wobei er sich darauf verließ, dass an der Tür keine Sicherheitsüberprüfung stattfinden würde. Wer ging denn auch schon freiwillig in ein Schlachthaus, wenn er nicht musste? Und sollte doch jemand nachfragen, würde er einfach behaupten, frisch eingestellt und auf der Suche nach der Verwaltung zu sein, damit seine Papiere fertig gemacht werden konnten.

Ohne irgendeinen Wachmann zu treffen, ging er durch eine Schwingtür und dann einen Korridor entlang. Nur wenige Männer in weißen Kitteln, Helmen und Sicherheitsbrillen waren unterwegs, es schien sich um eine Art Minimalbesetzung zu handeln. Bald hatte Schomow die Umkleide gefunden, wo er von Spind zu Spind ging, von denen die meisten, wenn auch nicht alle, mit einem Vorhängeschloss gesichert waren. Seltsam. Bei den Duschen endlich fand er, wonach er gesucht hatte: schmutzige Kittel, Brillen und Haarnetze, wahrscheinlich von Arbeitern aus einer früheren Schicht. Er zog sich einen Kittel, Gesichtsschutz und Brille an und entdeckte oben auf einem der Spinde sogar noch einen Helm. In einer der Toilettenkabinen nahm er seine Pistole heraus, legte ein Magazin ein, steckte sich ein zweites in die Jackentasche, rückte die Schutzbrille zurecht und machte sich auf den Weg.

Ganz allein durch ein Schlachthaus zu laufen, verhalf ihm zu einem angenehmen Kribbeln im Nacken. Hier drehte sich alles um den Tod, hier war er richtig.

Weiter ging es, einen überraschend leeren Flur entlang zur Schlachthalle. Langsam wunderte sich Schomow schon, dass so überhaupt niemand hier herumlief. Sobald er jedoch durch die dicke Glasscheibe in einer Schwingtür einen schwarzen SUV in der Schlachthalle entdeckte, waren alle anderen Überlegungen sofort vergessen. Vor dem Wagen baumelte an den Handgelenken aufgehängt neben Rinderhälften Charles Jenkins an einem Laufband. Er sah wirklich nicht gut aus, das Gesicht zu Brei geschlagen, unter ihm hatte sich eine Pfütze aus Blut und Schweiß gebildet. Also wollte die Welikaja ihn tatsächlich töten – wenn sie das nicht schon längst getan hatte. Schomow sah die drei Männer, die wie er vor der Moskauer Wohnung gewartet hatten, und dazwischen Jekatarina Welikaja persönlich.

Sie würde er zuerst erschießen.

Er stellte sich direkt vor die Tür und zog die unter dem weiten weißen Kittel verborgene Pistole hervor. »Wie der Vater, so die Tochter!«, murmelte er leise und wollte gerade die nach innen aufgehende Tür aufstoßen.

Da spürte er, wie ihm der Boden unter den Füßen weggezogen wurde und er kein Gewicht mehr zu haben schien.

»Was zum Teufel …?«, fluchte er.

Es dauerte einen Moment, bis er begriffen hatte, was passiert war: Jemand hatte ihn von hinten hochgehoben und drückte ihn nun gegen eine Betonwand. Der Helm rutschte ihm vom Kopf, dann entglitt ihm die Pistole. Beides landete laut klappernd auf dem Boden. Er wollte sich die Pistole zurückholen, so weit hatte er sich inzwischen wieder gefangen, aber da traf ihn ein Stiefel im Rücken und schleuderte ihn zu Boden. Hände packten ihn bei den Handgelenken, rissen ihm die Arme zurück. Rasch waren seine Hände mit Kabelbinder zusammengebunden, Klebeband schlang sich um Mund und Hinterkopf, jemand zog ihm ein Geschirr über den Oberkörper. Und dann hing er erneut in der Luft, diesmal an einem der leeren Haken des Laufbands, die Füße einen halben Meter über dem Boden.

Eine Falle, eine geschickt eingerichtete Falle. Aber wer hatte sie ihm gestellt?

Der Mann, der ihn einfach so hochgehoben hatte, trug einen weißen Kittel, einen Helm und war so groß wie eine der Rinderhälften. Jetzt trat er zurück und ließ einen anderen Mann vortreten, der Schomow irgendwie bekannt vorkam. Er trug unter dem offenen Mantel einen teuren Anzug mit Krawatte, und Schomow brauchte einen Moment, bis er das Gesicht zuordnen konnte, das ihm schon ein paar Jahre lang nicht mehr begegnet war.

Zuletzt hatte er diesen Mann in der Lubjanka gesehen. Schomow riss die Augen auf.

»Ich sehe, Sie erinnern sich an mich, Oberst Schomow, ich fühle mich geschmeichelt«, sagte Viktor Federow. »Wie schön, dass Sie geblieben sind und nun mitbekommen können, wie alles ausgeht.«

Kapitel 51

Schlachthof
Irkutsk

Jekatarina Welikaja musterte Charles Jenkins, der zerschlagen und verprügelt aussehen mochte, aber noch nicht gebrochen war. Bemerkenswert. Die meisten Männer brachen allein bei dem Gedanken an die Schmerzen zusammen, die er hatte ertragen müssen, und wer sich anfangs noch für zäh hielt, gab meistens nach weniger als der Hälfte der Schläge auf, die auf Jenkins niedergeprasselt waren. Jekatarina war inzwischen überzeugt davon, dass Jenkins nicht als Teil einer geheimen CIA-Mission zur Ermordung ihres Sohnes unterwegs, sondern einfach nur zur falschen Zeit am falschen Ort gewesen war. Was allerdings nichts am Ausgang dieser ganzen Sache änderte. Eldar war tot, weil Jenkins sich eingemischt hatte. Der Amerikaner mochte zwar nicht die Kugel gewesen sein, die Jekatarinas Sohn umgebracht hatte, wohl aber die Pistole, aus der diese Kugel abgefeuert worden war. Das eine führte ohne das andere nicht zum Tod.

Unter anderen Umständen hätte Jekatarina einem Mann mit derartiger Standhaftigkeit einen Job angeboten. Männer mit solcher Überzeugung, mit solch unerschütterlichem Glauben an ihre Prinzipien waren immer schon selten gewesen und wurden mit jedem Jahr seltener. Aber Jekatarina hatte keine weitere Verwendung für ihn. Er wollte ihnen nicht sagen oder wusste nicht, wo sich Maria Kulikowa aufhielt, und falls er es wusste, dann war er wirklich einer der zähsten Hunde, die Jekatarina je untergekommen waren. Nur spielte das keine Rolle.

Sie trat beiseite und warf noch einmal einen Blick auf ihre Uhr. Sie musste gehen, zusehen, dass sie die Kulikowa auf irgendeinem anderen Weg fand.

»Wissen Sie, was sie hier mit dem Fleisch und den Rinderhälften machen, die sie nicht verkaufen, Mr Jenkins?«, fragte sie.

»Ich kann es mir vorstellen.«

»Bestimmt. Ich werde es Ihnen trotzdem erzählen. Alles, was nicht im Ganzen verkauft wird, kommt in den Fleischwolf. Man macht Hackfleisch und Würste daraus. Haben Sie je gesehen, wie ein großes Stück Fleisch durch den Fleischwolf gejagt wird, Mr Jenkins? Nein? Die Maschine zermalmt einfach alles, Knochen, Sehnen, Muskeln, Fett. Natürlich ist die Kuh schon tot, wenn es so weit ist. Sie spürt keinen Schmerz.« Sie musterte ihn kühl und er sah jetzt genau, dass ihre Augen so blau wie Eis waren. »In der Hinsicht haben Sie leider Pech.«

Jenkins lächelte sie an, ohne Arroganz, ohne Frechheit. Er lächelte, als kenne er ihren Schmerz, als fühle er mit ihr. »Das teile ich dann ja wohl mit denen, die die aus mir gemachten Würstchen erwischen.«

Ein Witz.

Fast hätte er ihr damit ein Lächeln auf die Lippen gezaubert. Fast.

Bevor sie die Nerven verlor, wandte sich Jekatarina an Mily. »Sag mir Bescheid, wenn das hier vorbei ist. Wir sehen uns dann im Flugzeug.« Sie wollte nicht bleiben und zusehen. Rache verschaffte ihr keine Genugtuung, das wusste sie spätestens seit dem Tod ihres Vaters. Rache minderte nicht einmal den Schmerz, wenn jemand gestorben war. Rache half ihr nicht in ihrem Kummer um Eldar. Rache war lediglich eine Botschaft an alle: Auge um Auge. Wer einen der ihren tötete, zahlte einen hohen Preis.

Schwer ist der Kopf, der die Krone tragen muss, hatte ihr Vater gesagt.

»Ist noch etwas, Comare?«, fragte Mily.

Sie dachte an Jenkins' Familie, an seine Frau, die sie zur Witwe machen würden, und an seine beiden Kinder, die ohne ihren Vater aufwachsen mussten. Was war schlimmer, fragte sie sich, ohne Vater aufzuwachsen oder ohne sein Kind alt zu werden? Bestimmt doch Letzteres, wenn auch vielleicht nur deswegen, weil es so eklatant gegen die Ordnung der Natur verstieß. »Nein«, sagte sie.

Sie stieg in den SUV, setzte sich auf den Rücksitz, warf noch einen letzten Blick hinüber zu Jenkins. Ein wenig sah er ja aus wie Christus am Kreuz, kam ihr unwillkürlich in den Sinn. Die Arme unter dem Gewicht des Körpers gestreckt, nicht mehr in der Lage, den Kopf aufrecht zu halten. Schon ließ ihr Fahrer den Wagen an, legte den Gang ein, rollte über den polierten Betonboden auf das offene Tor zu, das zu einer der Ladebuchten führte. Dann wurde er langsamer, blieb stehen. Jekatarina sah auf. »Was ist?«

»Ich weiß es nicht. Gerade hat ein Arbeiter da vorn das Rolltor heruntergelassen und mit einem Vorhängeschloss gesichert.«

»Was?« Sie beugte sich vor und starrte durch die Windschutzscheibe. Weiter vorn verschwand der Arbeiter gerade hinter einer dicken Plastikplane. »Nimm eine der anderen Buchten.«

Der Fahrer steuerte die nächste Ladebucht an und musste auch dort bremsen, weil ein Arbeiter das Tor herunterließ und sicherte. Einmal, das konnte vorkommen. Auch zweimal mochte noch Zufall sein. Jekatarina deutete auf ein drittes Tor, konnte jedoch keinen entsprechenden Befehl mehr erteilen, als nun auch dieses geschlossen wurde. Dreimal – da steckte System dahinter.

Sie konnte hören, wie im ganzen Lagerhaus die Tore heruntergelassen wurden, hörte sie auf dem Boden aufschlagen.

Das Licht ging aus. Die lange Halle lag ganz in den roten Schein der Notbeleuchtung über den Ausgängen getaucht.

Jekatarinas Fahrer legte den Rückwärtsgang ein, trat aufs Gaspedal, ließ die Räder auf dem Beton durchdrehen, bis Qualm in der Luft lag. Dann machte er eine Kehrtwendung und fuhr zurück zu Mily und den anderen, die inzwischen Schnellfeuergewehre in Händen hielten und sich Rücken an Rücken aufgebaut hatten.

Jekatarina stieg aus. Sofort war ihr Personenschützer zur Stelle und bewegte sich so, dass er einen Schutzschild abgab.

»Was ist los?«, erkundigte sie sich bei Mily.

»Ich weiß es nicht, Comare.«

Jekatarina sah sich um. Die Männer, die die Türen zu den Ladebuchten verschlossen hatten, waren verschwunden. Man sah nur noch all die an großen Haken hängenden Fleischstücke.

Dann ging mit einem durch die ganze Halle tönenden Lärm eine Metalltür auf. Schritte hallten auf dem Betonboden. Zwischen den Fleischhälften tauchte, in rotes Licht gebadet und einer Geistererscheinung gleich, ein Mann auf und kam mit großen, energischen Schritten auf Jekatarina und ihre Männer zu. Beim Näherkommen wurde deutlich, wie gut er gekleidet war und dass er etwas unter dem Arm trug. Sämtliche Waffen richteten sich auf ihn.

Ein paar Meter vor der kleinen Gruppe blieb der Mann stehen, klappte den mitgebrachten Klappstuhl auf und deponierte ihn dem Stuhl gegenüber, der dort bereits stand. Er öffnete

Mantel und Jackett, zeigte, dass er unbewaffnet war, und bot Jekatarina mit einer Handbewegung einen der beiden Stühle an.

Sie kannte diesen Mann nicht, war ihm nie begegnet. Zur Mafia gehörte er nicht, jedenfalls war er nicht der Kopf einer der Familien in Moskau und wohl auch kaum einer derjenigen in Irkutsk, denn das hätte Jekatarina erkannt.

Wer immer er sein mochte, er strahlte ruhiges Selbstvertrauen aus, ein kleines, aber keineswegs höhnisches Lächeln auf den Lippen. Anders als andere Männer, mit denen sie zu verkehren pflegte, sagte er erst einmal nichts, sondern wartete höflich darauf, dass sie sich setzte.

Neugierig geworden kam sie seiner Bitte nach.

* * *

Viktor Federow setzte sich ebenfalls und schlug die Beine übereinander. Jetzt galt es, Selbstvertrauen auszustrahlen, sonst fand er sich bald von Kugeln durchlöchert wieder. Plato Wasin wünschte keinen Krieg mit der Welikaja, das hatte er unmissverständlich klargestellt. Und Federow hatte sein Wort gegeben, keinen zu provozieren.

»Ich entschuldige mich für den Bühnenzauber, Frau Welikaja. Wenn man wie ich ein Kind beim Theater hat, achtet man unwillkürlich darauf, welchen Eindruck man beim Auf- und Abtritt von der Bühne macht.« Als einer von Welikajas Männern auf ihn zukam, brachte Federow ihn mit einem kalten Blick zum Stehen. »Das ist nicht notwendig. Ich versichere Ihnen, dass ich unbewaffnet bin.«

Jekatarina wies den Mann mit einer Geste an, sich wieder zurückzuziehen, ließ Federow jedoch nicht eine Sekunde lang aus den Augen. Gut, fand der. Sie war neugierig. Das war eine wichtige Voraussetzung, wenn sein Plan aufgehen sollte. »Wer sind Sie?«, fragte sie.

»Erlauben Sie, dass ich mich Ihnen vorstelle. Ich bin Federow, Viktor Nikolajewitsch.«

Sie starrte ihn an, als warte sie auf mehr. Als Federow nichts hinzufügte, fragte sie: »Sollte dieser Name mir etwas sagen, Federow, Viktor Nikolajewitsch?«

»Nein. Ich bin sicher, eine Frau von Ihrem Format hat keine Ahnung, wer ich bin. Aber Sie kennen meinen Freund.«

»Und wer ist Ihr Freund?«

Federow deutete mit dem Kinn auf Charles Jenkins. »Wie ich sehe, haben Sie beide sich schon kennengelernt. Könnte man sagen. Nett, dass du noch hiergeblieben bist, Charlie.«

»Fick dich, Viktor«, flüsterte Jenkins.

Federow zuckte leicht mit den Achseln. »Er wird wütend, wenn er nichts zu essen bekommt.«

»Was wollen Sie, Herr Federow?«

»Ich habe ein Problem.«

»Ja, das haben Sie. Wissen Sie, wer ich bin?«

»Sicher. Sie sind Jekatarina Welikaja, die mächtigste Frau Moskaus.«

Diesmal war es an ihr zu lächeln. »Sie schmeicheln mir, Herr Federow, und doch halten Sie mich gegen meinen Willen gefangen.«

»Wie ich schon sagte, ich entschuldige mich für die Dramatik. Meine Tochter ist Schauspielerin, Theatralik liegt uns vielleicht ja im Blut.«

»Oder Dummheit.«

Federow lächelte. »Nein, dumm bin nur ich. Meine Töchter sind sehr intelligent. Sie kommen nach ihrer Mutter.« Er stellte seine Beine nebeneinander. »Ich musste diesen Auftritt hinlegen, um Ihre Aufmerksamkeit zu erregen.«

»Was Sie ja nun getan haben.«

Er nickte, weiterhin ruhige Gelassenheit ausstrahlend, als hätte er alles im Griff, auch wenn er in seinem geborgten Anzug schwitzte wie ein Ochse. Vielleicht hatte er ja seine Berufung verfehlt und eigentlich ebenfalls auf die Bühne gehört, wie seine Tochter. »Danke. Sie sehen, Frau Welikaja …«

»Nennen Sie mich bitte Jekatarina, Herr Federow. Mit Ihrem Auftritt haben Sie sich das Recht dazu erworben. Es könnte allerdings Ihr letzter gewesen sein.«

»Und Sie werden mich Viktor nennen, bitte. Sehen Sie, Jekatarina, ich bekomme einen erheblichen Geldbetrag dafür, dass ich Mr Jenkins aus Russland herausbringe, und ich werde nicht bezahlt, wenn ich es nicht tue. Sie werden mein Dilemma also verstehen.«

»Nein. Ich verstehe nicht, was Ihr Dilemma mit mir zu tun hat.«

»Ein anderes Problem.« Federow nickte. »Auf jeden Fall.«

»Kein Zweifel. Also, wenn Sie nicht neben Mr Jenkins an einem Haken zu hängen wünschen, schlage ich vor, Sie spazieren hier raus, solange Sie noch zwei Beine haben, und sagen den Leuten, die die Türen zu den Ladebuchten verschlossen haben, sie sollen sie wieder aufmachen. Anderenfalls mache ich sie alle zu meinem Problem. Haben wir uns verstanden?«

»In der Tat. Es ist ein fairer Vorschlag«, erwiderte Federow. »Darf ich Ihnen einen Gegenvorschlag unterbreiten?«

Jekatarina lachte leise. »Warum nicht?«

Federow streckte die Hand aus und schnippte mit den Fingern. Sofort hallte durch die Lagerhalle der Lärm vieler Maschinengewehre, die angelegt wurden, und zwischen den Fleischhälften traten mindestens fünfzig in rotes Licht getränkte bewaffnete Männer in weißen Kitteln und Helmen vor. Federow beobachtete den Vorgang schweigend und diesmal wirkte die ganze Szene überaus theatralisch. Mily und seine

Männer hoben ihre Waffen, doch das war lediglich eine lächerliche, eher verzweifelte Geste.

»Hier ist mein Vorschlag«, begann Federow. »Sie wollen den Tod Ihres Sohnes rächen, indem Sie einen unschuldigen Mann töten, richtig?«

»Woher wissen Sie, dass er unschuldig ist?«

»Weil ich sämtliche Beweise kenne.«

»Die da wären?«

»Ich könnte sie Ihnen nennen, aber Sie würden mir doch niemals glauben, oder?«

»Wahrscheinlich.«

»Dann tun Sie mir den Gefallen und gestatten Sie, dass mein Geschäftspartner die Beweislage erklärt. Er kennt sie aus erster Hand.«

Jekatarina nickte.

Federow blieb sitzen, machte eine Handbewegung nach hinten, wo sich umgehend die Tür öffnete, durch die er selbst in den Raum gekommen war. Arkhip Mischkin betrat die Halle und näherte sich ihnen, auch er mit einem Klappstuhl unter dem Arm. Seine Schritte hallten über den Beton. Jekatarinas Männer hoben die Waffen.

Arkhip verneigte sich kurz, als er vor Jekatarina stand. »Ich bin Arkhip Mischkin.«

»Hauptkommissar!«, ergänzte Mily.

»Genau.« Arkhip nickte. »Frau Welikaja, darf ich Ihnen und Ihrer Familie als Erstes mein Beileid zum Verlust Ihres Sohnes aussprechen? Ich hätte Sie gern schon früher gesprochen, war jedoch nicht in der Lage, einen Termin auszumachen.«

Jekatarina nickte, während ihr Blick, inzwischen noch neugieriger geworden, zu Federow hinüberwanderte.

Arkhip klappte seinen Stuhl auf und nahm Platz. »Ich habe die Aufgabe, den Fall aufzuklären, bei dem es um den Tod Ihres Sohnes geht, Frau Welikaja. Dazu brauche ich die Aussage von

Mr Jenkins. In meiner ganzen Laufbahn habe ich bisher noch nie einen Fall nicht aufklären können, meine Aufklärungsrate beträgt hundert Prozent.«

»Und deswegen sind Sie hier?« Jekatarina sah ihn erstaunt an.

Arkhip antwortete nicht gleich. »Es muss Ihnen seltsam erscheinen«, fuhr er nach einer Weile fort, »einen Hauptkommissar aus Moskau hier zu erleben, in dieser Situation. Meine Lebensumstände haben in den vergangenen Tagen einige Veränderungen erfahren, nicht aber mein Anliegen.«

»Und was ist Ihr Anliegen?«

»Recht und Gerechtigkeit.«

»Sagen Sie mir, was Sie wissen, Hauptkommissar.«

Arkhip seufzte. »Mein Herz ist seit dem Tod meiner Frau vor zwei Jahren oft schwer und ich schlafe nicht gut. Also bat ich meinen Vorgesetzten, mir die Mordfälle zuzuteilen, die spät in der Nacht gemeldet werden, damit ich etwas zu tun habe. Der Mord an Ihrem Sohn ist ein solcher Fall.«

Arkhip ging methodisch die Beweislage durch, wie sie sich ihm präsentiert hatte, vom Moment seines Eintreffens in der *Jakimanka-Bar* bis zu diesem Treffen im Schlachthof von Irkutsk. »Sehen Sie, meine Notizen und meine persönlichen Beobachtungen ergeben eindeutig, dass Ihrem Sohn in den Rücken geschossen wurde, nicht von vorne in den Bauch, und dass Mr Jenkins ihn nicht getötet hat.«

Jekatarina wirkte nicht besonders beeindruckt. Wahrscheinlich war ihr das alles nicht neu, dachte Federow, sie kannte sicher die Aufzeichnungen der Überwachungskameras bei der Bar. »Das ist ja alles sehr interessant, Herr Hauptkommissar«, sagte sie. »Aber die Tatsache bleibt bestehen, dass mein Sohn tot ist, weil Mr Jenkins seine Nase in Angelegenheiten steckte, in denen sie nichts zu suchen hatte.«

»Vielleicht hat er seine Nase aber auch genau dorthin gesteckt, wohin sie gehörte und wohin nur wenige Männer sie stecken, weil ihnen der Mut dazu fehlt. Darüber könnten wir jetzt gewiss stundenlang diskutieren. Ich möchte Ihnen stattdessen eine simple Frage stellen: Schlafen Sie des Nachts, Frau Welikaja?«

»Was geht Sie das an?«

»Gar nichts. Ich frage nur, weil ich mich als Nächstes erkundigen möchte, ob es Ihnen eine Genugtuung ist, Mr Jenkins zu foltern. Glauben Sie, dadurch schlafen Sie besser?«

»Worauf wollen Sie hinaus, Hauptkommissar?«

»Vielleicht kann ich diese Frage beantworten«, warf Federow ein. »Natürlich werden Sie dadurch nicht besser schlafen, Sie wissen schließlich, was für ein hohler Sieg es ist, einen Mann zu töten, der Ihren Sohn nicht umgebracht hat. Das bringt Ihnen keine Befriedigung, ändert nichts an Ihrem Kummer, Ihrem Schmerz. Das wissen Sie, weil Sie bereits darüber nachgedacht haben, nicht wahr?« Jekatarina antwortete nicht, aber Federow wusste, sie hatte ihn verstanden. »Kommen wir auf den ungeklärten Mord an Ihrem Vater zu sprechen.«

»Der gilt nur in der allgemeinen Öffentlichkeit als ungeklärt.«

Die Antwort ließ Federow hoffen. »Genau. Worauf ich hinauswill, ist Folgendes: Wenn Sie Mr Jenkins töten, müssen Sie trotzdem mit dem Schmerz über den Verlust Ihres Sohnes leben. Genauso wie Sie mit dem Schmerz über den Verlust Ihres Vaters leben mussten, ohne die Möglichkeit eines Zugriffs auf die für seinen Tod verantwortlichen Männer.«

»Ich bin dieses Spiel leid, Federow. Was genau bieten Sie mir? Sie sagten, Sie hätten einen Gegenvorschlag. Nennen Sie den oder schließen Sie die Tore wieder auf.«

»Ich biete Ihnen die Chance, einen Fehler wiedergutzumachen. Etwas, das in dieser Zeit sehr selten ist. Ich biete Ihnen die Chance zu einem Akt, der nicht hohl ist. Ich biete Ihnen die Chance, nachts wieder gut schlafen zu können.«

»Und wie wollen Sie das tun?«

Wieder hob Federow die Hand. Diesmal zitterten und wankten die Fleischhälften in der Nähe, weil das Laufband ansprang und sie sich langsam vorwärtsbewegten. Als die riesigen Fleischstücke an den Punkt kamen, wo das Laufband nach rechts abbog, drehte sich jedes einzelne um fast einhundertachtzig Grad, und zwar direkt hinter Federows Schulter. Von ganz hinten her näherte sich zwischen den Fleischklumpen nun auch ein an einem Haken hängender Mann. Noch hielt er den Anwesenden den Rücken zugekehrt, aber als er an die Rechtskurve kam, drehte sich auch sein Körper und sie konnten erkennen, wer es war.

Das Blut wich aus Jekatarinas Wangen. »Schomow«, hauchte sie, ihre Stimme kaum mehr als ein Flüstern.

»Der Mann, der Ihren Vater erschossen hat«, fügte Federow hinzu.

Jekatarina wartete einen Herzschlag lang, den Blick unverwandt auf Schomow gerichtet, in den Augen nichts als blanken Hass. »Das können Sie beweisen?«, wandte sie sich schließlich an Federow. »Ohne jeden Zweifel?«

»Es war die Geheimoperation einer Spezialtruppe, Jekatarina. Ich wusste nicht nur davon, ich gehörte dieser Truppe an und kann von daher mit Sicherheit sagen, dass Alexander Schomow Ihren Vater erschossen hat. Aber mein Gegenvorschlag beinhaltet noch mehr.«

Sie sah ihn fragend an.

»Ich biete Ihnen im Austausch für Mr Jenkins nicht nur den Mann, der Ihren Vater erschossen hat. Ich biete Ihnen mehr: den Mann, der die Ermordung Ihres Vaters anordnete.«

»Sie wollen mir hier auch gleich noch Dmitri Sokalow vorführen? Das bezweifele ich nun doch.«

Erneut hob Federow die Hand, erneut öffnete sich mit einem Klick die Tür, die bereits ihn selbst und Arkhip Mischkin durchgelassen hatte. Diesmal näherte sich Maria Kulikowa der kleinen Gruppe neben dem Laufband. Maria wusste viel über Jekatarina Welikaja noch aus ihrer und Sokalows Zeit beim FSB. Sie wusste auch von der Operation, die zur Ermordung von Alexei Welikaja geführt hatte. Jetzt kam es darauf an, Jekatarina glaubhaft zu schildern, dass Maria ihr Sokalow liefern konnte. Natürlich nicht körperlich, aber doch auf eine Weise, die den Mann vernichten musste.

Maria kam näher und blieb neben Arkhip Mischkin stehen. »Ihr Vater war ein großer Fan der Filmreihe *Der Pate*, habe ich mir sagen lassen. Er soll seine Organisation aufgebaut haben wie die im Film dargestellte Familie Corleone«, sagte sie.

Jekatarinas Augen wurden schmal. »Das stimmt.«

»Dann, Frau Welikaja, glaube ich, dass ich Ihnen ein Angebot machen kann, das Sie nicht ablehnen können.«

Kapitel 52

Schlachthof
Irkutsk

Jenkins wusste nicht, wie lange er jetzt schon am Fleischerhaken hing. Er hatte jedes Zeitgefühl verloren, war sich sicher, mehrmals ohnmächtig geworden zu sein, die einzige Möglichkeit, dem Schmerz zu entrinnen. Nach dem zweiten Erwachen aus so einer Ohnmacht hatte er beschlossen, sich nicht mehr auf die unmittelbare Gegenwart zu konzentrieren, auf jeden Schlag, jeden Tritt, jeden elektrischen Schock. Besser war es, alles zusammenfließen und die Zeit ungehindert fortschreiten zu lassen, dem Ende zu, das nicht mehr fern sein konnte. Seine Peiniger hatten ihn geschlagen wie gut trainierte Preisboxer, hatten zuerst den Körper angegriffen und wohl gehofft, so seinen Willen zu brechen. Als das nichts gebracht und er keine Informationen preisgegeben hatte, hatten sie mit seinem Gesicht weitergemacht. Die Schläge hatten aufgehört, damit Jekatarina Welikaja ihn verhören konnte, aber natürlich tat auch weiterhin jede einzelne Faser seines Körpers weh. Der Schmerz war unerträglich. Er hatte an Alex gedacht und an Lizzie und CJ. Er wünschte, er hätte sich die Zeit für ein Gespräch mit seinem

Sohn genommen, das ihm schon länger auf der Seele lag, hätte CJ besser darauf vorbereiten können, was es bedeutete, in Amerika ein großer, schwarzer Mann zu sein.

Als Maria Kulikowa die Schlachthalle betrat, fragte er sich leise fluchend, was für ein Spiel Federow da eigentlich spielte. Maria wirkte ruhig, entspannt. Sie nickte ihm zu, als wolle sie ihn wissen lassen, dass alles gut werden würde. Erst als er hörte, wie Federow zur Welikaja sagte, Maria Kulikowa könne ihr Dmitri Sokalow liefern, begann er zu verstehen.

Ehe Maria allerdings genauer werden konnte, verlangte Federow, Jenkins müsse vom Haken genommen werden. Er bezeichnete das als Zeichen guten Willens und Jekatarina erklärte sich einverstanden. Einer von Federows Bewaffneten, ein Riese von Jenkins' Größe mit dem Körperumfang eines Küstenmammutbaums, nahm ihn sanft vom Haken, konnte aber nicht verhindern, dass Jenkins das Gesicht vor Schmerz verzog. Er setzte ihn vorsichtig auf einen Stuhl.

»Spasibo«, keuchte Jenkins um Luft ringend. Er schaffte es kaum, sich aufrecht zu halten, und in seinem Brustkorb tobten Flammen, als hätte man ihn dort mit dem Bunsenbrenner versengt. Die Frage war nicht, ob er sich eine Rippe gebrochen hatte, die Frage war, wie viele. Hoffentlich war ihm keine davon in die Lungen gedrungen, denn er musste mühsam um jeden Atemzug ringen, was aber auch an den unerträglichen Schmerzen liegen konnte. Unter der Folter hatte er mehrere Zähne ausgespuckt, jetzt ertastete seine Zunge die rauen Überreste verschiedener anderer. Durch die Nase zu atmen war unmöglich, ein klares Zeichen dafür, dass sie gebrochen war. Das hatte er auch schon aus dem Knirschen der Knorpelmasse geschlossen, das zu hören gewesen war, als die Männer sein Gesicht bearbeitet hatten. Allein beim Gedanken daran wurde ihm übel. So schnell würde er auf keinen Fall wieder in einen Spiegel schauen.

Maria richtete ihren Blick auf Jekatarina und schilderte im Detail ihre intime Beziehung mit Dmitri Sokalow. Dabei hatte es den Anschein, als würde sie die bizarren sexuellen Praktiken anderer schildern, die sie irgendwann einmal beobachtet hatte, und nichts, woran sie selbst beteiligt gewesen war. Ihre Stimme blieb leise und ohne große Betonungen, wurde selten lauter, verriet keine Gefühle. Wahrscheinlich hatte sie all die Jahre genau so überlebt, dachte Jenkins, indem sie sich keine emotionale Beteiligung an Sokalows Begierden erlaubte. In gewissem Sinne hatte sie sich wohl ein Alter Ego erschaffen, vielleicht nicht unähnlich dem Gesicht, das uns aus dem Spiegel heraus ansieht und uns ähnelt, aber flach bleibt, ohne unsere Tiefe, unsere Moral, unsere Ethik. Zum Schluss erzählte Maria noch, an wie vielen Stellen in Moskau sie Fotos versteckt hatte, die Sokalow in diversen kompromittierenden Stellungen zeigten.

Jenkins hatte das Gefühl, dass Jekatarina Welikaja Maria Kulikowa auf einer Ebene verstand, die den Männern im Raum verwehrt blieb und immer verwehrt bleiben würde. Sie verstand, dass Maria das, was sie getan hatte, aus Pflichtgefühl getan hatte, weil es nicht anders ging, dass keinerlei Emotionen oder Bindungen involviert waren. Wahrscheinlich, spekulierte Jenkins weiter, verstand Jekatarina Maria auch deswegen, weil sie selbst ähnlich hatte handeln müssen, um so lange in einer Männerdomäne zu überleben. Nach der Ermordung ihres Vaters hatte Jekatarina von einem Tag auf den anderen die Rolle des Oberhaupts der Familie übernehmen müssen, und sie hatte bestimmt alles getan, was getan werden musste, um zu wahren, wofür ihr Vater so hart gearbeitet hatte. Sie war grausiger Gewalt mit noch grausigerer Gewalt begegnet, tödlicher Gewalt mit noch tödlicherer. Ob auch sie sich ein Alter Ego geschaffen hatte? Vielleicht sah sie aus dem Spiegel heraus Katharina die Große an – und trotzdem war sie tief im Innern die *maljenkaja printsessa* ihres Vaters geblieben. Jenkins musste an den Filmstar denken, den er einmal bei einer Spendenauktion in Seattle kennengelernt hatte, einen Mann, der ganz oben stand und pro Film zwanzig Millionen Dollar verdiente. Aber nicht das hatte Jenkins an ihm fasziniert, sondern vielmehr die leise, zugewandte Art, in der er mit Menschen umging, seine grundlegende Bescheidenheit. Von Jenkins danach befragt, hatte der Star erklärt, die Schauspielerei sei für ihn einfach ein Job. Ein gut bezahlter Job, das ja, aber keiner, der sein Wesen ausmachte. Er glaubte den auf ihn gesungenen Lobeshymnen ebenso wenig, wie er die gegen ihn erhobenen Anwürfe auf sich bezog, die die von ihm gespielten Charaktere meinten. Diese Charaktere waren eben nur Rollen, die er in einem Film spielte und die zu diesem Zweck erdacht worden waren. Sie waren nicht er.

Als Maria schwieg, verharrten die beiden Frauen gut eine Minute lang reglos. Dann stand Jekatarina auf, ging zu Maria und die beiden Frauen tauschten als Zeichen gegenseitigen Respekts einen Wangenkuss.

Die Welikaja warf Federow einen Blick zu. »Ich akzeptiere Ihren Gegenvorschlag«, erklärte sie emotionslos. Dann ging sie hinüber zu Alexander Schomow. »Wissen Sie, was hier mit dem Fleisch passiert, das nicht verkauft werden kann?«

Schomow antwortete nicht. Ihm war der Mund zugeklebt.

»Ich werde es Ihnen schildern«, begann Jekatarina.

* * *

»Dann hat sich wohl Matt Lemore mit Ihnen in Verbindung gesetzt?«, fragte Jenkins Federow, nachdem die Welikaja und ihre Männer den Raum verlassen hatten.

Federow stieß einen langen Seufzer aus. »Wie es scheint, sind Sie … wie nennt Ihr Amerikaner das noch gleich?« Er warf dem Riesen, den er Peanut nannte, einen Hilfe suchenden Blick zu. *»Schwatschka na podoschvwe mojego botinka.«*

»Kaugummi, das mir unter dem Schuh klebt«, übersetzte Jenkins.

Peanut lachte.

»Hat Lemore Ihnen gedroht?«, fragte Jenkins.

Federow schnaubte. »Sagen wir mal, er hat mir ziemlich drastisch geschildert, welche Folgen ich zu erwarten habe, wenn ich die Mitarbeit verweigere. Ihr Mr Lemore scheint eine gewisse Zuneigung zu Ihnen zu hegen. Und er kann sehr überzeugend sein.«

»Ich glaube, es ist mehr die Angst vor meiner Frau als Zuneigung zu mir«, meinte Jenkins. »Er hat ihr versprochen, mich heil nach Hause zu bringen, und sie wird erwarten, dass er sein Versprechen hält. Weil er nämlich anderenfalls die Hölle zu erwarten hätte.«

»So ein Damoklesschwert motiviert ungemein, was ich beurteilen kann, ich war auch mal verheiratet.« Federow warf Maria einen Blick zu. »Womit ich keinem der Anwesenden zu nahe treten möchte.«

Jenkins wusste durchaus, dass Federow Lemores Vorschlag ebenso gut hätte ablehnen und sich weigern können, das beträchtliche Risiko einer Rückkehr nach Russland auf sich zu nehmen. Er wusste, dass Federow ihm nicht nur des Geldes wegen half und auch nicht nur wegen der Aussicht darauf, Sokalow kräftig in die Suppe spucken zu dürfen. Ausschließlich altruistisch waren seine Gründe jedoch auch nicht. Federow war ein sehr komplizierter Mann und ebenso kompliziert dürften in diesem Fall die Gründe für sein Handeln gewesen sein.

Und eigentlich spielten sie auch keine Rolle.

»Danke, Viktor. Ich bin Ihnen etwas schuldig.«

»Seien Sie nicht naiv, Charlie. Sie wissen doch bestimmt noch, dass ich ein sehr guter Schachspieler bin.«

»*Da, no wy ne moschete blefowat'na khren*«, sagte Peanut.

Ja, aber bluffen kannst du nun echt nicht.

»Wie dem auch sei«, meinte Federow. »Mr Lemore und ich haben uns jedenfalls auf eine sehr nette Spende für meinen Rentenfonds geeinigt. Sie zu retten scheint sich für mich zu einer durchaus lukrativen Nebenbeschäftigung entwickeln zu wollen. Aber ja, Sie sind mir in der Tat etwas schuldig und ich habe fest vor, eines schönen Tages darauf zurückzukommen.«

Hier ging es lediglich um Imagepflege, das wusste Jenkins genau. Lemore hatte Federow zweifellos mit Enttarnung gedroht, aber auch nur, um ihn an den Verhandlungstisch zu zwingen. Russische Männer verfügten über unerbittlichen Stolz und mochten es gar nicht, wenn man ihren Charakter oder ihren Mut infrage stellte. Das wusste Lemore auf jeden Fall, der auf dem College Russisch gelernt und Russland zu dem Land gemacht hatte, dem er sich in seiner Arbeit widmen wollte. Er würde zunächst gedroht und dann mit einem finanziellen Angebot nachgelegt haben, das es Federow ermöglichte, sein Gesicht zu wahren. Natürlich hatte Federow das Geld gern genommen, aber so leicht ließ er sich nicht manipulieren. Die Gründe für sein Handeln gingen über Dollar und Rubel hinaus. So weit kannte Jenkins den Mann.

Kurz gesagt: Viktor Federow siegte gern.

»Wir arbeiten gut zusammen, Sie und ich«, erklärte dieser Federow nun. »Vielleicht wäre das was für die Zukunft.«

Jenkins verzog das Gesicht. »Soll das eine Drohung sein?«

»Wir ähneln uns sehr.«

»Wie kommen Sie denn darauf?«

»Warum haben Sie sich in der *Jakimanka-Bar* eingemischt, um einer Prostituierten zu helfen? Sie wussten doch, dass das professionell gesehen ein Fehler war.«

»Für eine so gewichtige Unterhaltung tut mir momentan der Kopf zu weh, Viktor.«

»Na gut. Dann werden wir diese Unterhaltung eben ein andermal führen. Vielleicht könnte ich bei der Gelegenheit auch gleich Ihre Frau kennenlernen. Sie scheint mir, wie sagt man so schön? Einen Dickschädel zu haben.«

Jenkins lachte und musste sich die Seite halten. Als der Schmerz nachgelassen hatte, sagte er: »Ich werde dafür sorgen, dass sie das nicht erfährt.« Er grinste. »Sokalow kann sich auf eine wunderbare Überraschung gefasst machen!«, wandte er sich an Maria.

Sie sah Federow an. *»Khotel by ja bit' mukhoj na stene doma Wasina.« Ich wünschte, ich könnte eine der Fliegen an Wasins Wand sein.*

Jenkins schüttelte den Kopf. »Das verstehe ich nicht.«

»Das dürfte sich bald genug ändern.« Federow lachte. »Wir besorgen Ihnen einen Arzt und lassen Sie erst einmal ein paar Tage ausruhen, bis Sie weiterreisen. Wie lange, das hängt von Ihrem Zustand ab.«

»Maria und ich sollten Russland doch am besten möglichst schnell verlassen«, wandte Jenkins ein.

»Unsinn«, widersprach Federow. »Das wäre eine Beleidigung für Ihren Gastgeber. Wohin ich Sie bringe, dorthin wird Ihnen niemand zu folgen wagen. Sie befinden sich dann unter der Obhut von Plato Wasin. Seinen Bruder, meinen guten Freund Peanut, haben Sie ja schon kennengelernt. Und auch ein paar von den Männern, die für ihn arbeiten.« Er deutete mit einer ausladenden Bewegung auf die Bewaffneten im Raum.

Peanut musterte Jenkins wohlwollend von oben herab.

»Peanut?«, erkundigte sich Jenkins bei Federow. »Klein? Das kann ich mir kaum vorstellen.«

»Peanut war nie klein. Ich habe den Verdacht, er kam schon so groß wie Sie auf die Welt und ist dann einfach weitergewachsen, immer der Größte in der Klasse.«

Jenkins sah den Riesen von unten her an. *»Spasibo.«*

Peanut antwortete lächelnd auf Englisch: »Gern geschehen.« Er machte Anstalten, Jenkins auf die Beine zu helfen, wurde aber von dem kleinen Mann gestoppt, der bisher etwas am Rande gestanden hatte und nun vortrat.

»Entschuldigen Sie bitte«, sagte er höflich, »Wenn alle jetzt damit fertig sind, sich wieder miteinander bekannt zu machen …«

Federow stand auf. »Eine private Unterhaltung«, rief er. »Bis auf Mr Jenkins und meinen Geschäftspartner verlassen alle den Raum.«

»Ich möchte bleiben«, sagte Maria, die Jenkins eine Decke um die Schulter gelegt hatte.

Jenkins war einverstanden. Maria blieb, alle anderen verließen die Halle.

»Mr Jenkins, mein Name ist Arkhip Mischkin, Hauptkommissar bei der Moskauer Polizei.« Arkhip legte eine Pause ein, als sei er sich seiner Sache nicht sicher. Dann zuckte er die Achseln. »Guten Tag. Ich sehe, dass Sie Schmerzen haben, aber ich bin einen langen Weg gekommen, um Ihnen ein paar Fragen zu stellen, und möchte Sie um noch ein klein wenig Geduld bitten.« Jenkins glaubte seinen Ohren nicht zu trauen: ein Moskauer Ermittler inmitten der Mafia! »Ich muss wissen«, fuhr Arkhip fort, »was genau an dem Abend, an dem Eldar Welikaja starb, in und hinter der *Jakimanka-Bar* geschah.«

»Sie haben Jekatarina Welikaja erzählt, was passiert ist.«

»Ja.« Arkhip nickte. »Das habe ich. Aber sehen Sie, die Aufzeichnungen der Überwachungskameras sind verschwunden, der Bericht des Rechtsmediziners ist reine Erfindung und alle anderen Zeugen sind verstorben oder bestochen worden. Sie sind die einzige Person, die mir jetzt noch die Wahrheit schildern kann, und ich möchte den Fall wirklich aufklären. Es ist mein letzter, bevor ich in Rente gehe. Ihre Zeugenaussage dürfte der offiziellen Version widersprechen und könnte ein paar Leute den Job kosten.«

Allerdings schien diese Aussicht Mischkin nicht zu begeistern.

»Und nur deswegen sind Sie hier?«, wollte Jenkins wissen.

Mischkin sah Maria an. »Ursprünglich schon.«

Jenkins' Blick ging zwischen dem Ermittler und Maria hin und her. Er verstand. »Was möchten Sie denn erfahren, Hauptkommissar?«

»Nur die Wahrheit.«

Jenkins wartete einen Moment. »Wollen Sie unsere Unterhaltung nicht aufzeichnen?«, fragte er dann.

»Doch, auf jeden Fall.« Mischkin klopfte suchend seine Jackentaschen ab. »Ich fürchte nur, ich habe weder meinen Notizblock noch etwas zu schreiben dabei.«

»Einen Moment!« Maria verließ die Halle durch eine Seitentür.

»Sie war nachts manchmal nicht in unserem Abteil«, sagte Jenkins. »Hat sie sich da mit Ihnen unterhalten?«

»Anscheinend schlafen wir beide schlecht.«

Maria kam mit einem Kugelschreiber und einem Stapel Papier mit dem Logo des Schlachthofs Irkutsk zurück. »Wunderbar!«, bedankte sich Mischkin. »Jetzt können Sie anfangen, Mr Jenkins.«

Arkhip Mischkin schrieb mit, während Jenkins geduldig all seine Fragen beantwortete. Als sie fertig waren, schloss er den geliehenen Kuli mit einem Klick und gab ihn zurück. »Ich mache mich auf den Heimweg nach Moskau«, sagte er, an Maria gewandt. »Verzeihen Sie mir bitte, dass ich Ihnen nicht gesagt habe, wer ich bin. Ich glaube, Sie können es verstehen.« Er verneigte sich und wandte sich zum Gehen, als Maria noch eine Frage an ihn hatte.

»Reisen Sie gern, Arkhip?«

Er blieb stehen und schüttelte den Kopf. »Ich hatte nie die Zeit dazu, habe immer gearbeitet. Und jetzt …« Er seufzte. »Es gehört zu den Dingen, die ich bedauere. Lada und ich sprachen oft von den Reisen, die wir unternehmen wollten, sobald ich in Rente ginge.«

»Reisen wie die mit der Transsibirischen Eisenbahn?«

»Genau.«

»Hat Ihnen die Fahrt gefallen?«

»Ja. Vor allem unsere Abende, Maria. Ich bin sehr gern in Ihrer Gesellschaft.«

»Dann war die Reise ein Erfolg. Sie sagten doch, wenn das so sei, würden Sie auch noch weitere Reisen unternehmen.«

Arkhip lächelte. »Das sagte ich, ja. Und ich hoffe, es kommt dazu.«

»Haben Sie je daran gedacht, die Vereinigten Staaten kennenzulernen, Arkhip?«

Wieder huschte ein Lächeln über Arkhips Gesicht. »Ja, so eine Reise steht durchaus auf meiner Liste. Ich würde gern die Nationalparks sehen. Den Grand Canyon auf jeden Fall.«

»Das geht mir genauso«, sagte Maria.

Jenkins fühlte sich nicht in der Lage, den beiden ein Wiedersehen zu versprechen. In den USA würde Maria erst einmal wochenlang befragt werden, danach kam ein neuer Name, eine neue Identität, möglicherweise verbunden mit plastischer Chirurgie, dann der Start in ein neues Leben. Solange Putin an der Macht war, durfte sich Maria nie ganz sicher fühlen, war ihr Leben in Gefahr. Ob die CIA einen Weg fand, ein Treffen mit Mischkin zu organisieren? Der Hauptkommissar stand in keinem Zusammenhang mit Sokalow und dem FSB, die russischen Geheimdienste würden nichts von der gerade aufkeimenden Beziehung zwischen den beiden mitbekommen. Es war durchaus denkbar, dass Mischkin als Rentner in die USA reiste, ohne dass der FSB dies erfuhr. Und war er erst einmal im Lande, dann konnte man ein Treffen arrangieren, ohne dabei Marias neuen Aufenthaltsort preiszugeben. Möglich war einiges.

Mischkin verneigte sich noch einmal. »Ein Teil von Amerika wird mir ganz bestimmt gefallen, daran hege ich keinen Zweifel.«

Kapitel 53

Lubjanka
Moskau

Dmitri Sokalow war ziemlich nervös, als er am frühen Montagmorgen in der Lubjanka eintraf. Er hatte auf Drängen seiner Frau, die von ihrem Vater unterstützt wurde, den ganzen Sonntag zu Hause verbringen und sich noch dazu weitgehend von seinem Diensthandy fernhalten müssen.

Alexander Schomow hatte sich am Sonnabend zum letzten Mal gemeldet, um einen Lageplan des Schlachthofs von Irkutsk gebeten und Sokalow versichert, er werde die Männer ausschalten, die Charles Jenkins entführt hatten. Im Gegensatz zu Schomow hatte der Vorsitzende Petrow auch am Sonntag mehrmals angerufen, wobei Sokalow nur den ersten Anruf entgegengenommen hatte. Petrow stand unter erheblichem Druck des Kreml, seit er weitergegeben hatte, Schomow stünde kurz davor, Jenkins zu verhaften. Jetzt wollte man Taten sehen. Sokalow hatte versucht, den Vorsitzenden hinzuhalten. Als er dessen Anrufen nicht länger aus dem Weg gehen konnte, hatte er Olga gebeten, ihn zu entschuldigen: Ihr Mann sei krank. Woraufhin eine sehr knappe SMS von Petrow eingegangen war: Sokalow habe sich gleich Montag früh mit ihm zu treffen und ihn in Bezug auf Schomows Bemühungen auf den aktuellen Stand zu bringen. Aber Schomow ging nicht an sein Handy, Sokalows Anrufe waren sämtlich gleich an die Mailbox weitergeleitet worden. Er reagierte auch nicht auf verschlüsselte E-Mails oder SMS.

Zu Hause war es alles andere als gemütlich gewesen. Sokalow, in Gedanken ganz woanders, hatte sich nur mit Mühe auf Olga und die Kinder konzentrieren können. Am Sonntagabend hatte sich die ganze Familie, einschließlich der Schwiegereltern, zum Essen versammelt, denn Olga hatte frische Wurst und Kartoffeln gekocht, ein Essen, das Sokalow normalerweise liebte. Aber diesmal war ihm die Mahlzeit ebenso schlecht bekommen wie Schomows Schweigen, sodass ihm nach dem Essen wirklich übel gewesen war.

Jetzt eilte er in sein Büro, legte den Mantel ab und meldete sich bei seiner Sekretärin, die er gebeten hatte, ebenfalls etwas früher zu erscheinen. »Hat Oberst Schomow schon angerufen?«

»Nein, stellvertretender Direktor.«

»Sobald er das tut, lassen Sie es mich sofort wissen. Informieren Sie mich auf jeden Fall, auch wenn ich in einer Besprechung bin.«

»Jawohl, stellvertretender Direktor. Für Sie sind zwei Pakete eingetroffen.«

»Pakete? Wann denn?«

»Sie lagen gleich heute Morgen auf meinem Stuhl. Ein Karton und ein Umschlag, der hier aus dem Haus kommen muss, per interner Post. Der Karton ist durch die Sicherheitskontrolle gegangen.« Das Paket war also untersucht worden und enthielt keine Bombe, mit der man die Lubjanka in die Luft sprengen konnte. »Soll ich Ihnen die Sachen bringen?«

Sokalow dachte nach. Er sah auf die Uhr. »Ja. Jetzt gleich, vor meinem Treffen mit dem Vorsitzenden.«

»Der Vorsitzende ist bereits hier, stellvertretender Direktor.«

Da ging auch schon die Tür zu Sokalows Büro auf und der Vorsitzende Petrow trat ein, in den Händen einen großen Pappkarton sowie einen orangefarbenen Briefumschlag, wie er für die interne Korrespondenz verwendet wurde. Sokalow eilte ihm entgegen und nahm ihm beides ab. »Das hätten Sie doch nun wirklich nicht zu tun brauchen, Vorsitzender Petrow!«

Petrow winkte ab. Sokalow stellte den Karton auf seinem Couchtisch ab und nahm den Umschlag mit hinüber zum Schreibtisch. Petrow folgte ihm und setzte sich auf den Besucherstuhl.

»Auf dem Sofa hätten Sie es bequemer«, meinte Sokalow.

»Ich werde nicht lange bleiben. Hoffe ich jedenfalls. Sie sagten, Sie wüssten heute Morgen mehr über den Plan, Charles Jenkins zu verhaften. Was sind das für Informationen?«

Sokalow setzte sich hinter seinen Schreibtisch. »Ich warte immer noch auf Oberst Schomows Bericht über den aktuellen Stand der Operation. Er müsste sich jeden Moment melden und ich bin sicher, er kann mir den Erfolg der Mission bestätigen.«

»Sie haben nichts von ihm gehört?«

»Heute Morgen noch nicht, nein.«

»Was hat er bei Ihrem letzten Telefonat gesagt?«

»Er wüsste, dass sich Mr Jenkins in Irkutsk aufhält und auch wo, und er sei gerade dabei, alles für die Verhaftung vorzubereiten.«

»Seitdem hörten Sie nichts mehr?«

Als genau in diesem Moment das Telefon auf dem Schreibtisch klingelte, kam sich Sokalow vor wie ein Boxer, der in letzter Sekunde durch die Glocke am Ende der Runde vor dem K. o. gerettet wird. »Wenn Sie mich kurz entschuldigen«, sagte er zu Petrow. »Ich bat meine Sekretärin, mich zu unterbrechen, wenn Schomow anruft.«

»Was ist mit Frau Kulikowa?«, wollte Petrow wissen.

»Es geht ihr immer noch nicht gut. Mir wurde gesagt, sie hätte ins Krankenhaus gemusst.«

»Ihre Sekretärin soll meiner Sekretärin sagen, wo sie liegt, damit ich ihr Blumen schicken kann.«

Sokalow nahm den Hörer ab. »Ja?«

»Spreche ich mit Dmitri Sokalow, dem stellvertretenden Direktor der Abteilung Spionageabwehr?« Das war die Stimme einer Frau, was Sokalow allerdings Petrow gegenüber möglichst nicht durchblicken lassen wollte.

»Ja. Was haben Sie mir zu sagen?«

»Ihr Auftragsmörder und ich sind uns nun endlich begegnet«, sagte die Frau. »Ich muss sagen, ich habe das Treffen ungemein genossen.«

»Ich verstehe nicht.« Sokalow musste mitansehen, wie sich bei Petrow die buschigen Brauen zusammenzogen.

»Und ob Sie mich verstehen. Ich weiß, dass Alexander Schomow für den Tod von Alexei Welikaja verantwortlich ist, dass er ihn am helllichten Tag auf offener Straße erschossen hat. Und ich weiß, dass Sie die Tat anschließend öffentlich einer feindlichen Mafia-Familie zugeschrieben haben.«

Sokalow spürte, wie ihm die Knie weich wurden und zitterten. Schweiß lief ihm unter dem Hemd seitlich am Oberkörper hinab. Er konnte die Fassade nicht länger aufrechterhalten. »Wer sind Sie?«

»Sie wissen, wer ich bin, stellvertretender Direktor Sokalow. Obwohl wir uns persönlich nie begegnet sind, sind wir doch gut miteinander bekannt. Man könnte sagen, dass Sie intime Kenntnisse über meine Familie besitzen, und jetzt habe ich intime Kenntnis von Ihnen und Ihren kranken Perversionen.«

»Maria?« Aber das war doch nicht ihre Stimme.

Petrow beugte sich vor.

»Ich muss sagen, Sie enttäuschen mich.«

»Wo ist Alexander Schomow?«, fragte Sokalow verzweifelt.

Petrow zeigte sich zunehmend besorgt.

»Fehlt er denn?«, fragte die Frau. »Ich hatte arrangiert, dass er bei Ihnen zu Hause eintrifft. Und heute Morgen bei Ihnen im Büro.«

Sokalow schwieg. Sein Blick wanderte hinüber zum Karton auf dem Schreibtisch.

»Sie scheinen nicht zu wissen, wovon ich spreche«, fuhr die Frau fort. »Haben Sie das Geschenk denn noch nicht ausgepackt? Gut, es ist alles eingeschweißt, aber Sie wollen doch bestimmt nicht, dass es verdirbt. Es kommt mit herzlichen Grüßen von meinem Vater, Alexei Welikaja. Ich bin Jekatarina Welikaja. Katarina die Große. Den Namen sollten Sie nicht vergessen in der kurzen Zeit, die Ihnen noch bleibt. Ach ja: Maria Kulikowa schickt ebenfalls herzliche Grüße. Werfen Sie doch auch einen Blick in den Umschlag.«

Die Welikaja legte auf.

Sokalow behielt den Hörer am Ohr, lauschte dem Freizeichen. Angst ergriff von ihm Besitz, wurde immer stärker, machte sich in seinen Gelenken breit, ließ seine Hände zittern. Sein Blick wanderte von dem vor ihm liegenden Umschlag hinüber zum Karton auf dem Couchtisch.

»Dmitri?«, fragte Petrow.

Sokalow schob seinen Stuhl zurück, erhob sich ein wenig schwankend und stolperte hinüber zum Paket, sah sich das Versandetikett an.

Der Schlachthof von Irkutsk. Sein Magen drehte sich um.

»Was soll das, Dmitri?«

»Ich muss mich entschuldigen, Vorsitzender Petrow. Mir geht es nicht gut. Könnten wir unser Treffen später fortsetzen? Ich glaube, ich habe mir den Magen verdorben.«

»Wer war das da eben am Telefon? Warum haben Sie nach Alexander Schomow gefragt? Ich muss wissen, ob er erfolgreich war. Der Präsident erwartet eine Antwort.«

Sokalow hatte das Gefühl, durch einen Tunnel zu reisen. Die Stimme des Vorsitzenden klang leise, wie aus weiter Entfernung. Er drehte sich um und sah ihn an. »Ich hoffe, innerhalb der nächsten Stunde eine Antwort für Sie zu haben, Vorsitzender Petrow. Es tut mir leid. Details kenne ich nicht, aber ich werde sie herausfinden und Sie sofort informieren.«

Petrow stieß einen tiefen Seufzer aus und stemmte sich aus seinem Stuhl hoch. »Machen Sie das, Dmitri, und zwar rasch. Ich stehe unter Druck. Im Kreml will man endlich Vorschläge, wie wir am besten mit der Ibragimow-Situation umgehen können. Ich möchte keine falschen Hoffnungen wecken und werde auch auf keinen Fall die Verantwortung übernehmen, sollte Schomow versagen. Ich habe Sie gewarnt. Der Fehler geht ganz auf Ihre Kappe.«

»Ich melde mich bei Ihnen, sobald ich kann.« Sokalow begleitete Petrow zur Tür, die er anschließend hinter ihm schloss. Dann drehte er sich zum Couchtisch um und zu dem Paket, das auf ihn zu lauern schien, mit einem wilden, gefährlichen Inhalt, der sich auf ihn stürzen und ihn beißen würde. Er trat näher heran. Das Klebeband, mit dem der Karton verschlossen worden war, hatte man bei der Sicherheitskontrolle bereits aufgeschnitten, so sah das Protokoll es vor. Jetzt nahm Sokalow vorsichtig den Deckel ab und zum Vorschein kam eine Kühlbox aus Styropor. Er hatte es nicht eilig damit, sie zu öffnen, und erinnerte sich wohl, eine ähnliche am Wochenende bei sich zu Hause gesehen zu haben, wobei er da gedanklich zu sehr mit anderen Dingen beschäftigt gewesen war, um nachzufragen, woher sie kam. Als er den Deckel der Kühlbox abnahm, fand er eine Reihe miteinander verbundener Würste, wie auch Olga sie am vergangenen Abend serviert hatte. Sie waren vakuumverpackt, immer sechs in einem Päckchen, mit Aufklebern, die eine Fleischverpackungsfirma in Irkutsk als Hersteller nannten.

Sokalow hob eins dieser Päckchen aus dem Karton, dann das zweite und auch noch ein drittes. Das vierte ließ er fallen, kaum hielt er es in der Hand, als hätte er sich daran die Finger verbrannt. Darunter lagen nämlich, ebenfalls vakuumverpackt, ein Daumen und fünf Finger, von denen einer, der Zeigefinger, einen Ring trug, den Sokalow sofort als den Ring der russischen Spezialeinheit Speznas erkannte.

Schomow.

Ganz unten auf dem Boden des Kartons lag eine handgeschriebene Nachricht.

Alexei Welikaja sendet Grüße aus dem Grab.

Sokalow beugte sich vor und leerte, mehrmals heftig würgend, den Inhalt seines Magens in den Karton. Ganze Schweißströme, kalter Schweiß, liefen ihm seitlich am Gesicht entlang und durchnässten den Kragen seines Hemdes. Verzweifelt riss er an seiner Krawatte, bis sich der Knoten lockerte, knöpfte den Hemdkragen auf, rang nach Luft.

Denk nach.

Er musste jetzt klar denken.

Schomow war tot.

Aber was war mit Maria und Jenkins? Hatte die Welikaja die beiden auch in ihrer Gewalt? Konnte er da irgendwie verhandeln? Konnte er behaupten, Jenkins habe wunderbarerweise entkommen können? Seine, Sokalows, Planung sei gut, sei exzellent gewesen, hätte aber dennoch versagt? Jenkins war bereits zwei Mal erfolgreich entkommen, der Präsident würde Verständnis haben.

Er wankte zu seinem Schreibtisch wie ein Mann auf einem Schiff bei stürmischer See, klammerte sich an seinen Stuhl, ließ sich schwer hineinfallen. Nachdenken! Es gab doch bestimmt noch einen Ausweg. Er würde Hilfe brauchen … Sein Schwiegervater! Er konnte zu seinem Schwiegervater gehen, berichten, welche Mühen er auf sich genommen hatte, um

Jenkins der russischen Gerichtsbarkeit zuzuführen. Wenn sein Schwiegervater verstand …

Allein der Enkel wegen …

Und wegen des Rufs seiner Tochter.

Ja. Das würde funktionieren.

Es gab immer noch einen Weg da raus.

Da fiel sein Blick auf den Umschlag in der Farbe der internen Korrespondenz. Seine Sekretärin hatte gesagt, sie hätte ihn am Morgen zusammen mit dem Karton auf ihrem Stuhl vorgefunden, als sie zur Arbeit kam. Er hatte die Sekretärin gebeten, sehr früh zu kommen, der Umschlag musste also schon am Sonntagabend von jemandem persönlich abgeliefert worden sein.

Sokalow nahm ihn in die Hand, sah nach den internen Vermerken, denen man entnehmen konnte, wo er schon überall gewesen war. Dies war ein neuer Umschlag, außer Sokalows Name stand kein anderer darauf.

Er löste den roten Faden, der um den Knopf oben geschlungen war, und öffnete den Brief. Er enthielt Dutzende von Fotos, alle von ihm, in verschiedenen Stadien des Bondage. Er blätterte den Stapel durch, ließ ein Foto nach dem anderen auf den Schreibtisch fallen. Ein paar schafften es nicht und flatterten auf den Boden.

Auf jedem Bild ragte eine Frau über ihm auf. Ganz klar Maria Kulikowa, auch wenn ihr Gesicht unter einer Ledermaske verborgen war. Sie trug zehn Zentimeter hohe Schuhe mit spitzen Absätzen und hielt Ketten, Lederpeitschen, Federn, heißes Wachs und andere Gerätschaften in Händen.

Die Gegensprechanlage meldete sich. Sokalow starrte die Fotos an wie betäubt.

Die Realität holte ihn ein.

Es wollte gar nicht aufhören zu klingeln.

Wie in Trance drückte er auf den Knopf.

»Stellvertretender Direktor, es tut mir sehr leid, aber hier ist noch ein Besucher für Sie. Ich habe gesagt, es ginge Ihnen nicht gut, aber er besteht darauf, Sie umgehend zu sehen.«

»Wer ist es denn?«

»Ihr Schwiegervater.«

Sokalow spürte, wie sein Magen nach unten sackte. Das Zimmer drehte sich um ihn. Gleich würde er sich noch einmal übergeben müssen.

»Stellvertretender Direktor, er besteht darauf, dass ich ihn zu Ihnen vorlasse!«, flüsterte seine Sekretärin, Panik in der Stimme, wie Sokalow sie nur zu gut kannte. Sein Schwiegervater hatte diese Wirkung auf Leute.

Sokalow öffnete die Schreibtischschublade und nahm seine Pistole heraus, legte sie vor sich auf den Schreibtisch. »Sagen Sie ihm, ich brauche noch einen Moment.« Er beendete das Gespräch und starrte auf die Fotos auf der Schreibunterlage, wusste, dass noch viele ähnliche in Umlauf waren und wohl auch sein Schwiegervater an diesem Morgen einen Stapel erhalten hatte.

Maria Kulikowa. Die Quelle so vieler Freuden und so großen Schmerzes.

Er suchte im Umschlag, fand jedoch, anders als von Jekatarina Welikaja angekündigt, keine Nachricht von Maria.

Resigniert steckte er sich den Lauf der Pistole in den Mund, schloss die Augen, drückte ab.

Es klickte, aber sonst geschah nichts.

Er drückte noch ein zweites, ein drittes Mal ab, diesmal mit offenen Augen. Die Pistole feuerte nicht. Er zog den Lauf aus dem Mund und ließ das Magazin aus der Waffe gleiten. Es war leer, die Kugeln waren entfernt worden. Und seitlich am Magazin klebte, mit einem Streifen Tesafilm befestigt, eine Nachricht in der Handschrift von Maria Kulikowa.

Schmerz hat dir doch immer Spaß gemacht.

Kapitel 54

Anwesen der Familie Wasin
Irkutsk

Jenkins und Maria Kulikowa verbrachten fünf Tage als Gäste von Plato Wasin auf dessen Anwesen in Irkutsk, woraus Jenkins schloss, dass die Fliege und Viktor Federow wirklich sehr gute Freunde sein mussten. Wasin war ein Mann, der Jenkins sympathisch hätte sein können, wäre er kein rücksichtsloser Heroindealer gewesen. Seine Gäste behandelte er, als gehörten sie einer königlichen Familie an, und versorgte sie mit dem Feinsten, wobei Jenkins seiner demolierten Zähne wegen nur wenig aß. Seine Mahlzeiten wurden püriert, er trank das meiste davon durch einen Strohhalm. Ansonsten lag er auf einer Liege am Pool und hatte ein schlechtes Gewissen, denn eigentlich wollte er nach Hause zu Alex, CJ und Lizzie, die ihm sehr fehlten. Natürlich ging das in seinem jetzigen Zustand noch nicht. Alex hätte bei seinem Anblick bestimmt gesagt, er sähe aus wie Frankensteins Monster und würde den Kindern Angst einjagen.

Also wartete er. Ungeduldig.

Während dieser Tage ließ Wasin medizinische Experten kommen, die Jenkins' Nase richteten, aufgeplatzte Haut nähten, abgebrochene Zähne mit Kronen versahen, seine Rippen bandagierten und sich auch sonst Mühe gaben, seinen geschundenen Körper zu heilen. Natürlich zahlte die CIA für alles. Jenkins hatte sechs angebrochene Rippen, von denen glücklicherweise keine die Lungen punktiert hatte. Dazu fand er tagelang Blut im Urin, aber am fünften Tag ließ das nach, der Urin wurde klar, die Prellungen waren zurückgegangen. Langsam fühlte er sich durchaus in der Lage zu reisen und hätte Russland lieber heute als morgen verlassen. Er durfte ja sowieso noch nicht sofort nach Hause, würde erst einmal in Washington den Einsatz nachbesprechen und dafür sorgen müssen, dass Maria gut untergebracht war. Er mochte sie nicht einfach nur abliefern, sie machte sich doch solche Sorgen über den Neuanfang. Außerdem wollte er sich auch nach Zenaida Petrekowa erkundigen, die laut Lemore gerade den Prozess der Umsiedlung durchlief, jedoch Probleme damit hatte, dass sie weder ihren Sohn noch die Tochter noch die Enkel sehen durfte, solange nicht klar war, ob ein solches Treffen arrangiert werden konnte, ohne ihr Leben zu gefährden. Wieder einmal wurde Jenkins daran erinnert, welche Opfer die sieben Schwestern gebracht hatten, und jedes Telefongespräch mit Alex, CJ und Lizzie führte ihm das Ausmaß dieser Opfer noch einmal deutlicher vor Augen.

Bei diesen Anrufen versicherte Jenkins Alex, es ginge ihm gut, es hätte zwar ein paar Rückschläge gegeben, aber er sei jetzt sicher und bereite sich auf die Rückkehr vor. Leider kannte er seine Frau ziemlich gut und wusste, sie hatte Verdacht geschöpft, dass entgegen seiner Beteuerungen doch nicht alles so rosig war, als er es nämlich ablehnte, per Videoanruf mit ihr und den Kindern zu reden.

Federow traf Reisevorbereitungen, um Jenkins und die Kulikowa von Irkutsk im Auto zu einer Flugbahn in der Mongolei bringen zu lassen. Das war eine von Wasins regulären Heroinrouten, weswegen Jenkins und Maria während der Fahrt bestens geschützt sein würden. Die beiden machten sich gerade bereit, das Anwesen in Begleitung einiger bewaffneter Wachen zu verlassen, als die Fliege Jenkins in sein mit Dekor überladenes Büro im Erdgeschoss des Hauses rief. Auch hier tauchte die Fliege als Schmuckelement auf, und zwar in Form eines großen, farbenfrohen Bildes hinter dem Schreibtisch, das den gesamten Raum dominierte.

»Wam u nas ponrawilos'?« Hat Ihnen der Aufenthalt bei uns gefallen? Wasins Englischkenntnisse reichten durchaus für eine Unterhaltung, und wenn er jetzt Russisch sprach, wollte er Jenkins damit diskret daran erinnern, dass der sich immer noch in Russland befand und bei ihm zu Besuch war.

»Dasche otschen'«, antwortete Jenkins. *Sehr.*

»Dann werden Sie Ihren Chefs von meiner Gastfreundschaft berichten?«

»Das habe ich bereits. Sie wissen sehr zu schätzen, was Sie für mich getan haben.«

Wasin nickte, gab sich jedoch so schnell noch nicht zufrieden. »In der Vergangenheit hat die CIA von Zeit zu Zeit meine Lieferketten unterbrochen. Das dürfte in Zukunft kein Problem mehr sein, oder?«

Jenkins wählte seine Worte sorgfältig. »Meine Chefs wissen, dass ich Ihretwegen noch am Leben bin und dass Sie mich und Frau Kulikowa über die russische Grenze bringen.« *Wofür Sie eine Menge Geld bekommen haben,* fügte er im Stillen hinzu. »Sobald ich in den Staaten bin, werde ich es ihnen noch einmal erklären.«

»Khoroscho.« Gut. »Vielleicht entwickelt sich ja eine für beide Seiten profitable Beziehung, das scheint mir durchaus möglich. Meine Kontakte in diesem Teil der Welt sind zahlreich und weit gestreut, Sie wären überrascht, wie weit gestreut. Viktor spricht in den höchsten Tönen von Ihnen, Mr Jenkins. Und deswegen habe ich beschlossen, ebenfalls eine hohe Meinung von Ihnen zu haben. Enttäuschen Sie mich nicht.«

Jenkins nickte schweigend, woraufhin Wasin ihn entließ.

Federow erwartete ihn an der kreisrunden Auffahrt. Sie waren allein, Maria hatte das große Haus noch nicht verlassen.

»Hier trennen sich unsere Wege, Charlie«, eröffnete ihm Federow. »Ich muss schon sagen, Sie haben meinem ansonsten doch recht sorglosen Leben zu ein bisschen Aufregung verholfen, und ich finde inzwischen, dass ich für das Rentnerdasein doch noch zu jung bin. Die Zahl der wunderbaren Hotels, Restaurants und Golfplätze, in die es einen zieht, ist letztlich doch recht begrenzt.«

»Ist das so? Das würde ich gern selbst mal herausfinden. Sollen wir tauschen? Wobei ich Sie nicht für einen Golfspieler gehalten hätte.«

»Ich spiele grauenhaft. Das tun allerdings alle Golfspieler, wie ich inzwischen bemerkt habe, auch wenn es gewisse Abstufungen gibt.«

Jenkins lachte und sah sich noch einmal um. Bei seiner Ankunft hier hatte er all den Reichtum bestaunt, das Haus, die Gärten, den Pool, das Essen. Plato Wasin konnte sich leisten, was er wollte, wann immer er es wollte, war jedoch gleichzeitig in gewisser Weise ebenso ein Gefangener wie Federow, wenn nicht sogar in noch stärkerem Maße. Wasins Leben war ständig in Gefahr, wovon allein die überall auf dem Anwesen verteilten bewaffneten Wachleute zeugten, und Federow dürfte sich manchmal ähnlich bedroht gefühlt haben, wenn er es sich, immer allein, in den feinsten Hotels und Restaurants, auf den besten Golfplätzen Europas gut gehen ließ. Bestimmt vertrieb er sich die Zeit auch mit Edelprostituierten, wobei die Frage war, wie lange einen solche Beziehungen befriedigten. Jenkins würde sein Heim auf Camano Island jedenfalls nicht gegen fünf solcher Anwesen eintauschen, wie Wasin eins bewohnte, und seine Familie nicht gegen alle Hotels, exquisiten Mahlzeiten, Golfspiele und Escortdamen der Welt. Er hegte inzwischen den Verdacht, Federow in all seiner Komplexität könnte ähnlich empfinden, wenn er das auch nie zugeben würde. Jenkins musste an einen Spruch denken, den sein Vater gern gebraucht hatte: *Wenn man alles haben kann, weiß man nichts zu schätzen.*

»Was haben Sie vor, Viktor?«

»Ich dachte, das mache ich vielleicht von dem abhängig, was Sie so treiben.«

Jenkins' Augen hinter der dunklen Sonnenbrille wurden schmal. »Wie soll ich das verstehen?«

»Sie scheinen ziemlich oft Hilfe zu brauchen.« Federow zog mit einem unergründlichen Lächeln die Brauen hoch. »Da könnte ich doch einspringen, noch dazu mit ein paar weiteren Ressourcen. Die Familie Wasin zum Beispiel verfügt über eine erhebliche Reichweite.«

»Das wurde mir gerade vom Chef selbst auch schon erklärt. Ich bin mir allerdings nicht sicher, ob man in der CIA eine Zusammenarbeit mit der Mafia von Irkutsk wohlwollend zur Kenntnis nehmen würde.«

»Spielen Sie hier nicht den Heuchler, Jenkins. Ihre CIA ist für den Tod vieler Menschen verantwortlich und an Unternehmungen beteiligt, die die Fliege erbleichen lassen würden. Und wenn es Plato und Peanut nicht gegeben hätte, lägen Sie längst bei irgendwem auf dem Abendbrottisch.«

»Auf jeden Fall.« Jenkins nickte. »Wofür die beiden großzügig entlohnt wurden.«

»Und spielen Sie auch nicht den Naiven! Plato braucht noch mehr Geld ungefähr so dringend wie der Ozean mehr Wasser. Er hat Ihnen geholfen, weil ich ihn darum gebeten habe, weil ich gesagt habe, Sie wären ein Freund von mir.«

Jenkins konnte sehen, dass das Wort »Freund« Federow unabsichtlich entschlüpft war. Seltsam, dachte er, dass dieser ehemalige FSB-Offizier in ihm nun einen Freund sah. Er breitete die Arme aus. »Und jetzt eine kräftige Umarmung? Ich spüre da so einen gewissen Moment zwischen uns, Viktor.«

»Sie sind ein Armleuchter!« Federow wich einen Schritt zurück.

Jenkins rückte nach. »Kommen Sie, Viktor, bringen wir es hinter uns.«

»Bringen wir was hinter uns?«

Jenkins ließ die Arme sinken. »Mir geht es wie Ihnen, Viktor, ich sehe Sie auch als Freund. Und ich weiß, dass Sie uns nicht des Geldes wegen geholfen haben.«

Federow zuckte die Achseln. »Wenn Sie es genau wissen wollen, doch. Ich habe es des Geldes wegen getan. Mein Ozean ist nicht so voll wie der von Plato.«

Zwei schwarze Mercedes-Limousinen fuhren vor, brachten den Geruch von Diesel und das Geräusch von Motoren. »Irgendwelche Neuigkeiten über Dmitri Sokalow?«

»Der ist verschwunden, melden meine Kontakte beim FSB. Niemand weiß, wohin. Laut seiner Sekretärin hatte er in seinem Büro zuletzt Besuch von seinem Schwiegervater.«

»Dann ist es unwahrscheinlich, dass er entkommen konnte.«

»Sehr unwahrscheinlich. Im Russland verschwinden andauernd Menschen. Sokalow sitzt höchstwahrscheinlich im Lefortowo und rekonstruiert, an welche der von ihm in den vergangenen dreißig Jahren weitergegebenen Geheiminformationen er sich noch erinnern kann. Wenn er damit fertig ist, exekutieren sie ihn, darauf können Sie Gift nehmen. Trotzdem müssen wir weiterhin äußerst vorsichtig sein, auch wenn Sokalow und Schomow nicht mehr im Spiel sind. Nun, wo klar ist, dass Maria Kulikowa eine der sieben Schwestern war, werden der FSB, der Kreml und der Präsident noch vehementer hinter Ihnen her sein als vorher schon. Die Fliege kann für Ihre Sicherheit sorgen, bis Sie außer Landes sind, aber auch diese Nachricht wird sich rasch herumsprechen und der FSB wird sich ebenso rasch den neuen Gegebenheiten anpassen. Für jeden Sokalow, jeden Schomow stehen ein Dutzend andere bereit.«

»Dann gilt also: Je schneller wir Russland verlassen können, desto besser.«

»Genau.« Federow sah hoch zum Hauseingang, wo Maria gerade aufgetaucht war und mit einem der Wachleute sprach, der daraufhin lächelte. »Sie ist die Letzte der sieben, nicht wahr?«

»Ja.«

»Gut. Dann lassen Sie mich Ihnen noch einen Rat geben, Charlie: Kehren Sie nie wieder nach Russland zurück, unter gar keinen Umständen. Ich könnte es nicht ertragen.«

Jenkins lachte leise, spürte es trotzdem in seinen Rippen. »Ich hatte nicht vor, hier demnächst Urlaub zu machen.«

»Ich bin neugierig: Was ist mit den beiden Killern, die versucht haben, Fjodor Ibragimow zu töten?«, wollte Federow wissen.

»Mir wurde gesagt, sobald ich wieder auf amerikanischem Boden bin, wird die CIA ihre Inhaftierung bekannt geben und das, was sie vorhatten, dem Kreml anlasten. Der Kreml wird jegliches Wissen über diesen Vorfall abstreiten und zwischen den beiden Ländern wird wieder einmal der übliche, nie endende Tanz losgehen. Angefangen mit Beschuldigungen, die abgestritten werden, dann werden Gegenbeschuldigungen laut, und so weiter und so fort.«

»Vielleicht gibt es ja irgendwann mal einen anderen Tanz«, sagte Federow.

»Dazu müssten beide Regierungen sich ändern.«

Zwei Wachleute kamen die Treppe herunter und nickten Federow zu. Einer von ihnen öffnete beim ersten Mercedes die hintere Tür. Federow warf einen Blick auf die teure Uhr an seinem Handgelenk. »Dann sage ich mal: Bis wir uns wiedersehen!«

»Wiedersehen?«

Federow zwinkerte ihm zu und rutschte auf den Rücksitz des Wagens.

Maria Kulikowa war die Treppe heruntergekommen und sah zu, wie der Wagen anfuhr. »Wo will er hin?«

»Das weiß ich nicht«, sagte Jenkins. »Aber ich habe so ein Gefühl, als hätte ich Viktor Federow Nikolajewitsch nicht zum letzten Mal gesehen.«

»Das sollten Sie positiv sehen«, riet sie.

Er sah sie überrascht an. »Warum?«

»Viktor war einer der FSB-Offiziere im Direktorat. Ich kannte ihn nicht als guten Menschen, aber es ist bestimmt gut, ihn an seiner Seite zu haben.«

»Da könnten Sie recht haben.«

Der zweite Wagen brachte Jenkins und Maria in Begleitung der beiden Wachleute bis nach Ulan-Bator, eine Fahrt von fünfzehn Stunden. Jenkins kam die Strecke kürzer vor, denn er nahm aufgrund seiner Schmerzen immer noch Medikamente, die dafür sorgten, dass er sich matt fühlte und viele Stunden einfach verschlief. Eigentlich wachte er nur auf, wenn sie anhielten, um das Fahrzeug zu wechseln, zu tanken oder sich mit Essen und Trinken zu versorgen. Maria Kulikowa schlief nie, wenn er einmal aufwachte. Sie starrte ihn von der anderen Seite der Rückbank an, ein Buch im Schoß.

»Sie schlafen ja gar nicht«, bemerkte er irgendwann einmal.

»Ich wollte wach sein, wenn wir die Grenze zur Mongolei überqueren und ich Russland zum ersten Mal verlasse. Diesen Moment wollte ich nicht verpassen.«

»Was geht Ihnen durch den Kopf?«

»Wie es sich anfühlt – endlich frei zu sein.«

»Und wie fühlt es sich an?«

Sie lächelte so strahlend wie ein Schulmädchen und sah zehn Jahre jünger aus. »Als würde ich fliegen. Als hätte ich Flügel und flöge blitzschnell hoch über der Erde dahin.«

»Das freut mich sehr«, sagte Jenkins.

Maria wischte sich Tränen aus den Augenwinkeln. Es war das erste Mal, dass Jenkins sie weinen sah. »Glauben Sie, man wird Arkhip erlauben zu kommen?«, fragte sie.

»Das weiß ich nicht«, gestand Jenkins. »Aber ich glaube, bei der Entscheidung werden Sie ein Wörtchen mitzureden haben.«

Sie schüttelte den Kopf. »Eigentlich möchte ich gar nicht so viel im Voraus planen. Ich möchte nicht träumen, nicht hoffen. Ich bin zu oft enttäuscht worden.«

»Es ist besser, zu träumen und enttäuscht zu werden, Maria, als überhaupt nicht zu träumen. Lassen Sie sich das von jemandem sagen, der sich damit auskennt.«

Jenkins dachte an Alex, die man nicht gerade als sanfte Seele bezeichnen konnte, aber in deren Gegenwart er sich als ganzer Mensch fühlte. Von ihr getrennt zu sein kam ihm immer so vor, als fehle ihm ein Teil seines Selbst. »Bei der Liebe geht es nicht darum, mit wem man leben kann, hat mein Vater einmal zu mir gesagt, sondern darum, ohne wen man nicht leben mag.«

»Er muss sehr weise gewesen sein, Ihr Vater. Mir gefällt dieser Gedanke. Er gefällt mir sehr.«

Der Mercedes, in dem sie saßen, bog von der zentralen, asphaltierten Straße ab. Weiter ging es auf einem Schotterweg durch dichten Baumbestand. Selbst in diesem teuren, gut gefederten Wagen spürte Jenkins jede Unebenheit in den schmerzenden Rippen. Er beugte sich vor und fragte den Fahrer: *»Potschemu my swernuli? Kuda my jedem?« Warum sind wir abgebogen? Wohin fahren wir?*

»My potschti na meste. Skoro uwidite.« Es ist nicht mehr weit. Sie werden es bald sehen.

Minuten später bogen sie um eine Kurve und kamen zu einer Lichtung mit einer Landebahn aus gestampfter Erde, die Wasin wohl für die Flugzeuge benutzte, die sein Heroin transportierten. An einem Ende der Landebahn stand auch schon eine Maschine bereit, allem Anschein nach eine Cessna, unter einem einladend blauen Himmel mit nur wenigen dünnen Wolkenstreifen. Lemore hatte wirklich in alle Richtungen Strippen gezogen.

Als der Wagen näher kam, stieg ein Mann aus der Cessna und kletterte die Leiter hinunter. Er war nicht groß, strahlte aber selbst aus der Entfernung Haltung und Selbstbewusstsein aus. Er trug eine nicht mehr ganz taufrische Baseballkappe und eine reflektierende Fliegerbrille, die seine Augen verbarg. Jenkins brauchte einen Moment, bis sein Gedächtnis all das zusammengefügt und mit einem Namen versehen hatte, bis er am selbstsicheren Gang Rod Studebaker erkannt hatte, den Mann, der zahlreiche gefährliche Flüge nicht nur überlebt, sondern genossen hatte. Wie damals die Landung seiner schwer angeschlagenen Cessna mit nur einem Ski mitten in einem Schneegestöber auf einem zugefrorenen finnischen See, als es darum ging, Jenkins und Paulina Ponomajowa sicher in Finnland abzuliefern. Studebaker nahm seine Sonnenbrille ab und grinste, als Jenkins aus dem Auto stieg und auf ihn zukam.

»Mann, wer hat denn dafür gesorgt, dass Sie so hässlich wie die Nacht sind?« Studebaker streckte Jenkins die Hand hin.

»Ich freue mich auch, Sie zu sehen, Rod.«

Studebaker zeigte stolz auf das Flugzeug in seinem Rücken. »Mit dem Teil hier dürften wir um einiges gemütlicher unterwegs sein als bei unserem letzten gemeinsamen Flug.«

Jenkins lachte. »Hoffen wir nur, dass wir auch ein wenig sanfter landen. Wird es Ihnen auch nicht zu langweilig, wenn so gar keine russischen Hubschrauber und Flugzeuge hinter uns her sind?«

»Ich bin inzwischen älter geworden«, bekannte Studebaker. »Langsam gefällt mir das Alltägliche. Aber Sie haben schon recht, so mit ein bisschen Action kommt der Kreislauf besser in Schwung.« Er wandte sich an Maria, die inzwischen ebenfalls ausgestiegen war. »Wobei Sie ja nun alles andere als alltäglich sind! Grundgütiger Himmel, wo hat Jenkins denn eine Schönheit wie Sie aufgetrieben?«

Maria, die den Kommentar nicht ganz verstanden hatte, sah Jenkins fragend an.

»On goworit, schto ty krasiwaja«, übersetzte Jenkins. *Er findet Sie schön.*

»Danke.«

»Das Vergnügen ist ganz auf meiner Seite. Der Name ist Studebaker, wie das Auto, aber Sie dürfen gern auch Hot Rod zu mir sagen.«

Wieder sah Maria Jenkins unsicher an.

»Maschina jemu tosche nrawitzja«, sagte Jenkins. *Der Wagen gefällt ihm auch.* »Ist die Maschine schnell?«, wollte er dann wissen. »Alles andere interessiert mich nämlich nicht. Ich möchte einfach nur nach Hause.«

»Dann lassen Sie uns fliegen, Mr Jenkins. Und lassen Sie uns, wie Ihre Mutter so schön sagte, umblättern und sehen, was als Nächstes passiert.«

Epilog

Camano Island
Washington

Jenkins verbrachte eine Woche in Langley, was gerade so reichte, seine Schmerzen weiter verblassen und sein Erscheinungsbild gnädiger werden zu lassen. Die Ärzte in Langley untersuchten ihn von Kopf bis Fuß und waren allgemein beeindruckt von der medizinischen Versorgung, die ihm in Irkutsk zuteilgeworden war. Vor seiner Abreise machte er noch einen kurzen Abstecher in die für Verkleidung und Maske zuständige Abteilung, wo er sich vom Make-up-Spezialisten zeigen ließ, wie er seine blauen Flecken abdecken konnte, um seine Kinder nicht zu verschrecken. Alex würde sich von der Schminke natürlich nicht täuschen lassen, er sah praktisch jetzt schon vor sich, wie ihre Brauen hochgingen.

Während seines Aufenthalts in Langley konnte Jenkins auch Zenaida Petrekowa besuchen, die in einem sicheren Haus in der Nähe untergebracht war. Sie war noch dabei, der CIA detailliert Bericht zu erstatten, erhielt aber parallel auch schon Unterricht über das Leben in ihrer neuen Heimat. Leider litt sie weiterhin sehr darunter, ihre Kinder und Enkel nicht sehen zu können, wahrscheinlich noch eine ganze Weile nicht. Denn falls man von Russland aus nach ihr suchte, waren ihre Angehörigen die Ersten, die überwacht werden würden. Langley hatte verschlüsselte Anrufe und sogar Videogespräche arrangiert, und sie hatte ihren Kindern mitteilen können, dass es ihr gut ging, ohne natürlich ihre Arbeit für die CIA oder ihren derzeitigen Aufenthaltsort zu erwähnen.

»Glauben Sie, Ihre Kinder wissen von Ihrer Tätigkeit als Spionin?«, hatte Jenkins sie gefragt.

»Sie sind intelligent. Ich bin mir sicher, sie können sich inzwischen einiges denken, haben es sich selbst zurechtgelegt und sich damit abgefunden. Mein Sohn sagt, jetzt weiß er wenigstens, warum er bei mir nie mit irgendetwas durchgekommen ist.« Zenaida lächelte. »Sie fehlen mir so. Sie werden mir immer fehlen.«

»Ich wünsche Ihnen das Beste«, sagte Jenkins.

»Und ich Ihnen, Mr Jenkins.«

»Charlie.«

»Jemanden beim Nachnamen zu nennen, ist ein Zeichen von Respekt, Mr Jenkins.«

»Dann wünsche ich Ihnen nur das Beste, Frau Petrekowa.«

Sie umarmte ihn und bedankte sich noch einmal.

Jenkins hatte keine Probleme damit, die beiden Frauen in Langley zurückzulassen. Sie wurden sehr gut behandelt und wussten dies auch zu schätzen. Maria schienen die ihr zuteilwerdende Aufmerksamkeit und die Unterbringung, die man für sie vorbereitet hatte, fast schon peinlich zu sein. Lemore sorgte für russisches Essen, russische Fernsehprogramme, russische Bücher und andere Annehmlichkeiten, die den beiden den Übergang ins amerikanische Leben erleichtern sollten.

Gegen Ende der Woche sprach Jenkins Lemore auf Arkhip Mischkin an und auf die Möglichkeit, dass der Hauptkommissar, sobald er in Rente war, auf »Urlaub« hierherkommen könnte.

»Vielleicht eine Kreuzfahrt?«, schlug er vor. »Er könnte in einem Hafen aussteigen und einfach verschwinden.«

Garantieren könne er nichts, meinte Lemore.

»Werde ich Sie wiedersehen?«, erkundigte sich Maria bei Jenkins vor dessen Abfahrt.

»Das weiß ich nicht«, sagte er. »Sie werden Ihren Wohnort streng geheim halten, aber mit der Zeit und vielleicht einer Veränderung in der russischen Führung kann das ein bisschen lockerer gehandhabt werden.«

»Dann freue ich mich einfach auf ein Wiedersehen, Mr Jenkins. Und darauf, Sie zu Hause zu besuchen, um Ihre Frau und Ihre Kinder kennenzulernen.«

»Ich hoffe, Sie können sich hier auch ein Zuhause schaffen, Frau Kulikowa.«

»In Russland sagen wir: *W gostjach khoroscho, a doma lutschsche. Ein Gasthaus ist schön, aber zu Hause ist es besser.* Danke für alles, was Sie für mich getan haben. Alles, was Sie meinetwegen riskiert haben.« Sie umarmte Jenkins herzlich und er spürte die Tränen auf ihren Wangen. Dann zog sie sich zurück und tupfte sich die Augen trocken. *»Do wstretschi.« Bis wir uns wiedersehen.*

»Do wstretschi.« Er hoffte sehr, eines Tages dazu Gelegenheit zu haben, hoffte, Maria Kulikowa wäre irgendwann wirklich frei und könnte sich in der Welt so bewegen, wie sie es wünschte. Aber das schien noch sehr weit entfernt.

Ein Wagen holte Jenkins auf dem Pine Field in Everett ab und fuhr ihn nach Camano Island. Die Sonne ließ den Stillaguamish wie Diamanten glitzern, und erst als er die Camano Gateway Bridge überquert hatte, überkam Jenkins das Gefühl, wirklich zu Hause angekommen zu sein. Eine Mission, die auf Lügen basiert hatte, war beendet. Paulina, Maria und Zenaida gerettet und keine unerledigten Dinge zurückgelassen zu haben, schenkte ihm ein Gefühl der Zufriedenheit. Er wünschte sehr, er hätte auch die anderen Schwestern retten können, bevor Carl Emerson sie verriet. Sie hatten nach all den von ihnen erbrachten Opfern so viel Besseres verdient als das Schicksal, das sie durch Emersons Schuld ereilt hatte. Das ganze Ausmaß des von den Frauen erbrachten Verzichts war Jenkins durch die Begegnung mit der Kulikowa und der Petrekowa noch einmal richtig klar geworden. Der Gedanke an alles, was sie in ihrem Leben aufgegeben hatten und auch weiterhin aufgeben würden, stimmte ihn traurig.

Dachte er daran, auch weiterhin an Operationen teilzunehmen? Vielleicht. Aber im Moment war er zufrieden damit, einfach nur zu Hause zu sein, bei der Familie, die er liebte.

Sie hatten die Brücke gerade überquert, als Jenkins' neues Handy klingelte. Er warf einen Blick auf das Display: eine Nummer mit der Vorwahl der Insel, allerdings ohne Namen, was kein Wunder war, denn in diesem Handy waren lediglich die Nummern von Lemore und Alex eingegeben.

Er nahm den Anruf entgegen. »Hallo?«

Am anderen Ende herrschte einen Moment lang Schweigen. »Dad?«, kam es dann etwas zögerlich.

»CJ, hi!«

»Hi Dad, Mom hat mir ein Handy gekauft.«

»Das höre ich.«

»Du bist der Erste, den ich anrufe.«

Jenkins musste mit seinen Gefühlen ringen. Warum war er eigentlich gegangen, fragte er sich, wie er es nachträglich jedes Mal tat, wenn er die Insel und seine Familie verlassen hatte. Er hatte auf seiner kleinen Farm doch alles, was er zum Leben brauchte: eine Frau, die er liebte und die ihn liebte, zwei wunderbare Kinder, ein Heim, einen Ort, den er sein Eigen nennen konnte. Und trotzdem war da diese Sehnsucht. Das Bedürfnis danach, gebraucht zu werden. Denen zu helfen, die um Hilfe baten. Vielleicht steckte das in seinen Genen, stammte von der Vorfahrin, die ihr Leben der Befreiung von Sklaven gewidmet hatte. Er konnte nur hoffen, diese beiden Aspekte seines Lebens irgendwann einmal ins Gleichgewicht bringen zu können.

»Ach ja?«, sagte er jetzt zu seinem Sohn. »Das ehrt mich aber. Nicht einen von deinen Freunden?«

»Du bist einer von meinen Freunden. Mein bester Freund.«

Der Junge hatte es nicht mehr nötig, ihm Honig ums Maul zu schmieren, sein Handy hatte er ja bekommen. Außerdem hörte Jenkins in der Stimme seines Sohnes ein gewisses Zögern, eine Weichheit, die ihm verriet, dass CJ seinen Dad vermisste. Dieses Gefühl kannte Jenkins gut. Er hatte seinen Vater zu früh verloren, war viel zu jung gewesen, als dieser starb. Ja, CJ mochte wachsen, inzwischen größer sein als die meisten Altersgenossen, aber im Herzen blieb er doch ein Junge. Und galt das nicht für alle Männer?

»Ich habe mich gefragt, wann du nach Hause kommst«, fuhr CJ fort.

Jenkins lächelte. »Da bin ich mir nicht sicher.« Er beugte sich über den Vordersitz und wies den Fahrer mit einem Handzeichen an, hinter der protestantischen Kirche abzubiegen. »Warum?«

»Du fehlst mir einfach. Ich hatte gehofft, du bist vielleicht bald zu Hause.«

Inzwischen war der Fahrer auf ein weiteres Handzeichen von Jenkins hin in die zur Farm führenden Schotterstraße eingebogen. Sie fuhren an Jenkins' alter Scheune und seinen Weiden vorbei. »Schau doch mal aus dem Fenster!«, riet Jenkins seinem Sohn.

»Was?«

Jenkins stieg aus dem Auto. »Schau vorn aus dem Fenster.«

»Mom? Mom? Dad! Dad ist wieder da!«

Er hörte den Aufprall, mit dem das Handy auf dem Boden landete, dann flog die Haustür auf und CJ stürzte heraus. Der Junge kam mit Höchstgeschwindigkeit auf ihn zugelaufen und Jenkins streckte beide Arme nach ihm aus, vergaß einen Moment lang seine Rippen. Vor Schmerzen nach Luft schnappend mochte er seinen Sohn doch nicht loslassen, wollte nicht, dass dieser Moment verging.

Alex trat aus der Tür, Lizzie auf der Hüfte und ein Lächeln auf den Lippen. Sie blieb stehen und flüsterte der Kleinen etwas ins Ohr, die daraufhin anfing, aufgeregt mit den Ärmchen um sich zu schlagen. Alex stellte sie auf den Boden und sie stolperte so schnell sie konnte auf ihren Vater zu, der sie auffangen musste, sonst wäre sie hingefallen. Auch diesmal ignorierte Jenkins seinen Schmerz, stemmte das kichernde, lachende Mädchen hoch und musste an Maria Kulikowa denken. Hoffentlich gelang es auch ihr, nicht nur ein Haus zu finden, sondern dies auch in ein richtiges Zuhause zu verwandeln.

Ja, zu Hause zu sein war auf jeden Fall besser!

Jenkins küsste Alex, die ihn besorgt musterte. Zweifellos hatte sie mitbekommen, wie er mehrfach zusammengezuckt war und Grimassen geschnitten hatte. »Willkommen daheim«, begrüßte sie ihn.

»Es ist schön, zu Hause zu sein«, sagte er.

Sie wischte sich über die Wange. »Trägst du Make-up?«

Jenkins lachte. »Ich wollte die Kinder nicht verschrecken«, flüsterte er ihr zu.

»Vergiss die Kinder! Mich verschreckst du!«

»Wo ist denn dein neues Handy?«, erkundigte sich Jenkins bei CJ.

Der musste feststellen, dass er es nicht dabeihatte. »Ich habe es eben fallen lassen«, gestand er. »Handys sind ja okay, aber in echt bist du mir lieber.«

»Du mir auch, CJ!«

»Hast du alles erledigen können?«, fragte Alex.

Er nickte.

»Sie werden sich wieder melden«, sagte sie. »Das weißt du, oder?«

»Das weiß ich.«

»Hast du dir schon überlegt, was du ihnen dann sagst?«

Nein, hatte er nicht. »Im Moment bin ich zufrieden damit, zu Hause zu sein.«

»Und wir sind zufrieden damit, dich zu Hause zu haben.«

»Du solltest dir wirklich ein besseres Handy zulegen, Dad«, mischte sich CJ ein. »Weißt du, dass es jetzt 5G gibt?«

»Echt?«

»Ja! Da wüsste ich immer genau, wo du bist, wenn du fort bist. Falls du deine Brieftasche verlierst oder irgendwelche Probleme kriegst.«

»Probleme?«, protestierte Jenkins. »Ich doch nicht!« Und er grinste Alex an.

Danksagung

Diese Trilogie mit Charles Jenkins in der Hauptrolle zu schreiben, hat mir viel Spaß gemacht. Der letzte Band sollte anders werden als seine Vorgänger, auch wenn Jenkins wieder einmal nach Russland aufbrechen würde, um die Mission zu beenden, die er in *Die achte Schwester* begonnen und in *Die letzte Karte* fortgesetzt hatte. Ich habe lange nachgedacht und mit meiner Lektorin Gracie Doyle besprochen, wie sich meine Vorstellungen am besten umsetzen ließen, wobei mir eine Geschichte vorschwebte, bei der die Grenzen zwischen Gut und Böse verschwimmen. Die russische Mafia gilt allgemein als eine der brutalsten der Welt, ist jedoch in Stalins Gulags entstanden aus einer Überlebensstrategie der dort gefangenen Männer, und ich stellte mir nun vor, unter welchen Umständen diese brutalen Akteure an Jenkins' Seite gegen noch brutalere kämpfen könnten. Generell muss ich aber gestehen, dass ich meine Romane immer erst dann ganz verstehe, wenn ich sie geschrieben habe. Ich habe viel über Sibirien nachgedacht, früher Russlands riesiges Ödland, inzwischen mit Städten übersät. Sibirien ist das wichtigste Zentrum der jüngsten Proteste gegen die russische Regierung und sieht sich selbst als vom Rest des Landes getrennt. Ein gütiges Schicksal – oder gute Planung? – wollte es, dass Viktor Federow aus Irkutsk stammte.

Ich beziehe einen Gutteil meines Wissens über Russland aus einem dreiwöchigen Besuch dort, den ich in den Danksagungen zu *Die achte Schwester* und *Die letzte Karte* detailliert beschrieben habe. Auch wenn ich schon viel in der Welt herumgekommen bin, bleibt mir die Reise nach Moskau und St. Petersburg als ein Höhepunkt im Gedächtnis, sowohl wegen der Sehenswürdigkeiten, die ich besuchen durfte, als auch der Menschen wegen, denen ich dort begegnete.

Bei den Recherchen zu diesem Buch bin ich dann allerdings zusätzlich noch zum Bücherwurm mutiert und Computerfan geworden, was mir unglaublich viel Spaß macht. Ich habe mich umfassend in diverse Themen eingelesen, darunter auch Sibirien und die Transsibirische Eisenbahn. So las ich *Travels in Sibiria* von Ian Franzier, *Sibirien: Schlafende Erde – erwachendes Land* von Colin Thubron, *Midnight in Siberia: A Train Journey into the Heart of Russia* von David Greene. Ich las Bücher über russische Spione und übergelaufene KGB-Offiziere, darunter *Tower of Secrets* von Victor Sheymov, *The New Nobility* von Andrei Soldatow und Irina Borogan, *The Moscow Rules* von Antonio und Jonna Mendez, *Best of Enemies* von Gus Russo und Eric Dezenhall, *Red Notice: Wie ich Putins Staatsfeind Nr. 1 wurde* von Bill Browder. Ich las über die in Langley für Verkleidungen zuständige Abteilung *The Master of Disguise* von Antonio Mendez. Und ich informierte mich über die alte und die neue Mafia in Russland, unter anderem mit dem Buch: *The Vory, Russia's Super Mafia* von Mark Galeotti. Ganz zu schweigen von den Zeitschriften und Artikeln, die inzwischen zwei dicke Ordner füllen.

Mein besonderer Dank geht an alle, die mir mit Auskünften über die Kunst der Spionage geholfen haben. Wie immer bin ich für die großzügige Hilfe dankbar.

Bestimmt sind mir auch diesmal wieder Fehler unterlaufen, aber hoffentlich nicht allzu viele.

Ein Extradank geht an Charles Jenkins, meinen lieben Freund und ehemaligen Mitbewohner aus meiner Zeit des Jurastudiums. Damals an der Uni habe ich Chaz ständig versichert, er wäre in jeder Hinsicht herausragend, und in vielen Dingen ist er das auch. Ich hatte fest vor, ihn irgendwann einmal in einem Roman zu verewigen, und tat es dann gleich in meinem ersten, *The Jury Master*. Er war so nett, mir zu erlauben, die Figur auch in dieser Trilogie weiterleben zu lassen, und da fiel mir auf, dass ich ihm bisher noch kein einziges Buch gewidmet hatte. Chaz hat nie für die CIA gearbeitet und war auch nie in Russland – soweit ich weiß. Er ist ein guter Mann mit einem guten Herzen und ich schätze mich glücklich, ihn zum Freund zu haben.

Dank an Meg Ruley, Rebecca Scherer und das gesamte Team der Agentur Rotrosen. Eine Trilogie zu schreiben, ist keine einfache Sache, sie haben mich in jeder Hinsicht dabei unterstützt und beraten. Dafür bin ich ihnen sehr dankbar und ich sage gleich, dass ich durchaus bereit bin, weitere Romane über Charles Jenkins zu verfassen. Demnächst reise ich nach Ägypten, wer weiß …

Ein herzlicher Dank geht an Angela Cheng Caplan, die Agentin, die den Verkauf von *Die achte Schwester* und *Die letzte Karte* an Roadside Attractions in die Wege geleitet hat, die eine Fernsehserie daraus machen wollen. Ich freue mich sehr darauf, Charles Jenkins und all die anderen auf der Leinwand zum Leben erwachen zu sehen, und hoffentlich gefällt denen bei Roadside Attractions auch dieser Roman.

Noch so ein besonderer Dank geht an das Team von Amazon Publishing, wo man mich vom ersten Augenblick an als professionellen Autor behandelt hat und alles für den Erfolg meiner Romane tut. Herzlichen Dank an meine Lektorin Charlotte Herscher, mit der ich nun schon bei mehr als einem Dutzend Romanen zusammengearbeitet habe und die immer ein scharfes Auge auf die logische Entwicklung einer Geschichte hat und zusieht, dass der Spannung und Unterhaltung auf jeder Seite Priorität zukommt.

Großen Dank an meinen Korrektor, Scott Calarmar, dem, so fürchte ich, im Kampf mit meinen Manuskripten bald ein Karpaltunnelsyndrom droht.

Ich danke Mikyla Bruder, Jeff Belle, Hai-Yen Mura und Galen Maynard und allen anderen im Team von Amazon Publishing. Es erfüllt mich mit Dank, Amazon Publishing mein Zuhause nennen zu können, und ich fand es sehr schön, euch alle kennenzulernen.

Dank an Denelle Catlett, Öffentlichkeitsarbeit, für die unermüdliche Werbung für mich und meine Arbeit und besonders dafür, dass sie sich um die vielen Bitten kümmert, meine Romane zu wohltätigen Zwecken einsetzen zu dürfen.

Ebenfalls Dank an Lindsey Bragg, Erica Moriarty, Andrew George und Kyle Pigoni, das Marketing-Team, das sich dafür einsetzt, dass ich und meine Romane im Gespräch bleiben. Und ein besonderes Dankeschön an Sarah Shaw für all die wunderbaren Partys und Geschenke, die meiner Familie so viele Überraschungen und Erinnerungen beschert haben.

Ich danke Rachel Kuck, Herstellungsleitung, und Lauren Grange, Herstellung, Oisin O'Malley und Michael Jantze, künstlerische Gestaltung, die sich um die Entwürfe für die wunderbaren Cover kümmern, darunter auch die für *Die achte Schwester* und *Die letzte Karte*. Ich bin jedes Mal überwältigt, wenn ich die betrachte. Das gilt auch für dieses Buch.

Und ganz wichtig: Herzlichen Dank an Gracie Doyle, meine Lektorin bei Thomas & Mercer. Schreiben kann ein sehr einsamer Beruf sein, aber ich habe das große Glück, mit einer Lektorin zu arbeiten, die von der ersten Idee an mit mir zusammenarbeitet und mir hilft, bei jedem Buch freudig bei der Sache zu bleiben. Ich freue mich darauf, noch viele weitere Bücher in ihre fähigen Hände zu legen und unsere Weihnachtsfeiern wiederaufleben zu lassen.

Mein Dank gilt auch Tami Taylor, die meine Newsletter verfasst und mich im Internet am Leben erhält, und ich danke Pam Binder, Vorsitzende der Pacific Northwest Writers Association, für ihre Unterstützung meiner Arbeit.

Herzlichen Dank an meine Mutter, der ich meine Liebe zu Büchern und zum Schreiben verdanke und die achtundachtzig Jahre alt ist. Sie kann dieses Buch nicht mehr in gedruckter Form lesen, aber sie kann es sich anhören. Du bist und bleibst mir Inspiration.

Ich habe das große Glück, mein Heute mit meiner Frau zu teilen, einer Frau, die in so vieler Hinsicht außergewöhnlich ist, dass es unmöglich wäre, alle Punkte aufzuzählen. Sie hat mir zwei Kinder geschenkt, die zu zwei der feinsten Menschen heranwuchsen, die ich kenne. Ich bin stolz darauf, ihr Vater zu sein. Ich liebe euch alle. Dank dafür, dass ihr es mit meinen ausgedachten Freunden, meinen Stimmungsschwankungen und den vielen Stunden aushaltet, die ich am Computer verbringe, die Zeiten meiner Abwesenheit akzeptiert, wenn ich unterwegs bin, um für meine Romane zu werben.

Kein Mann könnte reicher oder gesegneter sein.

Bis zu unserem nächsten Abenteuer, treue Leser, wo immer es uns hinführt.